La belle de Huntford Place

*

Le triomphe d'une orpheline

GEORGIE LEE

La belle de Huntford Place

Traduction française de
JULIETTE FUHS

Les Historiques

HARLEQUIN

Collection : LES HISTORIQUES

Titre original :
THE CINDERELLA GOVERNESS

Ce roman a déjà été publié en 2018

HARPERCOLLINS FRANCE
83-85, boulevard Vincent-Auriol, 75646 PARIS CEDEX 13
Service Lectrices — Tél. : 01 45 82 47 47 - www.harlequin.fr
ISBN 978-2-2804-7242-5 — ISSN 1159-5981

Composé et édité par HarperCollins France.
Imprimé en février 2022 par CPI Black Print (Barcelone)
en utilisant 100% d'électricité renouvelable.
Dépôt légal : mars 2022.

FSC
www.fsc.org
MIXTE
Papier issu de
sources responsables
FSC® C159065

Pour limiter l'empreinte environnementale de ses livres, HarperCollins France s'engage à n'utiliser que du papier fabriqué à partir de bois provenant de forêts gérées durablement et de manière responsable.

Aux auteurs de cette série ;
pour votre créativité, votre collaboration
et votre travail.

Prologue

Août 1811

— Joanna, que fais-tu encore dans la bibliothèque ? s'impatienta Rachel depuis le pas de la porte.

— Je me demandais si Mme Dubois remarquerait si j'emportais ce livre avec moi.

Joanna Radcliff serra le mince volume de contes de fées entre ses doigts et adressa un sourire mutin à son amie.

— Il pourrait me servir au cas où je devrais frapper le fils de mon futur employeur s'il tentait une quelconque manœuvre de séduction.

Rachel leva ses grands yeux bruns au ciel.

— Les fils de Sir Rodger sont encore des enfants et ils seront en pension. Tu ne t'occuperas même pas d'eux !

— Alors je m'en servirai pour apprendre à ses filles à bien se comporter, proposa-t-elle en riant.

Son rire s'évanouit lorsqu'elle replaça le livre sur l'étagère. C'était son ouvrage préféré depuis l'enfance et il lui coûtait autant de le laisser que de quitter bientôt ses amies. Cependant, le voler aurait été un bien mauvais paiement des bontés que Mme Dubois avait eues pour elle pendant toutes ces années.

— Allez, viens vite, la pressa Rachel. Ta voiture sera bientôt là. Nous n'avons plus beaucoup de temps.

Sans attendre, elle saisit Joanna par la main et l'attira dans le couloir après elle. Elles émergèrent dans le hall d'entrée éclairé par de hautes fenêtres. L'Institut pour jeunes ladies de Mme Dubois était une majestueuse bâtisse qui faisait face à la cathédrale de Salisbury. Autrefois, la demeure avait appartenu à un riche chevalier. Des échos de son histoire s'étalaient sur les corniches sculptées des plafonds. Le mobilier était moins majestueux, mais robuste, pour s'adapter aux générations de jeunes filles qui s'étaient succédé entre ces murs. La rumeur voulait que ce soit un ancien prétendant de Mme Dubois qui lui ait offert la maison. À la voir aujourd'hui dans son uniforme noir, ses cheveux sombres mêlés d'argent tirés en un chignon aussi strict que son regard, il semblait impossible de croire qu'elle avait un jour connu la passion.

Au fond du hall d'entrée se dressait un élégant escalier. Rachel tira Joanna vers lui et elles passèrent devant une salle de classe remplie de petites filles. Mme La Roche se tenait face à ses élèves et répétait en détachant chaque syllabe :

— La plume de ma tante est sur la table.

Et les petites élèves répétèrent la phrase en chœur de leurs voix haut perchées.

Il n'y avait pas si longtemps que Joanna, Rachel, Isabel et Grace s'étaient tenues derrière les pupitres de cette même pièce pour répéter ces mêmes mots. À présent, leurs années d'études étaient derrière elles. Elles allaient enfin prendre leur premier poste de gouvernante. Et Joanna serait la première à partir, aujourd'hui même.

— Dépêche-toi, la pressa Rachel en la tirant dans l'escalier.

— Si tu accélères encore, mes pieds vont quitter le sol !

Malgré sa plaisanterie, Joanna avait le cœur trop lourd pour s'envoler. L'école de Mme Dubois était le seul foyer qu'elle ait connu. Elle n'était pas prête à le quitter. Toutefois, elle avait toujours été élevée par celle-ci et les autres professeures dans la perspective de partir un jour dans une autre demeure. La séparation était douloureuse, mais c'était aussi une indéniable opportunité. Peut-être qu'en entrant comme gouvernante chez les Huntford elle découvrirait enfin ce qu'était une vraie famille.

En haut des marches, Isabel accourut si vite vers elles que

sa jupe se souleva et découvrit ses chevilles lorsqu'elle freina brusquement.

— Qu'est-ce qui vous a pris si longtemps ? s'exclama-t-elle. Je mourrai de tristesse si nous ne faisons pas de véritables adieux à Joanna avant que chacune de nous ne parte en exil.

Isabel se pressa la main sur le front avec emphase, comme elle l'avait vu faire par une actrice lors d'une représentation théâtrale à la station balnéaire de Sandhills à laquelle elles avaient assisté l'année précédente. Rachel croisa les bras, les sourcils froncés.

— Nous ne partons pas « en exil ». La situation n'est pas si grave.

— Dit celle qui va rejoindre l'exotique contrée d'Huria au lieu du Hertfordshire ou du Sussex. Encore que, pour ma part, je n'ai pas l'intention d'y rester bien longtemps.

— Qu'est-ce que tu complotes encore, Isabel ? demanda Joanna, suspicieuse.

— Rien du tout, ça n'a aucune importance. Allez, venez, Grace nous attend.

— Alors promets-moi de m'écrire lorsque ce rien du tout sera devenu quelque chose, insista Joanna, qui connaissait trop bien son amie pour s'en tenir là. Je détesterais l'apprendre par les journaux.

— Je te l'ai dit. Ce n'est rien, lui assura-t-elle en réajustant un peigne dans sa chevelure ambrée.

— Quel dommage ! J'aurais eu grand besoin d'une histoire croustillante pour illuminer mon morne séjour à la campagne.

— Moi aussi ! s'exclama Isabel en lui donnant un petit coup de coude dans les côtes.

Les deux jeunes filles éclatèrent de rire avant que Rachel ne les pousse en avant.

— Avancez avant que nous soyons en retard.

Elles se hâtèrent toutes trois jusqu'à la dernière porte du couloir et s'arrêtèrent devant la chambre qu'elles partageaient depuis leurs dix ans.

— Ferme les yeux, ordonna Rachel.

— Pourquoi ? s'inquiéta Joanna, qui détestait les surprises.

— Tu verras ! trancha Isabel en la forçant à poser ses doigts devant ses yeux.

Elles riaient en conduisant Joanna à l'intérieur. Aussitôt, celle-ci fut envahie par des sensations familières : le soleil matinal réchauffait la fraîcheur de la pièce, l'odeur de la lavande qu'on utilisait pour parfumer le linge se mêlait à celle, appétissante, des biscuits préférés de Rachel et du parfum de muguet de Grace. Une nuée de souvenirs s'imposèrent à son esprit et elle songea avec nostalgie qu'elles seraient toutes séparées pour les fêtes de Noël, alors qu'elles avaient toujours célébré la fin d'année ensemble.

— Très bien, tu peux ouvrir les yeux, s'écria Isabel.

Joanna baissa les mains. Isabel, Rachel et Grace se tenaient autour d'une petite table ronde recouverte d'une nappe. Sur celle-ci trônait le gâteau au citron qui avait la préférence de Joanna et trois paquets-cadeaux.

— Félicitations ! s'écrièrent ses trois amies en chœur.

— Oh mon Dieu ! s'exclama Joanna.

Elle était profondément émue par l'attention de ses amies et véritablement surprise qu'elles soient parvenues à garder le secret de cette petite fête. Il y avait bien peu de chose qu'elles n'avaient pas partagé au cours des neuf dernières années.

— Puisque tu es la première à partir, nous ne pouvions te laisser t'en aller sans un au revoir correct. Nous ne savons pas quand nous nous reverrons, expliqua Grace avec le sérieux qui ne la quittait plus depuis sa malheureuse épreuve.

Joanna jeta ses bras autour du cou de son amie.

— Arrête ou je vais me mettre à pleurer.

— Tu ne pleures jamais ! assura Grace en la serrant contre elle. Allons, goûtons à ce gâteau.

Tandis qu'elles dégustaient la délicieuse pâtisserie préparée par Rachel, Joanna ouvrit les paquets : une plume de Rachel, un nécessaire à écriture d'Isabel et une bouteille d'encre de la part de Grace.

— De cette façon, tu pourras nous écrire, expliqua Isabel, la bouche pleine.

— Merci mille fois, les remercia Joanna en serrant les cadeaux sur son cœur.

Ses trois amies étaient ce qui lui tenait lieu de famille depuis tant d'années, elle ne voulait pas rompre les liens qui les unissaient.

Soudain, leur joyeuse assemblée fut interrompue par quelqu'un qui frappait à la porte. Tout le monde s'immobilisa lorsque Miss Fanworth entra dans la chambre en refermant la porte derrière elle. Leur professeure, une petite femme brune et replète, tapa du pied en guise de remontrance.

— De la nourriture dans votre chambre ? Voyons, mesdemoiselles, Mme la directrice se mettra en colère lorsqu'elle le saura !

— Vous ne lui direz rien ? supplia Isabel avec plus de grandiloquence que de conviction.

Un sourire adoucit encore un peu plus les traits maternels de Miss Fanworth lorsque celle-ci déclara :

— Bien sûr que non ! Et maintenant, servez-moi une part de cette délicieuse pâtisserie et quelques biscuits.

Les jeunes filles se hâtèrent d'obtempérer. Ce n'était hélas pas le seul secret que leur professeure préférée gardait. Le premier, s'il était révélé, signerait la ruine de Grace et l'anéantissement de la confiance que Mme Dubois avait placée dans ses pupilles favorites.

— Moi aussi j'ai un présent pour toi, Joanna.

Miss Fanworth tendit son cadeau en échange de sa part de gâteau. Joanna le déballa pour découvrir une bourse de cuir emplie d'écus.

— Pour la poste, afin que tu puisses payer le courrier. J'espère recevoir également quelques lettres en retour.

— Bien entendu ! Comment pourrais-je ne pas vous écrire à chacune ? Vous allez tellement me manquer.

La brave femme se redressa pour poser les mains sur les

épaules de Joanna en un geste solennel. Des larmes mouillaient ses grands yeux doux.

— Tu étais un si petit bébé lorsque nous t'avons trouvée emmaillotée dans une simple couverture dans laquelle on avait glissé un papier portant ton prénom. Et maintenant, regarde-toi, prête à nous quitter.

— J'espère de tout cœur que je saurai vous rendre fières, vous, Mme Dubois et toute l'école.

— Tant que tu n'oublies pas ce que nous t'avons enseigné, tu nous rendras fières, mon enfant. En fait, poursuivit-elle en se tournant vers les trois autres, vous devez toutes garder nos leçons en mémoire, en particulier celle qui concerne les règles de bienséance lorsque vous serez amenées à rencontrer des gentlemen. Ne vous laissez pas abuser par leurs mots doux, cela ne finit jamais bien — regardez cette pauvre Mme Dubois…

— Que voulez-vous dire ? demanda Isabel.

En vérité, elles étaient toutes aussi curieuses d'en entendre davantage. Ce n'était pas la première fois que Miss Fanworth faisait allusion de la sorte au passé de Mme Dubois. Peut-être que leur départ déciderait leur professeure à en révéler plus. Le fameux secret avait créé une aura de mystère autour de la directrice depuis le premier jour de cours.

Les joues de l'adorable Miss Fanworth rougirent violemment. Au même instant, le martèlement de sabots et le cri d'un cocher montèrent de la rue vers elles. Leur enseignante expira lentement, visiblement soulagée par cette distraction. Presque aussitôt, la tristesse remplaça le soulagement. Elle savait ce que ces bruits signifiaient.

— Joanna, l'heure est venue, êtes-vous prête ? demanda-t-elle en la vouvoyant pour masquer son émotion.

Joanna redressa le menton, déterminée à faire preuve de courage. Elle aurait mille fois préféré rester à l'institut pour y devenir enseignante, mais Mme Dubois avait insisté pour qu'elle se cherche un emploi. À vrai dire, Joanna n'avait pas tenté de discuter sa décision. Elle avait toujours eu tendance à composer avec les événements plutôt que de s'y opposer.

— Je suis prête, dit-elle d'une voix légèrement tremblante.

— J'aurais voulu partir avec toi, dit Rachel d'un ton pressant en lui saisissant le bras.

Isabel s'empara de l'autre et renchérit :

— Moi aussi.

— Si seulement nous pouvions ne jamais nous séparer, souhaita Grace tout en les suivant dans le couloir.

— Nous serions incapables de fournir le moindre travail si nous restions ensemble, s'amusa Joanna malgré la boule qui lui serrait la gorge.

Elles descendirent le grand escalier bien plus lentement qu'elles ne l'avaient gravi un peu plus tôt, et Joanna sourit à travers ses larmes lorsque ses amies rivalisèrent d'ingéniosité pour lui rappeler leurs meilleurs souvenirs.

Mme Dubois l'attendait sous le porche, à l'extérieur. Une robe noire dénuée de toute fioriture appuyait le port de tête majestueux de la directrice de l'institut. Elle faisait si forte impression qu'il n'était pas rare que les petites filles qui arrivaient entre ces murs éclatent en sanglots face à son regard sévère. Puis, très vite, elles comprenaient à quel point Mme Dubois s'impliquait pour leur offrir un avenir meilleur. Bien sûr, cette dernière ne se laisserait jamais aller à pleurer et ne les serrerait pas dans ses bras comme le faisait régulièrement Miss Fanworth, mais elle ne les en aimait pas moins.

Du moins était-ce ce que Joanna s'efforçait de croire, même si Mme Dubois ne l'aimait hélas pas assez pour accepter de la garder auprès d'elle. Elle rejeta cette idée à peine formulée. L'école était pleine de petites filles envoyées loin de leurs familles. Il n'y avait aucune raison que la directrice la traite différemment simplement parce qu'elle avait participé à son éducation depuis ses premiers jours.

Joanna fut bientôt assaillie de baisers, d'embrassades, de mots d'adieu et de recommandations. Elle finit par se dégager à regret de la tendresse de ses amies pour s'avancer vers la directrice.

— C'est un jour important pour vous, Miss Radcliff. Vous nous quittez pour prendre place dans la société.

Malgré sa posture rigide — les deux mains serrées devant elle — la douceur de son regard démentait sa sévérité. Face aux yeux gris humides de larmes, Joanna comprit que la directrice n'avait aucune envie de la voir partir. *Alors laissez-moi rester.* Elle serra les dents, laissant sa prière refluer dans sa gorge. Insister était vain, Mme Dubois ne se plierait pas plus à ses désirs qu'elle n'accepterait de voir Joanna se plier aux siens.

— Oui, madame, dit-elle dans un souffle.

Elle aurait tant voulu embrasser cette femme comme les autres enfants embrassaient leur mère lorsqu'ils partaient au loin. Mais c'était impossible. Aussi triste soit-elle, Mme Dubois ne se laissait jamais aller à de telles effusions.

— Vous êtes une jeune dame brillante, intelligente et parfaitement accomplie. J'ai toute confiance en vous pour représenter la qualité des pupilles de notre institut dans le monde.

— Je me montrerai à la hauteur, madame. Vous m'avez parfaitement préparée.

Chapitre 1

Un mois plus tard

Mme Dubois ne l'avait certes pas préparée à cela !

Joanna serra violemment le livre qu'elle tenait entre les mains et se renfonça dans l'encoignure de la bibliothèque des Huntford, choquée par le spectacle qui se déroulait sous ses yeux. Le lieutenant Foreman pressait Frances contre le mur, sa bouche sur la sienne et les mains sur ses seins. Plus scandaleux encore, la jeune Miss Huntford ne rejetait pas ses avances. Au contraire, elle passa les deux bras autour du cou du lieutenant et leva une jambe fine qu'elle enroula autour de sa hanche.

Affolée, Joanna jeta un regard vers la porte. Pourrait-elle s'échapper sans être remarquée par le couple ? Non ! Elle ne pouvait pas, elle était la gouvernante de Frances pour l'amour du ciel ! Elle ne pouvait laisser celle-ci ruiner sa réputation, seulement elle n'avait pas la moindre idée de la façon dont elle allait s'y prendre pour les séparer. Malgré ce que Grace lui en avait dit, les relations… *particulières* entre un homme et une femme allaient bien au-delà de la maigre expérience de Joanna. Elle connaissait certes les aspects « techniques » de la chose, mais pour ce qui concernait la question du désir — cette force tellement puissante qu'elle avait conduit Grace dans une situation fâcheuse — elle était parfaitement novice. Or, ce même désir menaçait visiblement d'anéantir Frances.

Quoi qu'il en soit, Joanna risquait sous peu d'en apprendre

bien trop si elle ne trouvait pas un moyen d'arrêter le couple. La main du lieutenant Foreman venait de passer sous les jupes de la jeune femme !

— Hum, hum.

Elle s'éclaircit la gorge — en vain.

— Hum, hum, recommença-t-elle, plus fort.

Le lieutenant Foreman redressa brusquement la tête et braqua le regard sur elle, tandis que Frances rajustait sa robe de soie jaune pâle hors de prix. Le lieutenant remit son épée en place, et Joanna nota avec effroi que ce n'était pas la seule arme dressée sous sa ceinture. Hélas, il n'était pas simple d'ignorer un tel phénomène avec ses culottes blanches terriblement moulantes.

— Pardonnez-moi, Miss Radcliff, lança-t-il en s'inclinant devant elle.

Sans rien ajouter, il quitta la pièce, laissant Frances seule pour affronter ses erreurs. Joanna resserra nerveusement les doigts sur le livre. Au moins, cette mésaventure mettrait peut-être un peu de plomb dans la cervelle de la jeune fille. Celle-ci devait avoir compris le danger que les hommes représentaient et pris conscience de son erreur. Joanna s'apprêtait à ouvrir la bouche pour lui dire ce qu'elle en pensait, lorsque Frances posa sur elle des yeux ivres de rage. Abasourdie, Joanna comprit soudain que les joues rouges de la jeune femme n'étaient pas dues à la honte — mais à la fureur.

Frances explosa.

— Comment *osez*-vous me surveiller ?

— Je ne vous surveillais pas, j'étais déjà dans la pièce lorsque le lieutenant et vous…

— Cessez de me parler sur ce ton, à moi ou à quiconque dans cette maison, c'est compris ?

Et, se ruant sur Joanna, elle donna un coup dans le livre que celle-ci tenait en main. L'ouvrage chuta sur le parquet avec fracas.

— Je… Oui… Je…, bégaya Joanna, stupéfaite par l'éclat de la jeune fille.

Pour l'amour de Dieu, c'était *elle* qui était supposée donner des ordres ! Mais inutile de mettre en avant ce paradoxe, cela n'aurait fait qu'empirer la situation.

— Parfait, parce que si jamais vous parlez, je veillerai à ce que vous soyez renvoyée sans références.

Frances rejeta ses boucles blondes en arrière et sortit de la pièce comme si c'était elle et non son père, Sir Rodger, qui possédait cette maison. Comme toutes les filles Huntford — qui étaient tout de même au nombre de quatre — Frances était affreusement gâtée par ses parents. Depuis l'arrivée de Joanna, ces dernières l'avaient toutes traitée avec un dédain manifeste.

Joanna rencontra le bras d'un fauteuil dans son dos et elle s'y agrippa en se laissant choir sur les coussins poussiéreux. Rien de ce qu'elle vivait sous ce toit ne ressemblait à ce qu'une gouvernante était censée faire. Les filles étaient supposées recevoir avec impatience et curiosité ses conseils et son instruction. De même, garder le secret de Frances aurait dû les rapprocher, comme cela avait été le cas pour Rachel, Isabel, Grace et elle. À la place, elle avait récolté les insultes d'une jeune fille qui s'était atrocement mal comportée. Elle aurait dû aller voir Sir Rodger et Lady Huntford pour leur parler du comportement inapproprié de leur fille, seulement ils risquaient de la blâmer, *elle*, pour ce qui s'était passé.

Comme elle aurait aimé que Rachel soit à ses côtés en cet instant ! Son amie avait toujours eu un don non seulement avec les jeunes enfants, mais également avec les filles plus âgées de l'école. Elle aurait su quoi faire. Hélas, elle n'était pas là, pas plus que ses autres amies, Miss Fanworth ou Mme Dubois. Personne ne pouvait lui venir en aide. Elle était seule, comme elle l'avait été ses neuf premières années avant que les filles n'arrivent au pensionnat.

Elle regretta de n'avoir pas même avec elle la copie du dessin que Grace avait fait d'elles quatre à Noël. Cela aurait apaisé sa peine malgré l'idée qu'elles étaient à présent toutes dispersées aux quatre coins du monde.

Le cœur lourd, elle se releva et ramassa le livre. Inutile de verser dans l'auto-apitoiement, elle devait réagir. En dépit des menaces de Frances, son devoir était de guider et de chaperonner ces jeunes filles. Elle devait juste trouver une manière plus subtile d'arriver à ses fins.

Luke grimpa les marches qui menaient à la porte d'entrée de la maison située dans Mayfair. Le bateau qui l'avait ramené d'Espagne venait tout juste d'accoster et les embruns maritimes imprégnaient d'humidité son uniforme rouge de soldat. Il aurait mieux fait de s'arrêter au club de l'armée pour prendre un bain et se raser mais depuis l'instant où il avait posé le pied à Greenwich, il brûlait d'impatience de retrouver Diana Tomalin, sa fiancée.

Il était rentré avec des instructions très précises de sa famille : il devait l'épouser et produire un héritier. Plus vite il en terminerait avec cette mission, plus vite il pourrait rejoindre son régiment en Espagne. Il avait déjà eu du mal à accepter de vendre sa commission de major seulement quatre mois après qu'il avait risqué sa vie pour la mériter, il était hors de question qu'il y renonce pour de bon.

Le majordome de la famille Tomalin ouvrit la porte alors qu'il venait de frapper. La stupéfaction se peignit sur son visage lorsqu'il reconnut Luke.

— Major Preston, le salua-t-il néanmoins.

— Bonjour Collins, Miss Tomalin est-elle à la maison ?

Luke ôta son pardessus et le tendit à l'homme en pénétrant dans le vaste hall.

— Elle est là, sir, toutefois…

L'homme hésitait tout en passant nerveusement les doigts sur la plume qui coiffait le calot de soldat de Luke.

— Qui est-ce, Collins ? l'interrompit la voix de Diana, qui venait du petit salon.

— C'est moi, répondit Luke en entrant dans la pièce — avant de s'immobiliser brutalement.

Diana se tenait debout au centre du salon, les yeux baissés… sur son ventre rond. Luke cligna plusieurs fois les paupières pour assimiler ce qu'il voyait : l'éclat de son alliance se détachait sur sa volumineuse robe de jour.

— Bon retour au pays, major Preston, le salua-t-elle d'une voix faible.

À son oreille, le tic-tac irritant de la pendule résonnait dans son esprit en déroute.

— Quand comptiez-vous m'informer de la rupture de nos fiançailles ? demanda-t-il d'un ton glacial. Ou peut-être conserviez-vous l'espoir que les hommes de Napoléon règlent le problème de manière définitive ?

Elle tritura nerveusement sa bague de mariage. Le diamant semblait bien trop imposant pour ses longs doigts fins.

— Mère a pensé que je ne devais pas vous déranger alors que vous aviez tant à faire. Elle a aussi affirmé que je ne devais pas vous attendre plus longtemps, que cinq ans de fiançailles constituaient une durée bien trop longue et que vous pouviez mourir dans une bataille à tout moment. Si j'avais attendu plus, une fois ma jeunesse passée, je n'aurais plus eu aucune chance de me marier.

— Je vois. Votre mère a toujours eu un sens pratique des plus développés. Particulièrement en ce qui concerne nos fiançailles, répondit-il, pince-sans-rire.

Voilà pourquoi il avait accepté de garder leurs fiançailles secrètes avant de rentrer d'Espagne avec une bourse mieux garnie et un grade plus élevé. Mrs Tomalin n'aurait jamais supporté l'indignité d'un modeste lieutenant dans sa famille, d'autant plus que Luke était certes fils de comte, mais pas l'aîné héritier du titre.

— Qui est l'heureux élu ?

— Lord Follett, murmura-t-elle, visiblement plus honteuse qu'enthousiaste à la mention de celui qu'elle avait épousé.

— Je vois, répéta-t-il, sardonique.

Comme la plupart des femmes qu'il avait rencontrées avant de s'enrôler, elle s'était jetée dans les bras d'un mari plus titré et mieux doté que lui. Il fixa son regard sur les va-et-vient du balancier de l'horloge, en réprimant une puissante envie de fracasser la vitre de protection.

— Ainsi, vous êtes désormais Lady Follett. Où se trouve votre distingué mari, à cette heure ? À Bath, peut-être, occupé à prendre les eaux pour ses rhumatismes ?

— Avec les dettes de père, je n'ai eu d'autre choix que de l'accepter pour époux. Je ne savais pas si vous rentreriez ! s'exclama-t-elle, irritée par les sarcasmes de Luke. Tant de choses ont changé en Angleterre depuis votre départ… Les mauvais hivers se sont succédé et avec les récoltes médiocres, les dettes de père n'ont fait qu'augmenter.

Luke retint une remarque acerbe sur le fait que la dépendance aux paris du père en question avait sans doute aidé à creuser ses dettes. En vérité, il ressentait plus de pitié pour le sort de la jeune femme qu'il n'aurait dû. La famille de celle-ci n'était pas la seule menacée de ruine et qui tentait désespérément de le cacher. Il avait vu son propre père et son grand-père se battre pendant des années pour redonner son lustre à Pensum Manor après que son téméraire aïeul avait dilapidé toute la fortune familiale et failli perdre le domaine lors d'un pari. Aujourd'hui, la succession de mauvaises récoltes menaçait d'entraîner à nouveau la propriété dans le cercle infernal de la faillite.

Tout comme Diana, il était lui aussi obligé de se trouver un bon parti pour faire un mariage avantageux. Il détestait la logique marchande qui devrait nécessairement présider à son choix d'une épouse, cependant c'était une réalité qu'il ne pouvait ignorer. Heureusement, cela ne signifiait pas qu'il épouserait la première fille d'un riche négociant dotée d'une rente de cinq mille livres qui se jetterait à sa tête dans l'espoir de donner naissance au prochain comte d'Ingham.

— Vous auriez pu choisir un homme qui vous corresponde mieux que ce vieillard, ma chère.

— Mon premier devoir est envers mon père et ma famille, pas envers vous ni même envers moi, Luke.

Elle s'assit dans un fauteuil et leva enfin le regard vers lui. Il y lut seulement une prière intense : elle lui demandait de comprendre. Il n'avait aucun droit de la blâmer. N'avait-il pas lui-même abandonné ses hommes et sa carrière militaire pour accomplir son devoir envers sa famille ?

— Il semble que nous soyons tous deux condamnés à faire des sacrifices, soupira-t-il. Vous auprès de Lord Follett ; moi en donnant un héritier au titre.

— Mais… Et votre frère ?

— Lui et sa femme sont mariés depuis plusieurs années sans avoir mis d'enfant au monde. Si cette situation perdure…

— Vous hériterez du titre de comte d'Ingham, acheva-t-elle à sa place.

Diana avait brusquement pâli et elle porta la main à son front. Sans doute venait-elle de prendre conscience de ce qu'elle avait perdu en suivant les exigences de ses parents. Néanmoins, il ne se faisait aucune illusion sur la façon dont tournait le monde. Une hypothétique position sociale dans un avenir incertain ne pouvait rivaliser avec un titre de la vieille noblesse porté par un riche baron.

Luke n'avait aucune envie d'imposer sa présence ou sa colère à Diana plus longtemps, aussi prit-il sa tunique et son couvre-chef des mains de Collins.

— Je vous souhaite un bel avenir et de prospérer dans votre mariage, Lady Follett. Passez une bonne journée.

Il quitta la pièce sans lui jeter un regard et grimpa dans l'attelage qui l'attendait sous le porche. Avec impatience, il poussa les pieds du capitaine Reginald Crowther de la banquette où il s'était installé pour une sieste. Son ami se redressa d'un bond et, l'air égaré, rejeta la veste d'uniforme qu'il s'était mis sur la tête pour dormir. Il retrouva rapidement ses esprits en voyant le visage fermé de Luke.

— À voir ta mine, j'en conclus que ça ne s'est pas bien passé avec ta charmante fiancée ?

Luke se laissa tomber sur la banquette et cogna au plafond pour indiquer au cocher de se mettre en route. Tandis qu'ils s'acheminaient à travers les échoppes de Bishop Street, il raconta son entrevue chez les Tomalin.

— Je n'imaginais certes pas que cela se passerait ainsi, conclut-il, contrarié.

— En effet, je peux voir à quel point tu as le cœur brisé par ce qui vient de se passer, plaisanta Reginald. Tu imaginais épouser une jolie petite somme, produire un héritier avec le moins d'effort possible et repartir pour l'Espagne en moins de deux ans. Mais rien ne se passe jamais comme prévu dans la vie, mon vieux !

Luke suivit du doigt l'insigne accroché à son uniforme qui représentait un clairon incurvé. Mal à l'aise face à la clairvoyance de son ami, il devait également reconnaître qu'il se sentait étrangement… soulagé. Si Diana et lui avaient commencé les négociations du mariage, les dettes des Ingham auraient été révélées au grand jour. La famille de celle-ci aurait incité la jeune femme à décliner cette union et le pays tout entier aurait découvert les difficultés financières que les siens traversaient. Finalement, l'inclination qu'il avait eue pour elle s'était affaiblie après des années de séparation et il n'avait nulle envie d'affronter tant d'obstacles pour obtenir sa main. À présent, la question ne se posait plus, de toute façon.

— Je t'avoue que son refus de m'épouser avant mon départ et son insistance pour garder nos fiançailles secrètes m'étaient toujours restés en travers de la gorge.

— Mon pauvre Preston, te voilà obligé d'abandonner l'enfer des combats pour traverser l'enfer matrimonial ! Dieu, que j'aurais aimé rester ici pour te voir danser au bal comme l'un de ces dandys londoniens !

Luke renifla avec mépris.

— Quand je suis rentré, je n'imaginais pas subir une telle épreuve, maugréa-t-il.

Hélas, bien pire l'attendait quand il rejoindrait la demeure familiale à la campagne. Maintenant qu'il était en droite ligne pour hériter du comté, toutes les jeunes dames titrées et leurs chères mamans qui l'avaient ignoré lorsqu'il n'était que le cadet allaient envahir Pensum Manor avec plus de violence et de hâte que les troupes napoléoniennes.

— Tu n'as pas à subir tout cela. Écris à ton frère pour lui dire de s'occuper un peu plus du lit conjugal et rentre en Espagne.

— Je suis certain que l'absence d'enfant ne vient pas d'un manque de tentatives de leur part. Edward et Alma m'ont toujours semblé très amoureux l'un de l'autre. Et puis, un héritier n'est pas la seule chose qui leur manque, ils ont aussi besoin d'argent, expliqua Luke d'un air sombre.

Il contempla un instant à travers la fenêtre du véhicule la foule qui se pressait sur le pont de Londres. Même s'il l'avait voulu, il n'aurait pu éviter de se soumettre à la requête de son père. Pour s'assurer qu'il obéisse, ce dernier en avait appelé à son ami de longue date, le lieutenant-colonel Lord Henry Beckwith, afin que ce dernier mette fin à la carrière militaire de Luke, avec la même efficacité dont il avait usé pour le lancer dans cette voie. Luke avait à l'occasion ignoré un ou deux ordres durant une bataille, rattrapant sa désobéissance par des victoires, cependant il ne pouvait ignorer une injonction directe de Lord Beckwith.

La voiture s'arrêta devant l'entrée d'une auberge animée. Sa veste d'uniforme sous le bras, Luke sauta à bas du véhicule, suivi de Reginald. Le cocher ne retira toutefois que les valises de Luke du porte-bagages : après une courte visite à sa sœur, Reginald rentrerait en Espagne, à présent qu'il s'était occupé des dépêches militaires à distribuer à travers le pays. Leurs chemins se séparaient donc là puisque, pour sa part, Luke allait rejoindre la propriété familiale dans le Hertfordshire.

— J'aurais aimé que tu acceptes de racheter ma charge de major, Reginald.

— Tu sais bien que je n'en veux pas, pas plus que des dettes qu'il me faudrait assumer pour la garder. Nous ne sommes pas tous faits pour commander comme toi, répondit son ami en lui posant une main fraternelle sur le bras. Ton talent et ton courage nous manqueront sur les champs de bataille.

— Vous vous rattraperez grâce à ton charme naturel. Tu parviendrais même à séduire les soldats de Napoléon.

Reginald se rengorgea.

— J'ai en effet un certain talent pour la flatterie.

Luke dégrafa de son uniforme l'insigne du quarante-troisième régiment et en détacha le haut, qu'il tendit à son ami.

— Reste en vie, Regi.

Ce dernier caressa du doigt l'écusson, une expression sérieuse sur le visage, ce qui était rare chez cet esprit jovial.

— C'est toi qui dois te montrer prudent. J'ai entendu dire que ces jeunes filles en quête de mari peuvent être terriblement dangereuses. Allez, va dans le Hertfordshire, trouve-toi une épouse et donne à ta famille l'héritier tant attendu.

Après avoir rangé l'insigne dans son manteau et empoigné Luke aux épaules dans un geste amical, il remonta en voiture.

— Envoie Napoléon en enfer, lança ce dernier en lui faisant signe de la main.

Dans sa paume serrée, les bords de l'insigne lui cisaillaient la peau.

— J'en ai bien l'intention !

Luke resta un long moment immobile, songeant qu'à chaque tour de roue les dix dernières années de sa vie disparaissaient davantage. Il ouvrit la main et contempla l'étain terni par la boue et la pluie d'Espagne. Ce qui l'attendait sur les terres de sa famille était tout ce qu'il avait fui en partant pour le Sud : il détestait le poids oppressant des générations d'Ingham qui hantaient Pensum Manor. Sans compter qu'il s'était toujours senti écrasé par sa propre insignifiance puisque son aîné avait pris toute l'importance dans la logique de l'héritage.

Le moral en berne, il pénétra dans l'auberge pour réserver un siège dans la prochaine diligence. Plus vite il accomplirait son devoir, plus vite il pourrait retourner auprès de son régiment, là où il s'accomplissait réellement.

Chapitre 2

Joanna n'avait encore jamais assisté à un bal. Impressionnée, elle admira les décorations de la salle de réception de Pensum Manor : feuilles d'automne, meules de foin et gerbes de blé nouées par des rubans orange étaient savamment dispersées dans l'immense pièce. Les musiciens qui officiaient habituellement à l'église pour la messe jouaient à présent une musique entraînante. Devant eux, de jeunes ladies et des gentlemen en habits sombres dansaient avec entrain. Tous semblaient heureux et insouciants. Sauf elle bien sûr, et, semblait-il, le major Preston.

Joanna jeta un nouveau regard en direction de l'invité d'honneur. Elle admira sans réserve l'arc de ses sourcils et s'attarda sur ses cheveux bruns qui bouclaient au-dessus de son col parfaitement blanc. Toutefois, ce n'était pas seulement sa carrure imposante qui attirait ses regards, mais aussi la lueur chaude de ses yeux bruns, qui pour le moment exprimaient un mécontentement évident. Il se tenait debout aux côtés de son frère, Lord Pensum, et saluait chaque nouvel arrivant d'une inclinaison rigide du torse, tandis que son frère accueillait chacun avec un large sourire et quelques mots de bienvenue. L'ennui du major Preston n'en était que plus flagrant et Joanna se surprit à compatir à ses souffrances. Tout comme elle, il était de toute évidence terriblement mal à l'aise au milieu de tous ces débordements de joie.

— Regardez où vous mettez les pieds, lança Frances d'un ton brusque, alors qu'elle venait de s'arrêter sans prévenir pour observer un groupe de danseurs.

Elle se remit en marche, les yeux plissés, sans aucun doute à la recherche du lieutenant Foreman. Par chance, elles ne l'avaient toujours pas vu, toutefois cela n'empêchait pas Frances de regarder partout. Décidément, cette jeune fille faisait preuve d'une détermination à toute épreuve dès lors qu'il s'agissait de ruiner sa réputation.

Joanna la suivit de mauvaise grâce, relevant la traîne de la robe de soie bleu pâle que Frances lui avait jetée au visage après que Lady Huntford avait annoncé qu'elle assisterait elle aussi au bal en tant que chaperon. Joanna tritura nerveusement le lacet qui fermait le corsage très pudique de sa robe. Elle avait cousu jusque tard dans la nuit pour l'ajuster à sa taille. Le manque de sommeil ainsi que les exigences de Lady Huntford ajoutaient à son inquiétude. Cette dernière lui avait recommandé de manœuvrer afin que Frances rencontre le major Preston — et son élève se montrait comme à l'accoutumée aussi coopérative qu'un âne.

Puisque celle-ci refusait de danser et tournait sans cesse autour de la salle de bal, Joanna ne pouvait même pas profiter de la compagnie des autres gouvernantes, tranquillement installées le long des murs. Or, elle avait désespérément besoin d'une conversation polie et civilisée avec un être humain, quel qu'il soit — ce qui n'était jamais le cas à Huntford Place.

Par chance, les pas empressés de Frances les menèrent tout près du major et Joanna osa un nouveau regard dans sa direction.

Cette fois, leurs yeux se rencontrèrent et, soudain, elle eut l'impression que la salle de bal se vidait brusquement, ne laissant que lui, elle et la douce mélodie du violon. Le regard direct du major glissa le long de son corps, s'arrêtant un instant sur le renflement de sa poitrine, qu'elle sentit se soulever et tendre le tissu de son décolleté.

Elle aurait dû lui adresser un regard de réprimande pour son comportement inapproprié, mais à la place elle se redressa de toute sa hauteur et leva le menton, s'exhibant avec fierté dans la plus jolie robe qu'elle ait jamais portée. Le major sembla apprécier le spectacle puisque ses yeux reprirent leur progression en sens inverse, allumant un chemin de feu depuis les chevilles de Joanna jusqu'à son cou. Elle sentit une étrange tension lui animer les reins. Lentement, elle porta la main à ses boucles et il reporta son attention sur son visage. Troublée par son regard, elle serra ses deux mains l'une contre l'autre, comme pour maîtriser l'ardent désir qui l'envahissait de caresser le tracé de la mâchoire carrée du major. Elle enviait la femme qu'il choisirait ce soir et qui aurait la chance de pouvoir sentir ce corps puissant se serrer contre le sien, sentir la chaleur de ces doigts sur sa peau nue, se sentir protégée par la taille haute et les épaules larges de cet homme hors du commun.

— Arrêtez de rester bouche bée comme une idiote ! Vous m'embarrassez.

Le ton péremptoire de Frances la tira brutalement de ses rêveries sensuelles. Elle réprima un rire nerveux. À voir comment cette jeune lady se jetait à la tête du lieutenant Foreman, elle avait de toute évidence une conception un peu particulière de ce qui pouvait être embarrassant… Joanna retint cependant sa langue, peu désireuse d'accroître davantage l'ire de Frances.

— Ne souhaitez-vous pas discuter avec le major Preston ? demanda-t-elle simplement.

Ce dernier continuait de l'observer. Elle serra les doigts sur la traîne de sa robe, abasourdie par l'indécence de ses propres désirs. Que Dieu la garde ! Elle était ici pour chaperonner Frances, et non pas pour perdre la tête pour un homme qui n'était clairement pas pour elle. Elle était tellement au-dessous de lui dans l'échelle sociale que la seule relation qu'elle pouvait espérer avec un tel parti aurait jeté l'opprobre sur elle et ruiné toute l'éducation honorable qu'elle avait reçue de Mme Dubois. Elle avait été élevée pour devenir un modèle pour les jeunes ladies, certainement pas une maîtresse entretenue par un major incroyablement séduisant.

— Pourquoi voudrais-je lui parler ? demanda Frances avec dédain en se hissant sur la pointe des pieds pour guetter les invités.

— Pour épargner à vos souliers le plaisir de danser, plaisanta Joanna.

Voyant que sa tentative d'humour était vouée à l'échec, elle ajouta :

— Et parce que j'ai remarqué que le major vous admirait.

C'était un mensonge éhonté mais qui eut le mérite d'être efficace.

— Vraiment ? questionna la jeune fille en tournant le visage si vivement que ses boucles blondes s'envolèrent.

Puis elle adressa un sourire fort peu subtil au major. Le soudain intérêt de la demoiselle eut pour conséquence d'anéantir aussitôt celui qu'il avait eu pour Joanna. Après avoir adressé à Frances un signe poli de la tête, il se retourna pour parler avec un gentleman qu'elle reconnut vaguement. Elle tenta d'ignorer la déception qui lui serra le cœur.

Au centre de la salle, une danse s'achevait et de nouveaux couples se formaient pour la prochaine. Mr Winborn, le fils d'un baronnet local, s'approcha d'elles.

— Miss Huntford, me ferez-vous l'honneur de cette danse ? demanda-t-il en tendant une main couverte de taches de rousseur et en inclinant sa chevelure d'un roux flamboyant.

— J'imagine que je dois danser avec quelqu'un pour éviter les commérages, acquiesça mollement la jeune femme.

— Et nous voudrions éviter ce malheur, renchérit le gentleman, qui ne semblait nullement offensé par son manque d'enthousiasme.

À vrai dire, il semblait tout aussi blasé que sa partenaire tandis qu'ils se dirigeaient vers les danseurs.

De son côté, Joanna poussa un soupir de soulagement. Au moins, Frances ne pouvait s'attirer d'ennuis tant qu'elle était occupée sur la piste de danse. Elle se retourna, enfin libre de rejoindre les autres gouvernantes, lorsqu'une silhouette imposante se dressa sur son chemin. Juste sous ses yeux, elle vit un insigne représentant un clairon se balancer au bout d'un ruban, avant de lever le regard pour croiser celui du major Preston.

Une odeur exotique de cèdre l'enveloppa et elle chancela.

La redingote noire du major moulait à la perfection ses épaules carrées, des boutons représentant deux sabres croisés maintenaient le manteau près de son corps, accentuant la finesse de sa taille.

— M'accorderez-vous cette danse ? lança-t-il d'une voix profonde en tendant la main vers elle.

Sa paume était large et traversée d'une cicatrice de bout en bout. De petits cercles rouges marquaient l'emplacement d'anciennes ampoules. Cet homme n'avait décidément rien d'un gentleman londonien, il avait de toute évidence connu le danger et le labeur. Étrangement, sa proximité ne la mettait pas mal à l'aise comme à chaque fois qu'elle se retrouvait en présence de gentlemen ou de ladies de la haute société. Non. Près de lui, elle se sentait galvanisée et désirait imiter la confiance qui émanait de lui.

Sans un mot, elle leva la main pour la poser dans la sienne. Ce contact la ramena aussitôt sur terre et elle se dégagea.

— Pardonnez-moi, sir. Dès qu'il s'agit de tournoyer sur une piste de bal, je ressemble bien plus à un cheval fou qu'à une lady pleine de grâce. Il vaut donc mieux que j'évite la danse pour nous épargner à tous deux cette humiliation.

Après un instant de stupéfaction, le major Preston lui adressa un sourire amusé. Par chance, il ne se sentait pas insulté par son refus.

— Danser ne met pas non plus en valeur mon agilité, croyez-moi. En dépit des leçons, je n'ai jamais développé de talent dans ce domaine. Je suis bien plus doué pour l'équitation, conclut-il avec un petit rire.

— Peut-être alors aurez-vous un don pour cette danse sur cheval qui se pratique à Vienne, d'après ce que j'ai lu ?

Joanna se tut brusquement, inquiète à l'idée qu'il puisse la rabrouer comme le faisait Frances lorsqu'elle s'exprimait librement.

— Cela ne risque pas d'arriver avec mon étalon, s'amusa-t-il. Il n'a rien d'un lipizzan de l'Est et tout d'une mule. Il me jetterait de la selle si j'essayais de lui apprendre à danser.

— Mais vous seriez tous deux magnifiques le temps qu'il vous éjecte de la selle.

— Ce qui ne saurait lui prendre plus de quelques secondes. Montez-vous ?

— Aussi mal que je danse, je le crains.

— Je suis certain que vous seriez très élégante à cheval si vous essayiez.

— Sans doute, pour les quelques secondes où je resterais en selle, plaisanta-t-elle.

Il se pencha vers elle et elle inspira avec délice la senteur de bois précieux qui émanait de lui. Elle remarqua une fine cicatrice qui lui courait le long de la tempe.

— Je vous rattraperais, dit-il dans un souffle, dangereusement proche.

Joanna se raidit, à la fois délicieusement troublée et affolée par son propre comportement. Une simple gouvernante n'avait aucune raison de discuter avec un homme de la haute société, moins encore de flirter ! Elle aurait dû mettre fin à la conversation et s'éloigner — hélas, elle en était incapable. En fait, elle ne s'était pas sentie aussi bien depuis la dernière fois qu'elle avait été en compagnie de ses amies. Alors, plutôt que de se récrier contre la familiarité du major, elle lui jeta un regard espiègle par-dessous ses longs cils.

— J'en ferais de même pour vous, assura-t-elle.

Cette fois, il rit de bon cœur sans chercher à rester discret. Heureusement, la musique s'envola dans un crescendo au même instant, ce qui empêcha les convives alentour de remarquer l'intimité de leur échange.

— Votre plaisanterie risque d'attirer tous les regards sur moi, la gronda-t-il gentiment. Seigneur, qu'est-ce que je ne donnerais pas pour être en train de chevaucher au grand air au lieu de subir cette torture.

Le lourd soupir qui s'échappa de sa poitrine ne laissa planer aucun doute sur ce qu'il pensait de ce type d'événement et Joanna se confia à son tour :

— Quant à moi, je donnerais tout pour un fauteuil confortable et un bon livre.

— Hélas, nous sommes tous les deux condamnés à rester prisonniers de ces murs, se désola-t-il en embrassant la salle d'un large geste du bras.

Joanna aperçut Frances, qui tournoyait dans les bras de son gentleman roux. Elle fut étonnée de voir sur les lèvres de celle-ci un sourire sincère et naturel en lieu et place de son habituelle mimique séductrice.

— Cela ne doit pas être simple de rester dans l'ombre de Miss Huntford, reprit le major. Vous êtes de loin la plus jolie des deux.

Joanna préféra garder le regard baissé, à la fois troublée et embarrassée par son compliment. Les avertissements de Miss Fanworth lui revinrent en mémoire et elle arbora son expression de gouvernante la plus sévère avant d'oser relever les yeux. Hélas, cela ne sembla pas avoir plus d'effet sur lui que cela n'en avait eu sur Frances.

— Merci, sir, mais vous ne devriez pas parler de la sorte, ajouta-t-elle d'un ton sec pour faire bonne mesure.

— Je ne peux faire autrement, à vrai dire. Voyez-vous, j'ai passé bien trop de temps en compagnie d'hommes dotés d'un solide franc-parler, et je suis incapable de respecter les convenances. Je ne peux qu'être franc et honnête avec tout le monde. Imaginez à quoi ressemblerait le monde si tous faisaient comme moi !

— Je l'imagine parfaitement, en effet, rétorqua-t-elle. Le monde exploserait presque aussitôt, dès que chacun aurait compris ce que les autres pensent de lui.

— Je n'en suis pas aussi convaincu que vous. Tous ici savent ce que les autres pensent réellement, ils se contentent de feindre de ne pas le savoir.

— Qu'en est-il de vous ? Ne faites-vous donc jamais semblant ?

Bien sûr, cela ne la regardait aucunement et elle se montrait tout aussi impolie que lui en s'insinuant de la sorte dans ses pensées.

— Tous les jours, assura-t-il, et une ombre de chagrin passa dans son regard. Je prétends être heureux d'être de retour à la maison. Je prétends être heureux d'avoir abandonné ma carrière militaire pour ceci…

Luke carra les épaules et serra ses mains dans son dos en attendant qu'elle écarte ses plaintes d'un haussement d'épaules, comme l'avaient déjà fait son frère Edward, son père et toutes les jeunes ladies avec lesquelles il avait été forcé de parler au cours de la soirée. Tout le monde s'attendait à ce qu'il oublie ses années de service dans l'armée, comme si cela n'avait été rien de plus qu'une autre Saison londonienne. L'aurait-il voulu qu'il n'aurait pu oublier les visages des hommes qu'il avait perdus, pas plus que son corps n'oubliait ses réflexes. Son intuition du danger ne l'abandonnait jamais, quand bien même elle lui était devenue parfaitement inutile ici.

— Il peut être difficile de quitter une situation dans laquelle on a vécu si longtemps, particulièrement quand cela implique de laisser des amis derrière soi, dit-elle d'une voix douce.

Elle posait sur lui son regard bleu qui aurait fait pâlir la Méditerranée, et Luke resta un instant interdit. Cette jolie jeune femme ne cessait de le surprendre, et elle le captivait.

Un peu plus tôt, il l'avait longuement observée alors qu'elle suivait à marche forcée les déambulations de son aînée. Voir ces deux sœurs ensemble lui avait rappelé l'époque où il ne quittait jamais les pas d'Edward, au grand dam de ce dernier. Jusqu'au jour où il s'était écarté de son modèle et l'avait mis dans l'embarras. Luke avait entraperçu le même type de relations conflictuelles entre les deux sœurs Huntford.

La dernière fois qu'il les avait vues, c'était à un pique-nique, des années plus tôt. Il se rappelait de jeunes filles aussi futiles que leur mère. Pourtant, cette jeune femme-là, sans doute la cadette, s'était transformée en une magnifique lady sage et mature.

— Vous parviendrez à vous établir tôt ou tard, lui assura-t-elle sans une once de condescendance.

Sa chevelure noisette mettait en valeur la teinte presque surnaturelle de ses yeux bleus et son visage aux traits délicats.

— M'établir est précisément ce qui m'inquiète. En tant que cadet, je n'ai guère d'autres perspectives, même si la propriété ne me revient pas de droit et ne me reviendra peut-être jamais. De toute façon, je n'ai aucun désir d'hériter !

Depuis leur plus jeune âge, on leur avait appris à Edward et lui comment gérer le domaine. Bien entendu, cela avait eu du sens pour son frère qui hériterait ; beaucoup moins pour lui. Ces années de formation avaient surtout représenté une pression constante qui lui rappelait son infériorité. Après avoir payé de mauvaise grâce ses études au même titre que celles d'Edward, leur père avait dépensé le moins possible pour assurer à Luke une charge de lieutenant. Par la suite, son ascension dans les rangs de l'armée n'avait reposé que sur ses propres efforts. Voilà pourquoi il était tellement fier d'avoir mérité son rang de major.

À présent qu'il devenait indispensable à la survie de la lignée, son père dépensait une fortune parfaitement inutile pour lui faire rencontrer les prétendantes locales. À chaque fois que Luke y pensait, il sentait la fureur bouillir dans ses veines.

Il vit que ses paroles sans fard avaient ébranlé la jeune femme. Elle contemplait la salle de bal, les yeux écarquillés par le choc. Elle regardait avec attention les danseurs qui quittaient la piste, comme si elle cherchait une excuse pour fuir au plus vite. Quoi d'étonnant qu'elle veuille s'éloigner d'une telle hérésie ? Un gentleman qui ne voulait pas d'un titre de comte !

— Ce n'est pas possible..., marmonna-t-elle entre ses dents.

— Je vous assure que si, rétorqua Luke, qui ne voulait pas mentir simplement pour lui plaire.

— Excusez-moi, major Preston, je dois... euh... aller voir quelque chose... Euh... Miss Huntford... C'est important.

Et sur ce charabia obscur, elle s'échappa comme un cheval apeuré. Luke eut l'impression qu'une pierre lui tombait sur la poitrine. Il l'avait crue différente, plus mûre, moins superficielle que les autres ladies de la soirée. Il avait eu tort. Elle était aussi avide et creuse que le reste de sa famille.

— Tu sembles en avoir plus besoin qu'Edward, déclara sa belle-sœur en lui tendant une coupe de champagne.

Alma était une femme grande et gracile, avec des cheveux sombres et de jolis yeux noisette. Luke aimait surtout son sourire enjoué, même s'il ne le voyait que rarement sur ses lèvres depuis son retour. Il s'empara du verre et en but une gorgée avant de lui adresser un sourire reconnaissant.

— Je viens une nouvelle fois d'apprendre que ma valeur est irrémédiablement liée à ma position dans la société.

— Je compatis. Concevoir un héritier est la seule chose que l'on attend d'une femme de mon rang, et j'ai échoué.

Elle garda les yeux fixés sur les bulles légères qui remontaient à la surface de sa flûte.

— Excuse-moi, Alma. Je me suis montré aussi indélicat qu'Edward, je n'avais pas l'intention d'aggraver ta détresse.

— Ne sois pas si dur avec Edward. Il fait son possible pour accepter notre échec et ses conséquences sur la famille, tout comme toi.

— Ne perds pas espoir, Alma. J'ai vu bien des miracles sur les champs de bataille, des hommes qui se tiraient d'explosions terrifiantes avec à peine quelques contusions, d'autres qu'un boulet de canon frôlait sans dommage. Il faut toujours garder espoir.

Et sur cet encouragement, il trinqua avec elle.

— Nous verrons bien, dit-elle avec un sourire, mais il n'y avait aucune note d'espoir dans sa voix.

Luke leva sa coupe pour l'avaler d'un coup — et s'immobilisa. À l'autre bout de la salle, un homme qui n'avait rien à faire ici venait de sortir par une porte pour rejoindre un couloir.

— Que diable fait-il ici ? grinça-t-il entre ses dents.

— Qui donc ? s'alarma Alma.

— Le lieutenant Foreman.

Cela faisait huit ans qu'il n'avait plus entendu parler de ce scélérat, lorsque, sur son insistance, il avait été envoyé dans une autre unité au nord du pays après avoir compromis la fille d'un vicaire.

— À ma connaissance, il n'y avait aucun officier sur la liste des invités.

Alma pointa sa coupe vers la silhouette gracieuse qui traversait la foule dans la même direction qu'avait prise Foreman.

— Il me semble que la jeune dame avec laquelle vous discutiez le suit.

Luke serra les mâchoires. La jeune femme s'arrêta un instant à la porte, jetant un regard en direction de Lady Huntford, puis elle profita de son inattention pour se glisser à son tour dans le corridor. Il tendit sa coupe à Alma d'un geste brusque.

— Je refuse de voir une jeune écervelée ruiner sa réputation, en particulier avec un homme de son acabit. Ne dis rien à personne.

— Je ne dirai pas un mot, lui assura sa belle-sœur.

Par chance, Alma avait toujours été d'une discrétion exemplaire.

Luke traversa rapidement la salle d'un air aussi dégagé que possible, déterminé à protéger son invitée de sa propre imprudence. Au bout du couloir, il la vit s'avancer dans l'ombre avec la même agitation qu'un espion dans une allée. Elle savait visiblement qu'elle agissait mal. Néanmoins, cela ne l'arrêta pas.

Luke veilla à ne pas s'approcher trop près pour n'être pas découvert. Il voulait les surprendre ensemble pour lui faire comprendre le danger qu'elle courait… mais pas trop *ensemble* cependant. Ensuite, il ferait en sorte que Foreman ne remette plus jamais un pied dans le Hertfordshire. Bon sang ! Cet homme était méprisable. Il n'avait aucun sens de l'honneur !

Voilà huit ans, il avait refusé de réparer son erreur en épousant la fille du vicaire. Heureusement qu'il ne lui avait pas laissé un enfant en l'abandonnant. De toute façon, Luke l'aurait mené jusqu'à l'église sous la menace d'une baïonnette si ç'avait été le cas. Pourvu qu'il n'ait pas à le faire dans le cas de Miss Huntford…

Devant lui, la jeune femme emprunta un autre couloir faiblement éclairé afin de garder dans l'ombre les fauteuils fatigués et les tapis élimés. Le plus beau du mobilier avait été rassemblé dans la salle de bal et les pièces de réception pour donner à leurs invités l'illusion de la richesse. Aucun convive n'était en effet supposé s'aventurer dans cette aile éloignée.

Il s'arrêta à l'angle du corridor et jeta un œil prudent. La jeune femme avait posé la main sur la poignée de la dernière porte. Elle tourna la tête pour surveiller les alentours et il se rejeta en arrière. Le grincement de la serrure lui indiqua qu'il n'avait pas été surpris.

Il la suivit, déterminé à faire une entrée aussi spectaculaire que possible afin de lui donner une bonne leçon. Il saisit la poignée et ouvrit d'un coup.

— Que faites-vous ici ? lança-t-il d'une voix forte.

Il s'immobilisa devant la scène qui s'offrait à lui. Sa jeune imprudente se tenait juste devant lui, tandis qu'au fond de la pièce… Foreman s'écartait précipitamment de l'autre sœur Huntford.

— Nous profitons des plaisirs de la campagne, comme vous le voyez, répondit Foreman avec un ricanement. Et il n'y a rien que vous puissiez faire pour l'empêcher, monsieur l'ex-gradé.

Luke marcha à grands pas vers lui, obligeant Foreman à reculer jusqu'à ce que la bibliothèque l'empêche d'aller plus loin.

— Je n'ai peut-être plus ma charge de major, mais je conserve des relations avec le lieutenant-colonel Lord Beckwith. Je n'hésiterai pas une seule seconde à faire appel à lui pour que vous soyez définitivement renvoyé de l'armée, Foreman.

— Non, vous ne pouvez pas ! s'exclama Miss Huntford avec un hoquet de stupeur.

Il posa sur elle un regard dur.

— Au lieu de vous inquiéter de son sort, jeune dame, vous feriez mieux de vous rappeler que votre réputation est en grand danger.

La jeune femme blonde se mordit la lèvre et baissa le regard comme un enfant réprimandé. Luke brûlait d'envie d'assener son poing dans la figure de son ancien camarade d'études, néanmoins il parvint à garder le contrôle de ses nerfs. Sa famille ne pouvait se permettre de racheter du mobilier abîmé par une bagarre.

— Quant à vous, Foreman, vous feriez bien de réfléchir sérieusement à votre avenir dans l'armée parce que si je vous revois ensemble sans que vous soyez mariés, si j'entends la moindre rumeur scandaleuse vous concernant, je ferai en sorte de vous faire envoyer à des miles d'ici. Me suis-je montré assez clair ?

Les yeux de fouine du lieutenant s'élargirent de surprise.

— Oui, articula-t-il, visiblement de mauvaise grâce.

— Oui, *sir*, le reprit Luke.

— Oui, sir, rectifia Foreman avec un salut militaire.

— Hors de ma vue, à présent.

Le gredin glissa entre Luke et le mur, et s'échappa sans même un regard vers la jeune femme qu'il avait failli compromettre définitivement.

L'embarras de Miss Huntford ne dura cependant pas longtemps. Luke la vit fixer des yeux étincelants de rage sur sa sœur avant de l'invectiver comme s'il n'était pas là.

— Amener le major Preston jusqu'ici ! Belle tentative pour ruiner mon honneur, vraiment ! Je veillerai à ce que votre punition soit exemplaire pour une telle audace.

Elle marcha sur la pauvre jeune femme qui semblait faire de son mieux pour ne pas reculer face à cette furie. Luke s'interposa entre les deux sœurs, protégeant la seconde de la colère de l'aînée.

— Votre sœur ne m'a pas amené jusqu'ici ! Je l'ai suivie. Contrairement à vous apparemment, je suis inquiet de sa réputation et de la vôtre.

— Ma sœur ? cracha Miss Huntford avec un évident mépris. Cette idiote n'est pas ma sœur, mais ma gouvernante.

Stupéfait, Luke laissa son regard passer de l'une à l'autre. Soudain, il comprenait mieux les sous-entendus de leur conversation. Tout prenait brusquement sens : pourquoi elle avait refusé de danser, sa lucidité et son désir de s'éloigner de ce monde de faux-semblants… La jeune femme baissait la tête, comme si elle était réellement inférieure à l'odieuse Miss Huntford. Luke sentit son sang bouillir dans ses veines.

Il détestait l'humiliation illégitime dont il avait souvent été témoin lorsque des commandants incapables réprimandaient injustement des soldats plus jeunes pour avoir pris des initiatives.

Il posa un regard sévère sur Miss Huntford. Elle était accoutrée comme une courtisane avec ce décolleté qui laissait tout voir de sa généreuse poitrine. Sa mère n'aurait jamais dû l'autoriser à sortir vêtue de la sorte. Cela dit, il était évident que si Lady Huntford se préoccupait un tant soit peu de l'éducation de sa fille, cette dernière ne se serait pas enfermée dans une bibliothèque avec ce vaurien de Foreman.

— Votre gouvernante a plus de jugeote que vous !

La jeune fille laissa échapper un hoquet de surprise, elle n'était visiblement pas accoutumée à se voir réprimander.

— Je vous préviens vous aussi, Miss Huntford, si j'entends la moindre parole désagréable à propos de Miss… Quel est votre nom, je vous prie ? demanda-t-il en se tournant vers la gouvernante.

— Radcliff, balbutia-t-elle.

La jeune femme vibrante de vie et pleine d'humour de tout à l'heure avait disparu, nota-t-il avec tristesse.

— Si j'entends dire que Miss Radcliff a été renvoyée ou seulement réprimandée à cause de sa tentative pour vous sauver de vous-même, j'exigerai un entretien avec votre père et je lui dirai non seulement ce dont je viens d'être le témoin, mais lui donnerai aussi des informations que j'ai sur le passé du lieutenant Foreman. Aucun de vous deux n'appréciera ce qu'il entendra. Ai-je votre parole que vous ne chercherez pas à vous venger de Miss Radcliff ?

La bouche de la jeune fille se tordit en une moue puérile. Elle cherchait à gagner du temps, comme il l'avait souvent vu faire aux jeunes recrues qui ne souhaitaient pas répondre à une question directe. Ils cherchaient toujours des explications de mauvaise foi pour justifier leurs erreurs. Et comme ces soldats, Miss Huntford ne trouvait aucune excuse valable. Sa moue disparut et le rouge lui monta aux joues. Elle avait perdu et elle le savait.

— Vous avez ma parole, cracha-t-elle, mécontente.

— Parfait. Je vais vous escorter jusqu'à la salle de bal et aucun de nous ne dira un mot de ce qui s'est passé, conclut-il en lui offrant son bras.

Elle dut ravaler sa colère et lui prendre le bras, non sans jeter un regard furieux vers sa gouvernante, qui les suivit dans le couloir.

À vrai dire, Luke se préoccupait bien plus de Miss Radcliff que de la détestable jeune lady qu'il avait à son bras. Malgré ses menaces, il doutait que la capricieuse Miss Huntford soit capable de respecter sa parole. Si elle s'en prenait à la jeune femme, il ne pourrait rien faire pour protéger une gouvernante sans relations et sans fortune. Il n'aurait aucune possibilité de correspondre avec elle ou de lui rendre visite à Huntford Place. Hélas, elle était l'une des rares dames de l'assemblée qui lui étaient inaccessibles… et la seule dont il avait apprécié la compagnie et la conversation depuis fort longtemps.

Cette prise de conscience le perturbait comme un caillou dans sa botte. La femme qui les suivait humblement avait plus de dignité, d'élégance et de sens du devoir que la fille d'un aristocrate. Pourtant, il était forcé de l'écarter de la liste des épouses potentielles parce qu'elle n'était pas de son rang. Quelle indignité !

Il était si perturbé par ses réflexions qu'il ne songea pas à laisser les deux jeunes femmes rentrer seules dans la salle de bal. Au moment où il pénétra dans la pièce, tous les yeux se fixèrent sur eux. Luke comprit aussitôt son erreur. Bien sûr, la présence de Miss Radcliff empêcherait les mauvaises langues de s'emballer. Il n'empêche que Miss Huntford et lui-même avaient été vus ensemble hors de la salle de réception.

L'attention qu'on leur portait n'échappa pas à cette dernière, qui lui lâcha aussitôt le bras et partit en quête de sa mère. Comme Miss Radcliff s'apprêtait à la suivre, il l'appela sans trop savoir pourquoi.

Il n'y avait rien à ajouter, simplement il espérait pouvoir

s'assurer qu'elle irait bien. Comme si elle avait compris ses hésitations, elle parla la première.

— Je vous remercie pour votre aide, major Preston, dit-elle à voix basse.

Elle lui adressa une révérence parfaitement convenable et suivit sa pupille. Cette femme forçait son admiration. Elle parvenait à garder son sang-froid et à agir de façon appropriée même sous la pression. Une raison de plus de regretter de renoncer à elle… Il la suivit des yeux lorsqu'elle traversa la salle, jusqu'à ce qu'elle passe tout près d'Alma dont il croisa le regard entendu. Visiblement, sa belle-sœur avait compris laquelle des deux jeunes femmes lui plaisait vraiment.

Mécontent, Luke reporta son attention sur un groupe de gentlemen qui discutaient avec enthousiasme de la chasse au faisan. Hélas, le sujet ne le passionna pas suffisamment pour détourner son esprit du regard enchanteur de Miss Radcliff. Il savourait encore la paix étrange qu'il avait ressentie à son contact. Cette inconnue avait compris sa frustration et son mal-être bien mieux que les propres membres de sa famille.

— Alors, Preston, s'exclama Lord Chilton, je suppose que vous êtes soulagé d'être débarrassé de cette sordide campagne d'Espagne ?

Luke réprima une réplique cinglante. Lord Chilton était l'un des nombreux hommes de l'assemblée qui avait une fille à marier et de l'argent.

— Peut-être serait-ce le cas, milord, si mes hommes ne continuaient pas de mourir pour que nous puissions profiter des bals sans avoir Napoléon à nos bottes, répondit-il en conservant un ton parfaitement poli.

— Je comprends, quel malheur, je suis reconnaissant à notre armée, c'est sûr, marmonna Lord Chilton tandis que leurs voisins ajoutaient quelques encouragements hypocrites.

— Que comptez-vous faire à présent que vous êtes rentré au bercail ? interrogea Lord Selton. Je ne peux croire que la vie à la campagne puisse suffire à divertir un homme de votre expérience.

Non, en effet, songea Luke avec amertume. Il avait trouvé un sens à sa vie dans l'armée, une forme d'accomplissement qu'il avait recherchée en vain auparavant et qui était à présent hors d'atteinte.

— Cela manque certes un peu d'action, mais au moins personne ne me tire dessus.

— Oui, j'imagine que c'est un effet positif de la campagne, bégaya Selton, qui ne savait visiblement pas s'il convenait de rire.

Les hommes revinrent à leur conversation de chasse et il eut toute liberté de chercher du regard Lady Huntford et sa fille. Ou plus précisément, leur gouvernante. Miss Radcliff se tenait en retrait le long du mur, magnifique au milieu des autres chaperons. Sentant son regard sur elle, elle leva les yeux vers lui et sourit. Très vite cependant, Miss Huntford dut faire une remarque acerbe et Miss Radcliff détourna le regard.

Dans sa poche, Luke serra son insigne. Il devait bien y avoir quelque chose à accomplir ici plutôt que d'attendre en vain un héritage qui ne viendrait peut-être jamais. Il devait se trouver une occupation. Et vite. Sans quoi il risquait de retomber dans le désespoir qui avait été son compagnon d'enfance, autant d'années où il s'était senti terriblement inutile. Il allait se chercher un objectif, développer de nouvelles compétences pour rendre sa famille fière de lui et cesser de tourner en rond à rêver d'une jeune femme qui n'était pas pour lui.

Chapitre 3

— Frances Huntford ! Je n'aurais jamais parié là-dessus étant donné la façon dont tu la considérais quand tu étais plus jeune.

Installé à la table du petit déjeuner, le comte d'Ingham rit bruyamment à l'adresse de son fils cadet.

— On ne peut pas franchement dire que je suis ravi de me retrouver lié à cette engeance, néanmoins, s'ils me donnent un petit-fils, j'imagine que je pourrai passer outre, ajouta-t-il en se resservant des œufs. La mère est visiblement capable d'enfanter, ce qui est de bon augure pour les filles.

Luke avala avec difficulté en voyant la pâleur d'Alma, forcément blessée par l'allusion à la fécondité de Lady Huntford.

— Fais attention à tes propos, Charles, le réprimanda la mère de Luke en faisant signe au valet de pied de lui servir une autre tasse de café. D'autant plus si nous nous retrouvons en relation avec eux.

Lady Elizabeth adressa un clin d'œil malicieux à Luke et cacha son sourire moqueur derrière sa tasse.

— Je ne porte aucun intérêt à Miss Huntford, assura-t-il en réduisant sa tranche de jambon en confettis.

— Eh bien tu devrais, pourtant ! Sa dot pourrait couvrir nos pertes de l'an dernier, annonça Edward.

— Je suis désolé de briser vos espoirs, seulement Sir Rodger ne mettrait pas un centime pour réparer le toit qu'il a au-dessus de la tête, alors je doute fortement qu'il accepte de le faire pour ses filles. Néanmoins, comme je ne m'intéresse pas à elles, cela importe peu.

Après la réception de la veille, Luke avait fait son possible pour se sortir Miss Radcliff de l'esprit. Ce qui s'était révélé un échec cuisant. Malgré une chevauchée vigoureuse ce matin et un entraînement au combat avec le palefrenier, ni les magnifiques yeux bleus de la jeune femme ni sa gentillesse n'avaient pâli dans sa mémoire.

Le fait qu'elle soit d'un rang inférieur accroissait paradoxalement son attrait. Pour elle, il n'était que le major Preston et non une cible à marier. Il aurait voulu pouvoir passer encore du temps en sa compagnie. Hélas, courtiser une gouvernante était aussi fantaisiste que d'espérer que Napoléon abandonne le combat.

— Si elle ne t'intéressait pas, tu aurais mieux fait de la laisser retourner seule dans la salle de bal plutôt que de laisser toute l'assemblée spéculer sur vous deux, dit sa mère. Cela pourrait provoquer quelques troubles, d'autant que nous sommes invités à leur partie de campagne.

À cette annonce, Edward et Luke soupirèrent à l'unisson.

— Sir Rodger a la pire domesticité de tout le comté, déplora son frère. Le maître d'hôtel ne comprend rien à son métier, sans compter qu'il est affreusement revêche.

— C'est parce que Sir Rodger ne le paie pas assez, affirma sa mère.

Luke n'osait imaginer le maigre traitement que Miss Radcliff devait recevoir.

— Si ce vieil avare dépense son argent dans une fête, c'est qu'il doit avoir désespérément besoin de marier sa fille, prévint Edward en un rare accès de solidarité fraternelle.

— Nous nous rendrons à cette soirée pour que Luke puisse y rencontrer d'autres jeunes ladies. Sans quoi nous ne nous ennuierions guère avec cela, trancha leur père.

— Je n'ai jamais dit que j'acceptais de m'y rendre, coupa-t-il. D'ailleurs, en parlant d'ennuis, j'ai l'intention de contacter Lord Helmsworth pendant que je suis ici. Je souhaite procéder à une nouvelle enquête à propos des terres que nous nous disputons à la frontière. S'il s'avérait que les terres lui reviennent de droit, je lui demanderai un bail de location ou au moins le droit à un accès à la rivière. Il est plus que temps de régler la querelle qui nous oppose.

Le silence qui répondit à cette annonce sembla résonner dans la pièce. Toute sa famille le regardait avec des yeux ronds, comme s'il avait suggéré qu'ils devaient tous contracter la peste.

— Tu crois vraiment qu'il te suffira d'entrer chez lui et qu'après vingt ans de disputes, le marquis t'accordera les terres près de la rivière, simplement parce que tu le lui auras demandé ? aboya Edward avec colère.

— Cela vaut au moins la peine d'essayer, rétorqua posément Luke.

Il avait besoin de cette mission pour s'occuper. Résoudre les vieilles querelles était une manière tout à fait utile de le détourner de sa quête d'une épouse. Ceci dit, il ne s'était pas imaginé que sa proposition serait reçue avec une telle hostilité.

— Nous avons besoin d'eau pour irriguer les terres à l'ouest. Sans eau, nous ne pouvons espérer faire suffisamment de bénéfices cette année pour couvrir les pertes de l'an dernier, expliqua-t-il.

— Je suis parfaitement au fait de ce dont nous avons besoin ! Bien mieux que toi ! s'emporta Edward en pointant son couteau dans sa direction. Nous ne sommes plus à l'école et tu n'as pas à essayer de surpasser tout le monde.

La rivalité entre son frère et lui ne datait pas d'aujourd'hui, néanmoins, depuis son retour d'Espagne, l'équilibre des forces s'était modifié. Ils étaient plus égaux que dans leur jeunesse et cela ne plaisait guère à Edward.

— Tu es le seul à qui j'ai un jour réussi à damer le pion, et seulement parce que c'était facile, répondit Luke en feignant la suffisance.

En vérité, au cours de certaines batailles dont il avait cru ne pas revenir, il avait prié pour avoir encore le temps d'apaiser la vieille rivalité qui perturbait leur relation fraternelle. Et maintenant qu'il était de retour, tout ce qu'il faisait, c'était se disputer avec Edward comme autrefois !

Alma échangea un regard d'impuissance avec leur mère, qui leva une main pour calmer ses deux fils.

— Les garçons, il est trop tôt pour se chamailler. Si Luke veut essayer d'apaiser les tensions avec Lord Helmsworth, je ne vois aucune raison de l'en empêcher. Après tout, un enquêteur coûte moins cher qu'un avocat, alors si cela peut nous aider… Par ailleurs, nous devons régler la question de la soirée des Huntford. Edward, est-ce que toi et Alma vous y rendrez ?

— Nous irons si c'est là votre souhait, répondit Alma en se levant. Si vous voulez bien m'excuser…

Comme elle quittait la pièce, Luke nota avec inquiétude que ses cernes étaient bien trop prononcés, même après une nuit de fête.

— Je ferais mieux de la rejoindre, marmonna Edward en se levant à son tour, le dos raide. Je ne voudrais pas me voir accusé d'être aussi défaillant en tant qu'époux qu'en tant qu'héritier.

Quand il fut sorti, leur mère secoua la tête, l'air navré.

— Alma fait tant d'efforts pour se montrer courageuse. Je lui ai dit de ne plus s'inquiéter. Puisque nous t'avons, il n'y a pas de raison de désespérer de l'extinction de la lignée.

Luke retint un grognement de frustration. Voilà tout ce qu'il représentait pour sa famille : un étalon reproducteur ! Il se sentait à bout de nerfs sous l'effet conjugué de sa dispute avec Edward, de sa fascination pour Miss Radcliff et du manque de sommeil qui en avait découlé. Surtout, il n'avait aucun désir de subir le même sort que son aîné : voir toute sa vie dépendre d'un hypothétique enfant à naître avait déjà suffisamment détruit l'harmonie familiale.

— Je vais me rendre chez Lord Helmsworth.

— Luke, je t'en prie, dis-moi que tu viendras à la soirée des Huntford, le pria sa mère en posant une main sur son bras. Je n'attends que ton accord pour leur envoyer un message. Tu n'imagines pas à quel point je rêve de devenir grand-mère. Pensum Manor a besoin d'entendre résonner le rire d'enfants pour reprendre vie, comme avec ton frère et toi lorsque vous étiez petits.

Luke se demandait comment elle faisait pour se rappeler aussi bien des rires, et pas des incessantes disputes et bagarres qui les avaient opposés. Apparemment, le temps n'en avait guère apaisé l'intensité, elles étaient seulement plus froides.

— Très bien, j'irai, capitula-t-il.

À tout prendre, il aurait encore préféré séjourner dans une prison française que de subir la compagnie des filles Huntford, cependant ce serait sans doute l'occasion de recroiser Miss Radcliff et de rappeler à Miss Huntford sa promesse. Il n'avait jamais laissé aucun de ses soldats se faire molester, et il n'avait nulle intention de laisser une pauvre gouvernante souffrir des injustices d'une maîtresse ingrate. D'ailleurs, il ne comptait pas laisser les préjugés nobiliaires lui imposer sa conduite de bout en bout. Certes, il ne pouvait courtiser la jeune femme, mais rien ne l'empêchait d'apprendre à mieux la connaître…

À vrai dire, il avait grand besoin d'une amie. Le cœur un peu plus léger, il quitta la salle à manger pour rejoindre les écuries.

— Le major Preston va venir chez nous ? hurla Frances à la table du petit déjeuner.

Joanna, pour être plus silencieuse, n'en était pas moins stupéfaite. *Il allait venir ici.* Et alors ? Elle n'aurait pas dû s'intéresser à la venue de cet homme.

Elle baissa précipitamment les yeux sur ses chaussures pour masquer son trouble et se concentra sur l'éraflure qui en marquait la pointe. Elle se tenait debout derrière les chaises de la large table, attendant que ses trois autres élèves terminent leur repas pour commencer les leçons. Elle n'avait aucun souci à se faire, néanmoins : la famille l'ignorait au petit déjeuner comme le reste de la journée, et il faudrait bien plus qu'un léger trouble pour attirer leur attention. Elle doutait même qu'ils la remarquent si elle tombait raide morte en cet instant.

— Tous les Ingham doivent venir, confirma Lady Huntford sans lever le visage de sa correspondance.

Apparemment, la détresse de sa fille lui avait totalement

échappé. Porter six enfants lui avait donné de l'embonpoint sans pour autant la faire paraître grosse et elle avait les mêmes cheveux blonds que Frances. Toutefois, elle arborait en permanence une expression vide, sans doute parce que ses seuls centres d'intérêt dans la vie étaient les ragots et les robes.

— J'espère que tu es heureuse de sa venue, continua Lady Huntford. Après tout, tu as passé du temps en sa compagnie hier soir.

— Je n'ai pas passé de temps avec lui, répondit Frances, boudeuse.

Cela sembla enfin attirer l'attention de sa mère, qui leva le regard vers elle.

— Dans ce cas, que faisais-tu à l'extérieur de la salle de réception ?

Frances regarda Joanna, qui fit mine de s'absorber dans la contemplation du dossier d'une chaise. L'impertinente allait devoir inventer seule une excuse valable. Qu'elle ne compte pas sur elle pour l'aider !

— Miss Radcliff et moi sommes sorties un moment pour prendre l'air et le major Preston est arrivé. Nous avons discuté… euh… de… De quoi avons-nous parlé, Miss Radcliff ?

De votre comportement éhonté avec le lieutenant Foreman, pensa Joanna très fort.

— De son retour d'Espagne, déclara-t-elle à la place.

Cela lui coûtait d'utiliser ce qu'elle avait appris au cours de leur conversation privée pour ne pas trahir cette demoiselle mal élevée qui l'avait traitée comme une ennemie depuis le début. Toutefois, Joanna n'était pas certaine que la vérité apporterait quoi que ce soit de bon. Lady Huntford risquait fort de la blâmer, elle, plutôt que sa fille favorite.

— Bien sûr, renchérit Frances. J'avais oublié… Quel horrible sujet !

— Je doute que tu sois encore obligée d'aborder ce sujet avec lui, ma chérie, puisqu'il a démissionné de sa charge de major.

Soudain, Lady Huntford se tourna dans la direction de Joanna, ses petits yeux fixés sur elle.

— J'ai remarqué que vous aviez longuement discuté avec lui, Miss Radcliff. À quoi pensiez-vous de monopoliser son temps de la sorte ?

— C'est lui qui est venu me trouver, milady. Il voulait me questionner à propos de Frances.

Joanna adressa une prière au ciel pour demander pardon de ce nouveau mensonge. Les yeux de Lady Huntford s'élargirent.

— Vraiment ? Quelle bonne surprise ! Vous auriez dû me le dire immédiatement plutôt que de garder le secret ! Ne recommencez pas à l'avenir, c'est compris ?

— Oui, milady, dit Joanna à voix basse, trop contente de s'en tirer à si bon compte.

Décidément, Frances n'était pas la seule à craindre de voir ses mensonges mis au jour. Elle observa la jeune femme qui gardait les yeux résolument baissés sur son assiette. Elles n'avaient pas été seules toutes les deux une seule minute depuis leur départ du bal la veille au soir. En fait, Frances avait tout fait pour l'éviter, ce qui, d'une certaine manière, signifiait qu'elle respectait le marché passé avec le major. Sans compter que la présence imminente de ce dernier sous ce toit allait donner plus de poids encore à sa menace. Il mangerait à cette table, arpenterait ces couloirs, elle pourrait à tout instant croiser son regard assuré et dominateur.

Seigneur ! Elle devait cesser de penser à lui !

La voix de Lady Huntford parlant à son aînée la tira de sa rêverie puérile.

— Tu vois, ma chérie, il semble que tu aies toutes les raisons de lui faire bonne impression.

— Je ne vois pas pourquoi, se renfrogna Frances. Après tout, il n'est que le cadet, il pourrait ne jamais hériter du comté. Je ne veux pas passer ma vie à attendre quelque chose qui n'arrivera sans doute pas.

Joanna se sentit écœurée par la suffisance de la jeune femme. Après ce que le major avait fait pour elle la nuit dernière, elle aurait dû se montrer reconnaissante et respectueuse. Elle ne se rendait même pas compte de la chance qu'elle avait.

Personnellement, Joanna aurait tout donné pour pouvoir discuter à nouveau avec lui à bâtons rompus. Sa seule consolation était que le major Preston ait vu la véritable personnalité de Frances. Elle doutait qu'un homme aussi honorable que lui puisse porter un intérêt authentique à une jeune fille aussi frivole et égoïste que Miss Huntford.

Mais dans ce cas, pourquoi avait-il finalement accepté l'invitation ? Cela faisait des jours que Lady Huntford se lamentait de n'avoir reçu aucune nouvelle des Ingham, et voilà qu'ils répondaient positivement. Une étrange sensation de bien-être naquit dans le ventre de Joanna lorsqu'elle songea que ce revirement avait peut-être tout à voir avec leur rencontre de la veille.

Elle s'en voulut aussitôt de se montrer aussi fantaisiste. Qu'allait-elle imaginer ? Qu'un fils de comte allait défier ses parents et la société pour une fille aussi insignifiante qu'elle ? Ses propres parents n'avaient pas voulu la garder auprès d'eux ! L'attention que le major lui avait portée n'était qu'un hasard extraordinaire — aussi rare et improbable que le comportement de Catherine hier, qui n'avait pas discuté une seule fois ses ordres pendant sa leçon de français.

Elle ne devait pas se faire d'illusions. Lorsque le major séjournerait à Huntford Place, il ne lui accorderait pas plus d'intérêt que quiconque. Elle ne pouvait pas rivaliser avec les dizaines de ladies élégantes qui n'attendaient qu'un regard de lui.

Lady Huntford rassembla sa correspondance et demanda à Frances de la suivre.

— Nous devons choisir les robes que tu porteras pendant le séjour de nos invités. Nous ne pouvons nous permettre de perdre une telle opportunité de te faire remarquer par le major Preston.

— Et moi ? s'exclama Catherine. Pourrai-je aussi assister aux fêtes ?

— Bien sûr que non, tu n'as pas encore fait ton entrée dans le monde.

— Et même si c'était le cas, il n'y aurait aucune raison de te remarquer, ajouta méchamment Frances en suivant sa mère hors de la pièce.

Catherine serra les lèvres, luttant pour retenir ses larmes. Contrairement à sa sœur, elle avait hérité de son père ses cheveux bruns et son visage long aux lèvres pincées. Dénuée de qualités physiques, elle était néanmoins dépourvue du caractère mesquin et cruel de sa sœur aînée, qui infléchissait tant sa beauté. À seize ans, Catherine n'avait que deux ans de moins que Frances. Aussi, les deux sœurs auraient dû être des confidentes proches. Hélas, la nature hargneuse de Frances et la réserve de Catherine empêchaient un tel rapprochement.

Comme l'horloge de l'entrée sonnait 10 heures, Joanna lança avec un enthousiasme feint :

— Venez les filles, il est l'heure de commencer votre cours de français !

Elle espérait ainsi distraire Catherine de l'insulte de sa sœur. Malheureusement, la réaction de cette dernière modéra très vite son élan de pitié.

— J'ai passé l'âge d'être traînée dans la salle de classe par une gouvernante, grommela-t-elle.

Comme de bien entendu, Anne, la plus jeune, profita de ce mouvement de rébellion pour se montrer désobligeante.

— Nous vous dirons quand il sera l'heure de nos leçons.

Quant à Ava, sa sœur jumelle, elle l'ignora superbement et continua de manger, imperturbable.

Joanna se demandait comment elle allait convaincre ces trois jeunes filles aussi désobéissantes et mal élevées les unes que les autres de lui obéir lorsque, à sa grande surprise, leur père la tira de ce mauvais pas.

— Mes filles, obéissez et cessez de vous montrer revêches, ordonna-t-il en entrant dans la pièce accompagné de son chien de chasse.

Non sans maugréer et afficher des moues contrariées, les filles se levèrent pour former une vague ligne devant Joanna.

— Eh bien, Miss Radcliff, est-ce ainsi que vous avez appris à vous faire obéir ? lança Sir Rodger en s'installant à la table. J'aurais pensé que l'on vous avait formée mieux que cela dans votre école.

Joanna sentit ses joues s'enflammer sous l'insulte et les ricanements moqueurs des filles. Après cette réprimande de leur père — qu'il n'avait évidemment pas pris la peine de lui faire en privé — elles seraient encore plus intenables qu'à l'accoutumée.

Au même instant, Grudger, le vieux majordome, entra dans la pièce et jeta plus qu'il ne posa le journal du jour sur la table. Bien entendu, Sir Rodger ne prit pas la peine de reprendre le comportement de son domestique, il se contenta d'ouvrir le journal et de se plonger dans la lecture. Grudger ressortit de la pièce en maugréant des insultes à l'encontre du cuisinier.

— Venez, commanda Joanna en se dirigeant vers l'escalier, le cœur lourd à l'idée des longues heures de tractations qui l'attendaient pour faire faire leur travail aux filles.

À chaque marche de l'escalier, dont la rampe aurait eu grand besoin d'être polie, puis en passant devant les pièces où les servantes étaient occupées à cancaner au lieu de lancer les feux dans les cheminées, Joanna sentait son découragement grandir. Elle n'avait qu'une envie : s'enfermer dans sa chambre et confier ses peines à ses amies. Après tout, personne ne risquait de remarquer qu'elle ne faisait pas son travail puisqu'au moins la moitié de la domesticité se débrouillait pour ne rien faire. Lord et Lady Huntford ne s'intéressaient pas suffisamment à leurs filles pour se préoccuper de leurs activités, il lui aurait suffi de les laisser jouer dans un coin. Cependant, Joanna était fière de son métier et elle avait la responsabilité de trois jeunes esprits en déroute. Aussi veillerait-elle de son mieux sur leur éducation, même si cela se révélait plus dur encore que de faire sortir la vache du fermier Wilson hors du jardin de Mme Dubois ! Ce souvenir amena un sourire nostalgique sur ses lèvres.

Surtout, elle puisait également du réconfort dans le fait de revoir bientôt le major Preston. Néanmoins, entre le deuxième et le troisième étage, son excitation disparut. Il ne venait pas pour elle, et quand bien même cela aurait été le cas, elle ne voulait pas d'une relation honteuse qui risquait de la laisser déshonorée avec un enfant à charge. Ceci dit, à la façon honorable dont il l'avait traitée, elle doutait qu'il puisse adopter un comportement inapproprié avec elle.

Toutefois, l'étrange sensation qui lui envahissait la poitrine à chaque fois qu'elle songeait à lui devait l'inciter à la prudence. Elle devait se méfier de sa propre faiblesse plutôt que de son absence d'honneur à lui. Elle avait déjà commis une erreur en se laissant aller à discuter avec le major en plein milieu d'un bal, au vu et au su de tous. Elle craignait plus encore ce qui pourrait se passer s'ils se retrouvaient seuls dans un couloir sombre de Huntford Place.

Rien, voyons ! Elle était bien trop consciente de son rang inférieur et des avertissements de Miss Fanworth pour se laisser corrompre par un homme. Alors si par hasard elle le croisait au détour d'un couloir, elle se contenterait de lui adresser un sourire poli et continuerait son chemin. Peu importait qu'elle désire être encore protégée et flattée comme il l'avait fait la veille au soir.

Chapitre 4

— Miss Radcliff.

Sir Rodger appela Joanna alors qu'elle descendait les escaliers.

Frances et Catherine étaient à l'étage avec leur mère, occupées à discuter de la partie de campagne, tandis qu'Ava et Anne restaient avec leur nurse.

— Oui, sir ? demanda-t-elle en craignant de voir ses espoirs d'une brève promenade solitaire déçus.

Elle était d'autant plus inquiète que Sir Rodger lui avait à peine adressé trois mots depuis son arrivée, sauf bien sûr pour la rabaisser en public ou remettre en question ses compétences en matière d'éducation.

— Puisqu'il semble que vous n'ayez rien à faire pour l'heure, j'aimerais que vous rapportiez le livre que voici au vicaire Carlson.

Il lui tendit le volume et Joanna remarqua que son manteau était parsemé de miettes de nourriture. Avec ses cheveux gris dégarnis et en bataille, il ressemblait plus à un grand-père un peu loufoque qu'à un noble fortuné.

— Et pendant votre promenade, réfléchissez à un moyen de mieux diriger vos élèves. Je ne vais pas payer les gages d'une gouvernante qui n'a aucun contrôle sur mes filles. Est-ce clair ?

Joanna enfonça les ongles dans la couverture de cuir. Elle aurait voulu lui dire qu'elle était bien moins responsable que lui de la désobéissance de ses enfants puisqu'il ne les réprimandait que rarement. Toutefois, elle parvint à arborer son expression de gouvernante la plus contrite pour répondre avec toute la déférence possible.

— Oui, sir. Je vais rendre ce livre et réfléchir à vos paroles.

Elle esquissa une rapide révérence et s'éclipsa avant que l'indignation qui bouillait dans ses veines n'explose. Sir Rodger employait des servantes paresseuses, un maître d'hôtel grincheux et un cuisinier qui ne savait pas cuire du pain, pourtant il menaçait de la renvoyer, elle ! À grandes enjambées rageuses, elle rejoignit le chemin et cassa au passage une branche de prunier qu'elle agita vigoureusement dans l'air pour apaiser ses nerfs. Il ne faudrait rien de moins qu'un exorcisme pour calmer le comportement obstiné des filles Huntford. Elle avait déjà fait le tour de toutes les astuces que Mme Dubois et les autres professeures lui avaient enseignées, rien n'avait fonctionné. Sans le soutien de leurs parents, Joanna n'avait que peu de pouvoir pour les forcer à s'intéresser à leurs leçons. Son échec était presque assuré.

Elle tourna brusquement dans le petit chemin qui passait par les bois. La petite forêt servait de frontières entre les trois domaines du voisinage : Huntford Place, Pensum Manor et Helmsworth Manor. Elle empruntait souvent ce chemin avec les filles lors de leurs sorties pour étudier la botanique et la géologie. Malheureusement, elles ne se montraient pas plus obéissantes à l'extérieur qu'à l'intérieur et c'était une véritable corvée de les ramener à la maison à temps pour le souper, et si possible pas entièrement recouverte de boue pour les jumelles.

Pourquoi Mme Dubois ne s'était-elle pas mieux renseignée sur les Huntford avant de l'envoyer ici ? Peut-être qu'après dix-neuf ans passés à la prendre en charge, elle avait été trop soulagée de lui trouver rapidement une place pour se préoccuper du reste. Après tout, ses parents ne s'étaient pas plus souciés d'elle lorsqu'ils l'avaient abandonnée sur les marches de l'institut sans laisser le moindre indice sur leur identité. Pourquoi une directrice d'école se serait-elle plus préoccupée de son sort ?

Joanna s'assit sur un rocher, le cœur ravagé par la douleur du rejet, cette douleur insoutenable qui l'accompagnait depuis tant d'années. Elle aurait dû avoir honte d'elle ! Elle était bien peu charitable de penser de telles choses à propos de Mme Dubois, qui s'était occupée d'elle avec une telle gentillesse. Hélas, elle ne pouvait s'en empêcher, ses vieilles peurs resurgissaient et l'assaillaient.

L'immense solitude qui s'emparait d'elle à toutes les vacances de Noël, lorsque les autres filles retournaient dans leurs familles et qu'elle restait seule au pensionnat, l'envahissait à nouveau. Bien sûr, les professeures avaient fait leur possible pour l'élever et la guider, seulement, avec tant d'élèves à diriger, Joanna n'avait jamais reçu une attention particulière, pas plus qu'elle n'avait cherché à l'attirer, d'ailleurs. Quelle ironie ! Ses enseignantes l'avaient tant de fois félicitée pour son autonomie et son indépendance, sans voir qu'il s'agissait en réalité d'une douloureuse résignation !

Pis encore, elles lui avaient enseigné tout ce qu'elles savaient et l'avaient préparée à sa future position de gouvernante. Par malheur, rien dans son poste actuel ne ressemblait à ce qu'elle s'était imaginé. Pourtant, lorsqu'elle avait vu la maison pour la première fois, depuis la diligence, elle s'était sentie tellement impatiente… Elle désirait tant découvrir la vie au sein d'une véritable famille. Tout cela n'était rien d'autre qu'un rêve stupide, pas plus réalisable que celui où elle voyait sa mère revenir la réclamer.

Joanna jeta la branche au loin, la gorge nouée. Si elle était renvoyée, ce serait une terrible humiliation, non seulement pour elle, mais aussi pour l'école qui lui avait tout appris. Toutes ces années d'effort et de travail seraient ruinées parce qu'elle se serait montrée incapable de conserver son poste. Mais comment faire ? Les attentes de Sir Rodger étaient aussi claires qu'irréalistes, et elle ne voyait aucun moyen de venir à bout de ses filles.

Joanna continua sa marche, le cœur lourd, et atteignit bientôt le ruisseau qui courait en travers de la route. Elle fit une halte sur la rive boueuse pour écouter le flot de la rivière qui se déversait plus loin dans les bois. Une ligne de pierres plates traversait le ruisseau clair dont l'eau transparente laissait voir les cailloux blancs et pointus qui tapissaient son lit. Joanna aurait voulu s'asseoir au bord et contempler l'eau qui coulait jusqu'à ce que tous ses soucis s'évanouissent.

Cependant, une sourde énergie lui soufflait de ne pas abandonner. Il devait bien y avoir un moyen de réussir, il suffisait de le trouver, et vite. Elle sauta d'une pierre à l'autre pour traverser, mais manqua de glisser sur la troisième. Par bonheur, elle recouvra l'équilibre et arriva les pieds secs de l'autre côté du cours d'eau.

Elle écrirait à Miss Fanworth sans rien lui cacher de sa misérable situation, tout en lui demandant de n'en rien dire à Mme Dubois. Peut-être aurait-elle quelques suggestions à lui proposer.

Bientôt, les pierres grises du presbytère apparurent devant elle. Derrière le bâtiment se dressait l'église, surmontée des nuages qui s'amoncelaient dans le ciel de septembre. Ce n'était pas l'église à laquelle se rendait la famille Huntford le dimanche. En effet, celle-ci servait aux paroissiens du marquis de Helmsworth. Son personnel ainsi que les habitants du village qui se trouvait à un mile de là suivaient l'office ici.

Quand elle entra dans le jardin qui s'étendait devant la maison, Joanna était trop préoccupée pour songer à arborer sa gaieté coutumière. En cet instant, elle se moquait que le vicaire Carlson découvre sa mauvaise humeur. Arrivée à la porte, elle toqua, guettant les pas de ce dernier ou de sa gouvernante à l'intérieur de la maison. Seul le souffle du vent dans les feuilles lui répondit.

Elle redescendit les marches du porche pour s'approcher de la fenêtre. Au-dessus du toit, la cheminée fumait, il devait donc y avoir quelqu'un non loin. À travers la croisée, elle vit des piles de livres dispersées un peu partout. L'endroit ressemblait bien plus à l'atelier en pagaille de leur vieux maître d'art qu'à la demeure bien ordonnée d'un prêtre. En s'écartant de la fenêtre, elle surprit son reflet et eut honte de son expression renfrognée. Elle inspira lentement et s'efforça de reprendre le regard impassible qu'elle avait appris à afficher constamment depuis quatre semaines qu'elle était à Huntford Place. Personne n'avait besoin de découvrir à quel point elle était malheureuse. De toute manière, même si des étrangers avaient su ce qu'elle traversait, ils ne s'en seraient pas préoccupés. Bien peu de gens s'intéressaient plus de quelques secondes à une insignifiante gouvernante.

Elle se promena quelques minutes dans les allées bordées de chrysanthèmes et de pensées en attendant le retour des habitants. Personne ne vint. Pouvait-elle laisser le livre sous le porche et repartir ? Non, elle ne voulait pas qu'il risque de s'abîmer. Sir Rodger lui avait donné un ordre, elle devait l'accomplir. Elle ne pouvait certes pas se permettre d'échouer dans toutes les tâches qui lui étaient confiées. Elle releva ses jupes pour s'asseoir sous le porche et attendre plus confortablement, lorsqu'un hennissement à l'arrière de la maison attira son attention. Elle contourna la bâtisse et découvrit un cheval attaché à un arbre dans le petit cimetière qui longeait l'église. Un homme se tenait devant l'une des tombes, les yeux fixés sur la pierre tombale à ses pieds. Il était grand, massif, et des cheveux gris retombaient sur un front orgueilleux. La tristesse avait laissé des marques sur les traits tendus de son visage, lui donnant sans doute quelques années de plus que ce qu'il avait réellement. Il tenait son chapeau dans la main tandis que de l'autre il caressait le bord de la pierre avec tendresse. De la mousse recouvrait la tombe, témoignant de son ancienneté, toutefois elle se distinguait des autres par le parterre de violettes qui l'égayait.

L'homme ne l'avait toujours pas remarquée et Joanna ne souhaitait pas interrompre sa contemplation. Elle s'apprêtait à faire demi-tour lorsqu'elle l'entendit étouffer un sanglot dans son poing. Elle s'immobilisa. Elle ne souhaitait pas le déranger, mais elle était incapable de le laisser à sa peine. Elle s'approcha doucement, l'herbe crissant sous ses bottines.

— Allez-vous bien, sir ? demanda-t-elle d'une voix douce.

Sans se tourner vers elle, l'homme s'essuya les yeux du dos de la main et répondit :

— Oui, oui. Juste un vieil homme qui pleure sur le passé, ne vous inquiétez pas, assura-t-il avant de lever le regard vers elle.

Joanna eut un hoquet de stupeur : les yeux de l'homme étaient en tout point identiques aux siens — ce même bleu rare et cette même intensité dont on lui avait si souvent fait la remarque.

— Jane ? murmura-t-il en serrant son chapeau entre ses doigts.

Son visage avait perdu toute couleur. En fait, il ressemblait assez à Isabel lorsqu'elle était un jour revenue du grenier en assurant y avoir vu un fantôme. Après examen, il s'était révélé que le fantôme en question était une vieille robe couverte de poussière. Joanna devait apaiser la tension du vieil homme comme elle l'avait fait pour son amie.

— Non, sir. Je suis Miss Radcliff, la nouvelle préceptrice de Huntford Place.

Comme il continuait de la fixer, elle en profita pour détailler son visage et son nez fin au-dessus de lèvres pleines. Étrangement, cet homme lui semblait familier, pourtant elle était certaine de ne pas avoir croisé ce gentleman depuis son arrivée.

— Bien sûr, oui, la gouvernante. Quel idiot je fais ! Pardonnez à un vieil homme sa folie, Miss Radcliff. Vous m'avez rappelé quelqu'un que j'ai beaucoup aimé autrefois, expliqua-t-il en replaçant son chapeau sur sa tête.

Mal à l'aise, Joanna recula avec prudence. Cet homme était vraiment étrange.

— Ma fille, précisa-t-il comme s'il avait senti son inquiétude. Vous lui ressemblez énormément, vous avez les mêmes yeux et les mêmes cheveux. Cette ressemblance est tout à fait remarquable.

Il se passa la main sur la nuque et Joanna sentit que la mélancolie de l'inconnu revenait l'assaillir.

— Je suis vraiment navrée de vous avoir dérangé dans votre méditation, sir. Seulement, Lord Huntford m'a demandé de rapporter ce livre au vicaire Carlson. Savez-vous quand il sera de retour ?

— Eh bien, mais… Vous l'avez devant vous, miss.

L'homme venait de prononcer ces mots d'une voix étrangement peu assurée, mais Joanna n'était nullement en droit de questionner un homme du clergé. Elle lui tendit donc l'ouvrage.

— Je ne vous dérangerai pas plus longtemps. Je retourne à Huntford Place.

— Je vous en prie, restez un moment, vous semblez perturbée.

La compassion sincère de l'homme manqua de faire éclater la peine et les inquiétudes de Joanna au grand jour. À l'école, elle avait toujours eu ses amies pour la plaindre et la soutenir. Mais depuis qu'elles faisaient toutes face à de nouvelles difficultés, elle n'avait pas voulu ajouter à leur fardeau en leur décrivant son existence. La vérité, c'est qu'elle avait désespérément besoin de se confier à quelqu'un, sans quoi elle allait perdre la raison. Or, ce vicaire perspicace lui semblait un confident de choix.

— J'ai des difficultés dans mon nouveau poste, avoua-t-elle. Mes jeunes élèves n'écoutent rien et Sir Rodger a menacé de me renvoyer si je n'avais pas le dessus avec elles, ce qui est impossible.

Le vieil homme lui adressa un clin d'œil complice.

— S'occuper des filles Huntford n'est pas une mince affaire ! Vos difficultés n'ont rien d'étonnant. Elles seraient bien plus obéissantes avec des parents plus fermes. J'ai passé quelques soirées avec toute cette progéniture voilà quelques années, elles ont presque détruit la salle de bal par leur comportement de bêtes sauvages.

Joanna eut un petit rire.

— Les jumelles ont manqué de mettre le feu aux rideaux du salon pas plus tard qu'hier, renchérit-elle. Ce sont de véritables petits démons.

Le vicaire rit de bon cœur et Joanna se plaqua la main sur la bouche, horrifiée par ce qu'elle venait de dire. Cet étranger pouvait aussi bien aller tout droit chez Sir Rodger pour la dénoncer. Et alors, elle se retrouverait dans la prochaine diligence pour Salisbury sans une seule référence.

— Je suis désolée, pardonnez-moi, se hâta-t-elle de rectifier. Je ne devrais pas parler ainsi de mes pupilles, mais plutôt me sentir reconnaissante d'avoir une telle place.

Seulement, elle était bien trop épuisée et découragée pour se sentir reconnaissante.

— Ne vous excusez pas de dire la vérité, jeune fille. Je vous promets de ne rien révéler à Lord Huntford des débordements de sa précieuse progéniture. Il est de mon devoir de venir en aide à ceux qui sont en souffrance.

Joanna lui adressa un sourire reconnaissant, rassérénée par l'autorité rassurante du vicaire.

— En fait, souffrance me paraît un terme assez faible pour décrire ce que je ressens, précisa-t-elle.

Incapable de trouver les mots justes, elle passait d'un pied sur l'autre, les mains serrées. Mais face au regard bienveillant du vicaire, les mots se mirent à couler d'eux-mêmes et elle raconta tout ce qui s'était passé avec ses élèves depuis son arrivée à Huntford Place. Elle lui confia même les deux fois où Frances s'était compromise sans honte avec le lieutenant Foreman et la position impossible dans laquelle elle se retrouvait à présent piégée par la faute de celle-ci.

— Si je suis renvoyée d'où je viens, les gens qui comptent pour moi seront terriblement déçus, conclut-elle.

— Vous voulez parler de votre famille ?

— Non, je n'ai pas de famille à proprement parler. Mes parents me sont inconnus puisqu'ils m'ont laissée dans un institut alors que je n'étais qu'un bébé, expliqua-t-elle dans un souffle. J'ai été élevée par les enseignantes de cette école.

Elle releva les yeux pour le dévisager. C'était la première fois qu'elle avouait ses origines obscures devant un inconnu. Mme Dubois et les autres professeures avaient pris l'habitude de passer ces informations sous silence. D'ailleurs, Mme Dubois lui avait conseillé quelques jours avant son départ de ne pas dévoiler imprudemment les circonstances particulières de son enfance à ceux chez qui elle travaillerait. La mise en garde était inutile cependant, Joanna savait parfaitement comment la bonne société traitait les enfants illégitimes.

— Vous devez avoir à peu près dix-neuf ans, c'est cela ? lui demanda-t-il avec une curiosité évidente.

Joanna acquiesça, sans comprendre ce que son âge avait à voir avec les confidences qu'elle venait de faire. Elle s'en moquait cependant parce que, pour la seconde fois depuis son arrivée dans le Hertfordshire, quelqu'un se montrait sympathique et bienveillant à son égard. De surcroît, contrairement au major Preston, avec lequel elle n'était pas autorisée à parler, le vicaire Carlson pouvait l'écouter et peut-être même la conseiller.

— Que devrais-je faire selon vous ?

— En tant qu'homme d'Église en charge de son troupeau, commença-t-il en désignant l'édifice religieux de la main, je vous dirai que les enfants têtus aiment diriger. Ils veulent pouvoir commander, et essayeront de le faire, même avec leur gouvernante. L'astuce est de leur donner le choix, mais un choix entre deux options qui *vous* satisfassent.

— Comme choisir entre le français et la géographie ?

— Exactement. Faites-leur croire que le choix leur revient.

— Je n'avais jamais rien entendu de tel, murmura-t-elle.

L'idée lui semblait bonne. Et puis, si c'était là sa dernière chance de rendre Mme Dubois fière d'elle, elle devait la tenter.

— J'avais l'habitude d'agir de la sorte avec ma propre fille, mais j'avoue que cela ne fonctionnait pas tout le temps.

Son regard se perdit vers la tombe décorée de violettes et la tristesse lui envahit le visage.

— Après que ma femme est morte, j'ai trop gâté ma Jane, poursuivit-il. Cela l'a rendue entêtée. Et plus elle a grandi, plus elle est devenue obstinée, tout comme moi.

— Je suis vraiment désolée pour vous.

Il lui sourit, un sourire tendre comme celui que les pères adressaient à leurs filles en les ramenant au pensionnat. Joanna se sentit violemment émue.

— Ne le soyez pas. Ces soucis appartiennent au passé

désormais. Les vôtres, en revanche, sont très actuels, et nous devons nous concentrer dessus.

Tandis qu'ils marchaient côte à côte dans le cimetière, il lui suggéra encore quelques méthodes pour venir à bout des enfants récalcitrants. Hélas, ces instants de paix prirent fin lorsque la cloche sonna. Joanna n'avait aucune envie de quitter le vicaire et son petit coin de tranquillité et de douceur, mais elle n'avait guère le choix.

— Je dois rentrer. Je vous remercie mille fois pour votre gentillesse et votre aide, vicaire Carlson.

— C'était un plaisir, Miss Radcliff. Je vous en prie, revenez quand vous voudrez, je m'installe souvent ici la journée pour lire. J'aime ce calme. D'ici là, je vous souhaite bon courage avec vos élèves.

Après avoir à nouveau remercié le vieil homme et pris congé, Joanna s'engagea en hâte sur le chemin. Cette fois, plutôt que les ombres froides des grands arbres, ce sont les taches de soleil qui passaient à travers les branchages qui attirèrent son regard. Elle se sentait le cœur léger et ne craignait plus d'affronter les filles. En fait, elle se sentait emplie d'une énergie nouvelle, impatiente d'essayer les suggestions du vicaire. Pour la première fois depuis son arrivée, elle avait confiance dans sa capacité à devenir une bonne gouvernante pour les filles Huntford.

Elle avait parcouru une bonne partie du chemin lorsque des voix masculines résonnèrent devant elle. Elle ralentit le pas, comprenant que les personnes se trouvaient juste de l'autre côté du coude que formait le chemin.

— Pourquoi essaies-tu de m'empêcher de lui rendre visite ?

— Parce que tu ne connais rien à la situation !

Joanna s'éloigna du chemin pour se cacher dans le bois avant d'avancer très lentement. À l'abri d'un large chêne, elle découvrit deux silhouettes masculines qui se disputaient de toute évidence, pendant que leurs montures paissaient non loin. Les doigts de Joanna se serrèrent convulsivement sur le tronc — elle venait de reconnaître le major Preston et son frère, Lord Pensum.

— Si tu espères encore me voir rester dans ton ombre, à ne rien faire d'autre qu'attendre que la Providence fasse hypothétiquement de moi le prochain comte, tu te méprends lourdement, s'exclama le major avec colère.

— Ainsi, tu commences enfin à comprendre ce que c'est qu'être à ma place, grinça Lord Pensum en saisissant les rênes de son cheval pour se mettre en selle. Tu as toujours cru que j'avais tous les avantages, mais ce n'est pas le cas. Malheureusement, tu n'as jamais été capable de voir plus loin que tes propres intérêts !

Elle n'aurait jamais dû les espionner. Honteuse d'avoir écouté leur conversation, Joanna tenta de se frayer un chemin en coupant la boucle du chemin à travers bois. Elle avançait pas à pas, s'arrêtant à chaque fois que son pied brisait une branche morte ou froissait une feuille. Elle avait l'impression d'être affreusement bruyante. Elle revenait enfin sur le sentier un peu plus loin lorsqu'elle entendit des bruits de sabots venir dans sa direction. Elle tourna la tête, affolée, au moment où quelqu'un la saisissait par la taille pour la tirer en arrière. Au même instant, le cheval de Lord Pensum passa à quelques centimètres d'elle, lancé au grand galop, et des bras se refermèrent autour d'elle, la plaquant contre un torse puissant.

— Tout va bien ? demanda le major Preston, dont le souffle lui caressa les tempes.

Le contact du bras de ce dernier serré contre son ventre lui noua l'estomac et lui fit cogner le cœur bien plus sûrement que sa collision manquée avec le cheval. Les jambes en coton, elle se laissa aller contre lui et sentit les doigts du major lui serrer la hanche, lui envoyant d'étranges vibrations de plaisir dans le corps. Elle tourna la tête dans sa direction et plongea son regard dans ses yeux sombres. Si elle fermait les paupières et levait le visage, elle pourrait presque sentir ses lèvres sur les siennes…

— Miss Radcliff ? répéta-t-il tout en relâchant légèrement son étreinte.

— Je… Je vais bien, balbutia-t-elle en reprenant pied peu à peu.

Elle s'écarta brusquement de lui, mortifiée par la faiblesse qui avait failli lui faire tourner la tête.

— Je vais fort bien, je vous assure, répéta-t-elle avec plus de fermeté. Bien mieux en l'occurrence que si je m'étais retrouvée au sol sous les sabots d'un cheval.

— Je suis heureux de vous avoir empêchée de finir comme l'une de ces feuilles, déclara-t-il avec un sourire.

Il se pencha pour récupérer son chapeau qui était tombé dans un buisson et Joanna fut incapable de détourner le regard lorsque le tissu de son pantalon se tendit sur ses fesses parfaitement galbées. Son visage s'enflamma et son trouble s'accrut lorsqu'en se redressant il la domina de sa haute taille.

— Puis-je vous escorter jusqu'à Huntford Place ? proposa-t-il d'une voix grave qui la fit frissonner.

Joanna parvint par miracle à reporter son attention des cuisses musclées du major au visage de ce dernier. Sa proposition était terriblement tentante. S'il l'accompagnait, elle aurait le plaisir de continuer la conversation engagée la veille, seulement elle prenait alors le risque qu'on les voie ensemble. Elle ne pouvait se permettre de faire jaser alors que sa place chez les Huntford était déjà tellement compromise.

— Je ne peux pas, malheureusement. Je dois rentrer, se força-t-elle à dire en dépit de son désir.

— Je ne vous accompagnerai que jusqu'à l'orée du bois, précisa-t-il, ensuite je vous laisserai continuer seule. Je ne comptais pas mettre votre réputation ou votre emploi en danger.

Joanna n'hésita qu'une seconde. Bien sûr, être seule avec lui était en soi dangereux. Cependant, elle avait véritablement besoin d'une présence amicale et de passer un moment agréable avant de retourner à l'ennui de ses leçons.

— J'imagine qu'un peu de compagnie me serait agréable, capitula-t-elle, particulièrement si aucun cheval lancé au galop n'émerge des bois.

— Dans ce cas, laissez-moi récupérer le mien, de la sorte nous serons à égalité si un nouveau cavalier tentait de nous attaquer !

Ils partagèrent un éclat de rire, puis elle le regarda s'éloigner à travers les arbres, ses longues jambes musclées lui donnant la démarche d'un félin. Joanna l'attendit sur le chemin et le vit bientôt revenir avec un imposant étalon blanc, seulement tacheté de brun sur le chanfrein.

— Quel magnifique animal, s'exclama-t-elle, admirative. Il n'a rien à voir avec la bête de trait que vous m'avez décrite au bal !

— Attention à ce que vous dites devant Duke ! la prévint-il en roulant des yeux faussement horrifiés. Je ne voudrais pas qu'il monte sur ses grands chevaux. Il est déjà assez difficile comme cela à contrôler !

Il tapota gentiment le flanc de sa monture, qui lui répondit d'un reniflement indigné.

— Ne t'inquiète pas, mon beau, je ne crois pas un seul mot de ce qu'il m'a raconté sur toi, dit-elle en saisissant doucement la belle tête de l'animal entre ses mains.

— Et voilà ! Vous êtes parvenue à vos fins ! Maintenant, il ne voudra plus m'écouter du reste de la journée !

Il tira sur les rênes de Duke et tous trois se mirent en marche. Ils avançaient côte à côte, discutant de choses et d'autres. Bientôt, la sérénité de la forêt se communiqua à eux et ils gardèrent le silence. Non pas un silence inconfortable, mais un calme familier, comme s'ils avaient l'habitude de profiter de la quiétude des bois ensemble.

Joanna était parfaitement consciente de chacun des mouvements du major — depuis le crissement léger du cuir de ses gants qui se serraient sur les rênes jusqu'au chuchotement discret de son pantalon contre les muscles de ses jambes. Il n'avait pas la démarche déliée d'un homme paisible, mais celle maîtrisée et prudente d'un soldat à l'affût. Elle pressentait cependant que ce n'était pas simplement l'habitude des champs de bataille qui expliquait sa tension, il était visiblement soucieux. Elle n'avait pas eu cette conscience accrue de l'état émotionnel de quelqu'un depuis qu'elle avait quitté ses amies. Avec elles, elle savait reconnaître l'inquiétude dans une façon particulière de se retourner dans le lit, ou un léger soupir dans l'obscurité de la chambre. Joanna ne pouvait ignorer les tensions qui habitaient le major.

— Je n'avais pas l'intention de m'immiscer dans votre conversation avec Lord Pensum, commença-t-elle. Je ne veux pas me montrer indiscrète, mais… Est-ce que tout va bien ?

— Oui. Si ce n'est que nous sommes en désaccord sur la façon de régler notre différend avec Lord Helmsworth.

— Est-ce un sujet suffisamment grave pour diviser deux frères ? demanda-t-elle, surprise.

— Ça l'est dans la mesure où cette querelle menace les revenus du domaine.

Il s'interrompit, les sourcils froncés, et tritura un instant son chapeau entre ses doigts.

— Miss Radcliff, reprit-il comme s'il avait pris une importante décision, ce que je m'apprête à vous confier n'est connu de quiconque et le révéler pourrait causer des ennuis à ma famille.

— Je garderai le silence, dit-elle simplement.

Jamais elle ne ferait quoi que ce soit qui puisse blesser un homme qui n'avait eu que bonté et gentillesse envers elle. Sans compter que l'idée de partager un secret avec lui était aussi enivrante que le contact des mains du major sur ses hanches.

Elle l'écouta attentivement tandis qu'il lui racontait la dispute qui déchirait les deux domaines à propos d'une terre que chacun réclamait et le danger d'extinction qui pesait sur la lignée des Ingham en raison du mariage stérile de son aîné.

— Voyez-vous, ma famille n'est pas aussi riche que nous le laissons paraître aux yeux de la société, conclut-il. Aussi, mon frère craint que si nous révélons notre besoin vital d'avoir accès à la rivière qui se trouve sur cette terre contestée, Lord Helmsworth utilise cette information pour faire pression sur les créditeurs qui nous étranglent.

— Ce Lord Helmsworth est-il réellement si mauvais ?

Elle avait entendu Lord et Lady Huntford parler de cet homme en quelques occasions. D'après ce qu'elle avait pu comprendre, il semblait plus excentrique que malveillant, préférant rester dans son domaine plutôt que de s'aventurer à Londres.

— C'était un gentleman très agréable, du moins dans le souvenir que j'ai de certaines veillées de Noël en sa compagnie, lorsque j'étais enfant. Puis il a changé après le décès de sa fille. Il est devenu irascible et déraisonnable, tout comme Edward. Mon frère s'imagine que je peux être de retour à la maison, m'asseoir dans un coin et me contenter de regarder par la fenêtre le temps qu'il fait dehors. Mais c'est impossible. Ce n'est pas entièrement sa faute, j'en suis conscient. Après tout, depuis tout jeune il a eu l'habitude de tout régenter du fait de son droit de naissance, il ne peut pas savoir ce que cela signifie pour un homme de mériter sa réussite, ni le sacrifice que cela représente de tout laisser derrière soi.

— Ou alors, peut-être le comprend-il mieux que vous ne croyez et c'est la raison pour laquelle vous vous disputez, suggéra-t-elle. Peut-être se demande-t-il s'il mérite réellement toutes ces responsabilités simplement parce qu'il est l'héritier ? J'imagine que ses difficultés à concevoir un enfant avec son épouse ne font qu'aggraver ses interrogations et ses doutes quant à sa valeur.

Comme il ne répondait rien, elle leva le regard vers lui et comprit à son expression qu'il réfléchissait intensément à ses paroles. Cela lui fit chaud au cœur de penser qu'elle pouvait peut-être lui être utile. Les filles Huntford ne bénéficiaient pour leur part nullement de sa présence.

— J'imagine que c'est une possibilité, admit-il enfin. Je n'avais jamais vu les choses sous cet angle.

— Si vous parveniez à écarter vos ressentiments envers lui, il serait peut-être capable d'en faire de même à votre égard. Après tout, il faut être deux pour entretenir une querelle.

Il croisa son regard et elle y lut une profonde sincérité.

— Ce que vous suggérez n'est pas facile après tant d'années.

— Cela vous semblera sans doute plus facile si vous prenez le temps de réfléchir à quel point vous êtes chanceux d'avoir un frère. Tout le monde n'a pas la chance d'avoir une famille avec qui se disputer… Parfois, lorsque Frances et Catherine se critiquent méchamment, j'aimerais les saisir chacune par le col et les secouer jusqu'à ce qu'elles prennent conscience de la chance qu'elles ont d'avoir l'autre. Pour ma part, je n'ai eu que mes professeures et mes amies.

— Qu'est-il arrivé à vos parents ? demanda-t-il d'une voix douce.

— Ils sont morts lorsque j'étais très jeune, mentit-elle. J'ai été confiée aux professeures du pensionnat qui m'a formée.

Elle n'osa pas lui avouer la vérité : qu'elle ne savait rien d'eux.

— Pensionnat qui a brillamment réussi sa mission, fit-il remarquer avec un sourire appréciateur.

Joanna se sentit plus fière encore que le jour où elle avait gagné le premier prix de l'école en français.

— Vous êtes une jeune lady pleine de sagesse, Miss Radcliff. Miss Huntford est aveugle de ne pas voir à quel point elle a de la chance de vous avoir.

Joanna se sentit rougir et parla pour éviter de s'appesantir sur ses compliments.

— Je doute fort qu'elle considère mes interventions dans sa liaison inconvenante comme une chance, pas plus qu'aucun de mes efforts pour lui montrer le droit chemin…

— Vous devriez peut-être avertir votre directrice de ce que cette chipie vous fait subir, suggéra-t-il.

— Seigneur, non !

La dernière chose qu'elle souhaitait, c'est que Mme Dubois apprenne que les choses ne se passaient pas bien pour elle et pense qu'elle n'était pas à la hauteur de ses attentes. Et quand bien même celle-ci n'aurait pas été déçue, elle ne pouvait rien faire depuis Salisbury pour lui venir en aide.

Lorsqu'ils atteignirent le ruisseau, le major guida son cheval avec prudence pour qu'il ne glisse pas sur les pierres, puis, une fois parvenu sur l'autre rive, il se tourna vers elle.

— Avez-vous besoin d'aide ?

— Non, je peux y arriver seule.

Joanna saisit le bas de sa robe et sauta sur la première pierre.

Cela lui semblait infiniment plus facile qu'à l'aller parce qu'elle avait le major qui l'attendait. La présence de ce dernier exerçait sur elle une mystérieuse force d'attraction et elle se prit à envier celle qui saurait obtenir son attention lors de la réception des Huntford. Pour sa part, elle devait déjà s'estimer infiniment heureuse d'avoir eu le plaisir de sa compagnie autant de temps en si peu de jours. Seulement, se marier, fonder une famille, cela constituait déjà des attentes bien trop utopiques. Alors en rêver avec un homme tel que le major Preston était pur fantasme.

Elle sauta sur la pierre du milieu et manqua de perdre l'équilibre dans son élan. En une seconde, le major avait sauté depuis l'autre rive et la saisit par la taille pour l'empêcher de se blesser sur les pierres pointues qui tapissaient le fond du cours d'eau. Le dos de Joanna se cambra contre le bras puissant qu'il lui avait passé autour de la taille et ils restèrent un instant en suspension au-dessus des flots, leurs deux corps étroitement enlacés. D'instinct, elle serra les doigts sur ses épaules musclées, tentant en vain de se protéger contre la sensation délicieuse que leur étreinte faisait naître au plus profond d'elle. Elle leva lentement les yeux sur le visage inquiet du major, et elle comprit en cet instant pourquoi Grace avait pu s'abandonner à l'urgence de son désir sans se soucier des conséquences. Un moment passé dans les bras du major Preston pouvait faire oublier toute prudence et toute réserve à une femme.

Joanna resta parfaitement immobile mais il ne desserra pas pour autant son emprise. Son cœur s'emballa encore un peu plus et une déferlante de pensées l'agita. Peut-être finalement son rêve d'appartenir à un homme tel que lui n'était-il pas hors de portée ? Toutefois, s'abandonner aux émotions qu'elle éprouvait pour lui signifierait à la fois défier leurs entourages respectifs et faire fi de toutes leurs responsabilités, sans aucune garantie que l'attraction qui semblait les lier serait autre chose qu'une brève passion. Le devoir qu'il devait à sa famille comme elle à Mme Dubois était plus important. Ils pouvaient bien sûr faire mine de l'ignorer pendant quelque temps, mais à un moment ou un autre leurs obligations finiraient par les reprendre sous leur chape de plomb.

— Décidément, il semble que je sois bien avisé de rester auprès de vous pour vous protéger d'innombrables dangers, murmura-t-il. Allez-vous bien ?

— Oui.

Il la remit d'aplomb et tout le corps de Joanna se raidit, désireux de retrouver la force avec laquelle il l'avait étreinte. Le cuir et le coton qui séparaient leurs peaux n'avaient pas suffi à enfermer la chaleur qui émanait de lui. Il lui tint fermement le bras pour l'aider à parcourir le reste du chemin glissant jusqu'à l'autre rive.

Arrivée sur la terre ferme, elle frotta instinctivement sa manche là où les doigts du major s'étaient posés sur sa chair. Elle devait absolument s'extraire de ses rêveries ! Il ne pouvait exister aucun lien entre eux. Il n'y en avait jamais eu et il n'y en aurait jamais.

Au loin, les cloches sonnèrent le quart et Joanna sentit la panique l'envahir.

— Je dois me hâter de rentrer !

Il lui restait encore la moitié du chemin à parcourir, jamais elle n'arriverait à temps pour récupérer Catherine à son cours de dessin et libérer la nourrice des jumelles !

— Nous irons plus vite à cheval.

Sur ces mots, il sauta en selle. Joanna le regarda, fascinée. Avec son dos droit et ses jambes fermement maintenues par les étriers, il était l'image même des héros en armure dont elle avait lu les histoires dans la bibliothèque de l'école. Et le preux chevalier se penchait justement vers elle, la main tendue.

Joanna hésita, aussi troublée par sa proposition que par le tracé sensuel de ses muscles sous le fin tissu de son habit chamois. Dans les contes de fées, les jeunes servantes gagnaient certes le cœur des princes, mais la réalité n'avait rien à voir avec les histoires pour enfants. Rien dans sa vie ne ressemblait à un conte. Elle aurait dû refuser et courir à toutes jambes vers Huntford Place, cependant ses pieds refusaient de lui obéir.

À la place, elle glissa sa main dans la sienne et plaça son pied sur le sien. Avec un geste qui paraissait décontracté, il la hissa sans peine sur la selle devant lui. Joanna sentit une sensation de vertige l'envahir. Il était si proche ! Elle s'agrippa nerveusement au pommeau de la selle tandis qu'il passait les bras de part et d'autre de son corps pour conduire la monture.

— Accrochez-vous, prévint-il en mettant son cheval au petit galop.

La sensation était grisante. Le vent lui frappait les joues tandis que leurs deux corps se mouvaient ensemble, au rythme des pas de l'animal. À chaque fois que les sabots de l'étalon foulaient le sol, les épaules de Joanna se pressaient un peu plus contre le torse du major. Elle ne savait plus précisément ce qui était le plus étourdissant, de la vitesse du cheval ou de la proximité de son cavalier.

Le souffle de ce dernier lui caressait l'oreille, les muscles de ses jambes la maintenaient fermement et elle pouvait sentir chacun des ordres qu'il communiquait à l'animal par d'imperceptibles mouvements de son corps.

Lorsque l'étalon prit un virage à grande vitesse, elle perdit sa prise sur le pommeau et, sans réfléchir, se retint aux cuisses du major. Elle l'entendit nettement pousser un grondement sourd, mais elle avait trop peur de perdre l'équilibre pour s'en inquiéter. Alors elle se pressa un peu plus contre lui tandis que le cheval les menait à un train d'enfer. De chaque côté, les arbres n'étaient plus qu'un tourbillon de verts et d'ors. Bientôt, la forêt commença à s'éclaircir jusqu'à ce que le toit de briques rouges de Huntford Place apparaisse. Il mit sa monture au pas et Joanna se redressa, regrettant déjà l'euphorie de leur course.

— Je devrais vous laisser continuer seule, à présent, dit-il d'une voix rauque.

Il arrêta son étalon et sauta de la selle en un mouvement souple. Il tendit les bras vers elle et elle se laissa aller, savourant le contact des mains du major sur sa taille. Alors qu'elle posait les pieds au sol, le cheval s'ébroua, la bousculant au passage. Joanna perdit l'équilibre et se retrouva une nouvelle fois serrée contre le major Preston. La pression des doigts de ce dernier s'intensifia et l'odeur virile de cèdre et de cuir enivra Joanna. Perturbée par la violence des sensations qui l'habitaient, elle déglutit avec difficulté.

Une part d'elle-même aurait voulu agir comme Grace l'avait fait, en suivant son instinct et ses désirs. Hélas, elle ne pouvait pas s'abandonner. Bien que Grace ait été si heureuse entre les bras de son amoureux, à la fin, leur passion avait causé bien plus de dégâts et de souffrances que de plaisir. Il en serait de même si elle renonçait à toute raison entre les bras du major Preston. Sa situation était déjà suffisamment compliquée pour qu'elle ne l'aggrave pas. Elle se dégagea un peu brusquement de son étreinte et adopta un comportement plus digne d'une gouvernante.

— Je vous remercie, major Preston, pour… pour tout. Je dois rentrer.

— C'était un plaisir, Miss Radcliff. Ne laissez pas Miss Huntford ou qui que ce soit d'autre vous faire croire que vous leur êtes inférieure. Vous êtes meilleure et plus intelligente que tous ces gens, déclara-t-il très vite.

Profondément émue par sa gentillesse, Joanna lui répondit par une plaisanterie pour masquer son embarras.

— Et pourtant, c'est sa famille qui paie mes gages…

— Lesquels, si j'en crois la réputation de Sir Rodger, doivent être bien faibles.

Joanna rit de bon cœur.

— Je dirais même très en dessous de « faibles ».

— Dans ce cas, vous avez bien peu à perdre en disant la vérité à Sir Rodger sur le comportement de ses enfants, non ?

Le rire de Joanna mourut dans sa gorge.

— Vous vous trompez. J'ai beaucoup à perdre au contraire en lui apprenant des choses qu'il ne souhaite pas entendre.

— Bien des officiers plus expérimentés que moi n'avaient nulle envie d'entendre ce que j'avais à leur dire, croyez-moi. Je le leur ai dit malgré tout. Au bout du compte, cela a apporté bien plus de bénéfices que d'ennuis de part et d'autre. Peut-être en serait-il de même pour vous ?

— Vous parlez comme un gentleman disposant d'un nom influent. Nous ne sommes pas tous aussi fortunés que vous, major Preston.

Au lieu de s'emporter face à sa réprimande, il lui adressa un large sourire.

— Je craignais qu'une personne aussi perspicace et authentique que vous se sente écrasée au milieu de ces gens. Heureusement, je vois que vous avez une grande force de caractère. Vous vous en sortirez parfaitement bien, Miss Radcliff, je n'ai aucun doute là-dessus. Prenez soin de vous.

Joanna était loin de partager sa confiance. Néanmoins, elle lui adressa un sourire reconnaissant avant de se hâter vers la maison.

Comme la bâtisse approchait, ses inquiétudes refirent surface. Les suggestions du vicaire Carlson suffiraient-elles à lui rendre le quotidien plus vivable ? Bien sûr, elle partageait le désir d'honnêteté du major, mais elle savait aussi que toute vérité n'était pas bonne à dire. Isabel, par exemple, s'attirait sans cesse des ennuis en dévoilant le fond de sa pensée. De toute façon, Joanna n'avait pas le comportement extraverti de son amie. Le silence avait toujours été un allié sûr et il le resterait à l'avenir.

Luke regarda Miss Radcliff s'éloigner à regret. Dans l'armée, sa vie tout entière était réglée par les horaires du camp. Lui en avait fini avec cela, mais elle n'était quant à elle pas libre de son temps.

Il remonta en selle, mais ne reprit pas le chemin de la maison tant qu'il put apercevoir sa mince silhouette élégante. Même quand elle eut passé le pas de la porte, il contempla un moment les vitres sombres des fenêtres, espérant la voir passer devant l'une d'elles.

Il mit Duke au pas en songeant au spectacle qu'elle lui avait offert aujourd'hui. Un sourire naquit aussitôt sur ses lèvres. Avec ses bottines de marche et sa robe en étoffe solide, elle n'avait plus rien de la précieuse petite débutante du bal, et pourtant elle n'avait rien perdu de sa beauté naturelle. Il avait eu envie de posséder ce corps délicieux depuis l'instant où il l'avait tenu entre ses bras. Il était encore si agité par ses émotions sensuelles que Duke regimbait entre ses jambes.

Pourtant, il ne l'avait pas approché avec d'autre intention que de lui éviter un accident fatal avec le cheval d'Edward. Mais lorsqu'il l'avait eue entre ses bras, lorsque son derrière délicieusement féminin s'était pressé contre sa virilité, lorsqu'elle avait tourné vers lui son beau visage aux lèvres entrouvertes… Seigneur ! Il avait manqué de perdre la tête ! Une fois qu'il était parvenu à s'écarter d'elle, il avait mis la violence de son trouble sur le compte d'une trop longue abstinence. Puis elle avait failli chuter dans le cours d'eau…

Ses doigts se serrèrent mécaniquement sur les rênes au souvenir des membres souples de Miss Radcliff sous ses paumes. Un intense besoin de la protéger l'avait envahi, plus fort encore que celui qui le taraudait à propos de ses soldats. Il voulait la protéger non seulement des dangers physiques, mais aussi de la mesquinerie des Huntford. Seulement, ce n'était pas à lui de le faire.

Pour reprendre le contrôle de son corps et de son esprit, il lança Duke au grand galop à travers la forêt, le buste penché sur l'encolure de l'étalon, heureux de sentir la tension qui l'étreignait se desserrer un peu. Cependant, Miss Radcliff continuait de hanter son âme. Le poids du corps souple de celle-ci, l'arc de son dos s'ajustaient parfaitement à son bras. Lorsqu'il avait plongé le regard dans ses yeux brillants, il lui avait fallu faire appel à tout son sens de l'honneur pour ne pas prendre ses lèvres en un baiser passionné.

Bon sang ! Il n'était pourtant pas un ignoble scélérat comme le lieutenant Foreman, prêt à ruiner la réputation d'une jeune femme d'un rang inférieur pour satisfaire sa lubricité ! De façon générale, il ne laissait jamais ses émotions diriger sa raison.

Même dans l'urgence d'une bataille, il prenait ses décisions en fonction des faits — l'état du sol, les forces respectives de ses troupes et de celles de l'ennemi — jamais en fonction de ses propres impressions, trop sujettes à la panique. Grâce à son entraînement, il était parvenu à se contrôler, comme il venait de le faire avec Miss Radcliff.

Luke tira sur les rênes un peu trop brusquement et l'étalon se cabra. Devant eux, le chemin faisait une fourche. La voie de gauche conduisait directement vers la demeure de Lord Helmsworth. Celle de droite retournait vers Pensum Manor. Aiguillonné par les accusations de son frère et le désir de lui prouver combien il avait tort de le sous-estimer, Luke brûlait de prendre à gauche. Edward était l'une des rares personnes qui pouvaient l'inciter à réagir avec son instinct plutôt qu'avec sa raison. Mais aujourd'hui, aidé par les conseils perspicaces de Miss Radcliff, il parvint à réfléchir posément et choisit le chemin de droite, qui le ramenait à la maison.

Le sourire triomphant d'Edward lorsque ce dernier apprendrait qu'il n'avait pas rendu visite à Lord Helmsworth serait prodigieusement agaçant, néanmoins il le laisserait se réjouir sans dire un mot. Miss Radcliff avait raison, il était grand temps qu'il se concentre sur l'essentiel et mette un terme à cette rivalité stupide. À présent qu'il était de retour, il devait agir en conséquence. Il avait plus de chance que tous ceux qui étaient restés couchés sur le sol espagnol. Et puis, il n'y avait pas besoin de se précipiter. Il aurait bien d'autres occasions de rencontrer Lord Helmsworth… et de recroiser la délicieuse Miss Radcliff.

Lord Johan Helmsworth franchit la grande porte d'entrée de sa propriété. Sa rencontre avec la jeune femme au cimetière n'avait cessé de le hanter sur le chemin du retour. Son image continuait d'apparaître sur les frises qui décoraient le hall d'entrée. C'était elle qu'il voyait sur les portraits des précédentes marquises d'Helmsworth tandis qu'il longeait la galerie principale. La moitié au moins de ses ancêtres le fixaient depuis les murs avec ces mêmes yeux immenses d'un bleu saisissant.

Bouleversé, Johan croisa les mains dans son dos, l'unique bague qu'il portait à chacune s'entrechoquant l'une contre l'autre au gré de ses pas. Toute une partie de son passé avait resurgi lorsqu'il avait contemplé le visage confiant de Miss Radcliff. Des souvenirs avec Jane avaient refait surface, les jours heureux où, lorsqu'elle était enfant, il la mettait sur ses épaules pour l'emmener aux écuries admirer les chevaux. Quand il s'était assis auprès de la jeune femme pour lui donner des conseils, il s'était rappelé le jour où il avait dû annoncer à sa fille que le petit épagneul qu'elle chérissait était mort, parce qu'il ne pouvait tout simplement pas vivre aussi longtemps qu'elle. Cruelle ironie ! Sa Jane adorée n'avait pas vécu aussi longtemps qu'elle l'aurait dû.

Il posa les mains sur une console, le visage penché en avant, tentant de retrouver le contrôle des battements de son cœur. La douleur qu'il ressentait était aussi vive et brûlante que dix-neuf ans plus tôt, lors du décès de Jane. Toutefois, la souffrance ne parvenait plus à faire resurgir les mêmes démons qui lui avaient donné un caractère exécrable les premières années.

Il redressa la tête et aperçut, par la porte ouverte de son bureau, la liasse de documents à traiter. Cela lui donna le courage de se ressaisir. Il se redressa, prit une profonde inspiration et entra dans la pièce.

— Lord Helmsworth, vous êtes de retour, l'accueillit Mr Browning, son secrétaire. Nous devons discuter de ce qu'il convient de faire du terrain que vous disputez au comte d'Ingham. Le major Preston vous a envoyé une lettre où il demande une audience pour en discuter de vive voix.

— Ce gamin est à peine de retour chez lui et il pense pouvoir régler une affaire vieille de vingt ans ? grommela Johan, qui n'avait aucune envie d'entendre les jérémiades des Ingham.

— Ce problème traîne depuis bien trop longtemps, milord.

— Et il continuera à s'éterniser, trancha-t-il. Je refuse qu'un de ces orgueilleux vienne jusqu'ici pour me voler ma terre.

Peu importe le nombre de médailles qu'il arbore ! J'ai assez donné à un militaire voilà vingt ans, l'armée ne me prendra plus rien d'autre !

Il s'arrêta au centre de la pièce et leva le regard pour contempler le portrait de sa femme et de sa fille, représentées devant la colonnade du manoir. Le tableau avait été réalisé un an avant le décès de son épouse, lorsque Jane avait huit ans. Juste en face, il avait fait placer un portrait plus petit de Jane à dix-sept ans, l'année où elle avait fait son entrée dans le monde. Elle était resplendissante dans sa robe rose, dont le tissu semblait l'envelopper comme une gaze. Elle souriait avec toute l'impatience d'une jeune lady prête à découvrir le monde. Hélas, la jeune femme qui lui était apparue quelques mois plus tard n'avait plus rien de commun avec cette jeune fille.

Ils s'étaient violemment disputés après que Johan avait refusé de lui accorder la permission de se marier. Comme elle avait moins de vingt et un an, elle ne pouvait se passer de cet accord. Or, contrairement à elle, il avait vu clair dans le jeu du capitaine Handler. Ce dernier ne songeait qu'à mettre la main sur la fortune de leur famille. Johan avait espéré que son refus mettrait un terme à leur relation.

Malheureusement, cela n'avait fait qu'exacerber l'obstination de Jane à épouser le misérable. Toutes ses tentatives pour la forcer à l'écouter et à lui obéir avaient conduit de façon tragique à sa fuite avec le capitaine. Johan n'avait jamais voulu nier son amour, simplement la protéger d'une mésalliance et de la douleur qu'elle ressentirait lorsqu'il lui aurait brisé le cœur. Il avait échoué.

La culpabilité l'envahit. Il avait bien souvent mal agi par le passé, et il continuait de le faire. N'avait-il pas menti à Miss Radcliff aujourd'hui même ? Il n'aurait pas dû se faire passer pour un homme d'Église, toutefois il avait perçu la détresse de la jeune femme avec une acuité presque douloureuse. Or, s'il lui avait dit qui il était, elle n'aurait échangé avec lui que des banalités et aurait fait preuve d'un respect distant. Grâce à son mensonge, elle s'était confiée à lui, comme Jane avait pris l'habitude de le faire avant qu'elle ne se détourne de lui au profit de ce maudit capitaine Handler.

— Concentrons-nous plutôt sur nos affaires, trancha-t-il en s'installant dans le fauteuil de cuir au coin du feu.

Il fit signe à Mr Browning de venir prendre place dans l'autre fauteuil face à lui. Ce dernier s'exécuta tout en triant quelques papiers.

— Votre locataire a mis un terme à son bail dans la maison de Londres. Je vais me mettre en quête d'un autre locataire, à moins que vous ne comptiez vous rendre à Londres prochainement ? J'ai cru comprendre que le Parlement a été obligé d'instaurer une session exceptionnelle pour gérer les rébellions manufacturières dans le Nord.

— Je n'ai pas siégé à la Chambre des lords depuis près de vingt ans. Je n'ai aucune intention de le faire aujourd'hui. Trouvez-moi un autre locataire, répondit Johan avec un mouvement expéditif de la main.

Il ne serait retourné dans la maison de Londres pour rien au monde, pas même pour le roi. La demeure de Grosvenor Square avait appartenu à sa femme avant qu'elle l'épouse. Pendant des années, ils l'avaient louée, et Johan comptait autrefois l'offrir en cadeau de mariage à Jane… Comme il aurait aimé que sa femme ait été encore en vie pour aider leur fille à surmonter les obstacles et les dangers des bals et des prétendants ! Lui-même n'avait pas eu le talent nécessaire.

— Vous semblez distrait, milord. Puis-je faire quelque chose pour votre service ? proposa son secrétaire.

Johan posa sur lui un regard reconnaissant. Browning avait la quarantaine et le servait avec autant de sérieux et d'intelligence que son père avant lui.

— J'ai fait une rencontre étrange dans la forêt tout à l'heure, confia-t-il en se pressant le front du bout des doigts. Il y avait une jeune fille près du cimetière. Au moment où je l'ai vue, j'ai cru voir Jane… Vous aussi, vous vous y seriez trompé. Elle avait les yeux des Helmsworth.

Browning laissa les papiers s'affaisser entre ses doigts et leva un regard interloqué.

— Une jeune fille avec les yeux des Helmsworth ?

— Oui. La ressemblance était saisissante.

Et terriblement troublante. Quand il s'était rendu sur la tombe de sa fille pour son anniversaire, il ne s'était certes pas attendu à une telle apparition et il avait d'abord cru se trouver face à un fantôme. L'espace d'un court instant, il avait senti son cœur exploser de joie. L'espoir tant attendu d'une réconciliation avec sa fille chérie lui avait paru à portée de main. Puis la douce apparition avait prouvé qu'elle était tout aussi réelle que lui.

— Quel est son nom ? demanda Browning en se penchant vers lui, curieux.

— Elle m'a dit s'appeler Miss Radcliff. Elle ne m'a pas donné son prénom, bien sûr.

— Quel âge peut-elle avoir ?

— Dix-neuf ans.

À ces mots, un silence pesant tomba sur la pièce. Perplexe, Johan regarda avec attention son secrétaire, qui pour la première fois semblait distrait. Browning contemplait les flammes et il était évident qu'il ne pensait ni aux locations ni aux rentes…

— Qu'y a-t-il, Mr Browning ? demanda-t-il en sentant un frisson lui courir le long de la nuque.

L'homme releva la tête pour le regarder droit dans les yeux.

— Je dois vous dire quelque chose, milord. Une chose qui pourrait changer votre façon de nous considérer, moi-même et votre fille, enfin… toute l'affaire.

Johan sentit sa gorge se serrer. Plus jeune, Browning avait entretenu des relations amicales avec Jane, qui était presque du même âge. Il ne s'était jamais inquiété de cette amitié tout simplement parce que Browning était déjà à l'époque profondément amoureux de celle qui était devenue depuis son épouse. Se serait-il trompé sur son compte ?

— Alors, ne me dites rien, supplia-t-il d'une voix sourde. Mon chagrin est un fardeau suffisamment lourd à porter.

— Je le dois, milord. D'une certaine façon, j'ai le sentiment que ce que je vais vous apprendre pourrait avoir un lien avec la jeune fille que vous avez rencontrée.

Johan enfonça les ongles dans le tissu rembourré du fauteuil, respirant à peine.

— Comment cela ?

Mr Browning s'éclaircit la gorge plusieurs fois avant de commencer à parler.

— La veille de la mort de Jane, elle m'a fait appeler sous le prétexte d'établir son… son testament. Au cours de notre entretien, elle m'a avoué la nature du mal qui la consumait. Elle ne souffrait pas d'une fièvre infectieuse, mais d'une fièvre *puerpérale*. Quelques jours avant qu'elle ne revienne sous votre toit, elle avait donné naissance à une petite fille. C'est pour cette raison qu'elle a refusé que le Dr Scopes l'examine. Elle craignait qu'il ne l'apprenne. Je pense qu'avant cet instant où elle s'est finalement confiée à moi, elle n'avait pas pris conscience de la gravité du mal qui la rongeait.

Johan serra les accoudoirs plus fort tandis que sa vision s'obscurcissait sous le choc de la révélation. Jane avait eu un enfant et elle ne lui en avait rien dit ! Il s'effondra contre le dossier, terrassé par la douleur. La distance qui s'était creusée entre sa fille et lui paraissait soudain infranchissable.

— Pourquoi ne m'a-t-elle rien dit ? souffla-t-il d'une voix blanche.

Mr Browning se tapota nerveusement le genou avant de prendre la parole.

— Je l'ai pressée de le faire, mais elle a refusé, inquiète que vous la rejetiez à nouveau. Elle espérait encore se remettre et qu'alors vous pourriez vous réconcilier pour de bon. Ensuite seulement, elle comptait vous révéler la vérité. Elle n'a jamais cessé de vous aimer, Lord Helmsworth. En dépit de vos objections vis-à-vis du capitaine Handler, elle vous aimait profondément. Elle m'a dit qu'elle avait nommé le bébé d'après votre nom, Joanna.

Johan laissa sa tête tomber dans ses mains, submergé par la peine et l'angoisse. Sa pauvre enfant… Même à la fin, lorsque sa vie était en péril, elle n'avait pas su — ou pas pu — se confier à lui. Perdre Jane lui avait littéralement arraché le cœur. Or, il l'avait perdue deux fois, la première quand elle s'était enfuie, la seconde lorsqu'elle était morte sans leur laisser une chance de réconciliation.

Cependant, un incroyable espoir l'envahissait peu à peu, par-delà la douleur. Johan leva le regard sur son secrétaire.

— Qu'est-il advenu de l'enfant ?

— Je ne sais pas, hélas. Le capitaine Handler a été tué au cours d'une bataille avant que Jane et lui puissent se marier. Elle s'est donc retrouvée enceinte et sans ressources en Autriche. Elle a réussi à revenir en Angleterre, en accostant à Portsmouth. Je sais qu'elle a accouché non loin de Salisbury, puis elle a confié le bébé à la femme d'un officier qui l'avait aidée pendant le travail. Elle espérait venir chercher l'enfant une fois qu'elle se serait réconciliée avec vous, mais elle n'en a pas eu le temps. Lors de notre entretien, alors qu'elle prenait sûrement conscience de son agonie, elle m'a fait jurer de retrouver la petite fille et de veiller à son avenir. J'ai fait de mon mieux, malheureusement la femme de l'officier, une certaine Mrs White, était partie rejoindre son époux dont le régiment se battait en Autriche. J'ai su que son mari était mort sur le champ de bataille, mais je n'ai jamais pu la retrouver, elle ou l'enfant. Comme j'ai échoué dans mon enquête, je n'ai pas cru bon d'ajouter à votre profond chagrin en vous rapportant tout cela.

À vrai dire, Johan pouvait difficilement en vouloir à son secrétaire. Il avait failli devenir fou après la mort de Jane. Il était resté enfermé dans sa maison pendant plus d'un an jusqu'à ce que sa sœur et d'autres amis ne viennent l'en sortir, craignant qu'il n'attente à ses jours. Découvrir alors qu'il avait une petite-fille disparue lui aurait définitivement fait perdre la raison.

Aujourd'hui, il n'était plus tout à fait ce père brisé par la souffrance, mais simplement un vieil homme qui avait le pouvoir et l'opportunité miraculeuse d'arranger les erreurs et les injustices du passé.

— Je veux que vous enquêtiez sur le passé de Miss Radcliff,

Browning. Voyez s'il existe la moindre connexion entre elle et cette Mrs White. Si j'ai une petite-fille, légitime ou non, je veux le savoir.

Il avait manqué à son devoir de père avec Jane, l'éloignant de lui par sa colère et son autoritarisme. Il ne ferait pas la même erreur avec sa petite-fille.

Chapitre 5

Joanna observa l'arrivée des premiers invités depuis la fenêtre de la salle de classe, au troisième étage. Dans son dos, les filles étaient assises autour d'une table, occupées à lire à voix haute quelques règles de grammaire française.

La ligne de carrosses s'allongeait dans un nuage de poussière soulevé par les sabots des chevaux. Un par un, les véhicules déchargeaient leurs occupants sous le porche, lesquels s'avançaient alors vers Lady Huntford et Frances pour échanger de larges sourires et des mots de bienvenue.

Huntford Place n'était pas extrêmement grand et le nombre d'invités était de ce fait limité. À en juger par les mines des ladies, Lady Huntford s'était arrangée pour inviter les jeunes filles les plus communes afin de donner l'avantage à la beauté de Frances. Joanna ne put retenir un sourire. Si Lady Huntford avait su à quel point le major Preston tenait sa fille en piètre estime, elle ne se serait pas donné tant de peine pour cette réception.

Ce n'était pas Joanna qui le lui apprendrait. Après tout, sa maîtresse se montrait suffisamment critique envers elle pour qu'elle ne se risque pas à accroître son mécontentement.

Joanna massa sa nuque raide pour tenter d'en chasser la tension due à l'épuisement. Elle avait passé toute la nuit allongée dans sa chambre au grenier, occupée à fixer le plafond incliné et traversé de traces d'humidité tout en songeant au major Preston et à son arrivée imminente sous ce toit. La brûlure délicieuse des doigts de ce dernier sur sa taille l'avait bien plus torturée que les bosses de son matelas défoncé.

Joanna serra ses bras contre elle et se concentra pour se remémorer le contenu de leur conversation, et plus seulement les émotions intenses que son contact physique avait provoquées. Elle avait été stupéfaite de voir qu'il faisait grand cas de son avis et de ses conseils, en dépit de leur différence de statut. Elle s'était sentie… estimée, pour la première fois depuis des semaines. Voilà sans doute pourquoi elle éprouvait tant de frustration de le savoir si proche sans pouvoir lui parler à nouveau.

La nuit ne lui avait nullement apporté le repos dont elle aurait eu grand besoin et elle avait fini par se lever à l'aube sans avoir fermé l'œil. Elle était sortie dans le jardin alors que la maison était encore assoupie, pour retrouver un semblant de calme.

En effet, la maîtrise fragile qu'elle avait réussi à instaurer sur les filles grâce aux conseils du vicaire Carlson dépendait entièrement du contrôle qu'elle exerçait d'abord sur elle-même. À vrai dire, elle avait fait d'importants progrès avec ses élèves et elle avait su dominer la situation, du moins jusqu'à aujourd'hui.

La voiture des Ingham fut la dernière à se ranger dans l'allée et Joanna nota avec un sourire amer qu'elle n'était pas la seule jeune femme à observer les nouveaux arrivants avec curiosité. Toutes les jeunes ladies et leurs mères restaient amassées devant l'entrée, tandis que les époux étaient sûrement cloîtrés dans le bureau de Sir Rodger, occupés à boire du porto et à l'écouter se plaindre des dépenses occasionnées par cette partie de campagne.

Joanna posa la paume sur la vitre froide qui la séparait de lui et retint son souffle lorsque la portière de la voiture s'ouvrit. Lady Ingham descendit la première. Puis ce fut le tour de Lord Ingham. Vinrent ensuite Lord et Lady Pensum. Le major fut le dernier à sortir du véhicule. Juste à temps pour que Joanna retienne un piaffement d'impatience.

Il ne jeta pas un seul regard à la foule émerveillée de jeunes femmes qui se pressaient sur les marches. D'une main, il se protégea les yeux du soleil matinal et observa la façade de la maison.

Le cœur de Joanna cessa de battre. Il la cherchait, *elle*.

Soudain, elle n'entendit plus rien, le monde autour d'elle s'évanouit. Seul le beau visage du major tendu vers le sien importait. Elle le regarda avec insistance, ne sachant même pas s'il pouvait la voir à travers la vitre. Elle aurait voulu ouvrir la croisée en grand et lui faire signe de la main, toutefois elle demeura parfaitement immobile, les doigts arqués contre le verre. Il était à quelques dizaines de mètres à peine, mais elle était aussi inaccessible qu'une princesse enfermée dans une tour. À un détail près : elle n'était *pas* une princesse mais une simple domestique.

Lady Huntford s'approcha de lui, impatiente de l'attirer dans son cercle de connaissances. Elle tourna la tête et regarda en l'air, essayant sans doute de comprendre ce qui avait attiré son regard. Joanna s'éloigna précipitamment de la croisée avant qu'elle ne la remarque. Les battements sourds dans sa poitrine eurent au moins le mérite de lui rappeler une vérité essentielle : le major n'était pas pour elle, personne ne devait soupçonner l'intérêt qu'il lui portait.

— Que se passe-t-il ? interrogea Catherine. Vous semblez avoir vu un fantôme.

Le ton insolent de la jeune fille ramena pour de bon Joanna sur terre. Avec l'arrivée des invités, ses élèves étaient terriblement distraites et elle devait redoubler de vigilance pour ne pas perdre les bénéfices acquis au cours des derniers jours.

— Peut-être est-ce le cas, répondit-elle d'un air mystérieux. Mrs Winston m'a dit que toutes sortes d'esprits habitaient la maison, particulièrement près de votre chambre.

Elle donna une pichenette sur le nez de la jeune fille, et les yeux de celle-ci s'agrandirent d'horreur avant qu'elle ne comprenne que Joanna se moquait d'elle.

— C'est l'excuse que notre nourrice utilise sans arrêt pour refuser de monter jusqu'ici et vérifier que les servantes ont bien fait le ménage !

— Vraiment ? J'espère que tu as raison, alors. À présent, terminez votre travail, il est bientôt l'heure de notre leçon de botanique. Nous irons dans le jardin.

Joanna fit le tour de la table pour vérifier le travail des jumelles. Elle corrigea quelques erreurs de conjugaison d'Ava, qui fronça les sourcils d'un air mécontent mais ne se permit aucune remarque désagréable contrairement à son habitude.

Joanna s'efforça de ne pas penser au major Preston. Après tout, à moins que Lady Huntford ne la désigne comme chaperon de Frances, elle n'aurait aucune interaction avec les invités. Joanna se maudit lorsqu'elle saisit à quel point elle espérait être le chaperon de Frances…

Luke grimpa les escaliers à la suite des valets de pied qui portaient ses affaires à l'étage, ainsi que celles des trois autres jeunes célibataires qui avaient été conviés à la fête — ou plus exactement au marché aux mariages. Ces gentlemen étaient les frères de certaines des jeunes filles qui étaient là pour tenter de le prendre dans leurs filets. Luke avait déjà des fourmis dans les jambes et une irrépressible envie de s'éloigner en courant de leurs rires mièvres et de leurs moues affectées. Il ne trouverait pas une épouse parmi ces demoiselles futiles, tout cela n'était qu'une perte de temps… Sauf s'il parvenait à voir Miss Radcliff.

Ainsi, tout en tentant de se convaincre qu'il se moquait de la revoir, il s'occupa en premier lieu d'inspecter les moindres recoins de la maison. Il lui devint rapidement impossible de nier l'évidence : il n'était venu ici que dans l'espoir de la trouver. Bon sang ! Sa famille comptait sur lui pour faire un mariage de raison ! Un mariage qui leur épargnerait la ruine ! Et lui se laissait distraire par les charmes, certes irrésistibles, d'une gouvernante !

Au milieu de l'escalier, il interrompit sa progression pour embrasser du regard la demeure. Sous ses doigts, la rampe était rude au toucher, comme si elle n'avait pas été polie depuis longtemps, quant au tapis qu'il foulait, il était défraîchi. Luke était certes mal placé pour se plaindre du manque d'entretien, puisqu'eux-mêmes rencontraient des difficultés. Cependant, il était évident que la domesticité paressait sous la direction catastrophique du majordome caractériel. Luke se remit en marche, mécontent de voir les valets transporter leurs malles sans précaution et Grudger ouvrir les portes des chambres sans cérémonie.

— Le confort était meilleur dans l'armée, gronda Luke assez haut pour que le détestable personnage l'entende.

Les mains sur les hanches, les sourcils froncés, il toisa l'insolent qui s'éloignait déjà et constata que sa malle avait été jetée sur le côté.

— Et encore, vous n'avez pas assisté au dîner. Je suis certaine que vos cuisiniers de l'armée proposaient de meilleurs plats, répondit la voix douce qu'il avait tant cherché à entendre.

Il se retourna d'un coup pour contempler Miss Radcliff, qui se tenait sur le palier dans une robe stricte. À vrai dire, tout dans son attitude trahissait la gouvernante, depuis ses deux mains serrées devant elle jusqu'à son dos raide et son menton levé. Elle était visiblement prête à remettre à sa place quiconque oserait l'importuner. À son grand désarroi, Luke la trouva plus adorable encore. Le sérieux de son regard était tempéré par le sourire espiègle qui jouait sur ses lèvres. Son amusement évident ruinait le contrôle rigide que son attitude évoquait. Dans son dos, Luke remarqua alors les jumelles qui se disputaient et une autre sœur, la cadette, qui adressait des œillades énamourées au jeune Mr Chilton.

Suivant son regard, Miss Radcliff se retourna et enjoignit d'une voix sévère :

— Vos manières, mesdemoiselles !

Les jumelles se tirèrent la langue avant de se mettre en rang, la plus grande les rejoignit à son tour, non sans jeter un regard navré vers la porte que Chilton venait de refermer sans se priver de grommeler lui aussi.

— Allez au jardin, les enfants, reprit Miss Radcliff en les conduisant vers l'escalier.

— Je ne suis plus une enfant, se plaignit la plus âgée.

— Arrête de tirer sur le nœud de ma robe, s'agaça l'une des jumelles avant de frapper durement sa sœur au bras.

Derrière elles, Miss Radcliff adressa à Luke un sourire à la fois exaspéré et complice.

— Bonne chance, lui dit-il.

— Merci, répondit-elle avec un léger rire en rejoignant ses élèves récalcitrantes.

Luke s'approcha de la balustrade pour la regarder partir. Quand elle eut disparu, il envisagea d'aller lui aussi faire le tour des jardins plutôt que de ranger lui-même ses affaires maltraitées — en effet, depuis son entrée dans l'armée, il n'avait plus l'habitude de s'accompagner d'un valet. Néanmoins, la tentation de discuter encore avec Miss Radcliff était si forte... Malédiction ! Dans un geste d'exaspération, il frappa rudement la porte de sa chambre.

Maudissant sa faiblesse, Luke s'empara de sa redingote et sortit de la pièce. La silhouette du jeune Mr Selton attira son regard. Ce dernier l'observait avec un sourire entendu depuis le pas de sa porte. Son expression de connivence suffisante semblait féliciter Luke, comme s'il l'avait surpris en train de conter fleurette à une servante de l'office. Luke ne connaissait pas bien le jeune homme, mais il était évident qu'il avait assisté à son échange avec Miss Radcliff et en avait tiré des conclusions.

Luke lui jeta un regard peu amène, le mettant au défi de prononcer la moindre parole sur son compte ou celui de Miss Radcliff. Selton ne releva pas le gant et se contenta de rentrer dans sa chambre en fermant la porte.

Stoppé dans son élan, Luke retourna à son tour dans sa chambre et marcha à grands pas jusqu'à la fenêtre, profondément troublé et de plus en plus agité. Sa frustration grandissait de minute en minute — la seule femme avec laquelle il désirait passer plus de temps était également la seule qu'il ne pouvait fréquenter. Si un simple échange entre eux avait attiré l'attention de Selton, une promenade au jardin en sa compagnie n'aurait pas manqué de provoquer un véritable scandale. À l'avenir, il devrait se montrer extrêmement prudent en sa présence.

— Pourquoi Frances a-t-elle le droit de s'amuser alors que je suis coincée ici ? pleurnicha Catherine en lançant un caillou dans le bassin aux poissons qui trônait au centre du jardin.

Un peu plus loin, les jumelles étaient occupées à arracher les mauvaises herbes, non sans se fouetter régulièrement avec les longues tiges terreuses. Joanna les laissa faire — mieux valait qu'elles se comportent ainsi à l'extérieur, afin qu'elles soient un peu plus calmes et obéissantes de retour en salle de classe.

— Lorsque vous ferez votre entrée dans le monde l'an prochain, vous aurez à votre tour l'occasion de participer à des parties de campagne, répondit-elle distraitement à Catherine.

Son regard s'échappa une fois de plus vers les portes qui menaient du grand salon au jardin, espérant y voir apparaître le major Preston. En vain. Qu'allait-elle imaginer ? Avec les cris de *banshees*[1] des jumelles, aucun adulte sensé ne risquait de s'aventurer dans le parc.

Elle eut toutes les peines du monde à retenir un lourd soupir. Elle devait renoncer à entretenir une relation amicale avec lui. Peu importait sa force de séduction lorsqu'il portait son manteau bleu sombre, peu importait son enthousiasme à chaque fois qu'il la voyait, elle lui était bien trop inférieure pour discuter avec lui en égale.

— Père ne voudra jamais dépenser le moindre sou pour ma Saison, déclara Catherine, l'arrachant à ses pensées. Il n'a jamais rien fait pour moi, seulement pour Frances. Vous ne pouvez pas savoir ce que cela fait d'être ignorée de la sorte, dit-elle avec un désespoir véritable dans la voix. Personne ne m'aimera jamais.

Joanna sentit son cœur se serrer. Elle plaignait d'autant plus sincèrement la jeune fille qu'elle comprenait parfaitement son sentiment d'abandon. Au contraire de sa sœur aînée, Catherine souffrait d'un manque d'attention et non d'un excès de gâterie. Elle prit doucement le menton de la jeune fille entre ses doigts.

1. Dans le folklore irlandais, la *banshee* est une sorte de femme fantôme qui hurle pour annoncer la mort d'un membre de la famille.

— Gardez la tête haute, Catherine. Et rappelez-vous, des paroles aimables et une personnalité attachante attireront bien plus sûrement les gentlemen que la seule beauté.

— Comment pouvez-vous en être si sûre ?

L'image du major Preston s'imprima dans son esprit. Il avait plus que l'embarras du choix parmi les ladies du bal, pourtant c'était avec elle qu'il avait préféré entamer la conversation. De son côté, ce n'était pas sa position, son argent et sa belle prestance qui lui avaient fait battre le cœur plus fort lorsqu'il l'avait retenue dans sa chute sur les pierres du cours d'eau.

— Parce que je l'ai vu bien souvent. De plus, lorsque Frances sera mariée, votre mère n'aura personne à chérir autant que vous.

— Mère ne chérit personne ! Certainement pas moi, en tout cas !

— Elle vous aidera du moins à trouver un époux, Catherine. C'est son devoir de faire en sorte que vous soyez bien établie.

Joanna lui adressa un sourire chaleureux pour l'encourager à faire de même. Sa jeune pupille n'avait pas besoin de savoir que son humeur était aussi sombre que la sienne. Lady Huntford avait beau se montrer indifférente voire dédaigneuse envers sa cadette, elle veillerait sur sa fille lors de son entrée dans le monde et arrangerait son mariage. Personne n'en ferait jamais de même pour Joanna. Elle ne pouvait compter que sur elle-même. Mme Dubois pouvait bien sûr la guider par ses conseils, mais ce n'était pas son rôle de lui trouver un gentleman de valeur. Elle allait devoir le chercher seule, et enfermée comme elle l'était au fond de salles de classe, la quête promettait d'être longue et difficile. Il y avait d'ailleurs toutes les chances pour qu'elle échoue. Ainsi, elle verrait ses élèves successifs grandirent et s'établirent dans le monde, tandis qu'elle-même vieillirait en même temps que son rêve le plus précieux — fonder une famille.

Elle avait tout autant envie de se plaindre que Catherine, hélas, elle n'en avait pas la liberté. La jeune fille avait besoin de son soutien et de son réconfort, et elle les lui apporterait, comme elle l'avait fait autrefois auprès des nouvelles élèves de l'école.

Luke pénétra dans le grand salon à la suite de ses compagnons d'infortune, leurs costumes encore imprégnés de l'odeur entêtante du tabac et du porto qu'ils venaient de prendre dans le petit salon. À chaque nouvelle entrée, les conversations mouraient et les regards avides des matrones se posaient sur la pauvre victime suivante. Luke serra les mâchoires, se préparant à de nouvelles heures interminables d'ennui. Le dîner avait été prodigieusement long et morne. Il s'était retrouvé installé entre l'insipide Miss Carlton et l'impertinente Miss Huntford, qui se comportait avec lui comme s'il était un ennemi hostile. Luke avait préféré se concentrer sur la venaison bien trop cuite en échangeant quelques vagues remarques futiles avec ses voisines de table. Au moins, la camaraderie hypocrite qui avait régné entre les hommes dans le petit salon lui avait-elle offert un bref répit. Pendant une petite heure, il n'avait plus eu à subir les regards insistants des ladies, semblables à des fauves guettant leur proie.

Luke aurait préféré retrouver le calme de sa chambre, mais il avait un devoir de politesse et de courtoisie envers ses hôtes. Une nouvelle contrainte de plus dans cette existence dénuée de tout intérêt qui était désormais la sienne.

Il s'approcha d'un groupe de gentlemen qui discutaient de la chasse, résigné à subir encore une heure ou deux d'ennui avant de pouvoir se retirer. *C'est alors qu'il la vit.* Le spectacle charmant qu'offrait la jeune femme lui fit l'effet d'une bouffée d'air frais en pleine canicule. Miss Radcliff se tenait dans le fond de la pièce. Elle essayait visiblement de disparaître derrière une immense fougère en pot, à l'écart des invités. De sa cachette, elle promenait son regard plein d'intelligence sur l'assemblée. La lueur des chandeliers rehaussait encore l'éclat nacré de sa peau. Elle était aussi belle dans cette lumière faiblissante que sous le soleil naturel. Luke sentit des picotements dans ses paumes, comme si son corps se remémorait le poids et les courbes de celui de la jeune femme. D'instinct, il se mit en marche pour la rejoindre, mais sa raison le rappela à l'ordre. Montrer une telle préférence pour une simple gouvernante déclencherait nécessairement la colère des ladies présentes, et surtout celle de ses hôtes. Il devait à tout prix se montrer discret et subtil dans sa tentative d'approche.

Il entreprit donc de s'approcher du coin de la pièce où elle se tenait en passant d'un groupe à l'autre, échangeant avec chacun deux ou trois mots avant de repartir. Il fut un peu plus difficile d'échapper aux mères qui s'étaient réunies dans les bergères, mais par bonheur les nombreux cols de montagne qu'il avait dû passer avec son régiment l'aidèrent dans cette épreuve délicate. Il s'apprêtait à soupirer de soulagement, une fois le dernier fauteuil contourné, lorsqu'il fut surpris par l'assaut des jeunes ladies.

— Major Preston, auriez-vous l'amabilité de tourner les pages de ma partition pendant que je joue ? demanda Miss Bell depuis le pianoforte devant lequel elle était installée.

— Hélas, miss, mon incapacité à lire la musique ne ferait que gâcher votre talent, répondit-il en s'échappant.

Il croyait être tiré d'affaire lorsque la voluptueuse Miss Selton se dressa devant lui.

— Cher major, puis-je avoir l'immense plaisir de faire votre portrait ? J'ai gardé mon meilleur crayon pour vos traits puissants.

Elle lui prit le bras et pressa sa poitrine généreuse contre lui, si bien qu'il s'inquiéta de voir ses seins s'échapper de son corsage ridiculement étroit.

— Je crains que mon visage… euh… puissant ne soit pas un sujet d'étude très adapté, Miss Selton. Mr Chilton, en revanche, a un profil bien plus classique.

Il désigna de la main le robuste gentleman qui était installé juste à côté d'eux, et sur une révérence, il s'éclipsa. Fort heureusement, Mr Chilton se montra bien plus intéressé que lui par les talents picturaux de la jeune femme. Dans son dos, Luke l'entendit assurer qu'il serait fort heureux de lui servir de modèle. Lorsqu'il jeta un coup d'œil par-dessus son épaule, il nota le froncement de sourcils mécontent de Miss Selton tandis qu'elle conduisait son modèle jusqu'à une table près du feu.

Face à lui, Luke découvrit Lord Selton et Lord Huntford en grande conversation. Il parvint à les esquiver habilement, en passant la jambe par-dessus l'énorme chien de Sir Rodger qui ronflait bruyamment devant la cheminée.

— Major, que pensez-vous des révoltes des manufactures ? l'interpella Lord Selton au dernier moment.

— Je pense qu'il nous faut veiller à ce que ces ouvriers retrouvent un autre travail s'ils perdent leur place en raison des machines qui les remplacent. Cela éviterait les émeutes.

Il prit congé aussitôt en marmonnant quelques paroles inintelligibles. Seigneur ! Il n'avait pas si durement manœuvré depuis la dernière fois où il avait mené ses troupes au combat ! Près d'une demi-heure s'était écoulée depuis qu'il avait entrepris son épineuse traversée du salon. À présent, il n'y avait plus que le pot de fougère qui le séparait de Miss Radcliff. Il observa la salle qui s'étendait sous ses yeux, comme si la jeune femme ne représentait pas le moindre intérêt à ses yeux. En réalité, il était conscient de chacun de ses gestes, du murmure de sa robe sur le parquet, de son souffle régulier et de la subtile fragrance de lavande qui émanait d'elle.

Il recula un peu plus dans l'ombre sans pour autant se tourner vers elle, de façon à ne pas attirer l'attention sur eux.

— Je vois qu'ils vous ont laissée sortir de votre mansarde, plaisanta-t-il à voix basse.

Du coin de l'œil, il la vit se déplacer d'un pied sur l'autre tout en gardant les yeux rivés sur la jeune Miss Huntford qui conversait avec Mr Winborn.

— Je dois en effet chaperonner Miss Huntford, afin de laisser toute liberté à Lady Huntford de s'occuper de ses invités, expliqua-t-elle.

— Une tâche monumentale, renchérit-il, compatissant.

— Tout autant que celle que vous avez menée à bien en échappant à ces mères féroces. J'ai bien cru qu'elles allaient vous capturer.

— Une patrouille française a également tenté de m'emprisonner, mais je leur ai échappé avec le même talent.

Cette fois, la jeune femme fut incapable de retenir un petit rire. Ce signe de ravissement lui sembla plus digne d'intérêt que tout ce qu'il avait expérimenté ce soir.

— À présent que j'en ai été témoin, je peux confirmer que vos plans de bataille sont véritablement impressionnants.

— Pas aussi impressionnants que vous. Vous êtes resplendissante.

Luke se mordit aussitôt les lèvres. Ce qui était particulièrement impressionnant, c'était surtout sa capacité à faire des compliments totalement inappropriés à Miss Radcliff.

— Pardonnez-moi, reprit-il aussitôt. J'ai parlé sans réfléchir.

— Cela ne doit plus se reproduire, répliqua-t-elle de son ton pincé de gouvernante.

La jeune femme souriante et épanouie avait disparu derrière la sévère préceptrice.

— Je ne le ferai plus, promit-il, contrit. Dites-moi, Miss Radcliff, Miss Huntford tient-elle la parole qu'elle m'a donnée ?

— Oui.

— Bien, bien. Je m'inquiétais pour vous, en vérité.

Il vit qu'elle croisait et décroisait les doigts, signe évident de son agitation. Toutefois, elle n'abandonna pas son regard sévère.

— Nul besoin de vous faire du souci, je vous assure. Je vais parfaitement bien.

Luke ne la crut pas. Il avait formé suffisamment de soldats pour savoir quand ils s'adaptaient au régiment et quand ce n'était pas le cas.

— Je veux que vous sachiez que je suis là. Si vous avez besoin de la moindre assistance, vous pouvez compter sur moi, en tant qu'ami.

Elle porta ses mains tremblantes d'émotion sur une fougère, comme si seule la plante l'intéressait et non les paroles qu'il venait de prononcer.

— Je… Votre offre est généreuse, major Preston. Mais vous savez bien que je ne peux l'accepter.

— Alors vous pensez qu'un fils de comte ne peut avoir

d'amis autres que nobles et titrés ? J'ai frayé avec tous types de personnes dans l'armée.

Elle leva ses yeux sublimes dans sa direction et le contempla à travers ses longs cils.

— Nous ne sommes pas à l'armée, et je ne suis pas un homme.

En dépit de l'austère robe de serge brune qui masquait sa silhouette et du ruban terne qui maintenait serrée sa magnifique chevelure noisette, il était en effet impossible de la confondre avec un soldat. Luke brûlait d'envie de la voir porter une robe plus féminine telle que celle qu'elle arborait le soir de leur rencontre. Il voulait retrouver son regard brillant d'amusement et d'intelligence, plutôt que ses yeux inquiets qui revenaient constamment sur ses employeurs au lieu de le voir, lui.

Néanmoins, elle avait raison. Le fossé qui existait entre eux était plus dur à franchir que les gorges des Pyrénées. Une fois que la partie de campagne prendrait fin, il n'aurait plus aucune raison de la voir ou de rechercher sa compagnie. Elle continuerait son existence injuste et, à moins qu'il ne courtise Miss Huntford — ce qui était plus qu'improbable — il n'aurait aucune occasion de la revoir.

— Vous avez raison, admit-il à contrecœur. C'est injuste de ma part de vous demander quelque chose que vous n'êtes pas libre de me donner.

— Ne pensez pas que je ne vous suis pas reconnaissante de votre offre. Si j'étais de votre rang, major, je serais votre amie avec un grand plaisir.

Elle lui adressa un doux sourire et il sentit un poids quitter sa poitrine. Hélas, son expression se métamorphosa presque aussitôt, passant d'une joie sincère à la déférence creuse qu'on attendait d'une femme dans sa position.

— Je crois que d'autres dames sont en train de préparer un assaut, prévint-elle.

De fait, Miss Chilton, Miss Bell et Miss Selton arrivaient droit dans sa direction, également accompagnées de Miss Winborn. Seule Miss Huntford resta à l'écart, près de sa mère, en dépit des évidentes exhortations que celle-ci lui adressait.

— Major Preston, nous avons décidé de monter une pièce de théâtre pendant notre séjour. Il s'agira du *Héros et Alexandra*. Vous serez parfait dans le rôle principal !

Luke retint avec difficulté une grimace. Du coin de l'œil, il vit Miss Radcliff s'éclipser discrètement pour n'être pas remarquée des jeunes femmes qui l'encerclaient. Il aurait tellement aimé pouvoir la rejoindre… Il ne voulait pas de l'attention de ces ladies, seul l'intérêt qu'*elle* lui portait comptait à ses yeux.

— Je ferais un acteur affreusement médiocre, mesdemoiselles. En revanche, j'ai entendu dire que Mr Winborn était tout à fait talentueux.

De la main, il désigna le jeune homme qui passait justement près d'eux. Celui-ci fit une révérence de bonne grâce.

— Je n'irais pas jusqu'à dire talentueux, même si, effectivement, je me défends assez bien sur scène, convint-il avec un rire joyeux.

Par chance, il ne sembla pas remarquer les mines renfrognées des jeunes femmes.

— Alors c'est parfait, conclut Luke en attendant avec impatience que le petit groupe s'éloigne pour le laisser en paix.

Hélas, les demoiselles se révélèrent aussi entêtées que des sangsues.

— Vous devez avoir un rôle dans la pièce, major Preston ! insista Miss Winborn avec une moue qui se voulait charmante mais n'était que ridicule.

— Mon rôle sera d'admirer et d'applaudir, répondit-il.

Il n'avait certainement pas quitté l'armée pour devenir un galant et se ridiculiser dans des jeux mondains.

— Il sera heureux d'accepter un petit rôle, assura Edward qui les avait rejoints en abattant une main lourde sur son épaule.

Pour faire bonne mesure, il accompagna le tout d'un regard d'avertissement.

— Tout comme toi, mon cher Edward, répondit Luke avec un large sourire en délogeant la main de son frère d'un mouvement d'épaule.

S'il était forcé de participer à ces divertissements, il ne le ferait certainement pas seul !

— Bien entendu, admit Edward, les mâchoires un peu trop serrées pour être sincère.

Juste derrière lui, Alma faisait de son mieux pour ne pas rire. Elle adressa un discret clin d'œil à Luke.

— C'est parfait, alors ! s'enthousiasma Miss Selton. Nous débuterons les répétitions demain matin.

Enfin, elle saisit le bras de Winborn et s'éloigna, entraînant dans son sillage les autres jeunes filles. Aussitôt, Luke chercha du regard Miss Radcliff. Elle se tenait à l'autre bout de la pièce, derrière Lady Huntford, aussi éloignée de lui que lorsqu'il avait dû la rejoindre la première fois. Une flambée de colère et de frustration lui brûla les entrailles. Une femme comme elle n'aurait jamais dû être forcée à rester en retrait pendant que des prétentieuses comme Miss Selton étaient au centre de l'attention. Miss Radcliff aurait dû rire à la lueur des chandelles, hélas, son destin était de surveiller de jeunes ladies qui ne pensaient à rien d'autre qu'à leurs rubans et à mettre la main sur un mari.

Luke avait ressenti le même sentiment d'injustice dévorant lorsque de jeunes officiers courageux se voyaient voler des promotions méritées simplement parce qu'ils n'avaient pas le bon rang ou l'entregent suffisant. Il s'était toujours battu avec ardeur pour la cause de ces hommes, parfois avec succès, le plus souvent en vain. La culture de l'armée voulait que les gradés et les titrés se serrent les coudes face aux troupes issues d'un milieu modeste. Il en allait exactement de même en société. Rien de ce qu'il dirait en faveur de Miss Radcliff ne pourrait faire changer d'avis ses pairs. Ils continueraient à la voir comme une humble servante, quelles que soient ses qualités humaines et intellectuelles. Pire, il n'aurait fait qu'attirer la calomnie et attiser des rumeurs dont ces dames se délecteraient.

À travers la pièce, Luke croisa le regard de sa mère, qui lui fit signe de la rejoindre à la table de whist. Alors qu'il avançait vers elle, il sentit une pointe de culpabilité lui fouailler les reins.

Bientôt, son régiment endurerait les rigueurs de l'hiver pendant que lui jouerait aux cartes et tiendrait des rôles dans des pièces de pacotille. Déjà, le temps passé auprès d'eux était remplacé par des frivolités et son esprit était bien plus occupé par Miss Radcliff que par le souvenir de ses compagnons.

Vaguement nauséeux, Luke dut se remettre en tête toutes les raisons qu'il avait de ne pas fuir immédiatement les lieux. En réalité, il n'en trouva que deux. Tout d'abord, Edward avait raison. Une fois qu'il aurait accompli son devoir, il serait libre de rentrer en Espagne et il le ferait. En outre, la présence de Miss Radcliff dans la même pièce, quand bien même il ne pouvait en profiter, l'apaisait étrangement.

Joanna regardait le major jouer aux cartes avec de jeunes demoiselles, et les envia bien malgré elle. Elle aurait tant aimé qu'il lui voue encore cette attention particulière qui la faisait se sentir… spéciale, unique. Heureusement, la part rationnelle de son esprit, celle qui lui avait appris à garder les pieds sur terre en toutes circonstances, veillait à ce qu'elle ne perde pas la tête. Elle devait prendre garde à ne pas mettre en danger sa place, cela seul importait.

— Frances, vous devez aller jouer aux cartes avec lui ! commanda Lady Huntford à sa fille.

Elles étaient toutes deux installées sur un sofa, tandis que Joanna se tenait debout, légèrement en retrait.

— Je ne veux pas, pesta Frances.

En vérité, elle était la seule jeune dame à ne s'être pas littéralement jetée à la tête du major depuis son arrivée à Huntford Place.

— Nous n'avons pas dépensé tout cet argent pour que tu passes la soirée à discuter avec Mr Winborn alors que tu peux le voir quand cela te chante ! tempêta Lady Huntford en relevant sa fille de force pour la pousser vers la table de jeu. Miss Radcliff, appela-t-elle en se tournant vers elle, nous n'aurons plus besoin de vos services ce soir. Vous pouvez vous retirer, mais veillez à vous faire discrète. Je ne voudrais pas que l'on pense que j'ai employé une gouvernante grossière.

— Oui, Lady Huntford, répondit Joanna d'un ton parfaitement neutre.

En vérité, elle bouillait intérieurement. Jamais personne, au cours de ses années de formation, ne l'avait accusée de se montrer rude ou grossière. L'insulte n'avait que peu d'importance, après tout. Seulement, Joanna ne comprenait pas exactement pourquoi Lady Huntford se préoccupait soudain de ce que l'on pouvait penser d'elle. Depuis qu'elle était entrée dans cette pièce, personne n'avait fait attention à elle, hormis le major Preston. Elle doutait fort que qui que ce soit remarque son départ, sauf peut-être lui…

Tandis que la mère conduisait sa fille, visiblement réticente, jusqu'à la table de jeu, Joanna fit le tour de la pièce. Elle contourna l'énorme chien de Sir Rodger, qui pourchassait de toute évidence de malheureux lapins dans son sommeil. Joanna aurait dû se trouver heureuse d'être libérée et de pouvoir se coucher de bonne heure avant de faire face à ses obligations le lendemain. Pourtant, elle n'avait guère envie de quitter la pièce. Comme elle passait près de la table de whist, elle étudia le major Preston à la dérobée. Elle admira son nez droit, la courbure de ses sourcils racés et ses beaux cheveux qui dégageaient un front haut et aristocratique. Elle marqua un temps d'arrêt lorsque ses yeux rencontrèrent les siens.

Cet homme lui avait demandé son amitié. Une requête fantasque qui n'empêchait nullement Joanna d'apprécier la générosité de son geste. Soudain, elle regrettait de l'avoir éconduit. Après tout, elle aurait besoin de tous les alliés possibles dans le Hertfordshire, même si elle ne voyait pas avec précision ce que le major Preston pouvait lui apporter pour la soutenir face à ses employeurs caractériels. De toute façon, il lui viendrait en aide à sa demande même si elle avait refusé son amitié, elle en était certaine.

Son attention fut par bonheur détournée du major, qui n'avait pas lâché son regard, lorsque Lady Huntford fit toute une histoire en exigeant que Lord Selton cède sa place — à côté du major — à Frances. Le remue-ménage des chaises brisa le lien invisible qui s'était tissé entre eux.

Se sentant brusquement isolée, Joanna quitta le salon illuminé et se dirigea à l'aveuglette à travers le couloir obscur vers l'escalier. Elle s'empara d'une chandelle posée sur une console et l'alluma à l'un des rares chandeliers afin de ne pas trébucher sur le chemin. Même avec une maison pleine de convives peu familiers des lieux, Sir Rodger n'avait pas jugé utile d'allumer plus de bougies. Joanna ne l'en blâmait qu'à moitié. Il était sans nul doute plus conscient que sa femme de la perte d'argent que représentait cette partie de campagne, qui risquait bien de ne lui rapporter que des factures.

Tandis qu'elle montait lentement les marches glacées qui menaient au grenier, Joanna réfléchissait aux changements qu'avait connus sa situation ces derniers jours. Avant la veille, elle n'avait eu aucune présence amicale autour d'elle. Or, voilà qu'elle en avait deux. Elle faisait instinctivement confiance au vicaire Carlson. Toutefois, elle n'était pas absolument certaine de pouvoir considérer le major Preston comme un ami. Un fils de comte n'aurait pas dû se soucier du bien-être d'une pauvre gouvernante, de même qu'elle n'aurait pas dû se sentir flattée de ses attentions.

Si elle ignorait les mises en garde de Miss Fanworth à propos des gentilshommes un peu trop attentionnés, ce serait à ses risques et périls. Il n'y aurait personne pour la soutenir comme Grace l'avait été après sa mésaventure, si jamais, dans un moment de folie ou de faiblesse, elle s'oubliait. Mme Dubois l'accueillerait-elle à nouveau si elle ruinait sa réputation ? La directrice était une femme profondément compréhensive, cependant, Joanna doutait que sa tolérance englobe les passions juvéniles.

Arrivée en haut de l'escalier, elle frissonna sous le courant d'air glacé. Cet endroit étroit et déprimant n'avait rien à voir avec la chambre chaleureuse qu'elle avait habitée pendant toutes ces années à l'école. Au pensionnat, d'épais tapis tissés couvraient les sols, même dans les étages, les hautes fenêtres laissaient la lumière entrer partout et les rires des filles retentissaient en un écho joyeux entre les murs. Ici, le seul bruit qui montait jusque dans ce grenier désolé était les ronflements des servantes, qui traversaient les murs à peine plus épais que des planches. Lorsqu'elle entrerait dans la pièce qui était désormais sa chambre, aucune de ses amies ne serait là pour l'accueillir avec le sourire, la sympathie et l'humour qui les caractérisaient. Elle n'y trouverait rien d'autre que les murs nus qui se délabraient sous l'effet de l'humidité, et sa propre solitude. Elle s'endormirait sans amies et sans personne qui penserait à elle.

Si. Le major Preston pensait à elle, elle le devinait à son regard posé sur elle, au timbre particulier de sa belle voix grave lorsqu'il lui parlait. En dépit des risques qu'elle prenait en recherchant sa compagnie, la présence du major lui apportait quelque chose d'essentiel, quelque chose qu'elle n'avait plus ressenti depuis des semaines — l'espoir. Si un homme comme lui pouvait lui prêter quelque valeur, alors il n'était pas impossible de croire qu'un jour un autre homme dont la condition ne l'empêcherait pas de rechercher sa compagnie pourrait l'aimer sincèrement.

Joanna se glissa dans sa chambre qui était aussi glacée que le couloir. La lueur de la lune éclairait les couleurs fanées de la mince couverture qui couvrait son lit étroit. Elle passa devant pour aller s'accouder à la fenêtre. L'esprit à la dérive, elle traça des lignes sur la vitre embuée par son souffle. Avec un pincement au cœur, elle prit conscience qu'elle avait esquissé la silhouette du major Preston sortant de la voiture et la cherchant du regard. Si seulement il pouvait être l'homme qui l'aimerait un jour…

Après un long soupir, elle effaça de la main le dessin et se prépara à se coucher. Elle devait faire face à la réalité plutôt que de se laisser entraîner à la rêverie. Cependant, grâce à lui, elle parvenait à entrevoir une réalité plus douce que celle à laquelle elle s'était crue condamnée. Qui sait ? Peut-être pourrait-elle obtenir un jour une famille et l'amour d'un homme estimable ?

Chapitre 6

— Non, non, non ! Tu ne le dis pas correctement ! Essaye encore ! s'emporta Miss Selton devant l'interprétation — plus que médiocre — d'un dieu grec par son frère.

Luke s'adossa au jambage de la cheminée, dans laquelle une faible flamme tentait en vain de réchauffer la pièce. Il échangea un regard amusé avec Miss Radcliff, qui avait pris place de l'autre côté de la salle de bal, à présent transformée en théâtre. Entre eux, un méli-mélo d'accessoires contenus dans des malles avait été descendu du grenier sous la direction de Miss Selton. La jeune femme était même parvenue à faire en sorte que les domestiques, de toute évidence plus habitués à paresser qu'à travailler, ôtent la poussière des meubles et nettoient sérieusement le sol et l'estrade où les musiciens pourraient prendre place. Luke était d'autant plus admiratif de ces exploits qu'il avait le plus grand mal à obtenir des serviteurs ne serait-ce que de l'eau fraîche dans son aiguière. Il devait concéder ce point à Miss Selton, qu'il ne trouvait plus aussi antipathique depuis qu'elle avait indirectement fait en sorte que Miss Radcliff reste dans la pièce pendant les répétitions. Comme Miss Selton avait décidé de prendre en charge à la fois la direction de la salle et le rôle principal, elle avait assigné un petit rôle aux trois plus jeunes filles Huntford, ce qui rendait nécessaire la présence de leur gouvernante.

Miss Radcliff détourna le regard pour revenir à la lettre qui avait requis toute son attention depuis qu'elle s'était installée dans son fauteuil. Luke en profita pour admirer la façon dont sa robe couleur pêche lui moulait sensuellement les jambes. Les manches longues couvraient ses bras minces, parfois secoués de tremblements lorsque la lecture de sa lettre provoquait une hilarité difficilement refrénée. Cela semblait l'amuser bien plus que la laborieuse répétition qui se déroulait sous ses yeux, et Luke ne put s'empêcher de ressentir une pointe de jalousie. Au milieu de ce chaos, elle apparaissait parfaitement calme et sereine, mais le sourire malicieux qui lui ornait les lèvres révélait sa nature joyeuse.

D'ailleurs, s'il ne s'était pas encore éclipsé pour rejoindre Duke, c'était simplement parce que la regarder l'enchantait. Il avait bien tenté d'échapper à la représentation en restant dans sa chambre une bonne partie de la matinée, seulement la faim avait fini par avoir raison de sa prudence. Résolu à ne pas mourir d'inanition et peu désireux de se faire apporter un plateau de nourriture par l'odieux maître d'hôtel, il avait été forcé de s'aventurer au rez-de-chaussée.

Dire qu'en Espagne il avait été capable de tenir plusieurs jours sans nourriture ! Aujourd'hui, il était pris au piège sur une scène de théâtre parce qu'il se révélait incapable de maîtriser son estomac qui s'était déjà habitué à recevoir des repas à heures fixes. En quittant sa chambre, il avait bien espéré que la soirée de la veille aurait gardé les convives dans leur lit, hélas, il avait été accueilli à son entrée dans la salle à manger par une bande de jeunes ladies parfaitement réveillées. Il avait à peine eu le temps de terminer ses œufs avant d'être entraîné avec les autres jeunes gens jusque dans la salle de bal pour débuter les répétitions.

Heureusement, cela n'avait pas été aussi atroce qu'il l'avait craint. Il avait au moins la liberté d'admirer Miss Radcliff sans soulever de questions compromettantes, et il pouvait partager avec elle des regards pleins d'humour et de connivence. Soudain, tandis que les yeux de celle-ci suivaient les mots sur la page, il vit son sourire s'effacer et une mince ride d'inquiétude lui creuser le front. Sur scène, Selton s'escrimait à nouveau avec son texte, provoquant un rire général qu'elle ne sembla même pas entendre. Elle était si absorbée par sa missive que les cris des jumelles qui venaient de découvrir de fausses épées au fond d'une malle ne l'alertèrent pas. D'ordinaire, elle sentait lorsqu'il la regardait un peu trop longtemps ou avec un peu trop d'insistance, et elle levait alors les yeux vers lui. Cette fois, non.

Il était sur le point de marcher vers elle pour lui demander ce qui se passait lorsqu'il s'arrêta. Il avait su endurer la faim sans piller des vivres à portée de main, il avait supporté la soif et trouvé le courage de refuser de l'eau sale. Il devait résister avec autant de force à l'attraction qui le poussait vers elle, afin de ne pas s'attirer la désapprobation de tous. Fort heureusement, les critiques de l'assemblée se tournaient pour l'heure vers la prononciation erronée du mot « caustique » par Selton.

— Major Preston, voudriez-vous partager mon livre afin d'apprendre vos lignes ? proposa Miss Bell en s'approchant de lui avec un peu trop d'empressement à son goût.

Quelques invités avaient envoyé un domestique récupérer leur propre exemplaire de la pièce. Néanmoins, en attendant leur retour, le manque d'ouvrages laissait maintes opportunités de rapprochement pour les jeunes gens. Miss Huntford et Mr Winborn en profitaient visiblement, puisqu'ils s'étaient isolés pour discuter à voix basse sur le côté de la scène, un livre ouvert devant eux — livre qu'ils ne regardaient plus depuis un bon moment…

— Je vous remercie, Miss Bell. Je me contente pour l'heure de regarder les autres.

— Je peux étudier avec vous, proposa Chilton avec une bonne volonté évidente, qui n'eut hélas pas l'heur de plaire à la dame, même si elle le suivit pour s'asseoir près des fauteuils de la fenêtre.

— Tu pourrais au moins essayer, ou au minimum faire semblant d'apprécier la compagnie ! gronda Edward en lui donnant un coup de livre sur la poitrine.

— Est-ce mieux ainsi ? s'enquit-il en adressant à son frère un large sourire parfaitement hypocrite.

Il mourait d'envie de se lancer dans une querelle, mais

les conseils de Miss Radcliff le retinrent une fois de plus. Il ne savait pas pour l'heure si son refus d'argumenter et de se disputer aggravait ou améliorait les dispositions d'Edward à son endroit, cependant il était déterminé à essayer.

Son frère lui adressa un regard sévère.

— Tu aurais dû accepter l'offre de Miss Selton de jouer le premier rôle. Il est évident que tu as sa préférence.

— Et ainsi une opportunité extraordinaire de multiplier mes chances d'hériter du titre. Tu devrais être heureux que je ne cherche pas à l'encourager. Cette jeune dame est si déterminée que je ne doute pas qu'elle chercherait à s'assurer le comté de façon… un peu radicale. Si je l'épousais, crois-moi, tu devrais te méfier de ce qu'il y a dans ton thé.

Et sur ces bonnes paroles, il tapota la poitrine de son frère avec son exemplaire de la pièce avant de s'éloigner, le livre entre les mains.

Maudit Edward ! Qu'ils aillent tous au diable ! Il n'était pas homme à patienter bêtement alors que ce qu'il convoitait se trouvait à quelques pas de lui !

— Voudriez-vous m'aider à réciter mes lignes ? demanda-t-il à Miss Radcliff d'un ton décidé.

Elle leva enfin le regard vers lui. Aussitôt, le souci qui lui barrait le front sembla s'alléger quelque peu et elle lui sourit.

— Vous voulez dire ces trois longues lignes ? plaisanta-t-elle en repliant son courrier pour le ranger dans sa poche.

— Trois lignes extrêmement difficiles à interpréter, je vous assure. Je joue le commandant général, ne l'oubliez pas. Le rôle de quelqu'un qui s'oppose à tous les autres.

— Un rôle qui vous convient à la perfection, alors.

Elle lui prit le livre des mains et leurs doigts s'effleurèrent, provoquant un courant étrange qui les pétrifia. Pour la première fois depuis qu'il était entré dans cette pièce, les lieux lui semblèrent accueillants et confortables. Les yeux de Miss Radcliff s'écarquillèrent brusquement sous l'effet de l'émotion et il se perdit dans la contemplation de leur azur. Par chance, elle garda la tête froide et le rappela à ses devoirs.

— Je suis certaine que votre jeu impressionnera même la metteuse en scène, dit-elle avec un regard entendu en direction de Miss Selton, qui s'était lancée dans une diction éminemment dramatique de ses lignes, sa voix haut perchée se répercutant contre les murs.

Luke se débarrassa non sans mal de son trouble passager. L'engouement qu'il ressentait pour cette jeune femme était décidément embarrassant. En Espagne, il avait dû bien souvent se rendre au bordel pour y récupérer ses soldats. Néanmoins, même après des semaines ou des mois sans compagnie féminine, il n'avait pas été aussi tenté qu'aujourd'hui, auprès de Miss Radcliff.

— Je compte bien devenir *le* nouveau talent. Je serai la voix de l'Angleterre dans les mois à venir. Il se pourrait même que le prince me réclame une représentation privée.

Il s'assit dans un fauteuil proche du sien en poussant du pied une couronne de fer qui avait atterri par terre.

— Je suis persuadée que les journaux seront remplis des détails de vos performances stupéfiantes, renchérit-elle.

Derrière son sourire néanmoins, il remarqua sa tension. Son dos était raide et elle se déplaça légèrement pour accroître la distance entre leurs genoux. Luke se rappela soudain qu'ils avaient un public et qu'il devait être très prudent.

— Supporterez-vous ma célébrité ? demanda-t-il tandis qu'elle ouvrait le livre à la recherche des répliques de son personnage.

Lorsqu'elle parvint à proximité du passage en question, elle tourna plus lentement chaque page, prenant soin de s'humecter le doigt à chaque fois. En voyant sa langue rose toucher délicatement la pointe de ses doigts, Luke sentit une vague de feu lui embraser les veines.

— Je veillerai à ce que vous n'oubliiez pas d'où vous venez.

Le doigt de Miss Radcliff traça les lignes qu'il devait apprendre et Luke eut l'impression que c'était sa propre peau qu'elle parcourait de la sorte. Ses mains étaient longues et fines, et se terminaient par des ongles ronds. Il s'imagina ressentir leur griffure sensuelle lorsqu'elle s'abandonnerait entre ses bras. Bon sang ! Il perdait l'esprit !

— Parfait ! Je ne voudrais pas devenir excessivement prétentieux, répondit-il d'une voix rauque.

L'excitation que la proximité de Miss Radcliff provoquait en lui était diablement gênante, surtout avec Edward et Alma qui ne devaient pas manquer de le surveiller. Il jeta un coup d'œil aux autres convives afin de vérifier qu'ils n'étaient pas occupés à les scruter. Heureusement, ces derniers étaient trop concentrés sur leur répétition pour remarquer quoi que ce soit.

— Allez-y. Je vous écoute pour votre première ligne, commanda Miss Radcliff de la voix qu'elle devait employer dans sa salle de classe.

— Je crains de les avoir à peine lues pour le moment.

Plutôt que de lui reprendre le livre, il ne put résister à la tentation de se pencher plus près d'elle. Hélas, il aurait été bien incapable de regarder les lignes en question alors que la courbe de ses seins était toute proche. Les yeux de Luke parcoururent ensuite son ventre plat qui se soulevait un peu plus vite qu'il n'était normal et s'achevait sur deux longues jambes fines dont il devinait le tracé à travers sa robe. Lorsque son regard remonta vers le visage de Miss Radcliff, il vit les joues de celle-ci s'enflammer délicieusement. Le parfum fleuri de son savon lui donna la brusque envie de parcourir sa peau lumineuse de la langue. Il s'écarta brusquement en sentant sa virilité réagir de manière plus violente encore.

— Comme vous pouvez le voir, j'ai un peu plus de trois lignes…

— Quelle chance pour votre talent et vos admirateurs !

Mais le regard de Miss Radcliff se porta un peu plus loin et il découvrit qu'elle adressait un signe de tête à Miss Selton, qui s'approchait d'eux à grands pas.

— Miss Radcliff, pourriez-vous prendre le rôle de la nymphe ? Nous n'avons personne pour faire le contrepoint au rôle du major Preston.

— Elle est trop occupée pour cela, se récria Miss Huntford.

Luke avait l'intuition que ce n'était pas tant la participation de Miss Radcliff à la pièce qui déplaisait à leur hôtesse, que le fait que Miss Selton prenne en charge toute l'organisation.

— Mais non ! Puisque vos sœurs sont avec nous, elle peut aussi bien nous aider pour la pièce ! décréta Miss Selton. Miss Radcliff, il ne s'agit que de quelques lignes, dites-moi que vous le ferez !

La jeune femme serra le livre contre sa poitrine, visiblement mal à l'aise face aux regards fixés sur elle.

— Je ne pense pas que je devrais, Miss Selton.

— Au contraire, vous le devez, sans quoi toute la pièce sera ruinée, répondit Luke avant que Miss Huntford ait eu le temps de protester.

D'une main ferme, il la tint par le coude pour la conduire sur la scène. Son bras était si doux, si rond sous sa paume qu'il ne put se retenir de caresser sa peau du pouce. Lorsqu'il la vit entrouvrir les lèvres sous le coup de la surprise, il relâcha son bras. En vérité, il était tout aussi interloqué qu'elle par l'onde intime qui venait de passer entre eux.

— Vous vous tiendrez ici, lança Miss Selton tout en guidant Miss Radcliff jusqu'à sa place.

Luke la suivit, quelques pas derrière elle, en tentant sans grand succès de ne pas observer avec ravissement le balancement de ses hanches. Que lui arrivait-il ? S'il ne parvenait pas très vite à reprendre le contrôle, il s'embarrasserait lui-même, et très certainement elle aussi, devant tout le monde.

Miss Selton prit le livre des mains de Miss Radcliff afin de lui montrer les lignes qu'elle devrait jouer.

— Lorsque le major s'approchera, vous répondrez ceci. Je sais bien que vous n'êtes pas habituée à attirer les regards, mais vous vous en sortirez parfaitement bien, je vous assure.

Elle tapota le bras de la jeune femme avec condescendance avant de s'écarter. Malgré les yeux de Miss Radcliff baissés avec modestie, Luke pouvait entendre aussi clairement que si elle l'avait prononcée la réponse cinglante qu'elle mourait d'envie de faire. Mais toujours raisonnable, elle garda ses belles lèvres closes. Il retint un sourire. Il aurait adoré l'entendre remettre l'autoritaire Miss Selton à sa place, mais il se contenterait de l'écouter réciter ses répliques de sa voix mélodieuse et bien placée.

Ils entamèrent tous deux une première lecture. Quand ils eurent fini, Miss Huntford et Mr Winborn se ruèrent sur la scène pour se lancer dans leur interminable dialogue, sans même paraître remarquer leur présence. Mr Selton lui-même ne sembla pas leur prêter la moindre attention tandis qu'il déambulait non loin en articulant son texte. Ils devaient néanmoins rester sur scène car ils avaient un nouveau dialogue à venir, juste après l'échange de Miss Huntford et Mr Winborn.

— Vous n'auriez jamais dû encourager ma participation, murmura Miss Radcliff. Je dois me consacrer à mes tâches.

Elle fit un signe de tête entendu en direction des jumelles, qui se battaient avec des épées d'une manière qui pouvait difficilement être qualifiée de « joueuse ».

— Et je suis certain que ces tâches sont une source perpétuelle d'épanouissement et de joie, répondit-il avec une grimace.

— En effet, chaque jour est une suite de ravissements et d'extases, assura-t-elle, pince-sans-rire.

— Vous avez reçu de bonnes nouvelles dans cette lettre ?

Sa question était en tout point indiscrète, toutefois il avait été incapable de retenir sa curiosité. Elle resta un moment silencieuse et il crut qu'elle n'allait pas répondre. La déception lui noua la gorge.

— Elle vient de mon amie Rachel.

— Les nouvelles qu'elle vous donne sont-elles bonnes ? Vous semblez perturbée.

Il avait remarqué son trouble… Cette idée fit vaciller Joanna. Pourtant, tout en elle lui criait de ne pas partager de telles confidences avec lui. Il n'était pas son ami et ce n'était pas seulement l'amitié qu'il recherchait dans sa compagnie. Elle ne pouvait se méprendre sur ses intentions depuis qu'il lui avait caressé le bras. Cela n'avait rien d'un innocent effleurement. Le choc que ce contact avait provoqué dans tout son corps devait lui servir de mise en garde, elle ne devait pas s'abandonner à sa gentillesse. Seulement, au-delà de la troublante attirance qu'il exerçait sur elle, discuter avec lui créait en elle la même impression rassurante et réconfortante que lorsqu'elle parlait avec ses amies. Personne d'autre ici ne lui prêtait attention et dans de telles circonstances, elle ne pouvait résister à l'attraction qu'il exerçait sur elle. Elle était tellement lasse d'être seule.

— Tout va bien pour Rachel. Elle prend soin des enfants du cheikh Malik de Huria. Sa position semble être enviable, continua-t-elle en dépliant la lettre.

— Contrairement à la vôtre, acheva-t-il à sa place.

Joanna se mordit la lèvre. Il ne faisait que traduire les pensées qu'elle n'osait pas prononcer à voix haute. Elle posa à nouveau les yeux sur l'écriture de son amie.

Ma très chère Joanna,

Je n'avais jamais su apprécier la pluie et l'abondance de verdure de l'Angleterre avant d'arriver à Huria. Ici, le sable s'étend à perte de vue, colorant le paysage de mille nuances dorées. Puis ce désert s'achève brutalement là où l'oasis verdoyante commence. Le palais du cheikh Malik est construit en plein cœur de ce paradis, entouré de plantes aux parfums si riches qu'ils égalent ceux de quelques-unes de mes créations culinaires !

Le peuple d'Huria est habitué aux rigueurs du désert, mais pour ma part je n'y suis pas encore complètement accoutumée, à moins que ce ne soit les rapports avec mon employeur qui ne m'aident pas à m'installer véritablement. Alors que chacun m'a accueillie sans réserve, le cheikh demeure une énigme. Je veux dire une énigme plus grande que celle de comprendre comment les gens peuvent vivre heureux dans ce paysage désolé et désertique ! La mort de sa femme l'a bouleversé et ses enfants pleurent encore la perte de leur mère. Je fais de mon mieux pour l'aider et réconforter les petits. Ce sont les plus adorables chérubins que tu puisses imaginer.

J'espère que ta place chez les Huntford t'apporte autant de satisfaction.

Ton amie dévouée,

Rachel

— Sa description d'Huria fait paraître le Hertfordshire bien monotone par comparaison, soupira-t-elle.

Et ses propres employeurs bien plus méprisables encore.

— Huntford Place est effectivement atrocement monotone. Et la domesticité décrépite ne fait rien pour remédier à son manque de charme.

Justement, Grudger traversait la pièce en grommelant, prétendant n'avoir pas entendu l'ordre d'Edward d'apporter des rafraîchissements dans la salle de bal. Joanna se mordit la lèvre pour ne pas éclater de rire.

Elle jeta un regard vers Frances, espérant avoir encore un peu de temps à passer en compagnie du major avant que sa scène ne s'achève.

— Je dois admettre que j'envie Rachel. En particulier le climat chaud dont elle se plaint ! Je ne suis jamais allée au-delà de la côte de Sandhills dans le Hampshire. La mer était si belle là-bas, j'ai passé des heures à contempler ses immenses vagues qui s'enroulaient les unes aux autres. Grace, Isabel et moi étions invitées chez les parents de Rachel. Ils avaient promis à Mme Dubois de bien nous chaperonner. Ils avaient sans doute les meilleures intentions du monde, seulement ils étaient bien trop occupés l'un par l'autre pour voir le monde autour d'eux, nous y compris. Nous nous sommes réveillées un matin pour découvrir qu'ils avaient décidé de partir pour Brighton parce qu'ils trouvaient Sandhills trop ennuyeux ! Ils étaient partis en nous laissant une note accompagnée d'un peu d'argent. Quelle histoire ! Nous avons dû nous débrouiller seules pour rentrer à la maison, et nous y sommes parvenues. Nous avons réservé des places extérieures sur la dernière diligence pour Salisbury. Nous avons passé toute la journée à grelotter sous la pluie. C'est la plus grande aventure que j'ai vécue…

— Jusqu'ici.

Il pencha la tête avec un petit sourire irrésistible. Oui, Joanna pouvait lire dans ses yeux qu'il désirait lui offrir bien plus qu'une simple amitié. Toutefois, il ne s'agissait nullement de l'intérêt licencieux dont Mr Selton la gratifiait depuis son arrivée. Non, c'était quelque chose de plus intense, de plus exaltant. Elle avait la sensation étrange qu'une bougie s'allumait en elle, dont la flamme faisait reculer l'obscurité et la solitude. Auprès de lui, elle sentait que tout ce qu'elle avait toujours désiré était possible. Pourtant, ce bonheur restait hors de portée à cause de leur différence de rang.

Une soudaine tristesse l'envahit et elle détourna le regard. Elle parvint néanmoins à garder le menton levé, refusant de laisser le regret ou le chagrin ruiner ces trop rares instants passés en la compagnie du major.

— Vous avez raison. Qui sait où mon emploi de gouvernante pourrait me conduire ? Huria, l'Autriche, peut-être même les théâtres londoniens après ma performance sur scène !

— Je veux y assister aux premières loges, alors. Je suis votre ami, n'est-ce pas ? Et vous devrez convier tous vos amis à votre première représentation londonienne.

Joanna serra plus fort le livre entre ses doigts. Elle aurait dû arrêter tout de suite ce flirt d'une rebuffade. Hélas, elle en était incapable. Cet homme lui apportait bien plus de réconfort qu'il ne la mettait en danger. Il l'avait déjà aidée au bal. Il semblait se soucier qu'elle conserve son emploi sans subir les méchancetés de Frances. Bien sûr, elle ne se permettrait pas de lui demander directement son aide, toutefois il était rassurant de savoir qu'il était là pour elle en cas de besoin.

— Vous serez le premier que j'inviterai, dit-elle dans un souffle, sans oser le regarder.

Soudain, le fracas des épées de bois contre des boucliers de fer se répercuta dans toute la pièce.

— Miss Radcliff, je vous remercie, nous n'avons plus besoin de vous pour l'heure, la congédia Miss Selton en clignant les yeux à chaque éclat de bruit. Assurez-vous bien d'apprendre votre texte.

Elle n'était d'ailleurs pas la seule agacée par ce tintamarre. Près de la fenêtre, Miss Bell se pressait les tempes du bout des doigts. Joanna tendit le livre au major Preston, en prenant bien garde de ne pas lui effleurer la main. Elle sentait sur elle le regard de nombre d'invités qui attendaient avec impatience qu'elle éloigne ces enfants turbulentes de la pièce. Malgré sa gorge serrée, Joanna descendit de la scène et traversa la salle le dos droit, sentant à chaque pas s'élargir le fossé qui la séparait de ces ladies. Au pensionnat, toutes les jeunes filles étaient traitées en égales, quel que soit par ailleurs leur rang dans la société. Toutes se préparaient à affronter un avenir délicat. Ici, en revanche, la différence entre les autres femmes et elle était irrémédiable. Joanna n'était pas de leur monde et elles le lui faisaient clairement comprendre par leurs froncements de sourcils mécontents. Pour l'heure, elles se contentaient de désapprouver sa tolérance vis-à-vis d'enfants qui dérangeaient leur répétition. Qu'en serait-il si elles découvraient l'affinité qui la reliait au major Preston ? Leurs regards se chargeraient alors de haine…

Malgré quelques difficultés, Joanna parvint à faire abandonner leurs armes aux jumelles, avant de les pousser vers la sortie. Elle était impatiente de s'éloigner au plus vite des regards de reproche. Catherine tenta bien de protester, mais une remarque méchante de sa sœur la fit s'enfuir vers la sortie, les larmes aux yeux. En retenant un soupir exaspéré, Joanna conduisit dans le couloir les plus jeunes qui riaient de la peine de leur aînée, mais elle était bien décidée à retrouver Catherine pour apaiser son chagrin. S'occuper de ces filles était finalement un mal pour un bien. Au moins, elle n'avait guère le temps de penser à ce qui venait de se passer avec le major.

Luke sauta au bas de la scène sans quitter du regard la porte par où Miss Radcliff venait de sortir. Ils n'avaient pas même pu échanger un regard depuis qu'elle avait été obligée de ramener à l'ordre ses élèves agitées.

Dans son dos, il sentit la présence de son frère.

— La gouvernante et toi aviez bien des sujets de conversation quand vous répétiez sur scène…

Luke fit volte-face pour affronter Edward et eut toutes les peines du monde à demeurer poli.

— Elle a été de bon conseil l'autre jour dans les bois après que tu as manqué de la renverser. Je tenais simplement à la remercier pour sa gentillesse.

— Je n'ai pas voulu la blesser. Elle s'est quasiment jetée sous les sabots de mon cheval ! Mais évidemment, je serai toujours le méchant à tes yeux.

Face à l'expression pincée de son frère, Luke revint à la raison. Il ne devait pas jeter de l'huile sur le feu. Les relations entre eux avaient un jour été faciles et fraternelles. Ils avaient passé des heures à jouer ensemble dans les bois derrière Pensum Manor. Puis Edward était parti pour l'école, il avait endossé son rôle d'héritier, et tout avait changé.

— Ce n'est pas ce que je voulais dire.

Edward resta un instant stupéfait, la dispute interrompue net par les excuses de Luke. C'était une première petite victoire dans la campagne de ce dernier pour mettre fin aux tensions qui existaient entre eux. À vrai dire, lui-même ne savait pas exactement comment réagir.

— C'est arrivé pour vous, major Preston, annonça le maître d'hôtel, offrant une diversion à leur embarras.

Puis ce dernier repartit avec autant de discrétion qu'il était arrivé. Luke examina les deux missives. L'une était de Reginald, l'autre de Helmsworth Manor. Il ouvrit celle du marquis en premier, elle était brève et de mauvais augure.

— Bon sang ! grommela-t-il.

— Des nouvelles de l'armée ? s'enquit Edward avec ce qui ressemblait fort à de l'inquiétude.

Luke en fut profondément surpris. Jamais jusqu'alors il n'aurait cru possible que son frère se soucie sincèrement de ce qui le concernait. De toute évidence, ses efforts pour se montrer cordial lui avaient permis d'obtenir la considération de son aîné. Pour la première fois, il ressentit l'espoir que le conflit entre eux prenne fin.

— Non, pas de l'armée. Lord Helmsworth a refusé ma demande d'entretien, s'agaça-t-il en fourrant la lettre dans sa poche. Je ne peux tenter de régler le problème s'il refuse même de me voir.

— Tant mieux. De la sorte, peut-être te préoccuperas-tu enfin sérieusement de te trouver une épouse.

Luke leva un doigt menaçant dans sa direction. Leur trêve avait fait long feu.

— J'ai fait exactement ce que toi et père avez exigé de moi ! J'ai abandonné ma carrière pour rentrer à la maison ! Cela ne signifie pas que je doive me pavaner comme un étalon de prix à tout moment pour vous complaire.

— Un étalon ? Tu serais plutôt têtu comme un âne ! Il me semble compliqué de trouver une épouse alors que la seule femme à qui tu adresses la parole est la gouvernante. Arrête de te laisser distraire par un joli visage ou ta soi-disant mission auprès de Lord Helmsworth, Luke !

Celui-ci se raidit. Il détestait se voir rappelé à l'ordre comme une jeune recrue indisciplinée. D'autant plus lorsque son frère avait manifestement raison. Miss Radcliff lui tournait la tête, aussi sûrement, sinon plus, que la barrique de madère qui avait un jour égayé tout son bataillon. Or, s'il n'était pas parvenu ce jour-là à rassembler et dégriser ses troupes, ils auraient perdu la bataille. De même, s'il ne se libérait pas de son engouement pour la jeune femme, sa famille perdrait le combat qu'elle menait depuis des années pour maintenir le domaine à flot. Un combat dont il avait été exclu jusque-là, car il n'était pas l'héritier présomptif.

— Je ne me montrerai jamais aussi inconséquent, contrairement à toi, aboya-t-il.

— Tu crois que je suis privilégié, mais c'est faux ! cracha son frère d'une voix basse mais dure. Dès que tu auras trouvé une épouse et produit un héritier, tu seras à nouveau parfaitement libre. C'est une opportunité que je n'ai jamais eue.

Sur ces paroles, il marcha en trombe vers Alma qui était installée dans un fauteuil devant le foyer, très pâle. Luke le vit s'arrêter devant celle-ci et lui parler à l'oreille, sans doute pour se plaindre de sa conduite.

Il préféra quitter la pièce, écœuré par son frère, par la situation et plus que tout, par lui-même. Il avait juré de ne plus se disputer avec Edward et il avait échoué. Il s'était également promis de mettre un terme à la querelle avec Lord Helmsworth et cela semblait en bien mauvais chemin. Peu importe ! Il tiendrait au moins l'un de ses vœux : il finirait bien par avoir raison du vieux marquis !

Luke quitta la maison et suivit le chemin qui menait aux écuries. Lord Helmsworth aurait beau jeu de l'ignorer s'il se présentait à sa porte.

Arrivé dans l'écurie, il appela le palefrenier pour qu'il prépare son cheval. De plus en plus exaspéré, il évita les tas de fumier qui n'avaient pas été nettoyés dans le paddock pendant que le domestique, aussi lent que tous les autres à Huntford Place, scellait Duke. Sa détermination à galoper jusqu'à Helmsworth Manor s'amenuisait à chaque nouveau pas dans le sol boueux. S'il se présentait là-bas avec des bottes crottées et une mine renfrognée, il y avait fort à parier qu'il irriterait le vieil homme, rien de plus. Il serait alors impossible de parlementer avec lui de façon rationnelle. De toute manière, il n'était pas en état de discuter calmement alors que sa poitrine était serrée par la rage. Plutôt que de foncer tête baissée en priant pour ne pas recevoir une balle, il allait chevaucher un moment pour mettre au point une stratégie comme il en avait l'habitude en Espagne.

Le palefrenier termina enfin sa tâche et Luke se mit en selle avant d'éperonner Duke. Il mourait d'envie de rentrer droit à la maison, d'envoyer un domestique récupérer ses affaires à sa place et d'abandonner derrière lui cette maudite réception. Il aurait alors pu se consacrer entièrement à l'affaire avec Lord Helmsworth, le temps que la Saison londonienne commence. Il aurait tout le loisir là-bas de trouver une épouse. À quoi bon rester ici alors que pas une seule de ces femmes n'arrivait à la cheville de Miss Radcliff ?

C'est alors que, à l'idée de la quitter, il se sentit comme frappé brutalement par la foudre. Cela lui serait aussi douloureux que lorsqu'il avait abandonné sa charge de major.

Le souvenir de l'adorable derrière de Miss Radcliff pressé contre ses cuisses, de l'arrondi délicat de son oreille tout près de sa bouche alors qu'ils galopaient à travers les bois le piquait au vif. Il voulait retrouver le bien-être qu'il avait éprouvé alors.

À bout de nerfs, il se pencha sur l'encolure de Duke et le lança dans un galop effréné, une tentative désespérée pour fuir la violence de ses propres désirs. Il chevaucha ainsi un long moment jusqu'à parvenir au croisement qui indiquait la route de Pensum Manor. Il tira alors sur les rênes pour maintenir Duke à une allure plus tranquille.

Il passa sous l'arche de métal qui marquait l'entrée de sa propriété. Des champs de blé s'étalaient de part et d'autre de la route, et le vent couchait les tiges en un ballet majestueux. Malheureusement, malgré la beauté de ces récoltes à venir, des pans entiers de terre désolée brisaient l'harmonie du paysage, là où les semences avaient refusé de prendre. Cette récolte ne serait pas plus brillante que celle de l'année précédente. Les problèmes s'accroîtraient d'autant et le poids qui pesait sur les épaules de Luke avec eux.

Soudain, les lourdes responsabilités qui allaient avec la charge du domaine menacèrent de l'étouffer. En grandissant, il n'avait jamais eu à se préoccuper de tout cela, alors que ce fardeau avait pesé sur son grand-père, son père puis son frère. À présent, il était lui aussi pris au piège, Pensum Manor lui dictait qui il pouvait ou ne pouvait pas courtiser.

Cela lui faisait mal de l'admettre, mais Edward avait raison. S'il autorisait l'unique femme qu'il ne pouvait avoir à le distraire de ses devoirs, sa famille en subirait les conséquences tout comme Miss Radcliff, à n'en pas douter. Depuis qu'il avait fait sa connaissance, il se montrait imprudent dans le seul but d'être près d'elle. C'était une erreur et il devait y mettre un terme.

Il dirigea Duke dans un demi-tour qui le ramènerait à Huntford Place. Il était écœuré de laisser son rang et son héritage lui dicter ses choix. Hélas, il ne pouvait s'y dérober. Il avait déjà affronté bien des dilemmes, notamment quand il avait dû accepter d'envoyer des hommes à la mort pour obtenir une victoire. De la même façon, il devrait sacrifier son amitié et son inclination envers Miss Radcliff pour sa famille. D'ailleurs, il n'était pas le seul à négliger ses devoirs, elle aussi avait un objectif dont il la détournait. Elle n'était pas venue jusqu'ici pour flirter avec lui, mais pour rendre fiers d'elle les gens qui l'avaient éduquée.

Il lui semblait atroce et indigne de lui retirer son amitié alors qu'il la lui avait offerte, mais il le devait. Rien ne pourrait jamais exister entre eux.

Joanna poussa la porte de la bibliothèque et passa la tête dans l'encadrement de la porte. Elle devait s'assurer que Frances et Mr Winborn n'étaient pas en train de pousser plus loin ce que la jeune femme avait déjà entrepris avec le lieutenant Foreman. Comme elle ne vit personne, elle traversa la pièce obscure jusqu'à l'étagère du fond pour consulter les ouvrages. Pour l'heure, les jumelles étaient avec leur nurse et Catherine avait rejoint les autres jeunes femmes pour une leçon de danse. Joanna avait donc une heure de tranquillité pour trouver un livre qui la renseignerait sur Huria.

Elle contempla avec contrariété la sélection des titres. Il n'y avait ni ordre ni raison, la géographie avoisinant sans cohérence l'histoire ou la poésie. Elle poussa un soupir. Elle allait passer le plus clair de son temps libre à farfouiller dans ce désordre.

Quand elle eut fini son examen minutieux des premières rangées, elle fit glisser l'échelle et grimpa sur les marches étroites pour étudier les rangées supérieures. Elle était perchée au sommet, marmonnant des imprécations contre ce capharnaüm, lorsqu'elle entendit la porte s'ouvrir. Elle se tendit aussitôt, inquiète de voir Sir Rodger abréger son heure de repos avec une nouvelle tâche ingrate. Toutefois, ce fut le major Preston qui apparut dans l'encadrement de la porte.

Un sourire détendit les traits de son visage lorsqu'il la vit, mais derrière cette joie apparente elle devina une tension manifeste.

— Pardonnez-moi, je n'avais pas l'intention de vous déranger.

— Non, je vous en prie, entrez. Je ne voudrais pas monopoliser la bibliothèque.

Joanna redescendit l'échelle avec précaution, en priant pour avoir l'air agile et élégante, ce qui était rendu particulièrement compliqué par les battements erratiques de son cœur. Il était si beau, si viril… À sa grande honte, elle voyait se dérouler dans son esprit des images licencieuses, elle rêvait qu'il la pousse contre le mur de livres, qu'il relève ses jupes et qu'il la caresse… partout.

Son rêve éveillé prit fin dès qu'elle lui fit face. Il se tenait parfaitement droit et raide, dans une attitude militaire qu'elle ne lui avait jamais vue jusque-là.

Joanna comprit aussitôt. La posture distante du major lui rappelait celle de Mme Dubois le jour où elle l'avait convoquée pour lui annoncer qu'elle lui avait trouvé une place de gouvernante. Elle s'était montrée gentille, mais Joanna avait compris que leurs chemins venaient de se séparer irrémédiablement. La gorge serrée, elle attendit. Peut-être le major avait-il fait sa demande à une des jeunes ladies et venait-il lui annoncer que leur brève amitié touchait à sa fin ? Elle aurait dû se sentir soulagée, car son éloignement lui permettrait assurément de retrouver son bon sens. Malheureusement, il n'en fut rien.

— Je suis à la recherche d'un livre sur Huria, expliqua-t-elle en tentant maladroitement de retrouver la fluidité de leurs conversations précédentes.

Elle sentit une peur insidieuse se répandre dans ses veines.

— Je suis surpris que Sir Rodger vous laisse entrer ici. Lorsque je lui ai demandé si je pouvais emprunter un livre, il a presque exigé de moi une caution au cas où j'abîmerais l'un de ses ouvrages.

La pointe d'humour qui éclaira brièvement les yeux du major la troubla.

— Oh ! pour ma part, il s'est montré inflexible sur la nécessité pour moi de lire. Selon lui, cela devrait permettre d'améliorer la médiocre formation que j'ai reçue de Mme Dubois, déclara-t-elle en levant les yeux au ciel. J'aurais sans doute dû lui donner un aperçu de l'éducation dont j'ai bénéficié, simplement j'ai tout de suite pressenti qu'il serait aussi obtus sur la question qu'il l'est concernant l'éducation de ses propres filles.

— Il ressemble étonnamment à quelques-uns des officiers supérieurs sous les ordres desquels j'ai eu l'occasion de servir. Peu importait que cela soit pour leur bénéfice, ils refusaient d'entendre la vérité.

— Qui aime l'entendre ?

— Personne, pas même moi, admit-il à voix basse.

Il croisa les mains dans son dos avec un tel sérieux qu'elle sentit son cœur peser lourdement dans sa poitrine.

— Ma famille n'a jamais rien exigé de moi, continua-t-il, rien à part une chose, que je rentre à la maison afin de donner un héritier à notre lignée. Cela semble bien simple, pourtant je combats cette idée sans répit. D'abord parce que cela me détourne des combats en Espagne, dont je lis chaque jour le déroulé dans la presse sans pouvoir y participer. Seulement, si je devais mourir sur le champ de bataille, tout ce qu'ont construit mes ancêtres depuis des siècles viendrait à disparaître. Ainsi, je dois trouver une épouse, accomplir mes devoirs envers ma famille, c'est pourquoi…

— C'est pourquoi notre amitié était une erreur, acheva-t-elle comme elle le voyait hésiter au bord de la révélation.

Il avait parlé avec une telle rigidité — celle qu'un enseignant adoptait à l'école lorsqu'une leçon longuement travaillée avait été mal comprise. Joanna avait ressenti exactement les mêmes émotions le jour où Mme Dubois avait estimé que, à cinq ans, elle était en âge de découvrir les circonstances de son arrivée au pensionnat. En dépit des efforts de celle-ci pour lui assurer qu'elle était aimée et par elle et par les autres professeures, Joanna avait pris violemment conscience qu'elle n'avait jamais été désirée par ses propres parents. Elle savait depuis le moment où le major Preston avait commencé à parler qu'il comptait lui rappeler à quel point ils appartenaient à deux mondes différents.

Elle n'avait cependant pas pu supporter de l'entendre dire ces mots tout haut. Bien sûr, elle savait qu'il se montrait réaliste et sensé, qu'elle devait faire de même... Seulement, c'était atrocement difficile. Pour ne pas révéler à quel point elle se sentait rejetée et blessée, elle fit mine d'ôter une toile d'araignée sur l'une des marches de l'échelle. Elle ne voulait pas se montrer sensée, elle voulait aller de l'avant, avec au cœur l'espoir que leur amitié improbable avait ravivé en elle. Cet espoir qu'un jour un homme de valeur pourrait la chérir.

— Non ! Non, reprit-il plus doucement. Pas une erreur, seulement elle est... inappropriée.

Il toussota comme s'il répugnait à continuer. Joanna pria avec ferveur pour qu'il garde le silence et qu'il retire sa déclaration. Mais il n'en fit rien.

— Vous aviez raison, l'autre soir, poursuivit-il finalement. Notre différence de statut rend toute relation entre nous, aussi innocente soit-elle, absolument impossible.

Joanna agrippa l'un des barreaux de l'échelle et le serra avec violence. Chacun de ses mots était un coup à l'estomac. Elle en avait reçu bien d'autres au cours des années. Cette fois, cependant, elle ne pouvait bénéficier du soutien de ses amies. Personne n'était là pour restaurer son estime de soi vacillante ou pour redonner de la valeur aux paroles des autres.

— Je suis profondément navré de vous avoir imposé ma volonté sur le sujet. J'aurais dû me montrer plus raisonnable.

Joanna continua de fixer le sol, la gorge nouée. Au moins, il avait la décence de reconnaître son erreur. Après une seconde de silence, elle trouva la force de redresser les épaules et d'affronter son regard avec l'apparence de la plus parfaite sérénité. Elle n'était peut-être pas une dame de haute naissance, en revanche elle avait toujours su se conduire si besoin avec la dignité d'une duchesse, même quand elle s'effondrait à l'intérieur.

— En effet, nous avons été sots de nous montrer aussi libres dans nos relations. Cependant, j'apprécie votre honnêteté.

Il la contempla un long moment, le dos raide mais le regard troublé, avant de la saluer et de se diriger vers la porte. Il l'ouvrit prudemment et jeta un œil à l'extérieur avant de se retourner encore une fois vers elle. Ce qu'elle lut dans son regard n'était ni une inquiétude courtoise ni des excuses, mais un regret et un désir poignants.

Il ne souhaitait pas plus qu'elle mettre fin à leurs échanges. Elle comprit aussi clairement que s'il l'avait exprimé de vive voix qu'en cet instant il attendait qu'elle le rappelle, qu'elle tente de le faire changer d'avis. Elle n'avait qu'à prononcer un mot pour qu'il revienne vers elle et qu'ils retrouvent leur complicité. Joanna ouvrit la bouche, prête à répondre à leur volonté commune. Mais rien ne sortit de ses lèvres. Elle ne pouvait pas le rappeler. En vérité, tout ce qu'il lui avait dit n'était qu'une implacable vérité qu'il était aussi dangereux qu'inutile de nier. Rien ne pourrait changer leur situation, pas même leur désir de continuer à chérir les sentiments étranges et inconnus qui existaient entre eux. Il devait partir… et elle devait le laisser aller.

Lorsqu'il comprit qu'elle ne répondrait pas à sa supplique silencieuse, il quitta la pièce et referma doucement la porte derrière lui. Quand la clenche se referma avec un bruit sec, Joanna s'effondra à genoux au pied de l'échelle. Le parquet glacé transperça la mince barrière de tissu de sa robe, mais la sensation de froid qui l'envahit n'était rien à côté de la solitude qui pénétra chacun de ses pores. Elle avait cru compter pour lui et elle s'était trompée.

Certes, elle lui était reconnaissante de son honnêteté, et l'attention qu'il portait à sa réputation était tout à son honneur. Cependant, elle savait au plus profond d'elle-même pourquoi il agissait ainsi. Il pourrait inspecter mille couloirs pour préserver son honneur que cela ne changerait jamais l'insupportable vérité — elle n'était personne. Elle ne comptait pas.

Sauf pour ses amies. Hélas, elles étaient toutes à des centaines voire des milliers de kilomètres. Comme par une ironie du destin, des éclats de rire féminins retentirent dans la maison, des rires joyeux semblables à ceux qu'elle partageait avec Rachel, Grace et Isabel dans l'univers préservé du pensionnat. À présent, elle ne pourrait plus s'appuyer sur la bienveillance et l'amour de personnes qui ne la jugeaient pas sur ses origines troubles.

Une brusque flambée de rage la laissa pantelante. Ses parents avaient ruiné son existence avant même qu'elle ait commencé. Quels égoïstes ! Elle pressa les poings contre ses tempes pour tenter de refréner la fureur qui l'envahissait. Comment avaient-ils pu agir de la sorte ? Comment avaient-ils pu l'abandonner ? S'ils ne l'avaient pas fait, les choses auraient été bien différentes entre le major Preston et elle. *Ou bien non*, admit-elle en son for intérieur. C'était d'ailleurs bien là le problème, elle ne savait tout simplement pas qui elle était ni d'où elle venait.

Après une profonde inspiration, elle baissa les bras. Sa colère était sans fondement. Il était injuste de sa part d'accuser des êtres dont elle ne connaissait ni l'identité ni la situation qui les avait menés à l'abandonner devant l'école de Mme Dubois. Peut-être sa mère avait-elle été un peu comme Grace, trop impétueuse pour son propre bien, et donc forcée de se séparer d'elle pour leur éviter une existence dans les rues, à souffrir de la faim ou même pire. Elle ne pouvait pas plus en vouloir à Grace qui avait dû abandonner sa fille qu'au major Preston qui avait mis fin à leur relation naissante. Qu'aurait-elle pu lui offrir pour alléger son fardeau et ses nouvelles responsabilités ? Rien, ou si peu.

Dans le hall d'entrée, elle entendit l'horloge sonner le quart. Dans un petit moment, ses propres responsabilités lui permettraient d'oublier ses sentiments de rage et de douleur. Elle aurait dû se lever et se ressaisir pour y faire face, mais elle en était incapable pour l'heure. Elle avait besoin d'ignorer la réalité encore un petit moment.

— Vous n'appréciez pas la pièce ? demanda Miss Selton, dont le fichu était bien trop petit pour masquer sa poitrine largement exposée.

Luke devait admettre qu'elle était non seulement riche, mais également très belle. Seulement, rien de tout cela ne pouvait compenser son caractère superficiel et autoritaire.

— Pardonnez ma distraction, milady. En fait, j'ai reçu des nouvelles de mon régiment, qui a été impliqué dans une dangereuse offensive. J'ai un peu de difficulté à me concentrer sur mon jeu alors que je m'inquiète de leur sort.

En vérité, ses hommes étaient aguerris, solides comme le roc, et dans ses lettres le ton de Reginald était aussi léger qu'à l'accoutumée. Luke s'inquiétait bien plutôt de la peine qu'il avait causée à Miss Radcliff. Elle s'était montrée pleine de courage et de dignité face à lui, mais il avait senti avec une acuité douloureuse que son rejet la brisait. Ses doigts avaient blanchi lorsqu'elle avait serré l'échelle, son dos s'était raidi quand elle lui avait fait face, et son regard vide témoignait de ses efforts pour cacher sa peine.

Bon sang ! Il n'avait pas eu le choix ! Tout ce qu'il lui avait dit était vrai.

— Ne vous inquiétez pas pour vos hommes, major. Je suis certaine qu'ils se portent à merveille, claironna Miss Selton comme s'il se plaignait d'un plat un peu trop cuit.

Jamais Miss Radcliff ne se serait montrée aussi insensible, pourtant il l'avait repoussée pour la seule raison qu'elle n'était pas du même rang que Miss Selton. Il ressentit un violent mépris pour l'hypocrisie de son milieu, pour sa propre faiblesse aussi. Il ne valait guère mieux que tous ces officiers qui laissaient mourir des soldats sous le commandement d'incapables, au lieu de nommer à leur tête des hommes certes moins bien nés, mais bien plus talentueux.

— Voulez-vous que nous retravaillions votre scène ensemble ? Je pourrais lire les répliques de la nymphe, puisque Miss Radcliff n'est pas là.

— Non, je vous remercie, j'ai suffisamment travaillé pour aujourd'hui.

Agacé par sa moue séductrice et ses battements de cils ridicules, il la laissa là. Il en avait plus qu'assez de faire semblant de ressentir autre chose qu'un profond ennui face à cette jeune idiote à la tête vide.

Devant lui, Edward se leva pour venir à sa rencontre, mais Luke l'arrêta d'une main levée. Il avait laissé son frère le convaincre de mettre un terme à son amitié avec Miss Radcliff, il ne le laisserait pas l'obliger à rester dans cette pièce.

Une fois dans le couloir, il marqua un temps d'arrêt. Il ne savait pas vraiment quoi faire et cette indécision l'énervait prodigieusement. Jamais il ne s'était senti aussi démuni et inutile dans l'armée. Ses objectifs étaient clairs et concis. Une fois sa décision prise sur un sujet, il ne revenait jamais dessus et agissait en conséquence.

Ici, en revanche, il était sans cesse mis face à d'insolubles contradictions, entre les exigences de sa famille, les devoirs de son rang et ses aspirations personnelles. Il ne s'étonnait plus que bien des soldats de retour au pays se jettent à corps perdu dans la boisson ou le jeu. Il ne voyait pour l'heure aucun autre moyen d'échapper à l'ennui et à la frustration.

Un léger bruit attira alors son attention. Il tendit l'oreille et entendit distinctement la voix de Mr Selton en provenance de la bibliothèque, plus loin dans le couloir.

— Vous lui avez offert vos faveurs, pourquoi me les refuser à moi ?

Luke s'immobilisa. Un frisson d'anticipation lui parcourut la nuque, le même qui le mettait en garde contre la présence encore invisible de l'ennemi dans les forêts d'Espagne. Miss Huntford et Mr Selton n'étaient ni l'un ni l'autre dans la salle de bal qu'il venait de quitter. Allait-il devoir à nouveau veiller sur l'honneur quelque peu écorné de la jeune Huntford ?

La voix féminine qui répondit lui glaça le sang.

— Je n'ai jamais offert mes faveurs à quiconque et je n'ai nulle intention de vous les accorder. Maintenant, je vous prie de me laisser passer.

Sans plus réfléchir, Luke marcha à grands pas et tourna au coin. À quelques mètres de là, juste devant la porte de la bibliothèque, il découvrit la haute silhouette de Selton, dos à lui, qui bloquait le passage à Miss Radcliff. La jeune femme essayait en vain de le contourner, mais il avait tendu un bras contre le mur pour l'empêcher d'avancer.

— Laissez-moi passer, s'énerva-t-elle. Vous n'avez aucune raison de vous montrer aussi grossier envers moi !

— Si une lady vous demande de la laisser en paix, je vous suggère de faire ce qu'elle dit, déclara Luke d'une voix terriblement calme qui n'annonçait en aucune manière la rage qui l'agitait.

D'un geste brusque, il frappa le bras tendu de Selton. En l'entendant, Miss Radcliff sembla intensément soulagée, et la peur qu'elle avait dû ressentir seule dans ce couloir à la merci de ce goujat décupla la fureur de Luke.

— Elle n'est pas une lady, s'emporta Selton en massant son bras douloureux. Admettez, mon vieux, que les gouvernantes aussi jolies que Miss Radcliff sont aussi là pour notre bon plaisir…

D'instinct, Luke envoya son poing dans la figure de cet imbécile arrogant. Ce dernier fut violemment projeté en arrière avant de s'écraser au sol, les deux mains pressées sur son nez.

— Vous m'avez frappé pour… pour une gouvernante, balbutia-t-il, ahuri.

— Je vous ai frappé parce que vous déshonorez votre statut de gentleman, rétorqua Luke d'une voix glaciale.

Si seulement Selton lui donnait une autre raison de le frapper… Le vaurien lui jeta un regard indigné.

— Comment osez-vous ? Je suis fils de baron et je deviendrai à mon tour baron ! Vous n'êtes plus rien d'autre qu'un soldat mal dégrossi. Qui êtes-vous pour me parler de la sorte et pour oser vous en prendre à moi ?

Luke se retint d'envoyer son pied dans la figure de l'ignoble harceleur. Il ne voulait pas salir ses bottes avec une telle vermine. Cet homme incarnait tout ce qu'il haïssait chez les gens de l'aristocratie, il était le type même de ces gamins mieux nés qui l'avaient écrasé de leur mépris à Eton alors qu'ils auraient été incapables de le battre dans un combat à la loyale ou de gagner un prix face à lui. Il en avait vu ensuite dans l'armée, de ces officiers suffisants et incapables qui envoyaient leurs hommes mourir inutilement sur le champ de bataille dans le seul but d'impressionner leurs supérieurs.

Luke s'accroupit face à lui, les mains sur les genoux pour s'empêcher de le frapper. Il pencha son visage tout près de celui de Selton.

— Je vous ai insulté, en effet, alors prouvez-moi donc à quel point vous m'êtes supérieur. Défiez-moi en duel. Je serai plus qu'heureux de profiter de mon expérience de « soldat mal dégrossi » pour faire exploser votre immonde cervelle.

L'air bravache de Selton disparut au fur et à mesure que Luke murmurait entre ses dents chacun de ces mots. Il se redressa et Selton se releva avec difficulté, vacillant. Il s'appuya lourdement contre le mur et essuya sa bouche et son nez ensanglantés sur sa manche.

— Je n'ai nul besoin de vous défier, tenta-t-il de lancer avec mépris sans parvenir à masquer sa peur.

Luke le regarda de toute sa hauteur — il faisait une bonne tête de plus que le futur baron.

— Alors je vous suggère de ficher le camp d'ici. Je ne voudrais surtout pas salir votre rang et votre honneur si supérieurs aux miens en expliquant à tout le monde comment vous avez reçu ce coup au visage.

Selton sortit un mouchoir brodé de sa poche et se tamponna les lèvres. Il sembla hésiter, et Luke espéra un instant qu'il relève finalement son défi. Bien entendu, il n'en fit rien. L'homme n'était qu'un lâche et il le prouva en s'éloignant la queue entre les jambes. Une fois arrivé dans le hall, il appela Grudger et annonça son départ immédiat.

Luke se retourna alors vers Miss Radcliff. Elle se tenait debout, une main pressée sur sa poitrine haletante, l'expression partagée entre la surprise et la confusion. Il s'approcha doucement d'elle, mais parvint à se retenir de la serrer contre lui pour apaiser son choc.

— Allez-vous bien ? demanda-t-il, la gorge serrée.

— Oui.

Il était si proche que le souffle de son murmure lui caressa le cou. Les doigts de Luke s'ouvrirent et se refermèrent convulsivement tant il brûlait d'apaiser son angoisse en lui caressant doucement le dos. Aucun d'eux ne franchit la faible distance qui les séparait.

— Une fois de plus, vous m'avez sauvée, major Preston. Je crains que mes dettes à votre égard dépassent bientôt l'entendement. Je ne pourrai jamais vous rendre la pareille.

Un sourire gêné ponctua sa tentative d'humour et Luke se sentit bien plus ingrat qu'héroïque.

— À propos de notre discussion…, commença-t-il avec embarras, partagé entre l'envie contradictoire de s'éloigner au plus vite et de la prendre dans ses bras.

Il entendait dans sa tête la voix de Reginald qui lui disait d'envoyer tout le monde au diable et de faire ce qui lui plaisait.

Elle posa un doigt sur ses lèvres pour lui imposer le silence et il étouffa un grondement sourd quand la chaleur de sa peau lui envoya une décharge de plaisir dans les veines. Il se retint juste à temps de presser ses lèvres contre sa main douce. Son geste était une mise en garde, non une invitation sensuelle.

— Il n'y a rien à expliquer. Je comprends.

— Non, vous ne comprenez pas, s'empressa-t-il de dire en se rapprochant parce qu'elle avait retiré sa main. Si les choses étaient différentes…

Cette fois, ses doigts à lui caressaient le tissu de sa jupe. Elle leva le regard sur lui, la tête rejetée en arrière, les lèvres entrouvertes, et il reconnut dans ses yeux le même désir qu'il combattait. La respiration heurtée de Miss Radcliff disait assez combien les émotions la bouleversaient. Si le conflit qui les agitait n'était pas si puissant, il aurait pu prendre ses lèvres, prendre possession de tout son corps. Seulement, quel homme serait-il s'il dépassait la limite de l'honneur qu'il venait de rappeler à Selton ?

— Mais elles sont ce qu'elles sont, dit-elle dans un souffle.

Elle le contourna, et sa jupe caressa les jambes de Luke lorsqu'elle s'éloigna dans le couloir. Elle retournait à sa vie, le laissant à sa morne existence.

L'odeur de poussière recouvrit bientôt la subtile fragrance de lavande qui émanait d'elle. Luke s'adossa au mur et ferma les yeux, plus bouleversé qu'il ne l'aurait dû par ce qui venait de se passer. Ce n'était pas la première fois qu'il devait défendre une femme contre les avances intempestives d'un butor. En revanche, jamais il n'avait été impliqué de façon aussi personnelle. Savoir que Miss Radcliff était seule au monde rendait le rejet qu'il lui avait infligé encore plus odieux à ses propres yeux. Sa solitude la rendait terriblement vulnérable pour les prédateurs comme Selton. Certes, il avait pu la tirer de ce mauvais pas cette fois-ci, mais que se passerait-il la fois suivante ? Ce n'était pas son rôle de la protéger, il n'avait aucun droit sur elle. Jamais son frère ni son père n'accepteraient un mariage avec une jeune femme sans un sou et à la naissance douteuse.

Pour la première fois, il eut envie de renier l'honneur et le devoir auxquels il était astreint. Hélas, sans l'accomplissement que lui procurait l'armée, il ne lui restait que cela.

Chapitre 7

Les jappements des chiens de chasse et les appels des piqueurs montaient jusqu'à la salle de classe. Au rez-de-chaussée, les invités s'étaient réunis pour boire du brandy et se donner du courage avant de sortir dans le jour brumeux. Les dames devaient les accompagner afin de profiter de l'air frais de l'automne qui courait sur les collines du Hertfordshire.

Joanna n'était plus descendue depuis l'incident du couloir, la veille. En vérité, ce n'était pas Mr Selton qu'elle craignait de croiser. Il était parti en hâte après leur altercation, si bien que sa sœur n'avait cessé depuis de se plaindre que son frère avait ruiné leur pièce. En revanche, elle craignait de croiser le chemin du major Preston.

Chaque fois qu'elle se retrouvait près de lui, l'étincelle de passion qui couvait entre eux depuis le premier jour semblait s'enflammer un peu plus vite et un peu plus fort. Face à lui dans ce couloir obscur, elle avait eu la sensation d'étouffer littéralement sous l'effet de sa proximité. Son cœur qui battait la chamade l'avait presque convaincue d'abandonner sa résolution de garder ses distances. Elle n'aurait jamais dû le toucher, mais elle n'avait pas voulu entendre ses paroles, d'autant moins quand elles contredisaient si clairement ce qu'elle pouvait lire dans ses yeux. Il éprouvait pour elle la même soif qu'elle ressentait envers lui. Elle avait bien failli faire glisser ses mains sur les épaules du major pour prendre le visage de ce dernier en coupe et conduire sa bouche vers la sienne. Heureusement, elle avait su se contenir.

Les paroles qu'il lui avait adressées dans la bibliothèque étaient encore trop fraîches dans son esprit, trop douloureuses, et cependant si pleines de vérité. L'avenir de la famille du major reposait sur ses seules épaules, or elle ne voulait pas être la cause de son échec. Si elle le détournait de son devoir, les proches de ce dernier l'accuseraient d'avoir ruiné son existence dans le seul but de faire main basse sur un bon parti. Tôt ou tard, de telles allégations créeraient nécessairement un fossé entre elle et lui. Puisqu'il avait refusé leur amitié au nom de ses devoirs familiaux, elle ne devait pas se faire d'illusions, il nierait les désirs de son cœur également.

— Je ne veux pas étudier. Je veux descendre voir les autres se préparer pour la chasse, gémit Catherine.

Évidemment, les jumelles se joignirent aussitôt à elle dans un concert de plaintes. Joanna s'apprêtait à changer de sujet quand les conseils du vicaire lui revinrent en mémoire. Si les filles désiraient tant descendre, soit, mais elle allait l'utiliser comme une récompense. Elles descendraient une fois seulement que leur travail serait accompli.

— Si vous achevez rapidement vos leçons, nous aurons sans doute le temps de descendre voir les cavaliers avant leur départ.

À sa grande stupéfaction, au lieu de s'opposer à elle comme elles en avaient l'habitude, les filles se remirent au travail avec une concentration intense. Joanna ne sut si elle devait s'en réjouir — car leur bonne volonté l'obligerait à quitter son espace de sécurité du dernier étage. Allons, ce n'était pas juste de laisser les enfants enfermées simplement parce qu'elle avait peur. Et puis, qu'avait-elle à craindre ? Le major et elle ne se retrouveraient pas seuls — elle s'en assurerait.

En moins de dix minutes, ses élèves eurent fini leur travail et elles rejoignirent les escaliers toutes les quatre. Comme elles arrivaient au premier étage, elles s'accoudèrent à la balustrade pour observer le hall d'entrée. Joanna serra un peu plus fort la rambarde en observant les femmes élégantes dans leurs tenues d'équitation ajustées. Puis son regard s'attarda plus longuement sur les messieurs. Non que le spectacle l'intéresse, mais elle le cherchait… lui. *Il n'était pas là.* Peut-être n'était-il pas encore arrivé dans le hall, ce qui signifiait qu'il se trouvait encore dans sa chambre au premier étage. Tous ses membres se raidirent à cette idée. Allait-il apparaître juste dans son dos ? Un long frisson lui courut le long de la colonne vertébrale.

Au rez-de-chaussée, Grudger dirigeait sans discrétion les valets qui transportaient les plateaux d'argent sur lesquels étaient servis des verres de brandy chaud afin de fortifier les cavaliers en prévision du froid. Sir Rodger était en pleine discussion avec des gentlemen, son chien de chasse noir toujours à ses pieds. Les dames allaient et venaient entre les groupes de messieurs, la voix rendue plus aiguë par l'excitation de la chasse à venir. À travers la fenêtre, chacun pouvait constater que les nuages qui avaient plombé le ciel toute la matinée commençaient à s'estomper. Un rayon de soleil illumina l'assemblée, de laquelle s'élevèrent des rires joyeux.

— Je veux descendre jusqu'en bas, chuchota Catherine d'une voix pressante.

— Votre père ne vous l'a pas permis. En revanche, si vous vous tenez bien toute la journée, je parlerai à votre mère pour qu'elle vous autorise à assister aux charades après le souper.

Intérieurement, Joanna priait pour que Lady Huntford refuse, sans quoi elle serait alors forcée de passer la soirée au salon, tout près du major.

Catherine fronça les sourcils, semblant considérer ses options. Elle dut décider que garder son calme valait mieux que s'opposer à sa gouvernante et risquer une réprimande de son père, car elle demeura immobile, dans une attitude étonnamment sage. Même les jumelles se comportaient de façon correcte, elles ne se penchaient pas par-dessus la rambarde et parlaient à voix basse.

Joanna ne savait pas si cette nouvelle attitude durerait, ni même si elle suffirait à lui conserver son poste, mais elle était heureuse de voir ses élèves plus apaisées et respectueuses. Elle sentit un regain de confiance en elle, le premier depuis la mise en garde de Sir Rodger.

Elles contemplèrent le spectacle plusieurs minutes sans que le major Preston fasse son apparition. Les autres membres de sa famille étaient également invisibles. L'incident avec Selton avait-il incité le major à quitter les lieux ? Elle ignora bravement un curieux pincement dans la région du cœur et décida que c'était pour le mieux. Ainsi, elle serait plus à l'aise pour se déplacer dans la demeure. Et surtout, l'intensité de ses émotions s'apaiserait peu à peu.

Au loin, le son du cor retentit. Dans un joyeux brouhaha, les invités quittèrent le hall tandis que les aboiements des chiens parvenaient plus clairement à travers la porte maintenue ouverte. Gagnée par l'agitation, Joanna aurait aimé se joindre à l'effervescence. En vérité, toute activité nouvelle lui semblait enviable par rapport à la triste monotonie d'une autre journée semblable aux autres.

Dans la maison redevenue silencieuse, les valets rassemblèrent les verres abandonnés. Un bon nombre d'entre eux ne se gênèrent pas pour siffler le reste de l'alcool avant de déposer leur chargement sur les plateaux. Grudger les houspillait en grommelant, comme à son habitude. À côté d'elle, les filles se ruèrent à travers le couloir pour rejoindre une large fenêtre qui donnait sur la cour, afin de profiter un peu plus longtemps du spectacle.

Joanna les rejoignait avec plus de pondération lorsqu'une voix bien connue résonna tout près, la faisant s'immobiliser.

— Il est décidément surprenant de voir combien vous voulez me voir rester maintenant que je vous suis d'une certaine utilité. Vous étiez pourtant bien empressé de me voir partir dans l'armée voilà quelques années, au point même de m'acheter une charge de lieutenant !

Les accusations coléreuses du major étaient adressées à son père, qui venait de sortir de la bibliothèque, la démarche raide. Le major sortit juste derrière lui, l'expression tendue. En entendant les paroles de son fils, l'homme se retourna d'un coup, visiblement prêt à en découdre. Pourtant, il sembla reprendre son sang-froid en un instant, et c'est d'une voix calme et posée qu'il prit la parole.

— Je ne t'ai pas acheté une charge pour t'éloigner, mais pour que tu fasses quelque chose de ta vie ! Ce que tu as fait ! Et j'en suis fier.

La tension qui se lisait dans les mâchoires crispées du major sembla quelque peu s'apaiser à ces mots. Cependant, ses poings serrés posés sur ses hanches révélaient sa fureur.

— Alors pourquoi avoir exigé que j'abandonne tout ?

— Je ne t'ai rien demandé de plus que ce que mon père a exigé de moi lorsque mon frère aîné est mort, expliqua Lord Ingham en posant une main sur l'épaule de son fils dans un geste d'apaisement. J'ai parfaitement conscience des sacrifices que tu as faits pour notre famille, Luke.

Luke. Ainsi, elle découvrait enfin son prénom.

Soudain, le major tourna légèrement la tête et rencontra son regard par-dessus l'épaule de son père. Elle se figea un peu plus, terrifiée à l'idée que Lord Ingham la remarque. Comme les autres invités, à l'exception du major, il n'avait pas semblé noter son existence jusque-là.

— Je n'en suis pas sûr, répondit le major d'une voix pleine de douleur qui la fit frémir d'émotion.

— Si, je le sais parce que j'ai dû faire les mêmes sacrifices lorsque j'ai hérité et que j'ai renoncé à mes charges militaires. Crois-moi, dans moins d'un an, lorsque tu seras installé avec une épouse et — si Dieu le veut — un fils, tu verras que tu te sentiras beaucoup mieux qu'aujourd'hui. Ceci dit, j'ai bien vu qu'aucune des ladies ici présentes ne ferait l'affaire, et ce n'est pas grave. Il y a de bien plus riches héritières à Londres de toute façon.

Il conclut son propos d'une tape paternelle sur l'épaule avant d'enfiler ses gants. Puis il s'éloigna dans la direction opposée, sans même se rendre compte de la frustration de son fils qui restait immobile, le regard fixé sur elle.

Le temps resta suspendu tandis que leurs yeux ne se lâchaient pas. Le conflit intérieur qui accablait le major rendait les traits de son beau visage plus durs. Joanna sentit la violence qui l'assaillait avec d'autant plus de force qu'elle était un reflet exact de la sienne. L'espace d'un instant, elle fut sur le point de courir vers lui afin d'apaiser la douleur qui les torturait tous deux. S'il l'appelait, maintenant, elle ne chercherait plus à lutter. Amitié, désir, amour, elle prendrait ce qu'il voudrait bien lui offrir.

Les aboiements des chiens et les conversations des invités parvinrent enfin à percer l'étrange bulle dans laquelle le temps immobile les avait enfermés. Il cligna les yeux et après un petit signe de tête, il s'éloigna pour rejoindre les autres.

Joanna oscilla avant d'attraper la large rampe. Un mélange d'impuissance, d'horreur et de soulagement l'envahit brutalement. Dieu merci, ils avaient été assez forts l'un et l'autre pour garder leurs distances. Sa propre faiblesse la terrifiait. Était-elle donc folle de mettre en péril toute son existence ? Elle avait été à deux doigts de se jeter au cou de cet homme !

Les filles étaient à peine à quelques mètres d'elle, même si — grâce à Dieu — elles étaient trop absorbées par le spectacle pour avoir seulement remarqué ce qui venait de se passer dans le couloir. Joanna ferma les yeux pour combattre l'affolement. Elle n'imaginait que trop bien les hurlements d'Anne et Ava à travers la maison si elles avaient assisté à un quelconque rapprochement entre le major et elle…

Luke. Elle ne pouvait peut-être pas être sa confidente ou son amie, en revanche elle pouvait se permettre de l'appeler par son prénom dans le secret de son cœur.

— Miss Radcliff, il est l'heure pour la promenade des enfants.

La nurse arrivait par l'escalier. Sa voix haut perchée ramena Joanna à la réalité et à ses devoirs.

— Oui, bien sûr, madame Winston. Quant à vous, Catherine, n'oubliez pas votre leçon de dessin.

— Je déteste le dessin, grommela la jeune fille en descendant l'escalier d'un pas pesant.

— J'allais oublier, miss. Ceci est arrivé pour vous.

Mrs Winston tira une lettre de son tablier et la lui tendit.

Joanna s'en empara, soudain heureuse en reconnaissant

l'écriture petite et ferme d'Isabel. Avec la promenade des jumelles, elle pouvait espérer deux heures de tranquillité.

Son entrain retrouvé, elle remonta jusqu'à sa chambre pour prendre son manteau avant de quitter la maison par la porte de service. Elle se hâta le long du chemin de gravier qui menait à travers le jardin au petit temple grec perché à l'arrière de la maison. Elle avait besoin de lire les mots de son amie dans une atmosphère paisible.

Luke tira sur les rênes de son étalon, forçant l'animal à rester en arrière tandis que la troupe des cavaliers se lançait au galop sur les talons des chiens. Si chasse il y avait, il s'agissait d'une chasse au mari — les meilleures héritières du comté l'encerclaient avec la même stratégie qu'un régiment.

Depuis le début de la partie de chasse, plusieurs avaient en effet tenté de s'isoler avec lui. Jusque-là, il était parvenu à éviter leurs pièges — après tout, il avait semé suffisamment de soldats ennemis pour venir à bout de quelques amazones. Après plus d'une heure de manœuvres d'évitement, il n'avait qu'une seule envie : une promenade en solitaire afin de réfléchir à la conversation avec son père et à ce qui avait suivi, cet intense échange silencieux avec la troublante Miss Radcliff. Il dirigea Duke plus avant dans le bois afin d'éviter d'être repéré par les yeux de rapaces de ses prétendantes.

Le soleil réchauffait de ses rayons la terre humide dont s'exhalaient des odeurs d'herbe mouillée. Le souvenir de sa promenade avec Miss Radcliff lui revint en mémoire. La vérité, c'était que la moindre odeur, le moindre bruit, le moindre événement de sa misérable existence le ramenait immanquablement à elle.

Quand il l'avait aperçue dans le couloir un peu plus tôt, il avait tout oublié de son vœu de rester à distance d'elle, de ne plus se laisser distraire par l'arc de ses reins, par ses boucles soyeuses qui s'enroulaient autour de ses oreilles délicates ou par tout ce qui formait le plus séduisant corps qu'il lui ait été donné de contempler. Prisonnier de son regard, il n'avait plus eu qu'un seul désir, la rejoindre en oubliant quiconque n'était pas elle. Heureusement, les mots de son père l'en avaient empêché, en dépit du fait qu'il avait bien du mal à les croire.

Il imprima un pas paisible à Duke, dont les sabots produisaient un bruit étouffé sur le tapis de feuilles. Pour l'heure, il doutait des affirmations de son père lorsque ce dernier lui affirmait qu'il s'habituerait à sa nouvelle situation, et pourtant, celui-ci lui avait dit peu ou prou la même chose au moment de l'envoyer contre son gré dans l'armée. Il avait eu raison alors, de même en lui affirmant qu'il progresserait rapidement dans l'univers militaire.

Pour la première fois, Luke n'était plus en colère après son père pour l'avoir envoyé au loin avec un grade de lieutenant. Il lui avait ainsi donné une chance de faire quelque chose de sa vie. Le sentiment amer du rejet s'était évanoui quand son père lui avait dit sa fierté. Puisqu'il l'avait rendu fier par le passé, il le rendrait fier à nouveau. Si seulement cela n'avait pas impliqué d'abandonner pour toujours l'espoir de pouvoir aimer Miss Radcliff…

Pour tenter d'y voir plus clair dans ses sentiments, Luke fit faire un large tour à Duke dans les champs qui environnaient Huntford Place avant de rentrer à l'écurie. Hélas, cette longue promenade n'avait fait que confirmer la violence des émotions qui s'emparaient de lui à la seule pensée de la jeune femme. Lorsqu'il la voyait, lorsqu'elle le touchait, comme ce matin en posant le doigt sur ses lèvres, son sang se transformait en lave brûlante et il se moquait éperdument des promesses faites à sa famille. Elle seule importait. Pourtant, à la lumière de la raison, il savait qu'il devait lutter contre cette inclination. Miss Radcliff ne méritait pas d'être traitée avec légèreté.

Lorsque le palefrenier eut enfin récupéré Duke, avec la même paresse qu'il avait mise à le préparer, Luke sortit de l'écurie. Il envisagea brièvement de retourner dans la maison pour rédiger une nouvelle lettre à l'adresse de Lord Helmsworth, ou bien à Reginald, mais il y renonça aussitôt. Il n'était pas d'humeur à rester assis tranquillement, pas quand il savait Miss Radcliff toute proche entre ces mêmes murs. Il avait besoin d'un peu de paix, et non de la distraction constante qui s'emparait de lui alors qu'il guettait son pas dans les escaliers ou sa voix dans les couloirs.

Luke suivit le sentier qui menait à un parc qui semblait plus à l'abandon qu'à l'état sauvage. Une mousse épaisse couvrait les statues et la taille des arbustes datait de si longtemps qu'il n'était plus possible de distinguer les animaux qui avaient été sculptés dans la végétation. Les plantes qui poussaient ici étaient tout à fait différentes de celles qu'il avait appris à reconnaître en Espagne. La végétation était plus rude là-bas. L'air était plus chaud également, sauf dans les montagnes.

Luke entreprit l'ascension de la petite colline au fond de la propriété, au sommet de laquelle avait été construite une imitation de temple grec. De cette hauteur, il pourrait contempler le paysage et s'imaginer retourner en Espagne une fois le pays pacifié. Il avait envie de revoir cette terre magnifique sans y chercher partout des ennemis ou deviner dans le paysage des avantages ou des inconvénients tactiques. Il se demandait ce que Miss Radcliff aurait pensé de la terre d'Isabelle et Ferdinand de Castille, avec ses influences mauresque et catholique mêlées. Elle aurait sans doute aimé les couleurs vives et les senteurs enivrantes de l'Espagne. Il aurait voulu les lui faire découvrir, la sortir de l'existence morne à laquelle elle était condamnée ici. Seulement, il était tout aussi prisonnier qu'elle.

Comme il approchait du sommet, Luke accorda une plus grande attention à la construction de style gréco-romain qui semblait quelque peu déplacée à côté de l'architecture Stuart de la maison. La colonnade était surmontée d'un dôme, à l'ombre duquel des statues étaient nichées à intervalle régulier. Soudain, l'une des statues du fond sembla prendre vie et il reconnut, stupéfait, la silhouette de Miss Radcliff. Plutôt que de l'attendre, elle s'éclipsa par l'arrière de la bâtisse.

— Miss Radcliff, attendez ! appela-t-il instinctivement.

Il ignora sa raison qui lui enjoignait de se tenir à l'écart et se mit à courir après elle. Il monta les marches quatre à quatre et elle réapparut à sa vue. Elle se tenait immobile, de dos, une lettre ouverte dans la main. Son maintien rigide lui fit aussitôt comprendre que quelque chose n'allait pas.

— Est-ce que tout va bien ? demanda-t-il en s'approchant lentement.

— Oui, je vais bien, assura-t-elle.

Lorsqu'elle se tourna enfin vers lui, son expression trahissait pourtant un désarroi profond.

— Je viens souvent ici lorsque les filles sont occupées, ajouta-t-elle.

Elle pinçait ses jolies lèvres et ses yeux étaient assombris par l'inquiétude.

— Mais ce n'est pas la seule raison de votre venue aujourd'hui, n'est-ce pas ?

Il s'approcha doucement d'elle, troublé par sa détresse.

— Non, pas aujourd'hui.

— Vous avez reçu de mauvaises nouvelles ?

— Non, non, pas du tout, répondit-elle en levant la missive qui s'agita dans le vent. Des nouvelles de mon amie Isabel. Elle s'est mariée avec le fils du vicomte Langford.

Avec une pointe d'ironie, Luke nota qu'il n'était visiblement pas le seul fils d'aristocrate à s'être énamouré d'une gouvernante.

— Vous n'approuvez pas son choix ?

— Je ne le connais même pas. Et elle le connaît à peine.

Visiblement tendue, elle se mit à faire les cent pas entre les colonnes. Son manteau brun informe se soulevait à chaque pas, révélant les courbes sensuelles de son corps. Luke dut faire un effort pour s'arracher à ce spectacle ensorcelant.

— Elle ne dit presque rien dans sa lettre des raisons qui l'ont conduite à ce mariage, si ce n'est qu'elle y a été obligée. Elle ajoute ensuite qu'il ne s'est pas révélé être le mari qu'elle pensait trouver, sans plus de précisions. Et si cet homme était un monstre ? s'emporta-t-elle soudain.

— À moins qu'il ne soit un meilleur époux que ce qu'elle imaginait, tempéra Luke. C'est le souci avec les opportunités, on ne peut jamais savoir ce qu'elles apporteront avant d'en avoir saisi une.

Il préféra ne pas lui dire ce qu'il savait de William Balfour, fils de Lord Langford, et de sa réputation, afin de ne pas l'alarmer davantage. Les inquiétudes de Miss Radcliff n'étaient certes pas sans fondement, mais il était inutile d'ajouter à son angoisse. Si ce libertin volage s'installait enfin, il avait sans doute changé. Il ne serait pas le premier débauché à revenir dans le droit chemin sous une influence féminine. Il s'adossa à une colonne, s'étonnant lui-même de son humeur philosophique.

Elle croisa les bras sous sa poitrine, mettant en valeur sans le savoir la courbe tentatrice de ses seins.

— Ne me dites pas que vous êtes une âme romantique, répliqua-t-elle, pince-sans-rire.

Luke retint un sourire ironique. Non, en cet instant, ses pensées n'avaient rien de romantique, il se faisait plutôt l'effet d'un odieux satyre. Honteux de songer à de telles choses alors qu'elle était bouleversée, il se concentra sur ce qui pourrait l'apaiser. Il tira de sa poche son insigne militaire et le lui déposa doucement dans la main. La médaille brilla sur le tissu clair de son gant.

— En mai dernier, nous étions cantonnés à Fuentes de Oñoro. Lors d'une bataille, l'ennemi a fait une percée dans la ligne de front. Mes hommes et moi, nous avons alors été envoyés pour renforcer le flanc droit. Au cours des combats, à quelque distance de mes troupes, j'ai remarqué une escouade prise au piège dans un échange de tirs et sur le point d'être débordée. J'aurais pu perdre un temps précieux pour prévenir mes officiers supérieurs, leur laisser le soin d'organiser l'aide. Au lieu de quoi, j'ai saisi l'opportunité qui se présentait à moi et j'ai envoyé mes hommes soutenir ceux qui étaient en danger. Nous étions inférieurs en nombre, pourtant nous avons tenu bon face aux Français, jusqu'à la fin des combats. Finalement, nous avons écrasé les troupes ennemies et aidé à renforcer la ligne de front. J'ai laissé la chance guider mes actes et cela m'a valu ma promotion de major.

Joanna, qui l'avait écouté avec attention, caressa du doigt la médaille, avant de la lui rendre.

— La chance me semble une manière hasardeuse d'organiser sa vie.

Il replaça l'insigne dans sa poche.

— L'erreur est de croire que vous pouvez organiser et planifier votre vie. J'avais par exemple l'intention de profiter de mon nouveau rang de major un peu plus de quatre mois. Quant à vous, vous êtes venue ici dans l'espoir de façonner de jeunes demoiselles avides de savoir. L'un comme l'autre, nous n'avons pas obtenu ce à quoi nous nous attendions.

— Non, en effet, admit-elle avec un faible sourire.

Pourtant, il reconnut dans sa voix la même déception qu'il ressentait à chaque fois qu'il pensait ne plus revoir son régiment. Instinctivement, il tendit la main pour prendre la sienne, mais parvint à la poser à la place sur la colonne la plus proche. Il ne pouvait laisser son sens de la chevalerie l'entraîner au-delà des frontières strictes qu'il avait décidé d'établir entre eux.

— Tout ira bien pour votre amie, j'en suis certain.

À tout le moins, il *espérait* sincèrement que ce serait le cas, car la détresse de Miss Radcliff lui était odieuse. Elle replia la lettre et la fourra dans la large poche de sa pelisse.

— Vous avez raison. Isabel a saisi la chance qui se présentait à elle et je lui souhaite le meilleur, cependant je ne peux m'empêcher de…

Elle s'interrompit, visiblement incapable de mettre des mots sur son malaise.

— De l'envier ? proposa-t-il avec douceur.

Les joues crémeuses de Miss Radcliff se colorèrent de rouge et elle baissa les yeux sous l'effet de la honte. Toutefois, elle eut le courage d'acquiescer.

— Je crois que oui. Elle est sur le point d'obtenir ce dont j'ai toujours rêvé. Une véritable famille, des enfants… Seigneur ! Vous devez me trouver horrible d'avoir de telles pensées. Je me trouve abominable d'être si envieuse.

— Non, vous n'êtes rien de tout cela, s'écria-t-il avec conviction.

Bon sang ! Il n'aurait jamais dû laisser les choses en arriver là. À nouveau, ils échangeaient des confidences. Seulement, il aurait été incapable de lui tourner le dos. Elle l'avait aidé dans la forêt, il lui devait la pareille.

Elle se détourna pour contempler le paysage et il vint se placer à ses côtés, presque à la toucher. Ensemble, ils regardèrent un long moment les feuilles des arbres qui se coloraient de rouge et de brun. La proximité de la jeune femme ainsi que son parfum frais et délicat l'émouvaient bien plus que le spectacle resplendissant de la nature automnale. En dépit du silence, il se sentait extrêmement proche d'elle en cet instant, sans doute parce qu'il comprenait parfaitement le conflit qui l'habitait. Lui aussi se sentait bien souvent empli de frustration.

— Hier, j'ai reçu une lettre de mon ami, le capitaine Reginald Crowther, reprit-il. Il m'informait d'une victoire de nos troupes. J'aurais dû aussitôt prendre la plume pour le féliciter… mais je ne l'ai pas fait. La vérité, c'est que je suis jaloux qu'il soit là-bas pendant que je végète ici. Nous ne serions pas humains si la mesquinerie ne nous rattrapait pas, de temps à autre.

— Ce n'est pas réellement d'Isabel que je suis jalouse, expliqua-elle, mais de sa situation. Cela lui donne justement des opportunités dont je suis privée. Ici, je n'ai pas la moindre chance de pouvoir changer les choses.

Comme elle se taisait, visiblement abattue, une nuée de corbeaux s'élança vers le ciel non loin. Le vent qui avait entraîné leur envolée souleva les rubans de sa coiffe, attirant le regard de Luke sur son menton délicat et la peau fine de son cou. Ses doigts le démangeaient tant ils brûlaient de caresser la ligne féminine de sa nuque, et ses lèvres auraient voulu apaiser la ride de contrariété qui lui barrait le front.

— Cela viendra, dit-il dans un souffle.

— Quand ? demanda-t-elle en se tournant vers lui, son regard bleu implorant une réponse.

Luke sentit sa gorge se serrer. Elle était si belle dans son désarroi, si tentante… Sa chance se dressait juste devant lui, à portée de main, éclipsant tout le reste. Qu'importait ce qu'il perdrait si c'était pour la gagner, elle ?

Sa raison lui hurlait de s'éloigner, de rester fidèle à la promesse qu'il s'était faite de résister à l'attraction qu'elle exerçait sur lui. Mais comment résister, alors que ses boucles adorables dansaient dans le vent, appelant ses doigts, alors que son parfum de lavande et de femme l'enivrait, alors que son esprit et son intelligence l'enchantaient à chaque instant ? Cette femme détenait un bien beaucoup plus précieux et nécessaire que l'argent, le statut ou la sécurité — la paix. Elle lui apportait une sérénité intérieure qu'il n'avait jamais ressentie jusqu'alors. Quand il était avec elle, il se sentait enfin… comblé. Alors, il la prit dans ses bras et se pencha vers elle. Juste avant que ses lèvres ne touchent les siennes, il murmura :

— Maintenant.

Joanna ne résista pas à son étreinte et elle se sentit fondre sous la caresse de son baiser. Pourtant, son cœur battait à grands coups dans sa poitrine, lui rappelant ce qu'elle risquait à s'abandonner ainsi à lui. Elle posa une main sur son torse, aussi solide que le temple qui les protégeait. Sous sa paume, la pulsation rapide du cœur du major l'embrasa un peu plus. Cet homme jeune, beau et valeureux était aussi troublé qu'elle par ce qu'il y avait entre eux. En cet instant béni, tout lui sembla possible.

Un frisson de plaisir la parcourut lorsqu'il traça de la langue le dessin de sa lèvre. Elle but avec délectation son souffle brûlant. Lorsqu'il goûta sa bouche, elle le goûta en retour, se délectant de sa saveur riche et masculine. Ce baiser lui rappelait le goût du porto qu'elle avait bu en cachette un jour à l'école — une liqueur délicieuse et interdite.

D'un geste étrangement naturel, elle fit glisser ses mains sur son torse musclé, remonta jusqu'à la cravate impeccablement nouée qui lui entourait le cou. Enfin, ses doigts touchèrent la peau chaude et douce de sa nuque avant de les plonger avec délectation dans ses boucles. En réponse, les bras du major se resserrèrent autour de sa taille et il pressa ses hanches contre les siennes, envoyant une flèche de volupté se ficher au creux de son ventre.

À l'abri dans le cercle de ses bras, Joanna eut l'impression bouleversante de se trouver exactement là où elle devait être. Elle fut saisie d'un sentiment enivrant et réconfortant d'appartenance qu'elle n'avait encore jamais ressenti, pas même entre les murs de l'école. Malgré les obstacles qui se dressaient sur leur chemin, elle sentait qu'il avait su la voir pour ce qu'elle était, et qu'il la désirait malgré tout. Cela ne valait-il pas les risques qu'elle prenait en s'abandonnant ainsi entre ses bras ?

Pourtant, sous la félicité absolue qui l'envahissait, une ombre s'insinua peu à peu, comme un brouillard se répandant imperceptiblement sur la lande. Lui avait bien peu à perdre dans cette liaison, tandis qu'elle risquait de sacrifier tout ce qu'elle avait pour un bonheur passager. Le goût amer du désespoir lui envahit la gorge et elle tenta désespérément de l'ignorer en s'accrochant plus fort aux muscles durs des bras du major, tentant d'oublier la réalité et ses devoirs. Hélas, malgré la passion qui habitait leur baiser, rien n'avait changé entre eux. Elle était toujours une simple gouvernante, lui un fils de comte.

Elle mit fin à regret à leur baiser, sans se soustraire toutefois à son étreinte. Il relâcha légèrement ses bras, laissant ses mains reposer au niveau du creux des hanches de Joanna. Lorsqu'elle croisa son regard assombri de désir, elle faillit oublier tous les arguments qui s'opposaient à leur rapprochement. La fierté sombre de ses yeux l'attirait comme un aimant. Quand elle était avec lui, son rêve de lui appartenir semblait plus réel que tout le reste. Son cœur la poussait à oublier toute réserve pour saisir la première chance de bonheur qu'elle rencontrait.

— Miss Radcliff, êtes-vous là ? J'ai besoin de votre aide.

La voix de Mrs Winston parvint jusqu'à eux, perçant le voile de bonheur qui les entourait. Ils se séparèrent brutalement tandis que les cris des jumelles faisaient s'envoler les oiseaux terrifiés.

La gorge serrée, Joanna gardait le regard fixé sur Luke, malheureuse à l'idée de retourner à son existence ingrate.

Cependant, elle n'avait pas le choix. Elle n'était pas assez folle pour abandonner tout ce qu'elle avait, y compris son honneur, pour un seul baiser, aussi merveilleux soit-il.

— Miss Radcliff ? répéta la nurse, toujours plus près d'eux.

Joanna fit quelques pas en arrière, avec réticence, incapable de rompre le contact avec lui. Enfin, elle trouva le courage de se détourner et marcha en hâte à l'autre bout du temple pour faire face à la maison. Mrs Winston était justement en train de s'élancer dans la montée, sa large figure rougie par l'effort.

— Me voilà ! s'écria Joanna en se hâtant à sa rencontre.

— Dieu merci ! soupira la nurse en posant une main sur sa large poitrine. Je ne parviens pas à contrôler ces deux petites démones et vous avez une telle autorité sur elles !

Joanna se retint de lever les yeux au ciel face à cette flatterie éhontée. En vérité, Mrs Winston était aussi inutile que le reste de la domesticité de Huntford Place. Elle voulait simplement se débarrasser auprès d'elle de son travail afin d'aller échanger des cancans avec les servantes. Cependant, Joanna tint sa langue, non tant par générosité désintéressée que parce qu'elle craignait de révéler son trouble si elle parlait. Elle avait été à deux doigts d'être surprise dans une situation compromettante avec le major Preston. Il s'en était fallu de peu que son secret soit découvert !

Tout en retirant fermement des mains d'Anne un bâton avec lequel elle comptait assommer sa sœur, Joanna jeta un œil en arrière. Il n'y avait aucun signe de Luke et elle lui faisait entièrement confiance pour rester caché jusqu'à ce qu'il n'y ait plus aucun danger. Néanmoins, il était plus prudent de s'éloigner au plus tôt, car dans leur course effrénée les jumelles risquaient de le découvrir.

Elle prit Mrs Winston par le bras et l'entraîna vers la maison tout en incitant les filles à la suivre. Heureusement, la promesse d'une douceur si elles obéissaient sans discuter eut l'effet escompté et elles la suivirent comme des canetons obéissants.

En rentrant dans la maison, elle prit conscience qu'elle était plus confuse encore qu'un moment plus tôt, lorsqu'elle l'avait quittée pour lire la lettre d'Isabel. Désormais, ce n'était plus l'imprudence de son amie qui lui causait du souci, mais la sienne. Aujourd'hui, elle avait saisi sa chance. Seul le temps lui dirait si elle avait eu raison d'agir de la sorte.

Luke resta à l'abri d'une colonne jusqu'à ce que le soleil couchant atteigne le sommet des arbres. Il demeura un moment immobile à contempler le panorama sous ses yeux, en écoutant les chants des oiseaux qui apportaient calme et sérénité au paysage. À quelque distance, les fenêtres de Huntford Place s'éclairèrent une à une. Pourtant, il ne songeait toujours pas à rentrer. À l'intérieur, les jeunes femmes ne manqueraient pas de s'inquiéter de lui. Les invités devaient être en train de se réunir et de se demander pourquoi la meilleure prise de la Saison n'était pas de retour. Seulement, il était incapable de les affronter, parce que Miss Radcliff ne serait pas là et qu'il ne pouvait plus prétendre que cela ne changeait rien.

Non loin, une chouette hulula et un vent frais s'enroula autour de lui. Il resserra son manteau et releva son col, puis se redressa enfin pour quitter l'abri du dôme. S'il restait plus longtemps, on risquait de lancer les domestiques à sa recherche.

Il quitta le temple et descendit les marches. Miss Radcliff ne quittait pas ses pensées tandis qu'il traversait à pas rapides l'herbe du jardin. L'avoir tenue dans ses bras, ses courbes sensuelles pressées contre son corps dur et tendu, s'était révélé une expérience bien plus affolante que n'importe quelle stratégie militaire. Il avait eu l'impression que son cœur explosait lorsqu'elle avait répondu avec ardeur à ses caresses et ses baisers. Pourquoi la tendresse et le désir qui existaient entre eux ne pouvaient-ils effacer les obstacles qui les séparaient ?

Luke entra dans la maison par le salon de musique qui s'ouvrait sur l'arrière de la demeure. Il parvint à passer devant le grand salon sans se faire remarquer, car une intense partie de charades concentrait l'attention des convives. Du coin de l'œil, il nota la prestation de Mr Chilton, qui dansait au milieu de la pièce comme un acteur d'opéra italien en mimant Dieu sait quoi. Luke n'avait aucune envie de rejoindre ces jeux.

Alors il grimpa l'escalier. Mais plutôt que de regagner l'aile des célibataires, il marcha jusqu'à la chambre de sa mère. Il toqua à la porte en s'annonçant. Aussitôt, la dame de compagnie vint lui ouvrir et l'expression de sa mère se teinta de soulagement tandis qu'il la rejoignait près du feu.

— Dieu merci, te voilà. Miss Chilton nous a dit qu'elle t'avait vu revenir il y a plusieurs heures et le palefrenier a confirmé que Duke était à l'écurie. Cela fait des heures que je m'inquiète ! Où étais-tu donc ?

— Je suis sorti marcher. Navré de vous avoir inquiétée.

Il lui posa un baiser sur le front, se demandant comment elle réagirait si elle apprenait où et avec qui il avait passé tout ce temps.

— Ne me refais plus une telle frayeur ! s'exclama-t-elle en faisant signe à sa domestique de les laisser seuls. Je sais que ton père a abandonné l'idée de te trouver une épouse parmi les jeunes filles réunies ici cependant, j'ai eu l'occasion de discuter avec Miss Winborn au cours du souper. C'est une charmante jeune femme, dotée qui plus est d'une rente de trois cents livres. La pauvre est malheureusement négligée par les célibataires, sans doute à cause de sa couleur de cheveux — ce roux est un trait de famille tout à fait déplorable. Je pense néanmoins qu'elle mérite un peu plus d'attention de ta part.

Luke garda les lèvres serrées pour ne pas partager l'avis qu'il portait sur la jeune femme en question.

— Que diriez-vous si je choisissais une femme d'un meilleur caractère que Miss Winborn, mais moins fortunée ?

Sa mère joua un instant avec les pampilles de son châle.

— Luke, tu connais notre situation, tu sais à quel point une épouse bien dotée nous aiderait…

— Que faites-vous de mon bonheur ? A-t-il une quelconque importance à vos yeux ?

— Bien sûr, mon chéri. Seulement, le mariage est une

entreprise déjà suffisamment difficile sans y ajouter des difficultés financières.

Elle jeta le châle sur ses épaules, marquant ainsi très clairement qu'il y avait des limites indépassables au bonheur en question. L'argent était l'une d'elles.

— Si je résous le problème avec Lord Helmsworth, je n'aurai plus besoin de rechercher une riche héritière.

— Cela me semble être une entreprise bien périlleuse pour risquer tout l'avenir de la famille dessus, fit-elle remarquer, pensive. Dis-moi, Luke, qui as-tu en tête ? Miss Bell ? J'ai cru comprendre que les difficultés de sa famille étaient similaires aux nôtres. Imagine seulement la réaction de ton frère si tu la choisis. Cela devrait suffire à te guérir de cette idée.

— Je ne porte aucun intérêt à Miss Bell, mère.

— Alors de qui parles-tu ?

— De personne en particulier. Ce n'était qu'une hypothèse.

Luke n'avait aucune intention de révéler la vérité, dans la mesure où il n'était même pas certain de la connaître. Certes, Miss Radcliff tenait à lui autant qu'il tenait à elle. Cependant, il n'y avait eu aucune promesse entre eux. Tant que les choses n'allaient pas plus loin, il était inutile de mettre la réputation de celle-ci en danger, quand bien même il mourait d'envie d'être avec elle.

Chapitre 8

Joanna se hâta sur le chemin qui traversait le petit bois. À travers une percée dans le feuillage, elle venait de remarquer un sombre amoncellement de nuages à l'horizon. L'odeur d'humidité qui pesait sur la forêt annonçait la pluie à venir. Pour le moment, toutefois, l'après-midi était encore chaud. Elle entendait dans le lointain l'écho des coups de feu, les hommes ayant profité du beau temps pour partir à la chasse. Lorsqu'elle avait quitté la maison, les dames répétaient une fois de plus leur pièce, les jumelles étaient avec la nurse et Catherine avec le maître de chant. Joanna avait donc saisi l'occasion pour rendre visite au vicaire Carlson. Ce faisant, elle échappait pour quelque temps à l'agitation qui ne la laissait pas en repos lorsqu'elle s'inquiétait des multiples possibilités de rencontrer Luke.

Après ce qui s'était produit la veille, elle n'était pas prête à lui faire face, pas plus qu'à affronter les questions que leur baiser avait soulevées. Si l'une de ses amies avait été auprès d'elle, elles auraient pu parler sans fin du major, de même qu'elles avaient passé des heures à discuter des multiples qualités du jeune homme qui avait séduit Grace — du moins avant que son enthousiasme ne se tarisse et que les ennuis ne commencent… Joanna n'avait nullement besoin des mêmes problèmes que son amie.

Lorsqu'elle fut en vue du cours d'eau, elle s'arrêta, l'esprit en ébullition. Tout en faisant les cent pas, elle serrait et desserrait les doigts dans une tentative dérisoire pour conserver son sang-froid et réfléchir posément. Luke la désirait, non pas à la façon lubrique de Mr Selton, mais d'une manière différente, qu'elle aurait cependant été bien en peine d'expliquer. Avoir des sentiments pour un homme tel que lui était un défi lancé au monde, y compris à Mme Dubois, dont les attentes seraient nécessairement déçues. Celle-ci n'avait pas élevé Joanna dans l'idée qu'elle abandonne les conventions pour une idylle sans lendemain.

Pourtant… Il s'agissait de bien plus qu'une simple histoire éphémère. Comment cependant en être sûre, quand son cœur et sa raison semblaient en constante opposition ? Il n'y avait qu'un seul moyen de le découvrir à vrai dire, mais il était hors de question de se le permettre. Elle était déjà suffisamment distraite de ses devoirs depuis qu'elle avait fait la connaissance du major. Encore ce matin, elle avait été si peu attentive que les filles avaient été encore plus ingérables qu'à l'accoutumée. Si elle ne se concentrait pas un peu plus sur son travail, elle allait bientôt se retrouver dans la diligence pour Salisbury, et elle serait séparée de lui pour de bon.

La suivrait-il si elle partait ? Quels étaient les véritables sentiments du major à son égard ? L'incertitude la troublait tout autant que le souvenir de leur baiser.

Elle rejoignit la rive et, les bras écartés pour maintenir son équilibre, elle bondit avec précaution sur les pierres. Elle prit bien garde de ne pas trébucher sur celle du milieu — cette fois, il n'y aurait pas de major pour la sauver de la chute — et atteignit sans encombre l'autre rive.

Elle se remit en marche en songeant à ce qu'elle avait cru être son caractère pendant des années, et que le baiser de la veille faisait soudain vaciller. En effet, elle avait toujours pensé être trop raisonnable et avoir l'esprit trop pratique pour prendre des décisions sur un coup de tête comme l'avait fait Isabel, ou pour abandonner toute prudence comme Grace. Pourtant, elle n'était plus certaine de rien, désormais.

Elle fut soulagée de voir enfin le presbytère apparaître et elle hâta le pas. Elle avait besoin de discuter avec un être bienveillant et sensé pour la distraire de ses pensées, même si le sujet qu'elle brûlait d'aborder devait être tu. Le vicaire Carlson s'était certes montré très compréhensif concernant sa situation délicate à Huntford Place, mais jamais il n'approuverait qu'une gouvernante ait des vues sur un gentleman.

La porte du jardin était ouverte, toutefois la cheminée ne fumait pas, et aucun hennissement ne lui parvint de l'écurie. Joanna s'immobilisa net en découvrant la porte d'entrée grande ouverte. Elle grimpa les marches en hâte et passa la tête par l'encadrement. À l'intérieur, il n'y avait plus rien, sinon quelques vieux meubles renversés. Le foyer était froid et quelques papiers couvraient le sol poussiéreux.

— Vicaire Carlson ? appela Joanna, le cœur battant.

Elle espérait encore que l'état de la maison n'était que le signe d'un grand nettoyage. Elle avança dans la pièce, effleura de la main un accoudoir défraîchi. Sur le lutrin subsistait seulement la marque un peu moins poussiéreuse d'un ouvrage. Elle entoura sa poitrine de ses bras pour se réchauffer.

— Où diable peut-il être ? se demanda-t-elle.

— Il est parti pour Londres.

Joanna sursauta brusquement au son de cette voix et fit volte-face. Luke se tenait dans l'encadrement de la porte. Il portait une tenue de chasse en tweed et une vague odeur de poudre s'accrochait au tissu. Joanna sentit son cœur se serrer immédiatement, son corps réagissant comme à chaque fois à la vue de sa présence virile.

Toute la matinée, lorsque les jumelles lui avaient laissé l'occasion de rêvasser, elle s'était figuré le major tel qu'il s'était tenu devant elle dans le temple grec. Seulement, le souvenir de ses lèvres bien dessinées et de son profil aristocratique n'était rien comparé au fait de le voir en vrai.

Les joues enflammées, elle posa le regard sur une carafe d'eau posée sur la table. Le vieil homme plein d'humour et de compréhension allait lui manquer. D'autant plus en cet instant où Luke se tenait à quelques mètres à peine. Si le vicaire avait été présent, elle n'aurait pas craint sa propre faiblesse.

— Il ne m'avait rien dit d'un quelconque départ lorsqu'il m'a invitée à venir le voir, murmura-t-elle, perplexe.

— Vous inviter ? Eh bien ! Vous avez dû lui faire très bonne impression. Il n'était pas franchement très hospitalier. Ce doit être la raison pour laquelle le marquis l'appréciait tant.

Son rire bas fit courir des frissons dans tout le corps de Joanna. Il entra dans la pièce et déposa son chapeau sur un banc.

— Est-il le seul sur qui j'ai fait bonne impression ? demanda-t-elle de but en blanc.

Elle leva un regard anxieux mais sans détour sur son beau visage. Elle ne pouvait pas se permettre de jouer. Elle devait savoir ce qu'il en était, ce que leur baiser représentait, et si elle pouvait en espérer quoi que ce soit.

— Certes non, admit-il sans aucune hésitation. Je vous en prie, appelez-moi Luke.

Elle aurait dû refuser une telle familiarité, mais elle n'en avait pas le courage. Même déserté, le petit presbytère était bien plus accueillant et douillet que les pièces de Huntford Place. Un tel décor invitait à l'intimité.

— Vous pouvez m'appeler Joanna, dit-elle dans un souffle.

— Joanna, répéta-t-il, comme s'il se délectait de la saveur de son nom.

Elle sentit son ventre se serrer d'émotion.

— Que faites-vous ici ? demanda-t-elle à la hâte pour rompre le charme qui menaçait de les envoûter.

— J'étais en chemin pour rejoindre Helmsworth Manor lorsque je vous ai vue entrer ici.

Ainsi, il l'avait suivie. Son trouble s'accrut davantage. Elle avait passé la nuit à revivre cet instant de grâce où il l'avait prise dans ses bras. Dans la lumière déclinante du jour, le rêve s'effaçait et la réalité reprenait ses droits.

Il n'était pas venu ici pour s'amouracher d'une gouvernante, mais pour trouver une riche épouse issue d'une noble lignée. Si elle ne mettait pas fin à cette folie, ils risquaient tous deux de regretter leurs agissements. Elle avait déjà suffisamment de choses à déplorer, sans ajouter un cœur brisé à la longue liste de ses malheurs.

— Vous n'auriez pas dû me suivre. Nous ne devrions pas nous retrouver seuls ensemble.

Elle marcha d'un pas résolu vers la porte et tenta de le contourner, mais il lui saisit la main.

— Ne partez pas, Joanna. Pas tout de suite.

Elle ne s'écarta pas lorsqu'il emmêla ses doigts aux siens.

— Je dois vous dire… Je ne peux plus ignorer les sentiments que j'éprouve à votre égard, reprit-il après un bref soupir. Je vous admire et je tiens à vous bien plus qu'il n'est raisonnable.

Le cœur de Joanna battait à toute allure tandis que du pouce il lui caressait l'intérieur du poignet. Elle aurait dû partir, seulement la tendresse qu'elle lisait dans son regard la faisait se sentir étrangement faible et alanguie. Alors, elle se laissa guider par ses émotions et leva le visage vers lui, acceptant sans un mot ce qu'il lui offrait, en dépit des risques. Le torse solide de Luke sous sa paume et le bras de ce dernier qui l'enserrait plus fermement eurent raison de ses dernières défenses.

Lentement, leurs lèvres se touchèrent et l'incendie se propagea dans tout son corps. Plus rien n'existait si ce n'était la douce chaleur de la bouche de Luke et la force contenue de la main de ce dernier, posée sur ses reins. Elle se pressa contre lui en se hissant sur la pointe des pieds, retenant un gémissement lorsque la paume de Luke se posa en réponse plus bas, sur la courbe de ses fesses. Lorsque la langue de ce dernier s'insinua avec une passion nouvelle dans sa bouche, elle vacilla. Aussitôt, il resserra ses deux bras autour d'elle et elle sentit contre son ventre la force de son désir. Pleine d'audace, Joanna lui caressa la langue avec la sienne et approfondit leur baiser. D'abord sur la réserve, il rendit bientôt les armes en pressant plus fort son corps contre le sien.

Leur bref moment d'extase fut soudain interrompu par les cloches du village qui se mirent à sonner. Réticents l'un et l'autre, ils interrompirent leur baiser, leurs souffles hachés se mêlant.

Joanna redescendit lentement sur terre sans pour autant

qu'ils trouvent le courage de se séparer. Il l'attira contre lui et elle colla son visage contre le cœur de Luke qui battait à grands coups, les bras toujours serrés autour de son cou.

Soudain, les claquements de sabots d'un cheval résonnèrent. Elle se raidit aussitôt et dressa la tête.

— Qui est là ? tonna une voix forte à l'extérieur.

Luke jeta un regard par la fenêtre.

— C'est Lord Helmsworth, chuchota-t-il.

En une fraction de seconde, il l'entraîna vers une large armoire vide dans laquelle elle se réfugia.

— Restez ici, il ne pourra pas vous voir, la pressa-t-il avant de fermer la porte sur elle.

Un rai de lumière pénétrait l'obscurité de l'armoire par le haut, mais Joanna ne pouvait rien distinguer de la pièce. Des bruits de bottes annoncèrent l'arrivée de Lord Helmsworth. Elle se colla contre la paroi du fond, le cœur affolé, en prenant soin de conserver une respiration régulière et discrète. Si elle était découverte, sa réputation serait définitivement ruinée.

— Major Preston ! lança l'homme en reconnaissant Luke. Que faites-vous ici ?

Étrangement, sa voix lui sembla familière, alors même qu'elle ne l'avait jamais croisé.

— J'étais venu rendre visite au vicaire Carlson, répondit ce dernier d'un ton parfaitement mesuré.

Comme elle enviait la maîtrise qu'il avait de ses nerfs ! Pour sa part, elle avait l'impression d'étouffer et de geler en même temps.

— Vraiment ? Vous saviez sans doute que le vicaire était sur le départ, la nouvelle était connue. Je jurerais avoir vu quelqu'un d'autre avec vous à travers la fenêtre. Vous êtes ici avec une femme. Où est-elle ?

Le cœur au bord des lèvres, Joanna l'entendit ouvrir la porte d'une autre pièce.

— Il n'y a personne d'autre que nous ici, répondit tranquillement Luke.

— Cela ne m'étonne pas de la part d'un militaire tel que

vous ! rétorqua Lord Helmsworth avec mépris. Mais cette maison n'est certainement pas un lieu pour vos aventures amoureuses.

L'homme passa en trombe devant l'armoire avant qu'une autre porte ne soit brutalement ouverte. Cette fois, il était tout proche. S'il continuait son inspection, elle serait découverte !

Pourtant, même en cet instant de péril, elle ne regrettait pas ses conversations avec Luke, pas plus que leurs baisers passionnés. En dépit des sous-entendus insultants de Lord Helmsworth, elle savait que Luke n'avait rien de commun avec un homme comme le lieutenant Foreman. Il ne l'abandonnerait pas à son sort s'ils étaient découverts, il la soutiendrait et l'aiderait. Il ne la laisserait pas tomber.

— Je ne suis pas venu ici pour une aventure, déclara Luke, toujours courtois. Étant donné votre amitié avec le vicaire, j'espérais qu'il pourrait nous aider à résoudre notre querelle concernant le terrain que nous nous disputons.

Les pas s'interrompirent et Joanna comprit avec soulagement que l'homme avait cessé ses recherches.

— Il n'y a aucune querelle. La dernière enquête qui a été conduite…

— Vous parlez de celle pour laquelle vous avez payé, tout en refusant à ma famille un droit de regard sur l'expert mandaté par vous ? le défia Luke.

— Peu importe qui a payé. L'expert a pris toutes les mesures avant de déclarer que le terrain de la rivière était ma propriété. Il n'y a pas lieu de revenir là-dessus !

— Dans ce cas, acceptez de nous la louer ou, au moins, négociez l'accès à la rivière pour irriguer nos champs. Nous n'avons pas besoin du terrain, mais seulement de l'accès à l'eau.

— Vous ne me piégerez pas avec de tels procédés, major ! grommela Lord Helmsworth.

Le vieil homme le toisait sans aménité, les bras croisés sur la poitrine, comme pour lui signifier que la discussion était close. Ses yeux bleus plissés faisaient une étrange impression sur Luke… En fait, ils ressemblaient étonnamment à ceux de Joanna.

En revanche, il était clair que pour l'heure il n'aurait aucune conversation rationnelle avec l'homme.

— Je connais les individus tels que vous ! gronda le marquis avec rage. Un capitaine dans votre genre m'a coûté ma fille. Je ne laisserai pas un major me prendre ma terre.

Luke serra les poings, déterminé à conserver son calme. Il connaissait le vieux lord depuis des années. Il savait ce que le chagrin après la perte de sa seule enfant avait fait de cet homme autrefois rieur et joyeux. Il avait pitié de lui.

— Milord, s'il était en mon pouvoir de punir l'homme qui a ruiné la réputation de votre fille, croyez bien que je le ferais. Hélas, ce n'est pas en mon pouvoir. Je ne peux pas pour autant répondre de ses crimes, puisque je n'en suis pas responsable, répondit-il avec plus de douceur qu'il ne l'aurait fait habituellement.

Par bonheur, la fureur dans les yeux de Lord Helmsworth s'apaisa quelque peu. Peut-être qu'un peu de sympathie suffirait à ramener son mauvais caractère à la raison ?

— Quittez ces lieux et ne venez plus me déranger ! tempêta ce dernier en sortant en furie de la maison.

Au temps pour la sympathie, songea Luke. Il le regarda partir à travers la fenêtre. Il était certes désappointé par le refus du vieil homme, toutefois sa détermination était toujours intacte. Étant donné l'entêtement des deux parties impliquées, il ne s'étonnait plus que la querelle perdure depuis tant d'années. Il y mettrait fin, d'une manière ou d'une autre. D'ici là cependant, il avait un autre problème à régler.

Il ouvrit en grand la porte de l'armoire et la culpabilité l'envahit lorsqu'il croisa les yeux anxieux et écarquillés de Joanna. Jamais de toute son existence il n'avait compromis une femme, pourtant, aujourd'hui, il avait frôlé la catastrophe.

— Il est parti, la rassura-t-il.

Elle fit un pas hésitant dans la pièce, toujours inquiète.

— Et s'il revenait ?

— Il ne le fera pas. Il est parti directement au galop.

Joanna, je suis navré d'avoir mis en danger votre honneur. J'ai eu tort d'agir de la sorte.

— Je suis tout aussi coupable que vous, admit-elle, l'air embarrassé. Il faut… Je dois rentrer à Huntford Place.

Elle passa devant lui sans un regard et descendit les marches en toute hâte. La gorge serrée, Luke la vit disparaître dans le jardin. Par la porte ouverte, il contempla les fleurs. Il aurait pu la suivre en courant, enfourcher Duke et la prendre sur sa selle pour savourer une fois encore la sensation de son corps souple contre le sien. Il ne bougea pas.

Il l'avait suivie jusqu'au presbytère parce qu'il avait été incapable de garder ses distances. Ce faisant, il l'avait mise en danger. Il ne s'y risquerait pas à nouveau.

Cependant, en dépit de la honte et de la culpabilité qui le taraudaient, il ne pouvait empêcher son cœur de se gonfler d'allégresse. Lorsqu'elle s'était abandonnée entre ses bras, il avait compris qu'elle partageait ses sentiments. Il ne doutait plus de la sincérité du cœur de Joanna et cette révélation lui procurait un intense bonheur, même si elle ne clarifiait nullement la situation. Bien au contraire, la force de leurs sentiments ne faisait que complexifier les choses.

Il récupéra son chapeau et le vissa sur sa tête. Leur comportement avait failli les conduire à leur perte et Joanna risquait de s'éloigner de lui. Il aurait dû se montrer prudent, seulement lorsqu'il était près d'elle, son désir prenait le pas sur sa raison. Là résidait le danger, surtout pour elle.

Il se dirigea vers l'endroit où il avait attaché Duke à un arbre. Il s'apprêtait à monter en selle lorsque le bruit d'un cheval lancé au galop lui parvint à travers les arbres. Au bout du chemin, Edward apparut. Arrivé à sa hauteur, il tira sur les rênes, les traits tendus.

— Tu dois rentrer immédiatement, Luke.

— Bon sang, Edward, tout cela pour m'empêcher de rencontrer Lord Helmsworth, s'exclama-t-il, exaspéré. Tes efforts sont inutiles, je lui ai déjà parlé.

Il monta en selle en tentant de maîtriser sa colère.

Malheureusement, les derniers événements avaient quelque peu épuisé sa patience.

— Cela n'a rien à voir avec Helmsworth, coupa Edward. Lord Beckwith est arrivé pour te parler.

Luke immobilisa ses talons sur les flancs de Duke. Il n'y avait qu'une seule raison pour qu'un officier de l'armée se déplace jusqu'ici. Sa gorge se serra d'angoisse.

Chapitre 9

Joanna se tenait discrètement dans un coin du salon. Elle observait Luke en pleine discussion avec le nouveau venu, un certain Lord Beckwith, qui avait créé l'émoi par son arrivée impromptue. Grudger et Lady Huntford, notamment, étaient dans tous leurs états. Par chance, le départ précipité de Mr Selton avait libéré une chambre, ce qui réglait de fait l'installation de Lord Beckwith. Néanmoins, tout le monde se posait des questions sur les raisons d'une telle apparition. Si lui ou bien Luke avaient donné des explications à certains invités, en tout cas rien n'était parvenu aux oreilles de Joanna. D'après la conversation animée entre Lady Selton et Lady Chilton non loin sur le sofa, elles non plus n'étaient pas dans la confidence.

En vérité, Joanna était aussi curieuse qu'elles. Toutefois, il était hors de question qu'elle oublie toute prudence et s'approche de Luke pour obtenir des réponses. Comme elle n'en avait aucune, son esprit en trouvait des dizaines pour justifier la présence du lieutenant-colonel. Aucune d'elles n'était de bon augure, évidemment. Les cernes sombres sous les yeux de Luke et sa mine lasse disaient assez que les nouvelles n'étaient guère heureuses. Elle aurait tant aimé pouvoir le rejoindre et lui parler librement comme ils le faisaient dès qu'ils s'éloignaient de cette maudite demeure.

Hélas, elle avait déjà surpris à plusieurs reprises le regard de Lady Pensum sur elle et Luke, comme si celle-ci suspectait quelque chose entre eux. À chaque fois, cette surveillance donnait des sueurs froides à Joanna et lui faisait palpiter le cœur.

Pour l'heure, ce n'était pas Lady Pensum mais Lady Huntford qui la fixait avec insistance. Mal à l'aise, Joanna se concentra sur les motifs du tapis à ses pieds. Si celle qui l'employait découvrait que ses efforts pour pousser Frances dans les bras de Luke étaient compromis par sa propre gouvernante, elle mettrait Joanna dehors sur-le-champ. Après quelques instants, celle-ci trouva le courage de relever les yeux et découvrit avec soulagement que Lady Huntford était désormais accaparée par Frances, qui lui dit quelques mots avant de quitter la pièce.

Soudain, Joanna sentit le regard de Luke peser sur elle. Dans ses yeux sombres, elle lut un besoin brutal — mélange de désir, de tendresse et de supplique. Cela lui tordait le cœur, néanmoins elle ne pouvait répondre à sa demande de réconfort, surtout alors que Lady Huntford fonçait droit sur elle dans un nuage de pourpre et de violet.

— Frances ne se sent pas très bien et souhaite se retirer pour la soirée. Vous pouvez aller vous coucher.

Et sur ces paroles, elle continua son chemin jusqu'à la table de jeux.

Joanna fit lentement le tour de la pièce pour rejoindre la porte, consciente du regard de Luke qui la suivait à chaque pas. Elle ne lui rendit pas son regard. Elle se glissa finalement dans le couloir sombre sans savoir quoi faire. Elle ne pouvait monter se coucher immédiatement, son esprit agité avait besoin d'occupation pour s'apaiser. Alors qu'elle atteignait l'escalier, un bruit de pas dans son dos la fit se retourner. Luke se hâtait pour la rattraper.

— Que faites-vous ?

Elle avait à peine eu le temps d'achever sa question qu'il la saisissait par le bras pour la conduire dans l'ombre, sur la droite des marches.

— Je dois vous parler. C'est important.

— Nous ne pouvons pas ! Et si quelqu'un nous voyait ?

C'était une chose de flirter avec lui au presbytère, loin de tout regard scrutateur, mais c'en était une autre de se cacher dans un recoin du hall de Huntford Place, presque à la vue de tous. Ils n'étaient certes pas visibles depuis la porte du salon, en revanche quiconque arriverait du premier étage ne pourrait manquer de les voir. Les jumelles ou Catherine pouvaient être en ce moment même postées derrière la rambarde du premier pour tenter d'observer ce qui se passait dans le hall. Si elles la surprenaient avec Luke, elle serait renvoyée. Elle devait songer à son emploi et à son avenir avant tout.

— Personne ne m'a suivi. J'ai dit à tout le monde que je ne me sentais pas bien et que j'allais me coucher.

— Dans ce cas, vous feriez mieux de rejoindre votre chambre et de me laisser rejoindre la mienne, le pressa-t-elle dans un souffle.

Elle tenta de le contourner, mais il se glissa devant elle, lui bloquant le passage. Étrangement, elle ne se sentait nullement menacée. Aucun frisson de peur ne la parcourut comme cela avait été le cas avec Mr Selton. En vérité, la détermination de Luke et son parfum viril l'enivraient. Elle brûlait de se laisser aller entre ses bras et de sentir le poids de ses mains au creux de son dos. Seulement, c'était un désir aussi puissant que dangereux.

— Je vous en prie, j'ai besoin de vous, demanda-t-il d'un ton suppliant.

L'angoisse dans sa voix lui transperça le cœur. Elle ne pouvait le laisser ainsi, à la merci d'une souffrance aussi violente. Au nom du ciel, pourquoi ne se confiait-il pas à un membre de sa famille ?

— Retrouvons-nous au presbytère dans une heure, capitula-t-elle.

— Merci, dit-il avec un soulagement évident.

Il lui posa un doux baiser sur le front en soupirant. Joanna eut toutes les peines du monde à résister à la tentation de rester auprès de lui dès maintenant. L'heure à venir lui semblerait interminable. D'une certaine façon, elle aurait été soulagée d'être surprise avec lui. Ainsi, son désir et son amour n'auraient plus été cachés, mais affichés à la face du monde.

Luke s'écarta d'elle à contrecœur avant de grimper l'escalier.

Trop éprouvée pour bouger, Joanna s'appuya contre le mur, les doigts pressés contre la cloison fraîche. Avait-elle perdu l'esprit de lui proposer une rencontre secrète en pleine nuit ? Elle prenait le risque d'être surprise à fureter hors de la maison. Qu'arriverait-il si on la faisait chercher à cause d'une urgence concernant les filles ?

L'examen soupçonneux de Lady Pensum aurait dû lui servir de leçon. Si elle avait encore eu un peu de raison, elle aurait immédiatement mis fin à cette relation interdite.

Cependant... Elle en était incapable, du moins tant qu'elle ne saurait pas ce qui avait causé l'agitation de Luke. La présence de Lord Beckwith semblait indiquer un lien avec ses charges militaires. Peut-être celui-ci était-il venu le chercher pour le renvoyer en Espagne ? Si elle ne se rendait pas au presbytère, elle pourrait ne jamais le revoir...

Tant de questions se bousculaient dans son esprit. L'emmènerait-il avec lui là-bas ? Loin de sa famille et de la haute société, il existait peut-être pour eux une chance de bonheur. Non ! Luke avait bien trop d'honneur pour abandonner sa famille à ses soucis.

Simplement, il avait besoin d'elle et elle irait à lui. Cela ne l'empêcherait pas de rester sur ses gardes afin de ne pas céder à sa propre faiblesse. Elle était trop raisonnable pour ruiner son propre honneur — du moins l'espérait-elle de tout son cœur.

Joanna suivait le sentier de la forêt en s'orientant grâce à la lumière intermittente de la lune. Au-dessus d'elle, d'épais nuages remplissaient le ciel. Heureusement, entre deux, le clair de lune et les étoiles la guidaient. L'odeur de pluie qui avait persisté tout l'après-midi était plus lourde à présent. Autour d'elle, les bruits de la forêt semblaient comme assourdis par l'obscurité et l'humidité. Elle resserra son manteau contre elle, soulagée d'apercevoir enfin le presbytère. Pourvu que la pluie ne tombe pas avant quelque temps ! Il serait déjà suffisamment compliqué de retourner jusqu'à sa chambre, sans laisser en plus une traînée d'empreintes humides dans toute la maison.

Elle retrouva enfin une vision normale lorsqu'elle pénétra dans le presbytère. Luke était agenouillé devant le foyer, occupé à lancer un feu encore incertain. Le dessin de son dos musclé fit naître une tension délicieuse entre les reins de Joanna. Ses doigts se resserrèrent nerveusement sur la poignée de la porte qu'elle venait de fermer. Que Dieu lui vienne en aide ! Seule sa propre détermination pouvait les garder à bonne distance l'un de l'autre, et celle-ci vacillait déjà.

— Ne craignez-vous pas que l'on aperçoive la fumée ? s'inquiéta-t-elle, même si elle mourait d'envie de se réchauffer les mains à la flamme.

— Non, répondit-il d'un ton sec.

Il se redressa brusquement et les flammes illuminèrent la pièce. Son visage était tendu et sa mâchoire rigide.

— Que s'est-il passé ? demanda-t-elle en le rejoignant.

Elle ne s'arrêta qu'à quelques pas de lui, sa raison la rappelant à l'ordre. Elle devait se contenter de l'écouter et le réconforter, non le tenter.

— Mon ami le capitaine Crowther et le reste de mon régiment sont portés disparus. Ils ont été surpris par les Français sur un col étroit. Ils n'avaient aucune issue. Depuis, personne n'a eu de nouvelles d'eux.

— Vous ne savez même pas s'ils sont encore en vie ? demanda-t-elle d'une voix blanche.

— Je ne sais rien, s'exclama-t-il en se passant nerveusement la main dans les cheveux. Lord Beckwith n'a reçu aucune demande de rançon, ni proposition d'échange avec des prisonniers français.

Elle prit un ton affirmatif pour le rassurer :

— Si vous n'avez pas de nouvelles, c'est qu'ils sont encore en vie.

— Ou bien que personne n'a retrouvé leurs corps pour l'heure, répondit-il, l'air sombre.

Il se mit à faire les cent pas comme un lion en cage.

— J'ai déjà vu cela, et bien pire. Des hommes massacrés et

abandonnés à la merci des charognards jusqu'à ce qu'un autre régiment les découvre.

— Luke, vous ne devez pas perdre espoir tant que vous n'en savez pas plus, l'encouragea-t-elle.

Elle imaginait sans peine son désespoir. La seule idée de perdre l'une de ses amies la faisait trembler d'angoisse.

— J'aurais dû être avec eux. Je connais ces passages étroits, je connais les habitants, les informateurs, les sympathisants... Si j'avais été là, j'aurais sûrement été informé de l'embuscade, ou bien j'aurais trouvé un moyen de m'extraire de ce piège. J'aurais pu les mettre en sécurité.

Il s'arrêta près de la fenêtre et fixa l'obscurité, tandis que la pluie commençait à frapper sur les carreaux. Le cœur serré, elle s'approcha de lui et lui posa une main dans le dos.

— Ou bien vous auriez été capturé avec eux, peut-être tué. Songez à la douleur de vos parents si vous étiez tombé.

À la douleur que votre mort m'aurait causée.

Mais elle passa cet aveu sous silence. Pourtant, son cœur se serrait tant à cette idée qu'elle avait l'impression d'étouffer.

— Les pauvres ! dit-il d'un ton grinçant. Tous leurs espoirs d'un précieux héritier réduits à néant !

Puis il lâcha :

— J'aurais dû être avec mes hommes.

Sa voix se brisa et Joanna passa les bras autour de sa taille et appuya son visage contre le dos tremblant d'émotion de Luke, incapable de supporter sa peine. Elle n'aurait pas dû le toucher ainsi, ce contact intime était bien trop envoûtant, seulement elle voulait plus que tout apaiser son chagrin.

— N'abandonnez pas, Luke. Ils pourraient être toujours en vie.

— Et s'ils ne l'étaient pas ?

Il se retourna entre ses bras pour lui faire face et la serra contre lui. Elle sentait sous sa joue les mouvements rapides de sa poitrine qui se soulevait au rythme de sa respiration saccadée. Elle ferma les yeux pour mieux s'enivrer de son odeur. Il la tenait comme s'il ne pouvait puiser la force d'espérer qu'en elle. Elle lui donnerait sa force, tout comme il lui avait donné la sienne.

— Dans ce cas, faites en sorte qu'ils ne soient pas oubliés, eux et leurs familles. Parlez avec Lord Beckwith, avec le ministère, quiconque pourrait s'occuper de ceux qui dépendent d'eux.

Il inclina la tête pour la regarder. Un violent chagrin lui assombrissait le regard.

— Cela me semble une raison bien dérisoire d'avoir été épargné.

— Ce ne sera pas dérisoire du tout pour ceux qui restent.

Le visage toujours torturé, il écarta d'une main caressante une mèche de cheveux de Joanna avant de poser les doigts au creux de son cou, là où battait une veine folle.

— Et si ce n'était pas suffisant, Joanna ?

Elle avala sa salive avec difficulté. Elle ne voulait pas qu'il doute de lui, mais qu'il redevienne l'homme déterminé qu'elle avait appris à aimer. Celui qui s'était tenu à ses côtés et l'avait soutenue comme il l'aurait fait pour ses hommes.

Elle retint un hoquet affolé en prenant conscience de la vérité. Elle *aimait* cet homme et elle le voulait avec une force dont elle ne se savait pas capable jusqu'alors. Quand elle était dans ses bras, il lui semblait que ses rêves les plus enfouis étaient à portée de main.

— Vous n'abandonnerez pas. Vous n'êtes pas homme à abandonner, je le sais. Vous allez continuer à vous battre jusqu'au bout. Et même alors, vous irez bien au-delà de ce qui est suffisant.

Il passa le pouce le long de son cou, affolant un peu plus la petite veine qui y palpitait. Son toucher hésitant lui coupa le souffle. Tout comme elle, il était pris au piège entre la raison qui lui ordonnait de s'écarter et une force bien plus puissante qui l'incitait à continuer. Les yeux dans les siens, elle perçut le moment exact où le désespoir et la frustration disparurent pour laisser place à une résolution nouvelle. Il avait pris sa décision… et elle aussi.

— J'ai toujours cru que l'honneur et le devoir étaient les

deux seules choses qui méritaient que je rentre à la maison. J'ai encore cru dernièrement qu'eux seuls me faisaient rester dans ma famille, et même à Huntford Place. Mais je me trompais, dit-il dans un souffle en arrêtant son visage à quelques centimètres du sien.

Il murmura chaque mot pour que ceux-ci s'impriment en elle.

— C'était vous, Joanna.

Lorsqu'il prit sa bouche, le bruit de la pluie faiblit à ses oreilles où le sang battait avec fureur. Le baiser de Luke exprimait mieux qu'avec des paroles le besoin viscéral qu'il avait d'elle. Joanna savait au plus profond d'elle-même qu'il ne s'agissait pas simplement de concupiscence. Elle n'aurait pas osé appeler « amour » ce qui les liait, car l'amour ne pouvait pas naître de façon aussi soudaine entre deux êtres ailleurs que dans les romans à quatre sous. Non, il s'agissait d'une connexion mystérieuse qui comblait leurs deux solitudes.

Leur passion ne survivrait peut-être pas au lever du soleil, mais elle s'en moquait. En cet instant, seuls Luke et le plaisir qu'il lui procurait importaient. Pendant des années, ils s'étaient pliés l'un et l'autre à ce que l'on attendait d'eux, même quand ils ne le voulaient pas. Demain recommencerait la ronde des devoirs et des obligations. Alors cette nuit… cette nuit était à eux.

Leur baiser se fit plus intense et Joanna ferma les paupières tandis qu'il l'allongeait doucement sur la méridienne tout en lui parsemant de baisers le cou et la gorge. Elle étouffa un gémissement sourd, savourant le poids de son cœur sur le sien. Un feu étrange s'empara d'elle lorsque Luke souleva sa jupe et que la main chaude de ce dernier glissa le long de sa cheville, sur ses mollets, jusqu'à ses genoux… Le contraste entre la chaleur de sa paume à travers ses bas et l'air froid de la pièce était délicieusement sensuel. Lorsqu'il suivit la courbe de sa cuisse, un long frisson de plaisir la traversa.

Envoûtée par le désir, elle défit sa cravate pour sentir sa peau douce et brûlante sous ses doigts, sous ses lèvres. Hésitante, elle fit courir sa langue le long de la gorge de Luke. Chaque caresse des longs doigts de ce dernier sur ses hanches la rendait plus audacieuse.

En cet instant, elle n'était plus la petite gouvernante raisonnable et transparente, mais une femme libre entre les bras de l'homme qui l'avait révélée à elle-même.

Luke se délectait de sa peau douce et de ses gémissements de volupté tandis qu'elle se cambrait sous lui. Il avait beau se répéter qu'il ne devait pas se laisser vaincre par cette fièvre dévorante, son corps refusait de s'écarter d'elle. Jamais il n'avait été possédé de la sorte par ses émotions. Ce soir, il ne chercherait pas à les combattre. Il voulait Joanna dans sa vie, il voulait la rendre heureuse et peu importait l'opinion des autres ou les conséquences de son choix.

Il se redressa légèrement pour laisser sa main glisser sur la taille fine et le ventre plat de Joanna, et commença à déboutonner son manteau. Il la fit se lever pour faire glisser sa pelisse puis sa robe de ses épaules. Ses yeux étaient brillants de désir tandis qu'elle le regardait avec une ferveur merveilleuse défaire un à un les tissus qui séparaient leurs deux corps enfiévrés. Enfin, il tira doucement sur le décolleté de sa chemise pour la faire tomber à ses pieds. La gorge sèche comme de la paille, il admira sa nudité magnifique éclairée par les reflets changeants du feu. Elle était si belle, si féminine avec ses longs cheveux qui coulaient librement sur sa gorge pleine et généreuse. Les yeux toujours dans les siens, il entreprit de se dévêtir pour se livrer à elle aussi entièrement qu'elle le faisait pour lui.

Il la vit frissonner et la pointe de ses seins se tendit sous l'effet du froid. Les mains sur les hanches de Joanna, il la fit s'allonger et vint s'agenouiller devant elle. Il saisit l'un de ses pieds délicats entre ses doigts et ôta lentement le bas qui lui couvrait la jambe. Avec une sensualité et une curiosité étonnantes, Joanna répondait à chacune de ses caresses. Il lisait dans ses yeux une confiance absolue. Jamais il ne pourrait trahir une telle confiance.

Comme elle tirait maladroitement sur ses sous-vêtements, il se redressa pour les enlever. Un éclair d'inquiétude sembla la traverser au spectacle de sa nudité, pourtant elle ne se déroba pas et tendit les bras vers lui. Elle lui caressa délicieusement le dos, les fesses, le torse, tandis qu'il continuait d'explorer chaque parcelle de son corps.

Les doux gémissements qu'il lui arracha lorsqu'il trouva la source de son plaisir lui procurèrent un sentiment de triomphe. Cette femme n'était pour lui ni une ennemie, ni une tentation à éviter, mais un ravissement à savourer et célébrer.

Incapable de se retenir un instant de plus, il se plaça entre ses jambes tout en prenant sa bouche en un baiser passionné.

Luke se perdit dans le plaisir de son corps offert, murmurant des mots d'amour et de tendresse tandis qu'ils se mouvaient ensemble pour atteindre un bonheur toujours plus éblouissant. Il aurait voulu que cette volupté ne prenne jamais fin mais, quand il sentit la respiration de Joanna s'accélérer et ses muscles intimes se resserrer autour de lui alors qu'elle criait sa jouissance, il s'abandonna enfin à l'extase.

Le feu craquait dans la cheminée et la tempête au-dehors faisait rage. À l'intérieur de la maisonnette, Joanna et Luke restaient enlacés. Elle se sentait parfaitement bien en cet instant, plus à sa place qu'elle ne l'avait jamais été. Comme un léger frisson la parcourait, Luke resserra tendrement ses bras autour d'elle. La paix qu'elle ressentait justifiait tous les risques qu'elle avait pris en se donnant à lui cette nuit. Pour l'heure, les regrets lui semblaient aussi lointains que la demeure de Huntford Place, de l'autre côté de la forêt.

— Je reviens tout de suite, murmura Luke en lui posant un baiser sur la tempe.

Il se dirigea vers la chambre à coucher en passant devant la grande armoire où elle s'était cachée. Cette fois-ci, le souvenir lui arracha un sourire amusé. Elle admira ouvertement les reflets ambrés que les flammes diffusaient sur les fesses musclées de Luke tandis qu'il marchait. Joanna se mordit la lèvre avec gourmandise lorsqu'il revint avec une couverture, la lumière mettant en valeur chacun de ses muscles parfaitement découpés.

— Quel sourire diabolique ! s'amusa-t-il en disposant la couverture sur elle.

— Il semble que vous fassiez ressortir le plus diabolique en moi, renchérit-elle en plaçant sa jambe sur les hanches de Luke lorsqu'il vint se blottir à ses côtés.

— Eh bien, cet aspect dépravé de votre personnalité est une surprise… Une surprise que j'apprécie tout particulièrement.

— Vous pourrez profiter de ma dépravation toute la nuit, susurra-t-elle. Je ne pourrai jamais rentrer avec cette pluie et ce vent.

Joanna avait l'impression étrange que mère Nature les protégeait ainsi du monde extérieur en leur accordant ce répit à l'abri.

— Parfait, parce que, même si vous aviez pu, je ne vous aurais pas laissée repartir.

Ses grandes mains se plaquèrent sur les fesses de Joanna avec une possessivité qui la fit fondre. Elle se cambra de bonne grâce pour sentir contre sa peau celle, brûlante, de Luke. Son corps s'éveillait déjà au désir et elle s'abandonna avec bonheur à leur étreinte. Elle voulait lui appartenir encore et encore.

Plus tard, dans quelques heures, le soleil se lèverait et il serait temps de faire face aux conséquences. Mais pas maintenant. Ils avaient bravé bien des obstacles pour se retrouver enfin réunis ce soir, alors elle accepterait Luke dans son cœur et dans son âme, aussi longtemps que cela pourrait durer.

Chapitre 10

Le soleil finit par percer, malgré les nuages de la tempête qui s'évanouissaient lentement dans l'aurore. Un rayon traversa la fenêtre et Joanna ouvrit un œil. Dans la cheminée, le feu n'était plus que cendres rougeoyantes, et le froid régnait dans la pièce. Elle se pelotonna sous la couverture et contre le grand corps de Luke. Son propre corps se languissait déjà de la volupté qu'il lui avait procurée. Elle referma les yeux, sur le point de se rendormir — lorsque soudain les cloches du village résonnèrent dans la campagne.

Elle se redressa alors, brutalement rappelée à la réalité. La paix presque irréelle qui avait entouré leur nuit d'amour s'évanouit d'un seul coup dans la lueur du petit matin. Leur parenthèse enchantée était terminée et avec elle son rêve fou de voir une petite gouvernante avoir le droit d'aimer aux yeux de tous le fils d'un comte. En dépit de son abandon de cette nuit, Joanna ne se contenterait jamais du rôle de la maîtresse, jamais elle n'apporterait un tel opprobre sur l'éducation que Mme Dubois lui avait dispensée.

— Bonjour, murmura Luke d'une voix endormie en passant la main sur le dos exposé de Joanna.

Elle se tourna pour observer son beau visage appuyé sur les coussins de chintz. Il avait un bras au-dessus de la tête et la couverture ne lui drapait plus que la taille, révélant la peau dorée et lisse de sa poitrine. Il lui adressa un sourire paresseux et elle eut brusquement envie d'enfouir ses doigts dans la toison du torse de Luke. Elle aurait tant aimé embrasser ses lèvres et oublier dans une étreinte la réalité qui se dressait devant eux, juste de l'autre côté du bois. À la place, elle serra la couverture contre ses seins dans un geste de protection farouche.

— Nous devrions rentrer. Si l'on découvre que nous avons tous deux disparu, on pensera le pire…

— Laissons-les croire ce qu'ils veulent. Tu seras renvoyée quoi qu'il arrive lorsqu'ils sauront que nous allons nous marier, dit-il d'une voix tranquille en glissant la main dans ses cheveux pour l'attirer dans un baiser possessif.

Transportée par la promesse de ses paroles et de sa langue, Joanna oublia de retenir la couverture et pressa ses seins contre la peau nue de Luke, le désir consumant à nouveau chaque parcelle de son corps.

Il voulait plus que son corps, il voulait partager sa vie et son avenir… Joanna sentit des larmes de gratitude et de désespoir lui obstruer la gorge. Il lui offrait ce qu'elle avait toujours désiré. Or, un tel bonheur était impossible.

Jamais les Ingham n'accepteraient une simple gouvernante au sein de leur famille. Elle serait méprisée pour avoir volé leur fils et leur unique chance d'obtenir une dot conséquente dont ils avaient le plus grand besoin. Elle serait marginalisée. Cela, elle ne pourrait le supporter. Elle avait toujours rêvé d'avoir une famille — mais pas à ce prix. Ce destin lui paraissait moins enviable encore que d'être condamnée à servir les Huntford pour le restant de ses jours.

Revenue à la raison, elle le repoussa d'une main.

— C'est impossible, Luke.

Les mots lui déchirèrent la gorge. La poitrine de Luke s'immobilisa soudain sous sa paume, comme si tout son corps se raidissait.

— J'ai bien souvent obtenu des victoires alors que j'étais dépassé en nombre par l'ennemi. Notre mariage n'a rien d'impossible, rétorqua-t-il d'un ton définitif.

Sa détermination obligea Joanna à se rasseoir alors qu'elle était sur le point de partir. Il était homme à toujours obtenir ce qu'il voulait, or il était clair qu'il la voulait, elle. Il lui fallait donc se montrer plus obstinée que lui pour leur bien à tous les deux.

— Oui, tu as fait face à des armées et tu les as vaincues. Seulement, tu sais aussi bien que moi à quel point il est difficile de s'opposer aux règles de la bonne société.

Retenant ses larmes, elle se leva cette fois-ci et rassembla ses vêtements épars avant de s'habiller. Comme Luke gardait un silence consterné, elle reprit :

— Les Huntford m'ont traitée avec mépris parce qu'ils me jugent d'un rang inférieur. Imagine le dédain dont eux et leurs amis m'affligeront si je me marie avant Frances et bien au-dessus de mon rang.

— J'ai bravé bien trop de périls réels pour trembler ainsi devant des dangers imaginaires, répondit-il d'un ton sec.

— Ta famille est-elle un danger imaginaire ? Je suis une enfant *illégitime*, Luke ! Je ne sais même pas qui sont mes parents ! Comment ta famille réagira-t-elle à une telle nouvelle ? J'ai entendu ce que ton frère t'a dit, l'autre jour, dans la forêt. Je doute fort qu'il se gêne pour exprimer ouvertement sa désapprobation à mon encontre…

Le regard de Luke était si dur et si sombre qu'elle frissonna sous la chemise qu'elle venait d'enfiler.

— Ainsi, tu préfères continuer à t'éreinter plutôt que de saisir une chance de défier les autres pour choisir ta propre voie ?

D'un geste rageur, il rejeta la couverture et se leva. Joanna fit de son mieux pour détourner le regard de son magnifique corps viril, inquiète que cela ne lui remémore les plaisirs tentateurs de la nuit passée et ne la détourne de son devoir.

— Bien sûr que non ! Je ne manque pas de courage, Luke. Simplement, j'ai passé l'âge de croire aux contes de fées. Tu te débats avec tes responsabilités depuis ton retour, tu souffres des requêtes de ta famille, des sacrifices que tu as dû consentir pour elle. Alors, un mariage avec moi, une gouvernante sans famille ni fortune… c'est un moyen pour toi de te rebeller contre leurs exigences.

À la lumière du jour, tout lui semblait beaucoup plus clair.

Elle comprenait bien sûr les motivations de Luke, et elle ne doutait pas qu'il éprouve sincèrement de l'affection pour elle. Toutefois, elle refusait d'être pour lui un moyen commode de s'opposer à sa famille.

— Tu crois mon intérêt pour toi aussi dérisoire et superficiel ? demanda-t-il d'une voix de bête blessée.

— Absolument pas. Toutefois, je ne te laisserai pas rompre ta promesse d'aider ta famille, ni compromettre ton honneur en te mésalliant. Les critiques constantes et les rejets finiront par éroder ta tendresse pour moi. Et quand bien même tu gagnerais ta famille à notre cause, qu'en penserait Lord Beckwith ?

Aussi sincères et forts que soient les sentiments de Luke, ils ne suffiraient pas. *Ils ne suffisent jamais*, songea Joanna, amère. Sa mère l'avait sans doute aimée, elle l'avait tout de même abandonnée. Mme Dubois avait pris soin d'elle comme une mère, néanmoins elle l'avait envoyée chez les Huntford. Alors, même si Luke appréciait sa compagnie pour le moment, cela ne signifiait pas qu'il serait prêt, quoi qu'il en dise, à défier le monde entier pour être avec elle.

— Je me moque de son avis tout autant que de celui de ma famille ! s'emporta-t-il. Je l'ai laissé me contraindre à quitter l'armée. Je ne le laisserai certainement pas décider qui je dois épouser. Je ne suis plus sous son commandement !

— Mais il commande toujours ceux qui pourraient venir en aide à ton régiment. Tous ces hommes influents dont les épouses ne manqueront pas de retourner leurs époux contre toi. Tu ne seras alors plus capable d'aider tes hommes si tu es mis au ban de la société. Je refuse que d'autres souffrent pour mon hypothétique bonheur.

Il enfila ses culottes avec brusquerie avant de lever un regard noir sur elle.

— N'es-tu pas fatiguée de toujours te conformer aux diktats des autres, Joanna ? De ne jamais te battre pour ce que tu désires réellement ?

Elle détourna le regard, incapable d'affronter la déception

qu'elle lisait dans ses yeux. Elle enfila son manteau et ferma les boutons de ses doigts tremblants.

— C'est peut-être facile pour toi de te battre, alors que tu as les moyens de vivre sans dépendre de quiconque. Nous ne sommes pas tous aussi fortunés.

— Je te dis cela parce que je l'ai fait, et certainement pas parce que c'est facile. J'ai fait mon chemin depuis mon poste du lieutenant jusqu'à celui de major sans rien demander à personne. Et j'ai obtenu ce succès non pas en agissant toujours pour le mieux, mais en prenant des risques, en dépassant les attentes, en défiant le monde et en prouvant ma valeur à mes supérieurs aussi bien qu'à moi-même.

Il avança vers elle et lui prit le visage entre les mains. Malgré sa voix douce, elle sentit la force de ses paroles s'insinuer sous sa peau.

— Tu es une femme courageuse, Joanna. Ne laisse pas tes peurs te guider au risque d'abandonner tous tes rêves.

Le contact tendre de ses mains lui arracha un soupir. Il était si convaincant, si déterminé… Elle désirait tant croire à sa force…

Non ! Elle serait unanimement méprisée si elle l'épousait. Et lui aussi finirait par la rejeter. Cette seule perspective lui était insupportable. Elle s'arracha à sa caresse, cherchant à recouvrer le calme et le sang-froid exigés d'une gouvernante et qui l'avaient si bien servie au cours des ans.

— Je ne suis pas aussi libre que toi, dit-elle dans un souffle. N'exige pas de moi ce que toi tu as pu faire.

Elle se détourna et marcha vers la porte en sentant son cœur se briser dans sa poitrine.

— Et s'il y a un enfant ?

La question la figea sur place. Elle agrippa la poignée glacée pour ne pas vaciller. S'il y avait un enfant, elle serait incapable d'agir comme l'avait fait sa mère, en lui déniant toute place légitime dans la société. Cependant, elle n'allait pas laisser ce fantôme du passé décider de son destin pour l'heure.

— Nous y penserons si cela devait arriver, répondit-elle.

Et sans un regard en arrière, elle quitta la maison. Elle se moquait des gerbes d'eau de pluie qui arrosaient sa jupe tandis que ses bottines avançaient d'un pas mécanique sur le sol détrempé. Les rayons du soleil levant traversaient les arbres et elle comprit que son absence ne devait plus être un secret pour personne. Elle s'efforça d'enterrer au plus profond d'elle les vagues d'émotions qui la submergeaient. Il lui fallait absolument trouver une excuse plausible pour son absence après une nuit de tempête.

Hélas, elle ne parvenait à penser à rien d'autre qu'à Luke et à ses accusations.

Lorsque Huntford Place arriva enfin en vue, Joanna était assaillie de culpabilité et rongée de remords. Dans son désir égoïste, elle avait tout oublié de son éducation et trahi la confiance que Mme Dubois avait placée en elle. Peut-être aurait-elle dû accepter ce mariage, comme Isabel avait épousé Mr Balfour dans l'urgence.

Elle repensa à l'histoire qui courait à l'école sur le compte de la professeure de français. Cette pauvre Mme La Roche était un jour tombée amoureuse du fils d'un magistrat de Salisbury, un homme riche et puissant. Bien entendu, la famille du jeune homme s'était opposée avec tant de force à leur union que le fiancé s'était dédit à peine une semaine avant le mariage. Mme La Roche était revenue à l'école, seule et terriblement honteuse. Joanna ne savait pas exactement combien de moqueries et de menaces elle avait reçues après cette mésaventure, pourtant, une semaine après, elle avait repris ses cours.

Il ne lui restait plus qu'à espérer que Mme Dubois se montrerait aussi généreuse envers elle et la laisserait retourner à l'école, puisqu'elle n'aurait nulle part ailleurs où se réfugier. Finalement, même si elle rentrait disgraciée, il était peut-être préférable de s'éloigner d'ici.

Pour commencer, cela mettrait une distance salutaire entre Luke et elle. Son souvenir s'effacerait peu à peu de sa mémoire.

Pour l'heure, ses caresses sur sa peau continuaient de la brûler, attisant sa souffrance.

Arrivée sur le domaine des Huntford, elle fit le tour de la maison pour entrer par l'arrière. Elle essaya de pénétrer par les portes-fenêtres de la bibliothèque, sans succès. Maudissant sa malchance, elle tenta la porte du salon de musique et lâcha un soupir de soulagement lorsque celle-ci s'ouvrit. Elle se glissa dans la pièce et demeura un instant dans la semi-obscurité afin de se composer un visage serein. Elle ôta quelques feuilles accrochées à sa tenue et secoua les plis de sa jupe pour en faire tomber les gouttes d'eau. Elle termina ces préparatifs sur une courte prière, ne sachant trop si elle serait capable de faire face à ses tâches et à ses employeurs.

De la pièce voisine, la voix de Lady Huntford et celle d'autres dames lui parvinrent. Leur timbre haut perché agaça les nerfs déjà tendus de Joanna. Elle ne pourrait pas atteindre les escaliers sans passer devant le salon où elles s'étaient installées. Pourtant, elle ne pouvait pas non plus se cacher ici toute la journée. Elle rassembla donc son courage et ouvrit la porte pour se glisser dans le couloir. Elle progressa à pas lents, sur la pointe des pieds, retenant son souffle. À l'instant où elle venait de passer devant la porte entrouverte et s'apprêtait à respirer à nouveau, la voix stridente de Frances lui écorcha les oreilles.

— La voilà !

— Venez ici, Miss Radcliff ! ordonna Lady Huntford d'un ton coupant.

Le cœur aussi lourd qu'une pierre, Joanna pénétra dans la pièce. Son regard passa sans les discerner sur les visages. À en croire le nombre d'yeux fixés sur elle, la maison tout entière s'était jointe à la recherche de la gouvernante rebelle. Plus précisément, tout le monde voulait être présent pour assister à sa chute complète et définitive. La pièce était parfaitement silencieuse à l'exception des chuchotements survoltés de Miss Chilton et Miss Winborn.

Sur sa droite, Joanna remarqua les parents de Luke, qui semblaient mortifiés, et son frère qui posait sur elle le même regard de profond mépris que Lady Huntford. Sa femme à côté de lui ne la regardait pas, pour sa part, et semblait assez mal en point. Elle était sans doute la seule personne de la pièce à ne pas se passionner pour le drame qui se jouait sous leurs yeux.

Lady Huntford se leva de son fauteuil pour avancer lentement vers elle, sa robe flottant autour d'elle comme une sourde menace. Joanna serra ses mains l'une contre l'autre. Elle pria avec ferveur pour que la réprimande qui ne manquerait pas ne porte que sur son manque de respect des horaires matinaux. Hélas, à voir la ligne dure de sa mâchoire et l'expression de revanche joyeuse de Frances, ce qu'on lui reprochait semblait aller bien au-delà.

— Où étiez-vous passée ? aboya Lady Huntford, ses petits yeux perçants enfoncés dans son visage joufflu.

— Je suis désolée d'être en retard pour mes tâches matinales, j'étais allée me promener et…

— Ne me mentez pas ! Nous savons tous parfaitement où et avec qui vous étiez !

— Allons, Lady Huntford, nous ne savons pas avec certitude si cette jeune femme était réellement avec mon fils, tempéra Lady Ingham d'une voix où transparaissait une légère exaspération.

— Ce serait donc une simple coïncidence que mon frère et elle aient disparu tous deux depuis la veille ? s'agaça Lord Pensum. J'ai bien du mal à le croire, surtout après les avoir vus si souvent converser ensemble.

Les jeunes dames ne purent réprimer un hoquet à la fois choqué et excité en entendant l'accusation à peine voilée. Lady Ingham se pressa la main sur le front et son époux adressa un regard noir à son fils aîné. Les parents de Luke n'appréciaient évidemment pas de voir la conduite de ce dernier exposée de la sorte en public.

— Je n'étais pas avec le major Preston, mentit Joanna avec plus d'aplomb qu'elle ne s'en croyait capable.

Elle fixa les spectateurs de sa ruine dans les yeux, déterminée à sauver ce qu'il restait de sa réputation en lambeaux. Elle n'avait certes pas l'habitude de mentir, et cela s'ajoutait à la lourde charge de sa culpabilité, néanmoins il n'était pas temps de se préoccuper des péchés de son âme. Face aux accusations de Lord Pensum et Lady Huntford qui la traitaient comme une fille de mauvaise vie devant tout le monde, la compagnie ne serait pas longue à détailler l'aventure à leurs amis de Londres par lettres interposées. Joanna ne trouverait plus jamais d'emploi honorable si la rumeur s'ébruitait. Elle aurait plus de chance de survivre en accouchant d'un enfant illégitime dont elle pourrait toujours réinventer la naissance qu'après un tel scandale. Son unique salut était donc de convaincre ces gens qu'elle était innocente. Une tâche herculéenne qu'elle détestait avoir à accomplir par la tromperie.

— Comment osez-vous me mentir, espèce de petite traînée ! s'écria Lady Huntford en crispant les poings.

Joanna ne doutait pas que celle-ci n'aurait pas hésité à la gifler s'il n'y avait eu tous ces yeux braqués sur elles.

— Vous êtes renvoyée ! vitupéra-t-elle. Préparez vos affaires et retournez dans votre minable petite école. Si c'est là le genre de gouvernante qu'ils éduquent, je ne veux plus jamais entendre parler de cet institut et je préviendrai tous mes amis de s'en méfier à l'avenir.

Joanna redressa les épaules pour ne pas montrer son écrasante défaite. Par son acte irréfléchi, elle avait ruiné sa vie et sans doute également les opportunités de nombre d'élèves de l'école, car les clients seraient nécessairement plus prudents après un tel scandale.

Chose étrange, elle comprit en cet instant pour la première fois comment sa mère avait pu l'abandonner. Elle s'était sans doute retrouvée dans une position semblable, sans plus d'espoir de connaître une vie respectable et aucune possibilité d'élever son enfant.

Rassemblant les lambeaux de dignité et de réputation qui lui restaient, Joanna s'inclina dans une légère révérence avant de se détourner.

Mais soudain, Grudger fit son entrée dans le salon.

— Lady Huntford, Lord Helmsworth demande à vous voir, marmonna-t-il.

Sous les yeux de Joanna, le vicaire Carlson entra dans la pièce.

— Marquis, c'est un honneur de vous accueillir sous notre toit. Que puis-je faire pour vous ? l'accueillit Lady Huntford en s'abîmant dans une profonde révérence.

Joanna restait pétrifiée, incapable de comprendre ce qui se déroulait sous ses yeux. La voyant immobile, Lady Huntford la réprimanda.

— Montrez un peu de respect, gronda-t-elle.

— Pardonnez-moi, monsieur le vicaire, s'excusa Joanna en le saluant.

— Vicaire ? Cet homme est le marquis de Helmsworth, petite idiote ! s'exclama Frances avec dédain.

Sa mère la fit taire d'un regard. Joanna vacilla légèrement en se redressant, encore sous le choc de cette révélation. Elle avait ouvert son cœur à un marquis de l'aristocratie au lieu d'un homme d'Église. Décidément, la matinée s'annonçait encore plus riche en surprises que la nuit passée.

— Miss Radcliff n'a pas à courber l'échine devant moi, répondit Lord Helmsworth avec un sourire complice. Nous sommes déjà de vieux amis.

Lady Huntford sembla plus confuse encore qu'elle-même.

— Vous avez dit que vous étiez le vicaire, murmura Joanna. Pourquoi ?

Elle avait toutes les peines du monde à réconcilier la personnalité douce et bienveillante de l'homme rencontré dans le jardin du cimetière avec l'aristocrate colérique qui s'était disputé avec Luke au presbytère.

— Vous ne m'auriez pas parlé librement si je vous avais révélé ma véritable identité, expliqua-t-il avec simplicité avant de lui prendre la main dans un geste réconfortant. Puisque vous connaissez à présent ma véritable identité, je dois vous apprendre la vôtre.

Joanna fronça les sourcils, de plus en plus confuse.

— Qui je suis ? Miss Radcliff, une simple gouvernante, dit-elle.

En vérité, elle n'était même plus gouvernante, seulement elle n'avait aucune envie de voir la gentillesse disparaître du regard de Lord Helmsworth pour se muer en mépris. Il saurait bien assez tôt de quoi on l'accusait grâce aux langues acérées de certains convives.

— Non, vous êtes bien plus que cela. Vous êtes la petite-fille d'un marquis, ma chère, déclara-t-il en portant leurs mains jointes à son cœur. Vous êtes *ma* petite-fille.

Le hoquet de surprise qui souleva l'assemblée aurait pu être comique si la situation n'avait pas paru aussi incongrue.

— Vous vous trompez, milord. Je ne connais pas mes parents.

Cet aveu arracha un autre cri de surprise à Lady Huntford, lorsqu'elle prit conscience qu'elle avait embauché une gouvernante non seulement dénuée de toute moralité, mais en outre illégitime.

— Votre mère était ma fille adorée, ma Jane, expliqua le marquis d'un ton parfaitement calme.

Alors, devant un public captivé, il lui conta les circonstances de sa naissance. L'amour secret de ses parents, leurs morts tragiques et les aléas du destin qui l'avaient conduite, encore nourrisson, des bras de Mrs White à l'institut de Mme Dubois. Autour d'eux, tous les invités écoutaient religieusement et Joanna ne doutait pas que chaque détail de l'histoire figurerait ensuite dans leurs lettres pour Londres. Son esprit tourbillonnait tandis qu'elle tentait d'enregistrer toutes ces informations incroyables.

Enfin, elle retrouvait cette famille dont elle avait tant rêvé, elle apprenait l'histoire de sa lignée. La vérité surpassait de loin ses rêves d'enfant les plus fous et n'importe quel conte de fées. Tout semblait… incroyable.

— Comment pouvez-vous être certain que je sois cette enfant ? demanda-t-elle encore.

— L'enquêteur que j'ai mandaté est enfin parvenu à localiser Mrs White, qui nous a raconté vous avoir déposée à l'école. Elle était très étonnée et peinée que vous ne sachiez rien de votre ascendance. À l'époque, elle n'avait pas eu le temps de rester pour expliquer la situation aux dames de l'école, cependant elle avait pris soin d'épingler une note indiquant votre nom et votre famille avant de partir en urgence pour l'Autriche. Lorsque l'enquêteur s'est rendu auprès de Mme Dubois, elle a confirmé vous avoir trouvée sur le seuil de sa maison, avec pour tout message un bout de papier à demi effacé comportant seulement votre prénom. Elle a affirmé qu'elle m'aurait aussitôt fait prévenir si elle avait eu connaissance de nos liens.

— C'est certain, confirma Joanna, qui savait Mme Dubois trop bonne pour l'élever comme une orpheline si elle avait su où trouver sa famille.

— Par ailleurs, je peux vous montrer une miniature de ma fille, faite pour ses seize ans. La ressemblance est frappante, conclut-il en lui tendant un pendentif accroché à une chaîne en or.

Joanna ouvrit le pendentif de ses mains tremblantes. Elle avait passé des années à se demander à quoi ressemblait celle qui l'avait mise au monde. À présent, elle savait. La jeune femme peinte était son portrait craché. Joanna comprenait enfin les réactions étranges du vieil homme lors de leur première rencontre. Il avait dû être frappé par leur ressemblance au premier regard.

— Ma fille voulait revenir vous chercher, hélas, elle n'en a pas eu l'occasion. Si j'avais eu connaissance de votre existence, je vous aurais ramenée chez nous.

Le chagrin creusa les coins de sa bouche et de ses yeux. Joanna referma le pendentif et le serra entre ses doigts. L'or se réchauffa sous sa paume.

— J'ai encore du mal à comprendre ce que tout cela signifie, admit-elle comme pour elle-même.

— Vous avez le cœur bon, Miss Radcliff, je l'ai su dès le premier jour. Vous vous êtes montrée attentionnée alors que je souffrais. Tout le monde ne se montre pas aussi compréhensif face à mon chagrin.

Il adressa un regard accusateur à Lord Ingham avant de reporter son attention sur elle.

— C'est vous qui m'avez écoutée, Lord Helmsworth. Vos conseils avisés m'ont été d'une grande aide.

— Je veux vous aider plus encore, si vous le permettez.

Il lui caressa la joue avec tendresse avant de retirer brusquement sa main, soudain aussi mal à l'aise qu'elle face au public qui n'en perdait pas une miette.

— Accepteriez-vous de venir vous installer sur mon domaine ? Me laisserez-vous me racheter après ces années d'absence ? J'aimerais tant faire pour vous tout ce que je n'ai pas pu faire pour ma chère Jane.

Alors que ç'aurait dû être le plus beau jour de sa vie, l'excitation de Joanna était mêlée d'inquiétude. Elle était à présent la petite-fille d'un marquis qui n'hésitait pas à revendiquer publiquement leur lien de parenté. Et pourtant... Pourtant son grand-père était en très mauvais terme avec les Ingham. Lorsque les rumeurs concernant la nuit passée atteindraient ses oreilles, accepterait-il encore de l'accueillir chez lui ou préférerait-il la renvoyer d'où elle venait ?

Dans sa tête, elle entendit comme dans un lointain écho les paroles de Luke qui la suppliait de faire face à ses peurs. Elle avait laissé la peur la guider et elle avait rejeté une demande en mariage honorable. Elle ne devait pas se laisser une fois encore submerger et perdre ainsi l'occasion qui lui était offerte d'obtenir une place légitime dans la société et de profiter d'une véritable famille. Quel que soit ce qui pouvait arriver avec Lord Helmsworth, quelles que soient les histoires qu'il entendrait à son propos, elle ferait face et les surmonterait. Elle posa une main douce sur le bras de cet homme dont elle savait désormais qu'il était son grand-père.

— J'accepte avec bonheur, dit-elle dans un souffle.

Luke sortit du bois pour remonter l'allée principale. Devant l'entrée de Huntford Place se dressait le carrosse de Lord Helmsworth, aux couleurs or et vert de son blason. Il retint un grognement de frustration. Parmi toutes les possibilités, il fallait que leurs chemins se croisent justement ce jour ! Entre la disparition de Reginald et le rejet incompréhensible de Joanna après leur nuit d'amour, il n'était certes pas d'humeur à affronter le vieux marquis.

Il songea un instant à se réfugier dans les écuries pour seller Duke et chevaucher jusque chez lui. Il n'avait plus rien à gagner à rester encore entre ces murs. Cependant, il n'en fit rien. Il s'était lancé bien trop de fois à l'assaut de l'ennemi alors qu'il pleurait encore la perte d'amis chers. Aujourd'hui comme alors, il ne laisserait pas ses sentiments personnels le distraire de ce qui devait être fait.

Alors qu'il approchait, la porte d'entrée s'ouvrit sur un spectacle qui le laissa bouche bée. Le marquis apparut, accompagné de Joanna. Lord Helmsworth escortait la jeune femme, aussi rayonnant que si l'on venait de le nommer duc. Elle aussi semblait briller d'un bonheur tout nouveau, très loin du désespoir avec lequel elle l'avait quitté une heure plus tôt. Luke sentit une rage froide l'envahir. Il n'y avait qu'une seule raison qui pouvait expliquer à la fois leur proximité et leurs airs extatiques.

Joanna avait dû séduire le vieux lord, qui lui avait demandé sa main. Pour un marquis, elle avait accepté ce qu'elle lui avait refusé à lui, simple cadet de la famille. Pourtant cela semblait impossible, tant un tel comportement contredisait ce qu'il avait appris à connaître de la jeune femme. Malheureusement, il ne pouvait nier l'évidence.

Le visage radieux de celle-ci se ferma brusquement lorsqu'elle l'aperçut, immobile au milieu de l'allée. Lord Helmsworth se renfrogna lui aussi à sa vue. Comme ils passaient non loin de lui, Joanna arrêta son pas, mais le marquis ne ralentit pas l'allure, l'entraînant dans son sillage.

— Dépêchez-vous, ma chère, nous devons nous hâter.

Le vieil homme posa la main sur le bras de Joanna et Luke fut pris d'une fureur sans nom. Il aurait voulu l'écarter du lord dans l'instant, mais la rage lui raidissait tous les muscles.

Une fois de plus, il avait été rejeté par une femme qui recherchait un époux mieux loti que lui. Pas étonnant qu'elle ait été si pressée de s'éloigner ce matin. Quant à sa venue la veille au soir, elle avait dû vouloir goûter à la sensualité d'un homme en pleine jeunesse avant de s'enfermer auprès d'un mari plus mûr et mieux pourvu en argent qu'en virilité.

Luke fonça à l'intérieur de la maison sans jeter un regard en arrière. La seule pensée de la savoir auprès de cet homme lui retournait l'estomac. Aveuglé par la colère, son champ de vision s'était obscurci, il lui semblait voir le monde à travers un cercle ridiculement étroit. En dépit de tout ce qu'il avait fait, de tout ce qu'il avait été prêt à faire pour elle, elle s'était détournée de lui. Cela n'avait pas suffi à ses yeux à compenser son absence de richesses ni son statut de fils cadet.

Il frotta avec rage ses bottes sur le paillasson de l'entrée, laissant un peu de boue séchée dans son sillage alors qu'il pénétrait dans la demeure. Il s'arrêta net en découvrant toute la maison réunie dans le hall d'entrée. Les conversations s'interrompirent brutalement.

Que diable s'était-il passé en son absence ?

— La petite-fille de Helmsworth ? Je n'arrive pas à y croire, grommela Luke après que sa famille l'eut entraîné à l'écart pour lui révéler les événements de la matinée.

Il marchait de long en large dans la chambre de sa mère, partagé entre un soulagement évident en apprenant que Joanna ne s'était pas détournée de lui pour épouser un vieillard et une peine sourde à la pensée qu'elle avait malgré tout rejeté sa demande en mariage. Lorsqu'il l'avait tenue dans ses bras la nuit dernière, il avait cru avoir gagné son cœur et sa main. Il s'était trompé, et c'était terriblement douloureux.

— Dire que tu l'as traitée comme ta putain, aboya Edward en écartant la main apaisante d'Alma. Est-ce que tu imagines l'embarras dans lequel tu nous as mis ? Nous avons dû apprendre tes peccadilles de la bouche d'une Lady Huntford hystérique, devant tous les invités ! Était-ce là le but ? Coucher avec une gouvernante pour nous humilier ?

Par miracle, Luke parvint à conserver son calme pour répondre.

— Contrairement à ce que tu sembles croire, je ne prends pas chacune de mes décisions en fonction de toi. J'ai été séduit par Miss Radcliff parce qu'elle est plus intelligente, plus sensée et s'est montrée plus attentionnée que toutes les autres ladies de cette demeure.

— Pas assez sensée pour éviter de coucher avec toi, marmonna Edward.

Cette fois-ci, Luke ne chercha plus à contrôler sa fureur. Il saisit son frère par le col et le plaqua sans ménagement contre le mur.

— Les garçons, je vous en prie ! s'affola leur mère.

Luke desserra les poings, légèrement calmé par ce rappel à l'ordre qui avait si souvent mis fin à leurs combats d'enfants.

— Ce qui est fait est fait, reprit-elle. Miss Radcliff est partie avec Lord Helmsworth pour mener la vie qui lui convient et nous devons agir de même pour régler nos problèmes.

— J'y pense…, fit remarquer leur père. À présent que Lord Helmsworth a pris sous son aile sa petite-fille, Miss Radcliff sera sûrement fort bien dotée. Si elle et Luke s'intéressent l'un à l'autre, je ne vois aucune raison de nous opposer à leur union.

— Si ce n'est que Miss Radcliff a déjà refusé ma demande en mariage, grommela Luke en passant outre sa fierté malmenée.

— C'est bien dommage, déplora son père en perdant son optimisme. Peut-être pourra-t-elle néanmoins nous aider à résoudre cette dispute à propos de la terre de la rivière.

— Il ne faut pas y compter, cracha son frère, exaspéré. Dès que le marquis apprendra la fugue de sa petite-fille avec Luke — et il l'apprendra, car Lady Huntford ne manquera pas de faire grossir la rumeur, peut-être même se chargera-t-elle d'écrire ce qui s'est passé au marquis — sa haine sera décuplée. Il nous détestait déjà auparavant… Imaginez sa réaction lorsqu'il apprendra que Luke a déshonoré sa petite-fille à peine retrouvée.

Luke baissa les yeux, frappé par cette vérité. Dans son désir d'être près de Joanna, il les avait au contraire inexorablement éloignés l'un de l'autre. S'il avait su se contrôler la veille, les conséquences de la matinée auraient pu être tout à fait différentes.

Malheureux et bouleversé, il saisit au fond de sa poche sa médaille militaire. Le métal était aussi tranchant que les paroles de sa famille. Entre le rejet de Joanna et l'animosité de Lord Helmsworth, il ne pouvait plus faire grand-chose pour éviter les conséquences négatives de leur nuit magnifique.

Pourtant, si elle le lui avait demandé, il aurait été prêt à se tenir à ses côtés pour affronter les rumeurs malveillantes, et même la désapprobation de son grand-père.

Il lâcha la médaille. Il doutait qu'une telle chose advienne. Joanna n'avait pas souhaité se battre à ses côtés pour leur avenir quand leurs rangs avaient été si différents. Il y avait fort à parier que maintenant, alors qu'elle avait été humiliée devant tous par sa faute, elle ne voudrait plus entendre parler de lui.

L'idée de la laisser partir lui faisait l'effet d'une blessure qui se rouvrait sans cesse. Cependant, il ne pouvait courir après une femme qui ne désirait pas lui donner son amour. Mieux valait qu'il se concentre sur les hommes disparus de son régiment. Cela l'aiderait à ignorer les soucis et peut-être même à soigner la plaie béante de son cœur.

Chapitre 11

Joanna se tortilla sur son siège et la soie de la robe bruissa sourdement. Sa nouvelle tenue d'un bleu profond était d'un goût exquis et flattait la teinte si particulière de ses yeux — non qu'elle-même l'ait remarqué, mais la modiste française qui l'avait taillée n'avait cessé d'insister sur ce point au cours de l'essayage. Son grand-père et Mme Petit, sa nouvelle dame de compagnie, avaient ensuite recommencé leur concert de louanges une fois qu'elle s'était vêtue pour sortir au théâtre.

À présent, elle ne parvenait pas à se concentrer sur la pièce. Sa vie était un tel tourbillon depuis un mois qu'elle avait bien du mal à se concentrer sur quoi que ce soit, d'ailleurs.

Elle réajusta la rivière de perles qui lui ornait le cou. Leur poids pesait désagréablement sur son décolleté exposé. Elle aurait dû apprécier le moment, pourtant. Le théâtre de Drury Lane était bien plus enchanteur que celui de Sandhills, et l'histoire de *Roméo et Juliette* était envoûtante. Des milliers de chandelles illuminaient les acteurs et les spectateurs privilégiés, comme eux. Son grand-père avait loué une loge privée pour la soirée. C'est lui qui avait insisté pour qu'ils viennent à Londres, arguant que la petite Saison était l'occasion idéale de la présenter à la bonne société. Elle n'en était pas aussi certaine que lui, néanmoins. En vérité, il devait bien être le seul à contempler avec attention les jeunes amoureux sur la scène. Pendant ce temps, Joanna faisait de son mieux pour ignorer les milliers de paires d'yeux qui la fixaient.

Parmi tous ces visages inconnus, elle ne pouvait s'empêcher

d'en chercher un en particulier. La Chambre des Lords venait tout juste d'ouvrir sa session parlementaire. Il était donc fort probable que Lord Ingham se soit rendu à Londres avec sa famille. Et puis après tout, quel meilleur endroit que la capitale pour choisir une riche épouse pour son fils ?

Son cœur se serra brutalement, comme à chaque fois qu'elle prenait conscience qu'elle ne serait pas cette femme. Elle n'avait pas revu Luke, elle n'avait pas même entendu parler de lui, depuis ce matin où elle avait refusé sa demande.

Soudain, sur sa droite, elle reconnut Lord et Lady Pensum dans une loge. Son cœur s'emballa. Toujours aucune trace de Luke, cependant. Elle s'éventa vigoureusement pour chasser les larmes qui perlaient à ses paupières. En dépit de ses belles paroles et de sa détermination apparente à obtenir sa main, il n'avait pas même essayé de la revoir, ni trouvé l'occasion de lui rendre visite à Helmsworth Manor pendant son séjour là-bas.

C'était mieux ainsi, se répéta-t-elle pour la centième fois depuis qu'ils s'étaient quittés. Après leur nuit d'amour, elle avait été terrifiée par la perspective d'un enfant à naître, jusqu'à ce que l'arrivée de sa période mensuelle la libère de ce poids. Si elle-même s'était sentie plus en paix à l'idée de n'être pas enceinte, les rumeurs, en revanche, ne semblaient pas s'apaiser avec le temps. Elle avait passé des nuits sans sommeil à craindre que son grand-père ne la jette dehors dès qu'il apprendrait la nouvelle de son déshonneur. À son grand étonnement, il n'en fut rien. Soit la nouvelle ne lui était pas encore parvenue, soit — et c'était bien plus plausible — il avait choisi de l'ignorer.

L'absence de Luke avait sans conteste aidé Lord Helmsworth à ignorer les racontars. Aussi Joanna était-elle à la fois soulagée et terriblement déçue de voir celui-ci garder ses distances.

Elle tapota nerveusement son éventail dans sa paume. Les regrets l'assaillaient, comme chaque jour depuis qu'elle s'était abandonnée dans les bras de Luke. Si seulement son grand-père était venu la trouver plus tôt, alors elle n'aurait pas eu à affronter le qu'en-dira-t-on. Luke et elle auraient pu se fréquenter selon les convenances lors des événements sociaux et ils se seraient comportés comme un couple respectable, au lieu de se laisser emporter par la passion d'une relation interdite.

Elle laissa échapper un long soupir, qui fit frémir les pampilles des lacets qui fermaient son corsage. Elle se voilait la face. Lord Helmsworth avait de tels préjugés à la fois envers l'armée et envers les Ingham qu'il n'aurait jamais laissé Luke la courtiser. Quelle que soit la situation, ils semblaient destinés à être séparés.

— Tu n'apprécies pas la pièce, ma chérie ? demanda gentiment son grand-père.

— Au contraire. Simplement, je suis distraite par tous ces regards qui pèsent sur moi, chuchota-t-elle en retour.

Elle songea avec ironie à ses rêveries enfantines. Ne rêvait-elle pas alors d'être le centre de l'attention le temps d'une soirée ? La réalité était bien moins plaisante que ce qu'elle avait imaginé dans ses contes de fées. Elle devinait sans peine ce que se racontaient les dames derrière leurs éventails.

— Les gens se montrent simplement curieux. Cela leur passera bientôt, assura-t-il, visiblement indifférent à toute cette attention.

Il leva la main pour saluer une connaissance.

— Si tu veux bien m'excuser, ma chère, je vais saluer Lord Jarsdel, un vieil ami à moi. Je reviens dans un moment.

Il quitta la loge et quelques instants plus tard, elle le vit réapparaître dans celle d'un gentleman qu'elle ne reconnut pas.

À présent, elle était seule pour affronter son public. Elle reporta son attention sur la scène, feignant de se passionner pour Roméo qui était occupé à escalader le mur du verger des Capulet. Elle ressentit soudain un curieux frisson le long de la colonne vertébrale. Ses doigts se raidirent sur la rampe avant qu'elle ne tourne le visage. À travers le théâtre, elle croisa le regard de Luke et son cœur sembla exploser de joie et de douleur mêlées. Il se tenait en retrait d'une loge, son costume noir d'une austérité élégante au milieu des couleurs vives des uniformes de ses voisins. Elle serra violemment ses mains l'une contre l'autre, comme pour effacer de sa paume le souvenir de son torse nu. Elle ressentait tout à la fois l'extase qui l'avait secouée entre ses bras et l'atroce souffrance qui avait assailli son corps lorsqu'elle avait dû le quitter.

L'un des officiers dit quelque chose à Luke et ce dernier détourna le visage. Un instant plus tard, il prit congé et quitta la loge. Joanna aurait dû en être soulagée, bien sûr. Elle avait déjà suffisamment attisé les ragots sans que la présence de Luke à Londres ne ravive davantage les rumeurs. Hélas, sa violente réaction à la vue de sa silhouette virile lui disait assez qu'elle tenait toujours à lui et que son cœur n'était pas indifférent.

Seigneur ! Plutôt que de pleurer sur son sort, elle aurait dû se réjouir de sa nouvelle vie ! À en croire les lettres enthousiastes de ses amies, de Mme Dubois et de Miss Fanworth, elle était terriblement chanceuse. Alors pourquoi ne parvenait-elle pas à se sentir heureuse et comblée ?

Sans doute l'adaptation à cet univers inconnu était-elle quelque peu difficile. Elle devait se laisser du temps pour s'habituer.

Un léger courant d'air vint lui caresser la nuque et elle sentit que le rideau de la loge venait d'être entrouvert. Son corps comprit avant son esprit que Luke était juste derrière elle car elle frissonna violemment.

— Bonsoir, Joanna.

Sa voix grave coula sur elle comme du velours. Son cœur cessa un bref instant de battre et elle inspira, se délectant de son odeur virile si familière.

Prudemment, elle hasarda un regard dans sa direction, prenant garde de rester parfaitement immobile pour ne pas alerter les spectateurs. Luke se tenait suffisamment au fond de la loge pour rester dans l'ombre. En dépit du nouveau statut social de Joanna, il leur était toujours impossible de converser en toute liberté. Il était si proche, seulement séparé d'elle par ce lourd rideau, que chacune de ses respirations saccadées semblait résonner en elle comme un écho bouleversant. Elle agrippa les accoudoirs de son siège pour ne pas se réfugier dans ses bras comme elle en mourait d'envie. Il n'aurait pas dû être ici et moins encore lui adresser la parole, toutefois elle n'avait pas le courage de lui demander de partir.

— Bonsoir, Luke, répondit-elle dans un souffle.

Dans l'ombre, elle devina que ses traits étaient tendus comme lors de leur première rencontre au bal des Ingham. L'évidence et la familiarité qui avaient marqué leurs rapports semblaient n'avoir jamais existé. Au contraire, une tension insoutenable les enveloppait comme une malédiction.

Elle se détourna pour faire mine de se concentrer sur le spectacle. Les yeux clos, elle inhala la fragrance du parfum exotique de Luke qui emplissait la loge comme un encens. Elle regrettait douloureusement la facilité de leurs échanges passés. En dépit de toute raison, elle aurait voulu sentir ses larges mains chaudes se poser sur ses épaules, dénudées par sa robe outrageusement décolletée. Elle guetta avec appréhension le bruit de ses bottes qui s'éloignaient, mais rien ne vint. Lorsqu'elle rouvrit les paupières, le théâtre lui sembla plus hostile et inquiétant encore. Elle était désespérément seule.

— Je suis désolé si ma venue vous trouble, dit-il tout bas.

— Pourquoi être venu ? demanda-t-elle sans tourner la tête.

— Je voulais m'assurer que vous alliez bien, dit-il.

Les implications de sa question étaient évidentes et elle avala avec difficulté, soudain submergée de honte. Il avait dû s'inquiéter autant qu'elle des conséquences de leur nuit ensemble. Voilà pourquoi il avait traversé le théâtre pour venir lui parler. Elle n'aurait pas dû le laisser s'inquiéter de la sorte.

— Il n'y aura pas d'enfant, dit-elle dans un souffle, la gorge serrée.

Heureusement, elle ne l'entendit pas soupirer de soulagement. Elle osa lever les yeux sur lui, et une onde de déception et de chagrin les traversa tous deux. Après tout, un enfant les aurait sans doute forcés à se retrouver malgré les pressions de leurs familles. Toutefois, Joanna ne pouvait désirer un mariage fondé sur l'obligation.

— Comment vous adaptez-vous à la vie londonienne ?

Son intérêt sincère, le même qu'il lui avait témoigné depuis le premier jour, provoqua en elle un bref élan d'espoir qu'elle étouffa aussitôt. Allons, cet intérêt était l'un des traits de son caractère, nullement une preuve des sentiments de Luke à son égard ! Elle allait donc lui répondre avec désinvolture afin d'apaiser ses inquiétudes, puis il prendrait congé et tout serait fini. Pourtant, elle répugnait à lui mentir alors qu'elle s'était tant de fois confiée à lui et qu'il s'était toujours montré digne de cette confiance.

— Cela n'a pas été simple en si peu de temps, admit-elle. Je ne peux rien dire de mes difficultés à quiconque au risque de passer pour une ingrate. Mon grand-père s'est montré si généreux — pas seulement en toilettes et en bijoux, il m'a aussi raconté de nombreuses histoires à propos de ma mère ! Il m'a fait une place dans la famille. C'est ce dont j'avais toujours rêvé…

Ou presque. Elle retint à temps les mots qui lui brûlaient la langue. Car il manquait bel et bien quelque chose à son bonheur.

— Vous ne faites pas preuve d'ingratitude, lui assura-t-il. Vous savez, une jeune femme très sage m'a dit un jour qu'il était parfois difficile d'abandonner ce que l'on connaissait depuis longtemps… Un jour ou l'autre, vous vous ferez à votre nouvelle vie.

L'intimité des confidences qu'ils avaient échangées lors de leur séjour dans le Hertfordshire bruissait sourdement entre eux. Elle le vit vaciller avant qu'il ne recouvre l'équilibre en même temps que cette expression impersonnelle qu'il arborait à chaque fois qu'il était contrarié.

— Je devrais y aller, reprit-il d'un ton sec.

— Attendez ! le pria-t-elle en se tournant vers lui. Avez-vous reçu des nouvelles du capitaine Crowther et de vos hommes ?

Un instant, il sembla sur le point d'abandonner sa réserve rigide, mais le maintien de l'officier militaire reprit le dessus.

— Non. Il y a eu des rumeurs selon lesquelles ils étaient retenus dans la région de Ciudad Rodrigo, mais rien de suffisamment solide pour les retrouver. Je fais tout mon possible pour que l'armée continue les recherches et prenne en charge leurs familles jusqu'à ce que nous soyons fixés sur leur destin.

À présent que je suis à Londres, je peux plus facilement discuter avec Lord Beckwith et d'autres personnages influents de Whitehall.

— Je suis certaine que vos efforts finiront par payer.

— Nous verrons bien. Force est de constater qu'aucun des buts que je m'étais fixés ces dernières semaines n'a été couronné de succès, constata-t-il d'une voix chargée d'émotion, bien que son regard se soit porté au-delà d'elle, sur la scène.

Joanna sentit ses joues s'enflammer face à ce rappel direct de leurs derniers moments ensemble. Aussitôt, il se reprit.

— Pardonnez-moi. Je n'ai pas de reproches à vous faire concernant la décision que vous avez prise, s'excusa-t-il d'une voix qui la fit vibrer. À l'époque, je n'ai pas compris vos raisons, toutefois j'en suis venu à penser qu'elles étaient justifiées.

— Non, elles ne l'étaient pas, rétorqua-t-elle en ouvrant et refermant son éventail pour apaiser ses nerfs. Elles étaient dictées par la peur de vous voir entrer en conflit avec votre famille.

— Votre peur était fondée, hélas. Vous auriez dû entendre Edward me sermonner, répondit-il tristement. Même votre nouveau statut d'héritière d'un marquis n'a pas suffi à apaiser sa colère. Mon père en revanche s'est montré pragmatique comme à son habitude, il espère toujours voir nos deux familles se rapprocher.

— Est-ce aussi votre cas ? murmura-t-elle, son cœur battant à tout rompre.

Elle n'aurait pas dû souhaiter voir demeurer un quelconque lien entre eux. Malheureusement, elle était incapable de résister à la tentation de se remémorer leurs souvenirs ensemble.

Il ne répondit pas immédiatement et elle retint son souffle. Restait-il encore quelque chose à sauver de leur relation ? Il se redressa et serra ses mains dans son dos. Elle reconnut aussitôt cette attitude. Il avait eu la même ce jour dans la bibliothèque où il avait essayé de mettre un terme à leur amitié.

— Je ne pense pas que Lord Helmsworth approuverait.

— Non, en effet, admit-elle. D'ailleurs, je vois que mon grand-père a quitté la loge de son ami, il ne devrait pas tarder.

Aussitôt, il la salua, sans jamais la quitter du regard. Le rideau retomba entre eux et Joanna sentit son cœur sombrer.

— Où étais-tu passé ? grommela Edward lorsque Luke entra dans la loge qu'ils avaient louée.

— Je parlais avec Lord Beckwith, se contenta-t-il de répondre.

Son frère n'avait pas besoin de savoir qu'il n'y avait pas passé *tout* son temps. Edward se montrait moins irascible depuis leur arrivée à Londres, mais cela ne signifiait pas pour autant qu'il avait perdu son caractère combatif, aussi valait-il mieux ne pas tenter le diable.

Luke s'installa sur le siège à côté d'Alma, aussi tendu qu'avant une bataille. Son regard revint bientôt se poser sur Joanna. D'ici, elle apparaissait comme une princesse de conte de fées, inaccessible et radieuse dans sa robe de soie. Elle gardait ses magnifiques yeux bleus posés sur la scène, alors que ses doigts jouaient avec les perles qui mettaient en valeur ses seins crémeux exposés. La voir lui avait procuré un véritable coup au cœur. Il était de notoriété publique que Lord Helmsworth détestait la capitale, Luke n'aurait donc jamais imaginé la croiser ici. La présence de Joanna avait suffi à anéantir tous les efforts qu'il avait déployés pour tenter d'oublier les souvenirs de son séjour auprès d'elle : son doux sourire, son esprit acéré et généreux, sa beauté envoûtante… mais aussi le moment atroce où elle l'avait rejeté.

Joanna avait visiblement eu moins de peine que lui à tourner la page. Elle était partie en oubliant tout de lui. Elle n'avait pas même pris la peine de lui écrire pour l'informer des suites de leur nuit d'amour, ni pour le rassurer sur son état après que les rumeurs se sont déchaînées. Par son silence ces dernières semaines, elle lui avait clairement signifié qu'elle ne voulait rien avoir à faire avec lui.

Pourtant… Pourtant, elle avait paru réticente à l'idée qu'il quitte sa loge. Ce revirement l'intriguait, toutefois il craignait de lui accorder trop d'importance. Son attitude n'était peut-être qu'une façon polie d'apaiser la dureté de son rejet. Si c'était le cas, c'était un échec.

Elle tourna le visage dans sa direction et il braqua rapidement son regard vers la scène. Il serra les mâchoires en écoutant les déclarations énamourées des acteurs. Il n'avait aucune patience pour les histoires d'amour tragiques, ce soir… Il était sur le point de se lever pour quitter ce maudit théâtre lorsqu'il vit, du coin de l'œil, un gentleman qu'il ne connaissait pas pénétrer dans la loge de Joanna en compagnie de Lord Helmsworth. Ce dernier présenta son ami, qui s'inclina sur la main de Joanna avec un intérêt qui hérissa Luke. Puis l'inconnu s'installa à côté d'elle et se lança dans une conversation enjouée. Bon sang ! Qu'est-ce qu'un homme de cet âge pouvait bien avoir à raconter à une femme deux fois plus jeune ? Sa colère et son désarroi ne firent qu'augmenter lorsqu'il constata que Joanna, au lieu de sembler indifférente, souriait et répondait, visiblement charmée par sa nouvelle connaissance. Lord Helmsworth veillait sur eux comme une mère, et Luke comprit aussitôt ce qu'espérait le vieil homme. Son sang ne fit qu'un tour et il croisa les bras pour contenir sa rage. Il préférait encore le spectacle de Roméo et Juliette à cette mascarade !

— Qui est l'homme qui parle avec Miss Radcliff ? demanda-t-il abruptement à Alma.

En vérité, il n'en voulait pas à Joanna de tenter de s'adapter à sa nouvelle vie, seulement quelque chose le chiffonnait. Et ce n'était pas que la jalousie… Du moins l'espérait-il. De bonne grâce, Alma tourna ses jumelles de la scène vers la loge.

— C'est Lord Jarsdel, un veuf qui possède un domaine confortable aux alentours de Bath. Il a deux grands fils, ainsi, s'il se remarie, sa femme n'aura pas besoin de lui offrir d'héritier. Et c'est tant mieux vu son grand âge, s'amusa-t-elle.

Luke fut un peu surpris de voir que la mention d'un enfant, qui attristait toujours immanquablement sa belle-sœur, était pour une fois l'occasion de plaisanter. Cependant, lui ne parvenait pas à s'en amuser comme elle. À la vérité, ce Lord Jarsdel ne pouvait nullement être taxé de sénilité. C'était un homme mince, élégant, et seules quelques mèches argentées parsemaient sa chevelure noire. Il était sans doute plus distingué que bel homme, mais il n'avait décidément rien d'un vieillard.

— Ceci dit, la dame en question deviendra comtesse, et très riche, ajouta-t-elle. Ce pourrait être Miss Radcliff, ne crois-tu pas ? À moins qu'un prétendant plus approprié ne lui fasse sa demande en premier…

Elle baissa ses jumelles et lui adressa un sourire tendre et moqueur à la fois. Sa belle-sœur semblait décidément en bien meilleure forme qu'à la campagne. Sans doute le retour à la société et à la vie londoniennes lui avait-il permis de reprendre un peu de poids, car ses joues semblaient plus rondes et sa silhouette moins maigre.

— Je vois mal quelle alternative un tel homme pourrait offrir alors que la dame en question a un marquis pour grand-père et un comte pour prétendant.

— Il y a bien des choses qu'un homme peut offrir à une lady qui n'ont rien à voir avec les titres ou l'argent, Luke.

Elle avait parlé d'une voix douce et saisit la main d'Edward pour y déposer un baiser. Ce dernier se tourna vers elle et lui adressa un regard tendre avant de joindre sa main à la sienne.

— Sans titre ni argent, il s'agira alors de dettes et de soucis, rétorqua Luke.

Son frère n'avait certes pas apporté la richesse à sa femme, en revanche il lui avait offert un titre et des domaines, ce qui était bien plus que Luke ne pourrait jamais faire.

— Je me rappelle t'avoir entendu me dire un jour qu'il ne fallait pas désespérer, que les miracles arrivaient, que tu en avais vu de tes propres yeux… Il serait temps pour toi d'y croire à nouveau. Cela a marché pour moi.

Sur ces paroles énigmatiques, elle tourna de nouveau le visage vers la scène. Dans la salle de spectacle, un silence relatif tomba tandis que Roméo grimpait au balcon de Juliette. Pendant que tout le monde avait les yeux fixés sur la scène, Luke en profita pour observer Joanna. Elle semblait avoir tout oublié de lui tandis que ses beaux yeux se posaient sur le tendre baiser qu'échangeaient les amants. Puis brusquement, elle reporta son attention sur lui.

Cette fois, il ne détourna pas le regard. Dans les yeux de Joanna, il lut le même besoin douloureux qui l'avait poussé à quitter la loge de Lord Beckwith pour la rejoindre. L'espace d'un instant, il fut sur le point de retourner la voir pour la prendre dans ses bras et lui avouer la violence des sentiments qui l'animaient. Cependant, il ne bougea pas. Il n'avait pas le droit de l'arracher à la nouvelle vie qu'elle essayait de se construire.

Mais en dépit de son changement de situation, sa voix douce et son inquiétude sincère pour les hommes de son régiment témoignaient qu'elle était toujours la même, cette jeune femme dont il était tombé éperdument amoureux et pour laquelle il se serait battu sans relâche, si seulement elle l'avait voulu.

Comme Lord Helmsworth se penchait à son oreille, elle s'arracha à leur échange muet. Alors Luke se leva et quitta la loge sans un mot. Elle avait fait son choix et il devait le respecter.

— Qu'as-tu pensé de Lord Jarsdel ? demanda son grand-père tandis qu'ils étaient installés dans la voiture qui les ramenait à la maison.

— Il est très gentil.

En vérité, elle avait à peine pensé à ce dernier. Sa compagnie n'était certes pas désagréable, seulement Luke avait accaparé toutes ses pensées. Elle s'efforça d'afficher une expression neutre alors qu'elle avait le cœur en lambeaux. Avant de tourner les talons, il lui avait fait comprendre qu'il n'y avait plus rien à espérer de leur relation. Pourtant, le regard qu'ils avaient échangé ensuite à travers la salle de théâtre était bien différent. Il lui avait semblé y lire le même désir profond qu'elle lui avait déjà vu. C'était comme s'il la voulait toujours… Non ! C'était impossible !

— Ma chérie, tu sais que ton avenir est ma principale préoccupation. J'aimerais te voir installée et heureuse dans un foyer et une famille, au cas où quelque chose devait m'arriver, reprit son grand-père avec un tel sérieux qu'elle parvint enfin à se concentrer sur ses paroles. J'aimerais beaucoup que tu essaies de considérer Lord Jarsdel comme un prétendant potentiel. C'est un homme bon et je pense que vous pourriez vous entendre à merveille.

Joanna ouvrit des yeux interloqués et sentit l'amertume l'envahir. Épouser un autre homme ? L'idée seule lui semblait intolérable. Toutefois, elle refusait d'imposer ses réticences à son grand-père.

— Vous voulez me voir devenir comtesse ? demanda-t-elle d'une voix étouffée.

— Pourquoi pas ? Tu es déjà petite-fille de marquis, le statut de comtesse t'irait à la perfection.

Sa fierté était évidente, malheureusement Joanna ne la partageait pas. Il pouvait ignorer sa naissance illégitime — ou du moins feindre de l'ignorer — mais personne d'autre ne se montrerait aussi aveugle sur le sujet. Les langues se délieraient d'autant plus si elle briguait le titre de comtesse.

— Je viens tout juste de faire sa rencontre, temporisa-t-elle sans parvenir à masquer son manque d'enthousiasme.

— Bien sûr. Je ne te demande pas de décider quoi que ce soit ce soir. Simplement, laisse-le te rendre visite afin de voir ce qui pourrait en sortir, voilà tout.

— Très bien, dans ce cas…, capitula-t-elle.

Étrangement, quelque chose dans cet échange lui rappelait le jour où elle avait accepté la suggestion de Mme Dubois d'aller travailler à Huntford Place. Sous l'apparence d'une prière, il s'agissait en fait d'un ordre déguisé qui avait changé le cours de sa vie, comme la demande de son grand-père pouvait le faire.

Elle caressa des ongles le cuir doux du siège pour contrôler son agacement. Elle en avait plus qu'assez que les autres décident sans cesse de sa vie. Elle en avait assez de supporter cette passivité, plus encore que de subir constamment les tourments de son cœur depuis qu'elle avait quitté Luke.

Ce soir comme alors, il n'avait rien fait pour l'empêcher de s'éloigner. Pourtant, elle avait lu dans son regard qu'il cherchait son réconfort. Au nom du ciel ! Elle perdait la raison ! Elle avait même cru un instant qu'il était prêt à la déclarer sienne à la face du monde, comme Roméo sur scène, afin que personne — pas même son grand-père — ne puisse plus les tenir éloignés.

Tout cela n'était que des rêves fous. Au lieu d'afficher leur relation au grand jour, il était parti.

Elle serra violemment les perles avec lesquelles elle jouait depuis quelques instants. Lorsqu'elle relâcha son étreinte, elles cliquetèrent sur sa poitrine. Sa déception n'était pas complète, toutefois. Grâce à ce regard, elle avait senti qu'il était encore lié à elle. Pouvait-elle le ramener vers elle ? Rien n'était moins sûr… Le devait-elle ? À nouveau, cette question sans réponse lui laissait l'âme désolée.

Chapitre 12

Luke fit un pas dans la bibliothèque de prêt de Hookham avant de s'immobiliser brusquement. L'élégante silhouette de Joanna se tenait non loin, parmi les rayonnages d'une des ailes du bâtiment. Trois jours s'étaient écoulés depuis qu'ils s'étaient croisés au théâtre. Pourtant, la voir lui fit l'effet d'un boulet de canon, alors même qu'il n'avait fait que penser à elle — sauf quand, par moments, il parvenait à se concentrer sur l'organisation des recherches pour retrouver ses hommes. Maudit soit-il ! Quand cesserait-il de souffrir pour une femme qui ne voulait pas de lui ?

Elle se dressa sur la pointe des pieds pour atteindre un rayonnage en hauteur et il put admirer la finesse de ses chevilles sous l'ourlet de sa robe émeraude. La soie pâle de ses bas éveilla aussitôt le souvenir sensuel de sa peau crémeuse sous ses doigts. Lorsqu'il les lui avait ôtés au cours de cette nuit magique, elle ne portait pas encore de la soie, et pourtant elle avait attisé son désir plus qu'aucune autre femme. Comme elle levait les bras en l'air, le spencer bien coupé qu'elle portait se moula étroitement contre sa poitrine. Luke eut du mal à déglutir tandis que son désir devenait désagréablement manifeste.

Il avait beau ne pas apprécier le marquis, force était d'admettre que ce dernier ne ménageait pas ses efforts pour magnifier la beauté de sa petite-fille. Dans le Hertfordshire, Luke l'avait trouvée ravissante dans ses robes toutes simples au tissu grossier. À présent, vêtue des matières les plus luxueuses, elle était tout simplement renversante. Les tissus fins mettaient en valeur chaque courbe de son corps adorable.

Occupée à atteindre son livre, Joanna n'avait toujours pas remarqué sa présence. Luke jeta un bref regard autour de lui. Lord Helmsworth n'était nulle part en vue. Toutefois, ce dernier ou au moins un chaperon ne devait guère être bien loin. Il aurait dû faire demi-tour. Cependant, elle ne parvenait toujours pas à atteindre le volume convoité. Il la rejoignit en deux enjambées.

— Puis-je vous aider ?

Elle retomba d'un coup sur ses talons et entrouvrit la bouche, stupéfaite.

— Ou… oui, je ne parviens pas à atteindre ce livre… Celui sur Huria.

Il attrapa l'ouvrage sur l'étagère et le lui tendit, en prenant bien soin de ne pas effleurer ses doigts recouverts de gants d'une finesse admirable. Encore un autre cadeau de son grand-père. Un signe de plus pour Luke qu'il devait la laisser profiter de cette nouvelle vie…

Au lieu de quoi, il se plaça de telle sorte qu'elle soit cachée à la vue de tous par sa silhouette qui remplissait pratiquement la largeur de l'allée étroite. Ainsi, ils bénéficiaient d'un peu d'intimité.

— Je vous remercie.

Elle lui adressa un sourire qui ne parvint nullement à masquer la tension qui l'habitait. Voulait-elle qu'il s'en aille ? Il aurait dû… À la place, il la regarda feuilleter l'ouvrage, elle s'arrêta sur une illustration qui représentait un palais richement décoré dans des tons d'or et de rouge, et entouré d'un jardin luxuriant empli d'oiseaux et de plantes exotiques. Elle fronçait légèrement les sourcils, l'air concentré et soucieux comme ce jour où elle s'était absorbée dans la lettre de son amie.

— Ce n'est pas ce que vous cherchiez ? demanda-t-il, inquiet de la voir aussi absorbée.

— Si, si, c'est ce que je recherchais. Simplement, ce paysage inconnu me rappelle à quel point mon amie Rachel est loin et combien elle me manque.

— Vous pourriez sûrement lui rendre visite, étant donné votre… changement de fortune, suggéra-t-il.

— J'imagine que je le pourrais, si mon grand-père l'autorisait.

— Que voulez-vous dire ? Le marquis ne devrait pas s'opposer à vos choix… Il s'agit de votre vie.

Une brusque flambée d'indignation lui fit serrer les poings dans les poches de sa veste. Face à lui, Joanna referma d'un coup le livre, qu'elle serra contre sa poitrine.

— Il souhaite simplement me protéger et je lui en suis reconnaissante, rétorqua-t-elle, sur la défensive.

— J'en suis heureux, avoua-t-il, radouci. Vous méritez d'être protégée et chérie.

Il avança plus près pour inhaler sa nouvelle fragrance. L'odeur de savon parfumé à la lavande avait été remplacée par un parfum plus riche, mélange de cannelle et de fleur de cerisier. Tout comme sa robe élégante et son chapeau raffiné, ce nouveau parfum ne masquait pas sa beauté simple et épurée, mais la mettait au contraire en valeur, comme une belle sculpture rehausse un jardin.

— Simplement, ne laissez pas votre gratitude vous faire oublier qui vous êtes ou sacrifier ce que vous aimez. Je sais trop ce que cela coûte d'abandonner ses aspirations au nom du devoir familial, reprit-il.

L'expression de Joanna lui fit comprendre qu'il avait vu juste. Brusquement, l'image de celle-ci au bras de Lord Jarsdel s'imposa à lui. Il l'écarta bien vite, cependant, en constatant son froncement de sourcils.

— Au théâtre, vous pensiez que nous ne pouvions plus nous fréquenter, et aujourd'hui vous vous inquiétez de la façon dont je conduis ma vie, dit-elle, visiblement troublée.

— Je m'inquiète toujours pour vous, Joanna. *Toujours*. C'est plutôt votre intérêt pour moi que je remets en question, à vrai dire. Vous ne m'avez pas même donné une explication, pas la moindre nouvelle avant de quitter le Hertfordshire !

— Je le voulais, rougit-elle, je vous le jure. Simplement,

je… Je craignais de créer de nouveaux problèmes entre vous et Lord Helmsworth.

Interdit, Luke la vit se mordre nerveusement la lèvre. Sa colère s'était évanouie d'un coup. Ainsi, elle ne l'avait pas ignoré parce qu'elle lui préférait la richesse, mais parce qu'elle avait cru ne pas avoir le choix.

Son embarras s'évanouit aussi vite qu'il était venu et elle afficha une expression outrée.

— Sans compter que vous n'avez fait aucun effort pour chercher à me recontacter !

— Je… Je pensais que vous n'en aviez pas le désir, expliqua-t-il, non sans maladresse.

Leur honnêteté réciproque eut le mérite d'anéantir la tension et la réserve qui subsistaient entre eux.

— Il semble que nous nous soyons lourdement trompés sur nos intentions à tous deux pendant que nous étions séparés, conclut-il d'une voix vibrant d'émotion contenue.

Cette fois-ci, ce fut elle qui fit un pas timide vers lui. Dans ses yeux brillants, il lisait la même attente hésitante que lorsqu'il l'avait embrassée la première fois.

— Je pense que nous nous trompons toujours, chuchota-t-elle.

Ses doigts serrés sur le livre étaient tout proches des siens. Il aurait pu la toucher mais il resta parfaitement immobile.

— Vraiment ?

— Oui.

Ce fut elle qui du doigt lui caressa la main. Elle enroula avec sensualité son index autour du sien et Luke sentit son pessimisme s'évaporer. Peut-être désirait-elle vraiment qu'il fasse partie de sa vie. Soudain, il ne pouvait se rappeler une seule des raisons de l'oublier qu'il avait listées. L'oublier était tout bonnement impossible. Pas plus qu'il ne pouvait s'empêcher de respirer, son esprit et son cœur ne pouvaient accepter de la laisser partir.

Depuis le premier jour, elle lui avait offert une retraite paisible et douce au milieu du chaos de ses obligations et de ses peurs. Elle était la seule femme pour qui son âme s'était émue. Il aurait dû se battre pour elle, au lieu d'accepter les piètres excuses qu'elle avait trouvées pour s'écarter de lui. Il aurait dû rester à ses côtés quoi qu'elle en dise, et envoyer tous ceux qui les jugeaient au diable.

Il devait le faire *maintenant*, et à voir les yeux de Joanna, c'était aussi ce qu'elle voulait. Il ouvrait la bouche pour lui annoncer qu'il ne la laisserait plus s'éloigner lorsqu'une voix éclata derrière eux.

— Joanna, cet homme t'importune-t-il ?

Lord Helmsworth fonçait droit sur eux comme un policier sur un pickpocket, tandis que Lord Jarsdel restait courtoisement au bout de l'allée.

En dépit de l'arrivée tempétueuse de son grand-père, Joanna ne s'écarta pas et sa voix ne trembla pas lorsqu'elle lui répondit :

— Pas du tout. Le major Preston m'a aidée à prendre ce livre.

— Oui, je ne doute pas qu'il soit d'une grande aide, grommela le marquis.

Le regard suspicieux qu'il posa sur Luke ne laissait planer aucun doute : il avait bel et bien eu des échos du scandale provoqué par leur absence durant la nuit de la tempête.

Joanna l'avait remarqué également, parce qu'elle baissa le livre, lui libérant de ce fait les doigts. Pourtant, elle ne se laissa pas réduire au silence.

— Le major s'occupe en ce moment des familles de soldats disparus en Espagne.

— Vraiment ? aboya Lord Helmsworth en le regardant comme si Luke était sur le point de lui arracher sa montre avant de courir vers la porte.

— J'essaie de faire en sorte que leur paie continue d'être versée à leurs familles tant que nous ne savons pas ce qu'il est advenu d'eux, expliqua-t-il. La pension de nos vétérans est déplorable alors qu'ils ont tant donné pour leur pays.

Comme à chaque fois qu'il imaginait ses hommes gisant morts quelque part, sa gorge se serra. Il devait rester convaincu qu'ils étaient toujours en vie.

— Je suis d'accord avec vous, acquiesça Lord Helmsworth

— à la grande surprise de Luke. Je suis heureux de voir que quelqu'un se bat pour leurs droits.

Luke échangea un regard stupéfait avec Joanna, qui semblait tout aussi étonnée que lui. Toutefois, il était évident que le marquis avait pensé très fort : « Mais j'aurais préféré un autre défenseur que vous. » L'homme lui gardait une rancune tenace dont Luke se savait en partie responsable. Son comportement dans le Hertfordshire l'avait visiblement convaincu qu'il n'était pas digne de confiance et moins encore de fréquenter sa précieuse petite-fille.

— Lord Jarsdel, pourriez-vous accompagner ma petite-fille jusqu'à la voiture, s'il vous plaît ?

— Avec grand plaisir, assura l'interpellé.

L'irritation de Luke atteignit son comble lorsque le comte proposa son bras à Joanna. Luke adressa à celle-ci un regard lourd de sens, la priant en silence de se battre à ses côtés en refusant. Hélas, elle accepta le bras.

— Bonne journée, major Preston, murmura-t-elle en baissant les yeux.

Elle marcha au bras de Lord Jarsdel vers la sortie. Quand ce dernier s'avança pour lui ouvrir la porte, elle se retourna vers Luke pour lui jeter un dernier regard désorienté. Il comprit alors qu'elle était prise dans un conflit de loyauté — elle voulait rester avec lui, mais elle devait obéissance et reconnaissance à son grand-père. À la tension qui raidit soudain le corps de Lord Helmsworth, Luke comprit que le vieil homme en était arrivé aux mêmes conclusions que lui. Il attendit que sa petite-fille soit sortie de la bibliothèque pour tourner vers lui un regard qui lançait des éclairs.

— Vous pouvez peut-être tromper une jeune fille innocente, mais vous n'abuserez pas un homme de mon expérience, le mit-il en garde. J'ai déjà eu affaire à un militaire en quête d'une vie facile aux côtés d'une épouse fortunée. Je sais comment traiter les hommes de votre acabit.

— Je ne cherche pas à abuser qui que ce soit, répondit Luke d'un ton poli mais froid.

Si le marquis avait été plus jeune, Luke l'aurait défié après une telle insulte, cependant il avait été élevé dans le respect des anciens, même lorsque ceux-ci ne lui rendaient pas la courtoisie.

— J'ai un grand respect pour votre petite-fille, que j'ai appris à connaître et à apprécier bien avant que sa situation ne change, rappela-t-il.

— Ce qui est sans aucun doute un grand avantage pour vous, n'est-ce pas ? ironisa le marquis. Maintenant, vous pouvez garder la tête haute quand vous tentez de la séduire au lieu de rôder dans l'ombre. Partez en chasse des héritières londoniennes si cela vous chante, mais ne vous approchez plus de Joanna, jamais je ne vous laisserai l'épouser, gronda-t-il en le frappant à la poitrine du dos de la main.

Ce geste de mépris faillit venir à bout du sang-froid de Luke. Heureusement, il parvint à se taire tandis que Lord Helmsworth s'éloignait au pas de charge.

À travers les larges portes vitrées, Luke regarda le vieil homme monter dans le phaéton où Joanna et Lord Jarsdel avaient déjà pris place. Le marquis leur adressa un large sourire qui sonnait faux, avant de faire signe au cocher de se mettre en route.

Une détermination nouvelle grandit alors en Luke. Alma avait raison. Il y avait plus important que les titres et l'argent, et il refusait qu'un quelconque obstacle le sépare à nouveau d'elle. Par ses gestes et par ses regards, Joanna lui avait clairement fait comprendre qu'elle le désirait tout autant qu'il la désirait.

Toutefois, il n'était pas question d'obtenir sa main en la séparant de la famille qu'elle venait tout juste de retrouver. Aussi, gagner la confiance et le respect de son grand-père était essentiel. Il devrait déployer des trésors de stratégie… et de patience, ce qui n'était certes pas dans ses habitudes, néanmoins il avait la force de mener cette bataille. Il triompherait cette fois encore. Il ne lui restait plus qu'à espérer que Joanna se montre aussi déterminée et combative que lui.

Joanna s'était assise sur la banquette installée dans le renfoncement d'une fenêtre, dans la maison de Grosvenor Square, le livre emprunté à la bibliothèque ouvert sur ses genoux. Elle essayait de se représenter les palais et les villages décrits au fil des pages, sans succès. En pensée, elle revoyait sans cesse la haute silhouette de Luke qui se tenait devant elle dans l'allée pleine de livres. Elle pouvait sentir ses doigts caresser les siens, elle pouvait entendre l'écho de ses paroles. Il s'était toujours préoccupé d'elle, et aujourd'hui encore…

Dire qu'elle avait passé le mois à se résigner, à tenter de l'oublier… Par bonheur, leur brève entrevue de la matinée avait tout changé. Elle avait eu le courage de lui montrer qu'elle voulait toujours de lui, et la chaude pression de sa main lui avait appris qu'il répondait à son appel. À nouveau, son âme aspirait à cette douce rêverie — vivre auprès de lui.

Toutefois, un inconfort étrange amenuisait quelque peu son euphorie. La mise en garde de Luke avait résonné profondément en elle. Il lui avait conseillé de ne pas abandonner ses rêves au profit de quiconque. Malheureusement, exprimer ses sentiments à haute voix n'était pas l'une de ses qualités. Pas plus maintenant que lorsqu'elle était enfant. Elle n'avait pas même eu le courage d'avouer à Luke qu'elle avait donné son accord — bien à contrecœur — pour que Lord Jarsdel la courtise. Cela aurait été admettre tout haut qu'il avait raison et qu'elle était incapable de gouverner sa propre vie.

D'ailleurs, elle n'était plus seule à décider désormais. Elle devait prendre en considération son grand-père. Leur relation était toute récente et elle hésitait à la mettre en péril en exigeant d'agir selon sa propre volonté. Lui faire accepter Luke semblait une entreprise périlleuse. Après tout, sa maigre tentative pour lui montrer les bons côtés de ce dernier avait été un échec cuisant. Il y avait même fort à parier que lui demander de voir en Luke un prétendant, et donc un rival de Lord Jarsdel, risquait de le prémunir un peu plus contre lui, et sans doute aussi contre elle.

— Ta mère adorait la lecture, c'est la raison pour laquelle il y a autant de romans ici. Bien que beaucoup doivent être aujourd'hui passés de mode, je le crains, déclara son grand-père en pénétrant dans la pièce.

— Cela n'a aucune importance puisqu'ils sont nouveaux à mes yeux.

Elle plaça le ruban qui lui servait de marque-page dans le livre avant de le refermer. Elle se sentait partagée entre la peur de perdre Luke si elle n'apprenait pas à exiger ce qu'elle voulait et l'angoisse de se voir privée de la tendresse de son grand-père. Pour l'heure, il la couvait d'un regard protecteur.

— Sais-tu que cette maison devait lui revenir une fois qu'elle se serait mariée ? Elle appartenait à la famille de mon épouse. Elle sera à toi lorsque tu te marieras.

Le regard de Joanna glissa vers le portrait de sa mère. Elle était représentée jeune fille, serrant dans ses bras un épagneul noir et blanc.

— Non, grand-père. Je ne peux pas accepter. Vous vous êtes déjà montré si généreux, je ne peux accepter plus.

Il vint s'installer à côté d'elle et prit le temps de redresser l'un des coussins de brocart disposés sur le siège.

— Je veux que tu en hérites, Joanna. De cette maison, mais aussi de tout ce qui n'est pas rattaché au titre. C'est le seul moyen de te mettre à l'abri s'il m'arrivait quelque chose.

— Je… Je ne sais pas quoi dire, grand-père, balbutia-t-elle, profondément émue par l'affection sincère qu'il lui portait.

Dire qu'elle s'était tant préoccupée pour son avenir et son poste à Huntford Place… Elle n'aurait plus jamais à faire face à de telles inquiétudes. Un seul souci demeurait néanmoins concernant son futur — la place que Luke y tiendrait. Son grand-père la couva d'un regard solennel.

— Ces legs feront de toi une riche héritière et une jeune lady particulièrement intéressante pour les prétendants. Tu devras rester sur tes gardes, ma chérie. Je ne voudrais pas que tu sois victime d'un coureur de dot comme ta mère.

Joanna joua nerveusement avec un fil du marque-page, pressentant où cette conversation allait les mener.

— Je serai prudente, je vous le promets.

— Je suis certain que tu le seras, et je ferai de mon mieux pour te guider à travers les embûches de la Saison, comme j'aurais dû le faire pour ma Jane. J'aurais pu demander à ma sœur de te chaperonner, seulement après sa négligence vis-à-vis de ta mère, je n'ai plus guère confiance en elle. De toute façon, une jeune femme spirituelle comme toi aurait bien du mal à supporter d'être sans cesse accompagnée par une vieille chauve-souris de son acabit. Mme Petit fera donc très bien l'affaire. En tout cas, il ne faut plus que tu parles avec le major Preston. Ces militaires savent parfaitement comment gagner l'affection des jeunes femmes.

Joanna avait soudain du mal à respirer. Les attentions de son grand-père l'étouffaient. Elle appréciait bien sûr qu'il se préoccupe de son bien-être, en revanche elle supportait mal qu'il lui interdise ou lui impose ses fréquentations. Il lui donnait là l'occasion de s'affirmer pour défendre ce qu'elle voulait.

Elle inspira profondément pour se blinder face à ses peurs et parla d'une voix tremblante :

— Grand-père, vous m'avez demandé beaucoup de choses que j'ai faites avec joie pour vous plaire et vous témoigner ma gratitude et mon affection. Mais ce que vous exigez de moi en cet instant, je refuse de vous le promettre. En dépit de ce que vous pensez du major, il est mon ami. Il s'est montré bon pour moi à Huntford Place et il m'a protégée alors que mes employeurs faisaient de ma vie un enfer.

Il pencha la tête avec une expression de reproche.

— J'ai cru comprendre qu'il s'était montré… un peu trop gentil avec toi là-bas.

Les mains de Joanna s'immobilisèrent d'un coup. Ainsi, il avait entendu les rumeurs qui couraient sur son compte. Une peur soudaine la fit frissonner, en dépit du feu ronflant dans la cheminée. Toute velléité de défier son grand-père s'évanouit brutalement.

— Je suis désolée.

— Tu n'as pas à t'excuser de quoi que ce soit. Tu n'as pas suffisamment d'expérience auprès des hommes pour savoir jusqu'à quelles extrémités ils sont prêts à aller pour obtenir ce qu'ils veulent. Je suis certain que pour gagner ta confiance le major t'a promis de défier sa famille et la société tout entière, tout en se débrouillant pour que votre relation demeure secrète. Puis, quand le secret a été éventé, où était-il ? Certainement pas à tes côtés pour te défendre contre les Huntford, n'est-ce pas ? Non, il était bien trop occupé à protéger sa précieuse petite personne.

— C'est moi qui l'ai quitté après avoir refusé son offre de mariage, murmura-t-elle.

— Au moins, il a eu suffisamment d'honneur pour te proposer le mariage, concéda-t-il, visiblement à contrecœur. Ceci dit, s'il t'aimait réellement, il ne t'aurait pas laissée repartir ainsi et n'aurait pas accepté ton refus. Au lieu de cela, il est resté chez lui et t'a laissée seule affronter ton destin.

Joanna était de plus en plus déboussolée.

— Ce n'est pas du tout comme cela que les choses se sont passées, dit-elle d'une voix suppliante.

— En es-tu sûre ? la pressa son grand-père.

Non, elle n'en était pas sûre. Elle n'était plus sûre de rien. Au presbytère, Luke s'était montré tellement déterminé à surmonter tous les obstacles pour rester avec elle, et pourtant, dès qu'elle avait rejeté sa demande, il l'avait laissée partir aussi vite que le lieutenant Foreman l'avait fait avec Frances. Il n'avait pas cherché à lui rendre visite à Helmsworth Manor, ni à la contacter par lettre.

— J'imagine que tu es une prétendante bien plus attirante à présent que ta situation financière a changé, grommela son grand-père en ravivant un peu plus ses doutes.

Luke avait en effet mentionné que sa famille avait vu des avantages dans sa nouvelle situation. Peut-être était-ce eux qui l'avaient fait changer d'avis. Peut-être était-ce la seule raison pour laquelle il s'était montré aussi aimable et amical à la bibliothèque. Après tout, elle était un moyen fort utile pour les Ingham de régler leur querelle avec son grand-père. Luke s'était toujours montré dévoué à sa famille. Il ferait tout ce qui était en son pouvoir pour les aider. Y compris, sans doute, la courtiser.

Malgré tout, son cœur refusait de le croire capable d'une

telle duplicité ! Elle pressa ses tempes douloureuses du bout des doigts, tentant désespérément d'y voir clair. Les paroles de Luke et celles de son grand-père se mêlaient dans une cacophonie insupportable. Elle était incapable de savoir où se cachait la vérité dans ces discours contradictoires.

Son cœur lui soufflait que son échange avec Luke était sincère et dénué de tout calcul de sa part. Cependant, les conseils de son grand-père parlaient à sa raison. Après tout, ses propos rejoignaient ceux de Miss Fanworth et des autres professeures concernant le danger que représentaient nombre de gentlemen. Elle n'avait pas su s'en protéger face à Luke.

— Je suis navré de te bouleverser de la sorte, mon enfant, lui assura son grand-père en prenant ses mains dans les siennes.

Elle les serra avec une reconnaissance infinie. Malgré l'aveu de sa faiblesse, il ne l'abandonnait pas, il ne la méprisait pas. Au moins, elle n'avait plus à s'inquiéter qu'il la rejette. Hélas, son cœur restait hanté par le problème que posait Luke.

— Ce qui s'est passé entre toi et le major n'a plus d'importance, reprit-il. Et tant que tu ne le revois pas, nous n'avons plus à en parler.

Cette fois-ci, Joanna ne rejeta pas son exigence, sans pour autant parvenir à acquiescer. Il s'était montré d'une telle patience, elle n'avait aucune envie d'en éprouver les limites ! D'autant moins alors que tant de choses demeuraient incertaines entre Luke et elle. Elle avait beau être mal à l'aise à l'idée que son grand-père ou qui que ce soit d'autre lui impose quoi faire, elle hésitait à laisser ses choix aux mains de Luke ou de son propre esprit plongé dans le doute. Elle devait se montrer réaliste et accepter de ne rien décider pour l'heure.

Elle attendrait de revoir Luke. Alors, elle n'hésiterait plus à le pousser dans ses retranchements pour découvrir la vérité de son cœur.

— Comment pouvez-vous ne pas voir l'importance de s'assurer que les familles de ces hommes ne sont pas abandonnées à leur souffrance ? tempêta Luke en faisant les cent pas devant le bureau de Lord Beckwith.

Il avait parlé à la moitié des officiers supérieurs de la Garde équestre, et à autant de monde au ministère de la Guerre. Tous sans exception avaient promis de l'aider, avant de le renvoyer vers un autre, qui avait fait de même… Nulle part il n'avait pu obtenir de fonds définitifs à verser à la sœur de Reginald et aux familles de ses soldats.

En dépit de l'immobilisme du gouvernement, il n'était toutefois pas près d'abandonner.

— Je la vois parfaitement, simplement cela n'est pas de mon ressort, assura le lieutenant-colonel en faisant tourner sa plume au bout de ses doigts. La loi indique que la mort des soldats doit être avérée avant que leurs familles ne puissent toucher leur pension.

Luke se retint de lever les yeux au ciel. Lord Beckwith s'était montré sympathique et désireux de l'aider mais, hélas, il avait baissé les bras à la première résistance.

— Dans ce cas, vous pouvez vous assurer que leur paie est versée à leurs familles.

— Légalement, ils ne peuvent être payés s'ils ont disparu !

Luke s'enfonça les poings dans les poches dans un geste rageur et fixa un regard sombre sur son ancien supérieur. Apparemment, Edward n'était pas le seul à pouvoir le faire sortir de ses gonds. Toute la direction de l'armée partageait visiblement ce talent !

— Une telle injustice est inacceptable. La loi doit être modifiée.

— Le lieutenant général Calvert est déjà à pied d'œuvre pour proposer plusieurs changements, notamment concernant la paie de nos soldats blessés.

— Ce n'est pas suffisant, gronda Luke.

Avec un soupir, Lord Beckwith s'adossa à son fauteuil et croisa les doigts sur son large torse. Il était aussi solide qu'un bœuf. Pourtant, Luke remarqua que le gras commençait à remplacer le muscle sur son visage. Cela faisait trop longtemps qu'il avait quitté les champs de bataille pour rester à Whitehall.

— Le gouvernement est un énorme bloc qui ne peut être déplacé facilement, si tant est qu'il puisse l'être. En vérité, major, nous aurions besoin de plus d'hommes de votre trempe.

— Et pour quoi faire, au juste ? Ramper devant des lords qui refusent d'agir ?

Cela n'aurait pas plus d'effet que de ramper devant Lord Helmsworth ! Voilà deux jours qu'il n'avait pas revu Joanna. Il avait déjà rendu visite à son grand-père deux fois depuis, mais il avait été congédié par les domestiques qui affirmaient que personne n'était à la maison. De même, les billets qu'il avait écrits à la jeune femme et au marquis étaient tous restés sans réponse. Il y avait fort à parier que ce dernier avait empêché ses messages de parvenir à Joanna. Bien entendu, il n'y avait eu pour le moment aucun événement à l'occasion duquel ils auraient pu se rencontrer, ce qui n'avait fait qu'attiser sa frustration.

Luke essayait de se montrer patient dans la poursuite de ses objectifs mais, si les échecs continuaient de s'accumuler, il changerait de tactique.

— Ces lords vous écouteraient avec plus d'attention que si d'autres s'en chargeaient à votre place.

Lord Beckwith leva la main pour lui imposer silence comme il s'apprêtait à répliquer.

— Écoutez-moi jusqu'au bout. Vous n'êtes certes pas l'héritier du titre, toutefois vous venez du même monde qu'eux, vous parlez leur langage tout autant que celui des simples soldats. Nous avons besoin d'hommes comme vous pour témoigner des conditions réelles dans lesquelles végètent nos hommes. Je pourrais vous trouver un poste dans l'armée, ici même, à Londres.

Les yeux de Luke se posèrent alors sur la lourde épée qui reposait sur l'immense bureau. L'enseigne du régiment était gravée sur la poignée. Lui, travailler dans un bureau ?

Impossible ! Luke détestait les querelles politiques autant que les règles surannées de la haute société.

Pourtant, la suggestion de Lord Beckwith avait éveillé quelque chose en lui. Pour la première fois, on lui proposait d'utiliser sa position dans l'aristocratie pour autre chose qu'obtenir une charge et un rang plus élevés. Néanmoins, s'il suivait le conseil de Lord Beckwith, il devrait racheter une commission, ce qu'il ne pouvait faire dans l'immédiat puisqu'il n'avait plus aucune économie. Or, les familles de ses hommes avaient besoin de son aide *maintenant*.

— J'y penserai, admit-il. Pour l'heure, je dois me consacrer au problème de cette paie suspendue. Avec qui devrais-je parler selon vous ?

Lord Beckwith se mit à énumérer les différentes possibilités, en détaillant chacune sur les doigts de sa main.

— Lord Craven n'est pas rentré sur Londres pour le moment. Quant à Lord Farley, il campe trop sur ses positions pour vous écouter. Il vous reste Lord Jarsdel. C'est le seul qui pourrait vous aider à avancer dans cette affaire. C'est un homme parfaitement raisonnable et il est de plus tout acquis à la cause de nos soldats. Il a de bonnes relations avec le duc de York, par ailleurs. Faire appel au duc par son entremise me semble être le meilleur moyen d'obtenir gain de cause.

Luke retint de justesse un grognement de frustration. Lord Jarsdel était bien le dernier homme avec qui il souhaitait discuter. Toutefois, les réponses et réactions qu'il avait obtenues jusque-là étaient pour le moins désespérantes.

Quant à la situation des familles, elle était véritablement préoccupante. La sœur de Reginald pour commencer était assaillie de créanciers. S'il l'avait pu, il lui aurait donné de l'argent sur ses propres deniers. Hélas, le revenu de la vente de sa charge de major n'était guère suffisant. Alors, s'il était en son pouvoir de leur apporter des fonds, il devait le faire.

Le temps jouait contre lui. Lorsque la session parlementaire prendrait fin, les lords quitteraient la ville pour leurs domaines de campagne. Il n'aurait plus aucun moyen de les faire agir avant la prochaine ouverture du Parlement, au printemps. Les familles des soldats ne pourraient pas passer l'hiver dans le dénuement sans son aide. Il devait faire taire sa répugnance et aller trouver Lord Jarsdel.

Chapitre 13

Luke pénétra au White's, encore surpris que Lord Jarsdel ait accepté aussi facilement sa demande d'entretien. Après les multiples rebuffades de Lord Helmsworth, il avait fini par croire que les seuls aristocrates qui accepteraient encore de lui adresser la parole étaient Lord Beckwith et son père.

Le majordome le conduisit à travers le hall. Ils passèrent devant des salles de jeu où de jeunes hommes buvaient, riaient et conversaient. Luke était déjà venu une fois dans ce club en compagnie d'Edward, et il avait trouvé l'expérience aussi ennuyeuse qu'une nuit de garde.

Enfin, le majordome s'arrêta devant la dernière porte sur la gauche avant de l'ouvrir. Il annonça Luke avant de s'écarter pour le laisser entrer. Ce dernier se retrouva dans un petit salon à la décoration typiquement masculine, les murs étaient couverts de lambris sombre et ornés de tableaux de chasse.

Lord Jarsdel se leva courtoisement pour l'accueillir.

— Major Preston, c'est un honneur de vous rencontrer. J'ai entendu parler de vos exploits en Espagne.

Comme il s'installait dans un fauteuil près du feu, il fit signe à Luke de s'installer face à lui. Il prit place en notant l'odeur de tabac et de cire qui embaumait la pièce.

— Miss Radcliff m'a parlé de votre travail pour venir en aide à vos soldats disparus hier après-midi, comme nous prenions le thé. Lord Helmsworth aussi m'en a touché quelques mots.

Aussitôt, Luke se raidit en apprenant que Lord Jarsdel avait passé bien plus de temps avec Joanna que lui ces derniers jours. Allons, il n'était pas là pour discuter de la cour qu'ils lui faisaient tous deux, mais pour régler les problèmes financiers des familles de ses hommes ! D'ailleurs, il se demandait ce que Lord Helmsworth avait bien pu lui dire d'autre. Pourvu qu'il ne se soit pas étendu sur ce qui pouvait desservir sa cause…

— Mes soldats ont fidèlement servi la Couronne, milord. Aussi, je demande à la Couronne de leur témoigner le même respect, le temps que nous découvrions ce qu'il est advenu d'eux. Leurs familles ont besoin de toucher leurs paies, ou à défaut leurs pensions, pour survivre.

Luke décrivit longuement la situation désespérée de ces familles, soumises à la faim et aux impossibles dépenses alors que ces personnes étaient en deuil de leur frère, de leur père, de leur fils… Lord Jarsdel l'écouta avec attention, hochant régulièrement la tête pour lui témoigner sa sympathie et son accord. C'était bien plus que n'avaient fait les autres nobles que Luke avait approchés jusque-là. Quand il eut terminé, Lord Jarsdel prit la parole.

— Je ne peux rien vous garantir, puisque nombre de mes pairs sont entêtés dès qu'il s'agit de toucher à la législation et au règlement. Cependant, je peux vous assurer que je ferai tout ce qui est en mon pouvoir pour convaincre le service qui gère les pensions de verser à ces familles de quoi vivre décemment. Ce soir, je dois accompagner Lord Helmsworth et sa petite-fille dans les jardins de Vauxhall. J'espère y croiser le duc de York pour lui parler de votre affaire. S'il devait ne pas s'y trouver, je lui demanderai un entretien dès demain.

Luke se sentait terriblement partagé face à cet homme. D'un côté, il aurait voulu le haïr et le mépriser pour l'attention qu'il portait à Joanna ; de l'autre, l'intérêt manifeste qu'il accordait à la cause des soldats lui valait son admiration.

— J'apprécie sincèrement toute l'aide que vous pourrez m'apporter, assura Luke en se levant pour prendre congé.

Lord Jarsdel lui fit signe de se rasseoir.

— Encore un petit moment, je vous prie, major.

Luke se rassit, curieux de savoir ce que l'homme avait à ajouter sur le sujet.

— J'ai cru comprendre par Lord Helmsworth que vous aviez fréquenté Miss Radcliff lors de son séjour dans le Hertfordshire.

— En effet, admit Luke, les dents serrées.

Si Lord Jarsdel comptait mettre en doute l'honneur de Joanna sous ses yeux, il risquait fort de perdre son sang-froid.

— C'est une jeune lady aux qualités rares parmi les jeunes femmes de la Saison, commença Lord Jarsdel. Elle est raisonnable, spirituelle et attentionnée. En vérité, elle me fait penser à ma défunte épouse dans sa jeunesse. Saviez-vous que ma femme et moi nous sommes mariés en secret à Gretna Green ?

— Je l'ignorais, déclara Luke, qui était étonné d'un comportement aussi spontané de la part de cet homme raisonnable et même un peu compassé.

— Ma famille n'approuvait pas notre union. Elle était la fille d'un petit baronnet de campagne, une ascendance trop humble pour une future comtesse. De plus, j'étais encore à un an de ma majorité.

— Alors, vous avez défié votre famille, comprit Luke, dont l'admiration ne cessait de croître pour cet homme qu'il aurait préféré détester.

Il attendit la suite avec anxiété, pressentant qu'il n'allait pas aimer ce qui allait venir.

— Je n'ai pas trouvé le courage de le faire avant cette nuit fatidique où elle m'a annoncé que, si je ne la revendiquais pas pour épouse de manière officielle, elle en épouserait un autre.

Les yeux de l'homme se perdirent dans le spectacle des flammes et un sourire heureux effaça le passage des ans de son visage toujours séduisant. Puis, tout aussi soudainement, son expression se fit sérieuse et il planta son regard dans le sien.

— Je dois prendre une décision, major, et je crois que c'est également votre cas. Si vous ne vous décidez pas à demander la main de Miss Radcliff, je le ferai. Mon épouse a beau régner aujourd'hui encore sur mon cœur, cela ne m'empêche pas de désirer chérir une jeune femme aussi rare que précieuse.

Luke demeura un instant interdit, stupéfait par ces paroles, qui n'étaient pas une menace mais une mise en garde des plus courtoises.

— Je vous remercie pour votre franchise, milord. À vrai dire, je compte faire ma demande dès lors que certaines difficultés auront été levées.

— Et si ces… difficultés ne pouvaient être levées ?

Luke serra les poings. Apparemment, Lord Helmsworth ne s'était pas gêné pour donner son avis sur lui à Lord Jarsdel.

— Je n'ai pas pour habitude de m'en tenir à une défaite.

Ni face aux décisionnaires de l'armée, ni face à un marquis entêté.

— Et vous avez bien raison, conclut Lord Jarsdel en se levant et en lui tendant une main amicale. Je vous souhaite une bonne journée, major Preston.

Tandis qu'il regagnait la sortie, Luke songea que l'avertissement du lord ajoutait une nouvelle urgence dans sa conquête de Joanna. Si ce dernier lui proposait de l'épouser avant qu'il ait réussi à convaincre son grand-père de sa bonne volonté et de son sens de l'honneur, il la perdrait à tout jamais. Ironie du sort, c'était les qualités de Joanna qu'il appréciait et admirait tout particulièrement — son sens du sacrifice et du travail, sa tendance à placer sa responsabilité et son devoir envers la famille au-dessus de ses propres désirs — qui risquaient fort de les séparer pour toujours.

Il ne pouvait laisser une telle chose se produire. Grâce au comte, il savait désormais où revoir la jeune femme. Ce soir, elle serait à Vauxhall. Il n'était plus temps de se montrer patient et subtil, il devait passer à l'offensive.

Les feux d'artifice éclatèrent au-dessus du lac, envoyant une pluie d'éclairs rouges sur les jardins de Vauxhall. Joanna applaudit comme les autres invités.

— Quel spectacle, n'est-ce pas ? commenta Lord Jarsdel alors qu'une nouvelle salve enflammait le ciel nocturne.

— C'est incroyable, renchérit-elle.

Aussi incroyable que le fait de se retrouver ici. Tous les amis de son grand-père se trouvaient rassemblés ce soir pour une réception intime dans les jardins. Ils s'étaient montrés adorables à son égard. En revanche, les promeneurs qui passaient devant leur petit salon de plein air avaient fait preuve de beaucoup moins de considération. Les femmes échangeaient des bavardages ponctués de petits rires derrière leurs éventails en la dévisageant, les hommes ne se gênaient pas pour la détailler du regard. Tous étaient visiblement curieux de cette nouvelle arrivée dans les rangs de la noblesse et du parfum de scandale qu'elle amenait avec elle. Joanna faisait de son mieux pour imiter l'indifférence de son grand-père et de Lord Jarsdel, mais c'était difficile.

Soudain, elle sentit son sang refluer de son visage en découvrant les silhouettes de Lady Huntford, Frances et Catherine qui approchaient.

— Lord Helmsworth, quel plaisir de vous revoir enfin à Londres, s'exclama Lady Huntford.

Elle adressa une révérence obséquieuse à ce dernier mais réserva à peine un regard méprisant à Joanna en passant devant elle. Frances arrivait dans son sillage, l'air aussi maussade qu'à l'accoutumée. Catherine en revanche regardait partout autour d'elle, comme Joanna elle-même l'avait fait en découvrant les splendeurs des jardins.

— Jusque-là, je n'avais aucune bonne raison de revenir, répondit son grand-père en faisant un geste dans sa direction.

Lady Huntford comprit qu'elle n'avait d'autre choix que de lui témoigner de la déférence si elle voulait rester dans les bonnes grâces du marquis. Elle se tourna vers elle, sans pouvoir masquer son dépit, et lui adressa une rapide révérence.

— Miss Radcliff.

Joanna lui rendit son salut d'un signe de tête. Frances ne sut pas faire preuve de la même politesse, puisqu'elle persistait à regarder partout sauf vers elle, jusqu'à ce que sa mère la saisisse par le bras.

— Frances, as-tu salué Miss Radcliff ? lui enjoignit-elle.

— C'est un plaisir de vous revoir, grinça la jeune fille d'un ton sarcastique.

Les plis amers de sa bouche enlaidissaient ses traits naturellement séduisants. Elle se redressa de sa révérence pour appeler sa sœur d'une voix forte.

— Catherine, viens donc saluer notre ancienne gouvernante.

À la suite de cette remarque qui se voulait de toute évidence insultante, le silence tomba parmi les convives. Joanna se demanda avec ironie si cette péronnelle comptait grimper en haut du pavillon chinois pour annoncer à la cantonade qu'elle avait été sa domestique. Quoi qu'il en soit, elle refusait d'avoir honte de sa précédente condition, et le titre de son grand-père suffisait d'ordinaire à faire taire les importuns. Toutefois, à entendre les murmures de l'assistance, il était clair que tous ne souhaitaient pas se voir rappeler les origines modestes de la nouvelle venue parmi eux.

— Bonsoir, Miss Radcliff, lui dit Catherine avec un sourire sincère.

Joanna le lui rendit en notant qu'elle portait une nouvelle robe de mousseline jaune, qui ne parvenait cependant pas à rivaliser avec la tenue élégante de sa sœur.

— Je vois que votre père a finalement accepté que vous fassiez votre entrée dans le monde.

La gentillesse inattendue de Catherine lui faisait chaud au cœur, parce que Joanna savait que c'était elle qui avait suggéré à la jeune fille de se comporter différemment.

— En effet. Il a décidé que la petite Saison était un moment opportun, surtout à présent que Frances est fiancée avec Mr Winborn.

Joanna était étonnée de cette nouvelle. Une pensée peu charitable lui traversa l'esprit : mais comment un gentleman pouvait-il de son plein gré lier son destin à celui de Frances ?

— Père n'a accepté que pour économiser sur ses dépenses, se moqua méchamment cette dernière.

Aussitôt, les épaules de Catherine s'affaissèrent. Joanna

chercha le regard de la jeune fille avant de redresser le menton pour lui enjoindre de faire de même. Catherine, réconfortée par son encouragement silencieux, releva la tête. Joanna lui adressa un clin d'œil presque imperceptible pour la féliciter. Avec un peu de chance, Catherine parviendrait à trouver un bon époux qui lui offrirait une existence heureuse loin de sa famille. Nul doute que, à l'écart des remarques perfides et de l'indifférence odieuse des siens, elle s'épanouirait.

— Allons, venez mes enfants, appela Lady Huntford, nous sommes attendues dans notre loge.

Elle saisit le bras de ses filles avec une urgence qui n'était nullement nécessaire. De toute évidence, elle avait envie de s'éloigner au plus vite de Joanna. Après leur départ, Lord Jarsdel se pencha vers elle.

— Ne les laissez pas vous troubler.

— Je crains que les Huntford n'aient dit tout haut ce que tout le monde pense déjà tout bas, répondit-elle.

La vérité, c'était qu'elle n'appartenait pas à ce monde.

— Les gens dans la haute société trouvent sans cesse une nouvelle raison de juger les autres. Il faut que vous vous endurcissiez face à cela.

— J'espère ne pas m'endurcir au point d'avoir finalement un cœur de pierre et une langue aussi acérée que Miss Huntford, feignit-elle de plaisanter.

Non, elle ne voulait pas devenir dure et solitaire, sans famille ni enfant à chérir. Un jour, elle avait assisté à la souffrance de Mme Dubois lorsqu'elle l'avait vue contempler une lettre du passé dans le jardin. Quelle que soit la nature des regrets qui lui pesaient sur le cœur, Joanna ne voulait pas d'un tel fardeau à porter jusque dans sa maturité. Hélas, il était déjà trop tard. Elle portait à chaque instant le poids du chagrin de son histoire avortée avec Luke.

Trois jours étaient passés depuis leur rencontre à Hookham et il ne lui avait pas donné signe de vie. Il l'avait une fois de plus laissée seule face à ses doutes.

— Une jeune lady aussi généreuse que vous ne pourrait

jamais devenir aussi vaine, la complimenta Lord Jarsdel avec galanterie.

Hélas, ses compliments ne la touchaient pas au cœur comme l'avaient fait ceux de Luke. Le comte se montrait gentil et attentionné, seulement elle ne ressentait aucune passion ni aucun désir profond de défier le monde pour être auprès de lui. Peut-être aurait-elle dû en être heureuse ? Elle avait vu ce que la passion avait fait de Grace, comment elle avait détruit la vie de sa mère… et sa propre réputation. La passion était décidément une force dangereuse.

Son grand-père les appela.

— Joanna, milord, allons nous promener. J'aimerais voir le travail des artificiers au bord du lac.

Les invités triés sur le volet se joignirent à eux, et bientôt leur petite équipée empruntait le chemin qui menait aux rives du lac. Au-dessus de leurs têtes, le feu d'artifice continuait d'illuminer la nuit.

À ses côtés, Lord Jarsdel lui expliquait avec amabilité son travail auprès de l'office des pensions militaires. Toutefois, elle entendait à peine ce qu'il disait tant elle était concentrée sur chaque silhouette masculine qui entrait dans son champ de vision. À chaque nouveau visage, la déception lui étreignait le cœur — elle aurait tant voulu voir celui de Luke.

Pourquoi se faisait-elle encore des illusions ? S'il avait voulu la rencontrer, il aurait pu saisir les multiples occasions d'expositions ou de réceptions auxquelles elle avait assisté ces derniers jours. Or, il ne l'avait pas fait. Peut-être son grand-père avait-il raison en fin de compte… Peut-être ne tenait-il pas réellement à elle. Non ! C'était faux. Son cœur lui hurlait le contraire.

Mais alors, pourquoi n'était-il pas là ? Un seul moment auprès de lui aurait suffi à aplanir leurs difficultés.

Soudain, son regard se posa sur des silhouettes rassemblées au bord du lac et son cœur se souleva d'allégresse et de peur mêlées. À travers la fumée blanche des feux d'artifice, elle le découvrit au bord de l'eau, en compagnie de ses parents et de Lord et Lady Pensum.

Autour d'elle, la compagnie s'extasiait à chaque nouvelle explosion de feu. Joanna pour sa part se contentait de regarder Luke. Elle aurait voulu courir vers lui, enlacer son torse puissant et enfouir le visage dans son cou à la senteur chaude et exotique. Les mises en garde de son grand-père lui enjoignaient cependant de rester aux côtés de Lord Jarsdel. Elle ne pouvait plus mettre en péril sa réputation, ou, plus grave encore, ignorer la gentillesse de son grand-père en s'affichant aux yeux de tous avec l'homme qui était impliqué dans le scandale la concernant. Elle devait rester prudente.

Soudain, elle vit Luke héler une jeune femme qui se tenait un peu plus loin. Elle était petite, avec des cheveux sombres et de grands yeux. Elle quitta aussitôt son petit groupe pour le rejoindre. Le regard qu'elle posait sur lui était éloquent. Aux yeux de cette jeune femme, Luke brillait bien plus que les feux d'artifice. De fait, il souriait largement tout en échangeant quelques mots avec elle. Son attitude tendre à l'égard de celle-ci serra violemment le cœur de Joanna.

Elle ne parvenait plus à respirer tant la douleur était intense. Son désir d'être aimée l'avait complètement aveuglée. Elle n'avait eu droit qu'aux recoins sombres et aux maisons isolées. Mais au grand jour, Luke avait d'autres compagnies à choyer.

Comme s'il avait senti ses yeux le transpercer, ce dernier se tourna vers elle et croisa son regard. Elle se raidit aussitôt pour ne pas laisser paraître la douleur qu'il lui infligeait. Elle ne lui montrerait pas sa faiblesse. Il posa ensuite les yeux sur Lord Jarsdel et ses lèvres se serrèrent brièvement, comme s'il désapprouvait. Puis il détourna le regard, lui signifiant sans ambages qu'il se désintéressait d'elle. Joanna crut sentir son cœur se briser à l'intérieur de sa poitrine.

— Lord Jarsdel, pourriez-vous m'expliquer comment ils fabriquent ces feux d'artifice ? le pria une dame non loin d'eux.

Comme il s'éloignait pour répondre obligeamment, Joanna

se retrouva isolée. Elle ralentit encore le pas, pour laisser les autres avancer. Si seulement elle avait pu s'échapper, retourner à la voiture et se réfugier à la maison pour pleurer à son aise… Les jardins avaient perdu tout éclat à ses yeux et sa bouche avait un goût de terre.

Elle tourna le dos au lac pour tenter de trouver une issue, lorsqu'un bruit de pas dans son dos l'incita à s'écarter rapidement du chemin pour se mettre à l'abri de la végétation. Son cœur cessa de battre lorsqu'on la saisit par le bras pour la tirer dans l'ombre d'un immense chêne.

Elle se retourna brusquement, prête à affronter son agresseur… quand elle se retrouva face à face avec Luke. Il était si près qu'elle parvenait à voir les détails de ses boutons dorés malgré la faible lueur qui parvenait jusqu'à leur cachette.

— Que faites-vous ? demanda-t-elle, sur la défensive.

— Ceci.

Et sans plus d'explications, il se pencha pour prendre sa bouche. Heureusement, elle parvint à réagir avant de se laisser ensorceler. Elle plaqua fermement les mains sur son torse pour le repousser et détourna le visage. Aussitôt, la fermeté des muscles de Luke sous ses doigts la troubla, tout autant que les questions qui tournoyaient dans son esprit. Ses bras raidis se détendirent peu à peu sous la chaleur communicative de son étreinte. Dieu, comme elle brûlait de s'abandonner à sa séduction envoûtante ! Heureusement, elle parvint à résister. Elle était une femme raisonnable et volontaire, pas une idiote soumise à ses sens !

— Lâchez-moi immédiatement ! Je refuse de me dissimuler une fois de plus. Certainement pas alors que vous courtisez une autre femme au grand jour !

Malgré la dureté de sa voix et la raideur de son corps, il garda les bras serrés autour d'elle. Leur pression affaiblit sa résolution, tout autant que l'impatience mâtinée de désir qu'elle lisait dans ses yeux.

— Je ne courtise personne à part vous.

— Parce que je suis riche désormais et que je peux convaincre mon grand-père de vous laisser la jouissance du terrain que vous convoitez.

Joanna vacilla lorsqu'elle vit sur le visage de Luke l'impact de ses accusations. Il ne recula cependant pas.

— Vous me pensez donc aussi méprisable ? demanda-t-il d'un ton incrédule.

— Mon grand-père en est convaincu, pour sa part. Moi, je ne sais plus que penser, lança-t-elle avec désespoir.

Entre ses bras, il était si facile de croire à son affection. Cela ne suffisait pourtant pas à apaiser ses craintes.

— D'abord, vous me voulez, continua-t-elle, puis non, puis vous revenez vers moi, toujours en secret, avant de vous afficher avec une autre femme !

— Pour l'amour du ciel, Joanna ! Cette dame est la sœur de Reginald. Elle est par ailleurs fiancée à un vicaire, expliqua-t-il d'une voix douce, bien loin du ton véhément avec lequel elle l'avait accusé. Elle est venue ce soir avec ses amis pour tenter d'oublier un instant son chagrin après la disparition de son frère.

Joanna sentit sa colère se dissiper, mais pas sa détermination à obtenir toute la vérité.

— Qu'en est-il de ma capacité à venir en aide à votre famille ?

— Cela n'a tout simplement rien à voir avec mon désir pour vous. En dépit de votre nouvelle relation avec Lord Helmsworth, vous restez celle que j'ai appris à aimer dans le Hertfordshire. Celle qui se préoccupe bien plus des autres que d'elle-même, qui comprend l'importance du devoir et de la loyauté envers ceux qu'elle aime.

Il lui replaça une mèche derrière l'oreille et laissa sa main posée sur la joue de Joanna.

— Je vous veux pour épouse, Joanna, je le voudrais même si vous n'étiez pas la petite-fille d'un marquis.

Elle le fixa intensément un long moment, la gorge serrée. Les yeux de Luke brûlaient de cette intensité dont il la couvait depuis leur première rencontre, et elle y lut la même admiration que ce jour dans la forêt où il lui avait évité d'être percutée, la même adoration qu'en cet instant où il lui avait fait sa demande au presbytère.

Il l'attira plus près, et cette fois elle ne résista pas. Elle se laissa aller contre lui, avec le même abandon que lors de la nuit merveilleuse qu'ils avaient partagée. Sous ses doigts, elle sentait le cœur de Luke battre avec force.

— Je vous aime, Joanna.

Elle serra convulsivement les revers de sa veste, ébranlée par la vérité qui émanait de ses paroles et ce qu'elles impliquaient. Personne ne l'avait jamais assurée de son amour, pas même Mme Dubois ou Miss Fanworth. Bien sûr, elles lui avaient donné de l'amour à leur façon, seulement ces trois mots magiques ne lui avaient jamais effleuré les oreilles jusqu'à cet instant. Sous la lumière vacillante des torches et des feux d'artifice, tous les risques qu'elle avait pris pour lui, toutes les insultes qu'elle avait subies, toutes les peurs qui l'avaient assaillie… Plus rien ne comptait.

— Dites-moi que vous m'aimez aussi, murmura-t-il, son visage tout près du sien.

Le ton était presque suppliant, sa voix mal assurée.

— Je vous aime, avoua-t-elle en fermant les yeux pour contenir ses larmes.

Alors, très doucement, il posa ses lèvres sur les siennes et les dernières craintes de Joanna disparurent dans le baiser passionné qu'ils échangèrent. Malgré les obstacles et les difficultés, il avait toujours été sincère à son égard, il ne l'avait jamais abandonnée, et elle agirait de même.

— Joanna ? Où es-tu ?

La voix de son grand-père les figea sur place. Elle se détacha de l'étreinte de Luke pour regarder à travers les buissons. Lord Helmsworth se tenait sur le chemin, regardant partout pour la retrouver.

— Que vais-je faire ? se lamenta-t-elle. Je ne peux pas lui briser le cœur comme ma mère l'a fait.

Luke la rejoignit et posa ses mains rassurantes sur les épaules de Joanna.

— Je vous promets de ne jamais vous obliger à choisir entre votre devoir envers lui et votre cœur. Nous trouverons un moyen de le gagner à notre cause.

Elle passa les bras autour de sa taille, soudain euphorique. Il allait se battre pour elle comme il se battait pour ses hommes. Il l'aimait comme elle avait toujours voulu être aimée.

— À présent, allez-y, avant qu'il ne s'inquiète.

Il la gratifia d'un baiser intense avant de la pousser vers le chemin.

Elle trébucha légèrement et dut se raccrocher aux branches pour retrouver son équilibre alors que son grand-père accourait vers elle, visiblement affolé.

— Joanna ! Ne refais plus jamais ça ou tu risquerais d'être confondue avec une femme de petite vertu.

Comme il semblait s'adresser plus aux buissons qu'à elle, elle sut qu'il avait compris avec qui elle était.

— Viens. Les autres nous attendent.

Elle le suivit docilement. Par chance, le spectacle éblouissant du final avait occupé l'attention des spectateurs et personne ne sembla noter son retour. Joanna contempla le ciel avec un large sourire. Elle ne savait pas encore comment tout cela finirait, mais Luke l'aimait et elle l'aimait. Tout s'arrangerait.

Luke regarda à travers les arbres Lord Helmsworth raccompagner Joanna auprès de Lord Jarsdel. Le comte se montrait aussi empressé auprès d'elle qu'un jeune prétendant. Luke mourait d'envie de marcher droit sur eux et de prendre la jeune femme dans ses bras pour que tous sachent qu'elle lui appartenait comme il lui appartenait, corps et âme. Hélas, créer un scandale n'aiderait certainement pas leur cause.

Alors, il partit sagement rejoindre les siens, ignorant les regards lourds de reproche du marquis qu'il sentait peser sur lui tandis qu'il passait non loin de ce dernier sur le chemin.

Miss Crowther le rejoignit avant qu'il n'atteigne ses parents.

— Je voudrais vous remercier encore une fois, major Preston, pour tout ce que vous faites pour Reginald et moi. Mon frère disait toujours que vous étiez trop honorable pour votre propre bien… et le sien, conclut-elle avec un sourire triste.

La jeune fille lui rappelait douloureusement son ami — elle avait les mêmes cheveux noirs et les mêmes yeux bruns que son frère, si ce n'était qu'elle était beaucoup plus petite et bien plus fluette. Luke suspectait cependant que sa minceur était la conséquence de repas trop maigres plutôt qu'une inclination naturelle, étant donné la carrure imposante de Reginald.

— J'ai fait de mon mieux pour influencer positivement ce vaurien, hélas, il a toujours résisté, en particulier dès qu'il s'agissait de cesser de fréquenter la taverne et les tables de jeu.

— Il doit probablement être en train de vider les poches de soldats français à l'heure qu'il est !

Ils gardèrent un instant le silence, toute joie éteinte alors qu'ils entendaient résonner entre eux les mots qu'ils ne s'autoriseraient pas à prononcer. *S'il a survécu…* La possibilité qu'il puisse ne plus jamais revoir son ami le faisait atrocement souffrir.

— Il reviendra, déclara-t-il d'une voix rauque. Il est bien trop charmant pour périr.

— Vous avez raison. Nous devons garder espoir. Bonne nuit, major.

Elle le quitta pour rejoindre ses amis et Luke entendit la voix de son père l'appeler.

— Luke, viens. Ton frère a une grande nouvelle !

Comme il se dirigeait à pas rapides vers les siens, Luke observa son frère, qui se tenait très droit aux côtés d'Alma. Les traits de son visage semblaient adoucis, comme si la disparition de l'amertume qui l'habitait l'avait subitement rajeuni. Alma aussi semblait différente. Quel événement avait bien pu produire une telle métamorphose ?

— Eh bien, vas-y, Edward, dis-le-lui ! insista leur père qui s'agitait d'une jambe sur l'autre tant il était excité.

Edward prit la main de sa femme et ouvrit la bouche, mais leur père ne put s'empêcher de lui couper la parole :

— Alma attend un enfant pour la nouvelle année ! s'exclama-t-il.

Une nouvelle fusée lumineuse explosa au-dessus de l'eau, illuminant un peu plus les larges sourires de son frère et de sa belle-sœur. Leur mère ne put retenir ses larmes un instant de plus et elle serra Alma contre son cœur. Les yeux de leur père aussi étaient rougis tandis qu'il congratulait son fils en lui appliquant des tapes paternelles dans le dos. Luke resta un instant immobile, stupéfait.

Un enfant. Ses yeux rencontrèrent ceux d'Alma. Ainsi, c'était de ce miracle-là qu'elle parlait lorsqu'elle disait « y croire à nouveau ». Alma et Edward allaient enfin être parents ! Brusquement, une bouffée de joie intense le submergea. Il allait être bientôt oncle et pourrait se marier à son tour pour fonder une famille avec la femme qu'il aimait. La nuit lui sembla plus magnifique encore.

Luke s'avança pour administrer une étreinte chaleureuse à son frère.

— Bravo, dit-il simplement.

— Alma m'a dit que tu y as cru pour nous lorsque nous avions perdu espoir. C'est toi qui lui as donné le courage d'y croire à nouveau, dit Edward d'une voix enrouée en l'entraînant un peu à l'écart.

Son visage exprimait une reconnaissance et une humilité que Luke ne lui avait encore jamais vues.

— Je te remercie infiniment pour les sacrifices que tu as consentis pour nous. Je suis désolé de m'être montré si souvent désagréable à ton égard. Ces dernières années ont été très éprouvantes. Tu avais entièrement raison. J'étais jaloux de ton accomplissement dans l'armée parce que j'ai échoué tout ce temps dans la seule mission qui me revenait — produire un héritier. Je n'aurais jamais dû passer mes nerfs sur toi. J'imagine qu'avoir un enfant n'est qu'un piètre accomplissement à tes yeux, après tout ce que tu as fait. Seulement, pour moi, au-delà du bonheur d'être père, c'est aussi un moyen de ne pas voir disparaître tout ce pour quoi père et moi avons si longtemps lutté. Avoir un héritier qui ne manquera pas de la sécurité qui nous a si souvent fait défaut… Cela représente beaucoup à mes yeux.

En entendant ces paroles, Luke sentit la tension qui avait existé entre eux s'évaporer. Joanna avait eu raison à propos de son frère et pour la première fois, il prenait conscience que leurs destins n'étaient pas si éloignés. Comme lui, Edward s'était débattu avec ses propres blessures. Et il avait finalement triomphé.

— J'admire ce que tu as accompli pour le domaine et la lignée. Je ne t'ai pas donné assez de crédit. Tu es un homme bon, Edward, et tu mérites le bonheur et le succès pour toute ta petite famille. J'ai tellement hâte d'accueillir ce nouvel Ingham parmi nous !

Ils se contemplèrent un instant dans un silence ému, avant de s'étreindre.

— Si tout va bien pour Alma et le bébé, tu pourras retourner à ta carrière militaire, déclara Edward.

— Je pourrais, admit-il sans enthousiasme.

Son regard se dirigea aussitôt vers Joanna. La joie qu'il avait tellement voulu lui voir éprouver lors de son séjour dans le Hertfordshire lui illuminait le visage. À vrai dire, l'ardent besoin qu'il avait eu de retourner en Espagne semblait avoir disparu. La proposition de Lord Beckwith de servir le pays d'une autre façon lui semblait soudain infiniment plus séduisante. Certes, ce ne serait pas la même chose que de se tenir parmi ses hommes face aux mousquets ennemis, mais il pourrait initier un changement profitable dans l'armée. Tout en restant ici, auprès de Joanna.

Une fois qu'ils seraient mariés, elle aurait sûrement envie de l'aider dans ses missions en gagnant les épouses des dirigeants à leur cause. Désormais, il avait *deux* très bonnes raisons de rester.

À travers les vitres de la berline, Joanna regardait défiler les rues sombres et vides de la capitale, parfois éclairées par les lanternes des garçons qui conduisaient des groupes de gens jusque chez eux. Son souffle dessinait une buée légère sur la vitre, en raison du froid automnal qui s'était installé. Mais elle-même se sentait parfaitement bien. Il lui suffisait de se remémorer la chaleur des lèvres de Luke pour se sentir instantanément réchauffée.

Il m'aime, songea-t-elle, transportée. Ces mots avaient autant de valeur à ses yeux que la demande en mariage qu'il avait réitérée. Après toutes ces années où elle avait été abandonnée, par sa mère, puis par Mme Dubois, elle trouvait enfin quelqu'un qui refusait de la mettre à l'écart. Elle pressa doucement ses lèvres l'une contre l'autre, savourant le goût du baiser de Luke. Il la voulait, non par culpabilité ni par intérêt, mais par amour.

— J'ai une surprise pour toi, annonça son grand-père avec entrain. J'ai organisé un bal en ton honneur la semaine prochaine.

Aussitôt, le sentiment d'euphorie qui l'habitait s'évanouit. Elle se redressa d'un coup.

— Pourquoi n'en avez-vous pas discuté avec moi au préalable ? demanda-t-elle, agacée.

Elle aurait sûrement dû se sentir infiniment reconnaissante et le remercier. Sans doute les jeunes filles rêvaient-elles toutes de devenir les héroïnes de leur propre bal, mais c'était loin d'être son cas ! Elle détestait être au centre de l'attention, d'autant plus quand le public pensait en grande majorité des horreurs à son sujet. Lady Huntford en était un bon exemple.

Visiblement surpris de sa réaction, son grand-père vint s'asseoir à côté d'elle.

— Pardonne-moi. En fait, je souhaitais le faire depuis le jour où nous nous sommes retrouvés. J'ai quelque chose d'autre à te montrer…

Il lui tendit le pendentif avec la miniature de sa mère qu'il lui avait montré à Huntford Place, ce jour où il était venu la chercher. Sans un mot, il le lui passa au cou.

— Il est à toi. Mais ce n'est pas tout…

Il sortit de la poche de son manteau une lettre qu'il lui tendit. Le papier, pourtant de très bonne qualité, avait été jauni par les ans et les angles étaient abîmés. Elle la retourna pour lire à qui le courrier était adressé.

Une seule ligne — *À ma fille.*

— Qu'est-ce que c'est ? demanda Joanna, dont les membres s'étaient raidis.

— Une lettre de ta mère. Pour toi. Elle l'a écrite un jour avant sa mort et l'a donnée à Mr Browning, mon avoué. Elle pensait alors qu'il te retrouverait sans peine. Il me l'a à son tour remise lorsque nous t'avons finalement retrouvée. Je voulais te la remettre avant, seulement j'ai cru bon d'attendre que tu sois bien installée dans ta nouvelle existence.

Joanna vacilla, les doigts tremblant sur le papier qu'elle s'efforçait de ne pas serrer trop fort, de peur qu'il ne tombe en poussière et avec lui, les mots de sa mère.

— Vas-y, ouvre-la, dit doucement son grand-père.

Joanna la déplia avec précaution pour découvrir l'écriture heurtée et tremblante de sa mère à l'agonie.

Mon enfant chérie,

Il y a tant de choses que j'aimerais te dire, hélas, je suis tellement faible que le moindre mot me coûte. L'année dernière, j'ai suivi les élans de mon cœur, et cela m'a apporté autant de joie sans partage que de chagrin profond. Ton père est mort désormais, tué sur le champ de bataille, et je crains de devoir le suivre très bientôt dans la tombe. Comme je suis malheureuse de devoir te quitter à mon tour !

J'aimerais tant être là le jour où tu feras tes premiers pas, le jour où tu monteras à cheval pour la première fois… Peut-être que ton grand-père t'offrira un jour le bal dont j'ai rêvé pour faire mon entrée dans le monde, alors que tu grandissais dans mon ventre. Je pleure en songeant que je ne serai pas là pour y assister.

Je n'ai plus assez de temps pour te dire tout ce qui te serait utile pour avancer dans la vie, alors je ne t'écris que le plus important. Je t'ai aimée depuis le premier instant où je t'ai sentie grandir en moi et je t'aimerai toujours. Ne doute jamais de mon amour, ma chérie, ni d'avoir été une enfant désirée.

N'aie jamais peur de suivre ton cœur, mais fais-le avec prudence. C'est une leçon que j'ai, hélas, apprise trop tard.

Ta mère qui t'aime

Lorsqu'elle acheva de lire les derniers mots, les yeux de Joanna étaient mouillés de larmes et sa gorge si serrée qu'elle avait du mal à respirer. Les regrets l'assaillaient pour tous ces moments que sa mère et elle ne connaîtraient jamais. L'enfance qu'elle aurait pu avoir si sa mère avait survécu lui passait devant les yeux. Pourtant, elle refusa de se laisser aller à la nostalgie des regrets.

Joanna s'appuya contre l'épaule de son grand-père, qui l'entoura affectueusement de son bras. Peu à peu, un intense sentiment de bien-être l'envahit. Elle avait si longtemps cru que ses parents n'avaient pas voulu d'elle !

— Comprends-tu, à présent, pourquoi j'ai organisé ce bal ?

— Oui, répondit-elle doucement.

Elle caressa encore et encore le papier parcheminé tout en parcourant sans relâche les mots d'amour qu'elle avait cru ne jamais lire. Son regard se concentra finalement sur une ligne en particulier.

« N'aie jamais peur de suivre ton cœur, mais fais-le avec prudence. »

Sa mère n'avait visiblement pas regretté d'avoir aimé son père, seulement les ravages qui en avaient résulté. Cette mise en garde parlait directement à son cœur. Elle lisait dans les paroles de sa mère la permission de construire une vie entière aux côtés de Luke, ainsi que la façon dont elle devait s'y prendre. Si elle se montrait sage et avisée dans ses décisions, moins impétueuse dans ses choix que ne l'avait été sa mère, elle pourrait triompher des difficultés et son amour en sortirait grandi, alors qu'il avait mené sa mère à la mort. Il lui fallait être patiente et gagner peu à peu les faveurs et l'approbation de son grand-père.

— J'imagine que ce bal sera ravissant, cependant j'ai encore une requête, grand-père.

Nerveuse, elle s'écarta de lui pour se redresser. Ses doigts tremblaient légèrement et elle se sentait quelque peu coupable de le contrarier. Néanmoins, elle était résolue. Après tout, si Luke désirait se battre pour elle, elle devait agir avec autant de courage que lui au lieu de reculer devant ses angoisses.

— J'aimerais que vous conviiez aussi les Ingham.

Un instant, son grand-père la regarda avec des yeux écarquillés de surprise, avant que l'habituelle expression de rancœur ne réapparaisse.

— Je refuse de les voir.

Joanna croisa les bras et poursuivit :

— Vous avez pourtant déclaré vouloir réparer ce qui s'était produit avec Jane. La querelle entre vos deux familles doit prendre fin.

— Je t'ai également demandé de ne plus revoir cet homme, la réprimanda-t-il.

— Je sais, se contenta-t-elle de répondre, sans se laisser impressionner. Écoutez-moi, grand-père. Vous vous êtes montré tellement généreux envers moi, je voudrais que tous, y compris les Ingham, puissent voir quel homme merveilleux vous êtes. Je suis sûre que cela pourrait résoudre les vieux conflits.

Elle prit sa main dans la sienne pour la presser tendrement. Il garda le silence un long moment, les yeux fixés sur leurs mains enlacées. Malgré les battements frénétiques de son cœur, Joanna se força à contrôler le sentiment de panique qui l'envahissait. Elle s'était affirmée, et elle devait à présent attendre de voir comment il réagirait.

Il leva enfin le visage vers le sien. Son expression ne s'était guère adoucie, mais ses mots l'emplirent d'espoir.

— Tu parles comme ta mère, ce soir. Elle avait l'habitude d'être la pacificatrice de la famille du temps où ta grand-mère était encore en vie. Tu as raison, cette querelle a bien trop duré. Je vais inviter les Ingham et faire en sorte d'apaiser les tensions.

— Je vous remercie du fond du cœur, grand-père, s'écria-t-elle, débordant de gratitude.

Elle lui déposa un baiser sur le front, le cœur empli de confiance et d'amour. Elle avait osé exprimer ses sentiments et ses aspirations véritables, et le monde ne s'était pas pour autant écroulé. Au lieu de la catastrophe à laquelle elle s'attendait, son courage avait entrouvert la voie d'une réconciliation avec les Ingham et peut-être aussi le chemin vers Luke.

Chapitre 14

— Lord Helmsworth souhaite voir le major, annonça le majordome.

À cette annonce, tout le monde reposa ses couverts et se tourna en direction de Luke, assis au bout de la table.

— Eh bien ! Il semblerait que tu aies finalement triomphé de cet entêté ! Bien joué ! le félicita son père en levant son verre. Décidément, cette semaine restera mémorable…

— Ne vous réjouissez pas trop vite, tempéra Luke en se levant de sa chaise.

Qu'est-ce qui avait bien pu amener le marquis ? Joanna était-elle parvenue si tôt à apaiser la rancœur de son grand-père ? Il en doutait. Tout en se dirigeant vers le petit salon, il se sentait sur ses gardes, comme lors de ces matinées trop calmes qui annonçaient immanquablement une bataille.

— Major Preston, c'est un plaisir de vous revoir, le salua Helmsworth avec un sourire exagéré.

— Marquis. À quoi dois-je le plaisir de votre visite ?

— J'aimerais vous parler de Miss Radcliff, annonça-t-il de but en blanc.

Les deux hommes restèrent silencieux un instant, s'affrontant du regard comme deux coqs. Luke l'observa attentivement. Depuis son retour de la campagne, le vieux lord avait un peu perdu de son aspect sauvage, comme si les tailleurs de Savile Row avaient su le civiliser. Cependant, Luke ne s'arrêta pas longtemps sur le tissu raffiné de la redingote de son visiteur, car ce qui l'inquiétait bien davantage, c'était son regard. Le regard malin du chat qui a attrapé une souris et s'apprête à jouer avec elle.

— Voyez-vous, je donne un bal en son honneur dans quelques jours et je serais enchanté que vous et votre famille soyez présents.

— Enchanté ? répéta Luke avec une incrédulité sarcastique.

— Tout à fait. Je pense qu'il est grand temps que nous mettions nos différends de côté. Aussi, je suis prêt à céder la terre de la rivière à votre famille… À une condition.

Nous y voilà, songea Luke, de plus en plus sur la défensive.

— Quelle condition ?

— Votre parole que vous ne reverrez plus Joanna après le bal. Jamais.

Ces mots frappèrent Luke comme un coup de baïonnette en plein cœur.

— Vous pensez que mon intérêt pour elle est si mince qu'il peut être acheté, comprit-il, interdit.

— Je sais que vous lui avez parlé à Vauxhall. Il ne vous a pas suffi de la déshonorer, vous vouliez en plus la compromettre afin de vous assurer qu'elle ne puisse pas en épouser un autre. Je ne vous laisserai pas faire ! Je ne laisserai pas Joanna commettre la même erreur que sa mère !

— La seule erreur qu'elle pourrait faire serait de renoncer à ses désirs pour se plier aux ordres de quelqu'un d'autre. Je refuse de la laisser se sacrifier pour vous, quelles que soient les quantités de terre ou d'argent que vous me jetterez au visage.

Luke était livide de rage mais Lord Helmsworth reprit d'une voix parfaitement calme :

— Dans ce cas, j'en appelle à votre sens de l'honneur. Si vous continuez à courir après Joanna, non seulement j'annulerai la dot très généreuse ainsi que l'héritage que je lui réservais, mais je lui retirerai en outre ma protection. Je la renverrai dans son école de jeunes filles et l'abandonnerai à son sort.

Luke se retint de justesse de lancer son poing dans le visage de cet homme odieux.

— Comment pouvez-vous être à ce point sans cœur ? lâcha-t-il avec mépris.

— Parce qu'un homme dans votre genre m'a déjà arraché le cœur en me prenant mon unique enfant et dix-neuf années avec ma petite-fille ! Je ne le supporterai pas une nouvelle fois ! s'emporta-t-il.

Luke sentit sa fureur retomber tant le visage du vieil homme exprimait la douleur et le désespoir. Il inspira lentement. Il avait vu bien des hommes profondément blessés sans être marqués d'aucune cicatrice. Leur capacité à endurer la souffrance et les horreurs s'amenuisait à cause de leurs expériences traumatisantes. C'était ce même désespoir qui incitait Lord Helmsworth à lui faire cette proposition ignoble et il eut pitié de lui. Lorsqu'il prit la parole, il s'adressa à lui comme à l'un de ces soldats dont la guerre avait détruit la force mentale.

— Joanna a le cœur suffisamment généreux pour nous aimer l'un et l'autre. Il n'y a nul besoin de l'obliger à choisir.

Le chagrin du marquis sembla s'apaiser quelque peu face à l'assurance de Luke et il resta silencieux un long moment. Il était clair que celui-ci aimait sincèrement Joanna, seulement le passé l'aveuglait à un point tel qu'il ne parvenait plus à distinguer ce qui s'était produit près de vingt ans plus tôt de ce qui se passait aujourd'hui. Luke priait de toutes ses forces pour que la compassion l'emporte et convainque l'homme bon et joyeux qu'il avait rencontré lors de cette veillée de Noël bien des années plus tôt, avant que le malheur ne balaie une partie de sa raison. Si seulement cet homme-là avait le dessus sur le vieillard aigri et blessé qui se tenait devant lui…

Brusquement, Lord Helmsworth tira sur les revers de son veston et son habituelle façade d'arrogance et d'assurance reprit place sur son visage. Luke serra les mâchoires : sa souffrance l'avait emporté sur sa bonté.

— Elle devra choisir si vous m'y obligez et il se pourrait qu'elle ne fasse pas le choix que vous espérez. Si elle me choisit, vous aurez tout perdu, y compris l'accès à la rivière. Je connais les dettes de votre famille, il suffit de quelques mauvaises récoltes et vous serez forcés de vendre Pensum Manor. Vous seriez le seul responsable de la ruine de vos proches. Voici le contrat de vente du terrain, continua-t-il en sortant un document de sa poche. Je vous le donne dès aujourd'hui afin que votre famille puisse agir rapidement... si vous promettez de ne plus la revoir.

Le cœur vide, Luke garda les yeux fixés sur le document roulé et noué d'un ruban rouge. Il avait beau chercher comment s'extraire de cet ultimatum monstrueux, il ne trouvait aucune issue. Cet homme était tellement brisé que Luke ne doutait pas un instant qu'il mettrait ses menaces à exécution et abandonnerait Joanna à son sort. Luke ne supporterait pas d'être le moyen par lequel son grand-père la ferait souffrir. Il ne voulait pas voir l'aura de joie et de bonheur qui l'entourait dans les jardins de Vauxhall s'évanouir par sa faute.

Avec Lord Helmsworth, elle aurait une vie confortable, sans avoir à s'inquiéter de manquer d'argent ou d'avoir un toit au-dessus de la tête. À l'opposé, Luke ne pouvait rien lui offrir, sinon des dettes ou la vie difficile d'une femme de militaire.

Au lieu de diriger un domaine prospère, elle avancerait dans la boue, à l'arrière des troupes, exposée aux maladies ou aux armées ennemies, toujours inquiète qu'il puisse ne pas rentrer du front. Si cela arrivait, elle se retrouverait seule, sans aucun moyen de survie, sinon la charité de sa famille qui serait occupée à lutter pour sauver Pensum Manor. Luke ne pouvait supporter de l'imaginer confrontée à un tel péril à cause de ses désirs égoïstes. Il savait déjà qu'il regretterait jusqu'à son dernier souffle ce qu'il s'apprêtait à faire, mais il n'avait pas le choix. Il lui avait juré de ne pas l'obliger à choisir entre son grand-père et lui. Il tiendrait parole.

— Je mettrai fin à notre relation, annonça-t-il d'une voix sourde. Non à cause de ce maudit acte avec lequel vous prétendez m'acheter, ni pour vous, mais seulement pour elle. Je l'aime assez pour la laisser partir si je sais que cela peut lui assurer une meilleure existence. Vous pouvez lui offrir plus que je ne pourrais le faire, le genre de vie qu'elle mérite d'avoir. Et après avoir passé sa vie seule, elle ne pourrait supporter que vous l'abandonniez.

À son crédit, Lord Helmsworth sembla plus surpris que triomphant face au succès de son chantage. Il semblait… démuni, comme s'il ne s'était pas attendu à ce que son plan fonctionne réellement. Cela ne dura qu'un instant avant qu'il ne reprenne contenance.

— Bien. Puisque nous sommes tombés d'accord, vous viendrez au bal et vous lui expliquerez qu'il n'y a pas d'avenir possible pour vous deux.

Luke acquiesça malgré son cœur qui se brisait dans sa poitrine. L'idée de la faire souffrir, de ne plus jamais la revoir… C'était insoutenable.

— Et comme vous avez démontré être un homme d'honneur, je vous donne le terrain.

— Je n'en veux pas, cracha-t-il, écœuré et malheureux.

— Prenez-le tout de même. À partir d'aujourd'hui, je ne veux plus rien avoir à faire avec vous ou votre famille, aboya Lord Helmsworth en jetant le parchemin sur la table.

Puis il traversa la pièce, le menton levé. Une fois seul, Luke chancela et ferma les paupières. Maudit honneur ! Cette fois, il lui avait coûté son cœur.

Joanna se tenait debout à l'entrée de la salle de bal, essayant de rester digne et calme malgré son exaspération. Elle venait de passer les deux dernières heures à saluer une ronde sans fin de visages inconnus. Sa tête était prête à exploser tant elle avait entendu de titres. Visiblement, tout le monde était bien trop curieux de scruter la petite-fille du marquis de Helmsworth pour songer à éviter la file des présentations. Tous, sauf Luke. Il n'était pas encore arrivé.

Quelques jours plus tôt, à l'occasion d'une balade dans Rotten Row, son grand-père lui avait annoncé que les Ingham avaient accepté l'invitation qu'il leur avait transmise. Apparemment, il leur avait rendu visite pour clarifier la dispute qui les opposait.

Elle n'était pas parvenue à obtenir plus de détails de sa part, mais elle se sentait sur un petit nuage depuis ce jour-là. Bientôt, Luke et elle seraient enfin réunis !

— Nous avons suffisamment passé de temps debout, annonça enfin son grand-père au majordome. Envoyez les nouveaux arrivants directement dans la salle, ils nous y trouveront.

Il l'escorta sur la piste de danse. Juste derrière eux venait Mme Petit, qui semblait encore plus effrayée que Joanna lors de son premier bal, à Pensum Manor. Ce souvenir amena un sourire à ses lèvres. Luke avait été le point d'orgue de cette soirée comme il le serait encore ce soir. S'il arrivait enfin… Oui, il viendrait ! Il le fallait !

Au bras de son grand-père, elle passa sous les guirlandes de verdure qui ornaient les colonnades. Les meilleurs musiciens jouaient sur une estrade tandis que des valets de pied en livrée offraient les meilleurs vins aux invités triés sur le volet. Joanna parcourut la foule du regard à sa recherche. Ce soir, elle comprenait l'obsession de Frances qui guettait partout le lieutenant Foreman. Plus rien n'importait, sinon le voir. Elle se moquait de sa ravissante nouvelle toilette, des danseurs, des regards de haine que lui adressaient les matrones… Elle était bien trop heureuse que Luke ait accepté l'invitation, et surtout que son grand-père l'ait invité. Soudain, un nouvel horizon qu'elle n'avait pas osé imaginer jusque-là se découvrait devant elle. Voilà sans doute pourquoi elle était aussi soucieuse et troublée par le retard de Luke à la soirée.

Ils atteignirent le bout de la piste de danse et l'inquiétude la taraudait de plus en plus, amoindrissant quelque peu son excitation. Luke n'apparut pas dans la nuée de gentlemen qui venaient lui réclamer une danse… Elle n'eut d'autre choix que d'accepter pour cavalier un petit homme, visiblement très titré mais dont elle aurait été bien incapable de se rappeler le nom. Un mois plus tôt, les hommes comme lui n'auraient même pas remarqué son existence — sauf peut-être pour « s'amuser » avec elle comme avait voulu le faire Mr Selton — et voilà qu'aujourd'hui ils réclamaient tous une danse ! Ce qu'ils voulaient surtout, c'était entrer en relation avec un marquis et mettre la main sur une dot suffisamment importante pour leur faire oublier son passé modeste. Il était certes fort divertissant de tourner la tête à de tels hommes, hélas cela ne suffisait pas à détourner son attention de Luke et des raisons pour lesquelles il n'apparaissait toujours pas.

Lorsque la musique commença, elle fut forcée de se concentrer sur les pas que son maître de danse lui avait enseignés ces dernières semaines. Les autres jeunes femmes semblaient évoluer sans effort tandis qu'elle avait toutes les peines de monde à conserver un minimum d'élégance sans trébucher. Heureusement, son partenaire se montrait patient lorsqu'elle manquait des pas, même s'il était évident que les matrones et les jeunes ladies restées le long des murs ne se montraient pas aussi charitables. Sa piètre performance de danseuse renforçait sans aucun doute leur conviction qu'elle n'était pas faite pour appartenir à leur monde.

D'ailleurs, elle n'était pas sûre d'être en désaccord avec elles. Toutefois, accepter son grand-père, c'était accepter une place dans la haute société. Elle devait apprendre à s'adapter comme elle l'avait fait chez les Huntford.

Elle redressa le menton et s'élança pour terminer la danse. Après tout, sa vie triste et solitaire semblait définitivement révolue. Peu importait combien de personnes autour d'elle attendaient qu'elle commette une erreur, elle ne les laisserait pas la rabaisser comme Lady Huntford et Frances avaient essayé de le faire à Vauxhall. Elle n'avait plus honte de qui elle était et elle affronterait le monde au lieu de s'en cacher. Simplement, son triomphe aurait été plus complet si Luke avait été auprès d'elle.

Son partenaire de danse s'arrêta, la main levée pour qu'elle puisse se mouvoir en cercle autour de lui. Une sensation étrange coula soudain de ses épaules nues le long de son dos. Elle posa les yeux sur la foule. *Luke*. Il se tenait au bout de la piste, parfaitement ignorant de l'attention que lui portaient de nombreuses jeunes femmes. Son habit noir faisait ressortir ses traits ciselés et la nuance si particulière de ses cheveux. D'instinct, elle libéra ses doigts enlacés à ceux de son partenaire pour le rejoindre, puis elle se reprit et lui adressa un sourire séducteur. Pour toute réponse, il serra les mâchoires, faisant jouer les muscles de son visage.

La joie de le revoir se transforma aussitôt en détresse. *Quelque chose n'allait pas.* Elle tournoya encore au gré de la musique, avant de le regarder à nouveau. Il semblait aussi sombre et tourmenté que le soir où il lui avait appris la disparition de ses hommes. Joanna se força à garder son calme. Elle refusait de laisser l'apparence sévère de Luke la faire battre en retraite une fois de plus. Il était venu, et quel que soit le souci qui le tourmentait, ils trouveraient une solution ensemble comme ils l'avaient déjà fait à de nombreuses reprises auparavant.

Enfin, la danse prit fin et Joanna s'efforça de marcher calmement au côté de son compagnon tandis qu'il la ramenait auprès de son grand-père. Ce dernier allait accorder sa main à un autre jeune homme lorsque la haute silhouette de Luke s'interposa.

— Puis-je ?

Elle leva les yeux vers Lord Helmsworth, s'attendant à un refus puisque la prochaine danse serait une valse — bien trop intime —, pourtant il fit un signe d'acquiescement à Luke. Un sourire étrange flottait sur les lèvres de son grand-père. Un pressentiment insidieux la fit frissonner.

Puis toutes ses préoccupations disparurent lorsque les doigts de Luke s'enroulèrent autour des siens. Ils marchèrent côte à côte pour prendre place sur la piste. Tandis qu'ils avançaient, Joanna revoyait en pensée les instants magiques qu'ils avaient passés dans les bras l'un de l'autre lors de leur nuit au presbytère. Elle avait connu une telle félicité entre ses bras…

Ce soir pourtant, il n'était pas question de félicité ni de paix. Nulle trace d'amusement dans le pli amer de la bouche de Luke, nulle sensualité discrète dans la main qu'il posait sur le bas de son dos. Alors qu'il l'enlaçait et prenait sa main dans la sienne, Joanna retint un sanglot. Autour d'eux, les murmures s'intensifièrent, leur proximité devait nécessairement relancer les rumeurs qui avaient circulé sur leur compte. En cet instant, pourtant, elle s'en moquait. Tout son intérêt était concentré sur Luke et cette force obscure qui émanait de lui pour la tenir à l'écart.

— Vous êtes arrivé tellement tard que j'ai cru que peut-être vous aviez changé d'avis, murmura-t-elle, la gorge serrée.

Elle le regarda par en dessous. Elle avait déjà douté de lui auparavant et elle avait eu tort. Il allait apaiser ses craintes et tout redeviendrait comme avant.

— Comment aurais-je pu ne pas venir ?

Malgré ces mots, sa voix était désespérément froide et convenue. La musique résonna et ils commencèrent à tournoyer. Ils évoluaient raides et figés comme des figurines de bois, et Joanna en avait mal au cœur.

— Que se passe-t-il, Luke ? demanda-t-elle sans pouvoir masquer la panique dans sa voix.

Il gardait le regard fixé au-dessus de sa tête, comme s'il refusait de la regarder en face.

— Nous devons parler seul à seule.

— Dites ce que vous avez à dire maintenant ! exigea-t-elle. Je refuse d'attendre.

— Non, pas devant vos invités.

Sa main se raidit dans la sienne.

— Dans ce cas, escortez-moi immédiatement hors de la salle de bal.

— Les gens parleraient.

— Nous prétendrons que je me suis sentie mal.

De toute façon, elle se sentait réellement au bord de la nausée. Il arrêta brusquement leur valse avant de l'escorter hors de la pièce. Son grand-père était tellement absorbé par sa conversation avec Lord Jarsdel qu'il ne sembla pas remarquer leur départ. La foule curieuse s'écarta pour les laisser passer sans cesser de murmurer. Ce qui aurait dû être la danse de la soirée, ce moment de bonheur absolu qu'elle attendait depuis des jours, s'était transformée en une marche interminable et humiliante.

Un instant plus tard, Mme Petit avançait dans leur sillage,

donnant à leur départ une teinte de respectabilité. Ils passèrent une porte et arrivèrent dans la salle de musique.

— Miss Radcliff, où allons-nous donc ? lança Mme Petit.

— Le major Preston et moi-même devons discuter d'un sujet important.

— Seuls ? C'est impossible, voyons !

La brave femme se hâta pour se placer entre eux et la porte de la salle de musique. Il n'y avait personne dans le reste de la maison puisque tout le personnel avait été réquisitionné pour le bal.

— Il le faut, rétorqua-t-elle avec irritation. Écartez-vous, s'il vous plaît.

Joanna remarqua avec horreur qu'elle agissait exactement comme Frances lorsqu'elle avait essayé d'empêcher celle-ci de commettre une erreur. La honte l'envahit et elle s'approcha de sa dame de compagnie pour poser la main sur son bras.

— Pardonnez-moi. Je ne veux pas me montrer désagréable, mais je vous assure que j'ai besoin de discuter en privé avec le major Preston, seulement quelques minutes.

— Miss Radcliff…, protesta-t-elle.

— Je vous en prie, c'est important.

Mme Petit les regarda tour à tour avant de pousser un profond soupir. Elle avait dû être convaincue par le maintien rigide et distant de Luke. Quelles que soient leurs raisons de se parler en privé, il était évident que cela n'impliquait aucun acte déplacé.

— Très bien. Vous pouvez discuter seuls quelques instants et je resterai juste derrière la porte.

— Bien sûr. Je sais que je peux compter sur vous, l'assura Joanna en lui serrant gentiment le bras.

Puis elle ouvrit la porte qui donnait sur le petit salon et fit signe à Luke de la suivre.

— Vous n'êtes pas venu pour me demander ma main, dit-elle.

Ce n'était pas une question, mais une constatation. Autour d'elle, les portraits de sa mère et de sa grand-mère les regardaient tandis qu'ils s'affrontaient en silence.

— Non, je suis venu mettre un terme à tout cela, répondit-il d'une voix tendue.

Joanna saisit le dossier d'une chaise, par bonheur à portée de main alors que toute la pièce se mettait à tourner dangereusement. Elle le fixa, hébétée, essayant de se persuader qu'elle avait mal entendu. Mais il était clair à la ligne dure de sa mâchoire qu'elle avait parfaitement compris. Son impatience de le retrouver, la perspective de pouvoir bientôt s'unir à lui en toute liberté… tout disparut, ne laissant au centre de sa poitrine qu'une béance atrocement douloureuse. Il l'avait poursuivie de ses assiduités dans le Hertfordshire puis à Londres, anéantissant peu à peu ses réserves et ses protestations tandis qu'il prenait possession de son cœur. Après tous ces efforts, toutes ces belles paroles, après les risques qu'ils avaient pris… C'était finalement son grand-père qui avait eu raison. Luke ne l'aimait pas.

Pourtant, son cœur refusait encore d'y croire. C'était impossible. Face à elle, ce n'était pas l'homme bon et déterminé qu'elle connaissait.

— Pourquoi ? dit-elle dans un souffle.

— Au cours des derniers jours, j'ai pris conscience que les obstacles qui nous séparent sont infranchissables.

— Alors vous abandonnez ? Par lâcheté ? Je ne vous crois pas.

Il devait y avoir une autre raison qui l'avait fait changer d'avis. Soudain, elle comprit.

— Mon grand-père a exigé que vous me quittiez en échange du terrain de la rivière.

Luke maudit en silence Lord Helmsworth et son odieux chantage. Il ne pouvait dire la vérité à Joanna. S'il le faisait, elle haïrait son grand-père et il avait juré de ne pas se mettre entre eux, peu importaient les souffrances que cela impliquait pour Joanna et lui. Il devait préserver ses rêves. Elle avait toujours voulu une famille et il la lui conserverait coûte que coûte, même si cela signifiait qu'il n'en ferait jamais partie.

— Non.

— Alors que se passe-t-il ? Je vous en prie, dites-moi la vérité, supplia-t-elle. Vous avez dit que vous m'aimiez.

Luke ferma les yeux. Le doux parfum de Joanna lui emplit les narines comme elle s'approchait de lui. Il aurait tant voulu l'embrasser jusqu'à lui faire oublier la peine qu'il lui causait. Hélas, il ne pouvait que rester immobile et distant alors qu'il détruisait l'amour qu'elle lui portait.

— Je vous aime, Joanna, et je vous aimerai toujours, mais j'ai eu tort de vous courtiser. En réalité, j'ai toujours eu l'intention de retourner en Espagne et je peux le faire désormais puisque mon frère va avoir un enfant.

— Vous voulez dire que vous avez eu tort de vouloir afficher aux yeux de tous votre relation avec une gouvernante illégitime dont vous avez ruiné la réputation, cracha-t-elle.

La haine et la douleur assombrissaient ses magnifiques yeux saphir. Ses mains s'étaient fermées en poings serrés. Il aurait mérité qu'elle le frappe, mais elle n'esquissa pas le moindre geste malgré la rage qui l'animait.

— Mon grand-père avait raison ! Vous avez obtenu ce que vous vouliez de moi au presbytère, en secret, mais dès qu'il s'agit de révéler notre relation au grand jour, vous avez trop honte pour vous afficher avec moi. Pas étonnant que vous soyez arrivé si tard ce soir ! Je suis même surprise que vous ayez pris la peine de venir et eu le courage de danser avec moi alors que cela pourrait compromettre vos chances de trouver une épouse avec un sang et une fortune plus dignes de vous.

Luke serra les dents sous l'insulte et ne releva pas. Si la haine pouvait apaiser quelque peu la souffrance de Joanna, alors il la laisserait le haïr. Il refusait en revanche qu'elle se sente humiliée.

— Vous avez tort. Vous valez plus que n'importe laquelle de ces femmes qui se pavanent dans la salle de bal. Vous méritez un homme qui pourra vous donner tout ce dont vous avez toujours rêvé. Mais ce ne sera pas moi. Cela ne pourra jamais être moi et j'en suis désolé.

— Vous êtes seulement désolé que tous vos mensonges aient finalement été exposés au grand jour ! Sortez d'ici ! cria-t-elle.

La tête bourdonnante, Luke acquiesça mécaniquement

avant de marcher comme un automate jusqu'à la porte. Juste derrière, le chaperon de Joanna serrait nerveusement son éventail, visiblement inquiète. Luke passa devant elle, incapable de lui adresser le moindre mot. Chaque pas sur le sol de marbre lui coûtait mais il se força à les enchaîner afin de s'éloigner au plus vite de Joanna.

Lorsqu'il ouvrit les portes de la salle de bal, la musique lui vrilla les tympans et des centaines de regards le transpercèrent. Il ne s'arrêta sur aucun. Son regard croisa seulement celui de Lord Helmsworth qui l'observait depuis son fauteuil, à côté de Lord Jarsdel. Luke s'arrêta net et à travers la salle salua le marquis d'une révérence pour lui signifier sa victoire. S'il avait été un chevalier de l'ancien temps, il aurait pu briser son épée sur son genou avant de déposer son honneur aux pieds de son vainqueur. Il se redressa et se dirigea vers le hall d'entrée d'un pas raide. Son corps tout entier lui faisait mal, comme s'il avait marché des milliers de kilomètres pieds nus.

Il se retrouvait plus démuni encore qu'à son retour en Angleterre. Il n'avait à l'époque que sa réputation et son honneur pour toute richesse. Aujourd'hui, il avait en outre perdu son cœur.

Joanna fit les cent pas à travers la pièce jusqu'à ce que ses jambes protestent. Et même alors, elle continua. Elle était trop furieuse pour pleurer. À chaque pas, elle ouvrait et refermait nerveusement le pendentif abritant le portrait de sa mère. Le grincement du métal attisait un peu plus ses nerfs déjà à vif, mais elle ne s'en souciait pas. Ce qui la rendait si furieuse était moins la trahison de Luke que sa propre stupidité. Elle désirait si désespérément être aimée qu'elle avait cru à ses mensonges et avait encouragé ses avances secrètes en dépit de tout bon sens et des mises en garde de son grand-père.

— Comment ai-je pu être aussi idiote ?

Si seulement elle avait gardé ses distances ! Elle aurait protégé son cœur au lieu de le lui abandonner. À l'heure qu'il était, elle aurait été en train de danser et s'amuser au lieu de se cacher ici, malade d'humiliation.

Elle s'arrêta brusquement devant la fenêtre et observa la longue file de voitures qui s'étendait dans l'allée. Les chauffeurs riaient et discutaient ensemble. Elle leur envia leur bonne humeur alors que son univers venait de s'écrouler.

Le grincement de la porte lui indiqua que quelqu'un était entré, mais elle était trop lasse pour se retourner.

— Miss Radcliff, allez-vous bien ? demanda Mme Petit.

— Oui, oui. J'ai seulement besoin de rester seule un moment. Je vous rejoins très vite.

Le pêne cliqueta et Joanna poussa un soupir. Elle ne pouvait pas rester ici toute la soirée. Elle devait retourner dans la salle de réception, sourire et prétendre que tout allait bien. En était-elle seulement capable ?

Elle leva la main et toucha la vitre glaciale, repoussant la tentation d'ouvrir la croisée, de se glisser à l'extérieur et de demander à l'un des chauffeurs de la conduire loin d'ici. Seulement, elle n'avait nulle part où aller. L'école de Mme Dubois n'était plus son foyer, sa maison était ici. De toute façon, même si elle avait pu retourner à Salisbury, elle n'aurait fait que fuir ses problèmes au lieu de les affronter avec la dignité que Mme Dubois lui avait enseignée. Or, elle devait se prouver à elle-même qu'elle était bien la jeune femme forte et courageuse que sa directrice avait éduquée, non une idiote écervelée, quand bien même elle avait agi comme telle avec Luke.

Joanna se retourna et croisa le regard figé du portrait de sa mère. Un puissant regret la submergea, aussi violent que celui de n'avoir jamais connu celle-ci. Elle lâcha le pendentif, se demandant si elle avait évité un sort similaire au sien. Si Luke n'avait pas mis fin à leur relation, ils se seraient peut-être à nouveau aimés en secret et elle aurait pu concevoir un enfant.

— J'aurais tant voulu que tu sois là, murmura-t-elle à l'adresse de sa mère.

Si seulement il y avait eu une autre lettre, d'autres mots de Jane sur lesquels s'appuyer pour surmonter la douleur qui menaçait de l'écraser. Sa mère aurait compris ses tourments, elle ne l'aurait pas jugée pour ses erreurs. Hélas, elle n'était pas là. Personne n'était là pour l'aider. Rien, sinon le silence. Une fois de plus, elle se retrouvait seule.

La porte s'entrouvrit. Du coin de l'œil, elle vit que ce n'était pas Mme Petit. Lord Jarsdel venait de pénétrer dans la pièce.

— Allez-vous bien, Miss Radcliff ? Vous vous êtes absentée depuis un certain temps de la salle de bal.

— Oui, pardonnez-moi, simplement je n'ai pas eu un instant à moi ces derniers temps. J'avais… J'avais besoin de calme.

Elle ne pouvait certes pas lui avouer ce qui venait de se passer avec Luke.

— J'ai vu le major Preston quitter la réception. Tout va-t-il comme vous voulez entre vous ?

— Il n'y a rien entre nous. Plus maintenant, articula-t-elle d'une voix brisée.

Elle ferma la bouche, inquiète de s'effondrer si elle se confiait à lui. Si elle se mettait à pleurer, sur elle, sur Luke, sur la mère qu'elle n'aurait jamais, elle n'était pas sûre de pouvoir s'arrêter.

Lord Jarsdel opina, l'air sérieux mais nullement triomphant face au départ de son rival. Sa présence calme et rassurante apaisa quelque peu la rage de Joanna. Il ne la pressait pas de parler, ni ne lui posait aucune question. Il restait simplement à ses côtés au cas où elle aurait eu besoin de lui. Joanna appréciait sincèrement sa compassion. Et elle avait désespérément besoin d'une présence amicale en cet instant, tandis que Rachel, Grace et Isabel étaient si loin.

L'horloge sonna onze coups.

— Nous devrions y retourner, proposa-t-elle.

Elle n'était pas certaine de pouvoir se composer une expression indéchiffrable au milieu d'une salle pleine de regards curieux. Dans le passé, tous ces gens l'avaient ignorée et elle aurait aimé que cela continue. Elle s'apprêtait à affronter mille Lady Huntford dès qu'elle aurait passé la porte. Elle inspira profondément. Elle trouverait le courage de l'endurer, sans se plaindre, comme tant d'autres épreuves dans sa vie.

Cependant, la frustration et la déception lui mordaient le cœur. Elle avait osé dire tout haut ce qu'elle éprouvait pour défendre son amour pour Luke, et elle n'avait récolté qu'un cœur brisé.

— Avant que nous y retournions, j'aimerais vous poser une question, commença Lord Jarsdel de son air résolu.

Joanna serra fortement ses mains l'une contre l'autre, pressentant avec angoisse ce qui allait suivre. Quelques heures plus tôt, elle l'aurait arrêté, mais tout avait changé désormais.

— Oui ? l'invita-t-elle à continuer.

— Je suis certain que vous savez que votre grand-père souhaite ardemment nous voir mariés.

Elle garda le silence tandis qu'au plus profond de son âme elle sentait disparaître la femme qui s'était éveillée sous les caresses de Luke. Cette femme-là n'avait plus de raison d'être. Elle la laissa s'évanouir.

Lord Jarsdel s'approcha d'elle.

— Je ne suis ni aussi jeune ni aussi charmant que le major Preston, mais je saurai être un mari bon et généreux. À mes côtés, vous aurez une maison qui vous appartient et des enfants. Je sais que nous pourrions être heureux. Miss Radcliff, acceptez-vous de m'épouser ?

Il lui tendit la main, l'invitant à lui donner la sienne. Elle fixa un instant son gant immaculé. Elle avait face à elle un comte suffisamment généreux pour élever une simple gouvernante au rang de comtesse. Il souhaitait partager sa fortune et sa vie avec elle en dépit de sa réputation. Elle aimait discuter avec lui et elle était également certaine que leurs caractères faciles s'accorderaient à merveille. Seulement, une pensée revenait inlassablement la torturer. *Il n'était pas Luke.*

Elle serra les dents, révoltée par sa propre faiblesse. Au bout du compte, Luke l'avait abandonnée, trop honteux de leur relation pour résister à l'influence de son grand-père. Au contraire, Lord Jarsdel voulait d'elle pour le meilleur et pour le pire. Bien sûr, elle n'avait aucune obligation de contracter un mariage. Après tout, elle pouvait tout aussi bien rester seule et vivre auprès de son grand-père. Mais cette vie sans enfant lui paraissait un avenir odieusement solitaire.

Ses yeux se posèrent à nouveau sur le portrait de sa mère. Elle non plus n'avait pas trouvé le bonheur auprès de l'homme qu'elle aimait, songea Joanna, mais cela ne signifiait pas pour autant que pour sa part elle était condamnée à rester seule. La proposition de Lord Jarsdel lui offrait une chance de devenir une épouse, d'offrir à ses futurs enfants la sécurité et une place enviable dans la société. Bien sûr, cela n'avait rien d'une grande passion, mais c'était l'arrangement raisonnable et sensé que son grand-père souhaitait pour elle.

Lorsqu'elle avait suivi son cœur, d'après les conseils de sa mère, elle n'avait récolté que rejet et chagrin. Il était temps de suivre ce que sa raison et son esprit lui dictaient.

Alors, elle posa sa main tremblante dans la sienne. Puis, les yeux baissés, incapable d'affronter son regard, elle murmura :

— Oui, je vous épouserai.

Chapitre 15

— Levons nos verres en l'honneur du major Preston ! Dans deux semaines, il sera de retour parmi nous pour éjecter Napoléon d'Espagne !

Les officiers rassemblés renchérirent bruyamment sur le toast du capitaine Arnold. Les tintements de verres et leurs cris joyeux résonnèrent entre les murs du club de l'armée, situé dans St. James Street. C'était un havre de paix apprécié par les soldats en permission. Les murs blancs étaient décorés de portraits d'officiers ainsi que de tableaux représentant des combats ou des chevaux.

Luke leva également son verre, avant de le reposer tandis que ses camarades avalaient le leur d'un trait. Étrangement, son manteau de lainage rouge lui pesait lourdement sur les épaules et les médailles qui cliquetaient sur son torse à chaque mouvement l'irritaient. Il avait emprunté une petite somme pour racheter sa charge de major et retrouver ses épaulettes d'officier, loin de Londres et de Joanna. Pourtant, il ne pouvait s'empêcher de se demander s'il n'était pas en train de commettre une erreur.

Lord Beckwith détonnait dans son habit bleu de la cavalerie au milieu de tous ces uniformes rouges. Il gratifia Luke d'une tape amicale dans le dos.

— Vous n'êtes pas en train de changer d'avis, n'est-ce pas ?

— Non, répondit-il sans conviction.

Peut-être l'aurait-il dû, néanmoins. Pour la première fois, ses parents lui avaient fait part de l'angoisse qu'ils ressentaient quant à sa sécurité et avaient tenté de le dissuader de s'enrôler à nouveau. Il avait alors compris que ce n'était pas la lignée familiale qu'ils craignaient de voir disparaître avec sa mort, mais bien un fils qu'ils aimaient. Toutefois, il n'avait aucune intention de se faire tuer, même si pour l'heure une balle en plein cœur lui semblait préférable à la douleur qui ne quittait pas sa poitrine depuis sa dernière rencontre avec Joanna.

— C'est fort dommage, reprit le lieutenant-colonel. Je persiste à penser que vous serviriez bien mieux votre pays en travaillant d'ici à notre stratégie militaire, plutôt qu'en allant en Espagne risquer inutilement votre vie. Je peux toujours vous trouver un poste à Whitehall, il n'est pas trop tard, réfléchissez-y bien.

Luke sentit son cœur se serrer à l'étouffer. Si, il était trop tard. Il avait lu dans la presse l'annonce des fiançailles de Joanna avec Lord Jarsdel, la date du mariage était officielle. Rester à Londres signifiait croiser la nouvelle Lady Jarsdel à chaque événement mondain de la Saison, or c'était au-dessus de ses forces.

— Je vous remercie, Lord Beckwith, mais ma décision est prise. Je retourne en Espagne.

Autour d'eux, de nouvelles exclamations retentirent, tandis que les hommes s'attroupaient autour de quelqu'un ou quelque chose que Luke ne pouvait distinguer dans la foule. Il fronça les sourcils. Les héros de la soirée avaient déjà été fêtés et seule la venue des demi-mondaines de Drury Lane pouvait encore provoquer un tel enthousiasme. Elles étaient de toute façon les seules femmes à pouvoir entrer dans le club, puisqu'elles n'avaient pas de réputation à sauver.

— Le capitaine Mercer a dû convier quelques actrices, marmonna Lord Beckwith qui en était arrivé à la même conclusion que lui.

Luke observa avec indifférence toute cette assemblée d'hommes ivres et joyeux, sans parvenir à distinguer quoi que ce soit dans cette foule de manteaux rouges.

— Hum, je ne sais pas… Je n'ai pas l'impression que tout ce battage soit pour accueillir une femme, en fin de compte, fit-il remarquer.

Au même instant, un groupe d'hommes s'écarta, lui libérant la vue — et il manqua de faire tomber son verre au sol. Le nouveau venu afficha un large sourire et ouvrit grands les bras tandis que la foule s'écartait pour lui laisser le passage.

— Alors, en train de faire la fête sans moi ? s'exclama Reginald.

Luke dévora son ami des yeux, incrédule. Il était plus mince, ses cheveux plus longs, des cernes profonds lui marquaient les yeux, mais son sourire était aussi large qu'auparavant.

— Tu es en vie, murmura Luke en tendant son verre à Lord Beckwith. Tu es en vie ! s'exclama-t-il plus fort en saisissant son ami dans une étreinte vigoureuse.

— Je suis parti depuis des siècles et tu ne prends même pas la peine de me servir un verre ? plaisanta Reginald quand ils se séparèrent.

— Je compte bien t'offrir une bouteille entière.

Le poids qui lui pesait sur la poitrine depuis des semaines s'allégea quelque peu tandis qu'il s'asseyait à côté de son ami. On déposa devant eux une bouteille, du rôti froid et du fromage. Reginald mangea de bon appétit et but à grandes gorgées tout en racontant comment son régiment avait failli être capturé au niveau d'un col étroit. Ils s'étaient ensuite retrouvés piégés du mauvais côté de la ligne de démarcation. Ils avaient alors passé plusieurs semaines à éviter les patrouilles ennemies et à collecter des informations stratégiques grâce au soutien d'Espagnols amicaux.

— Une famille nous a cachés dans leur cellier pendant une semaine. Me croiras-tu ? Vivre au sein de ce foyer uni m'a fait prendre conscience qu'il était temps que je m'installe et profite d'une vie plus calme, conclut son ami en posant ses bottes sur la table débarrassée des vivres.

Après de nombreux autres verres et toasts en l'honneur du survivant, ils se retrouvèrent enfin seuls.

— Luke, je te suis infiniment reconnaissant de l'aide que tu as apportée à ma sœur. Tous les hommes ont été soulagés de voir que leurs familles n'avaient pas souffert du manque d'argent pendant leur absence.

— C'était bien le moins que je puisse faire.

— À présent, c'est à mon tour de t'aider. Comment se fait-il que tu arbores la mine d'un condamné à mort alors que tu retournes là où tu rêvais d'être quand nous nous sommes quittés à l'auberge ? Raconte-moi ce qui s'est passé depuis tout ce temps.

Luke joua un moment avec ses doigts tandis que Reginald bourrait une pipe d'ivoire avant de l'allumer.

— La femme que j'aime se rend à l'église ce matin même, pour en épouser un autre.

Les cloches sonnèrent à la volée, leur timbre profond résonnant à travers les murs de l'église. Joanna attendait dans la sacristie que son grand-père vienne la chercher pour la conduire à l'autel. La robe de soie blanche qui l'habillait était douce sur sa peau et recouvrait jusqu'à ses mains, puisqu'un morceau du mince tissu passait élégamment entre son pouce et son index, comme l'exigeait la dernière mode.

Elle retint un bâillement d'épuisement. Les deux dernières semaines avaient été emplies d'une activité incessante pour préparer la cérémonie. Il avait fallu coudre la robe dans l'urgence, obtenir une licence spéciale, prévoir le repas de cérémonie et envoyer une myriade d'invitations. Joanna avait accueilli cette effervescence avec gratitude, car elle la distrayait de ses sombres pensées. Au moins le jour. La nuit en revanche, quand tout était calme et silencieux, sa conscience venait la tarauder. En cet instant même, elle n'était pas en repos.

Je ne devrais pas l'épouser. Je ne l'aime pas.

Les mots tournaient et retournaient dans son esprit torturé. Agitée, elle se leva et se mit à arpenter le sol de marbre sur lequel son voile bruissait à chaque pas. À vrai dire, Lord Jarsdel n'était pas non plus amoureux d'elle, toutefois il prenait soin d'elle, un peu comme Miss Fanworth l'avait fait pendant des années.

Elle aurait pu être contrainte au mariage avec des partis bien moins enviables. Par exemple, des êtres aussi odieux que le lieutenant Foreman, qui abandonnait son amante au moment où elle avait le plus besoin de lui, ou bien quelqu'un comme Luke, qui n'avait jamais réellement éprouvé quoi que ce soit pour elle.

Elle aurait dû écouter son grand-père. Il avait tenté de la guider dans sa conduite avec Luke, mais elle avait résisté. Aujourd'hui, elle suivait son conseil. Pourtant, au lieu d'être une épousée radieuse, elle se sentait profondément malheureuse.

Elle accéléra le pas, de plus en plus tourmentée, écartant d'un geste impatient son voile pour ne pas marcher dessus à chaque fois qu'elle faisait demi-tour. Elle aurait voulu que Grace, Isabel et Rachel soient là pour lui assurer qu'épouser Lord Jarsdel était la bonne décision, tout comme le mariage d'Isabel avec Mr Balfour. Malheureusement, malgré les invitations que Joanna leur avait envoyées, aucune n'avait réussi à faire le voyage à temps en raison de la précipitation des événements. Mme Dubois et Miss Fanworth elles-mêmes avaient envoyé leurs regrets. Avec un serrement de cœur, Joanna prit conscience que tous les invités réunis aujourd'hui étaient des connaissances et amis de son fiancé ou de son grand-père. Elle était finalement presque aussi seule que le jour où elle avait fait la rencontre de ce dernier, dans le petit cimetière. Cette journée de fête qui aurait dû la rendre ivre de bonheur lui semblait décidément de plus en plus désespérante.

Les cloches de l'église cessèrent enfin leur chant joyeux et la mélodie grave de l'orgue prit la relève. Joanna s'immobilisa brusquement, le cœur au bord des lèvres. L'instant fatidique approchait.

— Ma chérie, tu es magnifique !

Son grand-père venait tout juste d'entrer dans la pièce et la contemplait avec admiration. Joanna lui adressa un tendre sourire. Il était lui-même très à son avantage dans un tout nouvel habit vert et or. Contrairement à elle, il avait passé les trois derniers jours dans une allégresse euphorique.

— J'ai une surprise pour toi, reprit-il.

— Qu'est-ce donc ? demanda-t-elle avec une impatience forcée pour ne pas lui paraître ingrate.

Sa gorge se serrait de plus en plus à chaque nouvelle note de l'organiste, et la panique menaçait de la submerger. Il était d'autant plus difficile dans ces conditions de feindre le plaisir et l'excitation.

Il ouvrit plus largement la porte et fit signe à quelqu'un d'entrer.

— Je ne pouvais laisser passer un tel jour sans te faire ce plaisir.

À la surprise de Joanna, Mme Dubois fit son entrée dans la pièce, vêtue d'une robe de velours bleu foncé. Elle arborait son éternel chignon strict, mais un sourire ému lui caressait les lèvres et ses beaux yeux gris adoucissaient son apparence sévère. Joanna lut sur ses traits la fierté, la tendresse et l'émotion d'une mère pour sa fille le jour de son mariage. Alors, plutôt que de l'accueillir avec joie, elle éclata en sanglots.

Mme Dubois la rejoignit pour la prendre dans ses bras. Joanna s'agrippa désespérément à elle tandis que des pleurs déchirants lui secouaient tout le corps.

— Peut-être pourriez-vous nous accorder quelques instants, milord, suggéra Mme Dubois à son grand-père qui les fixait, hagard.

— Oui, grand-père, s'il te plaît, renchérit Joanna entre deux hoquets.

Il quitta aussitôt la pièce en fermant la porte avec soin. Mme Dubois la tint serrée dans ses bras un long moment jusqu'à ce que ses pleurs s'apaisent.

— Qu'est-ce qui ne va pas, Miss Radcliff ?

Elle posa sa question avec la même autorité qu'elle utilisait à l'école, ce qui fit aussitôt cesser les pleurs de Joanna. Elle essuya ses joues rougies de ses paumes.

— Je ne veux pas épouser Lord Jarsdel, avoua-t-elle dans un souffle.

— Asseyez-vous, nous devons parler.

Mme Dubois la guida jusqu'au sofa installé sous la fenêtre, l'assit fermement et joignit ses mains aux siennes.

— À présent, dites-moi pourquoi, alors que vous êtes dans votre robe de mariée, vous ne voulez pas l'épouser.

Réchauffée par les mains de Mme Dubois autant que par les chauds rayons du soleil qui transperçaient la fenêtre, Joanna se mit enfin à parler. Elle confia tout de sa relation avec Luke, depuis leur rencontre au bal des Ingham, puis dans les bois, leur nuit à la maison du vicaire et sa déclaration d'amour. Elle parvint à retenir ses larmes lorsqu'elle en arriva au moment où il l'avait quittée et comment cela l'avait poussée à accepter l'offre de Lord Jarsdel.

— Vous devez me croire folle de pleurer à l'idée d'épouser un comte, renifla Joanna, bien trop désespérée pour craindre de décevoir Mme Dubois. Et d'avoir été si faible face au major Preston.

— Vous n'êtes pas folle d'avoir suivi votre cœur. J'aurais moi-même dû le faire.

— Vous ? répéta Joanna, interdite.

Mme Dubois lui lâcha les mains pour serrer nerveusement les siennes l'une contre l'autre. Sur son visage, Joanna reconnut le remords qu'elle ne lui avait vu qu'une seule fois, le jour où elle l'avait surprise en train de lire cette lettre dans le jardin.

— Lorsque j'étais jeune, je suis tombée amoureuse du fils aîné d'un aristocrate. Ce n'était ni une amourette de jeunesse ni une vulgaire aventure sensuelle, mais un amour véritable. Il désirait m'épouser, seulement je n'avais aucune légitimité pour prétendre devenir l'épouse d'un tel homme. Comme je ne voulais pas l'empêcher de remplir son devoir d'héritier, j'ai refusé sa demande. Il a épousé une femme qu'il n'aimait pas en raison de mon refus et je l'ai perdu. J'ai passé chaque jour de mon existence à regretter ma décision depuis.

— Oh ! madame ! Je ne savais pas, se désola Joanna en saisissant les mains de sa chère protectrice.

— Parce que je ne vous l'ai jamais dit, admit celle-ci en couvrant affectueusement ses mains de la sienne. Je n'ai pas toujours été une tutrice très maternelle pour vous, car j'ai pensé que si je ne vous couvais pas trop, vous grandiriez plus forte et sauriez mieux faire face aux difficultés de la vie. Et j'avais raison. Vous avez déjà affronté tant d'épreuves avec courage et détermination. Vous m'avez rendue aussi fière qu'une mère.

Le cœur de Joanna manqua un battement et les larmes menacèrent de déborder de ses paupières. Elle prenait soudain conscience à quel point elle avait eu tort à propos de Mme Dubois, à propos de tout, d'ailleurs.

— Toute ma vie, j'ai prié pour avoir une vraie famille, mais je n'aurais pas dû, murmura Joanna d'une voix affaiblie par l'émotion. J'en avais déjà une, vous, Miss Fanworth et mes amies… Au lieu d'apprécier les choses à leur juste valeur, j'ai perdu du temps à courir après une chimère. Comme je regrette…

— Nous sommes tous susceptibles de ne pas voir ce qui se trouve juste devant nous à force de rechercher autre chose. Il faut beaucoup de courage pour l'admettre, et plus de courage encore pour refuser les plans que les autres forment pour nous, afin de suivre notre propre cœur.

Mme Dubois se tourna pour lui faire face et la regarda avec l'attention qu'elle mettait toujours lorsqu'elle voulait dire quelque chose d'important.

— Il est temps de vous montrer courageuse, Miss Radcliff, et de dire à tous ce que vous voulez réellement.

— Oui, vous avez raison.

Un bruit à la porte interrompit leur échange.

— Est-ce que tout va bien, ici ? demanda anxieusement son grand-père à travers la porte.

Mme Dubois se leva avec son sang-froid et son élégance habituels, puis elle traversa la pièce pour aller ouvrir.

— Lord Helmsworth, Miss Radcliff a quelque chose à vous dire.

Sur ces paroles, elle quitta discrètement la pièce, pour les laisser seuls. Il se précipita vers Joanna, ses yeux bleus si semblables aux siens noyés d'inquiétude.

— Que se passe-t-il, ma chérie ?

Elle prit une brève inspiration. Une fois qu'elle aurait parlé, il n'y aurait plus de retour en arrière possible. Malgré la peur qui lui tordait les entrailles, elle s'efforça de rassembler tout son courage. Elle devait faire confiance en l'amour sincère qu'il lui portait.

— Je ne peux pas aller au bout de cette histoire… Ce mariage… Ce n'est pas bien.

Alors, les mots se libérant peu à peu, elle lui expliqua ce qu'elle avait déjà confié à Mme Dubois. Son grand-père fixait le sol tout en se massant le cou tandis qu'elle parlait, si bien qu'elle ne pouvait pas lire sa réaction sur son visage. Néanmoins, elle révéla tout sans fard, y compris la place qu'elle lui accordait dans son cœur et à quel point elle espérait qu'il ne la rejette pas.

— J'apprécie tellement ce que vous avez fait pour moi, grand-père. C'est d'ailleurs la seule raison pour laquelle j'ai accepté ce mariage.

La main de ce dernier s'immobilisa et il la laissa retomber avant de relever le visage. Joanna lut dans ses yeux non pas la déception ou la colère qu'elle avait crainte, mais une acceptation sans mélange.

— Je m'en doutais. De nombreuses fois au cours de ces deux dernières semaines, j'ai cru voir ta détresse, mais je pensais me l'imaginer. Je me suis persuadé qu'une fois mariée à Lord Jarsdel, tout irait pour le mieux. Je me suis trompé. Tes efforts pour me rendre heureux t'ont fait souffrir, ma pauvre Joanna. Je… J'ai eu tort d'agir comme je l'ai fait avec le major Preston.

Une onde de choc frappa Joanna en plein cœur.

— Que voulez-vous dire ? Qu'avez-vous fait ?

Son grand-père inspira profondément avant de reprendre la parole.

— Je lui ai offert la terre avec la rivière que sa famille me demandait, à condition qu'il me promette de cesser tout contact avec toi.

— Et il a accepté ? demanda-t-elle d'une voix blanche, le cœur en miettes.

— Non ! s'exclama-t-il en lui prenant les mains, plus sérieux encore qu'au moment où il l'avait mise en garde contre Luke. Seulement, je lui ai quand même forcé la main de façon odieuse.

Et lorsque je lui ai demandé de ne pas t'enlever à moi, il a agi bien plus honorablement que je ne l'ai fait.

Joanna fixait intensément son grand-père. Une joie brûlante et nouvelle monta en elle, aussi intense que celle qu'elle avait ressentie dans les jardins de Vauxhall.

— Ainsi, il ne mentait pas… Il n'avait pas honte de moi. Il m'aimait réellement.

— Assez pour te laisser partir, parce qu'il pensait que tu serais plus heureuse sans lui.

— Mais c'est faux ! s'exclama-t-elle.

— Je m'en rends compte, maintenant, assura-t-il, les yeux pleins de larmes. Je t'en supplie, ne me déteste pas pour ce que j'ai fait. Je ne voulais pas me montrer cruel, simplement te protéger.

— Je le sais bien, grand-père.

Elle passa son bras autour de lui, incapable de lui refuser son pardon. Sa confession venait de réveiller en elle un puissant espoir. C'était bien plus que ce qu'elle s'était autorisé à ressentir ces deux dernières semaines. Luke l'aimait autant qu'elle l'aimait, et il restait encore une chance pour eux.

Son grand-père la serra fort contre lui, brusquement soulagé, avant de l'écarter pour la tenir à bout de bras.

— Pendant des années, j'ai été amer, en colère, en songeant à ce que j'avais perdu. Puis, quand je t'ai retrouvée, au lieu de lâcher prise avec ces sentiments négatifs, je les ai laissés me guider. Seulement, tu n'es pas Jane et le major Preston n'est pas le capitaine Handler. Et puis, je veux voir mes petits-enfants gambader dans Helmsworth Manor et redonner vie à cette maudite résidence londonienne !

Il conclut ses propos sur un clin d'œil amusé, redevenu le grand-père attentionné et plein d'humour qu'elle avait appris à aimer.

— Je suis désolée de ne pas avoir révélé mes véritables sentiments plus tôt, avant toutes ces dépenses. J'aurais dû vous dire à quel point Luke compte pour moi au lieu de laisser les choses prendre la mauvaise direction pendant tout ce temps.

— Et j'aurais mieux fait d'écouter au lieu de t'obliger à agir comme je l'entendais. Ne t'inquiète pas des dépenses, ma chérie, je peux me les permettre. L'essentiel est ailleurs. Tu n'as pas de temps à perdre si tu veux récupérer celui que tu aimes.

— Comment cela ?

— Lord Jarsdel m'a appris il y a peu que le major Preston avait repris sa charge de capitaine. Il part rejoindre son régiment dès demain.

Joanna sentit le sang refluer de son visage.

— Seigneur ! Je dois le voir une dernière fois. Je dois lui dire…

Elle ne savait pas si elle pourrait regagner son amour, ni même s'il voulait toujours d'elle. Cependant, maintenant qu'elle avait obtenu la bénédiction de son grand-père, elle devait tout faire pour le reconquérir avant qu'il ne parte pour toujours.

— Prends la voiture et rejoins la propriété de sa famille sur Kensington. Ils sauront sûrement où le joindre pour que tu puisses lui parler.

Si tant est qu'il accepte de la revoir. Mais douter ne servirait à rien. Elle devait croire en son succès ! Joanna rassembla à la hâte les mètres de tissu de son voile, prête à courir vers la porte, lorsqu'une pensée l'arrêta brutalement.

— Lord Jarsdel ! Je dois lui parler…

— Je m'en chargerai, lui assura son grand-père. Ne t'inquiète pas trop pour lui. C'est un homme d'expérience qui saura parfaitement gérer une petite déception. Et puis, si lui est déçu, ses fils en revanche seront plus qu'heureux de n'avoir pas à partager leur héritage avec de nouveaux frères et sœurs !

Il lui déposa un tendre baiser sur le front avant de la contempler avec la même fierté que Mme Dubois.

— En dépit de mon entêtement envers le major Preston, je suis certain qu'il te rendra heureuse. Jamais tu n'as autant resplendi qu'en cet instant pendant tous les moments où tu étais avec moi.

— Je vous remercie, grand-père, dit-elle dans un souffle, émue.

Puis elle saisit sa traîne et se mit à courir vers la sortie de l'église. Elle descendit les marches à toute allure et se rua dans le landau de son grand-père. Le cocher se tourna vers elle, les yeux ronds.

— Ne devriez-vous pas être à l'intérieur, Miss Radcliff ?

— Non, lancez les chevaux au galop !

— Pour aller où ? questionna-t-il, de plus en plus ébahi.

Joanna réfléchit un instant. Si elle se rendait à Kensington où Luke n'était sûrement pas, elle perdrait un temps précieux. S'il partait de Greenwich ou de Portsmouth, elle pourrait alors le manquer. Il n'y avait qu'un seul endroit où elle était sûre de le trouver à cette heure. Luke lui en avait déjà parlé.

— Allez au club de l'armée, sur St. James Street.

Visiblement horrifié, le cocher secoua violemment la tête.

— Aucune femme respectable ne peut être conduite là-bas sans chaperon ! Encore moins entrer dans un club de messieurs ! Que dirait Lord Helmsworth ?

— C'est lui qui m'y envoie ! À présent, hâtez-vous, nous devons retrouver le major Preston avant qu'il ne quitte le pays !

Ce n'était pas l'absolue vérité, mais elle devait convaincre rapidement le cocher.

— Si Lord Helmsworth le demande, alors..., grommela l'homme en saisissant les rênes.

Enfin, la voiture s'ébranla en direction de St. James Street... et de Luke.

Les doigts tremblants, Joanna parvint à défaire son long voile nuptial et le jeta à côté d'elle. Elle venait d'abandonner un prétendant au pied de l'autel et s'apprêtait à en poursuivre un autre au risque de ruiner pour de bon sa réputation. Elle retint un rire nerveux. Si Luke refusait de la voir, son honneur ne se relèverait pas d'un tel scandale. Cependant, elle s'en moquait. Elle devait essayer ! Elle l'aimait et il était grand temps qu'elle se batte pour gagner son cœur.

— Major, il y a une jeune lady à l'entrée qui insiste pour vous voir.

Comme il levait un regard surpris vers Tibbs, le majordome du club, celui-ci crut bon de préciser :

— Elle est en tenue de mariée.

Le silence tomba brutalement dans la pièce pleine de soldats.

— Une lady en robe de mariée ? répéta Luke qui ne pensait pas avoir suffisamment bu pour avoir le cerveau à ce point embrumé. Quel est son nom ?

— Miss Radcliff. J'ai bien essayé de lui dire que les dames n'étaient pas admises ici, mais elle n'a rien voulu entendre.

Luke ne l'écoutait déjà plus. Un bourdonnement sourd empêchait les mots de parvenir à ses oreilles depuis qu'il avait entendu son nom. Elle n'avait pas épousé Lord Jarsdel. Elle était venue jusqu'ici.

Il se leva d'un bond de sa chaise, poussé par un mélange de peur et d'excitation. Sa raison lui soufflait qu'il aurait dû rester tranquillement assis auprès de son ami.

— Il semble que ta lady ait changé d'avis, tout compte fait, et au pied de l'autel, en prime ! s'esclaffa Reginald. Faites-la monter, Tibbs ! Je meurs d'impatience de découvrir celle qui a volé le cœur du valeureux major Preston.

— Non ! Je vais la voir, rétorqua Luke en passant rapidement devant le majordome.

Il se fraya un passage à travers l'attroupement de soldats qui tentaient d'apercevoir Joanna depuis la balustrade du premier étage. Elle se tenait dans le hall d'entrée et Luke s'immobilisa net en la voyant. Sa silhouette vêtue de blanc offrait un contraste saisissant avec le décor viril d'armes et de peintures de batailles qui s'étalaient sur les murs. Sa peau claire était mise en valeur par la soie de sa robe. Ses cheveux étaient relevés en un chignon orné de petites fleurs blanches qui frémissaient à chacune de ses respirations. Face au spectacle de cette beauté rayonnante, Luke songea étrangement à ce matin où il s'était réveillé à l'aurore après être tombé inconscient sur le champ de bataille, assommé par le souffle d'un canon. Il avait repris conscience face au lever de soleil, heureux d'être simplement en vie. Aujourd'hui, il ressentait le même émerveillement face à elle.

La détermination dont elle avait dû faire preuve pour parvenir jusque-là était contredite par ses mains qu'elle serrait nerveusement l'une contre l'autre et ses regards inquiets aux hommes qui la fixaient avec curiosité. Luke ne pouvait supporter qu'elle soit exposée à un tel examen. Il se remit en marche et descendit les escaliers pour la rejoindre.

Dès qu'elle le vit, son visage s'illumina.

— Luke ! s'exclama-t-elle.

Son sourire était si envoûtant que le cœur de Luke manqua un battement. Il s'efforça cependant de rester impassible lorsqu'il la prit par le bras pour la conduire dans une pièce à l'écart de la foule. Aucune porte ne les séparait de l'antichambre cependant, et rien ne pouvait empêcher les officiers de les espionner en prétendant converser dans le hall.

— Que faites-vous ici ? questionna-t-il, bien trop conscient de la chaleur de l'adorable bras de Joanna sous sa paume.

Il relâcha sa prise, refusant de se laisser affecter de la sorte par sa présence ou par son parfum délicat. Il avait renoncé à elle pour protéger la relation qu'elle avait avec son grand-père. Il ne voulait pas que sa propre faiblesse le conduise à trahir la promesse qu'il avait faite.

— N'êtes-vous pas supposée vous trouver en ce moment même à l'église pour vous marier ?

— Je ne vais pas épouser Lord Jarsdel. Je vous aime trop pour promettre mon amour à un autre.

Luke se sentit brutalement happé, comme sous l'effet d'un boulet de canon. Voilà deux semaines qu'il survivait en la pensant perdue à jamais, or elle venait de proclamer son amour pour lui suffisamment fort pour être entendue de tous.

— Je vous en supplie, ne me dites pas qu'il est trop tard pour nous. Mon grand-père ne s'oppose plus à notre union désormais. Il m'a parlé de la promesse qu'il vous a extorquée et il vous en libère.

Luke était trop bouleversé pour parvenir à croire ce qu'il

entendait. Il avait des fourmis dans les doigts et il luttait contre l'envie d'avaler un verre d'alcool. Pouvait-il croire à un tel bonheur ? Il avait déjà été délivré de ses obligations familiales, et à présent il était délivré de sa promesse à Lord Helmsworth. Et Joanna se tenait devant lui, libre de lui appartenir. Une douleur atroce lui tordit le ventre lorsqu'il comprit que tout ce qu'il avait désiré était à portée de main, et pourtant inatteignable.

— Je pars demain pour l'Espagne, rejoindre mon régiment, haleta-t-il en la dévorant du regard, car c'était la dernière fois qu'il pourrait se repaître du spectacle de sa beauté.

— Alors emmenez-moi avec vous.

— Je ne peux pas, murmura-t-il, au désespoir.

Du doigt, il traça l'arrondi de sa joue, la peau veloutée de Joanna accentuant la morsure du désir au creux de ses reins. Il refusait de la mettre en danger, peu importait à quel point il désirait la garder auprès de lui.

— Vous ne comprenez pas, reprit-il, il y a de très sérieuses menaces qui pèsent sur les femmes d'officiers — l'ennemi, la faim, les maladies. S'il vous arrivait quoi que ce soit… Seigneur ! Pensez à ce que deviendrait votre grand-père, à ce que moi je deviendrais. Je ne pourrais jamais me pardonner de vous avoir mise en danger.

— Alors ne partez pas, restez ici avec moi, le supplia-t-elle en pressant sa main sur la sienne, la joue nichée au creux de sa paume.

— Mon honneur ne me permet pas d'abandonner ma charge.

— Alors, tout est fini ? Nous ? Notre avenir ? demanda-t-elle dans un sanglot.

Les yeux dans les yeux, ils sentirent tout espoir de bonheur les quitter. Comme il détournait le regard, incapable de contempler un instant de plus la douleur qu'il lisait sur le visage de Joanna, ses yeux se posèrent sur Lord Beckwith et Reginald, qui faisaient de leur mieux pour cacher le fait qu'ils suivaient toute la conversation. Alors, brusquement, Luke sentit l'espoir renaître en lui.

— Non, tout n'est pas fini, lui assura-t-il en pressant le visage de Joanna entre ses paumes.

Il la prit par la main et l'entraîna à sa suite dans le hall.

— Lord Beckwith, appela-t-il.

— Hum, oui, major Preston, répondit ce dernier en feignant la surprise.

— Vous m'avez dit que, si je le désirais, un poste pouvait m'être donné à Whitehall — une manière de servir mon pays en travaillant à la réforme de l'armée ?

Lord Beckwith sembla un instant abasourdi par ce revirement, mais il referma la bouche aussi vite.

— Oui, bien sûr, vous n'avez qu'à le demander.

— Alors, je vous le demande. Vous aviez raison, je serai plus à même d'améliorer les conditions de nos soldats en Europe depuis ici.

Le lieutenant-colonel lui tendit chaleureusement la main.

— Je suis heureux de l'apprendre. Je vais envoyer un message à Whitehall au plus vite.

— Et le capitaine Crowther ? insista Luke. Lui aussi doit pouvoir obtenir un poste pour prendre les meilleures décisions pour nos troupes. Qu'en dis-tu, Reginald ? Accepterais-tu de mener une autre bataille à mes côtés ? Ici ?

— Si c'est pour me tenir à tes côtés lorsque tu mèneras cette charmante jeune femme jusqu'à l'autel, alors oui !

Luke se tourna vers Joanna, le cœur débordant de joie. Son esprit, cependant, refusait encore de s'abandonner tout à fait à l'ivresse d'un tel bonheur.

— Nous allons rendre visite au prêtre immédiatement afin de faire publier les bans, lança-t-il d'un air farouche.

Il craignait encore qu'à tout instant elle lui soit enlevée. Il voulait l'avoir bien à lui, aux yeux des hommes et de Dieu, pour jouir enfin du bonheur de l'aimer.

— Au diable les bans ! Nous t'obtiendrons une licence spéciale, n'est-ce pas, Lord Beckwith ? s'écria Reginald.

— Le major Preston est fils de comte et j'ai de solides relations avec l'archevêché, cela devrait pouvoir se faire sans peine.

— Je n'ai pas les moyens de payer pour une telle dispense, protesta Luke sans jamais quitter Joanna des yeux.

Il s'était d'ores et déjà endetté pour sa charge de major, or il refusait que Joanna épouse un homme perclus de dettes.

— Tu n'auras pas à le faire ! s'exclama Reginald en lançant son couvre-chef sur un banc libre près de l'entrée. À vos poches, vous autres ! Le major Preston se marie et il a besoin d'une licence spéciale pour épouser cette charmante lady !

Sous les hourras enthousiastes des hommes qui fouillaient leurs poches à la recherche de pièces, Luke se tourna vers Joanna.

— Qu'en dites-vous ? Acceptez-vous de devenir ma femme ?

Avec un rire de bonheur, elle désigna sa tenue d'un geste.

— Ne suis-je pas déjà toute prête pour la cérémonie ?

— Nous serons bientôt réunis pour de bon, mon amour, murmura-t-il comme s'il avait encore du mal à y croire.

Il la saisit par la taille et l'attira dans ses bras, se délectant de ses courbes douces dont il avait été privé depuis trop longtemps. Il ignora délibérément les sifflets et les quolibets des hommes pour se perdre dans l'azur des yeux de Joanna.

— Imaginez ce que la bonne société dira lorsqu'ils apprendront notre mariage, dit-elle en riant tout bas.

— Ils diront que j'ai épousé la plus belle femme de Londres !

Alors, il posa ses lèvres sur les siennes, savourant le goût de la plus belle victoire qu'il ait jamais connue.

HELEN DICKSON

Le triomphe d'une orpheline

Traduction française de
ANNIE LEGENDRE

Les Historiques

HARLEQUIN

Titre original :
THE FOUNDLING BRIDE

Ce roman a déjà été publié en 2018

Prologue

1761, Devon

Beresford House était une vieille demeure perchée sur un promontoire rocheux dominant la mer. Elle appartenait depuis des siècles à la très ancienne et très distinguée famille Beresford. Mais, depuis la mort, deux ans plus tôt, de Sir Frederick, elle n'hébergeait plus que son épouse, Lady Margaret et leur unique enfant, Meredith.

Dans la grande chambre plongée dans la pénombre, Nessa Borlase contemplait avec horreur le corps inerte de sa jeune maîtresse. Meredith Beresford gisait sur son lit dans sa longue chemise de nuit blanche, la main encore posée sur le rebord du berceau dans lequel sa petite fille de quelques jours geignait doucement.

La fièvre qui avait tué Sir Frederick n'avait épargné sa fille que pour mieux la livrer à la mort dans les affres de l'accouchement. Cette nouvelle tragédie faisait trembler Nessa d'une rage sourde. Ce désastre aurait pu être évité. Hélas, comment une simple servante d'à peine vingt ans aurait-elle eu le pouvoir de sauver cette pauvre Miss Meredith ?

Quand les douleurs avaient pris la jeune femme, Lady Margaret, sa propre mère, s'était aussitôt retirée dans ses appartements, laissant Nessa s'occuper seule de la jeune parturiente. Quelques heures plus tard, comprenant que le bébé se présentait mal, Nessa avait supplié Lady Margaret d'appeler un médecin, ou au moins une sage-femme. Hélas, refusant d'une voix nette, la maîtresse des lieux était partie vaquer à ses occupations, parfaitement indifférente au sort de sa propre fille, dont l'agonie avait duré trois jours.

Soudain, la porte de la chambre s'ouvrit avec fracas et Lady Margaret apparut sur le seuil, aussi froide et impassible qu'une statue.

— Ainsi, elle est morte, constata-t-elle, le regard dénué d'expression.

Nessa déglutit péniblement et opina du chef.

— Oui. À l'instant. Je… J'allais vous prévenir.

La femme hocha la tête, les yeux posés sur le berceau qui contenait sa petite-fille. L'enfant avait les yeux grands ouverts. Nessa espérait qu'elle était encore trop petite pour comprendre le drame qui venait de se jouer. Pourtant, comme si elle sentait la malveillance de la femme qui la dévisageait d'un regard dur, le bébé se mit à pleurer.

Le cœur lourd, Nessa s'approcha de la petite orpheline et, la prenant dans ses bras, la serra contre elle.

— La petite a faim. Il faut que je la nourrisse.

— Je ne veux pas d'elle ici. Emportez-la immédiatement. N'importe où pourvu que je ne la voie plus.

Nessa dévisagea sa maîtresse, stupéfaite.

— L'emporter ? Pardonnez-moi, milady, mais où voulez-vous que… ?

Son interlocutrice lui coupa la parole d'un ricanement.

— À Castle Creek, par exemple. Où serait-elle mieux que chez son libertin de père, incapable de garder ses aiguillettes[1] nouées ? Et n'insultez pas mon intelligence en feignant d'ignorer de qui je parle.

Lady Margaret était si intimidante, tandis qu'elle la toisait de sa haute taille, que Nessa resta là, bouche bée, sans rien trouver à répondre.

1. Cordon ou ruban servant jusqu'au XVIIIe siècle à fermer les vêtements. Ici, en l'occurrence, le pantalon.

— Après tout, reprit la maîtresse de maison d'une voix sifflante, vous avez bien dû jouer un rôle dans cette sordide aventure, quand ils se rencontraient derrière mon dos !

— Ma... Madame, bafouilla enfin Nessa, glacée jusqu'au cœur, Sir Robert est parti pour le Mexique. Il n'y aura personne au château.

— Il doit bien rester quelques domestiques. Qu'ils s'en occupent ! Ce n'est pas mon affaire. Vous n'avez pas le choix. C'est cela ou l'orphelinat !

Nessa jugea plus prudent de ne pas répondre, car au fond d'elle, la colère bouillonnait. Cette horrible femme aurait très bien pu incarner une sorcière de conte, sifflant et crachant des crapauds. Elle était incapable de la moindre compassion et semblait parfaitement indifférente alors même qu'elle venait de perdre son unique enfant.

Nessa aurait voulu crier son indignation, rappeler à la châtelaine aigrie par les ans que, si elle ne s'était pas opposée en premier lieu à ce que sa fille fréquente Robert Wesley — sans aucune raison valable —, les deux jeunes gens n'auraient pas eu besoin de se cacher. La domestique prit une longue inspiration et serra les dents. Ce qui comptait désormais, c'était l'enfant qu'elle tenait dans ses bras. Mieux valait se concentrer sur l'avenir plutôt que d'essayer de changer le passé.

De fait, la haine de Lady Margaret était profondément enracinée dans le passé. Le père de Robert Wesley, dont la famille possédait la plupart des mines d'argent de ce coin du Devon, avait été son premier amour et elle ne lui avait jamais pardonné de l'avoir quittée pour celle qui allait devenir la mère de Robert. Rien n'aurait pu être plus fatal à l'amour que Miss Meredith portait au fils de son ancien fiancé que cette blessure d'amour-propre jamais guérie.

Or, malgré son jeune âge, Meredith avait été possédée d'une passion dévorante pour Robert, un beau et grand garçon aux cheveux roux et à l'intelligent regard. Rien n'aurait pu l'empêcher de le rejoindre en cachette dans les multiples recoins que recélait le château. Quand elle l'avait découvert, Lady Margaret avait traité sa fille de dévoyée, de fille perdue, et pire encore. À ses yeux, ce n'était rien d'autre que de la luxure. Or, dans son esprit, la luxure était l'œuvre du diable. Un péché qu'il fallait détruire à la racine.

Au début, Miss Meredith avait dissimulé son état à sa mère et aux autres serviteurs. Mais cela ne pouvait durer éternellement. Quand elle avait annoncé à Lady Margaret qu'elle portait l'enfant de Robert, sa mère avait tempêté et maudit sa fille, le visage tordu par la fureur.

Si le père avait été quelqu'un d'autre, pourvu qu'il fût de bonne famille, elle se serait probablement contentée d'exiger un mariage. Seulement, il n'était pas question que sa propre fille épouse le fils de l'homme qui l'avait rejetée. Et la pauvre Meredith était trop inexpérimentée et affaiblie par son état pour oser désobéir. Lady Margaret avait interdit à sa fille d'informer le jeune Robert de la situation et l'avait aussitôt confinée dans la maison, ne l'autorisant plus à voir que sa femme de chambre, Nessa.

Bien sûr, les domestiques avaient parlé et quand la jeune femme avait commencé à garder la chambre, ils s'étaient fait leur propre opinion sur son état.

Nessa comprit que jamais Lady Margaret n'avait eu l'intention de laisser sa fille élever l'enfant. Ce qu'elle voulait éviter par-dessus tout, c'était de devenir l'objet d'un scandale. Soucieuse de son nom et de sa réputation, elle détestait les commérages.

Elle avait sans doute décidé depuis longtemps que, lorsque Meredith aurait été délivrée de l'encombrant fardeau, elle enverrait l'enfant dans un orphelinat, le plus loin possible du comté.

— Et moi, milady ? s'enquit Nessa d'un ton mesuré.

Lady Margaret la regarda comme si elle venait de proférer une énormité.

— Vous ? Eh bien, quoi, vous ?

— Suis-je renvoyée ?

— Évidemment, rétorqua la châtelaine, le visage fermé. Nous n'avons plus besoin de vous dans cette maison, vous le voyez bien.

Le regard de Nessa se posa sur le pâle visage aux yeux clos de sa jeune maîtresse et elle sentit une larme couler sur sa joue.

— Je ne puis partir. Miss Meredith…

— Miss Meredith est morte. Vous m'obligeriez beaucoup en faisant vos paquets et en emportant cette enfant loin d'ici. Je ne veux plus vous voir, ni vous, ni elle, ajouta Lady Margaret en lançant un regard venimeux au bébé que Nessa serrait contre son sein.

Nessa fut stupéfaite de la haine de la châtelaine.

— Milady, vous ne pouvez pas faire cela, osa-t-elle riposter. Cette enfant est votre petite-fille…

— Et son père est Robert Wesley, aboya celle-ci en retour.

Nessa retint un mouvement de dégoût. Elle mettait au-dessus de tout l'honnêteté et le respect d'autrui et elle était profondément indignée du comportement de celle qui était encore sa maîtresse.

— Ce que vous faites n'est pas bien, Milady. C'est… horriblement cruel !

Le regard de Lady Margaret la parcourut des pieds à la tête, tranchant comme une lame.

— Vous, une misérable petite servante, vous osez me parler ainsi ? La vie est ainsi faite, ma fille. Maintenant, prenez vos affaires et déguerpissez !

— Bien… Et mes gages ? Une lettre de recommandation…

Lady Margaret, qui avait déjà tourné les talons, fit une brusque volte-face.

— Une lettre de recommandation ? Alors que vous avez laissé ma fille se déshonorer ? Vous rêvez ! Je vous donnerai votre argent avant votre départ. Dépêchez-vous de vous préparer. Et n'oubliez pas l'enfant !

Elle lui décocha un dernier regard plein de haine et de mépris et sortit.

C'est ainsi qu'une heure plus tard, la petite fille bien calée dans un bras et son baluchon suspendu à l'autre, Nessa quitta Beresford House.

Elle ne regrettait pas de partir, loin de là. Elle éprouvait même un vif soulagement. Jamais elle n'aurait été capable de vivre plus longtemps dans cette maison maudite. Pourtant, elle avait beau se tenir très droite et avancer d'un pas énergique, seules la colère et l'indignation l'empêchaient de pleurer.

Que faire, maintenant ? Il lui fallait absolument trouver du travail pour continuer à envoyer de l'argent à ses parents. Ils vivaient de l'autre côté de la rivière Tamar, en Cornouailles et, déjà âgés, usés par les durs travaux des champs, ils ne pouvaient plus subvenir seuls à leurs besoins. Sans les quelques pièces qu'elle leur faisait parvenir, ils mourraient de faim. Cependant, comment trouver du travail sans références ?

Nessa parcourut les deux miles qui la séparaient de Castle Creek en ressassant ces tristes pensées, maudissant à chaque pas la cruauté et l'égoïsme de son ancienne maîtresse. Comment pouvait-on abandonner un enfant, sa propre petite-fille, comme on ne le ferait même pas d'un vieux chien ?

La journée était chaude et le bébé commençait à peser sur son bras. Quand Nessa arriva enfin en vue du château, elle s'inquiétait de l'accueil qui lui serait réservé. Castle Creek était une solide bâtisse dominant le Channel, avec d'épais murs crénelés percés d'innombrables meurtrières. Jamais elle n'avait vu lieu plus impressionnant.

Atteignant enfin la loge du gardien, Nessa frappa à la porte. En vain. Un coup d'œil par la fenêtre lui indiqua qu'il n'y avait selon toute apparence personne au logis. Comme le lourd portail était ouvert, elle entra dans la cour du château et remonta la longue allée pavée qui menait jusqu'au porche. Les volets étaient clos et, quand elle tira sur la longue chaîne rouillée qui actionnait la cloche, rien ne bougea dans la vieille demeure.

Un vieil homme occupé à biner une plate-bande l'informa alors de ce qu'il était advenu des habitants du château.

Son vieux maître avait quitté ce monde deux mois plus tôt. Quant à son fils, Sir Robert, il était parti exploiter une mine d'argent au Mexique. On l'avait aussitôt informé du décès de son père mais il avait été victime d'une blessure fatale avant même d'avoir pu prendre des dispositions pour son retour. La maison avait donc été fermée en attendant l'arrivée d'éventuels héritiers.

Nessa, le bébé serré contre son cœur, regarda avec ahurissement le vieil homme retourner à sa tâche. Elle embrassa du regard la belle demeure d'où se dégageait un intense sentiment de désolation et sa gorge se noua.

Qu'allait-elle faire ? Quel sort leur serait réservé à toutes les deux ? Il fallait qu'elle se trouve une nouvelle place et, avec un enfant à charge, c'était chose impossible. Pourtant, la petite fille se trouvant désormais sans famille, elle n'avait d'autre choix que de l'emmener en Cornouailles.

Le voyage fut long et éprouvant. Ne pouvant allaiter l'enfant, Nessa devait acheter du lait sur son chemin pour la nourrir à la cuillère.

Elle avait une tante célibataire à Saltash. Mais, vieille fille endurcie, celle-ci n'envisagerait certainement pas d'un bon œil la perspective de devoir se charger d'un enfant au maillot.

Comprenant qu'elle ne pouvait plus compter que sur un miracle, Nessa avait retrouvé une forme de sérénité face au destin. Elle était poussée par une force inconnue. Même si le bébé ne lui était rien, jamais elle ne l'abandonnerait dans un orphelinat.

Deux jours plus tard, le vieux chariot grinçant du fermier qui avait accepté de transporter Nessa Borlase et son jeune fardeau franchit enfin la frontière entre les deux comtés, laissant la jeune servante à la croisée des chemins.

Éperdue, le peu d'espoir qui lui restait menaçant de

s'évanouir, Nessa examinait les environs d'un œil désespéré quand elle vit s'approcher un cavalier. L'homme et sa monture formaient tous deux une étrange silhouette apparaissant et disparaissant selon les ondulations du terrain.

Marcus Carberry enserrait fermement le rouan plein de feu entre ses jambes. Penché sur l'encolure, le jeune garçon poussait sa monture dans un galop hasardeux au travers des collines. En temps normal, il aurait apprécié l'ivresse de la course. Seulement, aujourd'hui, c'était la colère qui le faisait chevaucher ainsi, dans l'espoir d'oublier les paroles blessantes que venait de lui infliger son aîné.

Edward, son demi-frère plus âgé de six ans, venait de rentrer de son pensionnat pour les vacances. À sa grande déception, Marcus avait compris tout de suite que le ressentiment qu'Edward éprouvait à son encontre était toujours aussi virulent.

— Eh bien, Edward, était intervenu leur père. Ne viens-tu pas saluer ton frère ? Cela fait près de douze mois que vous ne vous êtes vus !

Edward, avec la morgue de ses seize ans, avait gratifié son cadet d'un regard qui signifiait qu'il se serait aussi bien passé de le revoir encore une année supplémentaire.

— Je suis content de te voir, Edward, avait tenté Marcus. Tu te portes bien, on dirait.

— Toi aussi, semble-t-il, avait froidement rétorqué Edward avant de lui tourner le dos. Le gîte et le couvert chez mon père ne te réussissent pas trop mal, à ce que je vois.

Comme si Marcus n'était qu'un hôte de passage dans la maison où, pourtant, il était né !

Le cœur gros, il avait contemplé une longue minute ce dos hostile. Il avait éprouvé à cet instant un tel ressentiment à l'encontre de son aîné qu'il avait dû serrer les poings pour se retenir de le frapper.

La mère de Marcus, Lady Alice, était la seconde épouse

de Lord Carberry. Edward était le fils de sa première femme, morte d'une pneumonie. Âgé de cinq ans à l'époque du remariage de son père, et malgré les efforts de Lady Alice pour le traiter comme son propre fils, Edward s'était comporté depuis lors comme une malheureuse victime. Il avait considéré l'arrivée d'une nouvelle maîtresse de maison comme une intrusion dans un monde organisé autour de sa seule petite personne. La situation n'avait fait qu'empirer quand Marcus était né, suivi trois ans plus tard de leur sœur Juliet.

Le regard perdu dans le lointain Marcus songeait que la vie à Tregarrick était décidément moins facile quand Edward était là.

Au loin, la mer d'un bleu de myosotis rencontrait le ciel d'azur. D'où il était, il pouvait voir à sa gauche l'étendue d'un étang au-dessus duquel planaient dans une heureuse harmonie oiseaux des mers et oiseaux des marais. Embrassant d'un bref regard ce paysage qu'il aimait tant, il poursuivit sa course vers le bois qui fermait l'horizon.

Parvenu à la lisière, il mit son cheval au pas et emprunta un sentier qui s'enfonçait entre les fougères. Sous les frondaisons, l'atmosphère était fraîche et accueillante. Il sentait par intermittence la brûlure du soleil qui perçait entre les feuillages.

Entendant un bruit dans les bosquets, il arrêta net sa monture et attendit, parfaitement silencieux. Puis, devant la jolie créature qui venait de faire son apparition, il eut un sourire de ravissement. C'était un jeune cerf, élégant et gracieux avec de longues jambes et une petite tête fière ornée de bois encore couverts de velours. Surpris, l'animal s'arrêta à son tour pour dévisager l'intrus avant de disparaître d'un bond dans les buissons. L'humeur sombre qui s'était emparée de Marcus depuis l'arrivée de son frère avait disparu.

Le garçon sauta à bas de son cheval et, le conduisant par la bride, avança le long du sentier. Il laissa l'animal se régaler d'herbe tandis que, pénétré par le calme et la beauté des lieux, il observait la course des lapins sur les talus et respirait à pleins poumons l'air saturé d'odeurs forestières. Le soleil de mai avait enrichi de mille nuances de vert et d'or la beauté naturelle des lieux, depuis la surface miroitante de l'étang jusqu'à la cime des sycomores. Le sol était tapissé d'anémones sauvages et de jacinthes dont le parfum enivrant flottait dans l'air tiède.

Envoûté par la splendeur de la nature Marcus sursauta lorsqu'il entendit ce qui semblait être un cri d'animal. Fouillant du regard la clairière dans laquelle il venait de déboucher, il aperçut au pied d'un chêne un petit paquet soigneusement enveloppé d'une étoffe. Il crut le voir bouger et, en effet, une main minuscule jaillit soudain et battit l'air énergiquement tandis que les piaillements se répétaient avec plus d'intensité.

S'approchant avec circonspection, Marcus se pencha et, stupéfait, découvrit le visage d'un bébé. L'enfant était enveloppé d'un châle de laine rose. Affamé ou mécontent de se trouver ainsi confiné, il protestait en se débattant.

Marcus embrassa la clairière du regard. Comment un si petit être pouvait-il se retrouver tout seul au milieu des bois ? Certainement, quelqu'un allait apparaître d'une seconde à l'autre pour venir le reprendre. Accroupi, il étudia le petit bout d'humain avec intérêt.

— Bien, bien... Qu'avons-nous là ? murmura-t-il pour lui-même.

D'après la finesse des traits du nouveau-né et la dentelle qui ornait ses vêtements, il s'agissait fort probablement d'une petite fille, âgée de quelques jours à peine. Ceci dit, Marcus ne pouvait prétendre avoir une grande expérience des bébés.

Sa curiosité piquée au vif, il observa l'enfant de plus près. Sans conteste, il s'agissait d'une très jolie enfant. D'une enfant en détresse. De grosses larmes perlaient au coin de ses yeux, son visage était tout rouge et plissé de colère.

— Là, là... Que se passe-t-il ? Calme-toi, veux-tu ? murmura-t-il en effleurant la joue rebondie d'un doigt léger.

Aussitôt, elle s'arrêta de pleurer, à croire que son toucher avait sur elle un effet magique.

Deux grands yeux interrogatifs, brillant comme des joyaux d'aigue-marine, se posèrent sur lui. Quand il plaça son index dans la minuscule paume, l'enfant s'en empara et le serra avec une force surprenante pour un aussi petit corps. Était-ce son instinct de survie qui la faisait s'agripper ainsi ? Comme si elle savait qu'elle avait été abandonnée et que ce garçon qui la regardait avec tant de sollicitude était sa seule chance de s'en sortir ? Portant le doigt de Marcus à sa bouche, elle se mit à le téter vigoureusement.

— Tu as faim, on dirait, petite fille. Mais qu'allons-nous faire de toi ? Je ne peux pas te laisser ici, n'est-ce pas ?

Récupérant son doigt, il allait se remettre sur ses pieds quand, éprouvant l'étrange sensation d'être observé, il regarda autour de lui. Quelqu'un peut-être, surgissant de nulle part, allait lui réclamer la petite fille. Hélas, personne n'émergea des broussailles. Comprenant qu'il lui fallait prendre une décision, Marcus s'empara précautionneusement de l'enfant et rejoignit son cheval qui broutait non loin de là. Après être parvenu à se remettre en selle, non sans peine, il installa la petite rescapée au creux de son bras et se remit précautionneusement en route.

Marcus se sentit soulagé d'être aussi grand et solidement bâti en dépit de ses dix ans.

Il allait apporter son précieux fardeau à Izzy. Elle saurait ce qu'il fallait faire.

Izzy Trevanion était l'enfant unique d'un pasteur du Somerset. Elle avait été élevée par son père et, quand elle avait été en âge de trouver un emploi, était devenue la gouvernante des trois filles d'un riche propriétaire terrien voisin de Tregarrick, la propriété des Carberry depuis plusieurs générations. Quand elle avait épousé Colin Trevanion, le régisseur en chef de Tregarrick, elle avait quitté ses fonctions pour s'occuper de sa famille. Ils habitaient un joli cottage sur les terres des Carberry.

Tandis qu'il remontait le sentier qui menait au cottage, Marcus sentit les effluves d'un délicieux ragoût d'agneau lui chatouiller les narines. Nul doute qu'Izzy faisait mijoter un de ses plats préférés, suivi probablement par un pudding tiède aux raisins et à la crème. Le tout serait à la fois nourrissant et savoureux. Pas comme les plats insipides qu'on leur servait au château.

Au son des sabots du cheval, Izzy était sortie sur le seuil pour voir qui venait leur rendre visite. Marcus savait depuis toujours qu'elle avait un faible pour lui.

Il se souvenait avec gratitude des innombrables fois où il était venu se réfugier au cottage après avoir subi les mauvais traitements de son demi-frère. Toujours, Izzy le prenait dans ses bras, le câlinait, le gratifiait de quelque gâteau avant de l'asseoir avec elle au coin du feu pour lui raconter des histoires.

Aujourd'hui, fidèle à ses habitudes, elle lui adressait un sourire de bienvenue en s'essuyant les mains sur son tablier. Un sourire qui s'éteignit brutalement quand elle vit l'étrange petit colis dont il était chargé.

— Mon Dieu ! s'exclama-t-elle, les yeux fixés sur le nouveau-né. Que nous apportez-vous là, Maître Marcus ?

— Un bébé, Izzy. Je l'ai trouvé dans les bois.

Une brise légère rebroussa les fins cheveux de la petite fille, un rayon de soleil fit briller ses joues roses. Marcus la trouva adorable.

— Trouvée ? Mais enfin, mon garçon, on ne trouve pas un bébé comme cela ! Avec qui était-elle ?

Il haussa les épaules.

— Avec personne, je crois. En tout cas, quand je l'ai prise, personne ne s'est manifesté.

Portant fièrement le bébé dans ses bras, il passa devant Izzy et pénétra dans le cottage où il fut accueilli par Hester, l'aînée des trois filles. La fillette, âgée de huit ans, déjà jolie avec ses boucles châtaines et ses yeux verts, surveillait sa cadette en train de confectionner la pâte d'une tourte dont elle-même préparait la farce. Annie, la dernière-née, dormait à poings fermés dans son berceau, au coin du feu.

Dans un bel ensemble, les deux aînées s'interrompirent dans leur tâche pour venir voir le bébé dans les bras de leur ami.

Marcus aimait le cottage d'Izzy, l'atmosphère chaleureuse qui y régnait. Il y avait toujours quelque chose de bon qui mijotait dans la marmite et les rayons de soleil filtrant par les fenêtres faisaient miroiter le cuivre des casseroles suspendues au-dessus de l'âtre. Le vaisselier placé contre l'un des murs crépis de blanc était rempli de faïence bleu et blanc. Un vase de fleurs des champs décorait l'embrasure d'une fenêtre et un gros chat noir bâillait sur le tapis de laine jeté devant la cheminée.

— Pauvre petit être ! s'exclama Izzy, qui arrivait sur ses talons. Quelqu'un doit s'inquiéter pour elle ! On doit la chercher partout !

De sa main libre, Marcus fit un geste d'impuissance.

— Comment le savoir ? Elle ne s'est pas perdue toute seule. Il a bien fallu que quelqu'un la dépose au pied de cet arbre. Celui ou celle qui l'a laissée là n'en voulait pas ou ne pouvait pas s'en occuper. Imagine, Izzy, ce qui aurait pu lui arriver si je n'étais pas passé par là ? C'est un crime, n'est-ce pas ? Un acte cruel et barbare. Comment peut-on faire une chose pareille à un petit être sans défense ?

Izzy lui prit l'enfant des bras en haussant les épaules.

— Bah ! Sans doute une pauvre fille en difficulté qui ne pouvait s'occuper de son bébé nouvellement né. Elle ne serait pas la première ni la dernière à avoir été poussée à une telle extrémité.

La brave femme hocha la tête, pleine de pitié, et murmura aussitôt une brève prière pour la pauvre mère en perdition.

— Peut-être as-tu raison, Izzy, mais regarde. Elle paraît bien nourrie et proprement habillée. En attendant de savoir qui elle peut bien être, nous devons lui donner un nom.

Nous ne pouvons pas l'appeler tout le temps la petite ou le bébé. As-tu une idée ?

— Je n'en sais rien, Maître Marcus. Elle a certainement déjà un prénom.

— Peut-être, seulement, nous ne le connaissons pas.

— Alors, que suggérez-vous ? Vous avez bien le droit de décider puisque c'est vous qui l'avez trouvée.

Marcus dévisagea l'enfant dont les yeux ne l'avaient pas quitté depuis qu'il l'avait recueillie sur le tapis de feuilles dans la forêt. C'était les plus jolis yeux qu'il ait jamais vus, entre l'aigue-marine et le brun doré. Il contempla le petit corps du regard et sentit quelque chose se serrer dans sa poitrine.

Comme elle continuait à le dévisager de ce beau regard confiant, il éprouva une étrange sensation. C'était comme un sortilège qui, s'emparant de lui avec une force inattendue, se faufilait jusqu'à son cœur, y éveillant un amour qui n'avait rien de commun avec celui qu'il éprouvait pour sa mère ou qui que ce soit d'autre de sa famille.

— Lowena ! décréta-t-il. Oui, c'est décidé. En attendant de connaître son vrai prénom, c'est ainsi que nous l'appellerons. « Joie », cela lui va parfaitement !

Izzy hocha la tête.

— Lowena ? répéta-t-elle. C'est très joli, il faut bien le reconnaître.

— Oui, très joli, en effet, approuva Hester, abandonnant la confection de sa farce pour venir regarder le bébé de plus près.

Marcus lui sourit, ce qui fit s'empourprer la fillette.

— Merci, Hester. Tu as raison. C'est un joli prénom pour une jolie petite fille. Comme je l'ai trouvée au milieu des anémones et des campanules, nous aurions pu lui donner un nom de fleur. Mais Lowena me semble plus approprié.

— Et qu'avez-vous l'intention de faire de cette petite Lowena, Maître Marcus ? Allez-vous l'emporter au manoir ?

Je ne suis pas sûre que Lord Carberry sera très content de voir sa famille s'agrandir d'une enfant trouvée…

Marcus esquissa une grimace. Son père était effectivement un homme d'ordre, qui avait des principes et n'aimait pas à être dérangé.

— Tu as raison, Izzy. Père n'apprécierait pas ce genre de surprise.

Il ajouta, assombri :

— Et puis, Edward est de retour. Ce serait pour lui une nouvelle occasion de se plaindre. Je vais en parler à mère. Il faut qu'elle soit informée. Peut-être pourra-t-elle apprendre quelque chose sur la famille de Lowena lors de ses visites au village. Je ferai des recherches de mon côté. Nous finirons bien par découvrir le mystère de cette enfant trouvée.

— En tout cas, fit remarquer Izzy en tâtant les petits bras replets, tu as raison. Elle a été bien nourrie. Et ses vêtements sont de qualité. Regardez… Il y a une broderie. Un *B*. C'est un premier indice.

Izzy reporta son attention sur Marcus.

— En attendant, que comptez-vous faire d'elle ?

Elle planta son regard brun dans le sien, sachant déjà ce qu'il attendait d'elle.

Quittant des yeux celle qu'il avait choisie pour filleule, Marcus entoura la taille ronde de sa nourrice d'un bras tendre et, posant sa tête sur son épaule, lui décocha un de ses sourires les plus désarmants. Izzy avait pour lui une telle affection qu'elle ne pouvait rien lui refuser, il le savait.

— Tu accepteras bien de t'en occuper pour moi, n'est-ce pas, Izzy ? Tu viens d'avoir un enfant. Un nouveau-né de plus ou un de moins, quelle importance ?

— Vraiment ? s'exclama Izzy en enveloppant du regard ses deux aînées, qui suivaient la conversation avec attention. Avec ces trois bouches à nourrir, sans compter mon mari, comment pourrais-je m'en sortir ?

— Les bébés, ça ne mange pas beaucoup, Izzy. Et je suis sûr que Mère insistera pour t'aider.

Hésitante, Izzy lui adressa de nouveau un regard méfiant. Cependant, Marcus avait appris à manipuler ses proches depuis la plus tendre enfance. Contrairement à son frère, si dur, si rebelle qu'il ne réagissait que par l'agressivité quand il n'obtenait pas ce qu'il voulait, lui jouait à merveille de ses talents d'enjôleur. Si bien que tout le monde dans le domaine, depuis le plus humble moissonneur jusqu'au fier majordome en passant par le gâte-sauce dans les cuisines, aucun ne pouvait s'empêcher de faire ses quatre volontés.

Izzy et ses filles étaient loin d'être en reste. De fait, la brave femme soupira, déjà prête à capituler.

— Avec votre intelligence, ce regard de démon et votre habileté à soutirer le meilleur de tout le monde, Maître Marcus, le roi n'a qu'à bien se tenir. Vous seriez capable de devenir un jour le maître de ce pays. Je ne sais rien vous refuser, vous le savez bien. Mais quand on m'interrogera sur cette gamine, qu'est-ce que je répondrai ?

— La vérité, bien sûr, rétorqua Marcus, satisfait, tout en chatouillant le bébé sous son menton grassouillet.

Izzy se mit à bercer l'enfant, attendrie.

— Bon. Je vais m'en occuper… pour le moment. Néanmoins, je veux que vous me promettiez que, s'il m'arrivait quelque chose, vous prendrez soin d'elle.

Conscient de l'importance de ce que lui demandait Izzy, Marcus opina solennellement du chef.

— Je te le promets, Izzy, affirma-t-il d'une voix ferme. Et même, je te le jure.

Izzy le regarda un long moment dans les yeux. Puis elle sourit.

— C'est tout ce que je vous demande. Maintenant, allons lui trouver un berceau et de quoi la nourrir. Je ne pense pas que cela gêne Annie de partager…

Marcus n'avait pas encore quitté le cottage que la brave femme, ouvrant son corsage, s'installait près du feu pour donner le sein à la nouvelle arrivée.

Les années passèrent et Lowena grandit et s'épanouit au sein de la famille d'Izzy. C'était une enfant heureuse et facile, appréciée de tous.

Izzy n'avait jamais caché qu'il s'agissait d'une enfant trouvée. Des recherches avaient été menées, mais personne n'avait jamais pu éclairer le mystère de sa naissance.

Et, avec les années, cela avait fini par ne plus guère avoir d'importance.

Chapitre 1

1780, Cornouailles

La foule s'écartait lentement, ouvrant un passage à Marcus, alors qu'il quittait Fowey Harbour à longues foulées décidées. Il était désormais le capitaine Marcus Carberry et son uniforme en imposait.

Parfois, il sentait sur son passage les regards des femmes qui admiraient sa silhouette bien découplée et son visage tanné par le grand air et le soleil. Dans sa veste rouge bien coupée, avec ses bottes de cuir noir remontant jusqu'à ses genoux et sa taille ceinte d'un ceinturon blanc qui mettait en valeur la largeur de son torse, il avait fière allure.

Marcus savait qu'il plaisait. Ses épais sourcils se haussaient fièrement sur son front et ses yeux étaient d'un gris argent qu'on lui vantait souvent. Sa bouche arborait un pli ferme et il souriait souvent, ce qui lui conférait un charme qui lui attirait les faveurs de ces dames, comme autrefois celles de la domesticité. Quant à ses cheveux, ils étaient épais et sombres, couleur aile de corbeau.

Il essayait autant que possible de faire correspondre son caractère aux traits harmonieux dont il avait hérité. Aussi espérait-il être parvenu à se construire un caractère à la fois discipliné et énergique.

La chaloupe qui les avait menés du bateau jusqu'au port venait de les déposer sur la jetée, et maintenant il était pressé de rentrer chez lui. Si pressé qu'il n'eut pas même un regard d'adieu pour le navire qui, le ramenant d'Amérique après une longue traversée, allait poursuivre son chemin jusqu'à Portsmouth. Embrassant du regard les rues animées qui donnaient sur le port, Marcus sentit son cœur se gonfler de joie. Pour lui, la guerre d'Amérique était terminée. Après dix ans de service dans l'armée, alors qu'il était sur le point de se réengager, la mort de son père l'avait ramené — sans doute pour toujours — à Tregarrick.

La Cornouailles était le pays de son enfance, le lieu où il était né et où il avait grandi, il avait toujours su qu'il y reviendrait. Tout ce qu'il aimait était ici. Il aspira avec gourmandise une longue goulée d'air marin, appréciant même, après cinq ans d'absence, l'odeur forte de poisson qui flottait dans les rues.

Et puis, il y avait la mine d'argent de la famille, Wheal Rozen, qui portait le prénom de sa grand-mère. Du jour où, enfant, son père l'avait amené là-bas, Marcus s'était passionné pour tout ce qui s'y passait. Il avait tout appris sur son fonctionnement, interrogeant sans relâche les vieux mineurs et les contremaîtres et piochant au hasard de ses lectures tout ce qu'il fallait savoir. Le souvenir des moments passionnants qu'il avait passés là-bas, à l'affût du ronflement puissant de la pompe et du bruit des piolets frappant la roche, le fit trembler de joie.

Maintenant que leur père était mort, Edward héritait du domaine, ce qui était dans la logique des choses. Toutefois, Lord Carberry avait légué la totalité des actions de la mine à son cadet, et c'était à lui, Marcus, qu'il revenait désormais de prendre toutes les décisions la concernant.

Sitôt qu'il eut dîné à l'auberge, il loua un cheval et s'empressa de quitter Fowey. Il faisait déjà nuit et il n'était guère prudent de voyager dans l'obscurité, néanmoins, son uniforme le protégerait des mauvaises rencontres. Pressé de retrouver sa maison et sa chère mère, il prit le chemin des falaises, le plus court pour se rendre à Tregarrick.

Au souvenir de son demi-frère, Marcus serra les mâchoires. Et, tandis qu'il parcourait la distance qui le séparait de chez lui, mile après mile, il sentit son anxiété croître à la perspective de l'accueil que lui réserverait son aîné.

Il savait bien qu'il ne fallait pas s'attendre à des paroles de bienvenue. Outrageusement gâté dans son jeune âge par une mère qui l'adorait, plus ou moins livré à lui-même après le décès de celle-ci, Edward était un garçon sans principes et sans morale. Lui et Marcus avaient mené des vies séparées, ne se rencontrant que l'été lorsqu'ils rentraient de leurs pensionnats respectifs. Il était peu probable qu'Edward ait changé de sentiment à l'égard de son cadet, même après toutes ces années. Mais si tel était le cas, Marcus serait le premier à s'en réjouir et à lui tendre la main. En tant que frères, ne se devaient-ils pas aide et réconfort en ce moment de deuil ?

Il arrivait presque au terme de son voyage quand, intrigué par un éclat de lumière du côté de l'océan, il mit pied à terre et s'approcha du bord de la falaise. Son regard fut attiré vers la plage où s'agitaient plusieurs silhouettes dans la pénombre. Avantagé par sa position dominante, Marcus comprit bientôt qu'il était en train d'assister à l'une des plus vieilles traditions de la côte de Cornouailles : la contrebande.

C'était une pratique qu'il connaissait depuis l'enfance et il savait que pour les contrebandiers, c'était quasiment un mode de vie. Les temps étaient difficiles pour les familles qui avaient beaucoup de bouches à nourrir et la contrebande était le seul moyen de joindre les deux bouts. Même si, en réalité, seuls les commanditaires parvenaient à s'enrichir. En revanche, pour ceux qui étaient pris, les sanctions étaient lourdes et il était déjà arrivé à plus d'un de se retrouver pendu au bout d'une corde.

Cette nuit, le vent venu de l'océan soufflait en violentes rafales et la mer était houleuse. Les conditions étaient parfaites pour un chargement. La nuit, à peine éclairée par un croissant de lune dont le mince profil se montrait de temps à autre entre les nuages, était opaque. Lowena n'aimait pas être sur les falaises après la tombée de la nuit mais Lord Edward ne lui avait pas laissé le choix.

Edward Carberry ! Le seul fait de prononcer son nom la faisait trembler de peur autant que de haine. Comment un homme d'un si haut rang dans la communauté, et même dans toute la Cornouailles, pouvait-il se compromettre dans la dangereuse pratique de la contrebande ?

Dès qu'elle avait été embauchée comme domestique à Tregarrick, elle avait bien vite compris que son maître était aussi retors et fuyant qu'une anguille. Et qu'il n'obéissait qu'à ses propres lois.

La contrebande faisait entrer dans sa vie monotone de gentleman-farmer le souffle de l'aventure et le danger y mettait un peu de piment. Sans doute aimait-il aussi l'idée de faire un pied de nez au gouvernement qui, depuis Londres, imposait à la Cornouailles de lourdes taxes afin de subventionner ses guerres et d'autres projets tout aussi dispendieux.

Malheureusement pour elle, à peine embauchée à Tregarrick après la mort d'Izzy, Lowena avait attiré l'attention de son maître. Comme elle résistait fermement à ses avances, il avait pris un malin plaisir à la mêler à ses dangereuses expéditions de contrebande. Elle avait eu beau déclarer haut et fort qu'elle ne voulait pas, il lui avait rapidement fait comprendre que, dans ce cas, elle devrait se trouver un autre emploi. Sans famille ni logis, Lowena n'avait eu d'autre choix que de se soumettre.

Si son frère Marcus avait été là, les choses auraient pris une tournure moins détestable. Pendant toute son enfance, le demi-frère de Lord Carberry lui avait témoigné gentillesse et considération. Souvent, après l'école, il passait voir Izzy et s'empressait d'engouffrer toutes les bonnes choses qu'elle mettait sur la table. Puis il se mettait à parler, et Lowena l'écoutait. Comme elle aimait ses histoires de pêcheurs aventuriers et de pirates ! À chaque fois qu'elle y repensait, un flot de tendresse l'envahissait. Non, Marcus n'aurait jamais autorisé Lord Edward à lui faire exécuter les tâches qu'il exigeait d'elle.

Malgré ses années d'absence, Lowena se souvenait fort bien

que le visage de Marcus était calme et harmonieux, que ses traits, bien que puissamment dessinés, étaient d'une grande distinction. Et qu'il avait un corps bien charpenté contrairement à son frère, au corps longiligne et à la pâle chevelure blonde.

Lowena écarta le passé de son esprit d'un soupir. Elle commençait à avoir l'habitude d'être tirée hors de son lit à chaque fois qu'une livraison de produits de contrebande était prévue. Elle connaissait la routine. Elle devait prendre son poste de garde au point le plus élevé de la falaise et, là, à la moindre alerte, au moindre mouvement suspect sur la lande, allumer son fanal pour avertir les autres. Un peu plus loin, un homme gardait l'entrée de l'étroite sente qui descendait jusqu'à la crique.

Quand elle se pencha pour voir ce qui se passait sur la plage, priant pour qu'elle n'ait pas besoin d'allumer son fanal, le vent lui plaqua les cheveux sur le visage. Se sentant vaciller au-dessus du vide, elle eut un violent frisson et se recula précipitamment.

La lune sortit soudain des nuages, éclairant la petite crique en forme de fer à cheval. C'était là que, par une nuit de tempête, un bateau s'était jadis retrouvé pris au piège du vent, de la mer et des rochers sur lesquels il avait fini par se fracasser. Des pilleurs d'épave s'étaient aussitôt précipités sur le lieu du naufrage, s'empressant de vider le navire de ses quelques richesses avant qu'arrivent les hommes de la maréchaussée. Trop tard, hélas. Non contents de prendre ce qui ne leur appartenait pas, les bandits avaient cruellement mis à mort les survivants.

On racontait que depuis, quand la nuit était particulièrement sombre, les âmes des morts, portées par le vent, s'en allaient gémir autour des chaumières éparpillées sur la lande. Depuis, ce recoin de la côte était considéré comme maudit et nul ne s'y hasardait, pas même en plein jour, pour le plus grand bonheur des contrebandiers.

Deux attelages étaient déjà sur la plage. De lourds chevaux de trait attendaient, équipés de bâts permettant de transporter les lourdes barriques de vin et de cognac ainsi que de gros ballots de thé. Derrière les bêtes étaient attelés deux chariots.

Les hommes qui pilotaient les barques étaient des marins-pêcheurs qui connaissaient la côte comme leur poche. Une expédition réussie pouvait leur faire gagner autant que deux semaines de pêche. Quant aux chevaux, ils appartenaient aux laboureurs des environs et c'était avec l'approbation de Lord Carberry que tout ce petit monde descendait sur la plage pour récupérer le butin.

Le régisseur du domaine surveillait la manœuvre et criait des ordres dans la nuit.

Une lueur vive attira soudain le regard de Lowena vers le large. La lumière clignota à trois reprises, indiquant à ceux qui attendaient dans la crique que le bateau chargé de produits de contrebande les attendait à quelques encablures, dissimulé dans la pénombre. Les hommes bondirent dans leurs canots et entreprirent de se diriger vers le fanal à grand renfort de rames, attentifs à éviter les récifs affleurant traîtreusement sous l'eau.

Tous ses sens en alerte, Lowena se mit à arpenter l'étroit sentier longeant la falaise. La nuit était froide et le vent lui glaçait le visage.

Au bout d'une longue heure, les deux embarcations lourdement chargées revinrent enfin. Les hommes sautèrent dans les vagues pour gagner le rivage et, jetant leurs rames sur le sable, entreprirent de les décharger. Ils travaillaient vite et sans bruit, les uns sortant un par un de lourds ballots des barques tandis que les autres les transportaient jusqu'aux chariots qui attendaient.

Certaines de ces marchandises seraient livrées jusque dans le Devon, et même au-delà. Quant au reste, il serait vendu sur place par l'intermédiaire du puissant réseau de clientèle que Lord Carberry avait tissé parmi les habitants de la région.

Quand les deux lourdes charrettes s'ébranlèrent enfin, Lowena amorça un soupir de soulagement qui se termina en bâillement. Tout s'était passé sans incident et elle allait pouvoir retrouver la chaleur de son lit.

Soudain, un léger bruit lui fit tourner la tête. Alarmée, elle fouilla l'obscurité du regard, la peur au ventre. Quand elle distingua une haute silhouette masculine qui se découpait sur le ciel sombre, son cœur cessa de battre. L'étranger, les jambes écartées, les bras croisés sur un torse puissant, observait lui aussi la scène qui se déroulait sur la plage. Instinctivement, Lowena se recroquevilla dans la pénombre. Il était trop tard maintenant pour allumer le fanal. Depuis combien de temps était-il là ? Qu'avait-il vu ?

Retenant son souffle, elle se glissa en direction de l'un des maigres arbustes qui bordaient le sentier, espérant pouvoir s'y dissimuler. Quand, une fois à l'abri, elle jeta un coup d'œil subreptice, l'inconnu était parti. Elle fouilla encore la nuit du regard, mais il n'y avait nulle trace de lui.

Pressée de s'éloigner, Lowena s'élança sur le chemin si vite qu'elle trébucha sur une pierre et manqua tomber. Jetant les mains en avant pour reprendre son équilibre, elle rencontra la toile rude d'un habit masculin. Les yeux écarquillés, elle leva le visage et reconnut l'uniforme d'un soldat. Les dragons du roi ! Ce ne pouvait être qu'eux. Devant cette funeste apparition, elle recula précipitamment puis se figea, incapable de prononcer un mot.

Quand l'homme s'approcha d'un pas, elle recula encore, prête à fuir dans la nuit. Alors une main brutale se referma sur son bras, le tordant vicieusement.

— Ne soyez pas stupide ! lança une voix rude. Restez où vous êtes.

Lowena, stupéfaite, écouta cette voix profonde. Dieu du ciel ! Était-ce possible ? Elle rêvait, très certainement… Elle dévisagea son interlocuteur au travers de ses cheveux que le vent avait rabattus sur son visage. Son cœur battait à se rompre et son sang rugissait dans ses oreilles comme un torrent furieux. L'homme se contentait de la regarder, la dominant de sa haute taille, mais Lowena ne parvenait pas à distinguer les traits de son visage.

Pourtant, elle se sentait attirée vers lui par une force mystérieuse. Un étrange sentiment de familiarité lui arracha soudain un long frisson. Tout son sang se retira de son visage. Une impression de déjà-vu l'envahissait lentement. Et elle restait là, comme frappée par la foudre.

L'homme qu'elle avait en face d'elle, c'était Marcus Carberry, de retour des Amériques.

Il ne restait plus à Lowena qu'à espérer que dans cette obscurité profonde, avec ses cheveux dans les yeux, lui au moins ne l'avait pas reconnue. Par pitié, pas maintenant, alors qu'elle devait offrir un spectacle pitoyable et que, par-dessus le marché, elle enfreignait la loi.

Affolée, elle se débattit à grand renfort de ruades et de coups de genoux, sourde aux jurons dont il la gratifiait. Enfin, elle parvint à se libérer.

Elle courut dans la nuit, s'engouffra dans la maison par la porte de la cuisine, le souffle court, et se précipita dans l'escalier, soulagée que Marcus ne l'ait pas reconnue ni ne se soit donné la peine de la suivre.

Une fois réfugiée dans sa chambre perchée sous les combles, elle resta un long moment allongée dans le noir, les yeux au plafond, ses pensées s'agitant dans son crâne comme une coquille de noix dans la tempête. Elle s'efforçait de ne pas penser à Marcus, se persuadant peu à peu que l'homme qui avait failli s'emparer d'elle était bien un dragon du roi venu de la garnison de Bodmin.

Au bout d'un long moment, elle entendit un chien aboyer dans les communs, aussitôt suivi du hennissement d'un cheval. Des voix résonnèrent dans la cour. Les hommes étaient rentrés de leur mission nocturne. Tremblant sous ses minces couvertures, elle eut envie de quitter au plus vite cette maison. De brusques sanglots la secouèrent douloureusement et elle se cacha sous son drap.

— Izzy ! gémit-elle. Pourquoi nous as-tu quittés si vite ? Pourquoi a-t-il fallu que tu meures ?

Ses pleurs redoublèrent, silencieux et désespérés.

Deux heures plus tard, Marcus se retrouvait autour de la table de la salle à manger du manoir avec son aîné. Dans la grande salle, l'air figé autour d'eux comme la mer de décembre semblait les retenir prisonniers dans son étreinte de glace.

Remarquant la mâchoire contractée d'Edward et le pli dur de sa bouche, Marcus devina ce que son frère devait se dire. Qu'il n'avait plus en face de lui un jeune blanc-bec en mal d'aventure. Revenu d'Amérique, Marcus était désormais un homme fait qui n'aurait pas peur d'en découdre. Il savait que ses larges épaules et son torse puissant contribuaient à l'impression d'autorité qui se dégageait de toute sa personne. Quant à son expression, elle n'avait rien d'engageant pour le moment. Le message était passé, Edward le comprenait parfaitement : le nouveau Marcus ne se laisserait pas faire. Et il allait falloir compter avec lui.

— Eh bien, lança Edward sans sourire, tu as survécu à la guerre, finalement ! L'enfant prodigue se décide à rentrer à la maison ? Mieux vaut tard que jamais…

Marcus eut un sourire de dérision.

— Je suis plutôt du genre coriace, tu devrais le savoir, Edward. J'ai appris ce qui est arrivé à Isabelle, ajouta-t-il sur un ton plus doux en faisant allusion à l'épouse défunte d'Edward. Tu m'en vois navré…

L'expression d'Edward se durcit encore davantage mais Marcus avait eu le temps de capter la fugitive expression de douleur qui avait traversé son regard.

— Mère m'a dit qu'il s'agissait d'un accident de cheval ?

— Oui. Ce sont des choses qui arrivent tous les jours, répondit-il sèchement, visiblement irrité qu'on lui rappelle des souvenirs désagréables. Je suis surpris de te voir ici à une heure aussi tardive. Pardonne-moi de ne pas t'avoir accueilli. J'étais occupé.

— C'est ce que j'ai vu.

Les lèvres d'Edward s'étirèrent en un mince sourire. Il se servit un gobelet de whisky puis, s'installant devant le feu, il étendit devant lui ses longues jambes chaussées de bottes de chasse.

— Tant que tu es le seul à avoir « vu », comme tu dis, franchement, peu m'importe.

Quand Marcus était parti pour les Amériques, il savait déjà que son aîné avait pris la tête d'un réseau de contrebande parfaitement organisé. Apparemment, rien n'avait changé.

— Comme tu as hérité du domaine, je pensais que tu laisserais ce genre de distraction à d'autres. Une erreur de votre part, une dénonciation, sont toujours possibles et si tu étais pris, les conséquences seraient dramatiques. Tu connais la sentence : exécuté sur place ou pendu dans les délais les plus brefs après une parodie de procès.

Edward leva un sourcil ironique.

— Pour la plupart des habitants de cette contrée, la contrebande n'est pas un délit. Beaucoup de gens fort respectables y sont impliqués d'une manière ou d'une autre, en achetant notre alcool, en le revendant ou en le consommant eux-mêmes. Et je parle là de membres du clergé tout à fait éminents, de médecins, d'hommes de loi parmi les plus reconnus. Ils sont tous prêts à se damner pour un flacon de cognac de France, un coupon de soie de Damas ou quelques mètres de dentelle vénitienne destinés à la dame de leurs pensées.

— Toujours aussi beau parleur, n'est-ce pas, Edward ? Belle faconde et joli cœur. Personne ne peut imaginer que, sous ces abords avenants, tu es capable de tout pour posséder ce que tu convoites et exercer ta toute-puissance. Mais il n'y a pas sur terre que des gens corrompus. Tu ferais bien de te souvenir que tu n'es pas hors d'atteinte de la loi.

Marcus avait prononcé ces paroles sur un ton calme, ce qui sembla attiser le malaise d'Edward. Piégé par le regard plein de mépris de son cadet, il se mit à remuer inconfortablement sur son siège.

— La loi et ses représentants peuvent aller au diable ! aboya-t-il en donnant un coup de pied dans un chenet. Mes correspondants de l'autre côté de la Manche sont disposés à continuer ce profitable négoce aussi longtemps que je le souhaiterai. Et je n'ai pas l'intention de m'arrêter. Je ferai de la contrebande dans cette crique, où, du reste, personne d'autre que nous ne veut mettre les pieds, aussi longtemps que Dieu me prêtera vie.

— Il n'empêche que c'est un délit puni par la loi. Ton titre et ton argent ne te serviront à rien devant la justice.

Tournant la tête, Edward observa son frère d'un regard étréci.

— Parce que tu me vois déjà en prison ? Tu te proposes peut-être de donner un coup de main aux autorités pour aider à la manœuvre ?

Marcus haussa les épaules.

— Les douaniers n'ont pas besoin de mon aide. Ils ont leur propre service de renseignement. Quant à moi, je ne peux pas t'empêcher de courir à ta propre perte. Tu as parfaitement le droit de passer la nuit dans cette crique si l'envie t'en prend, puisqu'elle fait partie de ton domaine. Mais un jour ou l'autre, tu devras payer. Parce qu'il ne s'agit pas seulement de contrebande, Edward. Je te connais. Je sais comment tu te comportes avec ceux qui refusent de se plier à tes quatre volontés. Un jour, tu devras répondre de tes actes. Et ce jour-là, je suis sûr que tu te demanderas si le jeu en valait la chandelle.

Un rire léger fusa des lèvres bien dessinées de son aîné.

— Les hommes qui travaillent pour moi sont aussi malins et sans scrupule que je le suis. Nous ne sommes pas assez bêtes pour laisser des preuves derrière nous.

— Et tu ne crains pas qu'un jour, tel ou tel de tes clients haut placé ne finisse par parler ? Ou que l'un de tes complices ne se laisse tenter par la forte récompense proposée aux contrebandiers prêts à se repentir ?

— Ceux-là savent ce qui leur en coûterait. De Saltash à Porthbud, la côte de Cornouailles est longue, Marcus. Et riche en grottes et caches de toutes sortes. On y pratique la contrebande depuis Land's End[1] jusqu'à la Tamar, et au-delà. Les douaniers et les dragons du roi ne peuvent être partout à

1. *Land's End* est le cap le plus occidental de l'Angleterre, dans le comté de Cornouailles. La *Tamar* est le fleuve qui sépare la Cornouailles du reste de l'Angleterre.

la fois. Ceci dit, je suppose que si j'étais arrêté, tu ne serais pas trop mécontent, n'est-ce pas ? Devenir seigneur de ces terres, cela te tenterait ? Tu as dû plus d'une fois en rêver !

Marcus ne répondit pas. Il savait qu'Edward essayait de le pousser à bout. Pas question de se laisser faire.

— Les funérailles ont été célébrées en bonne et due forme, déclara Edward, changeant brusquement de sujet. Notre père a été enterré dans l'église, à côté de ma mère.

Marcus comprit parfaitement l'allusion. Son frère sous-entendait ainsi que sa propre mère n'avait compté pour rien dans la vie du seigneur de Tregarrick.

— Je le sais. Les choses sont comme elles devaient être. Je suis revenu aussitôt que j'ai reçu la missive de ma mère.

Edward lui lança un bref regard de côté.

— As-tu l'intention de repartir guerroyer ou es-tu rentré pour de bon ?

— Au risque de te désappointer, j'ai l'intention de rester ici. Mon engagement dans l'armée arrivait justement à échéance. Je suis las de cette guerre d'Amérique[1], qui, de toute façon, se terminera mal pour les Anglais.

— Je le sais. Les nouvelles parviennent jusqu'à nos oreilles de paysans cornouaillais, vois-tu ! rétorqua Edward d'un ton vif.

Marcus haussa imperceptiblement les épaules.

— Je suis surpris de te trouver ici. Dans sa lettre, Mère me disait que tu te disposais à partir pour Londres. Je suppose que, maintenant que tu as la responsabilité du domaine, tu ne t'y rendras plus aussi souvent ?

— Et pourquoi pas ? Je n'ai pas gardé Watkins comme régisseur pour qu'il se tourne les pouces ! Il donnait parfaite satisfaction à mon père. Il n'y a pas de raison que ça change.

— À notre père, corrigea Marcus froidement

Edward sourit avec arrogance.

— Comme tu voudras…

1. Il s'agit de la guerre d'indépendance des futurs États-Unis d'Amérique (1775-1783) qui débouchera sur le Traité de Paris imposant à la Grande-Bretagne la reconnaissance de l'indépendance de son ancienne colonie.

— Songes-tu à te remarier, Edward ? Il te faudrait un héritier. Cela fait déjà deux ans qu'Isabelle est morte.

— J'y songerai… Quand je m'y sentirai disposé. Pour l'heure, j'ai dans l'idée d'aller passer quelque temps à Londres. Il se pourrait bien que j'y trouve femme à mon goût. Et surtout bien nantie. Néanmoins, je ne serais pas fâché de m'amuser un peu d'abord. Il y a là-bas de bien gentilles filles. Ceci dit…, ajouta-t-il en faisant tourner son cognac dans son gobelet de cristal, il y a ici une jeune créature qui me procure la plus agréable diversion depuis qu'elle est venue travailler pour nous.

— Vraiment ? Je la connais ?

— Tu devrais. Après tout, c'est toi qui l'as introduite dans notre famille.

Un éclair de compréhension traversa le cerveau de Marcus. Il eut l'impression qu'une main glacée venait de se refermer sur son cœur.

— Lowena ? lâcha-t-il en dévisageant son frère, le regard soudain durci. Ne me dis pas que tu… ?

Edward eut un rire bref. L'effort que faisait Marcus pour se contenir devait être palpable.

— Mais si ! C'est très exactement ce que je dis. Elle est belle, n'est-ce pas ? Un visage d'ange et un corps de diablesse. Le feu coule dans ses veines… Voilà ce qui me retient en Cornouailles, figure-toi. Sans compter qu'elle nous rend de fiers services, ajouta-t-il en l'observant attentivement à travers ses paupières mi-closes. Elle est très efficace pour faire le guet sur la falaise, les jours de livraison.

C'était de la provocation, pure et simple. Marcus toisa son interlocuteur qui, vautré dans son fauteuil, un sourire suffisant étalé sur son visage, soutenait son regard avec une lueur mauvaise dans les yeux. Il secoua la tête, comme pour chasser les monstrueuses images qui commençaient à s'y former. La simple idée qu'Edward ait pu faire de Lowena une de ses créatures dont il s'amusait un moment avant de les jeter comme des jouets cassés lui donnait froid dans le dos. Sans compter qu'il faisait courir à la jeune fille de terribles dangers en la mêlant à la contrebande.

— Tu as osé la mêler à vos crapuleries ?

Edward leva sur lui un regard imperturbable.

— Et pourquoi pas ? Elle est à mon service, après tout. Elle doit obéir aux ordres si elle veut garder son emploi. Et crois-moi, elle est très efficace. Dans tous les domaines.

Un grand froid s'empara de Marcus. Un terrible soupçon se faisait jour dans son esprit. Ce ne pouvait qu'être Lowena qu'il avait rencontrée tout à l'heure sur le sentier de la falaise. Il ne l'avait pas reconnue à cause de la nuit.

Il savait trop bien ce dont son frère était capable. Edward n'avait jamais regardé plus loin que la satisfaction de ses plaisirs. L'idée qu'il ait pu corrompre la jeune fille au point de la mettre dans son lit et d'en faire une délinquante était plus qu'il ne pouvait en supporter.

D'autant que le souvenir que Marcus avait gardé de Lowena était celui d'une jeune fille simple et généreuse. Edward ne voyait en elle qu'un simple objet de plaisir. Non, décidément, son frère n'avait pas changé. Ce qui n'avait rien d'étonnant. Il avait toujours vécu le nez au vent, disposé à toutes les aventures, pourvu qu'elles lui procurent du plaisir et de l'argent.

Marcus le dévisagea, la bouche déformée par une grimace de dégoût.

— Je ne tolérerai pas que tu attentes à l'honneur de Lowena par de telles insinuations, Edward.

De nouveau, celui-ci eut un rire moqueur.

— Des insinuations ? Mon cher, je n'ai pas besoin d'insinuer quoi que ce soit. Je ne fais que relater des faits. Miss Trevanion est devenue en grandissant une fort belle fille, et très accommodante. Attends de la voir et tu comprendras.

La voix d'Edward avait retrouvé le ton sarcastique et haineux qu'il adoptait à son égard depuis leur jeunesse. Étrangement, cela aida Marcus à garder son sang-froid. Il ne devait pas se laisser prendre au jeu. Néanmoins, quand il reprit la parole, sa voix était lourde de menace contenue.

— Lowena vient d'avoir dix-neuf ans et…

— Précisément. Elle est riche de dix-neuf délicieuses années. Tu es resté absent trop longtemps, mon frère. Ta petite Lowena ne t'a pas attendu pour grandir !

— Je préférerais la voir brûler en enfer plutôt que de la savoir entre tes griffes.

Edward claqua la langue, visiblement très satisfait de lui-même.

— Je n'en doute pas une seconde, mon cher Marcus. Mais, comme je te l'ai déjà dit, il est un peu tard pour jouer les redresseurs de torts.

Marcus foudroya son demi-frère du regard. La physionomie d'Edward ne reflétait plus que la concupiscence et un triomphe mauvais. Son regard bleu exprimait un égoïsme froid, impitoyable. On y lisait également le plus grand mépris pour ceux qu'il considérait comme ses inférieurs et qu'il faisait souffrir avec indifférence pour satisfaire ses caprices. Il n'y avait plus de doute possible, il était toujours sous l'emprise de ses vieux démons qui l'habitaient depuis l'enfance.

— Tu offres là un bien triste spectacle, Edward. Je te préviens. Si tu touches encore à Lowena, ne serait-ce qu'une seule fois, tu me trouveras sur ton chemin. Cette fille ne t'appartient pas. Ni à quiconque. Elle n'appartient qu'à elle-même et a droit au respect comme toutes les créatures que Dieu a faites.

Les yeux clairs d'Edward se rétrécirent dangereusement.

— Tu me donnes envie d'essayer, rien que pour voir ce qui en résulterait.

Marcus serra les poings.

— Lowena est quelqu'un de bien. C'est moi qui l'ai amenée ici, comme tu me l'as rappelé. C'est mon devoir de la protéger.

Marcus avait fait le serment à Izzy des années plus tôt de veiller sur la jeune fille s'il lui arrivait quelque chose. Et il tiendrait sa promesse.

— Ce n'est qu'une servante, cracha Edward avec un reniflement de mépris.

— C'est avant tout un être humain. Et Père nous a appris à nous comporter avec bonté et justice envers nos gens.

— Ce qui leur arrive n'est pas mon affaire. Je ne leur demande que de faire ce pour quoi ils sont payés.

Quand il rencontra son regard, les yeux d'Edward étaient aussi froids et durs que de l'acier. Les deux frères se dévisagèrent un long moment dans un duel silencieux. Et ce fut Edward qui détourna le premier le regard.

Quand il reprit la parole, toute ironie avait disparu de sa voix.

— Je n'ai à répondre de rien devant personne, Marcus. Et encore moins devant toi.

— Je n'attendais pas mieux de ta part.

— Pourtant, je te dis la vérité. Lowena est un très agréable objet de divertissement. Ce dont tu aurais pu t'apercevoir par toi-même si tu n'avais pas préféré aller voir du pays.

— Je me suis engagé dans l'armée d'Angleterre, Edward. Pour me battre ! À t'entendre, on croirait que je suis parti faire le Grand Tour[1] et que j'ai passé toutes ces années à m'amuser. Contrairement à toi, je n'ai hérité d'aucun domaine et je dois gagner ma vie.

— Plus maintenant puisque Père t'a légué la mine, rétorqua Edward, la voix grinçante. Et tu savais bien qu'il le ferait.

— Je n'avais aucune certitude, non. Et notre père était convaincu que l'exploitation minière ne t'intéressait pas.

— Tandis que toi, oui ?

— Bien sûr. Tu l'as toujours su. Et Père également.

Du plat de la main, Edward assena un coup violent sur l'accoudoir de son fauteuil.

— Pourtant, il aurait dû nous faire tous les deux actionnaires à parts égales.

— Tu as oublié ton penchant pour les jeux d'argent. Ne t'est-il jamais venu à l'esprit que c'est ce qui a suscité sa réti-

1. Le Grand Tour était un voyage effectué par les jeunes gens issus de familles fortunées afin de parfaire leur éducation, essentiellement dans les domaines artistique et linguistique. Les principales destinations étaient l'Italie, la France, la Suisse et l'Allemagne. Ce « tour » pouvait durer plusieurs années.

cence à agir comme tu le voulais ? Sans compter ton manque de jugement et ton caractère impulsif.

— Merci pour tes compliments ! Il m'a pourtant montré sa confiance en me léguant le domaine.

— Parce que c'était dans l'ordre des choses et qu'il pouvait difficilement faire autrement. La mine est une propriété à part, créée par son grand-père. Père savait ce qu'il faisait en me léguant Wheal Rozen. D'après le rapport que j'ai reçu du directeur, telle qu'elle est, la mine est très rentable et il ne sera pas nécessaire d'investir pour accroître le capital. Finalement, cher frère, tu n'es pas débarrassé de moi. Sois bien persuadé cependant que j'éviterai de croiser ton chemin autant que je le pourrai.

— Dans les circonstances actuelles, ce ne devrait pas être trop difficile, dit Edward en s'extirpant de son fauteuil.

Marcus haussa un sourcil étonné.

— Que veux-tu dire ? Nous habitons la même demeure. Il me semble difficile de ne pas tomber l'un sur l'autre de temps à autre.

Parvenu sur le pas de la porte, Edward se retourna avec un mauvais sourire.

— La même demeure ? Mais de quelle demeure parles-tu, Marcus ? De Tregarrick ?

Il éclata d'un rire mauvais avant d'ajouter :

— Ah ! Bien sûr… Comment pourrais-tu savoir… ?

Marcus sentit une menace inconnue planer tout autour de lui. Son cœur se serra.

— Savoir quoi ?

— Ta mère est partie s'installer dans le cottage. Sachant combien tu lui es attaché, je n'ai pas douté un instant que tu souhaiterais aller l'y rejoindre. Aussi y ai-je fait porter toutes tes affaires dès le décès de notre cher père.

— Ma mère a quitté Tregarrick ? Est-elle partie de son plein gré ou l'as-tu mise dehors ?

Edward haussa négligemment les épaules.

— Quelle importance ? Elle est partie, c'est l'essentiel. Après tout, ne suis-je pas ici chez moi ?

Qu'Edward ait osé reléguer sa mère dans le cottage suscita chez Marcus une fureur presque incontrôlable. Cependant, il ne lui en demanderait pas raison tout de suite, pas tant qu'il n'aurait pas parlé avec sa mère.

— Je verrai cela avec Mère demain matin. Avant de rejoindre mes nouveaux pénates, j'ai encore un détail à régler.

— Lequel ? interrogea Edward, incapable de refréner sa curiosité.

Marcus passa devant lui sans répondre. Comme il l'espérait, un serviteur attendait dans le hall le bon vouloir de ses maîtres.

— Faites appeler Miss Trevanion, je vous prie. Immédiatement.

L'homme le dévisagea, stupéfait.

— Miss Trevanion ? Elle est couchée, monsieur.

— Eh bien, réveillez-la. Et dites-lui de faire ses paquets.

Son ton autoritaire propulsa le domestique vers le grand escalier. Marcus, de retour dans la pièce, décocha à son frère un regard noir.

— Si tu imaginais que j'allais laisser Lowena une nuit de plus sous ce toit, tu t'es trompé.

Edward haussa les épaules.

— Comme tu voudras.

Et, sur ces mots, il sortit à son tour.

Marcus le regarda s'éloigner, sans voir la rage qui déformait son visage.

Inquiet du mal qu'Edward avait pu faire à la jeune femme, Marcus était pressé de la voir. Pour constater par lui-même les changements que le mauvais comportement de son frère avait pu apporter à la jeune fille dont le sourire angélique et le visage pur hantaient toujours sa mémoire. Enfant, elle était aussi craintive qu'une créature des bois, elle en avait la grâce et l'innocence. Au fil des ans, il s'était senti de plus en plus attiré par elle, mais il n'avait pas voulu approfondir leur relation, considérant qu'il n'en avait pas le droit.

La dernière fois qu'il l'avait vue, à l'occasion d'une brève permission, elle venait d'atteindre ses seize ans. Elle avait tout juste quitté l'enfance, tout en ayant l'âge d'être embrassée. Il éprouvait encore de la honte en se souvenant que l'adolescente avait éveillé en lui des désirs coupables. Mais après tout, il n'était qu'un jeune homme en pleine possession de ses moyens.

Bien sûr, l'âge de Lowena, et le fait qu'elle était sa filleule, l'auraient empêché de la toucher. Et puis, Izzy n'aurait guère apprécié de le voir tourner autour de la jeune fille qu'elle aimait autant que ses propres filles.

Les insinuations perfides d'Edward et tout ce qu'il ignorait de la vie de Lowena depuis qu'il était parti préoccupaient davantage Marcus qu'il n'aurait voulu l'admettre. L'image de cette fraîche jeune fille dans les bras de son frère, dont la perversité était notoire, lui soulevait le cœur.

Furieux contre lui-même autant que contre le maître de maison, il s'efforça de tourner ses pensées vers d'autres sujets de préoccupation. Pas question que les propos de son demi-frère corrompent le souvenir qu'il avait d'elle.

Pourtant, quand Lowena apparut sur le pas de la porte, Marcus dut faire un effort pour la reconnaître. La jeune femme qui lui faisait face, avec son corps aux courbes voluptueuses, la somptueuse parure de ses cheveux auburn coulant sur ses épaules, ses yeux d'ambre clair ombragés par de longs cils, possédait une beauté et un éclat qui n'étaient encore qu'à l'état de promesse dans le bouton de rose qu'elle était trois ans plus tôt.

Il émanait d'elle une telle aura de vitalité et de grâce qu'il détourna les yeux, comme ébloui.

Il avait fallu à Lowena moins de cinq minutes pour se lever et empaqueter ses maigres biens. Elle s'était arrêtée un instant au haut de l'escalier pour contempler l'homme qui arpentait le hall d'un long pas impatient. Puis elle s'était dépêchée de le rejoindre, sans le quitter des yeux.

En dehors de leur brève rencontre cette nuit sur la falaise, elle ne l'avait pas revu depuis près de quatre ans et ne savait trop quelle attitude adopter devant lui.

Soudain, levant les yeux, Marcus la vit. Elle savait que son visage, pâle et crispé, était en pleine lumière tandis qu'il la contemplait fixement. Elle se doutait qu'il en savait plus qu'elle ne l'aurait souhaité sur le rôle qu'elle jouait dans les événements qui se déroulaient la nuit dans la crique. Or, cela ne contribuait pas à rendre sa situation confortable.

Elle s'avança vers lui et, pendant un instant qui parut une éternité, leurs regards se nouèrent. Il avait la même expression intelligente et lumineuse que dans ses souvenirs.

— Je suis désolé de vous réveiller à pareille heure, Lowena, dit enfin Marcus. Après m'être entretenu avec mon frère et en avoir déduit que c'était bien vous que j'avais rencontrée sur la falaise, il m'a paru plus convenable que vous veniez habiter au cottage, auprès de ma mère. Vous n'y voyez pas d'inconvénient, n'est-ce pas ?

Malgré l'état d'engourdissement dans lequel elle se trouvait, Lowena était parfaitement consciente des sensations qui lui traversaient le corps. Le capitaine Marcus était enfin de retour. Et il était aussi fort et aussi beau, plus même, qu'au jour de son départ. Elle ne comprenait pas clairement en quoi ce fait pouvait être important mais, tout au fond d'elle, elle ne parvenait pas à l'ignorer. Elle n'y pouvait rien.

Elle gardait depuis longtemps le visage du cadet de Tregarrick dans son cœur, comme une image serrée entre les pages d'un vieux livre. Maintenant, c'était comme si elle avait rouvert la page et qu'elle plongeait dans le livre.

Elle baissa les yeux, avant que le regard extraordinairement vivant et inquisiteur de son interlocuteur les lui fasse relever.

— Aucun inconvénient, sir, répliqua-t-elle, heureuse de constater que sa voix ne tremblait pas. Pardonnez-moi si je vous parais mal assurée, je n'ai pas l'habitude d'être éveillée en pleine nuit.

Il haussa un de ses épais sourcils noirs.

— Vraiment ? Pas même quand mon frère requiert votre

assistance pour certains services sur la falaise ? Petite inconsciente ! Je pensais que vous auriez assez de bon sens pour refuser de vous laisser impliquer dans ses trafics. Mais sans doute sait-il user de bons arguments…

Transpercée jusqu'à l'âme par son regard accusateur, elle se replia sur elle-même et regarda autour d'elle comme si elle allait trouver un trou où se cacher.

— Nous reparlerons de cela demain, reprit-il d'un ton sec.

— Je n'aurai rien à dire demain que je ne peux dire maintenant, milord, s'empressa d'expliquer Lowena, se tordant les mains nerveusement. Étant donné ma position, et sans famille chez qui me réfugier, je ne puis me permettre d'offenser un homme aussi puissant que votre frère. Il est mon employeur. Comment pourrais-je lui désobéir ? Vous ne pouvez imaginer ce qu'a été la vie pour moi depuis la disparition d'Izzy…

Un sourire plein de compassion adoucit un instant le visage de Marcus.

— J'aurais dû m'en soucier davantage, malgré ma longue absence. Et je t'assure que j'en prends bonne mesure, à présent.

Sensible à la gentillesse qui perçait sous ces mots et au retour du tutoiement, Lowena leva de nouveau les yeux sur lui et son cœur manqua un battement. Elle ne pouvait s'empêcher de dévorer Marcus d'un regard d'adoration.

Tout en lui était plus séduisant que jamais. Elle aimait cet homme de tout son cœur et de toute son âme. D'un amour qui avait jailli en elle comme une flamme à l'âge de seize ans et qui n'avait fait que croître malgré l'absence du cadet de la famille pendant toutes ces années. Oui, elle l'aimait, quand bien même elle n'avait aucun espoir de voir ses sentiments partagés.

Aujourd'hui, il lui suffisait de savoir qu'il était revenu.

Les beaux yeux gris de Marcus étaient posés sur son visage, guettant sans doute chacune des émotions qui le parcouraient. Pourtant, elle gardait suffisamment la maîtrise de ses expressions pour qu'il se doutât de ses pensées.

Lowena rosit et se redressa de toute sa taille. Le spectre de son frère était entre eux, intangible mais puissant et elle fut soudain traversée par la crainte que Marcus ait pu écouter les insinuations d'Edward. La considérait-il comme une femme perdue ? À cette pensée, son cœur battit si fort dans sa poitrine qu'il risquait de l'entendre. Il y avait tant encore en elle de la jeune fille qu'elle était, rivalisant avec la femme que le regard de Marcus faisait émerger.

— Tout ce que je demande, sir, quoi que Lord Carberry vous ait dit, c'est que vous ne me jugiez pas trop sévèrement. Je ne suis plus celle que j'étais quand vous êtes parti.

Le visage de Marcus se rembrunit.

— Non, c'est ce que j'ai cru comprendre. On ne peut faire autrement que changer avec le temps. Toutefois, si j'en crois les propos de mon frère, vous vous comportez de manière fort répréhensible. Et qui aurait bien déçu notre bonne Izzy si elle était encore de ce monde.

Devant l'injustice de ces propos, Lowena étouffa un cri de protestation.

— Comment pouvez-vous dire une chose pareille ? Je n'ai jamais manqué de respecter les principes que m'a enseignés Izzy ! s'écria-t-elle, scandalisée devant l'injustice de l'accusation. Que vous a-t-il dit, exactement ?

Marcus ne la lâchait pas du regard, fouillant ses yeux comme s'il pouvait en extirper la vérité.

— Il m'a dit que vous étiez amants, déclara-t-il sans ambages, un de ses noirs sourcils haut levé sur son front mat. Dois-je le croire ?

Lowena le dévisagea, figée dans un douloureux étonnement. Elle voyait bien dans le regard dur de Marcus qu'il portait foi aux propos d'Edward. La colère se mit à bouillonner dans son cœur et ses yeux étincelèrent.

— Je sais que je ne devrais pas aller à l'encontre de ce que dit ou fait Lord Carberry, qui a le pouvoir de me renvoyer d'un claquement de doigt. Mais je puis au moins parler pour ma défense. Imagineriez-vous que j'aie pu encourager d'une manière ou d'une autre les mauvaises intentions de votre frère ? Que j'aie entrepris de le séduire afin de gagner quelques avantages pour moi-même ? Si c'est le cas, je vous dis tout net que vous me faites injure. Si je travaille à Tregarrick, c'est que je n'ai pas le choix. Je ne suis pas sous la coupe de Lord Carberry et je ne cherche pas à susciter ses attentions… qui seraient mal accueillies.

— Ainsi, j'aurais mal interprété ce qu'il m'a dit ?

S'exhortant au calme, Lowena redressa fièrement le menton. Elle ne se laisserait pas rabaisser ni par l'aîné qui la persécutait de ses avances, ni par le cadet qui la contemplait avec méfiance.

— Vous pouvez croire ce que vous voulez, rétorqua-t-elle, la voix vibrante de fureur contenue. Je n'ai pas à me justifier, ni devant vous, ni devant qui que ce soit d'autre. Peut-être cela vous aurait-il arrangé de croire tout ce que votre frère a prétendu, finalement. Même si ce n'est pas vrai.

Marcus contempla la jeune fille entre les cils de ses paupières baissées. Il pouvait mesurer sa colère, et ses yeux brillaient d'un chagrin dont il ne comprenait pas la cause. Il ne pouvait s'empêcher d'être ému par sa fougue, il sentait son corps et son âme secoués par des sentiments qu'il analysait mal. Quel que soit le fond de cette affaire, il émanait de Lowena Trevanion une innocence et un charme fragile qui le touchaient au plus profond de lui-même.

— Bon. C'en est assez. Il est très tard et vous devez aller vous reposer.

— Assez, dites-vous ? Voilà qui est facile à dire ! Vous avez été absent pendant des années et vous ne connaissez plus rien de moi. Votre ton inquisiteur et vos manières agressives sont inacceptables ! Vous jouez le maître d'une manière qui me semble tout à fait déplacée. Malheureusement pour vous, je n'ai plus grand-chose de commun avec la jeune fille niaise que vous avez gardée en mémoire. Et dont vous ne vous êtes guère soucié pendant toutes ces années.

À la fois stupéfait et étrangement rasséréné par ce petit sermon, Marcus ne put retenir un sourire.

— On peut dire beaucoup de choses sur votre caractère, Lowena, mais vous n'avez jamais été niaise, commenta-t-il d'une voix radoucie.

Elle le dévisagea, sans doute étonnée par la soudaine tendresse de son regard.

— Ah ? Merci bien. Je suppose que je dois prendre ceci pour un compliment. J'aimerais que vous compreniez une chose, sir. Je suis une grande fille, maintenant. Et je n'ai à rendre de comptes à personne.

Contemplant la tumultueuse petite personne qui se dressait orgueilleusement devant lui, les yeux étincelants de colère, sa poitrine ronde et ferme se soulevant et s'abaissant au rythme de son souffle, Marcus ne put refouler un vif sentiment d'admiration. Quelle fille courageuse elle était, pour dire ainsi ses quatre vérités à des hommes qui avaient un tel pouvoir sur sa destinée !

— Merci de m'avoir confié cette importante information.

Elle eut un long soupir tremblant, refoulant à grand-peine les larmes qui se pressaient sous ses paupières. Elle semblait tout comme lui rongée par des émotions complexes qui menaçaient de la submerger.

— Je vous en prie, rétorqua-t-elle sans baisser les yeux…

Elle ajouta ensuite, d'une voix plus calme :

— Devrai-je habiter au cottage de manière définitive ?

— Pour le moment, en tout cas. Je parlerai à ma mère demain matin. Allons-y. La nuit est déjà très avancée et nous avons tous les deux besoin de prendre un peu de repos.

Marcus sentait le regard brûlant de la jeune femme fixé sur son dos tandis que, son baluchon serré sur son cœur, Lowena s'efforçait de suivre son pas pressé sur le chemin qui menait au cottage.

Ils ne furent pas surpris de trouver le cottage plongé dans une obscurité complète. Marcus frappa du poing sur la porte de chêne et, au bout de quelques minutes, une servante en robe de nuit vint leur ouvrir, une bougie à la main.

— Qui est là ? Que se passe-t-il ? Est-ce vous, mademoiselle Lowena ?

— C'est bien moi, maîtresse Seagrove, s'empressa-t-elle de rassurer la brave femme. Mr Marcus est avec moi.

Maîtresse Seagrove ouvrit largement la porte, les yeux arrondis par la surprise. Marcus expliqua la situation en quelques mots et l'intendante s'empressa de leur montrer leurs chambres. Il insista pour qu'on ne dérange pas sa mère, et qu'on ne lui serve pas non plus de collation.

Il serait bien temps le lendemain matin d'apprendre à la fragile et impressionnable Lady Carberry le retour du fils prodigue.

Chapitre 2

Blottis dans une clairière, le cottage et ses jardins étaient dissimulés aux yeux des curieux par des haies élevées. Le bâtiment était de belles proportions, avec de larges portes-fenêtres qui s'ouvraient sur une terrasse abondamment fleurie. Marcus avait toujours aimé cette vieille demeure ensevelie sous les rosiers grimpants. C'était là que sa grand-mère maternelle, qu'il chérissait tendrement, avait passé la fin de sa vie. Son réveil dans ce lieu lui mit du baume au cœur.

Lady Alice, sa mère, l'accueillit avec des larmes de joie. Elle le fit asseoir en face d'elle à la table du petit déjeuner et évoqua pour lui les circonstances de la mort de son mari. La tristesse qui embuait son regard disait l'amour qu'elle portait encore à ce dernier. Et Marcus sut, s'il en avait jamais douté, qu'elle porterait son deuil jusqu'à sa propre fin.

Grande et mince, Alice Carberry avait le visage éclairé par les mêmes yeux gris argent que son fils, et ses cheveux noirs étaient striés de quelques mèches argentées. Rassuré par son calme et son air serein malgré sa tristesse, Marcus comprit qu'elle vivait là une vie recluse, certes, mais paisible. Elle était connue dans la région pour sa bonté autant que pour sa force d'âme et, du vivant de son époux, avait mené Tregarrick avec une grande *maestria*, exigeant de tous un dévouement et un zèle sans faille.

— As-tu vu Edward ? s'enquit-elle quand elle jugea que le moment était enfin venu de parler du présent.

Marcus opina du chef.

— Oui, cette nuit même. Il m'a rendu furieux ! Il n'avait pas le droit de te mettre dehors !

— Et pourquoi pas ? Tregarrick est sa demeure, maintenant. Depuis son mariage, de toute façon, je songeais à partir. Et quand Isabelle est morte, il m'est devenu chaque jour un peu plus difficile de rester…

Marcus esquissa un geste impatient de la main. Il ne souhaitait pas revenir sur le sujet douloureux de la trahison d'Isabelle, qui avait préféré épouser Edward plutôt que lui. Ni sur sa mort, qui avait été un choc brutal.

— Je me demande ce qu'il va advenir d'Edward, poursuivait Lady Alice. Il y a en lui quelque chose de véritablement destructeur… Je crains qu'il ne finisse par se détruire lui-même. La contrebande, qu'il pratiquait jadis pour s'amuser, est devenue une drogue puissante. Un jeu de cache-cache avec le danger. Peut-être à cause du chagrin provoqué par la mort de sa femme — une émotion à laquelle je le croyais pourtant étranger. À moins qu'il ne soit rongé par la culpabilité. Toujours est-il qu'il semble déterminé à se perdre. Isabelle venait de lui confier qu'elle attendait un enfant. Il a fini par se convaincre qu'il aurait dû lui interdire de participer à cette chasse à courre. Cela le ronge.

La réponse de Marcus claqua, d'un ton bref et définitif.

— Isabelle était égoïste et têtue. Elle ne lui aurait pas obéi.

— Je le pense aussi. Il n'empêche, j'éprouve encore un vif regret qu'Edward m'en ait tant voulu d'avoir épousé son père. Et je suis triste de constater que rien n'a changé dans ses sentiments à mon égard. Aussi, ce fut un véritable soulagement que de venir m'installer ici.

— Père avait pris des dispositions pour que vous puissiez demeurer à Tregarrick jusqu'à la fin de vos jours !

— Je sais. Toutefois, il était hors de question de rester dans un lieu où j'étais indésirable. Le cottage est un endroit très agréable. Ta grand-mère vivait ici quand ton père a amené à Tregarrick sa première épouse, la mère d'Edward. Cette maison est faite pour abriter la maîtresse douairière de Tregarrick quand une nouvelle mariée arrive. Je l'ai toujours aimée et je suis heureuse de vivre ici. Et maintenant que tu es revenu, c'est encore mieux. De toute façon, il vaut mieux que ton frère et toi ne demeuriez pas sous le même toit.

— Sur ce point, mère, je partage votre avis. Mais j'aurais préféré que cela se passe dans des conditions différentes.

— Moi aussi. L'attitude d'Edward envers nous m'a toujours profondément chagrinée. Heureusement, ton père vous a laissés bien pourvus, Juliet et toi. C'était un homme sérieux et travailleur qui a fait de bons investissements dans les mines du Nord et dans des banques de Londres. Il est mort très riche.

— Ce qui n'empêche pas Edward, bien qu'il ait hérité du domaine et du titre, de me reprocher d'avoir hérité de la mine.

— Pour ma part, j'en suis heureuse. C'est ce que tu as toujours désiré. Tu ne verras pas d'inconvénient à vivre ici, n'est-ce pas ? Et puis, lors de mes longs séjours à Londres, tu auras le cottage pour toi tout seul.

— Tu vas t'installer chez Juliet ?

— Ta sœur me réclame sans cesse. Elle me manque ainsi que ses chers petits. Je serais heureuse que tu m'accompagnes, même si je sais que tu n'aimes pas la grande ville.

Marcus haussa imperceptiblement les épaules. Londres n'avait en effet aucun pouvoir d'attraction sur lui. Cependant, il était désireux de revoir sa sœur. Ils avaient toujours été proches. Quelques années plus tôt, elle avait épousé Lord Simon Mallory et avait quitté la Cornouailles pour s'installer à Londres. Ils avaient deux enfants que Marcus ne connaissait pas encore. Il avait hâte de combler ce manque.

— Vous avez raison, mère. Londres n'est pas faite pour moi. Et je ne suis pas fait pour elle. Néanmoins, je vous accompagnerai bien volontiers, pourvu que nous soyons rentrés en Cornouailles avant l'hiver. Les routes, déjà assez mauvaises dans notre beau pays, risquent ensuite de devenir tout à fait impraticables. Au fait, j'espère que la présence de Lowena au cottage ne va pas vous importuner ?

— Absolument pas. Nous manquons toujours de mains pour venir à bout de tout ce qu'il y a à faire ici.

Alice Carberry s'interrompit un instant pour jauger son fils d'un regard pensif.

— Maîtresse Seagrove m'a dit que vous n'étiez pas arrivés ici avant le milieu de la nuit. Comment se fait-il que tu aies emmené Lowena avec toi ?

— Vous l'ignorez sans doute, mère, mais la nuit dernière, il y a eu une livraison de produits de contrebande dans la crique. Edward avait chargé Lowena de faire le guet sur la falaise avec un fanal et c'est tout à fait par hasard que je suis tombé sur elle. En m'entretenant plus tard avec lui, j'ai vite compris qu'il avait des vues sur Lowena. Ou pis encore, qu'il abusait d'elle. Alors, j'ai jugé plus prudent de demander à la pauvre enfant de venir s'installer chez nous.

Lady Alice parut troublée par cette révélation.

— Mon Dieu ! J'ignorais tout cela. Il est vrai qu'elle travaillait à la lingerie et que j'avais peu d'occasions de la voir ces derniers temps. Tregarrick est une vaste demeure et nous avons toujours eu une armée de serviteurs.

— C'est fort commode pour les maîtres sans scrupule, qui ont ainsi tout un vivier de jeunes servantes à leur disposition. Mon frère n'échappe pas à la règle. Du reste, le contraire m'eût étonné. J'ai cependant du mal à comprendre… Pourquoi avoir jeté son dévolu sur Lowena, que nous avons vue grandir ?

Lady Alice rit doucement.

— Si tu la vois toujours comme une enfant, Marcus, c'est que tu as besoin de te faire soigner la vue. Pour autant que je puisse en juger, Lowena est devenue une ravissante jeune femme.

— Izzy me disait déjà que c'était un joyau unique ! Je ne sais pas ce que vous avez tous avec elle…

Marcus se tut, soudain rembruni. Il revoyait Lowena cette nuit même, lui tenant courageusement tête et disant ce qu'elle avait sur le cœur. Il jura pour lui-même en prenant conscience des émotions qu'elle avait provoquées en lui : admiration… et désir.

Cette humiliante concupiscence suscita chez lui de la honte en même temps qu'une vive contrariété à la perspective de s'intéresser à une femme, lui qui s'était juré de rester libre de tout attachement après la trahison d'Isabelle.

Non ! Il n'était pas question de penser à la jolie créature avec qui il avait joué et bavardé gaiement dans son enfance, qui l'avait enchanté autant qu'amusé, comme à un simple jouet entre les mains de son débauché de frère. Une telle idée était insensée. Et tout à fait obscène. Il ne voulait pas y croire.

Tout simplement parce qu'il ne le pouvait pas.

Toutefois, s'il n'y avait aucun fondement dans les allégations d'Edward, pourquoi ne l'avait-elle pas dit clairement au lieu de monter sur ses grands chevaux ?

— Ce que je voulais dire, Mère, c'est que Lowena n'est qu'une enfant comparée à Edward et à sa vaste expérience de femmes de toutes sortes.

— Alors, nous devons garder l'œil ouvert et veiller à la tenir à l'écart.

— C'est bien mon intention. Laisser Edward mettre ses griffes sur elle, ce serait pire que de la livrer aux loups.

— À mon avis, tu la sous-estimes, mon garçon, déclara Lady Alice d'un ton paisible. Pour ma part, je suis convaincue qu'elle est capable de se défendre face à n'importe quel homme, y compris toi.

Marcus se raidit.

— Soyez bien assurée, mère, que Lowena est tout à fait à l'abri de mes poursuites. Maintenant, racontez-moi un peu ce que vous avez fait depuis que vous avez quitté Tregarrick.

— Je suis allée visiter ma chère amie Anne Holland et sa famille dans le Devon. Elle pensait que cela m'apporterait un peu de réconfort après les funérailles. Mais ne change pas le sujet… Il faut que nous prenions des dispositions pour Lowena.

— Comme vous voudrez. Que suggérez-vous ?

— Je veillerai à ce qu'elle ait un travail intéressant. De fait, il se trouve que ma femme de chambre, Dorothy, n'est plus toute jeune. Elle se fatigue beaucoup, depuis quelque temps.

Non que je me permette le moindre reproche ! Je ne voudrais pour rien au monde lui faire de peine. Lowena est une jeune fille vive et entreprenante et si elle accepte, quoique, à mon avis, cette charge soit bien au-dessous de ses capacités, je la formerai comme femme de chambre et demoiselle de compagnie. Laissons-lui quelques jours pour s'installer et je lui parlerai.

— Merci, mère. C'est un soulagement pour moi. Par ailleurs, je m'inquiétais de ce qui se passera ici pendant notre séjour à Londres. Cela vous ennuierait-il de l'emmener ?

— À condition qu'elle accepte la position que je lui offre, bien volontiers. Maintenant qu'Izzy nous a quittés et que Kenza et Hester sont mariées, la voilà bien seule au monde, la pauvre petite. Il m'arrive encore de me demander qui pouvaient bien être ses parents.

Elle soupira puis ajouta :

— J'ai toujours eu de l'affection pour elle. Et je sais que toi aussi. Après tout, c'est toi qui l'as trouvée et amenée parmi nous. Tu t'es toujours senti responsable d'elle…

Lady Alice ajouta, songeuse :

— En dépit de ses manières simples, je pressens qu'elle n'appartient pas à la classe des serviteurs ou des paysans… Pauvre enfant !

— Lowena s'est toujours considérée comme appartenant à la famille d'Izzy.

— Je sais, mon fils. Quoi qu'elle en dise, ce n'est pourtant pas la même chose. Ce doit être terrible de ne pas savoir d'où l'on vient. Hélas, après toutes ces années, il y a peu de chance que nous le découvrions. C'est une fille si brillante et d'une telle intelligence. J'ai rarement vu de telles qualités d'esprit, même chez une jeune fille de bonne famille. Pas même chez Juliet. Certes, Izzy lui a prodigué un bon enseignement. Que Lowena a encore enrichi à Tregarrick en puisant dans la bibliothèque. J'ai toujours entendu Izzy regretter que ses propres filles n'aient jamais manifesté autant d'enthousiasme pour apprendre.

Lady Alice sourit à son fils et Marcus tenta d'ignorer le

malaise étrange que toutes ces louanges de Lowena — qu'il partageait — faisaient naître en lui.

— Tu as vraiment fière allure dans ton bel uniforme rouge, Marcus. Maintenant que tu as quitté l'armée, je suppose que tu vas devoir l'abandonner.

— J'en ai bien l'intention. Cela fait si longtemps que je le porte que je crains que tous mes vêtements ne soient devenus trop petits. Il va falloir que j'aille à St. Austell rendre visite à mon tailleur. En passant, je m'arrêterai à la mine.

De loin, Lowena contemplait le manoir de Tregarrick. Le domaine déroulait ses terres dans les riches vallées et sur les collines alentour. Il était vieux de plusieurs siècles et chaque génération de Carberry y avait laissé sa marque. La demeure principale, de taille imposante, avait de belles proportions. Elle était bâtie en solide granite de Cornouailles qui donnait aux bâtiments une apparence de solidité austère et solennelle. Les larges fenêtres à meneaux laissaient entrer la lumière à flots, les jardins anglais abondamment fleuris s'étendaient jusqu'à la côte et les hauts murs préservaient l'intimité des habitants.

Lowena posa sa main sur la lourde poignée de la grille au moment même où un groupe d'oies sauvages prenait son envol depuis le lac et passait au-dessus d'elle dans une impeccable formation en V. Distraite par leur caquètement, elle ne put voir le rideau d'une fenêtre retomber devant la personne qui l'observait à son insu.

Une fois passé les grilles, elle se dirigea vers la mer. Le sentier descendait jusqu'au village collé au pied de la falaise comme une moule sur son rocher. La vie ici était un combat permanent et la survie de ses habitants dépendait depuis toujours de la pêche, de la mine et de l'élevage des moutons.

Le village n'était cependant pas la destination de Lowena ce jour-là. Elle poursuivit sa marche sur le sentier côtier en direction de l'ouest, profitant du jour de congé que lui avait accordé Lady Alice à l'occasion de son installation au cottage pour faire une promenade au bord de la mer. Elle était infiniment reconnaissante à Sir Marcus de l'avoir retirée de la souricière qu'était devenu pour elle le manoir. Elle se sentait enfin libérée du comportement prédateur du maître du domaine.

Tout en progressant d'un pas allègre le long du sentier, Lowena s'emplissait les yeux de la beauté des fleurs sauvages qui poussaient en abondance au milieu des buissons de genêts tandis que les abeilles vrombissaient dans l'air bleu.

Très vite cependant, sa belle humeur s'évapora car elle avait la désagréable impression d'être suivie. S'arrêtant net, elle se tourna vivement et regarda derrière elle. Mis à part le roulement lointain des galets sous les vagues et le vrombissement des abeilles dans l'air doux de ces premiers jours de printemps, les alentours étaient quasiment silencieux. Aucun bruit suspect. Et, à perte de vue, le sentier s'étendait, parfaitement désert. Elle se remit à marcher. Bah ! Tout cela n'était que le fruit de son imagination.

La mer qui révélait devant elle sa surface verte et mouvante était calme et les vagues s'écrasaient sur le sable et les galets avec un léger clapotis. Une barque de pêche rouge et blanc faisait cap sur le port, entraînant dans son sillage un vol de mouettes rieuses. Sur sa gauche, à moins d'un mile, la crique maudite ouvrait sa bouche d'ombre, comme une blessure dans la falaise. Et derrière elle, la mine des Carberry, Wheal Rozen, dressait sur l'horizon sa haute cheminée.

Comme à chaque fois qu'elle pensait aux hommes qui travaillaient là dans d'inhumaines conditions, recroquevillés dans des boyaux humides et sans air afin d'en extraire le précieux métal, Lowena sentit un frisson lui parcourir l'échine. Beaucoup souffraient de maladies respiratoires et mouraient avant l'âge.

Ceci dit, il n'y avait pas que dans la mine que la vie était difficile. Depuis la mort d'Izzy, elle avait eu l'impression d'être jetée dans un monde brutal dont elle n'avait pas la clé. Avant, elle était seule aussi, bien sûr, puisqu'elle était une enfant trouvée. Néanmoins, bien protégée au sein de la couvée d'Izzy, elle ne s'était jamais sentie abandonnée. Jamais elle n'éprouverait assez de reconnaissance pour celle qui avait fait d'elle un membre à part entière de sa famille.

Ils avaient formé tous ensemble une joyeuse tribu, pleine de rires et de jeux, les autres la sermonnant gentiment quand elle passait trop de temps dans ses livres. Les filles d'Izzy et leur mère aimaient à se moquer gentiment d'elle : quel étrange coucou était venu introduire pareil œuf dans leur couvée ?

Lowena n'en était pas blessée. Elle savait bien qu'elle était différente. Les encouragements d'Izzy l'avaient fait réfléchir à son avenir et, avant le décès de celle-ci, elle avait choisi sa future fonction : elle serait gouvernante d'enfants, comme sa mère adoptive l'avait été. Hélas, son univers s'était brutalement effondré jusqu'à ce que Lady Alice ait la bonté de la prendre à son service à Tregarrick.

Cependant, Lowena se sentait une âme libre et courageuse, aussi sauvage que la lande du pays de Cornouailles. Elle ne pouvait se satisfaire d'un horizon aussi étroit que celui de la vie domestique.

Poussée par un soudain élan de vie, elle se mit à courir. Ses jupes claquaient autour de ses jambes et ses cheveux dénoués flottaient dans le vent comme le pavillon d'un vaisseau.

Elle ne ralentit que lorsqu'elle arriva à destination.

La Cornouailles possédait des centaines de criques le long de ses côtes, la plupart idéales pour la contrebande. Protégée par de hautes falaises abruptes qui l'abritaient des vents d'est et d'ouest, particulièrement violents dans la région, la crique qui étalait maintenant sous elle son étendue de galet et de sable blanc était de taille modeste. À cette heure du jour, la marée basse en permettait l'accès. Invisible depuis le sentier côtier, cette crique était le refuge favori de Lowena.

Elle s'engouffra à bout de souffle dans la minuscule sente qui menait jusqu'à la plage entre les herbes sèches et les buissons de lentisque. Elle descendit le sentier précautionneusement et avança jusqu'à la frange des vagues, aspirant à pleins poumons l'air chargé de sel et d'embruns. Le soleil se couchait sur l'horizon dans un ciel d'azur. La veille, il était rouge sang et les marins disaient que c'était de bon augure. Bon vent, pas de tempête.

Elle fut brutalement tirée de ses réflexions par un bruit dans son dos. Pivotant sur elle-même, elle vit avec terreur Edward Carberry s'avancer vers elle. Lowena se recroquevilla sur elle-même, avec l'impression d'être prise au piège. Elle haïssait cet homme de tout son être et sa seule présence suffisait à provoquer en elle un désagréable malaise autant qu'une rage froide. Sa haine datait du jour où, se présentant chez Izzy comme le futur Lord Carberry, il avait traité la toute jeune fille qu'elle était alors de jeune bâtarde trouvée dans le ruisseau.

Ensuite, son animosité n'avait fait que croître à chaque tentative du maître de Tregarrick pour la séduire et l'humilier. Car son mépris pour elle ne l'avait pas empêché de la poursuivre de ses assiduités, profitant de chaque occasion où elle était seule pour la solliciter.

Edward s'arrêta devant elle, sa bouche cruelle toujours étirée dans un rictus de mépris pour ceux qu'il considérait comme inférieurs. Ses yeux aux lourdes paupières la parcouraient avec une avidité répugnante, glissant de sa bouche aux rondeurs de ses seins tandis qu'il lui adressait un sourire sans ambiguïté. Elle savait que beaucoup le considéraient comme un bel homme, mais il ne lui avait jamais inspiré rien d'autre que de la répulsion.

— Tiens, tiens, Miss Trevanion ! Tout arrive à point à qui sait attendre, dit le proverbe. Et mon demi-frère qui croyait vous avoir mise à l'abri !

Lowena s'efforçait en vain de retrouver sa voix. Très droite, elle s'efforçait de soutenir le regard de son agresseur.

— Je ne comprends pas ce que vous voulez dire, milord, répliqua-t-elle, affichant un air de parfaite innocence bien qu'elle sût fort bien à quoi il faisait allusion. Pouvez-vous me laisser partir, je vous prie ?

Loin de s'écarter, Edward fit en sorte de lui bloquer complètement le passage.

— Déjà ? Vous n'y pensez pas, Miss Trevanion.

Lowena le fixait en tentant de masquer sa peur. Lord Carberry était un homme de haute taille, au corps jeune et bien entraîné. S'il passait à l'attaque, elle serait incapable de lui résister. Elle n'était armée que de sa détermination et de deux bonnes jambes. Sa seule chance résidait dans l'arrogance de son tourmenteur. Sûr de son pouvoir de séduction, il parcourait son corps d'un regard provocant tandis qu'un sourire malsain étirait ses lèvres pleines. Quelque chose remua dans la profondeur de ses yeux froids et elle sentit la chaleur de son désir l'atteindre comme une vague répugnante.

Comprenant que, cette fois, elle était en réel danger, Lowena recula dans les vagues qui se refermèrent sur ses chevilles.

— Laissez-moi passer, je vous prie. Je dois retourner auprès de Lady Alice.

— « Je dois retourner auprès de Lady Alice », singea-t-il. Quelle petite sainte-nitouche tu fais, ma belle ! Je te laisserai passer… pour le prix d'un baiser.

— Il n'en est pas question ! Vous… Vous m'avez suivie.

— N'était-ce pas ce que tu souhaitais ? Je t'ai bien vue te retourner quand tu es partie sur le sentier. De toute façon, je suis chez moi, ici. J'ai le droit de te suivre si ça me chante !

Inclinant la tête sur son épaule, il haussa un de ses élégants sourcils et son regard se fit aussi dur et tranchant qu'une lame d'acier.

— Allez, avoue, ma jolie, avoue que tu voulais que je te suive, Lowena-l'enfant-de-nulle-part.

Malgré l'insulte, il se faisait tentateur et séducteur, comme à chaque fois qu'il la rencontrait et Lowena recula encore, sachant que, cette fois, il était prêt à tout. Elle soutint pourtant son regard narquois qui quêtait avec un plaisir sadique chaque indice de la peur qu'elle éprouvait.

Sa belle prestance et le joyeux pétillement de ses clairs yeux bleus accréditaient parfaitement son rôle de gentilhomme parfaitement éduqué se promenant sur ses terres. Malgré son dégoût, Lowena comprenait pourquoi toutes les filles du village, même celles appartenant aux familles de riches fermiers, lui lançaient des œillades énamourées, toutes prêtes à lui accorder leurs faveurs.

Toutes, sauf elle.

— C'est faux ! objecta-t-elle, détestant le tremblement de sa voix.

Il fallait mettre fin une fois pour toutes à son harcèlement, qui la discréditait vis-à-vis de la domesticité du domaine.

Elle ajouta donc pour faire bonne mesure :

— Si j'avais su que vous me suiviez, je ne serais pas venue jusqu'ici.

— Vraiment ? s'étonna-t-il avec une déception feinte. Moi qui voulais seulement te remercier d'avoir fait le guet l'autre nuit sur la falaise…

— J'obéissais aux ordres. Et je vous serais reconnaissante de me vouvoyer, comme il se doit. Je ne suis plus une gamine.

— Il se pourrait bien que je fasse de nouveau appel à tes services…

— Je ne viendrai plus. Votre frère me l'a interdit.

Le visage d'Edward Carberry se durcit et une flamme de colère s'alluma dans son regard.

— Ce n'est pas lui qui donne des ordres sur mes terres. Il sait très bien qu'il n'a pas à se mêler de mes affaires. Quiconque, y compris Marcus, osera interférer avec ce que je décide regrettera le jour où il est né.

Lowena resta silencieuse. La menace qu'il venait de proférer à l'égard de son propre frère fit courir un long frisson de peur le long de sa colonne vertébrale.

Déjà, l'accès de colère d'Edward s'était éteint et il tendit la main vers la lourde tresse qui reposait sur le sein de Lowena. Elle recula encore, de l'eau à mi-jambes. Le regard de son adversaire s'étrécit et le silence s'appesantit, intense et lourd.

Elle ne baissait pas les yeux, bien décidée à ce qu'Edward comprenne que Lowena Trevanion était d'une autre étoffe que les autres filles. Malheureusement, elle craignait précisément que ce soit son refus qui pique son désir. Il semblait bien décidé à la posséder.

— Depuis le premier jour où tu as mis les pieds au manoir, Lowena, j'ai attendu cet instant. Je me demandais si j'arriverais à me retrouver seul avec toi, tant nous étions surveillés. Mais te voilà enfin, belle et sauvage comme une créature des eaux...

Sa voix était rauque, séduisante... Un tour qui ne devait jamais rater avec les filles du village. Autant qu'avec les belles dames de Londres, sans doute. Elle sentit ses yeux se poser sur la base de son cou, là où la peau fine révélait le battement du sang dans les veines. Puis son regard descendit sur le renflement de ses seins et ses poings se serrèrent.

Instinctivement, Lowena porta les mains à sa gorge.

— Ne me parlez pas comme cela ! Je vous en prie, laissez-moi partir. Lady Alice va s'inquiéter. Je lui ai dit que je ne serais pas absente longtemps...

— Au diable ma maudite belle-mère ! Va-t-elle m'empoisonner l'existence jusqu'à la fin de ses jours ? Que quelqu'un d'autre lui serve de bonne à tout faire, pour une fois !

Le regard de Lowena étincela.

— Laissez-moi, vous dis-je !

Elle fit un pas en avant, puis s'élança d'un bond pour passer devant lui. Mais il la rattrapa par le poignet. Se libérant d'un geste vif, elle recula de nouveau dans l'écume.

— Retirez vos mains ! Et laissez-moi partir sur-le-champ !

Edward la dévisagea, un instant déstabilisé par sa violence, puis son sourire moqueur refleurit sur ses lèvres.

— Quel panache, ma chère ! On dirait une pouliche sauvage. Une pouliche qui attend son maître. Moi, en somme.

Ce n'était pas même une menace. Juste un constat. Un frisson glacé traversa Lowena.

— Que voulez-vous, à la fin ? Ne vous ai-je pas dit de me laisser tranquille ?

Le rire d'Edward fusa dans l'air bleu.

— Ce que je veux ? Toi, ma belle. Toi, tout simplement, répondit-il d'une voix douce en se rapprochant. Allons, Lowena. Pourquoi fais-tu semblant de ne pas comprendre ? Je ne t'ai jamais fait de mal. Jolie comme tu es, comment aurais-je pu te résister ?

Les mots coulaient sans effort de sa bouche, il avait dû les répéter à de multiples reprises sans jamais rencontrer de résistance. Lowena s'empourpra de colère.

— Je vous en prie, sir, ne me parlez pas ainsi. Ce n'est pas convenable. Nous ne sommes rien l'un pour l'autre !

— Cela pourrait changer. Tu n'étais chez moi qu'une servante. Ne voudrais-tu pas changer d'état ? Je pourrais te marier avec un beau parti, qu'en dis-tu ? Et puis, n'oublie pas que je suis ton maître.

— Vous n'êtes rien de tel ! Je travaille maintenant pour Lady Alice et j'accomplis la tâche pour laquelle je suis payée. Vous ne pouvez rien contre moi !

Lançant sa tête en arrière, Edward Carberry éclata d'un long rire dont l'écho se répercuta contre la falaise.

— Sais-tu que la colère te sied à ravir, Lowena ? Tu es tout à fait délicieuse. Au moins, je vois que je ne te laisse pas indifférente !

Avant qu'elle ait pu réagir, il se précipita sur elle et l'attira à lui.

Lowena se mordit rageusement les lèvres. Il avait réussi à la faire sortir de sa réserve, et même à la toucher, à lui imposer son corps dur et exigeant, alors qu'elle souhaitait se tenir loin de lui.

Tentant d'échapper à ce cauchemar, elle s'efforça encore une fois de le repousser, les deux mains plaquées sur son torse vigoureux. Elle se débattait maintenant avec l'énergie du désespoir, hélas, les bras de son agresseur étaient durs comme deux lianes d'acier. La bouche d'Edward se plaqua sur la sienne, étouffant ses cris. Une bouche chaude, humide et brutale. À ce contact, tout le corps de Lowena se révulsa. Elle lutta encore mais il la retenait prisonnière sans aucune peine.

Lui, le gentilhomme, héritier d'un titre et d'un grand domaine se comportait comme une bête sauvage, sans tendresse ni compassion, bien décidé à ravir sa proie. Il devait être conscient de la violence qu'il exerçait sur elle en lui meurtrissant ainsi les bras et le torse. Et c'était ce qu'il voulait, lui faire mal pour mieux l'intimider. Une colère brûlante coula dans ses veines. Non ! Elle ne se laisserait pas faire ! Plutôt mourir !

— Lâchez-moi ! Vous devriez avoir honte.

— À quoi bon résister, petite sotte ? Je ne suis pas d'humeur à jouer et tu vois bien que tu ne fais pas le poids.

Il lui prit de nouveau la bouche avec une violence délibérée, et cette fois, la colère de Lowena se transforma en une rage aveugle. Elle mordit violemment la langue qui s'emparait de sa bouche et ne lâcha sa prise qu'en sentant le goût âpre du sang.

Furieux de sa résistance, visiblement excité par la lutte, Edward se redressa pour plonger son regard dans le sien. Une traînée de sang coulait au coin de ses lèvres, qu'il essuya de sa manche.

— Cela fait longtemps que j'attends ce moment, ma jolie. Et j'ai bien l'intention d'en déguster chaque seconde. Je vais te prendre, ici et maintenant. Et je veux t'entendre crier et demander grâce.

— Jamais, cracha Lowena. Vous ne m'aurez pas.

— Cesse donc de te débattre. C'est inutile. Je suis plus fort que toi.

— Vous êtes peut-être quelqu'un d'important ici, grâce à un bel héritage, seulement avec tous vos titres, vous n'arrivez pas à la cheville du plus pauvre des Cornouaillais.

Les yeux d'Edward lancèrent des éclairs. Il plaqua la poitrine de Lowena contre son torse, lui bloquant le souffle.

— Fais attention à ce que tu dis. Je pourrais te réduire à la misère.

Parvenant à se libérer dans un effort surhumain, Lowena fit face à son agresseur, le regard brillant.

— Plutôt mourir que de vous appartenir ! Si vous me touchez encore, je vous arrache les yeux !

— Petite diablesse ! Je t'apprendrai à me défier, aboya-t-il, hors de lui. Comment oses-tu ?

— J'ose, milord. N'essayez plus de vous en prendre à moi, s'emporta Lowena, trop enflammée pour mesurer les risques que lui faisait courir son audace.

Elle ignorait que le sang de preux guerriers coulait dans ses veines, des hommes qui, après avoir tenu tête à d'audacieux envahisseurs, n'auraient certainement pas toléré qu'un homme comme Edward Carberry se tienne en travers de leur chemin.

Edward s'élançait sur elle, la main levée pour la frapper, avant de s'interrompre brutalement, visiblement alerté par l'expression qu'elle devait arborer. Tête levée vers le haut de la falaise, elle regardait un point derrière lui, les yeux agrandis par l'étonnement.

Un éclat de couleur rouge avait attiré l'attention de la jeune fille et, son regard s'aiguisant, elle venait de reconnaître l'uniforme d'un soldat. Marcus ! Il se tenait debout au sommet de la falaise, le regard plongé dans la crique. Elle s'immobilisa, le visage livide, affolée par le spectacle qu'elle et Edward offraient en cet instant.

Elle recula encore, pour bien montrer qu'elle n'était pas consentante. La distance qui les séparait était trop importante pour qu'elle pût distinguer les traits de Marcus, pourtant elle imaginait sans peine sa colère.

Se retournant, Edward suivit son regard. Quand il aperçut à son tour la haute silhouette vêtue de rouge, son visage se ferma. Son regard affichait la plus vive hostilité et ses lèvres retrouvèrent leur sourire arrogant.

— Lord Marcus ! souffla Lowena.

Edward, tournant les talons, traversa le sable à grandes enjambées en direction de la falaise.

Il s'arrêta une fraction de seconde, comme s'il se ravisait, et lui lança par-dessus son épaule d'une voix vibrante :

— Tu le regretteras, petite sotte, je te le jure. Aucune femme ne m'a jamais tenu tête. Encore moins une servante. Tu ferais bien de prendre garde, Lowena Trevanion !

Pétrifiée, Lowena le regarda s'éloigner. Puis, comme magnétisé, son regard revint se poser en haut de la falaise où se tenait toujours la silhouette en uniforme rouge. À sa vue, toute la scène qui venait de se passer s'évanouit de sa mémoire.

Maintenant que Marcus était revenu, elle n'était plus seule. Il prendrait sa défense.

Elle regarda Edward atteindre le sommet de la falaise. Les deux frères s'affrontèrent un moment, échangeant des propos qui ne devaient guère être aimables, à voir leurs gesticulations brusques et leur visage fermé. Puis, Edward disparut dans les genêts.

Alors, lentement, elle traversa à son tour la minuscule plage de sable blanc, soulagée de l'issue inespérée de cette confrontation. Edward n'avait pu lui voler qu'un baiser, mais sa nature perverse, ainsi que la manière dont ses bras l'avaient étreinte avec une force mauvaise avaient éveillé en elle une peur primitive… C'était comme si son innocence s'était évanouie d'un seul coup. Comme si Edward Carberry l'avait arrachée soudain au cocon confortable et sûr dans lequel elle avait grandi.

Tout au fond d'elle, elle était déchirée entre la honte et la colère. La honte qu'un homme qu'elle haïssait de tout son être ait osé la mépriser au point de prendre toutes les libertés avec elle. Et la colère devant son audace.

Lowena remercia Dieu que Marcus soit arrivé à temps pour interrompre les assauts de son frère. La seule perspective de ce qu'Edward aurait pu lui faire subir la rendait malade.

Marcus était parti à cheval pour Wheal Rozen juste après le petit déjeuner. Il avait éprouvé un agréable sentiment de familiarité en retrouvant de vieux amis parmi les gens qui travaillaient à la mine depuis des années. Au lieu de rentrer à Tregarrick par les terres, ce qui était le chemin le plus rapide, il avait décidé de passer par la côte.

En suivant le chemin côtier au pas paisible de sa monture, il avait aperçu un pan de jupe bleue disparaître au milieu des bruyères. Sans doute quelque jeune paysanne allant chercher des œufs de mouette dans la falaise… À moins qu'il ne s'agisse d'un rendez-vous d'amoureux… Il avait oublié l'incident aussitôt, jusqu'au moment où il avait vu son frère surgir à son tour dans le chemin. Edward, après avoir attaché son cheval à la branche souple d'un noisetier, s'était engagé dans l'étroite sente menant à la crique.

Sa curiosité en éveil, Marcus l'avait suivi jusqu'à la bifurcation, puis s'était dissimulé dans les genêts en haut du chemin. Sous lui, l'eau d'un bleu d'aigue-marine était l'exact reflet de la couleur du ciel. Le sable blanc resplendissait, lavé de frais par la marée. Bientôt, Edward apparut et rejoignit la jupe bleue. C'était une femme qui, le dos tourné, contemplait la mer…

Lowena.

Il avait assisté à la scène, les poings serrés, prêt à intervenir.

Maintenant, il attendait de pied ferme qu'Edward le rejoigne. Et, quand il rencontra son regard, ses yeux brûlaient comme de la lave en fusion et ses lèvres arboraient un rictus menaçant. Les deux frères se firent face, la mâchoire contractée, comme s'ils allaient se battre.

Chacune de leurs rencontres suscitait en Marcus des émotions qu'il se refusait à éprouver, éveillait des souvenirs qu'il aurait préféré garder enfouis au fond de sa mémoire.

Quand il avait vu Edward s'en prendre physiquement à Lowena, les pires insultes avaient surgi dans son cerveau en ébullition. Il aurait voulu anéantir comme par magie la distance qui le séparait du couple et arracher les mains de son demi-frère du corps innocent de la jeune fille. Maintenant, il avait la preuve qu'Edward était un individu dangereux. Il devrait tout mettre en œuvre pour que Lowena ne croise plus son chemin.

Il s'apprêtait à bondir quand, tout à coup, son frère avait relâché sa proie. Pour autant, sa fureur ne s'apaisa nullement.

— Bon sang, lâcha-t-il entre ses dents serrées quand Edward émergea enfin du sentier remontant la falaise, je t'avais pourtant dit de la laisser tranquille. Si tu as besoin d'une femme, il y en a de pleines charretées à St. Austell qui ne demandent que ça ! Pourquoi t'en prendre à une jeune fille innocente ?

Edward haussa un sourcil sarcastique.

— Innocente ? Si tu crois vraiment ce que tu dis, c'est que tu ne la connais pas. Cela fait longtemps que tu as quitté le pays,

Marcus. La nuit dernière, je t'ai pourtant dit clairement où les choses en étaient entre elle et moi. Elle peut toujours proclamer son innocence. Je suis bien placé pour savoir ce qu'il en est.

Marcus refréna à grand-peine l'envie de faire ravaler ses paroles à son frère d'un coup de poing en pleine figure.

— Tu peux répéter ? lança-t-il d'un ton menaçant.

Edward lui adressa un sourire diabolique. L'ordure semblait ravie de voir que ses insinuations faisaient mouche.

— Volontiers… Je dis que Miss Trevanion n'a rien de la chaste puritaine que tu crois.

Marcus se rapprocha, une lueur dangereuse brillant au fond de son regard sombre.

— Je ne m'en laisserai pas conter, Edward. Tu devrais avoir honte d'attenter ainsi à l'honneur d'une jeune fille. Tu mens, et tu le sais.

— Je mens, moi ? Comment peux-tu le savoir ? Étais-tu là pour tenir la chandelle ? Bien sûr, si tu l'interroges, il y a peu de chance qu'elle confesse ses péchés ! Elle aurait bien trop peur d'être mise à la porte.

Edward sourit triomphalement, les poings sur les hanches, et ajouta d'une voix suave :

— Quoi qu'il en soit, si elle nie, je suis prêt à parier que tu auras bien du mal à la croire.

— Pourquoi t'acharner ainsi sur elle ? Tu n'as évidemment pas l'intention de l'épouser ?

Edward rit, d'un rire méprisant et cruel. Un rire qui avait le don de mettre à vif les nerfs de ses interlocuteurs. Quand il reprit la parole, son regard brillait d'une lueur mauvaise.

— L'épouser ? Une fille des rues ? Où as-tu vu qu'un gentleman épouse une enfant trouvée ? Quand je me remarierai, ce ne sera certainement pas avec une domestique.

Après un dernier regard de dédain, Edward tourna le dos à son interlocuteur et sauta en selle. Pas assez vite toutefois pour que Marcus manque de remarquer le sang qui maculait le revers de sa redingote.

Il connaissait la force malveillante qui habitait son frère, et la haine que celui-ci éprouvait à son égard. Une haine qui n'avait sans doute fait que se renforcer depuis son retour. Déjà, des années plus tôt, lorsqu'il avait découvert l'amour que Marcus éprouvait pour Isabelle, il n'avait eu de cesse de la faire sienne. Isabelle s'était aisément laissé convaincre, laissant Marcus humilié autant que désemparé. L'armée avait été pour lui une planche de salut.

Baissant les yeux vers la crique, Marcus vit Lowena s'engager à son tour dans le sentier. Elle était encore très jeune quand il était parti, même s'il ne se souvenait que trop bien de la beauté harmonieuse de ses traits, de la passion qui couvait dans son regard et du sourire toujours prêt à naître au coin de ses lèvres.

Et voilà qu'elle surgissait devant lui en plein soleil, ses cheveux de flamme dansant sur ses épaules en lourds copeaux d'or rouge. Ses joues rougies par l'air marin rehaussaient la couleur d'ambre doré de ses yeux.

Elle le fixait de son calme regard attentif, le buste droit et la démarche souple. Sa poitrine s'était épanouie et sa bouche était pleine et généreuse. Dans ses yeux, le soleil faisait briller l'éclat doré de minuscules paillettes.

Consciente de l'intensité de son regard, Lowena l'affrontait sans ciller, arborant même un sourire qui précipita la course de son sang dans ses veines.

La nuit dernière, après sa déplaisante confrontation avec Edward, Marcus, irrité, n'éprouvait qu'impatience de quitter le manoir. Il ne s'était pas attardé sur la beauté de la jeune femme. Aujourd'hui, il prit son temps pour inspecter en détail la nouvelle Lowena, plus mûre, sans doute plus réfléchie, plus belle aussi. Il était prêt à en mettre sa main au feu, cette jeune femme ardente n'était en aucun cas corrompue.

Soudain, un brusque désir, primitif et violent, lui enflamma les reins. Avec une telle force qu'il resta figé, comme frappé par la foudre.

Debout devant lui se tenait une femme de presque vingt ans. Une femme dont le corps était un trésor. Rien d'étonnant à ce qu'Edward se fût entiché d'elle. Tous les hommes devaient la dévorer du regard.

Il avait vu la manière familière et brutale dont Edward l'avait prise dans ses bras et, à ce souvenir, une colère froide s'empara de lui.

Une jeune fille qui possédait de tels charmes ne pouvait que susciter la concupiscence des hommes. Pourquoi diantre fallait-il qu'elle fût aussi belle ?

Chapitre 3

Lowena montait vers lui sans le quitter des yeux. Il paraissait calme, parfaitement sûr de lui et totalement inconscient du tumulte qu'il soulevait en elle. Son cœur surtout s'affolait dans sa poitrine tandis qu'elle contemplait l'homme extrêmement séduisant qu'était devenu son jeune camarade d'enfance. Elle n'arrivait toujours pas à se convaincre qu'il était enfin revenu.

L'émotion gonflait si fort sa poitrine qu'elle sentit ses jambes trembler sous elle. Et quand leurs regards se mêlèrent, le magnétisme qui émanait de ces yeux gris la pénétra d'un charme étrange, si puissant qu'elle oublia un instant où elle se trouvait. Sourde au murmure de l'eau en contrebas, au cri aigu des cormorans dans le ciel, au soleil dont la lumière pure se déversait sur le sentier, elle n'existait plus que dans ce regard.

Depuis aussi longtemps que ses souvenirs remontaient, elle avait adoré Marcus. D'abord à sa manière d'enfant, puis d'adolescente et de jeune fille, quêtant sans cesse la lumière de son regard, espérant à chaque instant susciter son intérêt. Elle n'était pas assez sotte cependant, pour imaginer que cette attirance pût être réciproque. Ni assez naïve pour croire qu'elle, l'enfant trouvée, la fille de personne, pût rendre un tel homme heureux.

Et puis, Marcus était alors amoureux d'Isabelle Morgan, la fille d'un gentleman-farmer de la contrée. Une demoiselle qui n'avait pas hésité à lui briser le cœur en reportant ses attentions sur son frère qu'elle avait fini par épouser ?

Étrangement, Lowena ne s'était pas réjouie de cet échec.

Peut-être parce qu'Izzy avait toujours affirmé qu'elle avait le cœur bon, et, de fait, elle voulait voir Marcus heureux. De plus, elle savait bien que son humble naissance lui interdisait tout espoir d'épouser un homme de son rang. Quand Marcus se déciderait à se marier, il jetterait son dévolu sur une jeune fille de bonne famille, digne de faire prospérer sa lignée.

Légèrement essoufflée par la montée, elle s'arrêta juste devant lui. À quoi pouvait-il penser ? Il se tenait là, les yeux posés sur elle, un sourire ambigu étirant sa bouche expressive. Edward et lui étaient trop loin pour qu'elle ait pu entendre les quelques mots qu'ils avaient échangés. S'imaginait-il que c'était elle qui avait donné rendez-vous à son frère dans la crique ? Le cœur de Lowena saignait qu'il ait pu croire cela d'elle.

— N'imaginez surtout pas que je néglige mon travail, sir. Lady Alice m'a accordé un jour de congé avant de prendre mes fonctions.

— Loin de moi cette idée, Lowena. Quant à la raison de votre présence ici, elle ne me regarde pas.

Le regard de Marcus la parcourait tout entière, l'évaluant, comme s'il épiait la moindre manifestation de ses pensées et de ses émotions. Elle se sentit vaguement mal à l'aise. Par certains côtés, elle n'était encore qu'une enfant, seulement cet homme avait le don de révéler la femme qui s'épanouissait en elle.

— Pourquoi me regardez-vous ainsi ? s'enquit-elle enfin, légèrement haletante.

— Je vous ai vue sur la plage, avec Edward. Vous a-t-il importunée ?

Ainsi, Marcus avait sans doute remarqué ses lèvres gonflées, la peau rougie de ses joues, toutes les preuves qu'elle venait de subir les assauts sans ménagement d'un homme cherchant son plaisir et bien décidé à obtenir satisfaction. Il fronça brusquement les sourcils et elle sentit sa colère.

— Vous a-t-il fait mal ?

Lowena fit un geste de dénégation.

— Non, murmura-t-elle sur un ton qui décourageait toute autre question.

Elle ajouta en détournant les yeux :

— Lady Alice doit être bien heureuse de votre retour.

— Elle l'est, en effet.

Le regard de Marcus descendit jusqu'au bas de la robe de Lowena, détrempé par l'eau de mer. Instinctivement, elle suivit son regard et poussa un soupir.

— Je me suis laissé attraper par les vagues. Je crains que mes chaussures ne soient irrémédiablement gâtées.

— Peut-être auriez-vous dû prendre le temps de les ôter avant de prendre un bain de pieds ?

— Je… Je n'avais pas l'intention de faire ce que vous dites. Seulement… Lord Carberry est arrivé et…

Marcus la scruta d'un œil inquiet.

— Et ?

Elle fit un geste d'impuissance, se mordillant nerveusement la lèvre supérieure.

— Et rien. C'est juste que votre frère… Que Lord Carberry m'a mise en colère et j'ai failli le frapper. Je n'aurais pas dû faire cela. Néanmoins, sa manière de se comporter… Je veux dire… Cette façon qu'il a toujours de vouloir s'imposer à moi alors que je ne le veux pas, c'est tout à fait indécent.

Marcus fronça les sourcils.

— Vous n'êtes plus une enfant, Lowena. Sans doute serait-il préférable que vous ne vous promeniez plus seule.

Le visage de la jeune fille se ferma.

— Peut-être. Pourtant, je suis toujours venue me promener seule jusqu'ici. Pourquoi devrais-je sacrifier ce plaisir ? J'aime y trouver le calme et le recueillement. Et si votre frère était un vrai gentleman, il ne m'aurait pas suivie. Il aurait respecté ma tranquillité. Quand j'ai levé la main sur lui, j'étais hors de moi. Lui aussi était furieux… Je… Je crains qu'il ne cherche à se venger.

— Vous a-t-il menacée ?

— Il m'a dit que je ferais bien de prendre garde, murmura Lowena, gardant pour elle la menace qu'avait formulée Edward à l'encontre de son frère de peur de mettre de l'huile sur le feu.

— Lui avez-vous fait clairement entendre que ses propositions vous étaient désagréables ?

— Oui… Du moins, j'ai essayé à de nombreuses reprises.

— Je veux bien vous croire. Pourquoi diable s'entête-t-il à harceler une gamine assez jeune pour être sa fille ?

— Je ne suis plus une gamine ! protesta Lowena, les yeux pleins d'éclairs.

Quand elle leva vers lui son visage illuminé par le soleil, Marcus put voir qu'en dépit de son expression de défi, des larmes brillaient dans ses yeux. Il battit des paupières, ébloui par sa beauté. Les années avaient ajouté à l'éclat de Lowena un charme envoûtant qui la rendait à la fois autre et familière.

Sa réaction indignée lui arracha un sourire.

— Ma chère, je ne suis pas aveugle ! Je vois bien que j'ai devant moi une femme. Et je lis toujours très bien en toi, malgré mes longues années d'absence…

Inconsciemment, Marcus était revenu au tutoiement de leur enfance. Il la considéra un instant, touché par son innocence. Il émanait d'elle une féminité douce et néanmoins puissante qui l'émouvait profondément. De nouveau s'imposa à lui le même besoin de la protéger que le jour où il l'avait découverte, tout juste âgée de quelques jours, abandonnée dans les bois.

— As-tu des amis parmi les domestiques ?

— Quelques-uns. Notamment Nessa Borlase.

— Je me souviens bien d'elle. Elle travaille toujours pour nous ?

— Oui. En fait, elle a grandi non loin de Tregarrick. Quand ses parents sont morts, elle est venue au manoir dans l'espoir d'y trouver du travail. Elle a eu de la chance qu'un emploi de lingère se soit libéré. Cela fait des années qu'elle sert votre famille et maintenant, elle travaille à la fois au manoir et dans la laiterie, suivant les besoins. Nessa a toujours veillé sur moi. Elle est bonne et attentive aux autres. Et elle est intervenue plus d'une fois pour me défendre contre Edward.

Elle s'interrompit, se mordillant la lèvre inférieure d'une façon si sensuelle qu'un frisson parcourut les reins de Marcus.

— J'ai toujours rejeté ses avances, aussi j'imagine sans peine ce qu'il a pu vous raconter sur moi. Pour le seul plaisir de ternir ma réputation. Je… Je vous demande instamment de ne pas le croire.

— Je connais mon frère, Lowena. Tu n'as pas à te faire de soucis.

Elle le dévisagea, le regard grave. Savait-elle qu'elle pouvait avoir confiance en lui ? Qu'il la protégerait toujours ?

— Je ne suis qu'une humble servante, je ne suis rien pour oser dire du mal d'un membre de votre famille. Pourtant, je sens qu'il y a en lui une part vouée au diable qu'il ne faudrait pas exciter trop fort si nous ne voulons pas qu'il arrive un malheur.

— As-tu peur de lui ?

— Oui, parfois. Quand je suis en face de lui, j'ai souvent l'impression qu'un danger me menace.

Marcus se plongea dans ses réflexions, visiblement troublé.

— Viens, dit-il enfin en prenant son cheval par les rênes. Rentrons. Nous parlerons sur le chemin. Je revenais de la mine et j'avais décidé de passer par la côte. Bien m'en a pris, semble-t-il. J'ai également parlé avec ma mère. C'est elle qui veillera sur toi maintenant que tu ne travailles plus à Tregarrick.

Lowena lui emboîta le pas.

— Je lui en suis reconnaissante. Et je saurai me montrer plus prudente à l'avenir. Demain aura lieu au manoir la grande réception annuelle de tous les gentilshommes du voisinage. Il y aura également leurs épouses et leurs filles. Il y aura beaucoup de monde et je dois aider au service… Je ferai en sorte de ne jamais être seule…

Comme il se contenait de hocher la tête, dérouté de se sentir si proche d'elle, elle ajouta, sans lien apparent :

— La nouvelle de la mort d'Izzy a dû vous affecter, n'est-ce pas ?

— Profondément. Je l'aimais beaucoup. Elle a joué un rôle important dans mon enfance. C'est ma mère qui m'a écrit pour m'apprendre son décès. Je suis navré, Lowena. Je sais qu'elle était pour toi comme une mère.

Lowena hocha la tête.

— Oui, en effet. Ses filles, que je considérais comme des sœurs, me manquent aussi beaucoup. Hester et Kenza sont mariées, maintenant et vivent toutes les deux à Padstow. Annie est partie habiter chez Hester et elle va aussi se marier bientôt.

Ils marchèrent un moment dans un silence paisible. Lowena sentait la présence de Marcus à côté d'elle et, malgré les chaleureuses vibrations qui émanaient de lui, elle ne parvenait pas à croire qu'il était enfin de retour. C'était un peu comme de parler avec un ami perdu de vue depuis longtemps. Il n'était ni tout à fait le même, ni tout à fait un autre. Son corps athlétique, sa carrure et son bel uniforme en faisaient un étranger. Pourtant, ses cheveux de jais, son regard gris et son sourire malicieux étaient ceux du gamin moqueur et plein de vie qu'elle avait connu.

Elle se sentait maladroite et timide après cette longue séparation, surtout quand leurs regards se rencontraient, et restaient un bref instant noués l'un à l'autre. Elle avait oublié combien le regard de Marcus était brillant et plein d'audace. Et elle s'étonnait de voir à quel point il avait le visage bruni par le soleil, comme un vrai loup de mer.

Soudain, elle éprouva l'envie de s'arrêter pour toucher ce visage, de passer ses doigts dans l'épaisse chevelure brune et, comble de l'audace, d'attirer cette bouche vers la sienne pour en goûter les lèvres chaudes. Honteuse, les joues empourprées, elle baissa la tête et dut presque courir pour rattraper son compagnon.

— C'est bon de vous voir de retour, dit-elle enfin dans son dos tandis qu'ils arrivaient en vue du cottage.

— Et juste à propos, il me semble ! rétorqua Marcus en lui jetant un coup d'œil par-dessus son épaule. Edward est un homme séduisant. Peu de femmes résistent à ses charmes comme tu as eu le courage de le faire.

Soudain consciente du désordre de sa toilette, Lowena s'efforça de discipliner sa chevelure, qui descendait maintenant dans son dos en une cascade de boucles emmêlées.

— Je le sais bien. Et j'en connais d'ailleurs quelques-unes. Riches ou pauvres, jeunes ou moins jeunes, elles sont incapables de lui dire non. Seulement, je ne fais pas partie du nombre.

Marcus s'arrêta pour l'attendre, l'air grave.

— Ton refus l'a blessé dans son orgueil. Et je crains que cela ne le rende encore plus déterminé. Je vais lui parler. Il est peut-être le maître, toutefois, cela ne lui donne aucun droit sur les domestiques, ni sur quiconque.

Lowena baissa les yeux, mi-soulagée, mi-vexée. Elle était certes touchée par le souci qu'avait Marcus de son bien-être et de sa sécurité, cependant, elle n'aimait guère qu'on lui rappelle sa position. Était-ce de l'orgueil de sa part ?

Grâce à l'enseignement vigilant d'Izzy, elle savait lire et écrire et même soutenir convenablement une conversation en français. Hélas, rien de tout cela n'améliorerait son statut dans la société.

Ils avaient repris leur marche et Marcus enveloppa sa compagne d'un bref regard. Elle avançait dans la lumière, sa jupe dansant autour de ses chevilles, levant de temps à autre les yeux vers lui pour lui adresser un regard attentif. Oui, elle était diablement séduisante et il dut réprimer l'élan physique qui le poussait vers elle.

— Aimez-vous votre travail, Lowena ? s'enquit-il, revenant au vouvoiement pour restaurer une distance salutaire entre eux.

— Mes fonctions de domestique, voulez-vous dire ?

Il opina du chef, troublé par le ton soudain agressif de la jeune fille.

— Je m'y suis habituée, j'imagine. Néanmoins, j'aime à penser que la vie me réserve autre chose. L'absolue soumission qui nous est demandée n'est pas chose aisée. Dès le début, on m'a répété que j'avais beaucoup de chance d'avoir trouvé une place à Tregarrick. Que c'était aussi une grosse responsabilité. Que ma mauvaise conduite rejaillirait sur la famille. Que je devais sans cesse avoir en tête la grandeur des Tregarrick, savoir garder leurs secrets et mériter leur confiance dans toutes les circonstances. Ce qui signifie, je suppose, que je devrais aussi sans doute me plier aux quatre volontés de votre frère quand…

Elle soupira et acheva dans un souffle :

— Il m'est souvent arrivé de penser qu'Izzy avait gâché bien du temps et de l'énergie avec moi pour en arriver là.

— Allons, Lowena, ne soyez pas aussi négative. On ne perd jamais son temps quand on s'instruit. Étant donné vos tristes débuts dans la vie, vous vous en êtes remarquablement sortie.

— Je n'y suis pas pour grand-chose. Izzy fut un bon professeur. Je lui dois beaucoup. Et surtout, je lui suis reconnaissante de m'avoir appris dès le plus jeune âge que les femmes devaient apprendre à s'en sortir seules. Et pour cela, l'instruction leur est fort utile.

Marcus rit.

— Notre brave Izzy était donc pour la libération de la femme ? Vous m'en direz tant !

Lowena fronça les sourcils, prête à défendre sa mère nourricière.

— Izzy était instruite et curieuse de tout. Elle lisait les gazettes et se tenait informée des idées des philosophes français. Elle disait que le monde était injustement dirigé par les hommes et que si les femmes voulaient prendre leur destin en main, elles n'y parviendraient que par l'instruction. Elle affirmait que les femmes sont aussi intelligentes qu'eux et que seul le manque d'accès au savoir les faisait paraître inférieures. Izzy m'a tant appris ! Pas seulement à lire et à écrire, elle m'a également enseigné les mathématiques, le français et le latin.

— Ce qui vous sera fort utile un jour ou l'autre, j'en suis certain, admit-il doucement.

— Moi aussi. Je suis tout à fait qualifiée pour travailler dans un domaine scientifique ou littéraire. Je pourrais au moins enseigner comme gouvernante. Mais ce que j'aimerais vraiment…

Le ton pensif et le regard brillant de Lowena suscitèrent la curiosité de Marcus.

— Oui ?

— Ce que j'aimerais, ce serait voyager et écrire dans les journaux…

Il eut un petit rire amusé. Dans son for intérieur, il était à la fois ravi et curieux de cette nouvelle facette de la personnalité de la jeune fille.

— Ah ? Alors, pourquoi vous contentez-vous de votre position ici, à Tregarrick ?

Ils avaient atteint l'endroit où leurs chemins se séparaient, lui devant rentrer son cheval aux écuries et elle regagner le cottage.

Elle eut un soupir découragé.

— Parce que l'opportunité ne s'est pas présentée. Pour travailler dans un journal, il faut connaître du monde, vivre en ville…

— Si vous attendez que la chance vous tombe du ciel, vous pourrez vous morfondre ici toute votre vie. Pourquoi ne pas prendre votre avenir en main ? Aller à Londres, par exemple…

Elle se tourna vers lui, le regard plein de reproches.

— Vous vous moquez de moi, bien sûr. Vous me jugez sans doute bien prétentieuse.

Tout amusement quitta le regard de Marcus qui redevint grave.

— Pas le moins du monde, Lowena. Je ne me moquerai jamais de vous, ni de vos désirs courageux.

— Donc, d'après vous, si je veux réaliser mes rêves, je dois prendre le taureau par les cornes, c'est bien ça ?

— Exactement.

Ils s'étaient arrêtés tous les deux et elle le regarda bien en face.

— Un homme comme vous, né au bon moment et au bon endroit, n'aura aucun mal à réaliser ses ambitions. Vous savez qui vous êtes et tout le monde le sait également autour de vous.

— C'est exact. Si ce n'est que je me suis absenté pendant très longtemps et que beaucoup de gens m'ont oublié.

— Cela m'étonnerait. On n'oublie pas des gens comme vous, Marcus Carberry.

Lowena regarda au loin, perdue dans ses pensées, puis elle ajouta d'une voix calme et pondérée.

— Voyez-vous, c'est bien là le problème. Je sais qui vous êtes, et ce que vous représentez. En revanche, je ne sais pas qui je suis, moi.

— Et cela vous dérange ?

Elle hocha la tête.

— Oui… Oui, cela me dérange. Je souhaiterais plus que tout au monde savoir d'où je viens, qui sont mes parents. Peut-être sont-ils toujours de ce monde ?

— Je comprends votre désir. Et j'aimerais pouvoir vous aider. Quand je vous ai trouvée dans les bois, j'ai eu la sensation que quelqu'un m'observait, sans en être tout à fait sûr. J'ai toujours gardé par-devers moi la conviction que si je vous avais laissée là, cette personne, qui qu'elle soit, serait venue vous reprendre.

— Je l'espère. Comment pourrait-on être assez cruel pour abandonner un nouveau-né de la sorte ? Izzy a gardé précieusement les vêtements que je portais et le châle dans lequel j'étais enveloppée. Elle m'a souvent répété qu'en remarquant leur qualité, cela l'avait conduite à penser que ma mère appartenait à la *gentry*.

— Sont-ils toujours en votre possession ?

Lowena acquiesça avec un soupir.

— Pour ce que cela me sert ! Je vous en prie, sir, ne vous faites pas de souci pour moi. Ce n'est pas la pitié que je recherche. Il est fort probable que je ne découvrirai jamais qui je suis vraiment. J'ignore même la date de ma naissance. Aussi ne me reste-t-il que ces quelques souvenirs de ma courte vie d'avant. Du temps où j'avais des parents, ou, tout du moins, une mère.

Lowena lui adressa un sourire triste avant de le quitter.

Marcus la regarda s'éloigner. Il aurait voulu parler avec elle plus longtemps. Il aurait voulu lui parler toujours, que leur conversation ne finisse jamais. D'où venait cet état d'âme aussi étrange que nouveau ? Il préférait l'ignorer.

Depuis qu'Isabelle l'avait trahi en épousant Edward, il n'avait eu avec les femmes que des rapports distants, reposant sur le seul plaisir physique. Pas une d'elles ne pouvait se vanter d'avoir obtenu de lui un dixième de la chaleur et de la sollicitude qu'il avait manifestées à Lowena pendant la demi-heure qui venait de s'écouler. Quand elle lui souriait, quand elle le contemplait de son regard honnête et vibrant, il avait l'impression d'être de nouveau lui-même.

De s'être enfin retrouvé.

Lowena s'approchait de l'entrée principale du cottage quand elle vit Nessa venir au-devant d'elle sur le chemin. Elle l'accueillit avec un grand sourire.

— Nessa ! Comme je suis heureuse de te voir. Que fais-tu ici ?

— Je venais prendre de tes nouvelles. La cuisinière m'a dit que tu étais venue t'installer ici et tu me manquais déjà. Cela s'est décidé bien vite !

— Oui, en effet.

Le bon regard brun de Nessa se fit interrogatif.

— Je sais qu'il y a eu une sortie dans la crique, la nuit dernière, et que le capitaine Carberry est de retour. Y a-t-il un rapport entre ces deux événements ? Est-ce pour cela que tu es partie ?

Lowena hocha la tête.

— Le capitaine m'a rencontrée cette nuit sur la falaise. Il était furieux que Lord Carberry m'implique dans des affaires de contrebande. Il a exigé que je quitte le manoir sur-le-champ.

Nessa hocha la tête, les mains jointes.

— J'en remercie le ciel de tout mon cœur. Au moins, je suis sûre qu'avec la protection du capitaine tu seras à l'abri.

Lowena lui lança un regard aigu.

— À l'abri ? De quoi veux-tu parler ?

— Par pitié, Lowena, je ne suis pas stupide ! Je sais très

bien que Lord Carberry a des vues sur toi. Quand tu es là, il ne te quitte pas des yeux, même si tu ne fais rien pour l'y inciter. Je préfère te savoir en sécurité ici, avec Lady Alice. Et sous la protection du capitaine, qui ne sera jamais bien loin. Ce sera plus facile pour moi, quand je m'en irai.

Lowena regarda son interlocutrice, abasourdie. Ce n'était pas possible ! Nessa ne pouvait pas quitter Tregarrick !

— Quand tu t'en iras ? Pour aller où ?

— Je m'en vais à Saltash pour m'occuper de ma tante. Elle a attrapé une fluxion de poitrine et a dû s'aliter. Il lui faut quelqu'un auprès d'elle.

Chaque mot était une flèche que Lowena recevait en plein cœur. Nessa avait toujours été à ses côtés. Elle ne pouvait même pas concevoir qu'il pût en être autrement.

— Je suis désolée pour ta tante, Nessa. Tu ne peux pas nous quitter comme cela ! Tu me manqueras tellement !

L'entourant d'un bras affectueux, Nessa la serra contre sa poitrine.

— Je le sais bien, ma chérie. Tout ira bien, tu verras. Je me ferai du souci à ton sujet, bien sûr. Quand ne m'en suis-je pas fait, de toute façon ?

La voix de Nessa était douce mais ferme. Il y avait sur son visage une expression que Lowena connaissait bien. Elle l'avait souvent vu arborer cet air-là dans le passé, quand Nessa venait leur rendre visite chez Izzy pour prendre le thé et discuter à son sujet. Et surtout quand Izzy était morte et qu'elle-même avait dû aller travailler à Tregarrick. La brave femme était toujours là quand d'insurmontables obstacles se dressaient sur le chemin de Lowena. Et ils s'évanouissaient alors comme par miracle. Sa calme présence avait toujours eu sur elle un effet apaisant.

— Je suis touchée que tu te fasses encore du souci pour moi, Nessa. Je suis grande, maintenant. Tu peux partir tranquille.

Le visage rond et plissé de Nessa s'éclaira d'un chaud sourire.

— Je me suis toujours fait du souci pour toi, mon petit. Et encore plus depuis la mort d'Izzy. Il n'y a pas de raison que cela cesse.

Le cœur de Lowena se gonfla de tendresse.

— Je le sais bien. Mais, maintenant que j'ai emménagé ici, tu es rassurée, je pense. Je prends mes fonctions auprès de Lady Alice dès demain matin. Comme femme de chambre et demoiselle de compagnie. Tu vois, c'est une belle promotion. Tu peux être fière de ta filleule !

Nessa claqua la langue, dubitative.

— Lady Alice a déjà une femme de chambre.

— Je le sais bien. Seulement la bonne Dorothy commence à avoir besoin d'aide.

— Tu n'as pas l'air enchantée, pourtant.

— Je devrais l'être, sans doute… Simplement, je ne le suis pas autant que je m'y attendais. C'est juste que… cela ne me semble pas… pas assez, Nessa.

Nessa la repoussa doucement pour la regarder droit dans les yeux.

— Alors, que veux-tu, exactement ?

— Une occupation digne de ce nom. Quelque chose où mes talents soient utiles. Un but dans ma vie… Que sais-je ?

— Tu voudrais quitter Tregarrick et tes maîtres ?

Lowena sursauta, comme sous la piqûre d'un aiguillon. Ses maîtres ? Que signifiait ce terme, exactement ? Qu'elle devrait se soumettre, encore et toujours, jusqu'à la fin de sa vie ?

En même temps, quitter Tregarrick, c'était quitter Marcus…

— En vérité, Nessa, je ne sais ni quoi faire ni où aller. Aussi, je te fais perdre ton temps avec ce que notre chère Izzy appelait des « songes creux ».

Elle eut un rire léger et, après avoir embrassé Nessa sur les deux joues, ajouta :

— En attendant, nous avons la réception à préparer. À demain, donc, ma chère Nessa. Nous aurons bien le temps de reparler de tout cela.

Nessa la regarda s'éloigner, pensive. Lowena était une jeune fille honnête et respectable. Elle avait été élevée par Izzy dans l'ignorance de tout ce qui se passait au-delà des limites du comté, si ce n'est dans la théorie apportée par les livres d'histoire et de géographie. Outre son esprit droit et bien fait, elle était bien agréable à regarder, quoiqu'elle ne ressemblât en rien à sa mère. Elle tenait plutôt de son père dont elle avait hérité l'étrange couleur de ses yeux d'ambre et la chevelure de flamme.

Il y avait en elle une distinction naturelle qui attirait le regard de tous et, dès que sa filleule était arrivée à Tregarrick, Nessa avait redouté qu'elle ne suscite la convoitise d'un homme comme Lord Carberry. C'était un individu pervers et manipulateur et Nessa plaignait la femme qu'il épouserait le jour où il aurait décidé de refaire sa vie.

Ce qui devait arriver était arrivé. Le maître de Tregarrick avait clairement laissé entendre à Lowena qu'il la voulait dans son lit. Malheureusement, Nessa ne doutait pas une minute de sa détermination. Peu importe qu'elle n'habite ni ne travaille plus chez lui. Si Lord Edward voulait Lowena, il mettrait tout en œuvre pour arriver à ses fins.

Durant toutes ces années, Nessa avait dû lutter contre sa conscience. Vivre dans le voisinage de Tregarrick à l'époque où elle s'occupait de ses parents lui avait permis de suivre de loin la vie de sa protégée. Quand Izzy avait accepté de s'occuper du nourrisson que lui avait confié Marcus Carberry, cela avait été pour elle un grand soulagement. Elle avait été tentée plus d'une fois de lui révéler les origines de l'enfant, puis en voyant combien Lowena grandissait harmonieusement, heureuse et entourée d'une famille qui la chérissait inconditionnellement, elle avait décidé, à tort ou à raison, de ne rien dire.

Toutefois, maintenant qu'Izzy n'était plus là, les choses avaient changé. Et à plus d'un titre. Elle avait reçu dernièrement une lettre de Saltash l'informant que sa tante était gravement malade et qu'il fallait qu'elle vienne s'occuper d'elle. Dans le même courrier, la vieille dame lui apprenait incidemment que Sir Wesley était, contre toute attente, toujours en vie. Il aurait été vu récemment dans les rues de Saltash où il avait quelques amis.

Nessa avait su garder son secret pendant toutes ces années. Maintenant qu'elle quittait Tregarrick, il lui semblait juste de révéler la vérité à Lowena. La jeune fille avait le droit de savoir qui était son père.

Nessa reprit son chemin vers le manoir d'un pas vif.

Oui, il était grand temps de révéler ce qu'elle savait.

Edward Carberry pouvait avoir beaucoup de torts, mais il avait toujours su respecter les traditions qui prévalaient en matière de réception à Tregarrick Manor. Lowena ne pouvait pas le lui enlever.

Depuis de nombreuses générations, une fête était organisée au domaine pour célébrer la venue du printemps, qui rassemblait toutes les grandes familles de Cornouailles. Musique, chant et danses étaient de rigueur et un grand souper servi aux aurores était le clou de la fête. L'événement était prestigieux et très apprécié de la gentry de Cornouailles.

Déjà, une longue rangée de carrosses, tilburys et autres cabriolets s'alignait dans l'allée bordée de tilleuls centenaires qui menait au manoir. Tregarrick était une vaste bâtisse capable d'héberger pour la nuit les invités qui venaient de loin. Et ce soir-là, les écuries étaient pleines. Quant aux greniers, ils devaient accueillir pour la nuit grooms et laquais.

Le manoir était superbement décoré. Même le parc avait été orné de lampions suspendus aux arbres au milieu des guirlandes de fleurs de papier, créant une atmosphère enchantée.

Lowena, postée au sommet de l'escalier et tapie derrière la balustrade, regardait les danseurs évoluer dans le hall immense. La réception, plus importante que d'habitude à cause du retour du capitaine Marcus, comptait plus d'une centaine d'invités. La nouvelle avait très vite circulé dans le comté qu'il était revenu des Amériques et tous voulaient le saluer et entendre le récit de ses exploits.

Le spectacle était fabuleux. Les lustres lourdement chargés de bougies, dont les flammes se reflétaient dans les pendeloques de cristal, illuminaient la salle d'une aura de fête. Les gentlemen en perruque poudrée et jaquette rebrodée conduisaient leur cavalière dans la danse avec cérémonie. Les yeux écarquillés, Lowena admirait chaque invité qui ressemblait à une élégante figurine peinte de couleurs vives, symbole des splendeurs des classes supérieures.

Son regard fut soudain attiré par un mouvement du côté de l'entrée. Un valet de pied se précipita pour introduire un homme à la haute stature. Marcus. C'était le dernier invité. Le cœur de Lowena s'emballa aussitôt. Bien sûr, elle savait qu'il serait présent, ainsi que Lady Alice qui, malgré son exil au cottage, continuait à assumer le rôle de maîtresse de maison jusqu'à ce qu'Edward prenne de nouveau une épouse.

Pour le moment, Lowena semblait la seule à avoir remarqué la présence de Marcus qui se tenait immobile devant la porte. Sombre et fier, ses yeux clairs traversés d'émotions orageuses, il observait la foule des invités.

Elle ne l'avait pas revu depuis qu'il était rentré avec elle de la crique. Cependant, elle n'avait cessé de penser à lui. Depuis le début de la soirée, ses yeux l'avaient cherché sans cesse parmi les danseurs. À présent qu'elle le revoyait enfin, elle se sentait trembler et frissonner.

Elle l'enveloppa du regard, enregistrant chaque détail de sa toilette. Jusqu'alors, elle ne l'avait vu que dans son uniforme rouge, et sa transformation en gentilhomme de Cour la laissait stupéfaite. Il portait une culotte de satin bleu nuit, un justaucorps de même étoffe et son gilet blanc était orné de délicates broderies bleu pâle. Un flot de dentelle blanche ornait son col et ses poignets. L'étoffe de sa culotte mettait en valeur la puissante musculature de ses cuisses.

Le son aigu d'une corde de violon caressée par un archet tira brusquement Lowena de sa contemplation. Un instant horrifiée par le tour qu'avaient pris ses pensées, elle revint malgré elle à Marcus.

Elle eut un imperceptible sourire en le voyant avancer dans la pièce avec son habituelle assurance. Il paraissait ne pas remarquer la curiosité qu'il suscitait sur son passage, pas plus que le regard admiratif des femmes accompagné de commentaires murmurés derrière les éventails.

Elle le vit balayer du regard la noble assemblée, s'arrêter un instant sur la tête blonde de son frère qui, le coude nonchalamment appuyé sur le manteau de la cheminée, le regardait avancer. La physionomie de Lord Carberry exprimait le plus profond ennui. Un ennui qui ne fit que croître quand il croisa le regard de son cadet. Se détachant de son appui d'un coup de reins, Edward attendit que son demi-frère le rejoigne.

Lowena suivit leur échange avec fascination. Marcus, après avoir échangé quelques mots avec le maître de maison, s'excusa très vite et alla se fondre dans la foule.

Était-il conscient que tous les assistants avaient les yeux braqués sur eux ? Doté d'un charisme auquel peu de femmes résistaient, Marcus passa au milieu de ces dames en les frôlant d'un regard absent, un sourire teinté d'une imperceptible ironie flottant sur ses lèvres. Son grand corps athlétique trouvait peu de rivaux parmi leurs hôtes.

Lowena le suivit du regard tandis que, prenant au vol un verre de vin sur un plateau que lui présentait un laquais, il lançait ici et là un sourire ou quelques paroles aimables. Elle fut tirée de sa rêverie par Polly, l'une des filles de cuisine, qui venait de la rejoindre.

— Que fais-tu ? chuchota celle-ci, en s'asseyant à côté d'elle sur la marche.

— Je regarde. J'avais envie de voir les toilettes des femmes et la danse. Quel spectacle, Polly ! Le hall ainsi éclairé est vraiment splendide. Comme j'aimerais moi aussi porter une de ces belles robes !

Lowena ponctua ses propos d'un long soupir et Polly lui pressa gentiment la main.

— Qui d'entre nous n'en rêverait pas ? Ceci dit, malgré leurs beaux atours, tous ces gens ne sont rien de plus que nous. Ils sont seulement riches et éduqués, et nous, qui ne le sommes pas, il ne nous reste qu'à les servir pour ne pas mourir de faim…

Mrs Bradshaw m'a envoyée te chercher. On a besoin de toi aux cuisines. Tu ferais bien de te dépêcher !

Après un dernier regard à l'assemblée, Lowena se remit sur ses pieds et emboîta le pas à la petite servante pour aller reprendre son service.

La vaste cuisine était une ruche bourdonnante dont chaque surface, parfaitement immaculée, reflétait la lumière des lampes à huile posées sur les tables. Au centre, une immense table de chêne supportait une armée de plats, coupes et saladiers remplis des ingrédients les plus divers. Les domestiques, dans un ballet frénétique qui faisait comiquement écho à celui de leurs maîtres, entraient et sortaient, chargés de lourds plateaux d'argent.

Au bout de quelques heures, alors que la fête battait son plein, Lowena parvint de nouveau à s'échapper pour se faufiler dans la salle de danse. L'œil aux aguets, à travers une porte entrebâillée, elle sentit la morsure de l'envie en voyant passer sous ses yeux, à moitié pâmées dans les bras de leurs cavaliers, les femmes parées d'étoffes luxueuses et couvertes de bijoux.

— Mon Dieu ! soupira-t-elle. Comme je les envie.

Comme elle aurait aimé danser à ce bal, rire et s'amuser… dans les bras de Marcus, qui sait ?

Hélas, ce plaisir-là n'était pas pour elle.

Plusieurs servantes l'avaient rejointe, s'entassant dans son dos et poussant pour mieux voir. Quand elle repéra Marcus qui menait la danse avec une jolie jeune femme brune, le cœur de Lowena sombra. La belle tête brune de Marcus était penchée sur le visage fin et expressif de sa cavalière — sans doute pour lui murmurer quelque compliment. Et celle-ci battait des paupières et faisait des moues à vous arracher des larmes de rire.

Pourtant, Lowena n'avait pas le cœur à s'amuser, bien au contraire. Une atroce douleur lui rongeait la poitrine, causée par l'assaut cruel autant qu'absurde d'une violente jalousie.

Il ne se doutait même pas qu'elle était là. La gorge serrée, elle se recula vivement et, bondissant sur ses pieds, regagna les cuisines.

Plus tard, quand tous les plats furent servis, Mrs Bradshaw, la gouvernante, lui demanda d'aller récupérer dans la salle à manger toute la vaisselle sale et les verres laissés là par les valets de pied.

Trop heureuse de l'aubaine, Lowena s'empressa joyeusement d'ôter son tablier et de lisser sa jupe puis gagna le hall où les invités dansaient toujours, le teint fleuri par la bonne chère et la boisson. Passant devant les diverses pièces dans lesquelles avaient été installées les tables de jeu, elle se fraya un chemin vers la salle à manger.

Le manoir des Carberry était très vaste. Enfant, elle avait souvent eu l'occasion de pénétrer dans les quartiers des domestiques et ne s'était pas gênée pour lancer des coups d'œil curieux par les portes laissées entrouvertes. Cependant, elle n'avait jamais été plus avant jusqu'à ce que la mort d'Izzy la contraigne à prendre un emploi à Tregarrick.

Alors, elle avait pénétré dans un monde totalement différent de celui qu'elle connaissait. La cuisine, avec ses larges buffets, sa longue table et ses ustensiles rutilants, lui avait toujours paru magnifique. Mais les pièces destinées aux maîtres défiaient l'imagination. Les meubles splendides, les tapis d'Orient et les tapisseries somptueuses, sans compter les tableaux de maîtres accrochés aux murs, faisaient de Tregarrick Manor l'une des plus riches demeures de Cornouailles. Jamais Lowena n'avait pensé qu'une telle magnificence puisse servir d'habitation à de simples mortels. Aussi avait-elle pris longtemps les habitants du manoir pour des demi-dieux. Ce qui n'avait fait que renforcer sa conviction qu'elle ne serait jamais des leurs.

Dans la salle à manger, les convives bavardaient par petits groupes, assis ou debout tout en dégustant des vins français accompagnés des mets les plus délicats : saumons des lacs des montagnes, écrevisses pêchées dans les rivières cristallines de la lande, étourneaux des bois…

Lowena s'efforça de rester concentrée sur sa tâche tandis qu'elle écoutait avec une fascination amusée trois gentlemen échangeant leurs lamentations sur leurs pertes au jeu. Elle allait et venait dans la pièce, rassemblant avec adresse sur son plateau verrerie et assiettes de porcelaine.

Certains jeunes gens tentèrent de la mêler à leur conversation mais elle leur répondait qu'elle avait à faire, les yeux baissés et un sourire poli aux lèvres. Enfin, l'un d'eux poussa l'audace jusqu'à lui offrir de se servir un peu de tabac à priser dans sa tabatière d'or gravée à son chiffre. Oubliant les consignes de la gouvernante, stipulant qu'il était strictement interdit de converser avec les invités, Lowena rit et refusa en expliquant qu'elle risquerait de faire tomber le contenu de son plateau en éternuant.

Malheureusement, sa repartie provoqua une hilarité collective qui attira l'attention de Lord Carberry, dont le visage plein de morgue venait d'apparaître dans l'embrasure de la porte. Lowena cessa aussitôt de rire et soupira, soulagée, lorsque Edward se contenta de froncer les sourcils et passa son chemin.

Un instant plus tard, ce fut au tour de Marcus de faire son apparition. Aussitôt, tous les invités se fondirent à ses yeux dans une brume opaque. Elle ne voyait plus que lui. Le regard du jeune homme balaya négligemment la pièce jusqu'à ce qu'il rencontre ses yeux dont il soutint le regard sans ciller. Et, tandis qu'une lueur appréciative traversait son regard, ses lèvres s'arquèrent dans un sourire involontairement séducteur.

Lowena retint son souffle. Une fraction de seconde, elle venait d'avoir droit, elle aussi, à l'hommage plus ou moins attentif dont Marcus avait gratifié les femmes de l'assemblée. L'espace d'un instant, elle avait été leur égale. Elle le récompensa d'un sourire discret avant de récupérer une poignée de couverts. Toutefois, il ne s'éloigna pas et marcha vers elle.

— Ainsi la redoutable Mrs Bradshaw vous a laissée vous échapper de son repaire ?

Se retournant à demi, Lowena nota son sourcil arqué malicieusement et l'éclat rieur de ses yeux. Elle le dévisagea, les joues soudain empourprées. Comment rester indifférente à l'aura d'assurance qui se dégageait de lui ? Ou à l'effet que sa proximité produisait sur elle. Quand elle prit la parole, ce fut avec une assurance forcée.

— Oui, c'est un agréable changement. De votre côté, en revanche, je mesure mal l'intérêt que vous auriez à perdre du temps à converser avec une simple domestique quand toutes ces belles dames vous dévorent des yeux.

Elle s'interrompit soudain, se rappelant les admonestations de Mrs Bradshaw, notamment à propos de la politesse qui était de règle avec les invités.

Seulement, il lui était bien difficile de rester indifférente quand ces yeux aussi perçants que ceux d'un oiseau de proie la dévisageaient sans ciller, éveillant en elle le trouble le plus délicieux.

Le sourire de Marcus s'élargit encore davantage. Il avait discrètement observé Lowena depuis qu'elle était apparue dans les salons, la regardant vaquer à sa tâche de loin. En fait, il s'était concentré sur son gracieux manège au point que plus rien d'autre n'avait eu d'attrait pour lui.

Elle était totalement inconsciente de l'effet que produisaient sur ces messieurs la grâce de sa démarche et la splendeur de ses boucles rousses sous l'éclat scintillant des lustres. Lui-même n'échappait pas à cet envoûtement.

Homme de discipline, Marcus avait pris l'habitude de ne jamais se laisser distraire par quoi que ce soit, surtout quand il s'agissait d'une femme. Pourtant, du moment où il avait revu Lowena, il lui avait été difficile de ne pas se laisser gagner par son charme exubérant.

L'image de la jeune fille était gravée derrière ses paupières et, en l'apercevant parmi les invités, il avait vite remarqué combien elle attirait les regards. Elle n'était pas une dame et pourtant, sa grâce naturelle et le balancement sensuel de ses hanches métamorphosaient sa robe de toile grossière et grise en une délicate et tourbillonnante mousseline.

Il avait aimé l'observer, non sans ressentir l'aiguillon de la jalousie, tandis qu'elle plaisantait avec les invités dans la salle à manger, rejetant la tête en arrière pour rire à leurs plaisanteries, la longue colonne blanche de son cou arquée comme l'encolure d'un cygne.

Elle se déplaçait entre les tables avec une inconsciente lascivité qui allumait une flamme de convoitise dans le regard des hommes. Sous les lustres, ses yeux scintillaient comme les étoiles sur la surface d'un lac. Vêtue d'une robe de bal, elle aurait sans peine éclipsé toutes les femmes de l'assistance.

— Vous n'êtes pas une simple servante, Lowena, murmura-t-il en s'approchant. Pas à mes yeux, en tout cas. Puis-je vous dire à quel point vous êtes ravissante ?

Posant son plateau sur une crédence, Lowena continua à le charger de verres vides tandis que les musiciens entamaient une nouvelle danse.

— Vous le pouvez, rétorqua-t-elle, le cœur battant. Mais c'est étonnant. La flatterie ne vous sied point.

— Je suis tout aussi capable que n'importe qui de complimenter une jolie femme quand j'en vois une !

Lowena décocha à Marcus un regard mal assuré et lui-même se sentit troublé. Ce soir, il se comportait avec elle de façon cajoleuse. Et parce qu'ils se connaissaient depuis toujours et que, durant leur enfance, il l'avait souvent taquinée, elle le laissait faire. Ce qui ne signifiait pas qu'il devait continuer de la sorte !

— Il me semble, sir, que vous avez bu un peu trop de ce vin de Champagne.

Il rit de bon cœur, amusé par son effronterie.

— Je n'ai nul besoin de vin pour m'encourager à converser avec une séduisante jeune personne. Si les circonstances étaient différentes, je serais même ravi de vous inviter à danser.

Elle haussa un sourcil faussement réprobateur.

— Danser, monsieur ? Avec une domestique ? Cela ferait un beau scandale !

Il sourit.

— Je sais. Ce serait tout à fait déplacé. Pourtant, je suis prêt à prendre le risque.

— Vous avez raison. Ce serait déplacé et, personnellement, je ne m'en sentirais pas l'audace. Naturellement, je serais obligée de refuser.

— Je ne connais pas une femme de cette assemblée qui oserait refuser pareille invitation venant du célèbre capitaine Carberry, voyons ! insista-t-il, malicieux.

En réponse à sa badinerie, il vit une lueur joueuse s'allumer dans les beaux yeux de la jeune femme.

— C'est que… Je ne suis pas une invitée.

Il haussa un sourcil.

— Non. Sans doute pas. Néanmoins, tout au fond de vous, vous savez tout comme moi que vous avez l'âme d'une lady, Lowena Trevanion.

— C'est bien aimable à vous. Fort heureusement, je suis également dotée d'un solide bon sens et d'un tempérament réaliste.

— Et vous êtes belle, jeune et dotée d'une personnalité intéressante et riche…

— Et surtout parfaitement consciente des conséquences de mes actes si j'acceptais votre cour !

— Vous ne savez pas ce que vous manquez !

Elle lui sourit, les yeux pétillants de malice.

— Et vous, vous ne savez pas à quel sort funeste vous échapper. Vous avez bien de la chance que je ne prenne pas votre invitation au sérieux.

Le sourcil de Marcus se leva un peu plus haut.

— Vraiment ? Pourquoi cela ?

— Songez à vos orteils cruellement piétinés, rétorqua-t-elle en riant avant de lui tourner le dos. Voyez-vous, capitaine Carberry, il se trouve que je ne sais pas danser comme une vraie lady.

Marcus éclata de rire et Lowena en fit de même. Il aimait se sentir ainsi, joyeux et libre, simplement parce qu'ils étaient ensemble et qu'ils échangeaient quelques propos sans conséquences.

Quand elle s'éloigna, portant son lourd plateau chargé de verres vides, les gentlemen qui la regardaient sortir lui lancèrent quelques encouragements et la supplièrent de revenir parmi eux au plus vite.

Marcus dut réprimer un violent élan de jalousie.

Tapi dans l'ombre, Edward attendait que Lowena quitte la salle à manger. Lorsqu'elle sortit de la pièce, il surgit dans l'étroit couloir qui menait aux cuisines. Instinctivement, elle s'aplatit contre le mur. Elle ne pouvait manquer de remarquer sa contrariété. Il n'appréciait nullement sa soudaine popularité auprès de ses invités mâles.

Il avait regardé la jeune femme s'activer à sa tâche, songeant qu'aucune représentante de la gent féminine présente au manoir ce soir ne pouvait rivaliser avec sa beauté. Les autres femmes n'étaient que de pauvres êtres falots et sans charme à côté de cette belle fille dont la peau crémeuse, les cheveux aux riches nuances de cuivre et d'or et la taille fine étaient encore davantage mis en valeurs par la sévère robe de serge gris.

Le regard égaré sur le buste de la jeune fille, dont le corsage au col strict ne faisait que rendre plus visible la courbe pleine de ses seins, Edward, la bouche soudain asséchée, essuya nerveusement ses mains moites sur son pantalon.

— Depuis quand votre travail consiste-t-il à recueillir la vaisselle sale ? s'enquit-il d'un ton sec.

— Mrs Bradshaw m'a demandé de m'en charger, les valets étant déjà fort occupés.

— Sans doute. Toutefois, vous n'êtes pas payée pour vous amuser avec mes invités.

Plongeant son regard dans les yeux d'ambre liquide, il sentit monter en lui une faim irrépressible. Plus la soirée avançait, plus il buvait, moins il se sentait satisfait.

Sa voix sonnait rauque à ses propres oreilles et il voyait danser devant ses yeux une flamme rousse.

— Laissez cela et allez aux écuries. Lady Barrymore souhaiterait faire un tour dans le parc et elle a oublié son châle dans sa voiture. Un des grooms vous conduira.

Lowena battit précipitamment des paupières, mal à l'aise. Elle trouvait sans doute que cette demande était pour le moins inattendue. Après tout, la suivante de Lady Barrymore eut été bien plus qualifiée pour se charger de cette mission. Mais il s'en moquait. Il était le maître du domaine, son pouvoir était tel que ses serviteurs n'avaient d'autre choix que d'obéir.

D'ailleurs, baissant les yeux, elle finit par acquiescer à contrecœur.

— Un problème avec mon ordre, Lowena ? insista-t-il d'une voix profonde et caressante comme de la soie.

Lorsqu'elle releva les yeux, il lut dans le regard de la jeune fille une hostilité si franche et un tel mépris qu'il ne put retenir sa colère. Cette fille osait le défier. Lui, le maître de Tregarrick !

— Non, pas du tout, répondit Lowena en passant devant lui. Je vais d'abord rapporter ceci aux cuisines.

Edward serra les mâchoires, le corps brûlant de désir et l'esprit enfiévré de rage.

Comme elle ne faisait aucune confiance à Lord Edward, Lowena avait décidé d'emmener Polly avec elle dans la mission qu'il lui avait imposée. Malheureusement, quand elle entra dans la vaste pièce où tout le monde s'activait à sa tâche, Polly n'était nulle part en vue.

Elle sortit donc dans la cour avec un soupir et se dirigea vers les écuries. La grande allée qui y conduisait était sombre, néanmoins, elle se dirigeait aisément grâce à la lumière qui filtrait des bâtiments. Une brise soudaine traversa le feuillage des tilleuls proches, portant avec elle un flot de musique et de rires.

Jetant de part et d'autre des regards inquiets, elle se hâta vers son but et poussa la porte des écuries avec un soupir de soulagement.

L'un des grooms dirigea Lowena vers le carrosse de Lord Barrymore mais un rapide coup d'œil lui apprit que le châle n'y était pas. Furieuse de ce temps perdu, elle fit demi-tour et rebroussa chemin à pas pressés car le travail l'attendait encore jusqu'au petit matin.

Soudain, une haute silhouette, émergeant de l'obscurité, lui barra le chemin. En reconnaissant Edward Carberry, elle s'immobilisa, les yeux élargis par la crainte. Elle avait la sensation atroce d'être un animal traqué.

Puis, se ressaisissant, elle se dressa de toute sa taille et lui fit face, le regard planté dans le sien, furieuse de voir ses craintes confirmées. Elle n'était pas disposée à argumenter avec lui ce soir. La journée avait été longue, elle avait été occupée à tous les préparatifs de la fête, et elle n'aspirait qu'à finir son travail pour aller se coucher.

— Lord Carberry ! Vous voici encore sur mon chemin ! Je n'ai pu trouver le châle de Lady Barrymore. Je crains qu'elle ne l'ait égaré ailleurs.

Comme il faisait un pas vers elle pour lui prendre le bras, elle recula vivement.

— Ne me touchez pas, je vous prie !

Il avança encore, les yeux luisants et l'air déterminé.

— Pourquoi vous obstinez-vous à me résister, Lowena ?

— Je vous résisterai toujours, tempêta-t-elle.

Dans la lumière argentée de la lune, elle remarqua la fatigue qui cernait son regard, le pli las de sa bouche. Tout en lui révélait la lassitude du mondain dépravé, toujours avide de jouissance renouvelée et toujours insatisfait.

— Je vous résisterai de toutes mes forces, répéta-t-elle. Peu importent vos menaces, je ne me plierai jamais à votre plaisir.

La mâchoire d'Edward se contracta dangereusement. Il décocha à la jeune femme qui se dressait fièrement devant lui un regard haineux.

— Prenez garde à qui vous parlez, Lowena. Je pourrais vous écraser comme un insecte si je le voulais. Vous ne pourrez pas toujours me fuir.

Chapitre 4

Lorsqu'il avait vu Lowena quitter la maison, Edward à ses trousses, Marcus s'était élancé après eux, jurant entre ses dents. Il soupçonnait que son frère se livrait à ses manigances habituelles.

Il arriva au moment où Edward interceptait la jeune fille à son retour des écuries. Quand il fut assez près pour voir le regard plein de concupiscence de son aîné, une rage froide le submergea. La somptueuse beauté charnelle de Lowena aurait excité le désir de n'importe quel homme digne de ce nom. Même vêtue de sa tenue de domestique, elle éclatait de vie et de sensualité. Cela, il le reconnaissait volontiers. Cependant, il haïssait les hommes qui s'imposaient de la sorte aux jeunes filles qui n'avaient que peu de pouvoir pour leur résister.

— Tu n'as pas intérêt à la toucher, Edward, dit-il d'une voix nette et froide.

Son frère pivota sur lui-même, une expression de doute traversant fugitivement son visage.

— Encore toi, Marcus ! J'aurais dû me douter que tu me suivrais. Les jolies dames de l'assemblée ne te suffisent donc pas ? À moins qu'elles ne te trouvent pas à la hauteur ?

Il ponctua ses propos d'un rire aigu d'ivrogne et tenta de repousser Marcus vers la maison.

Celui-ci se libéra d'un geste brusque.

— Hier, je t'ai demandé de laisser Lowena tranquille. Elle n'est plus à ton service et tu le sais. Apparemment, tu n'as pas pris mon avertissement au sérieux. Quand vas-tu cesser de la pourchasser, à la fin ? Tu es plus pathétique qu'un animal en rut !

Edward se campa en travers de l'allée, les poings sur les hanches.

— Merci bien pour tes compliments, cher frère. Mais c'est toi qui devrais t'interroger. Je me comporte comme tout mâle normalement constitué en face d'une jolie femelle.

Il se retourna vers Lowena, la bouche déformée en un pli dur. Marcus balaya d'un regard inquiet le visage pâle et tendu de la jeune fille, lut dans ses yeux la peine et la colère.

— Retourne à tes invités, Edward. Tu ne toucheras pas à cette jeune fille.

Edward lui décocha un regard féroce. Marcus venait de lui faire subir une grave humiliation, selon son système de valeurs dévoyé. Et la lueur de haine pure qui brillait dans ses yeux aurait fait peur à un homme moins courageux qu'il ne l'était. Sans un mot, Edward tourna les talons et partit.

Les deux jeunes gens restèrent face à face dans une atmosphère pleine de tension, d'où avait disparu toute la légèreté joyeuse de leur précédent entretien.

Lowena regardait Marcus sans rien dire. Sous la frange épaisse de ses cils, ses yeux brillaient de leur feu propre, l'or de l'iris plus brillant et plus liquide qu'il ne l'avait jamais vu. Ses joues étaient teintées d'une douce nuance d'incarnat, et ses lèvres paraissaient incroyablement douces. Marcus serra les poings. Même si l'attitude agressive d'Edward était déplorable, quel homme aurait pu lui résister ?

— Pourquoi êtes-vous sortie seule ? Vous connaissez Edward et vous savez ce dont il est capable, n'est-ce pas ? Alors, pourquoi l'avez-vous fait ? Parce qu'il vous l'a demandé ?

— Non. Parce qu'il me l'a ordonné, ce qui n'est pas pareil. Il a prétendu que Lady Barrymore avait besoin de son châle, qu'elle avait laissé dans son carrosse. Ce n'était qu'une ruse, évidemment. Merci d'être intervenu. Je m'efforcerai désormais de me montrer plus prudente.

— Je n'en doute pas, dit Marcus d'une voix radoucie.

Il avait senti qu'il blessait la jeune femme en mettant en cause son désir d'échapper à Edward. De fait, Lowena soupira.

— Dire que j'ai vécu une vie paisible et confortable toute ma jeunesse dans la maison d'Izzy, à quelques centaines de mètres d'ici. Hélas, il a fallu qu'elle meure pour que le destin m'arrache à mon bonheur. C'est terrifiant.

— Terrifiant ?

Elle hocha la tête.

— Oui. Je ne me fais aucune illusion sur votre frère. C'est un homme violent et dangereux. Même dans sa bande de contrebandiers, il y en a plus d'un pour avoir peur de lui. Seuls les plus coriaces s'en prennent à Edward Carberry. Et aussi courageuse que je sois, je ne suis pas à la hauteur. Je m'en rends bien compte quand il m'envoie guetter la nuit sur la falaise. Même cela, je n'ai pas le pouvoir de le lui refuser.

— Je lui ai parlé. Vous ne serez plus obligée de le faire, Lowena. Et croyez-moi, il ne pourra pas continuer à jouer ce petit jeu-là bien longtemps.

— Ne se rend-il pas compte qu'il vit dans le péché ?

— Il a conscience d'être hors la loi et s'en réjouit, je crois. C'est là la seule notion de péché qui ait un sens pour lui, je le crains. D'ailleurs, cela lui est égal. À dire vrai, je ne sais pas ce qu'il a dans la tête. Ni ce qui le pousse à agir comme il le fait. Peut-être cela a-t-il quelque chose à voir avec le fait qu'il ait perdu sa mère très jeune et que son père se soit remarié aussi vite ensuite.

Marcus haussa les épaules et acheva d'une voix lasse :

— À moins qu'il ait hérité de sa famille maternelle une tare inconnue. Sa mère avait apparemment un fort caractère et s'emportait beaucoup. Je me suis souvent posé la question…

Lowena dut sentir son désespoir et son impuissance car elle esquissa un geste pour le toucher, l'apaiser. Sa main retomba cependant avant qu'elle ne l'ait atteint, et Marcus ressentit une douleur fulgurante dans la poitrine en comprenant qu'il brûlait d'envie de sentir sa peau sous ses doigts.

— La situation va s'améliorer très vite maintenant que vous ne travaillez plus au manoir, conclut-il d'une voix tendue.

— Je l'espère. Mais je ne crois pas que la courte distance qui nous sépare constitue un obstacle suffisant pour un homme comme votre frère. Oh ! Izzy me manque tellement ! Tout est devenu tellement plus difficile depuis qu'elle n'est plus là.

— C'était une bonne personne. Elle me manque beaucoup, à moi aussi.

— Elle avait beaucoup d'affection pour vous, Marcus. Et attendait toujours vos visites avec impatience.

Il lui sourit dans la pénombre.

— Et vous ? Les attendiez-vous également ?

Lowena rit, le rouge aux joues.

— Vous cherchez des compliments que vous n'obtiendrez pas ! Quel dommage que Lord Carberry ne vous ressemble pas davantage ! ajouta-t-elle, redevenue sérieuse. Je ne peux tout de même pas passer ma vie à l'éviter.

— Je vous l'ai déjà dit, Lowena. Vous ne devriez plus avoir à le faire. N'y pensez plus. Rentrons ensemble au cottage. Ils peuvent très bien se passer de vous à Tregarrick à pareille heure.

Elle ne résista guère à sa proposition et ils se dirigèrent vers le cottage à la lueur orangée des lampions accrochés dans les arbres. La nuit était tiède, la lune brillait doucement dans un ciel pur, teintant d'argent la surface miroitante du bassin.

Marcus, attentif, tenait sa compagne par le coude pour l'empêcher de trébucher sur les pierres du chemin. Lowena ne parlait pas, et Marcus profitait de ce silence pour savourer la magie de l'instant. L'heure était à la séduction et l'on voyait des couples enlacés se promener sous les arbres, échangeant de doux murmures. Le corps tendu d'un désir inassouvi, Marcus observa sa compagne repousser d'une main lasse ses cheveux ébouriffés par le vent, et il crut deviner une lueur d'envie dans son regard qui s'attardait sur les amoureux.

Lorsque le regard de la jeune femme se posa sur lui, Marcus ne détourna pas la tête et embrassa du regard le joli visage levé vers lui, les traits réguliers, la douce rondeur des joues, le creux délicat de la gorge où une boucle de cheveux rouges était venue se blottir. Tel le pinceau d'un peintre, la lumière de la lune caressait le visage de la jeune fille, redessinant délicatement ses lèvres écartées dans un demi-sourire. Elle était vraiment séduisante, d'une beauté sauvage et indisciplinée qui faisait écho à sa propre nature.

Aux yeux de ses compagnons d'arme, Marcus avait été perçu comme un homme courageux, obstiné et impitoyable mais toujours équitable. Devant cette femme, pourtant, il se sentait aussi faible et impressionnable qu'un petit enfant.

Elle paraissait si calme, maintenant. Presque sereine. Rien à voir avec le petit animal effarouché, tremblant de peur et de colère, qui avait tenu tête à son frère un instant plus tôt.

Il était revenu à Tregarrick en pensant à Lowena comme à l'enfant qu'il avait quittée. Et maintenant, il ne parvenait plus à s'ôter de la tête la femme qu'elle était devenue. Sa vulnérabilité ne faisait que la rendre plus attirante encore. Il brûlait de la protéger. Il ne cessait de s'émerveiller de ce mélange d'innocence et d'audace.

— Vous êtes trop séduisante, Lowena. Pas étonnant que mon frère se soit entiché de vous à ce point.

À peine avait-il prononcé ces paroles que son visage se ferma brusquement.

— Je vous jure que, mis à part le baiser que Lord Carberry m'a arraché de force sur la plage, il ne m'a jamais touchée. Jamais je ne pourrais aimer un homme comme lui.

— Vous connaissez-vous à ce point-là ? demanda-t-il d'une voix calme, en dépit de la tempête qui faisait rage en lui.

Sans qu'il en comprenne la raison, Lowena rougit jusqu'au front. Elle était tellement adorable ainsi. Il y avait encore en elle quelque chose d'enfantin, toujours en lutte avec la jeune adulte qu'elle était en train de devenir.

— Oui, affirma-t-elle pourtant avec assurance.

Ses yeux s'obscurcirent et Marcus fut incapable de déchiffrer les émotions intenses qui traversaient son regard d'ambre. Il sentait cependant que la tension entre eux était à son comble.

Lowena ouvrit la bouche puis la referma, s'immobilisa avant de planter son regard dans le sien. Lui était comme hypnotisé, incapable d'échapper à l'envoûtement qu'elle exerçait sur lui. Après un bref silence, elle déclara brusquement :

— Oui, je me connais. Parce que je vous aime, voyez-vous. Totalement, follement. Et sans espoir. Tout va très bien, rassurez-vous, s'empressa-t-elle d'ajouter en voyant sans doute ses yeux s'écarquiller sous l'effet de la surprise, vous n'avez pas besoin de dire quoi que ce soit. Tout ce que je vous demande, par pitié, c'est de ne pas me dire que cela me passera. Parce que ce n'est pas vrai. Bien sûr, rien n'est possible entre nous à cause de ma naissance, je le sais. Pourtant, je vous aimerai jusqu'à la fin de mes jours. C'est comme cela, voilà tout.

Marcus était trop époustouflé pour seulement songer à respirer tandis qu'elle le dévisageait avec des yeux vastes comme son âme. Cette déclaration d'amour si spontanée, si sincère le touchait en plein cœur. Elle faisait vibrer en lui une corde sensible, comme un écho dans sa propre âme, qu'il croyait pourtant à l'abri de tels élans. Sa raison lui démontrait évidemment l'impossibilité d'un tel amour. Seulement, Lowena était un être bon et authentique. Il serait trop cruel de la rejeter sans ménagement. Alors, que faire de cet amour ?

Après la trahison d'Isabelle, il s'était juré de ne plus prêter foi aux serments d'une femme. Il ne voulait plus s'engager sentimentalement avec quiconque. Toutefois, Lowena n'était pas Isabelle. Elle ne lui ressemblait en rien.

Lentement, quelque chose bougea en lui, des sentiments qu'il n'avait plus éprouvés depuis ce qui lui paraissait des siècles. Un immense élan de tendresse et de désir dilata sa poitrine et il dut résister à l'envie soudaine, impérieuse, de prendre la jeune fille dans ses bras. Son corps lui envoyait toutes sortes de messages que sa raison tentait frénétiquement de rejeter.

Tandis qu'il était traversé par un maelström d'émotions diverses, parmi lesquels le doute et l'incertitude, il s'efforçait de conserver un visage impassible. Ce qu'il éprouvait était par trop dangereux et déconcertant. Il caressa la tempe de sa compagne d'un geste très doux, et aussitôt, le désir qu'il avait d'elle fit vibrer tous ses nerfs, devenant bientôt douloureux.

Lowena vit le regard de Marcus se poser sur sa bouche. Il avança de deux pas encore sans la quitter des yeux. Elle retint son souffle, sentant déjà sur sa peau la chaleur qui se dégageait de son corps, l'énergie vitale qui émanait de lui. Sa haute taille et la chaleur qu'il irradiait enveloppaient tout son être. L'idée du plaisir qu'elle allait éprouver fit battre son cœur à tout rompre. Eût-elle dû en mourir, elle aurait été incapable d'empêcher ce à quoi elle aspirait depuis si longtemps.

Marcus l'attira contre son torse. Leurs visages étaient maintenant si proches qu'elle sentait son souffle chaud sur ses lèvres. Sous ses doigts crispés, les muscles de ses épaules jouaient et se contractaient en réponse à ses caresses. Lui plaçant un doigt sous le menton, il lui renversa doucement la tête en arrière et prit ses lèvres.

Le contact fut exquis. Elle sentit son cœur exploser d'une joie brutale tandis qu'un flot de plaisir réchauffait ses membres.

Abandonnant enfin sa bouche, Marcus redessina le contour de sa lèvre inférieure d'un doigt léger. Puis, glissant l'une de ses mains sur sa nuque, éveillant en elle un lent frisson, il la serra plus fort contre lui.

— Je ne devrais pas, murmura-t-il contre sa bouche.

Elle murmura sans s'écarter :

— Oh ! Je vous en prie. Continuez !

Marcus sourit, glissa les doigts dans les siens et plongea son regard en elle. Sa peau était douce et chaude et son contact étonnamment rassurant. Mais il parut aux yeux de Lowena presque trop viril, trop habile à faire d'elle ce qu'il voulait. La tête troublée par un léger vertige, suffoquée par l'intensité de ses émotions, elle se trouvait pour une fois sans mots.

Elle ne désirait plus qu'une chose : qu'il l'embrasse encore et encore.

Et elle ne fut pas déçue. L'étreignant plus fort, son corps

dur et musclé plaqué contre le sien, son compagnon s'empara de nouveau de sa bouche.

Ses lèvres fermes commencèrent à se mouvoir sur sa bouche tendre et gonflée et sa langue commença une exploration inconnue et sensuelle. Lowena éprouvait des sensations aussi inattendues qu'enivrantes. Elle se pressait contre son compagnon, submergée par un plaisir si vif, une joie si intense qu'elle crut un moment s'évanouir. Mais il y avait en elle autre chose de plus inquiétant : le jaillissement d'une passion primitive, qui la transportait hors d'elle-même et menaçait de la soumettre tout entière à l'homme qui la tenait dans ses bras.

Elle poussa un long soupir tandis que le feu s'intensifiait en elle, circulait dans ses veines et se transforma en une vague de plaisir. Jamais elle n'aurait imaginé qu'un simple baiser eût autant de pouvoir. Plus rien ne comptait maintenant que cette bouche qui jouait avec la sienne, que ce corps chaud et puissant contre elle.

Elle se laissa glisser dans un abîme sensuel, toujours en demande de caresses et de baisers. Jusqu'à ce qu'une main ferme la repousse soudain, et rompe la magie.

Marcus s'écarta brusquement. Bon sang ! Qu'est-ce qui lui avait pris ? Il n'avait pas le droit d'agir ainsi, de profiter de la faiblesse de Lowena pour prendre son plaisir, exactement comme l'aurait fait Edward !

Quand elle s'était serrée contre lui, telle une sirène triomphante, il avait senti tous ses bons principes fondre comme neige au soleil. Il avait bien failli lui arracher ses vêtements et la prendre là, aux yeux de tous.

L'innocence de Lowena ne rendait son crime que plus odieux. Tous ses doutes s'étaient évanouis aussitôt qu'il avait touché ses lèvres pures. Bien que sans expérience, elle était si fraîche et spontanée, sensuelle et avide de ses caresses. Elle avait répondu à sa passion avec une fougue d'autant plus exquise qu'elle était maladroite.

Et lui en avait profité ! Comment avait-il pu perdre le contrôle de lui-même à ce point ? Qui plus est après les leçons de morale qu'il avait adressées à son frère !

Marcus regrettait rarement ce qu'il faisait. Comment avait-il pu se laisser aller à embrasser cette toute jeune fille qui se croyait amoureuse de lui ? Et de quelle manière !

Elle avait répondu avec une telle ferveur qu'il s'était enflammé aussitôt. La bouche de Lowena, douce et humide, s'était ouverte dès la première tentative et il l'avait explorée avec gourmandise tandis qu'elle gémissait doucement et se serrait contre lui, ses seins adorables se pressant contre son torse. Il aurait pu l'embrasser ainsi, seulement l'embrasser, toute la nuit.

Il exhala un souffle bref et détourna le regard. Que lui arrivait-il ? Pourquoi ressentait-il cette faim soudaine pour une jeune fille qu'il avait toujours regardée comme la compagne de ses jeux d'enfant ? Presque comme une sœur. Qu'était devenu le sentiment de protection qu'il avait toujours eu pour elle ?

Allait-il laisser cette enfant détruire la paix qu'il était venu chercher en rentrant chez lui ? La vie que les privilèges de sa naissance lui offraient lui convenait parfaitement. Sa famille exceptée, il n'avait aucun lien affectif d'aucune sorte. Et il avait bien l'intention qu'il en soit toujours ainsi.

Le souvenir depuis longtemps enterré de clairs yeux bleus remonta de sa mémoire. D'ordinaire, il le repoussait aussitôt. Il n'y avait plus assez de feu en lui pour le ramener aux jours du passé où il brûlait pour Isabelle d'une passion probablement attisée par l'ardeur de la jeunesse. Si ce feu voulait renaître pour Lowena, il était bien déterminé à le combattre jusqu'à en étouffer les moindres cendres.

Depuis Isabelle, il avait aimé, physiquement du moins, nombre de jeunes et jolies femmes. Aucune cependant n'avait touché son cœur. Il gardait prudemment ses distances, ne livrant rien de lui-même, ce qui lui attirait davantage encore leurs faveurs. Il s'efforçait de combattre le sentiment d'amertume qui l'envahissait parfois et il pensait avoir définitivement renoncé à l'amour.

Jusqu'à ce qu'il rentre chez lui pour y revoir une Lowena grandie et embellie au point de lui faire perdre la tête.

Et qui venait de lui avouer qu'elle l'aimait !

En songeant à ce qui venait de se passer entre eux, il sut quelle attitude adopter. Il ne pouvait plus se cacher à lui-même qu'il éprouvait des sentiments profonds pour la jeune femme. Et il ne parvenait pas à ignorer le désir qu'il avait de l'avoir auprès de lui, de la voir, de la toucher.

Était-ce pour autant de l'amour ?

Elle était fraîche et douce et il avait beaucoup d'affection pour elle. Leur baiser l'avait enivré et il aurait aimé se perdre en elle, se nettoyer des blessures du passé dans l'innocence de son corps. Toutefois, sa raison lui disait d'y réfléchir à deux fois avant de s'abandonner à ce qui n'était peut-être qu'une simple toquade.

— Je n'aurais pas dû vous embrasser, Lowena. C'était une erreur. Je m'en excuse.

Elle le dévisagea de ses immenses yeux de feu liquide.

— Pourquoi ? Nous ne pouvons revenir en arrière… Je vous en supplie. Ne dites pas que vous le regrettez !

Il se raidit aussitôt, recula d'un pas pour résister à la tentation de la reprendre contre lui.

— N'avez-vous pas apprécié de m'embrasser ? insista-t-elle.

— Si, je veux bien l'admettre. Et il n'y a rien de mal à cela. Mais un simple baiser peut être bien plus dangereux qu'il n'y paraît. Si vous étiez quelqu'un d'autre, qui que ce soit, nous pourrions prendre le temps de mieux nous connaître, à condition de nous montrer discrets. Seulement, je crois que ni l'un ni l'autre nous n'apprécierions la curiosité et l'intérêt que susciteraient nos relations à Tregarrick. Comprenez-vous, Lowena ?

Atrocement blessée que Marcus ne réponde pas à ses sentiments, Lowena le fixait d'un regard incrédule. Elle avait l'impression que quelque chose s'effondrait en elle. Elle ne s'en remettrait jamais, elle le savait déjà. Pourtant, sa fierté l'incita à n'en rien montrer.

— Oui, bien sûr... Je n'avais pas réfléchi... Vous avez raison. Je n'aimerais pas attirer l'attention sur moi de cette manière. Je ne pourrais être rien d'autre pour vous qu'une compagne de lit et de plaisir, j'en suis bien consciente. Et j'ai encore assez d'estime pour moi-même pour ne pas me perdre dans un tel déshonneur.

Leurs regards se nouèrent, celui de Lowena aussi franc et clair que le lui permettait la douleur qui lui nouait la poitrine. Celui de Marcus, contraint et lourd de frustration.

— Je regrette de vous avoir confié mes sentiments, s'empressa-t-elle d'ajouter. C'était tout à fait déplacé. Je comprends fort bien que vous ne vous attendiez pas à une telle audace de ma part et je vous ai mis dans l'embarras. Je m'en excuse, Marcus, osa-t-elle encore, employant pour la dernière fois le prénom qu'elle utilisait dans leur enfance. Je ne recommencerai pas.

Ses paroles venaient du cœur. Pour mieux l'en convaincre, spontanément, elle posa sa main sur son avant-bras. Et le regretta aussitôt, car Marcus recula brusquement.

— Oh ! je... Je suis désolée...

— Ne le soyez pas. Et ne vous en prenez pas ainsi à vous-même, la coupa-t-il d'une voix brève. Tout ceci est ma faute. Ce ne fut qu'un moment de faiblesse, Lowena. De vous comme de moi. Comprenez-vous cela ?

Lowena comprenait fort bien, car l'expression du visage de Marcus était claire. Il ne voulait ni larmes ni récriminations. L'oubli, tout simplement.

Profondément humiliée, les joues en feu, elle fit appel à tout son orgueil pour redresser la tête et l'affronter d'un regard calme.

— Oui, je le comprends. J'ai eu tort de dire que je vous aimais.

Elle ajouta dans un souffle, sans le quitter des yeux :

— Et aussi... De vous aimer.

Marcus recula encore, le regard troublé.

— Je ne m'attendais pas à une telle déclaration, en effet. Je vous trouve ravissante, Lowena, je crois vous l'avoir dit. Mais vous êtes encore si jeune, si inexpérimentée…

— Et pas du tout le genre de jeune fille que vous regarderiez deux fois, à moins que vous ayez, comme votre frère, des intentions peu honorables, l'interrompit-elle brutalement, atteinte jusqu'au cœur par son ton détaché. Je vous en prie, n'insultez pas mes sentiments en les tournant en ridicule. Ou en me traitant comme une gamine. Ce serait cruel et injuste.

— Je vous prie de m'excuser. J'apprécie beaucoup votre amitié, ce n'est pas pour autant qu'une intrigue amoureuse doit naître entre nous. Contrairement à mon frère, je n'ai pas pour coutume de séduire de jeunes et innocentes ladies.

Les joues de Lowena s'empourprèrent encore davantage si c'était possible. Oui, décidément, il la considérait toujours comme une enfant. À dire vrai, comment aurait-elle pu soutenir la comparaison avec les belles jeunes femmes issues des meilleures familles qu'il fréquentait d'ordinaire ? Comment avait-elle pu s'imaginer un instant que Marcus Carberry pouvait s'intéresser à elle ?

Jamais, de sa vie entière, elle ne s'était sentie aussi humiliée. Alors, elle réagit comme elle le faisait toujours dans l'adversité : elle redressa énergiquement le menton.

— Étais-je sur le point d'être séduite ? s'enquit-elle d'un ton qu'elle voulait léger.

— Non, mais je vous suggère de rentrer bien vite avant que je ne sois tenté de changer d'avis.

Le silence qui suivit fut long et intense. La lune jouait sur les traits de Marcus, accentuant leur sévérité.

Lowena ébaucha enfin un sourire mal assuré.

— Pour ne pas abuser de votre faiblesse, je vais donc prendre congé.

— C'est mieux, en effet, rétorqua-t-il, son visage se fermant soudain comme une porte qui claque.

Il avait dit cela d'un ton si définitif que Lowena comprit qu'il serait malvenu d'en dire plus. Elle se considérait comme l'offensée, et pourtant, avec ses manières de grand seigneur,

Marcus avait su reprendre l'avantage. Rassemblant ce qui restait de son amour-propre mis en pièces, elle lui adressa un bref signe de tête et fit volte-face pour se diriger vers l'entrée du cottage. Un instant de plus, et elle s'effondrait en pleurs à ses genoux.

Marcus, essaya de se persuader qu'il avait bien agi tandis qu'il regardait Lowena disparaître dans la maison. Il avait fait de son mieux pour tuer dans l'œuf toute illusion romantique et croyait avoir mené sa mission à bien.

Il était trop tôt. Tout évoluait trop vite autour de lui depuis son retour.

Pourtant, quand elle lui avait redit qu'elle l'aimait, il y avait une telle souffrance dans sa voix, une telle déchirure de tout son être, que sa propre conscience s'était révoltée. Ses sentiments trouvaient sans doute possible un écho en lui et ils devaient les anéantir au plus tôt pour ne pas succomber à cette folie.

Il savait qu'il avait agi comme il convenait en dissimulant à Lowena l'intérêt qu'il lui portait, quelle place elle occupait déjà dans son cœur. Mais comme il était difficile de faire entendre raison à soi-même !

Une fois dans sa chambre, Lowena ne tarda pas à se mettre au lit. En révélant à Marcus son amour, elle avait transgressé les codes de l'amitié et se trouvait désormais en territoire totalement étranger. Elle n'avait rien exigé de lui. Comment aurait-elle pu ? Cependant, elle lui avait fait le cadeau le plus précieux à ses yeux. Elle lui avait révélé son amour.

Et elle s'était rendue parfaitement ridicule. Comme une enfant naïve, elle s'était plongée dans un rêve éveillé et était tombée amoureuse du prince charmant. Sauf qu'elle n'était pas une princesse déguisée en bergère. Elle n'était rien. Rien ni personne. Elle se recroquevilla au fond de son lit, se sentant misérable et atrocement seule. Si seulement elle pouvait disparaître ! Se réfugier dans un endroit où personne ne pourrait la retrouver.

Mais elle n'avait plus ni amie ni maison.

Au comble du désespoir, Lowena tira sa courtepointe sous son menton et se mit à pleurer. Un bref instant, dans les bras de Marcus, elle s'était prise à espérer. Et quand il avait rejeté son amour, s'en était moqué, même, il l'avait blessée d'une manière irréparable. Qu'avait-elle fait pour mériter cela ? Elle n'avait pas voulu tomber amoureuse de Marcus. Et elle ne lui avait rien demandé.

Fermant les paupières, elle murmura une prière qui n'était destinée à aucune divinité. C'était une prière qu'elle s'adressait à elle-même, pour s'évertuer à plus de courage et de fermeté.

Deux semaines après cette soirée, Lowena s'apprêtait à se coucher dans le cottage endormi. Mrs Seagrove avait été se coucher tôt ce soir-là, à cause de ses migraines, et la fille du village qui venait aider était rentrée chez elle. Lady Alice s'était retirée dans ses appartements, comme Dorothy, sa femme de chambre, qui, une fois endormie, n'aurait pas été réveillée par les vingt et un coups de canon annonçant la naissance d'un dauphin. On n'entendait que le bruit de la pluie battant les vitres et le sifflement du vent dans la cheminée.

Lowena vérifia le ragoût que Mrs Seagrove tenait au chaud sur le coin du fourneau, au cas où Marcus rentrerait affamé de la mine.

Là-bas, les événements avaient pris une tournure dramatique. La pluie était tombée sans cesse depuis quatre jours, entraînant un éboulement nocturne dans les niveaux inférieurs de la mine, qui avaient été envahis par les eaux. Par chance, il n'y avait personne à cette heure-là et depuis, les pompes s'épuisaient en vain à évacuer une telle quantité de liquide.

Soudain, un coup retentit à la porte.

Se demandant qui cela pouvait être à une heure pareille, Lowena alla ouvrir. Un homme de haute taille, trempé de la tête aux pieds, se tenait dans la pénombre. C'était l'un des bûcherons qui travaillait pour Tregarrick.

— Que se passe-t-il ?

— Sa Seigneurie vous demande, annonça-t-il d'une voix rude. Il y a une livraison ce soir et tous les gars sont à la mine. On a besoin de quelqu'un pour surveiller la falaise.

— Cette nuit ? Par un temps pareil ?

— C'est comme ça. On a signalé des douaniers sur la côte à trois milles d'ici à l'ouest. Va falloir faire attention et être rapide ! Lord Carberry a dit qu'on avait b'soin d'vous.

Lowena, furieuse, dévisageait l'homme sans bouger. Ainsi, Lord Edward s'obstinait à faire appel à elle malgré les ordres de son frère !

— Non, c'est impossible. Je n'irai pas. Je ne veux plus rien avoir à faire avec tout ça.

L'homme balaya ses protestations d'un geste de la main.

— Il le faut. Pas le temps de discuter. Tout est prévu. Le bateau va jeter l'ancre au large de la crique, comme d'habitude, vers minuit. Faut qu'vous soyez-là !

— Cela ne me concerne plus, protesta encore Lowena avec toute la véhémence dont elle était capable. Vous m'entendez ? Vous devez trouver quelqu'un d'autre.

Edward savait que Marcus était occupé à Wheal Rozen et il en avait profité ! L'homme haussa les épaules et l'eau ruissela de son chapeau.

— Tout le monde est à la mine, j'vous dis. À cause de l'inondation. Faites c'que vous voulez mais moi, j'ai délivré mon message. Et y fait pas bon contrarier l'maître. Vous devriez le savoir. C'est lui qui mène le jeu, il l'a toujours fait et il le f'ra encore longtemps. Sans compter qu'il est d'une humeur à tuer un bœuf d'un coup de poing, en ce moment. Alors, j'lui dis qu'vous v'nez, ou quoi ?

Lowena faillit refuser. Puis, se rappelant les menaces d'Edward lors de leur rencontre sur la plage, et craignant qu'il ne s'en prenne à son frère, elle hésita. Si elle n'y allait pas et que les dragons du roi où les douaniers survenaient, Lord Carberry serait arrêté. Ou pire, s'il résistait. Quelle que soit la haine qu'elle portait au maître de Tregarrick, s'il lui arrivait malheur, tout le domaine en serait ébranlé. Elle ne voulait pas que cela soit de son fait.

Ravalant sa peur, elle opina du chef.

Elle regarda l'homme s'éloigner, ses lourdes bottes crissant sur le gravier. La promesse qu'elle avait faite à Marcus semblait bel et bien compromise, néanmoins, il était probable qu'il ne reviendrait pas de la mine avant le matin et ne saurait jamais qu'elle était retournée sur la falaise. Elle soupira, résignée. S'il le lui demandait, jamais elle ne saurait lui cacher la vérité.

Tirant le capuchon de sa houppelande sur sa tête, elle s'élança sous la pluie, sachant pertinemment qu'aider Edward Carberry était bien la dernière chose à faire. Par miracle et surtout grâce au pied sûr qu'elle avait acquis dans ses expéditions dans la lande avec Marcus du temps de leur prime jeunesse, elle parvint à ne pas glisser sur le sentier détrempé. Le temps était à la tempête et le vent enroulait ses jupes autour de ses jambes, menaçant de lui faire perdre l'équilibre à chaque pas. Elle progressa rapidement jusqu'au sentier de la falaise malgré ses vêtements mouillés et chargés de boue.

Finalement, Marcus n'était pas là pour l'empêcher d'agir. Ni pour la protéger. Qu'aurait-il pu faire contre Lord Carberry, de toute façon ? Lowena eut un petit rire amer que le vent emporta dans l'obscurité de la nuit. Des larmes se mirent à couler sur ses joues. Toute sa vie lui semblait sans issue ! Jamais elle ne s'était sentie aussi seule et perdue.

Elle avançait dans la pénombre, le sang battant à ses tempes, le froid la pénétrant petit à petit jusqu'aux os, et parvint enfin à la côte. Elle connaissait bien le sentier, qui longeait l'extrême bord de la falaise, et savait qu'il était particulièrement dangereux dans le noir. Il lui faudrait faire appel à toute sa vigilance si elle ne voulait pas faire une chute mortelle jusqu'aux écueils sur lesquels se fracassait la mer à marée haute.

Pour s'occuper l'esprit et ne plus penser à la difficulté de sa progression, elle songea aux moments de rêve qu'elle avait vécus au manoir, le soir de la fête. Elle revoyait le visage de Marcus quand il l'avait raccompagnée au cottage, sentait presque sa présence à ses côtés, se répétait les paroles qu'ils avaient échangées, savourait encore et encore le goût de ses baisers.

— Est-ce vraiment le moment de penser à lui maintenant ? murmura-t-elle pour elle-même.

Elle s'aperçut avec soulagement qu'elle venait d'atteindre l'endroit au-dessus de la crique où était installé le fanal qu'elle devait allumer en cas d'alerte. Il était logé dans une anfractuosité de la roche sous un surplomb de la falaise qui le protégeait de la pluie.

Quand une silhouette se dessina dans le noir, son cœur manqua de s'arrêter. Edward Carberry s'avançait vers elle, le regard froid. Lowena sentit tout son sang quitter son visage. Par bonheur, quand il parla, il n'y avait nulle provocation dans sa voix. Il était là simplement pour organiser la nuit à venir.

— Vous êtes venue, finalement.

— C'est la dernière fois que je me mêle de vos sales affaires. Vous pouvez en être sûr.

Un mince sourire dansa sur les lèvres de son interlocuteur, qui se contenta de hausser les épaules. Son regard avait perdu toute expression.

— Vous êtes là, c'est tout ce qui compte. Et il y a de fortes chances que vous y soyez encore la prochaine fois, rétorqua-t-il d'une voix calme.

Lowena soutint son regard, les yeux brillants de colère.

— Votre cœur est noir, Edward Carberry. Je vous méprise. Mais tout prendra bientôt fin car votre méchanceté et votre cupidité causeront votre perte.

— Peut-être. Nous en discuterons une autre fois, voulez-vous ? Il faut que je retourne à la tâche.

Il lança sa main vers elle, comme la langue d'un serpent jaillit de sa gueule, et lui saisissant le poignet, l'attira brusquement à lui.

— Comprenez bien cela, Lowena, dit-il tout contre son visage. J'attends de vous une totale collaboration ce soir. C'est compris ?

Remarquant sa pâleur et son corps tremblant, il arbora un odieux sourire de triomphe.

— Vous n'avez pas le choix, de toute façon. Faites ce que je vous ai dit et rien de mal ne vous arrivera. Sinon, je vous jure que vous le regretterez.

La relâchant brusquement, il pivota sur lui-même et disparut dans le sentier qui descendait vers la plage.

Il était parti avant que Lowena ait eu le temps de répondre. Elle ne sous-estimait pas la menace dans sa voix. Si elle ne se pliait pas à ses exigences, il pouvait lui faire du mal, elle en était convaincue.

Se protégeant comme elle le pouvait dans l'étroit abri de la roche, elle commença sa longue attente, bercée par le bruit des vagues qui roulaient et s'écrasaient sur le rivage. Elle essayait de percer du regard le rideau de pluie et de brume qui avait envahi le paysage familier. La mer étendait son immensité jusqu'à la ligne plus sombre du ciel et peu à peu, ses yeux s'habituant à l'obscurité, elle parvint à deviner le contour chaotique des rochers sous la falaise et la ligne blanche de la haute muraille de calcaire qui enserrait la crique.

Là, juste sous elle, des ombres noires attendaient sur le sable, surveillant la mer.

Au bout d'une longue demi-heure, Lowena distingua un faisceau lumineux qui parvenait à grand-peine à traverser la brume, tanguant comme une coquille de noix sur la houle. Puis apparut enfin la coque de l'embarcation que tous attendaient.

Lowena mesurait le risque qu'Edward Carberry prenait en organisant une livraison par un soir comme celui-ci. L'embarcation des contrebandiers avait de fortes chances de s'écraser sur l'un des nombreux écueils qui bordaient la plage.

Soudain, tout parut s'accélérer. C'était une scène à laquelle Lowena avait assisté à maintes reprises. Tous les hommes se mirent en action en même temps, chacun connaissant parfaitement son rôle. Ils agissaient avec méthode et précision, à un rythme stupéfiant. On ne distinguait que des silhouettes sombres allant et venant entre le bateau et la rive, chacun concentré sur sa tâche.

Et très vite de lourds paquets s'empilèrent sur la plage, bientôt chargés par d'autres hommes dans les chariots qui attendaient. Les marchandises seraient amenées avant l'aube à travers la lande jusqu'à des caches tenues secrètes depuis des décennies. Leur localisation précise se transmettait de père en fils.

Ce ne fut que lorsque le dernier colis et le dernier homme eurent quitté la plage que Lowena regagna enfin le cottage, épuisée et transie de froid.

Excepté la lueur de la lampe à huile qu'elle avait laissée allumée dans la cuisine, la maison était plongée dans une totale obscurité. Lasse et pressée de retirer ses vêtements trempés, elle enleva sa houppelande qu'elle alla accrocher à une patère, inconsciente de la présence de l'homme qui se tenait debout devant la cheminée.

— Lowena ?

Interdite, Lowena ne put rien faire d'autre que de le dévisager. Pendant une longue minute, leurs regards restèrent noués l'un à l'autre tandis qu'ils s'inspectaient mutuellement.

Marcus tenait un linge à la main, comme s'il venait de se sécher les cheveux et Lowena remarqua en rougissant qu'il était torse nu. Il semblait n'avoir ni mangé ni dormi pendant deux jours, et portait sur son visage les stigmates de la fatigue. Des ombres noires cernaient ses yeux.

Une subite compréhension éclaira son regard et son corps se raidit. Elle le vit serrer la mâchoire si fort qu'un muscle joua sur sa joue. Quand il lança sa serviette sur le dossier d'une chaise, son visage n'était plus qu'un masque de granite. Il avança sur elle, ses yeux gris la transperçant à tel point qu'elle eut l'impression qu'il voyait à travers elle.

Figée dans un silence terrifié, Lowena ne savait pas comment trouver les mots pour se justifier.

— Où étiez-vous ? À moins que je n'aie déjà deviné, n'est-ce pas ?

Secouant désespérément la tête, elle s'efforçait de ne pas le regarder. De ne pas se laisser hypnotiser par ce beau visage auréolé de cheveux sombres en désordre, par ce torse musclé dont la peau dorée luisait comme du satin à la lumière des flammes. Elle chuchota, la gorgée serrée dans un étau :

— Oui, vous vous en doutez, bien sûr. Il… Il y a eu une livraison cette nuit.

Lowena fouillait maintenant son visage, y lisant les signes précurseurs de la colère. Il ne la quittait pas du regard et l'expression de son visage était si amère que sa poitrine se serra douloureusement.

— Pourquoi avez-vous fait ça, Lowena ? lança-t-il. Après tout ce que nous avons dit ! Pourquoi ?

— Parce qu'il n'y avait personne d'autre pour le faire, rétorqua Lowena.

Elle mourait d'envie de se jeter dans les bras de Marcus pour qu'il la réchauffe et l'empêche de trembler.

— Pourquoi vous ? insista-t-il. Edward est-il venu vous chercher jusqu'ici pour vous traîner de force sur la falaise ?

Elle secoua la tête, écrasée par la honte.

— Non. Il a envoyé quelqu'un. Je vous l'ai dit, j'y suis allée parce qu'il n'y avait personne d'autre. Je sais que ce qu'il fait n'est pas bien, seulement, si votre frère est pris et qu'il apporte le déshonneur à votre famille, je ne veux pas que ce soit par ma faute.

Le regard de Marcus s'étrécit.

— Petite folle. Il serait peut-être préférable qu'il soit pris, au contraire. Au moins, cela mettrait fin à la menace qui pèse sur nos têtes depuis toutes ces années.

— Dans ce cas, c'est à vous, son frère, de faire quelque chose. Mais soyez prudent. Quand vous êtes revenu d'Amérique, il… il a menacé de s'en prendre à vous si vous m'empêchiez de faire le guet sur la falaise ou si vous vous mêliez d'une manière ou d'une autre de ses affaires.

Marcus lui lança un regard médusé.

— Et c'est pour cela que vous y avez été ce soir ? Parce que vous aviez peur qu'il s'en prenne à moi si vous n'obéissiez pas ?

Elle hocha piteusement la tête.

— J'avais peur qu'il ne mette ses menaces à exécution.

— Edward n'oserait pas s'en prendre à moi. Et de toute façon, j'ai toujours mené mes combats moi-même. Dites-moi, Lowena, si nous ne nous étions pas rencontrés ici cette nuit, m'en auriez-vous parlé ?

Elle battit des paupières, impressionnée par la rage froide qui faisait vibrer la voix de son interlocuteur.

— Je… Je ne crois pas que j'aurais été capable de le garder pour moi, sachant que vous auriez pu le découvrir, de toute façon.

— Comme c'est aimable de votre part.

Instinctivement, Lowena tendit des bras suppliants vers lui.

— Je vous en supplie, Marcus… Je suis désolée de vous avoir désobéi, c'était seulement pour vous protéger. Si vous savez comme je me déteste moi-même de ne pas avoir eu le courage de tenir tête à votre frère !

Cette déclaration venait du fond du cœur et, un instant, la colère de Marcus sembla faiblir, comme s'il était sensible à sa sincérité. Pourtant, lorsqu'il reprit la parole, sa voix grondait d'une fureur et d'une intensité telles qu'un frisson courut sur sa peau.

— Écoutez-moi bien. Si vous croyez vraiment qu'Edward ne vous fera pas de mal si vous lui obéissez, c'est que vous êtes plus sotte et plus naïve que je ne l'aurais cru. Il n'en fera toujours qu'à sa tête, aussi longtemps que Dieu lui prêtera vie. J'ai encore deux choses à vous dire. La première, c'est que vous ne retournerez plus au manoir sous quelque prétexte que ce soit. La seconde, c'est que vous n'accepterez aucun ordre sinon de ma mère ou de moi. Parce que, contrairement à mon frère, je me soucie de votre sécurité.

Malgré son ton rude, lorsqu'il la vit trembler de tous ses membres, il prit un châle qui traînait sur le dossier d'une chaise et vint le lui poser sur les épaules.

— Je ne vous blâme pas pour ce que vous avez fait cette nuit. Je regrette seulement de ne pas avoir été là pour vous en empêcher. Dieu sait ce qu'il serait advenu de vous si les douaniers avaient fait une descente et vous avaient embarquée avec le reste de la bande. Je souhaite garder le plus de distance possible entre les agissements de mon frère et ma vie personnelle. Des choses comme ce qui s'est passé aujourd'hui ne peuvent qu'accroître l'animosité que nous éprouvons l'un pour l'autre. Et c'est précisément ce que je veux éviter.

Lowena bégaya une approbation en claquant des dents tant le froid la glaçait. Ceci dit, elle ne tremblait pas seulement de froid, mais elle ne voyait aucune raison qu'il le découvre.

— Regardez-vous, murmura-t-il. Pauvre petite chose… Vous êtes trempée jusqu'aux os. Il faut aller vous changer.

Il lui leva le menton d'un doigt léger et la contraignit à le regarder dans les yeux.

— Oui, murmura-t-elle entre deux claquements de dents. Oui, en effet…

— Venez, ajouta-t-il en ouvrant les bras et en la serrant contre lui, la joue contre la sienne. Vous n'avez rien à craindre. Edward ne peut rien contre vous. Promettez-moi seulement de l'éviter désormais.

Les yeux clos, Lowena hocha la tête, savourant sous sa joue le contact de sa peau lisse et chaude.

— Je promets.

Marcus réprima un petit rire.

— Je vois que l'épuisement vous rend étonnamment docile. Allons, il va falloir vous sortir de ces vêtements trempés avant que vous ne tombiez malade.

Soulevant Lowena comme si elle ne pesait pas plus lourd qu'une plume, il l'emporta hors de la cuisine et monta l'escalier qui menait à sa chambre.

Chapitre 5

Marcus poussa la porte de la chambre et alla déposer la jeune femme frissonnante sur le lit. Puis il alluma prestement une chandelle qu'il posa sur la table de nuit. Bientôt, une chaude et douce lumière éclaira la petite pièce blottie sous les toits.

S'agenouillant sur le parquet, il souleva délicatement la jupe de Lowena, détrempée par la pluie et lui retira ses bottines boueuses. Concentré sur sa tâche, soucieux seulement de la débarrasser de ses vêtements mouillés, il la fit se lever et pivoter sur elle-même, comme il l'aurait fait d'une enfant. Puis, dégrafant sa robe, il la fit glisser de ses épaules et la laissa tomber sur le sol.

Obéissante, elle l'enjamba et, en jupon et camisole, se tint devant lui, se cachant la poitrine de ses bras croisés. Elle continuait à trembler de froid.

Marcus ne pouvait quitter le visage de Lowena, il contemplait sa jolie bouche contractée par le froid. Les yeux de la jeune fille, qui l'avaient fui pendant tout ce temps, le regardaient maintenant avec intensité, et il sentit son corps s'éveiller au désir. Soudain, dans la pièce chaude et intime, isolée à l'arrière de la maison, l'atmosphère changea.

Un feu violent embrasa les reins de Marcus. Il essuya d'un doigt léger une larme qui était restée suspendue sur les cils de sa compagne. Elle ne parlait pas, ne faisait pas un geste, mais dans ses yeux devenus un puits obscur, ses pupilles s'étaient dilatées.

Marcus sut à cet instant qu'il n'y avait pas d'échappatoire

possible. Son corps tout entier brûlait de lui faire l'amour. Eût-elle fait un seul geste vers lui, lui eût-elle adressé un sourire, qu'il l'aurait prise sur-le-champ, emporté par une passion qu'il ne comprenait pas lui-même.

Seulement, il s'agissait de Lowena, une jeune fille innocente et inexpérimentée, pas d'une fille publique qu'on remercie d'une pièce.

Marcus sentit sa gorge se serrer tandis qu'il tentait de toutes ses forces de réprimer la pulsion sauvage qui le poussait vers elle. Avec le rideau de ses cheveux trempés encadrant son petit visage pâle et ses vêtements humides collés à ses minces épaules, elle paraissait si vulnérable… et cependant si sensuelle. Comment résister à ce regard envoûtant, à la ferme rondeur de ces seins, dont les pointes dressées se tendaient sous le fin tissu détrempé ?

— Dites-moi, murmura-t-il d'une voix enrouée, suivant du doigt la ligne souple de son épaule nue, comment une femme qui vient d'affronter la tempête et la nuit peut-elle être encore aussi belle ?

Lowena frémit et le doigt de Marcus remonta le long de son cou.

— Vous avez des yeux magnifiques, dit-il encore. Ils brillent comme deux agates dans la nuit. Et votre peau est douce comme un velours de Gènes.

Elle laissa échapper un long soupir tremblant. Il sut alors qu'elle percevait l'appel muet de son regard. Un regard qui lui promettait quelque chose de mystérieux et de terriblement excitant.

— Je… Je ne saurais dire.

L'effleurement de son doigt sur ses lèvres la fit trembler tout entière.

— Vraiment ? insista-t-il d'une voix enjôleuse tandis que ses doigts se refermaient sur sa nuque pour l'attirer plus près.

— Non, murmura-t-elle.

Enivré par l'odeur enchanteresse de son corps de femme, incapable de résister plus longtemps, Marcus couvrit lentement la bouche de Lowena de la sienne, comme pour mieux la réchauffer. Il l'entendit soupirer, la sentit trembler entre ses bras, et, quand les mains de la jeune fille vinrent se poser sur son torse nu, il approfondit son baiser.

Le désir le rendait fébrile quand il prit conscience que l'innocence et la naïveté de Lowena cachaient une nature passionnée qui ne demandait qu'à être domptée par un corps d'homme. Son corps.

Il voulait étendre cette adorable femme sur le lit, nue et consentante, et enrouler ses longues jambes autour de sa taille. Il voulait entendre ses cris de volupté. Il voulait sentir sur sa langue le goût envoûtant de sa féminité.

La violence de cette envie l'étonna lui-même.

Abandonnant les lèvres de sa compagne, il baissa les yeux sur son visage.

— Lowena, murmura-t-il d'une voix rauque. Encore une minute et je risque d'oublier que je ne devrais pas être dans cette chambre avec vous.

— Je vous en supplie, ne partez pas, murmura-t-elle tout en se serrant contre lui pour mieux jouir de la chaleur de son étreinte.

Le corps de Marcus répondit aussitôt à sa prière. Il s'efforça en vain de se souvenir de qui elle était. Et surtout, de qui il était, lui. Malheureusement, il n'avait plus qu'un désir, un besoin impérieux : se perdre dans la douceur tiède de ce corps de femme. Il ne voyait plus que la bouche de Lowena, déjà gonflée par les baisers, entrouverte sur l'éclat de ses dents nacrées.

Il avait tant besoin d'oublier le poids de ces deux jours de lutte ingrate contre l'eau envahissante à la mine. Or, elle seule avait le pouvoir de l'obséder davantage. Depuis son retour, sa présence autour de lui le tourmentait, c'était une tentation lancinante face à laquelle il avait de moins en moins la force de résister.

— Je ne devrais pas faire cela, dit-il encore, poussé par les derniers vestiges de son honneur. C'est une erreur insensée…

Puis, ses paroles se perdirent dans un nouveau baiser qui le fit abdiquer.

Lowena entrouvrit les lèvres, et, submergé par un nouvel assaut de désir, il pénétra sa bouche de sa langue pour en goûter la chaude douceur. Avec un violent soupir, il souda son corps au sien. Sans la libérer, il parvint à la débarrasser de son jupon, puis de tous les légers dessous qui lui tombaient sous la main. Alors elle fut enfin nue devant lui, radieuse dans la beauté triomphale de son corps parfait.

Comme il s'écartait légèrement pour contempler ce spectacle superbe, elle l'enlaça et l'embrassa de nouveau avec avidité.

Les mains de Marcus trouvèrent alors ses seins, dont la pointe durcit aussitôt sous ses doigts. Il enserra sa taille fine et caressa la courbe pleine de ses hanches. Sa bouche était sur la sienne telle une flamme vivante dont il peina à s'écarter pour se débarrasser de ses propres vêtements. C'est seulement quand ils furent nus tous les deux qu'il l'allongea sur le bord de son lit. Mais, au lieu de l'y rejoindre, il se tint devant elle, les deux mains enserrant fermement ses hanches.

Lowena l'observait derrière ses paupières baissées, et son regard descendit lentement de son visage vers son sexe glorieusement dressé. Marcus vit les yeux brillants de la jeune femme, sa bouche entrouverte, son souffle court, et ces réactions de désir fouettèrent encore davantage le besoin qu'il avait d'elle.

Sa main glissa entre ses cuisses, lui arrachant un petit cri. Il caressa doucement son intimité d'une main experte savourant la musique de ses gémissements. Puis il enserra ses seins voluptueux dans ses paumes et, se penchant sur elle, goutta de sa langue l'exquise liqueur de sa féminité.

Son corps adorable tremblait et se tordait sous l'assaut. Emportée par le plaisir inconnu qu'il lui offrait, elle gémissait sous l'audace de ses caresses.

Marcus s'interrompit un instant et, relevant la tête, regarda le beau visage empourpré par la passion, le front délicat où s'attardaient quelques mèches de cheveux. Et soudain, il se détesta pour ce qu'il faisait.

— Vous êtes une jeune fille innocente, Lowena. Vous n'êtes pas obligée de me donner votre virginité. Je ne vous y contraindrai pas.

Elle sourit.

— Je… Je sais, Marcus. Ne vous arrêtez pas… Je vous en prie… Pas maintenant.

Marcus sentit sa poitrine se serrer face à un tel abandon. Non ! Il n'avait pas le droit de profiter de sa faiblesse.

— Pour quelle raison êtes-vous prête à vous donner à moi qui ne puis rien vous offrir en échange ?

— Cela n'a pas d'importance. Tout est bien ainsi, chuchota Lowena tandis que les lèvres de Marcus remontaient sur son ventre, sur ses seins, et enfin jusqu'à sa bouche.

Elle gémissait et se tordait sous lui et il dut lutter pour garder le contrôle, les muscles tendus à l'extrême. Elle était incroyablement excitante et son sexe tendu, impatient, vibrait contre son ventre.

Pourtant, sa raison continuait de le torturer.

Lorsqu'elle le vit s'éloigner d'elle, Lowena sentit la panique l'envahir. Elle ne supportait pas l'idée qu'il s'en aille. Cet homme, qu'elle adorait depuis toujours, représentait pour elle toute sa vie. Elle aimait certes qu'il se soucie ainsi d'elle, de sa réputation. Elle se sentait chérie et protégée. Pour autant, elle refusait de le laisser s'écarter.

Les baisers de Marcus, ses caresses, agissaient sur elle comme un baume, annihilant l'hostilité du monde extérieur, sa peur et sa solitude. L'odeur de sa peau sur la sienne, le goût troublant de ses baisers lui emplissaient l'âme et le corps d'une béatitude inconnue.

Bien sûr, une petite voix insidieuse lui chuchotait un appel à la prudence, lui rappelant qu'une telle relation ne pouvait que l'amener à la catastrophe. Mais une autre voix, beaucoup moins sage, parlait plus fort et affirmait qu'il ne fallait pas laisser passer le bonheur, aussi fugitif soit-il.

Seul l'instant comptait. Il n'y avait plus que ce corps d'homme magnifique pressé contre le sien, le plaisir aigu qu'il éveillait en elle, et ces deux mains qui torturaient doucement ses seins, lui arrachant des spasmes de ravissement.

Quelle importance qu'il n'y ait aucun avenir pour elle avec Marcus ? Tout ce qui comptait, c'était le moment qu'ils partageaient là, dans le refuge clos de cette chambre.

Oui, elle voulait qu'il la possède tout entière et tout en elle vibrait d'impatience et d'excitation à l'idée de son abandon prochain.

Lorsqu'il plongea son regard dans le sien, les yeux de Lowena étaient perdus dans un émerveillement sans fin.

Soudain, une urgence brutale, primitive s'empara de Marcus. Les soupirs de Lowena sous l'effet de ses caresses, les petits cris rauques qui s'échappaient de sa gorge quand ses doigts visitaient les endroits les plus secrets de son corps, allumaient dans ses reins une ardeur impatiente.

Alors, d'un élan soudain, il la prit, obéissant au besoin violent de la posséder. Il la pénétra avec une faim insatiable, et la sensation fut si délicieuse qu'il trembla violemment. L'innocence de la jeune femme ne lui opposa qu'une légère résistance et ses baisers et caresses eurent tôt fait de raviver la faim de ce jeune corps sensuel.

Quand il replongea une nouvelle fois en elle, Lowena enroula ses jambes autour de ses reins en gémissant. Alors, ils s'abandonnèrent tous deux à la puissante montée du plaisir.

Marcus était stupéfait par la passion qui habitait la jeune femme. Elle se livrait totalement à l'acte d'amour, avec un abandon qui le surprenait chez une jeune vierge.

Ses maîtresses lui avaient souvent dit qu'il était un amant habile et généreux. Toutefois, ce qui se passait en cet instant entre leurs deux corps allait bien au-delà de la simple habileté. Lui-même ne contrôlait plus les vagues de plaisir qui incendiaient son corps.

Il voyait briller dans les yeux de Lowena la même flamme qu'elle avait allumée dans les siens. Une flamme si puissante qu'elle gagna bientôt leurs deux corps, enflammant leurs peaux nues. Leurs chairs vibraient au diapason, les pulsations de leurs cœurs s'accordèrent.

En dépit de la violence de son désir, Marcus veilla à ce que le corps inexpérimenté de sa compagne accepte doucement sa virilité. Le regard chaviré, il étudiait son doux visage, mesurait la montée de l'extase, surveillait son souffle qui s'accélérait. Lorsque la jouissance élargit ses prunelles d'ambre, il s'abandonna enfin. Et cette merveilleuse torture s'acheva soudain en une flèche aiguë de plaisir qui leur arracha à tous deux le même cri rauque et extatique.

Marcus s'effondra sur elle, se souvenant à peine de ne pas l'écraser de son poids. Il resta là, pantelant et repu. Quelle que fût la raison qui l'avait amené dans le lit de Lowena, il ne s'en souciait plus guère tandis qu'il l'enlaçait et l'attirait contre lui. La peau de son amante était d'une douceur exquise et, à la lumière de la chandelle, d'une délicate couleur dorée. Jamais il n'avait vécu un tel abandon à la volupté.

Ils restèrent étendus là sans parler, côte à côte sur le lit étroit, se dévorant mutuellement du regard.

Puis Lowena lui sourit. Il ne lisait sur son visage ni honte ni culpabilité. Seulement un sentiment de paix, une paix immense et profonde. Elle se blottit contre lui avec un soupir et ferma les yeux.

Un peu plus tard, quand la respiration de Marcus se fut apaisée, il s'étonna du calme de sa compagne. Se penchant sur son visage, il vit qu'elle s'était endormie.

Il la serra plus fort, éprouvant l'étrange besoin de la protéger. Il avait fait l'amour avec beaucoup de femmes, mais aucune ne lui avait apporté ce que Lowena lui avait donné. Ses réponses à ses caresses avaient été authentiques et spontanées, à la mesure du désir qu'il ressentait pour elle.

L'intensité du plaisir qu'il avait éprouvé avec elle était nouvelle pour lui. Était-ce dû à son innocence ? Jamais il n'avait tenu jusqu'à ce jour dans ses bras une jeune fille qui n'avait jamais senti sur son corps les mains d'un homme. Non, il sentait confusément que l'alchimie entre leurs corps allait bien au-delà de cette question de virginité.

La beauté de Lowena était inscrite dans le moindre détail de son visage, dans la merveilleuse harmonie de son corps. Cependant, il y avait quelque chose d'autre qui la distinguait du reste des femmes. Quelque chose dans sa voix et dans la grâce de ses mouvements. Un feu intérieur qui la faisait étinceler et resplendir en toutes circonstances. Il lui aurait suffi de naître dans le bon milieu, d'être habillée de vêtements de qualité et elle aurait tenu une place de choix dans la plus haute société.

Hélas, le destin en avait décidé autrement. Dégrisé par ce retour brutal à la réalité, il comprit qu'il devait mettre fin à tout cela. Autant pour elle que pour lui.

S'il voulait retrouver la paix, elle ne pouvait continuer à vivre sous le même toit que lui. Lowena constituait une menace bien trop grande pour son équilibre personnel. Il la rencontrerait chaque jour, dans tous les couloirs, derrière toutes les portes, prête à enflammer ses sens d'un seul regard de ses yeux d'or. Et, lorsqu'il devrait s'absenter, il ne pourrait empêcher son souvenir de venir le hanter, de raviver sans cesse le désir qu'il avait d'elle.

Il n'avait jamais laissé un simple désir devenir une complication. C'était là un problème qu'il fallait régler au plus vite. Lui ne pouvait partir et abandonner la mine, aussi mieux valait éloigner la jeune fille avant qu'elle ne bouleverse sa vie. Il n'y avait pas de moyen terme. Jamais il ne pourrait retrouver la sérénité tant que Lowena constituait une tentation constante sous ses yeux.

Sa décision la blesserait, bien sûr. Il allait faire du mal à la seule personne qu'il désirait protéger au péril de sa vie. Seulement, il n'avait pas le droit de laisser Lowena gâcher sa jeunesse en la laissant croire qu'elle était amoureuse de lui. Oui, il était grand temps pour elle d'élargir son horizon et de mettre en pratique tout ce qu'Izzy lui avait appris.

Il lui fallait seulement attendre un peu, afin de s'assurer qu'elle ne portait pas son enfant.

Lowena se réveilla et s'étira avec un agréable sentiment de bien-être et de plénitude. Marcus était parti. Seule l'odeur familière de son corps s'attardait encore sur les draps, enivrante.

Chassant les derniers vestiges de sommeil, elle prit conscience du tumulte d'émotions qui s'agitait en elle. Son corps était encore chaud de plaisir, elle pouvait toucher du doigt ses lèvres gonflées par leurs baisers. Et son souffle s'accéléra tandis qu'elle revivait les moments qu'elle venait de passer entre ses bras.

Elle rougit violemment en se remémorant avec précision ce qui s'était passé dans son lit de jeune fille. Pourtant, elle fut incapable d'éprouver la moindre gêne. Ce qui était parfaitement incompréhensible étant donné l'audace dont elle avait fait preuve. Comment avait-elle pu laisser Marcus lui faire l'amour avec une telle liberté ? Seigneur ! Elle l'avait même encouragé !

Elle s'étira de tout son long dans le lit, faisant courir sur sa peau blanche ses mains frémissantes, effleurant les pointes dressées de ses seins. Et ces caresses lui rappelèrent les réactions d'une incroyable violence de son corps aux caresses de l'homme qu'elle aimait.

En revenant de la crique la veille, après des heures de frayeur et de tourmente, jamais elle n'aurait pensé que la nuit lui réserverait des plaisirs aussi intenses. Marcus savait parfaitement ce qu'il faisait en la caressant. Il savait qu'il avait le pouvoir d'annihiler sa volonté et son bon sens. Il avait fait d'elle un être sensuel et plein de vie. Il avait fait d'elle une femme.

Toutefois, elle ne se laisserait pas prendre au piège des illusions romanesques. Dans le moment même de leur jeu amoureux, au plus vif de leurs étreintes, Marcus lui avait dit clairement qu'il n'avait rien à lui offrir. Elle le savait déjà, bien sûr. Un mariage entre eux était tout bonnement inconcevable.

Lowena étouffa un soupir. Qu'allait-elle devenir ?

Une semaine s'était écoulée sans que Lowena ait pu revoir Marcus, constamment occupé à la mine. Néanmoins, la belle humeur qui l'avait envahie depuis leur nuit d'amour n'avait pas disparu.

Le jour était radieux et le printemps s'installait franchement. La jeune femme, le cœur gai, s'en allait accomplir ses tâches quotidiennes.

Elle passait devant le petit bureau dans lequel Lady Alice avait coutume de se retirer le matin quand, entendant une voix masculine bien connue, elle s'arrêta net. Le simple fait de l'entendre faisait chanter son cœur et elle sourit dans la pénombre. Elle s'apprêtait à reprendre son chemin, par discrétion, quand, entendant son nom, elle interrompit son élan, sa curiosité soudain en éveil.

— Mais pourquoi ? demandait Lady Alice, dont le ton disait assez qu'elle n'était pas contente de ce qu'elle entendait. Pourquoi me séparer d'elle avec qui je m'entends si bien ? As-tu une bonne raison, au moins ?

— Il me semble que son temps est mal employé ici, répondit Marcus à la question posée par sa mère. Elle a grandi sur le domaine, elle a pu bénéficier d'une bonne éducation. C'est une femme faite, maintenant. Il est temps pour elle de partir. Pour son bien.

Il parlait très vite, accumulant les arguments d'une voix mécanique et sèche. Chacune de ses paroles déchirait un peu plus le cœur de Lowena.

— Franchement, mon fils, je ne comprends pas..., protesta Lady Alice. Lowena est d'une grande aide pour Dorothy, et c'est une enfant à qui je porte une grande affection.

— Je le sais, mère, dit Marcus d'une voix radoucie. Seulement, Lowena est une fille intelligente. Elle mérite mieux qu'un emploi de femme de chambre, ou même de demoiselle de compagnie.

— Je t'approuve tout à fait là-dessus. Néanmoins, que pourrait-elle faire d'autre ?

— Gouvernante d'enfant, par exemple. Elle a reçu une bonne éducation grâce aux soins d'Izzy.

— Certes. C'est une jeune personne très intelligente et très capable. Mais… T'es-tu demandé comment elle réagira dans un nouvel environnement, elle qui n'a jamais quitté le comté ? Cela m'ennuie pour elle. Il n'est pas facile pour une femme de se hausser dans la société, vois-tu.

— Peut-être pourriez-vous aborder le sujet avec elle ? Lui montrer les avantages qu'elle aurait à entrer dans une place qui constituerait pour elle une promotion dans la société ? Et surtout où elle pourrait mettre en pratique ses connaissances et ses talents ?

La voix de Marcus était calme et persuasive. Lowena, le cœur au bord des lèvres, était certaine que Lady Alice finirait par donner raison à son fils.

— Je lui parlerai, conclut en effet la mère de Marcus. Même si j'ai beaucoup de regret à la voir partir. As-tu songé qu'elle ne voudrait peut-être pas nous quitter ? Elle te fait aveuglément confiance.

— Je le sais. Et je sais aussi que je trompe sa confiance en l'envoyant loin de nous.

Était-ce de la douleur qu'elle entendait dans la voix de Marcus ? Non, ce n'était sans doute que son imagination. Lowena s'approcha et, dans l'interstice de la porte, aperçut une expression fugitive sur le visage de Lady Alice. Cet air songeur et spéculatif était tout aussi incompréhensible que le reste.

Choquée, horrifiée, elle ne parvenait pas à décoller ses pieds du sol, comme ces petits oiseaux qu'on prend au piège avec de la glu et qui se débattent en vain pour s'échapper. La tête lui tournait et elle crut même qu'elle allait s'évanouir. Reculant d'un pas, elle rencontra la surface familière d'une console qui se trouvait posée là, contre le mur du hall.

Marcus voulait qu'elle s'en aille ! Il voulait se débarrasser d'elle ! Des larmes d'humiliation lui brûlaient les paupières. Elle avait l'atroce impression de suffoquer. Elle se sentait mourir.

Le souvenir de la manière dont elle s'était offerte lui revint brutalement en mémoire. Comme elle était fervente et sincère, alors ! Et quelle sotte elle avait été ! Marcus Carberry l'avait utilisée pour satisfaire ses besoins physiques et maintenant il la rejetait, prétextant que c'était dans son intérêt. Cette brutale révélation donnait envie à Lowena d'aller se cacher quelque part, de ramper dans un trou où nul n'irait chercher sa lamentable petite personne. Là, dans le noir, elle attendrait que s'apaisent sa douleur et la honte de s'être comportée de manière aussi stupidement naïve.

Pouvait-elle le blâmer ? Après tout, elle savait déjà qu'il n'était pas question d'une relation sérieuse entre eux. Que jamais il ne pourrait l'épouser.

Pourtant, la vie, à ce moment précis, lui apparaissait infiniment cruelle.

La porte du bureau s'ouvrit en grand. Marcus sortit.

Lowena ne voyait plus rien d'autre que sa haute silhouette. Son monde venait de s'écrouler, et c'était l'homme qu'elle avait en face d'elle qui en était responsable. Pourtant, elle voulait s'emplir les yeux de ce traître. De cet homme qui lui avait volé son âme.

Satisfait que cette délicate question soit réglée, Marcus ne comprenait pas pourquoi il ne se sentait pas plus soulagé. Il était grand temps de penser à autre chose qu'à la jeune fille. Ou du moins, d'essayer.

Depuis qu'il avait quitté la couche de Lowena, il était passé par d'infinis tourments. L'âme agitée, il se demandait sans cesse comment une jeune fille aussi pure et dépourvue de toute forme de vice pouvait l'avoir ainsi rendu fou de désir. Que lui avait-elle fait ? Qu'adviendrait-il de tous les deux, de leur fol amour, s'il la rejetait ? Et si, au contraire, il lui donnait la place qu'elle méritait ?

Dans le passé, la froide raison et la logique de ses intérêts lui avaient toujours permis de venir à bout de ses toquades. Seulement, avec Lowena, c'était différent. Cette fille l'avait touché en plein cœur. S'il ne voulait pas avouer sa défaite et se retrouver pris dans les filets d'un amour impossible, il fallait absolument se débarrasser d'elle, du danger que sa simple vue constituait pour lui. Les enjeux étaient trop importants. Sa liberté, le nom qu'il portait, un patrimoine à transmettre… Non, il n'avait pas d'autre choix que de la renvoyer.

Il en était là de ses méditations lorsqu'il ferma avec soin la porte du bureau de sa mère. Il se retourna et son regard se posa aussitôt sur le pâle visage levé vers lui. La beauté de la jeune fille lui fit l'effet d'un coup de poing. Il comprit tout de suite que Lowena avait surpris la conversation qu'il venait d'avoir avec sa mère. Elle avait l'air sidérée, et ses yeux agrandis, lourds de souffrance, le regardaient d'un air accusateur.

La première surprise passée, Marcus s'efforça de conserver un visage aussi hermétique qu'un masque de cire.

— Vous avez entendu ? s'enquit-il simplement, constatant plus qu'il ne demandait.

Il n'avait pas l'intention de se défendre ou de réfuter les propos qu'elle avait surpris. À quoi bon, du reste ?

Comme il était difficile de soutenir ce regard ! D'adopter cette attitude distante ! Seulement, il n'avait guère le choix, son désir pour elle était si fort qu'il ne supportait pas d'être en sa présence sans pouvoir la toucher. Il devait retrouver sa liberté, et il n'y avait qu'un seul moyen pour cela : l'éloigner.

Lowena ne baissa pas les yeux.

— J'ai dû mal comprendre, monsieur, commença-t-elle d'une voix vibrante bien que mal assurée. À moins que ce ne soit vous, si vous croyez que vous pouvez disposer de moi à votre gré. Le temps du servage est aboli depuis longtemps, savez-vous ? On ne porte plus guère aujourd'hui de collier de fer autour du cou avec inscrit dessus le nom de son maître. Comment osez-vous discuter de mon avenir de la sorte comme si vous débattiez du prix du vin ou du minerai d'argent que vous tirez de votre mine ?

Le visage de son interlocuteur se ferma davantage encore.

— J'aurais préféré que vous n'ayez pas surpris notre conversation. Je voulais vous annoncer mes intentions moi-même.

— Cela n'aurait rien changé. Vous me renvoyez, n'est-ce pas ?

Marcus serra les mâchoires et, détournant le regard, il hocha la tête.

— Disons que je vous éloigne, en effet.

L'éloigner… L'aspect définitif de ce mot, la manière dont il l'avait prononcé, serra le cœur de la jeune fille à le faire éclater. Il était inutile de discuter plus avant.

Regardant le profil de Marcus, souligné par la lumière du soleil matinal qui filtrait par la verrière de l'escalier, Lowena prit conscience de son aspect sévère, presque austère. Elle ne pouvait nier l'amour profond qu'elle éprouvait pour lui. Cependant, elle chassa aussitôt ce dernier mot. L'amour n'avait plus sa place entre eux deux.

Affectant un calme qu'elle était loin de ressentir, elle avança d'un pas vers lui, s'efforçant de maîtriser sa déception et d'accepter le destin. Il lui fallait effacer à jamais de sa mémoire les événements de la nuit qu'ils avaient partagée. Le plaisir, l'exquise douceur, la passion enfiévrée… Tout devait disparaître de sa mémoire.

Elle lui décocha un regard dur.

— Vous tirez bien vite un trait sur vingt ans de bonne amitié… Et si je ne désirais pas partir ?

Il battit des paupières, visiblement troublé. Néanmoins, bien que sa voix restât calme et courtoise, son ton était résolu.

— Il le faut, Lowena.

— Pourquoi ? Parce qu'il vous est désagréable d'avoir sous les yeux une servante avec qui vous avez fauté ? Vous souhaitez vous débarrasser de moi ?

— Non. Absolument pas. J'admets avoir agi de manière condamnable et honteuse. Il m'est difficile de vous en dire davantage mais, pour plus d'une raison, il eût été préférable qu'il ne se soit rien passé entre nous. Ne serait-ce que parce que vous me contraignez à penser à des choses que j'aurais préféré oublier. Que j'ai refoulées pendant des années.

Il ajouta avec une douceur inattendue :

— Vous devez partir, Lowena. Il le faut. Il y a des choses que vous ne pouvez comprendre. Ne disiez-vous pas que vous aspiriez à vous élever dans la société ? Je veux vous offrir cette opportunité.

— Qui croyez-vous ainsi berner ? Qu'importe que je le souhaite ? Je n'appartiens pas à votre classe. Je ne serai jamais une dame vêtue de beaux atours occupée à sa tapisserie en attendant que son seigneur rentre de la chasse ou de Dieu sait quels autres exploits guerriers.

— Non, bien sûr. Il n'est pas question de cela. Ne vouliez-vous pas mettre à profit votre savoir ? Eh bien, voici votre chance. Je ne veux que votre bonheur, Lowena. N'oubliez jamais cela… Nous ne souhaitons pas que vous partiez sur-le-champ. Rien ne presse. Nous vous aiderons à trouver un emploi. Quelque chose qui vous élève et vous convienne.

— Est-ce parce que je vous ai dit que je vous aime…

Il lui posa un doigt sur les lèvres.

— Ne dites pas cela, chuchota-t-il d'une voix farouche. Je ne supporte pas de l'entendre. Par pitié, ne vous attendez pas que je vous épouse à cause de ce qui s'est passé entre nous. Vous savez que je ne le peux pas. Si c'est ce que vous espériez, vous vous êtes leurrée vous-même. Vous n'êtes tout de même pas aussi naïve ?

Blêmissant sous la cruauté de ces mots, Lowena dévisageait ce beau visage masculin, y lisant pour la première fois un cynisme qui la laissa un instant muette.

— Ni aussi stupide, rétorqua-t-elle d'une voix âpre.

L'injustice des propos de Marcus avait accru sa colère. Toutefois, c'était son arrogance qui lui faisait le plus de mal.

— Je n'attendais certainement pas une demande en mariage de votre part. En revanche, j'ai besoin de savoir pourquoi vous me renvoyez de cette maison comme si j'étais devenue une pestiférée.

— Une pestiférée ? Quel sens du drame ! Digne d'une actrice !

Les joues en feu, les yeux pleins de larmes, elle recula comme s'il l'avait frappée.

— Vraiment ?

Lowena avait l'impression d'étouffer de douleur et de peine. Elle avait cru percevoir entre eux une intimité qui n'existait pas ! Que Dieu lui pardonne, elle avait même espéré que Marcus souhaite lui consacrer désormais plus de temps. Comme elle avait été stupide de croire que ce qu'ils avaient partagé ensemble était plus qu'un simple plaisir charnel !

— C'est vous qui vous montrez indigne. Ce que je vous ai donné, je vous l'ai donné de tout mon cœur. Avez-vous déjà oublié ce qui s'est passé entre nous ?

— Bien sûr que non, je n'ai pas oublié. J'aimerais tout simplement qu'on cesse de me le rappeler. Je me le reproche assez à moi-même.

Lowena le dévisagea durement, ses yeux pleins de fureur plantés dans les siens.

— Pourquoi ? insista-t-elle avec un sourire méprisant. Cela a-t-il été si détestable ?

Le visage de Marcus se crispa fugitivement.

— Bon sang, Lowena ! Vous savez très bien que non. Mais c'était une erreur. Mon erreur. Ce ne fut qu'un moment de faiblesse. Je n'ai simplement pas eu la force de vous résister. Ni l'envie, je dois bien l'admettre. Seulement, séduire une jeune fille vierge, quelqu'un de ma maisonnée, ne fait pas partie de mon code de l'honneur.

— Je vois. Quoi qu'il en soit, si vous pensez que j'attendais quoi que ce soit de vous, vous faites erreur. Je vis sous votre toit, pourtant, vous n'êtes pas mon maître. Nous avons passé une nuit agréable ensemble. Voilà tout. Et je n'ai pas attendu que vous me le disiez pour en prendre conscience. Je n'ai jamais eu l'intention de vous réclamer quoi que ce soit d'autre que ce moment-là.

Redressant les épaules, elle planta un regard fier et détaché dans le sien. Il ne saurait jamais à quel point il l'avait blessée.

— Je suis d'accord avec vous, ajouta-t-elle, quand vous considérez que c'est une erreur. Que cela n'aurait jamais dû arriver. J'aurais dû réfléchir à deux fois avant de vous révéler mes sentiments, ce que j'ai bien lieu de regretter aujourd'hui.

Ce qui était faux, bien sûr. Jamais, jusqu'à la fin de ses jours, elle ne regretterait ce qui s'était passé entre eux.

Les yeux de Marcus, s'étrécir.

— Regrettez-vous de m'avoir révélé vos sentiments ? Ou bien ces sentiments eux-mêmes ?

— Les deux. Je préférerais oublier toute cette affaire. J'espère que j'y parviendrai. Et vous aussi.

Elle crut voir une fugitive douleur traverser son regard gris.

— Je doute de pouvoir oublier, Lowena. Mais il faut tourner la page. Tout ceci est derrière nous, maintenant.

— C'est très clair, en effet. Ne craignez pas que j'essaie de tirer profit de ce qui s'est passé entre nous. Je ne suis qu'une domestique. Rien de plus. Rien de moins.

— Parfait. Je détesterais qu'il y ait entre nous le moindre malentendu. Vous êtes jeune, inexpérimentée et innocente, Lowena. Vous ignorez la différence entre un simple engouement et le véritable amour.

Lowena lui décocha un regard méprisant. Sa fierté et son amour souffraient tous deux terriblement. Elle comprenait maintenant, avec une douloureuse lucidité, qu'elle représentait fort peu de chose aux yeux de Marcus Carberry. Cet arrogant gentilhomme en savait-il davantage sur l'amour qu'une jeune fille de dix-neuf ans ? Elle en doutait.

Elle le dévisageait maintenant avec un nouveau regard, détaillant sans aménité sa belle face hautaine, sa bouche sensuelle. Une douleur dans la région du cœur lui disait que sa colère et sa déception ne suffisaient pas encore pour tuer les sentiments qu'elle lui portait. Toutefois, à partir de maintenant, ce ne serait plus qu'une sorte d'excroissance malsaine et dangereuse qu'elle était bien décidée à extirper de son être jusqu'à la racine.

Même si elle devait pour cela s'arracher le cœur.

— Je ne suis plus une enfant. Cessez de me traiter comme tel.

— Je suis désolé. Je n'avais pas l'intention de vous offenser.

Je vous en conjure, ne rendez pas cette affaire plus pénible que nécessaire. Pour vous comme pour moi.

Lowena refoula le rire amer qu'elle sentait monter en elle. Comment la situation pourrait-elle être pire ? Elle garda néanmoins sa réflexion pour elle. Elle se sentait dévastée, heureusement, sa fierté blessée lui donna la force de réagir.

— Pourquoi ? Cela me rendrait-il plus ridicule et plus sotte encore à vos yeux ?

Le regard de son interlocuteur se radoucit de nouveau.

— Je ne pense rien de cela. La seule erreur que vous ayez faite, ce fut de m'accorder des sentiments auxquels je ne suis pas en droit de répondre.

L'esprit confus, luttant toujours contre les larmes qui menaçaient de s'échapper de ses paupières, Lowena se détourna.

— Je croyais que vous étiez différent de votre frère. Je me trompais. Tout bien considéré, vous avez le cœur aussi froid et cruel que lui. Vous, les deux fils Carberry faites décidément une belle paire. Maintenant, si vous voulez bien m'excuser… Mon travail m'attend.

Elle se dirigea vers la porte, aussi pâle et glacée qu'une morte, le cœur sec comme une pierre. Pourtant, même maintenant qu'elle savait ses espoirs ruinés et son amour défunt, elle gardait la tête haute.

Marcus la regarda partir, se détestant lui-même pour ce qu'il avait fait. Il ne pouvait pas oublier combien Lowena était une femme désirable et merveilleusement aimante.

Quand il l'avait embrassée pour la première fois, le soir du bal, il avait tout de suite pensé que c'était le prélude à de délicieux moments. Hélas, il n'avait pas songé aux conséquences. Même maintenant que ces conséquences s'imposaient dans toute leur gravité, il ne parvenait pas à regretter ce qui s'était passé. Pis encore, il désirait toujours la jeune femme. Elle était devenue indispensable à son cœur comme à son âme. Dieu qu'il regrettait d'avoir dû lui faire tant de peine !

Il était un soldat et un gentleman. Jamais il ne l'avait oublié durant toutes ces années au cours desquelles il avait dû remplir les obligations exigées par son statut de militaire, se pliant à la discipline la plus dure. Et il savait, par son éducation, qu'un vrai gentleman ne corrompt pas une jeune femme innocente. Il aurait dû s'en souvenir à temps.

Pour la première fois depuis des années, il sentit le doute l'envahir. Oui, il était bien regrettable que l'honneur n'ait pas parlé plus fort que la luxure quand il avait couché Lowena sur son lit. Et qu'il continue d'être si faible encore maintenant.

Dévastée, Lowena se précipita dehors, le visage dépourvu de toute expression. Un immense sentiment de désolation l'avait envahie. La perspective de devoir quitter Tregarrick et Marcus lui déchirait le cœur. Mais quel que soit le prix à payer, elle s'en irait. Même si elle savait que c'était pour toujours.

Pourtant, jamais elle n'aurait cru possible qu'on pût souffrir autant.

Elle s'éloigna de la maison au hasard, là où ses pieds la portaient, son seul désir étant de mettre le plus de distance possible entre elle et Marcus Carberry.

Comment avait-il pu agir ainsi envers elle ? Ce qu'elle éprouvait, elle en prit soudain conscience, ce n'était pas tant de la colère ou du ressentiment qu'une profonde humiliation.

Au souvenir de la conversation qu'elle avait surprise entre sa mère et lui, elle serra les dents. Elle ne se laisserait pas faire.

Une lueur de détermination dans le regard, Lowena allongea le pas, s'efforçant de mettre de l'ordre dans ses idées. Elle n'avait plus rien de commun avec la jeune fille naïve qui avait plongé tête la première dans une histoire d'amour impossible. Bien sûr, elle était blessée et découragée, mais c'était l'indignation qui était la plus forte. Marcus l'avait trahie, il s'était servi d'elle comme d'un simple jouet.

Désormais, il n'était plus qu'un étranger pour elle.

Inconsciemment, elle s'était dirigée vers la laiterie où Nessa, justement, faisait une pause, assise devant la porte. La pluie avait enfin cessé et bien qu'il fît encore froid, le soleil brillait. Nessa bavardait gaiement avec une autre femme.

En voyant Lowena arriver, elle bondit sur ses pieds, effrayée par son air défait.

— Que se passe-t-il, mon petit ? Quelque chose ne va pas ? Sa Seigneurie n'aurait pas recommencé à t'importuner, n'est-ce pas ?

Lowena jeta un regard vers les autres femmes qui, déjà, tendaient une oreille indiscrète.

— Non, non, Nessa. Il ne s'agit pas de cela. Puis-je te parler, s'il te plaît ?

— Bien sûr. J'en ai presque terminé ici pour ce matin. Marchons un peu sur le chemin, si tu veux. De toute façon, j'allais te rendre visite avant mon départ pour Saltash. J'ai quelque chose à te dire.

Les deux femmes s'éloignèrent et Lowena poussa un profond soupir, incapable de remettre de l'ordre dans la confusion de ses pensées. Mon Dieu… Nessa s'en allait ! Avec tous ces événements, elle l'avait presque oublié.

— J'aurais tellement voulu que tu restes, Nessa. Il y a eu la mort d'Izzy, puis le mariage des filles, et maintenant, voilà que toi aussi tu me quittes ! Tous ceux à qui je tiens s'en vont. Tu vas terriblement me manquer. Sans toi, ici, rien ne sera plus pareil.

— Allons, ma chérie, maintenant que tu travailles pour Lady Alice, les choses vont aller beaucoup mieux. On dit qu'elle va bientôt se rendre à Londres. Elle t'emmènera sans doute avec elle.

Lowena porta la main à sa gorge.

— À Londres ? Moi qui ne suis jamais allée plus loin que St. Austell !

— Vois comme tu as de la chance ! C'est une occasion inespérée pour toi.

Lowena baissa la tête.

— Malheureusement, je ne crois pas que cela soit possible.

— Non ? Pourquoi ? Que s'est-il passé ?

Comme son interlocutrice ne répondait pas, elle se tourna vers elle, les poings sur les hanches.

— Lowena ! Qu'y a-t-il ? Il s'est passé quelque chose, n'est-ce pas ? Je ne suis pas aveugle. Si ce n'est pas à cause de Lord Edward, alors, de quoi s'agit-il ?

— Ils veulent que je m'en aille, Nessa. Le capitaine Carberry et Lady Alice souhaitent que je quitte Tregarrick pour toujours.

Nessa la dévisagea, abasourdie.

— Que tu quittes Tregarrick ? Pourquoi ? Qu'as-tu fait ?

Lowena lui rapporta brièvement la conversation qu'elle avait surprise entre la mère et le fils. Nessa écoutait attentivement, n'en croyant toujours pas ses oreilles.

— Que vais-je faire, Nessa ? Izzy a toujours espéré que je trouve un emploi de gouvernante. Mais en suis-je seulement capable ? Elle a peut-être eu tort de me mettre pareille idée en tête… Je crains de ne savoir rien faire d'autre que mon office de domestique. Après tout, le monde n'est-il pas divisé entre maîtres et serviteurs, pour le bien de tous ? Pourtant, j'aimerais tellement sortir de ma condition, tracer mon propre chemin… En suis-je capable ? Et comment faire ?

Nessa dévisageait sa filleule, mille pensées se bousculant dans sa tête. Devait-elle révéler à la jeune fille ce qu'elle savait sur sa naissance ? Lui dire qu'elle venait d'apprendre que son père était toujours vivant ? Elle avait gardé pour elle, soigneusement dissimulée au fond de sa mémoire, la clé de l'avenir de Lowena.

Aujourd'hui, elle ne pouvait pas se taire plus longtemps. Il était temps de lui révéler la vérité. De toute façon, elle avait décidé de parler à Lowena avant son départ de Tregarrick. Les événements que lui rapportait la jeune femme ne faisaient que précipiter l'urgence de ses aveux.

Prenant la main de la jeune fille dans la sienne, elle l'attira vers un tronc d'arbre couché au bord de l'allée. Elle s'y assit puis tapota la place à côté d'elle.

— Viens t'asseoir à côté de moi, mon petit. J'ai à te parler.

Lowena obtempéra et elles restèrent un instant silencieuses. Plongée dans ses pensées, Nessa se demandait comment elle allait révéler à la jeune fille ce qu'elle lui avait dissimulé depuis si longtemps.

Sans doute surprise par les larmes qui coulaient sur ses joues, Lowena lui tendit son mouchoir.

— Nessa, que se passe-t-il ? Tu ne te sens pas bien ?

Nessa secoua la tête, s'essuyant les yeux.

— C'est le poids de souvenirs lointains qui me fait ainsi pleurer. Le fardeau de secrets trop longtemps retenus. Plus d'une fois, j'ai songé à m'en libérer.

— Des secrets, dis-tu ? De quoi parles-tu ?

— J'ai quelque chose à te révéler. Quelque chose que j'aurais dû te dire depuis longtemps. J'espère seulement que tu trouveras assez de force dans ton cœur pour me pardonner.

Lowena se tourna vers elle et la dévisagea, stupéfaite.

— Nessa ? De quoi s'agit-il ? Est-ce si terrible ?

Nessa finit par hocher lentement la tête.

— Oui, oui, je le crois. Tu mérites de connaître la vérité. J'ai vécu avec ce secret pendant tant d'années qu'il a failli me détruire… Vois-tu, c'est moi qui t'ai déposée dans les bois, sur le passage de Maître Marcus, il y a de cela bientôt vingt années. Connaissant la bonne réputation de sa famille, et son bon cœur, j'espérais qu'il s'arrêterait et qu'il te recueillerait.

— Quoi ? Que dis-tu, ma bonne Nessa ? Es-tu en train d'essayer de me faire comprendre que tu… Que tu es ma mère ?

— Grand Dieu, non ! En revanche, je sais qui était ta mère. Et ton père, aussi.

Chapitre 6

Lowena continuait à dévisager celle qui était sa marraine dans son cœur autant que devant Dieu.

— Vraiment ?

— Oui. Ton grand-père maternel était Sir Frederick Beresford. Il est mort avant ta naissance, laissant derrière lui son épouse, Lady Margaret et leur fille, Meredith. Ta mère.

Lowena digérait silencieusement la nouvelle. Sa mère s'appelait Meredith ! Meredith Beresford. À moins qu'elle n'ait pris le nom de son mari ?

— Où est-elle ? Qu'est-elle devenue ?

— Hélas, ma chérie, ta mère est morte à ta naissance.

— Ah ! murmura-t-elle, le cœur étreint par une tristesse inattendue pour une femme qu'elle n'avait pas connue. Où vivait-elle ?

— Dans le Devon.

— Et mon père, connais-tu son nom ?

— Oui. Il s'appelle Sir Robert Wesley. Je viens seulement d'apprendre qu'il était encore en vie. Je le croyais mort quand je t'ai recueillie. Il s'est occupé de l'exploitation de mines d'argent dans le Devon pendant des années. Puis il est parti au Mexique, qui recèle de grandes ressources de ce métal, pour y apprendre différentes techniques d'extraction. Là-bas, Dieu sait comment, il a été blessé. Et, à l'époque, on m'a dit que la blessure lui avait été fatale.

— Mes parents n'étaient donc pas mariés ?

— Non.

— Donc, je suis… une enfant illégitime, balbutia Lowena. Et la famille de ma mère, ma grand-mère ?

— Ta grand-mère était une femme dure et intransigeante. Jeune fille, elle était tombée amoureuse du père de Sir Robert. Il l'a repoussée pour une autre et elle ne le lui a jamais pardonné. Quand ta mère lui a révélé sa relation avec Sir Robert, elle a tout fait pour les séparer. Elle ne s'est même pas laissé attendrir par la venue d'un enfant.

— Quelle horreur ! Mes parents devaient beaucoup s'aimer alors !

— En ce qui concerne ta mère, rien ne comptait davantage à ses yeux que l'amour qu'elle portait à Sir Robert. Dès qu'il s'agissait de lui, elle n'avait plus le sens de ce qui était sage ou déraisonnable. Sa mère, Lady Margaret, poussée par la rancune, a tout mis en œuvre pour les séparer. Aucune force sur la terre n'aurait pu y parvenir. Malheureusement, parti pour le Mexique, Sir Robert n'a jamais su les épreuves subies par Meredith. Ta mère n'a survécu que trois jours à ta naissance.

En évoquant ces tristes souvenirs, la voix de Nessa se brisa. Près de vingt ans plus tard, la peine était toujours aussi vive.

— Que s'est-il passé, Nessa ? Dis-moi ! Qu'a fait ma grand-mère alors ?

— Elle m'a renvoyée. Avec toi. Elle voulait que je t'emporte n'importe où pourvu que ce soit hors de sa maison. J'aurais pu refuser de m'occuper de toi, bien sûr. Mais outre que j'avais une profonde affection pour ta mère, je n'aurais pas même laissé un chien galeux à ses soins. C'était une femme égoïste et méchante. Elle a même suggéré que je te dépose à l'orphelinat le plus proche.

Lowena poussa un cri d'effroi.

— Oui, elle l'aurait fait. Elle aurait abandonné un être de sa chair et de son sang. Cette femme n'avait pas de cœur.

— Comme cela a dû être terrible pour toi, Nessa ! Après tout, à l'époque, toi aussi tu n'avais que vingt ans.

La brave femme opina encore du chef.

— Je mentirais si je disais le contraire. À ce moment-là,

j'étais trop bouleversée pour songer à ce que j'allais faire. Je t'ai emportée à Castle Creek, la demeure de ton père, espérant qu'il y serait. C'est là que j'ai appris qu'il avait été blessé au Mexique et qu'il n'en avait pas réchappé.

Nessa haussa les épaules, son bon visage rond tout plissé par l'émotion due aux souvenirs.

— Que pouvais-je faire ? soupira-t-elle. Je n'avais plus de travail, deux vieux parents en Cornouailles qui avaient besoin de moi. Sans mon salaire, ils risquaient tout bonnement de se retrouver à la rue.

Lowena lui prit la main, qu'elle serra affectueusement.

— Aussi, tu devais prendre une décision.

— Oui. Seulement, j'avais déjà décidé au fond de moi que je ne me séparerais pas de toi si je pouvais l'éviter. Aussi j'ai décidé de chercher une famille qui, en échange de mon travail, accepterait de nous aider toutes les deux. Avant de traverser la Tamar pour entrer en Cornouailles, j'ai cherché un emploi dans plusieurs paroisses, mais personne ne voulait d'une domestique encombrée d'un nouveau-né. Tregarrick est tout près du village dans lequel j'ai grandi. Quand j'ai reconnu Marcus Carberry qui chevauchait en direction des bois, je t'ai posée au pied d'un arbre, bien visible, là où il ne pourrait manquer de te voir. Quand il s'est arrêté pour te prendre, j'ai considéré cela comme une bénédiction du ciel.

Nessa poussa encore un lourd soupir puis reprit :

— J'ai attendu qu'il s'éloigne puis je me suis rendue chez mes parents, le cœur soulagé d'un grand poids. J'étais très attachée à ta mère, morte si jeune et dans une telle détresse, et je me sentais le devoir de veiller sur son tout-petit. Je prenais indirectement de tes nouvelles et quand mes parents sont morts, j'ai demandé à être employée à Tregarrick. Par chance, il y avait un poste de lingère vacant. Toi, tu étais déjà installée pour le mieux chez Izzy.

— Personne, pendant toutes ces années, n'a cherché à savoir d'où je venais ?

— Si, bien sûr. Lady Alice en particulier a lancé des recherches dès le début. Tous ses efforts ont été vains.

— Et s'ils m'avaient envoyée dans un orphelinat ?

— Dans ce cas, j'aurais divulgué ta véritable identité ou j'aurais prétendu que tu étais ma fille. J'étais bien déterminée à ce que tu n'ailles pas dans cet horrible endroit. Par chance, tu étais heureuse dans la famille qui t'avait recueillie et Izzy t'a toujours aimée comme si tu étais des leurs. Personne n'aurait jamais envisagé que tu quittes la maison.

— Et mon père ? Comment as-tu appris qu'il était en réalité bien vivant ?

— Ma tante, qui connaissait les tragiques circonstances qui m'avaient fait quitter Beresford Hall, m'a écrit dans sa dernière lettre que Sir Robert Wesley avait été vu dernièrement dans les rues de Saltash. Quand il est revenu du Mexique, il y a plusieurs années de cela, je doute que ta grand-mère ait été disposée à lui révéler ton existence. Sans compter qu'elle n'avait aucune idée de l'endroit où tu étais passée. Elle n'avait certainement qu'une envie : que le passé reste enterré. Mais puisque Izzy est morte et que te voilà chassée de Tregarrick, et que par-dessus le marché ton père est vivant, j'ai pensé qu'il était grand temps de t'apprendre la vérité.

— Oh ! Nessa… Comme j'aurais aimé la connaître plus tôt !

— Oui, bien sûr. Tu avais le droit de savoir. Mais maintenant que tu connais l'histoire en détail, j'espère que tu comprends que la situation n'a pas été facile pour moi non plus. J'avais à peine un an de plus que l'âge que tu as aujourd'hui et la situation dépassait toutes mes compétences. J'ai fait de mon mieux.

Les larmes menaçaient de nouveau de couler sur les joues rebondies de Nessa dont la bouche tremblait. Lui passant un bras autour des épaules, Lowena l'étreignit tendrement. Bien sûr, elle comprenait. Et elle ne doutait pas un instant des bonnes intentions de sa marraine.

— Et je t'en remercie de tout mon cœur, Nessa. Je ne sais pas comment tu as fait au cours de ces années, mais tu t'es toujours arrangée pour être là quand j'en avais besoin. N'es-tu pas devenue ma marraine quand il s'est agi de me baptiser ? Oui, Nessa, tu m'as été d'un grand secours.

— Me pardonneras-tu de t'avoir caché la vérité ?

— Bien sûr, parce que je comprends pourquoi tu l'as fait. Ainsi… Mon père est un gentleman ?

— Oui, pour sûr. Et ta mère était une lady. Maintenant que tu sais, que vas-tu faire ?

— Je vais aller dans le Devon pour rencontrer mon père. Et ma grand-mère maternelle ? Sais-tu si elle est encore en vie ?

— Je me le suis souvent demandé. En vérité, je l'ignore.

— Dis-moi, à qui trouves-tu que je ressemble, Nessa ? À mon père ou à ma mère ?

Nessa sourit.

— Tu as hérité de la finesse des traits de ta mère, et de son caractère enjoué. C'était une jolie jeune femme, très douce et affectueuse. Pour ce qui est des yeux et des cheveux, en revanche, tu as hérité de ton père. Crinière de flamme et yeux de chat sauvage…

Nessa rit puis conclut, pratique :

— Avant de te rendre dans le Devon, il va te falloir raconter au capitaine Carberry et à Lady Alice tout ce que je viens de te dire.

Le regard de Lowena se durcit.

— Je vais parler à Lady Alice, mais quoi qu'elle dise, je partirai. J'ai pris ma décision. Lord Marcus ne me veut plus chez lui. C'est exactement ce qu'il m'a dit. Il veut que j'aille trouver Dieu sait où un emploi de gouvernante, ou quelque chose de la sorte. Je préfère décider seule de mon avenir. J'ai mis quelque argent de côté et je pourrai subvenir un certain temps à mes besoins.

Nessa fronça les sourcils. Elle devait fort bien percevoir l'expression blessée de Lowena quand elle parlait de Marcus. Elle la connaissait d'ailleurs si bien qu'elle devait soupçonner depuis longtemps que sa protégée avait un faible pour lui. Pour autant, Lowena n'avait aucune intention de lui dire ce qu'il s'était passé entre eux.

— Donc, tu es bien décidée à te rendre dans le Devon ?

— Oui, je le dois. Il faut que je voie mon père, au risque de lui déplaire. Après tout, j'imagine qu'il n'est pas forcément agréable de voir une fille illégitime se présenter devant sa porte.

— Réfléchis bien, Lowena. Ne te précipite pas. Considère les avantages que tu as aujourd'hui. Tu vis chez Lady Alice, qui est une bonne personne, pleine d'affection pour toi. Peut-être devrais-tu t'en tenir à cela. Si tu lui dis que tu ne veux pas partir, je suis sûre qu'elle te laissera rester auprès d'elle. Cela fait dix-neuf ans que tu es ici. Tu connais le proverbe : un bon tiens vaut mieux que deux tu l'auras.

Lowena la regardait, déchirée par le combat intérieur qui faisait rage en elle.

— Il faut que j'aille là-bas, Nessa. Quel que soit l'accueil qui me sera réservé, je dois essayer. Sinon, je sais que je le regretterai toute ma vie.

Nessa hocha la tête, lui témoignant son habituel soutien. Lowena était assez grande pour savoir ce qu'elle voulait.

— Dans ce cas, il faut écrire d'abord à Sir Robert. Comment risquerait-il de réagir, si tu te présentais ainsi sur son seuil sans crier gare ? Cet homme doit être quelqu'un de connu dans le comté. Dans une lettre, tu pourras lui raconter ce qui s'est passé et le préparer à ta visite.

— Je n'ai pas le temps pour cela, Nessa, décréta Lowena, avec une détermination inébranlable.

Devant l'air ahuri de sa marraine, elle réfléchit un instant puis décréta :

— Je sais ce que je vais faire. Je vais partir avec toi quand tu t'en iras pour Saltash.

Le projet s'était formé tout soudain dans sa tête et elle savait qu'elle ne changerait pas d'avis.

— Mais je pars bientôt ! s'exclama Nessa, affolée. Tu ne peux pas quitter Tregarrick sans prévenir au moins Lady Alice de tes intentions. Il faut que tu lui dises ce que je viens de te raconter de ta propre famille.

Lowena fit un geste de dénégation.

— Tant que je n'aurai pas vu mon père et que je n'aurai pu lui parler, je préfère garder tout cela pour moi. Et je te demande d'en faire autant. Je vais demander à Lady Alice la permission de m'absenter pour quelques jours… Oh ! Nessa, je t'en supplie. Dis-moi que tu acceptes de m'emmener !

Nessa acquiesça. Elle estimait sans doute ne pouvoir lui refuser cette faveur après avoir gardé ce lourd secret pendant si longtemps. Lowena ne lui en était pas moins reconnaissante d'avoir si longtemps veillé sur elle.

— Oui, c'est entendu. Néanmoins, je ne t'approuve pas de ne pas dire toute la vérité à Lady Alice.

Lowena garda le silence et serra fort la brave femme dans ses bras avant de reprendre le chemin du cottage.

Tandis qu'elle avançait d'un pas lent, elle prenait peu à peu conscience de la portée de tout ce qu'elle venait de découvrir. Abasourdie par le tour qu'avaient pris les événements, elle peinait à organiser ses pensées.

Après s'être interrogée toute sa jeune vie sur ses origines, elle savait enfin qui elle était. Elle savait aussi que sa mère était morte, ce qui l'attristait profondément. Et sa grand-mère ? Était-elle morte, elle aussi ? Comment une femme pouvait-elle traiter sa progéniture comme elle l'avait fait ?

Oui, elle était bien décidée à gagner le Devon pour tenter d'obtenir des réponses aux nouvelles questions qui l'habitaient.

Maintenant, elle savait qui elle était. Elle avait une identité, et pas des moindres, elle était fille de nobles. Surtout, elle avait un père, qui serait peut-être heureux de faire sa connaissance. Pour la première fois de sa vie, non seulement elle avait un passé, mais elle avait aussi un avenir qui dépassait les frontières de Tregarrick et de la domesticité.

Le cœur soudain grisé d'un espoir tout neuf, elle préférait ne pas envisager que Sir Robert Wesley ne veuille rien savoir d'une fille illégitime.

Quand Lowena informa Lady Alice qu'elle souhaitait accompagner Nessa à Saltash, cette dernière sembla à la fois surprise et inquiète. Néanmoins, elle ne formula aucune objection. Au contraire, elle affirma qu'elle était libre de ses actes et qu'elle finirait bien par revenir au bercail. Lowena se garda bien de la détromper sur ce point.

Toutefois, elle pressentait que l'entrevue à laquelle Marcus l'avait convoquée ne se passerait pas aussi sereinement. Il l'avait fait demander dans la bibliothèque qui lui servait également de cabinet de travail et elle inspira profondément avant de toquer sur à la porte.

Quand elle pénétra dans la pièce, il se leva de la table devant laquelle il était installé et, les bras croisés, la regarda s'avancer vers lui. Elle s'efforça de calmer les battements de son cœur tandis qu'il l'enveloppait d'un regard attentif.

Elle avait soigneusement tressé ses cheveux avant de les relever sur sa tête en un chignon strict. Elle s'était également forcée à n'arborer rien d'autre qu'une expression tranquille et décidée.

Que voyait-il en elle ? Les tribulations des jours précédents l'avaient brutalement mûrie. Et même, d'une manière qu'elle ne comprenait qu'obscurément, comme grandie. Il n'y avait plus rien en elle de la charmante fille toujours prête à rire et à s'amuser qu'il avait connue dans son adolescence. Elle se sentait emplie d'une force nouvelle et inébranlable. Le voyait-il également ?

— Fermez la porte, je vous prie. Je suppose que vous savez de quoi je désire vous parler ?

Lowena obtempéra sans sourire. Elle s'en voulait toujours d'avoir laissé arriver ce qui s'était passé entre eux. Comment avait-elle pu se soumettre aux désirs du maître de maison comme une simple fille de ferme, aussi naïve qu'avide de plaisir ? Bien sûr, elle aimait cet homme depuis toujours. Était-ce une raison pour se laisser humilier ? Et pour lui révéler ses sentiments ?

Hélas, il n'était guère aisé d'oublier ce qui s'était passé dans sa chambre. Si seulement elle pouvait effacer d'un coup de baguette le plaisir et la joie que Marcus lui avait donnés !

Elle se sentit rougir au souvenir des émotions qu'elle avait éprouvées entre ses bras.

Elle se ressaisit bien vite. Désormais, il s'agissait de rompre ce lien. De reprendre une liberté que, de toute façon, il lui avait déjà rendue en la mettant à la porte. Or, cette fois, elle était bien décidée à avoir le dessus.

Lowena entra plus avant dans la pièce. Puis, parcourant son interlocuteur d'un bref regard, elle nota son élégance, son corps robuste mis en valeur par sa tenue élégante, et réprima un tremblement. Dieu, comme elle l'aimait ! Le cœur battant la chamade, elle se décida enfin à croiser son regard. Il n'y avait plus rien dans l'homme qu'elle avait en face d'elle de l'amant passionné qui l'avait embrassée, caressée et aimée avec tendresse quelques jours plus tôt. Il semblait à la fois distant et contrarié.

— J'ai parlé avec ma mère, Lowena. Elle m'a informé de votre départ. J'espérais que vous demeureriez ici jusqu'à ce que nous ayons pris quelques dispositions pour votre avenir.

— N'est-ce pas vous qui m'avez demandé de partir ?

Se détachant de la table, Marcus traversa l'épais tapis d'Orient pour s'arrêter devant elle. Il la scruta d'un regard méfiant. Elle sut alors qu'il avait deviné qu'il y avait autre chose. Il savait qu'il s'était passé depuis leur dernière conversation quelque chose d'important qu'elle se refusait à lui dévoiler.

— Pourquoi ne pas me dire la vraie raison de votre départ, Lowena ? Et pourquoi cette hâte soudaine ? Il me semble plus raisonnable que vous attendiez que nous ayons organisé votre avenir.

Cette assurance, cette prétention de se mêler de ses affaires, firent à Lowena l'effet d'un coup de fouet. Comment osait-il remettre en question ses décisions, lui donner des conseils, et même, lui infliger des réprimandes comme si elle était encore sous ses ordres ?

Elle s'efforça d'apaiser sa colère, de garder une attitude digne et impassible. Pourtant, quand elle parla, sa voix vibrait d'indignation.

— Comme j'en ai informé Lady Alice, Nessa s'en va à

Saltash pour s'occuper de sa tante malade, et j'ai décidé de partir avec elle.

Marcus haussa un de ses élégants sourcils.

— Pourquoi ? Vous ne vous sentez pas bien ? Êtes-vous souffrante ?

Le dos très droit, le menton haut, elle lui répondit avec froideur, les yeux plantés dans les siens.

— Je me porte le mieux du monde. Cela fait des mois, depuis la mort d'Izzy, en fait, que je travaille sans interruption. Je souhaite partir quelque temps pour réfléchir à mon avenir. Seule. Aussi, quand Nessa m'a annoncé qu'elle partait, j'ai pensé que c'était une excellente opportunité.

Mal à l'aise dans ce tête-à-tête avec lui, Lowena sentit monter la tension entre eux. La nuit qu'ils avaient passée ensemble était encore trop présente à son esprit — sans même parler des échos qui se répercutaient dans son corps — pour qu'elle ne s'impose pas à elle avec une âpre douceur.

— Vous m'avez demandé de quitter cette demeure. Je suis tombée d'accord avec vous. Ce serait en effet dans mon intérêt. En revanche, c'est moi qui déciderai quand et comment. Je suis assez grande pour disposer de mon avenir comme je l'entends.

— Je comprends…, capitula-t-il enfin, le visage toujours sombre. Quand partez-vous ?

— Lady Alice m'a très aimablement autorisée à partir quand Nessa sera prête. Je… Je ne suis pas ingrate. Je sais ce que vous avez fait pour moi, vous aussi, et je vous en serai éternellement reconnaissante.

Lowena baissa les paupières. À dire vrai, la peine qu'elle éprouverait en quittant Tregarrick risquait bien de prendre le pas sur la joie de faire la connaissance de son père.

— Pourtant, vous reviendrez ?

— Oui, sans doute…

Lowena, très faible, fit un pas vers la porte. Aussitôt, Marcus la retint par le bras. Elle repoussa sa main d'un geste vif.

— Je vous en prie, ne me touchez pas. Ma décision est

prise. Vous avez obtenu de moi tout ce que j'étais disposée à vous donner. Je ne regrette rien, mais vous n'aurez rien de plus.

Tournant les talons, elle franchit le seuil et laissa la lourde porte se refermer sur elle. Elle se sentait vide et transie jusqu'aux os. Comment l'amour pouvait-il être source de telles souffrances ?

Marcus la regarda disparaître, les bras ballants et le cœur déchiré par un étrange mélange de honte et de désespoir.

Lowena lui avait paru lasse bien que forte et, sous cette apparence de froideur, il sentait qu'elle était bouleversée. Il pressentait qu'il y avait quelque chose d'autre que ce qui s'était passé entre eux qui expliquait sa fatigue et son émotion. Seulement, il ne voyait pas ce que cela pouvait être.

Lorsqu'elle s'était tenue devant lui, si belle et déterminée, Marcus aurait voulu argumenter, lui dire qu'il ne voulait pas qu'elle s'en aille. Peut-être même, la convaincre de rester. Toutefois, il savait qu'en agissant ainsi, il aurait tort. Et puis, il la reverrait quand elle reviendrait de Saltash, n'est-ce pas ?

Pourtant, un doute terrible continuait de le tarauder. Et si elle ne revenait pas ? Et s'il l'avait trop profondément meurtrie ? Comment le voyait-elle, tandis qu'il se tenait devant elle, les mains derrière le dos, le visage faussement impassible ? Alors que, pendant tout ce temps, il brûlait d'envie de prendre la jeune fille dans ses bras et de l'embrasser. De lui dire qu'il ferait tout pour arranger la situation parce qu'il ne pouvait supporter de la savoir loin de lui, hors de sa protection.

Hélas, c'était impossible.

De toutes les femmes qui avaient traversé sa vie, hormis Isabelle qui n'était finalement qu'un amour de jeunesse, seule Lowena avait su toucher vraiment ce qu'il y avait de pur et de vrai en lui. Qu'avait-elle donc pour l'avoir ensorcelé à ce point ? Son sourire ? Son innocence ? Sa sincérité ?

Et pourquoi diable avait-il décidé de la renvoyer de chez lui ?

Il ne s'attendait pas à ce qu'elle s'en aille si vite. Et, il devait bien se l'avouer, il avait été complètement désarçonné par le fait qu'elle ait pris elle-même la décision de partir, choisissant la date et l'heure.

Les sourcils froncés, Marcus alla se servir un gobelet de vin et le vida d'un trait. Il ne savait pas ce qu'il avait, néanmoins, il n'était certainement pas amoureux. Il y avait beau temps qu'il en avait fini avec ces bêtises de jeunesse.

Pourtant, il ne pouvait nier que tout ce qui concernait Lowena l'affectait profondément. La perspective de la voir quitter le manoir l'inquiétait plus qu'il n'aurait voulu l'admettre. Elle avait dit qu'elle reviendrait.

Il devrait faire avec ça.

Le lendemain matin, Lowena rangea ses maigres possessions dans un sac, sans oublier les vêtements de bébé et le plaid dans lequel elle était enveloppée quand Marcus l'avait trouvée au pied du chêne. Puis elle quitta la maison en hâte. La veille au soir, Nessa lui avait fait savoir qu'elle était prête à partir. Inutile de différer plus longtemps un départ dont l'idée lui était de toute façon insupportable. Seule la perspective de faire la connaissance de son père lui mettait un peu de baume au cœur. Il y avait cependant tant d'incertitudes dans cette rencontre !

Lowena se sentait intérieurement brisée. Marcus et Lady Alice n'avaient aucune raison de penser qu'elle ne reviendrait pas. Quant à elle, elle avait pris sa décision. Une décision qui lui déchirait le cœur.

L'un des garçons d'écurie les conduisit, Nessa et elle, à St. Austell, où elles devaient rejoindre la diligence qui assurait la liaison jusqu'à Londres. Lowena monta dans la voiture poussiéreuse et grinçante, la tête haute mais le cœur en proie à des émotions infiniment douloureuses. Seul son orgueil parvenait à l'empêcher de fondre en larmes.

Le lourd équipage prit la route du Sud, évitant ainsi le paysage nu et désolé de Bodmin Moor. Au fur et à mesure qu'ils s'éloignaient des contrées de l'Ouest, le spectacle qui s'offrit à leurs yeux était de plus en plus verdoyant. N'ayant jamais été plus loin que St. Austell, Lowena était captivée par tout ce qui s'offrait à sa vue, ce qui lui permettait d'oublier par intermittence sa souffrance.

Ils passèrent la nuit dans le relais de poste de Liskeard et repartirent tôt le lendemain matin pour Saltash, non sans s'être adjoints deux gardes armés, car la grande lande qui s'étendait entre Liskeard et Saltash avait pour réputation d'être infestée de brigands.

Le voyage était long et la pluie, qui noyait le paysage, rendait le chemin boueux et glissant, ce qui n'était pas pour ranimer l'humeur maussade de Lowena. Son horizon lui paraissait bien sombre. Elle était enfermée depuis ce qui lui paraissait des jours et des jours en compagnie de parfaits étrangers et elle allait être bientôt séparée de Nessa, qui représentait tout ce qui lui restait du chaleureux univers de son enfance.

Secouée comme un fétu de paille dans l'espace confiné de la diligence, elle usait le temps à se répéter qu'elle avait pris la bonne décision, qu'elle ne pouvait plus rester à Tregarrick après ce qu'il s'était passé. Et quand le véhicule s'arrêta enfin sur la grand-place de Saltash, elle avait fini par s'en convaincre. Oui, tout était mieux ainsi. Dans son intérêt, pour son équilibre personnel, elle devait absolument couper tout contact avec Marcus.

Même si cela lui brisait le cœur.

Malgré sa détermination, le visage de Marcus, ses yeux brillants de passion, la douceur de sa bouche sur la sienne tandis qu'il l'embrassait s'imposèrent brusquement à elle, lui faisant monter les larmes aux yeux. Bien sûr, tout au fond d'elle, elle avait su d'emblée que rien de bon ne pouvait sortir de tout cela. Mettre de la distance entre elle et lui était un véritable soulagement.

Cela n'en était pas moins douloureux pour autant. Son amour-propre avait été foulé aux pieds et son cœur était en mille morceaux. Peu à peu, l'embarras de s'être dévoilée à ce point à un homme qui n'était pas fait pour elle laissa place au regret.

Lowena fit ses adieux à Nessa à Saltash, les yeux pleins de larmes, et la diligence s'en alla traverser la Tamar, qui séparait la Cornouailles du Devon. Suivant les instructions de Nessa, elle s'était servie des moyens de transport reliant un village à l'autre pour se rapprocher de Castle Creek.

Enfin, elle parvint devant la forteresse. Les falaises étaient battues depuis des millénaires par les vents et la pluie. La haute bâtisse équipée de créneaux et de bastions, justement nommée « Castle Creek » du fait de sa position au bord d'un à-pic rocheux taillé dans la falaise, était solidement bâtie et fortement enracinée dans son socle de pierre. Elle dominait le petit village de sa haute silhouette de granite.

Il devait y faire un froid glacial lorsque la bise d'hiver soufflait du nord, rabattant sur la plage de puissants rouleaux de vagues. Toutefois, en ce joli jour de printemps, c'était un bel endroit, avec pour toile de fond le doux paysage du Devon bordant une mer de saphir et d'argent.

Lowena franchit les grilles de fer sans que rien ni personne ne l'arrêtât, passa devant la tour de guet et remonta l'allée bordée de citronniers. En approchant de la demeure, son pas se ralentit. N'ayant préparé aucun discours pour le moment où la porte s'ouvrirait, elle se sentit soudain retenue par une terrible appréhension. Elle s'arrêta au milieu de l'allée, les mains serrées sur son petit baluchon et regarda l'immense porte en chêne avec un étrange sentiment d'irréalité.

Se pouvait-il que ce fût-là la demeure de celui qui lui avait donné le jour ? Elle se tenait là, rongée par l'indécision, se demandant si elle ne ferait pas mieux de retourner à Saltash et d'y retrouver Nessa quand une voix forte retentit dans son dos, la faisant sursauter.

— Puis-je vous aider ?

Lowena fit volte-face.

Un homme marchait vers elle. Il se dégageait de sa personne un air d'indéniable autorité. D'âge mûr sans être vieux, grand de taille et sans embonpoint, il avait une épaisse chevelure grisonnante dans laquelle on décelait encore des mèches d'un bel acajou. Malgré son âge, l'homme avait un beau visage, au teint coloré et aux traits fortement marqués. Quand elle rencontra le regard d'ambre clair de l'inconnu, Lowena ne put retenir un sursaut. C'était ces mêmes yeux qu'elle voyait tous les matins dans la glace fixée au-dessus de sa toilette.

Son cœur cessa un instant de battre avant de repartir à toute allure.

— Seriez-vous assez aimable pour me dire qui vous êtes et ce que je peux faire pour vous ? répéta-t-il sans la quitter des yeux.

Heureusement, le regard qu'il portait sur elle était amical, sans quoi elle n'aurait jamais trouvé le courage de lui répondre sans trembler.

— J'aimerais parler à Sir Robert Wesley.

Le regard de l'homme s'écarquilla soudain. Il la regardait maintenant comme s'il voyait devant lui un fantôme. Il avait l'air saisi, et porta la main à sa gorge comme s'il avait du mal à respirer.

— Pour l'amour du ciel ! Qui… Qui êtes-vous ?

— Je m'appelle Lowena Trevanion. J'ai de bonnes raisons de croire que… que… que vous êtes mon père.

Robert Wesley la dévisagea sans rien dire, il était blême à présent. Puis, sous le coup de l'émotion, son visage se plissa.

— Meredith ! murmura-t-il d'une voix tremblante. Meredith ! Mon Dieu ! Comment est-ce possible ? Meredith est morte depuis si longtemps.

— Oui, je viens tout juste d'apprendre le prénom de ma mère. Tout cela est tellement abrupt… Je comprends que ceci soit un choc pour vous. Je vous demande seulement de me regarder, je vous prie.

Il se rapprocha.

— Regardez mes yeux et mes cheveux. Leur couleur ne vous rappelle rien ? Je suis votre fille et Meredith Beresford était ma mère.

Il se tut, abasourdi, avant de hocher lentement la tête.

— Meredith ! Oui, bien sûr… Comme je l'ai aimée !

Il la regarda plus attentivement et un lent sourire éclaira son visage. Un sourire d'une immense tendresse.

— Ma chère enfant ! Pardonnez-moi… C'est l'émotion. Je ne savais pas, vous comprenez. Vous lui ressemblez tellement. Je n'aurais même pas dû vous demander qui vous étiez. Ces yeux, ces cheveux… Oh ! Ma pauvre chère Meredith !

— J'ose penser que leur couleur me vient plutôt de vous, osa-t-elle répondre à son interlocuteur dont les yeux étaient maintenant brillants de larmes.

— Mais Lady Beresford, la mère de Meredith… Elle a prétendu… Seigneur Dieu… Elle m'a délibérément caché votre naissance. Comment a-t-elle pu faire une chose pareille ? Cette femme était encore plus haïssable que je ne le pensais. Allons, je vous en prie, mon petit, venez… Entrez chez moi.

— Habitez-vous cette grande bâtisse tout seul ? demanda Lowena.

Pendant toute la durée de son voyage jusqu'à Castle Creek, une seule pensée l'habitait : retrouver son père. Il ne lui était même pas venu à l'esprit qu'il pût avoir une famille. Une femme, des enfants… Jusqu'à cet instant. Elle se surprit à reculer, ne voulant pas se montrer importune.

— J'ai une épouse, qui se prénomme Deborah. Elle est la fille du lord amiral Lerwick. Nous nous sommes rencontrés alors qu'elle accompagnait son père à Plymouth. En ce moment, elle est à Londres, où elle vit la plupart du temps. Je dois la rejoindre sous peu. Elle n'aime pas beaucoup la sauvagerie de notre beau Devon.

— Contrairement à vous, j'imagine ? s'enquit Lowena timidement.

Il sourit.

— Oui. Contrairement à moi. Entrez donc. J'ai hâte d'entendre ce que vous avez à me raconter de votre vie.

— Je… J'espère que vous ne voyez pas d'un mauvais œil ma visite. C'est un sujet délicat et après tout, nous sommes de parfaits étrangers l'un pour l'autre.

Il eut un petit rire.

— Pas si étrangers que cela, il me semble. Et ce n'est pas tous les jours qu'une fille tombée du ciel vient vous rendre visite. Je n'ai aucune intention de vous laisser à la porte, Lowena. Allons ! Entrez.

Et, lui saisissant le coude d'une main ferme, il lui fit monter les quelques marches qui les séparaient de la porte d'entrée, qu'il poussa sans cérémonie. Lowena était si bouleversée par cet accueil chaleureux qu'elle ne prêta aucune attention à la majesté des lieux, et se laissa conduire au pas de charge dans un petit salon confortable.

— Je vous en prie, dit enfin Sir Wesley en lui indiquant un fauteuil en face de lui. Prenez place.

Obtempérant, Lowena s'assit sur l'extrême bord du siège recouvert de satin de Damas, le dos bien droit, les mains posées sur les genoux. Son hôte prit place en face d'elle puis lui demanda sans attendre :

— Depuis combien de temps savez-vous que je suis votre père ?

— Depuis quelques jours seulement. Je… Je sais que j'aurais dû vous écrire avant de venir. Seulement, j'ai ignoré toute ma vie qui j'étais, d'où je venais. Et maintenant…

— Et maintenant, vous savez !

Lowena acquiesça.

— Et vous ? osa-t-elle demander à son tour. Ignoriez-vous vraiment mon existence ?

Il fit un geste d'impuissance.

— Comment aurais-je pu savoir ? Si je l'avais su, vous imaginez bien que je vous aurais cherchée. Et, eût-il fallu remuer ciel et terre, je vous aurais trouvée. Le regret de toute ma vie, c'est de n'avoir pu revoir votre mère avant sa mort. J'étais au Mexique, à l'époque. Et j'aurais donné ma vie pour ne serait-ce qu'un ultime entretien…

Il y avait une telle sincérité dans la voix de Lord Wesley, son visage reflétait un tel chagrin, que Lowena sentit son cœur se serrer.

— Ma chère enfant, croyez-moi si je vous affirme que

j'ignorais qu'elle attendait un enfant quand je suis parti. Si je l'avais su, jamais je ne l'aurais quittée.

Il s'éclaircit la gorge puis secoua la tête, un instant sans voix.

— J'ai d'abord perdu mon père, poursuivit-il. Puis Meredith. Alors, je me suis abruti de travail. Je ne me suis pas accordé une seule minute pour languir sur mon chagrin. Qu'y aurais-je gagné, de toute façon, sinon d'amers regrets ?

Comme il retombait dans un lourd silence méditatif, Lowena posa la question qui flottait entre eux comme un spectre.

— Et ma... Ma grand-mère ? Est-elle toujours en vie ?

Il eut un brusque geste de dénégation.

— Non. Elle est morte, il y a dix ans.

— Comment est-elle morte ? A-t-elle été malade ?

— Pas que je sache. Beresford Hall a été dévasté par un incendie. Elle a péri dans les flammes. J'en suis désolé. Pas pour moi, qu'elle haïssait de tout son cœur, pour autant qu'elle en ait eu un. Mais pour vous. Auriez-vous souhaité faire sa connaissance ?

Lowena considéra une longue minute ses deux mains soigneusement posées sur ses cuisses.

— Non, je ne pense pas. Je ne crois pas pouvoir lui pardonner le traitement qu'elle a infligé à ma mère. Et à moi-même.

— Je le comprends parfaitement. Je partage tout à fait votre façon de voir. Néanmoins, le temps est un remède à toute chose. Voyez, aujourd'hui, la vie me fait ce merveilleux cadeau. Vous... Toi, mon enfant. Dis-moi, comment m'as-tu retrouvé ? Qui t'a appris qui j'étais ?

Lowena sourit, très émue par ce soudain tutoiement. Était-il possible qu'elle ait enfin trouvé un père ?

— J'ai tout appris par Nessa Borlase, la servante de ma mère. Elle était avec elle quand je suis née. Et quand elle est morte.

Sir Robert opina du chef.

— Je me souviens d'elle... Oui, je me souviens de Nessa. Pourquoi ne t'a-t-elle pas révélé tout cela plus tôt ? Qu'est-ce qui a pu justifier un si long silence ?

Lowena soupira. Ces paroles faisaient écho à ses propres regrets.

— Elle était très jeune, alors, et souhaitait me protéger. Elle m'a amenée ici quand ma grand-mère nous a jetées toutes les deux à la porte. Malheureusement, on lui a dit que vous étiez mort au Mexique. Alors, comme ses parents habitaient en Cornouailles, elle m'a emmenée là-bas.

Lowena lui raconta comment la brave femme l'avait déposée au pied d'un chêne, dans l'espoir qu'un des fils du sieur de Tregarrick l'emporte dans sa famille. Comment elle avait été élevée par Izzy, la meilleure mère adoptive qui puisse exister.

— La seule chose que je possède de ma famille, ce sont les vêtements dont j'étais revêtue et la couverture dans laquelle j'étais enveloppée, conclut-elle. Elle était brodée d'un grand B en soie rouge.

— Oui, bien sûr. B comme Beresford.

Comme elle se taisait, son père l'interrogea encore :

— As-tu été heureuse ?

— Oui. Izzy Trevanion m'a élevée comme sa propre enfant et ses filles sont devenues mes sœurs. Je les aime sincèrement toutes les trois. Izzy et son mari étaient de braves gens, courageux et travailleurs. C'était des personnes simples, mais qui savaient créer le bonheur autour d'elles. Je n'ai jamais manqué de rien. Et, Izzy ayant été gouvernante d'enfants avant son mariage, j'ai pu bénéficier d'une excellente instruction.

La porte s'ouvrit et une servante apparut avec le thé et une assiette de pâtisseries. Elle posa le plateau entre eux, sur une petite table en marqueterie. Lowena adressa un sourire amical à la jeune fille.

— Chère enfant, aurais-tu la gentillesse de nous servir le thé ?

— Avec plaisir.

Le silence s'installa tandis qu'elle procédait au rituel familier, consciente des yeux de son père posés sur elle.

— Ma chère enfant, si tu savais à quel point je regrette de ne pas avoir connu plus tôt ton existence ! Comme il est cruel pour moi d'apprendre maintenant que, tandis que je portais dans mon cœur le deuil de ta mère, j'avais une ravissante enfant qui grandissait quelque part de l'autre côté de la Tamar !

Tout à coup, il frappa sa cuisse du plat de la main et ajouta d'un ton joyeux :

— Trêve de lamentations ! Tu es là et c'est tout ce qui compte. Maintenant que nous nous sommes retrouvés, je souhaiterais que tu restes auprès de moi. Quand je partirai pour Londres, si tu le souhaites, tu pourras m'accompagner. En attendant, tu pourrais découvrir ce qu'aurait été ta vie avec moi, dans cette maison où j'ai grandi et où j'aurais conduit ta mère après nos noces. Tu verras, c'est une vieille demeure charmante. Jadis, j'y fus heureux. Nous pourrions l'être de nouveau.

Traversée par un tumulte d'émotions, Lowena prenait conscience de l'épreuve terrible qu'avait été la mort de sa mère pour Lord Wesley. Visiblement, il avait beaucoup aimé Meredith et, en dépit de son mariage avec une autre femme, à sa manière, il l'aimait toujours. Son visage exprimait le plus profond chagrin et une grande nostalgie.

— Pourquoi êtes-vous parti au Mexique ?

— Parce que je venais d'hériter d'une mine d'argent. Le Mexique est devenu le premier producteur d'argent au monde et cela ne fait que croître. J'ai été là-bas pour observer et apprendre, avec l'intention également d'y faire quelques investissements.

— Je vois. Cela a dû être un voyage très intéressant. En Cornouailles, on exploite surtout le cuivre et l'étain. Mais à Tregarrick, nous avons aussi une belle mine d'argent, Rozen Wheal.

En prononçant ces mots, qui faisaient immédiatement surgir dans sa mémoire le visage de Marcus, Lowena sentit sa gorge se contracter douloureusement.

Sir Robert, inconscient de son malaise, sourit.

— Oui, je la connais de réputation. Malheureusement, la concurrence de l'argent mexicain risque de devenir un jour un vrai problème. J'aimerais te faire visiter le village de Castle Creek. Si cela t'intéresse, naturellement.

— J'aimerais beaucoup, bien entendu. Dites-moi d'abord :

que vous est-il arrivé au Mexique ? Comment avez-vous été blessé ?

— Le groupe avec lequel je voyageais a été attaqué par des bandits de grand chemin. Nous avons été défaits et certains de mes compagnons ont été gravement blessés, dont deux fatalement. Moi-même, j'ai cru que je n'y survivrais pas. Miraculeusement, après quelques semaines, j'ai pu reprendre mon voyage.

— Je suis si contente que vous ne soyez pas mort ! s'exclama spontanément Lowena.

Il rit.

— Moi aussi, ma chère petite.

— Racontez-moi encore, le pressa-t-elle, avide d'en savoir davantage sur ce père dont elle avait si longtemps rêvé.

Le regard doré de Sir Robert, si pareil au sien, brilla de plaisir.

— Eh bien… J'ai beaucoup de travail avec la mine. De plus, je suis magistrat et je consacre bon nombre d'heures aux intérêts de la communauté. Mon régisseur m'est d'une grande aide en organisant la distribution de mes activités dans la semaine. Quand je vais à Londres pour rendre visite à ma femme, il s'occupe de tout et me remplace en tout point.

En l'écoutant, Lowena prit conscience de tout ce qu'elle allait devoir apprendre, même si, étant donné son statut d'enfant illégitime, elle n'avait aucun droit sur les possessions de son père. Non qu'elle désirât qu'il lui fît cadeau de quoi que ce soit ! De cela, elle voulait qu'il fût bien convaincu.

— Je vous en prie, père — Mon Dieu ! Avait-elle le droit de l'appeler ainsi ? Elle se sentit rougir mais son doux sourire apaisa ses craintes —, croyez-moi quand je dis que je ne suis pas venue ici pour réclamer de prétendus droits. Je ne suis en rien intéressée par ce que vous possédez. Il y a longtemps que je subviens à mes besoins.

— Te faut-il donc travailler pour vivre ?

— Oui, en effet.

— Alors, je me réjouis que tu aies pu t'absenter de tes fonctions pour me rendre visite.

— Comment aurait-il pu en être autrement ? Je tenais

absolument à faire votre connaissance. Et puis… Il se trouve que je suis entre deux emplois en ce moment. J'envisage de trouver un poste de gouvernante dans la région.

Lord Wesley la scruta d'un regard inquisiteur.

— Tu as quitté la maison de Lord Carberry ? Pour quelle raison ?

Lowena se sentit rougir au souvenir du harcèlement que lui faisait subir le maître de Tregarrick. Elle baissa la tête.

— Il se trouve que… que Lord Carberry était un maître avec lequel il était difficile de travailler. Le connaissez-vous ?

— Non, mais on m'a parlé de lui. Je connais sa belle-mère, Alice Carberry car nous avons des amis communs. Elle était dans le Devon récemment. Une personne fort aimable et d'une grande sagesse. Ce qui ne l'empêche pas de dire sans ambages ce qu'elle a sur le cœur. Une qualité que j'apprécie particulièrement.

— Oui, en effet. C'est un portrait très juste de Lady Alice.

— Comment a-t-elle réagi quand tu lui as confié ce que tu venais d'apprendre sur ton passé ?

De nouveau, Lowena baissa les yeux, sentant la rougeur l'envahir jusqu'au front. Lord Wesley fronça les sourcils.

— Tu lui en as parlé, n'est-ce pas, Lowena ?

— Non, admit-elle d'une voix qu'elle contrôlait à grand-peine. Je… Je n'avais pas de raison de le faire. Et je voulais vous voir d'abord. Cependant, je ne manquerai pas de lui écrire.

— Oui, il le faudra. Et quand tu l'auras fait, que dirais-tu d'abandonner ton projet de chercher du travail comme gouvernante et de demeurer ici, avec moi ?

Lowena releva les yeux, stupéfaite.

— Vous… Vous paraissez oublier que je suis une enfant illégitime.

— Pourtant, tu es ma fille.

— Vous pourriez prétendre que je suis votre pupille… La fille d'un couple d'amis brutalement décédés que vous avez recueillie chez vous ?

Lord Wesley se pencha vers elle pour lui prendre la main.

— Pourquoi prétendre, ma chère enfant, puisque tu es bel et bien de ma descendance ? La chair de ma chair. Le sang de mon sang. Si tu restes ici, tout ce que je possède sera un jour à toi. Qu'en penses-tu ?

Lowena sourit, les lèvres tremblantes.

— J'aimerais rester ici… Oui, cela me plairait par-dessus tout d'apprendre à mieux vous connaître. En revanche, je n'ai nul besoin d'un quelconque héritage. Toutefois, n'y aura-t-il pas quelque commérage ?

— Bah ! Que m'importe !

Cependant, Lowena tenait à son idée. Elle ne voulait aucune ambiguïté sur son statut dans cette demeure.

— Comment expliquerez-vous ma présence ici ?

— En disant tout simplement la vérité, si on me la demande. Et je serai fier de te présenter ainsi.

— Et votre épouse ?

Il parut réfléchir un instant.

— J'ai beaucoup d'admiration et d'affection pour Deborah. Nous sommes cependant fort différents de caractère. Elle aime beaucoup sortir dans le monde et entretenir un réseau d'amis alors que, pour ma part, j'apprécie de mener une vie calme et bien ordonnée. La connaissant, je crois qu'elle se fera très vite à l'idée d'avoir une belle-fille. En vérité, je pense que vous allez fort bien vous entendre toutes les deux. Elle sera ravie de te montrer Londres et de t'introduire dans son cercle d'amis. Malheureusement, notre union n'a pas été bénie par la naissance d'un enfant.

Comme Lowena se rembrunissait à ses paroles, il s'empressa d'ajouter :

— Si l'idée d'être présentée aux amis de mon épouse t'inquiète, ne t'en fais pas. Deborah t'apprendra tout ce qu'il faut savoir pour bien se tenir en société. Et belle comme tu es, tu n'auras pas de mal à tenir ta place. Je vais lui écrire dès ce soir pour lui expliquer la situation.

Un silence s'installa tandis que leurs regards se nouaient. Pour Lowena, la douleur des années d'incertitude au cours desquelles elle s'était si souvent demandé qui elle était s'était dissipée comme par enchantement. Maintenant qu'elle avait retrouvé son père, la joie remplaçait la peine. Et à voir briller affectueusement le regard de Sir Robert, il semblait bien qu'il en fût de même pour lui.

Néanmoins, toutes ses inquiétudes étaient loin de s'être dissipées et elle n'était pas certaine, quant à elle, que son introduction dans un univers si nouveau se ferait avec la facilité que Lord Wesley lui prêtait.

— J'aimerais que tu viennes vivre ici de manière permanente, Lowena. À quoi bon s'attarder sur le passé et ce qui aurait pu être ? Tu es là, tu es mon enfant, et c'est l'essentiel, n'est-ce pas ? En tout cas, quoi que tu décides, je sais ce dont a besoin une jeune dame en matière de vêtements et autres colifichets. Je demanderai à Eliza, ma gouvernante, de faire venir une modiste et un bon couturier qui s'occuperont de tout cela.

Lowena ouvrit de grands yeux.

— Père, c'est plus que généreux. Je ne crois pas que je puisse accepter…

Il la fit taire d'un geste de la main.

— Je t'en prie, ma chère enfant. Ne me refuse pas ce plaisir. Une fois que tu auras pris le temps d'y réfléchir, je compte bien que tu ne laisseras pas ta fierté faire obstacle à la sécurité et aux avantages que ma position peut t'assurer. Il n'y a aucune urgence à ce que nous gagnions Londres. Du reste, pour nous y rendre, nous devrons traverser une bonne partie du pays, ce qui nous laissera le temps de faire plus ample connaissance.

De nouveau, il lui prit la main et ajouta avec un soupir heureux :

— Si tu savais à quel point ta présence auprès de moi va changer ma vie !

— Pour le meilleur, je l'espère ?

— Quand j'ai appris la mort de ma chère Meredith en rentrant de Mexico, j'ai cru que le meilleur de ma vie était derrière moi. Grâce à toi, je reprends espoir.

Chapitre 7

Au bout de trois semaines, toujours sans nouvelles de Lowena, l'inquiétude, et surtout — bien que Marcus n'osât se l'avouer — le manque qu'il avait d'elle, prirent le pas sur toute autre préoccupation. Il se sentait coupable de son départ, même si, dans son esprit, il lui avait seulement suggéré de trouver une place dans une autre maison. Dans son intérêt, à elle.

Plus que tout, il avait terriblement peur qu'elle ait définitivement disparu de sa vie.

Or, c'était là un sentiment nouveau pour lui.

Avant d'avoir partagé avec elle cette unique nuit d'amour, Marcus s'était persuadé que la jeune fille ne pourrait jamais lui appartenir. Il avait suivi la voie de la raison, comme pour toute chose qui risquait de mettre du désordre dans sa vie et dans ses affaires. Seulement, depuis qu'il avait tenu la jeune fille dans ses bras, c'était comme s'il avait été victime d'un sortilège fatal. Il se sentait comme envoûté.

Il traversait les jours et les nuits en proie à une fièvre intérieure et s'efforçait en vain d'extirper de ses pensées le souvenir douloureux de leur dernier entretien, âpre et torturé. Il préférait se rappeler la joie qu'ils avaient partagée dans leur délicieux corps-à-corps amoureux. Il aimait revivre encore et encore la manière dont Lowena avait fondu dans ses bras dès leur première étreinte, l'innocente passion avec laquelle elle l'avait embrassé. Comme sa peau était chaude contre la sienne, comme elle était tendre et aimante.

Puis l'angoisse le saisissait. Comment pourrait-elle s'en

sortir toute seule ? Connaissant sa détermination, Marcus doutait qu'elle fût restée avec Nessa. C'était une jeune fille fière et entêtée, qui avait dû essayer de tracer son chemin sans l'aide de personne.

La seule idée de ne plus la revoir lui rongeait le cœur jour et nuit.

Ce jour-là, il était à son bureau, dans la bibliothèque, penché sur les livres de comptes de la mine dont il ne voyait pas un traître mot, quand sa mère entra dans la pièce.

— Je viens de recevoir un mot de Lowena, annonça-t-elle. Fort bref.

Marcus ne s'attendait pas à la violence du soulagement qui le submergea. *Enfin !* Jetant sa plume dans l'encrier, il se renversa dans sa chaise et tenta de dissimuler tant bien que mal son émotion.

— Et que dit-elle ?

— Peu de chose, en vérité, répondit Lady Alice, le front soucieux, tandis qu'elle scrutait le visage de son fils.

Elle ouvrit le pli pour en lire le contenu.

Chère Lady Alice,

Je suis partie pour vivre une vie nouvelle. Surtout, je vous en prie, ne vous inquiétez pas pour moi. Je me porte bien et tout se passe au mieux. Je vous remercie pour votre aide et votre protection comme je rends grâce à votre fils pour tout ce qu'il a fait pour moi.

Je vous en prie, n'essayez pas de me retrouver.

Lowena

Marcus dévisagea sa mère, incrédule.

— Et c'est tout ? Elle ne dit pas où elle est, ni pour qui elle travaille ?

— Non. Il n'y a rien de plus. Elle ne souhaite pas que nous sachions où elle réside.

Marcus s'efforça de masquer sa contrariété. Il se sentait toujours responsable de la jeune fille. Ne pouvait-elle concevoir cela ? Ne pouvait-elle comprendre la difficulté de sa position ?

— Je me fais beaucoup de souci pour elle, reprit Lady Alice. Je pensais vraiment qu'elle allait revenir. Il apparaît que je me suis trompée… Oh ! Marcus ! Si seulement tu ne lui avais pas dit qu'elle devait quitter cette maison. Je suis certaine qu'elle serait encore là.

Sa mère avait raison, il fallait bien l'admettre. Pourtant il objecta :

— Lowena est partie de son propre chef, mère.

— Tu l'avais mise dans une impasse. Connaissant son tempérament entier, il est normal qu'elle ait réagi de la sorte.

Repoussant son fauteuil à haut dossier, Marcus alla jusqu'à la fenêtre, devant laquelle il se tint le dos tourné.

— Ne vous tourmentez pas inutilement, mère. Lowena est une jeune fille intelligente et raisonnable. Je suis convaincu qu'elle trouvera la situation qui lui convient. Si ce n'est déjà fait.

Le rejoignant, Lady Alice étudia le profil fermé de son fils.

— Mon instinct me dit qu'il y a davantage dans cette affaire que ce que tu veux bien me dire, mon fils. Et tu sais que je me trompe rarement. S'est-il passé quelque chose entre Lowena et toi ? Je sais à quel point tu lui as toujours porté de l'affection. Il n'a pas dû être toujours facile pour toi de vivre sous le même toit qu'une jeune fille aussi jolie et désirable, n'est-ce pas ?

— En effet, répondit Marcus d'une voix brève sans tourner les yeux. C'est pour cette raison que je lui ai demandé de nous quitter.

Lady Alice le regarda, et lorsqu'il affronta son regard, il y vit une expression nouvelle qu'il ne parvint pas à déchiffrer. Marcus savait que sa mère n'avait pas souhaité le départ de Lowena qu'elle avait vu grandir. De toute évidence, elle regrettait de ne pas s'être prononcée plus tôt sur la question.

— Je comprends. Il semblerait que ce qui se passe entre elle et toi soit plus qu'une simple camaraderie d'enfance. Mais Lowena est une jeune fille fière et à qui on a inculqué de bons principes. Elle a le droit d'être traitée avec le même respect que n'importe qui de bonne naissance, sans être harcelée par quiconque, fût-il le maître de la maison.

— Je ne l'ai en rien poursuivie de mes assiduités, objecta Marcus vivement. Il m'importe seulement d'être rassuré sur son sort.

Lady Alice soupira et posa une main apaisante sur son bras.

— Je n'en doute pas, mon fils. Je sais à quel point la trahison d'Isabelle t'a jadis blessé. Je sais aussi que c'est à cause de cette histoire que tu luttes contre les sentiments que tu éprouves pour Lowena. À mon avis, tu es très attaché à elle, plus que tu ne veux bien l'admettre. Et tu te détestes pour une telle faiblesse. N'ai-je pas raison ? Si tu veux qu'elle te méprise, alors, en lui demandant de partir, tu as fait exactement ce qu'il fallait faire.

Le visage de Marcus se ferma et il serra violemment les mâchoires.

— À t'entendre, mère, on pourrait croire que tu souhaitais que j'épouse cette jeune fille.

Lady Alice sourit.

— Et pourquoi pas ? Cela serait-il si terrible ? Isabelle appartient au passé, maintenant. Rien ne peut changer ce qui est advenu, à quoi bon se lamenter davantage ? Lowena ne ressemble en rien à Isabelle.

Comme Marcus se tournait vers elle, abasourdi et prêt à objecter, elle leva une main apaisante et poursuivit :

— Oui, je sais. Elle est pauvre et sans naissance. Néanmoins, pour quiconque l'aimerait sincèrement, elle ferait une bonne épouse. Pour toi, en l'occurrence, qui sembles si affecté par son absence.

Marcus lança à sa mère un regard noir avant de serrer sa main dans la sienne avec affection.

— Par moments, chère mère, il me semble que vous y voyez trop clair.

Lady Alice hocha la tête avec un bon sourire.

— En effet, il n'y a rien à redire à ma vue. Bien sûr, nous ne savons pas d'où vient cette jeune fille. Mais est-ce sa faute ? Et puis, quelle importance ? Lowena est tout simplement Lowena, une jeune femme charmante et courageuse. Beaucoup t'envieraient une telle épouse. Sans compter qu'une fois mariée à toi, Edward n'oserait plus la convoiter.

— J'en doute, malheureusement. Edward est déterminé à me nuire. Et, que j'épouse Lowena ou non, j'ai la désagréable intuition qu'il s'en prendra à elle pour y parvenir.

— Il est tout de même malheureux que le ressentiment qu'il éprouve à ton égard ne s'apaise pas après toutes ces années. Ne crois-tu pas que tu exagères les choses ?

Marcus soupira à son tour, le regard perdu au-dessus de la frondaison des grands pins. L'idée qu'il pourrait épouser la jeune fille germait en lui, attisant la torture de son absence.

Il chercha une nouvelle objection.

— Vraiment, mère, vous ne craignez pas que notre monde rejette Lowena ?

— Notre position sociale est assez solide, me semble-t-il, pour que nous n'ayons pas à nous soucier de pareils préjugés. Nous ne sommes plus au Moyen Âge. Et, toi, mon fils, qui reviens d'Amérique, tu n'es pas le genre d'homme à te plier aux conventions, n'est-ce pas ?

— Ce n'est pas à moi que je pense. S'il n'avait tenu qu'à moi, je ne me serai guère soucié de toutes ses règles injustes.

Sa mère arqua l'un de ses fins sourcils.

— Vraiment ? Et à qui penses-tu ?

Il lui lança un regard contrarié puis admit avec un sourire :

— Je n'aimerais pas que Lowena soit la cible de mauvaises langues. Ici, en Cornouailles, où les préjugés sont encore puissants, on pourrait l'exclure des activités sociales sans en avoir l'air. Alors, pensez à ce qui se passerait à Londres. Les journaux mondains se jetteraient sur elle comme un chien de chasse sur sa proie et la mettraient en pièces en moins de temps qu'il n'en faut pour le dire. De là à ce qu'on la traite d'arriviste ou de femme intéressée ! Je ne pourrais supporter qu'elle subisse de tels affronts.

Maintenant, le sourire de sa mère manifestait la plus grande satisfaction.

— Bien, bien, dit-elle en s'installant dans un grand fauteuil à oreilles. On dirait que j'avais raison, finalement.

Marcus lui lança un regard aigu.

— À quel propos ?

— Tu es amoureux de Lowena.

Pour toute réponse, Marcus se tourna de nouveau vers la fenêtre, les poings dans les poches.

Il ne voyait rien de ce qui se passait dehors. Il avait les yeux remplis d'une seule vision : Lowena.

Il la revoyait le jour où elle lui avait tenu tête, si belle et courageuse. Ou quand il l'avait embrassée et qu'il avait vu ses yeux se remplir d'une intense passion. Oui, c'était une jeune femme douce et brave et, avec un brusque remords, il se rappela comment elle l'avait rendu fou de désir, combien il avait dû se battre contre le doute et la confusion mentale qui le déchiraient alors.

Quand Isabelle l'avait trahi, il s'était bâti une solide armure pour se préserver de toute désillusion amoureuse. Mais Lowena était apparue et l'avait transpercé jusqu'au cœur.

Et voilà qu'il l'avait chassée.

Tregarrick aurait dû représenter pour la jeune fille un abri sûr contre l'adversité. Un lieu où elle aurait dû pouvoir travailler et vivre en paix, sous la protection de ses maîtres. Hélas, le plus grand danger, c'était les maîtres eux-mêmes.

D'abord son frère, puis lui-même. Un violent sentiment de dégoût le saisit, autant dirigé contre Edward que contre lui-même.

— J'ai eu tort de la renvoyer ainsi, mère. Il faudra que je trouve un moyen de réparer cela.

Le sourire de Lady Alice s'élargit encore.

— L'épouser serait certainement le meilleur moyen de te racheter. Le feras-tu ?

Marcus se retourna d'un bloc.

— Bon sang, mère ! s'écria-t-il, la voix brisée par l'angoisse. Encore faudrait-il que je sache où elle est !

Le domaine ancestral de la famille Wesley comprenait des centaines d'hectares de forêt et de bonne terre fertile. Le château était plus beau et plus impressionnant qu'aucun autre endroit qu'il lui ait été donné de voir, mis à part Tregarrick. À bien y regarder, ils se valaient largement l'un l'autre. Le hall d'entrée, de vastes proportions, recevait un escalier à double volute et le sol était d'un étonnant marbre blanc. Les murs étaient couverts de portraits d'ancêtres hauts en couleur. Des bustes de marbre, représentant des personnages antiques, occupaient des alcôves de pierre.

Ses richesses intérieures étaient entretenues par les mines d'argent et de plomb qui enrichissait le patrimoine de la famille depuis des décennies.

Sir Robert emmena Lowena voir comment on y travaillait et elle put constater que tout y était très semblable à ce qui se faisait en Cornouailles, les femmes et les enfants s'occupant du traitement du minerai en surface tandis que les hommes descendaient dans le fond. Elle les regardait, fascinée, dévaler à grande vitesse les échelles qui descendaient dans les profondeurs de la terre, avec pour tout éclairage un morceau de chandelle fixé à leur bonnet.

Les jours qui avaient suivi son arrivée, Lowena avait appris sur ses ancêtres et sur son père plus qu'elle n'aurait osé en rêver. Elle trouvait que Sir Robert Wesley était un homme tout à fait exceptionnel. Outre son physique avenant, son caractère équilibré et tranquille ne déparait pas avec sa prestance. Rien d'étonnant à ce qu'il ait été choisi dans le comté pour y représenter la justice royale.

Par ailleurs, Lowena s'était très vite habituée à l'agréable routine de la vaste demeure. Son père avait insisté pour qu'elle apprenne à monter à cheval, décidant que c'était lui qui lui servirait de maître. Ce qu'il avait fait, manifestant autant de patience que de fierté devant ses progrès.

De fait, elle montait désormais avec beaucoup d'aisance et de naturel. Aux dires de tous, elle devint bien vite une excellente cavalière.

Ses journées étaient bien remplies, et elle avait conscience d'avoir encore beaucoup à apprendre. C'est donc seulement en refermant la porte de sa chambre chaque soir qu'elle s'autorisait à penser à Marcus. Il hantait ses rêves et elle finit par admettre, le cœur serré, qu'il lui manquait terriblement.

Quand Lowena se rappelait leurs étreintes, elle se sentait fondre de l'intérieur, un émoi brutal s'éveillait en elle comme un rayon de soleil au printemps filtrait entre deux nuages. Puis elle reprenait soudain ses esprits. Elle commençait seulement à s'accoutumer à sa nouvelle vie, à jouir de ce qu'elle lui offrait et il n'était pas question de compromettre cette paix nouvelle.

Hélas, il n'était pas si facile de discipliner son corps, pas plus que son cœur. Sa peau appartenait encore au premier homme qui l'avait éveillée au plaisir. Elle avait faim de ses caresses, de son regard, de son sourire et se réveillait souvent la nuit en gémissant.

Pourtant, chaque jour Lowena se sentait un peu plus proche de son père. Il lui répétait sans cesse que sa présence et son sourire rayonnant illuminaient la vieille demeure. Elle avait trouvé un nid douillet et sûr et, matériellement, ne manquait de rien. D'instinct, elle avait aimé le maître des lieux et chaque jour passé en sa compagnie lui prouvait comme elle avait eu raison. Cet amour lui était retourné sans compter. Son père l'aimait pour ce qu'elle était, sans rien exiger d'elle en retour, sans pitié ni commisération.

Lowena commençait à s'habituer à vivre dans un tel endroit, à être servie par des domestiques attentionnés. Souvent, elle songeait combien sa vie eût été différente si sa mère n'était pas morte ! Si sa grand-mère ne s'était pas vengée de son amertume et de sa frustration sur eux tous…

Pourtant, elle ne regrettait rien. Elle avait aimé grandir dans la maison d'Izzy, dans la chaleur d'un foyer heureux. Ce qu'elle avait appris là, cette enfance choyée, faisait certainement autant partie d'elle-même que des ancêtres inconnus.

Lowena rentrait d'une promenade à cheval quand elle eut la surprise d'une visite. C'était Nessa. Sa tante était morte peu de temps après son arrivée auprès d'elle et, trop attachée à Lowena pour avoir envie de retourner à Tregarrick, elle avait décidé de retrouver sa filleule à Castle Creek.

— Tu comprends, je ne savais plus que faire, expliquait la brave femme à Lowena. Il n'était pas question pour moi de retourner à Tregarrick. Ils m'auraient reprise, bien sûr. Seulement, sans toi, ce n'était plus pareil.

Celle-ci contemplait avec tendresse ses deux mains gercées par les durs travaux ménagers qui enserraient la tasse de thé bouillant que lui avait fait servir la jeune fille.

Maintenant que sa tante était morte, Nessa était seule au monde. Elle avait veillé sur elle d'aussi loin que ses souvenirs pussent remonter. Aujourd'hui, c'était à son tour de s'occuper d'elle. De lui témoigner l'affection profonde qu'elle éprouvait pour elle.

— Tu as bien fait de venir me voir, Nessa. J'en suis très heureuse. Avec toi ici, je ne me sentirai plus jamais seule. Tu seras le témoin de mon passé. Et de mon bonheur présent.

Nessa sourit, son visage rond s'éclairant de tout l'amour qu'elle avait pour sa protégée.

— Mais je dois gagner ma vie, protesta-t-elle, émue. Il n'est pas question que je reste ici à rien faire. Il doit bien y avoir du travail, à la lingerie ou à la cuisine... Ce n'est pas aujourd'hui que je vais commencer à me tourner les pouces.

Lowena posa une main sur la sienne.

— À mes yeux, tu n'es pas une servante, Nessa, tu le sais bien. Tu es une amie. Il est temps que tu te reposes à ton tour. Néanmoins, je te connais, je vais parler à la gouvernante. Elle te trouvera bien une fonction. La maison est si grande ! Et je suis sûre que père sera ravi de te voir ici.

Nessa battit des paupières, inquiète.

— Es-tu sûre ? Après ce que j'ai fait, Lord Wesley a le droit de me garder rancune.

Lowena lui tapota affectueusement le bras.

— Il n'a aucun grief contre toi. Naturellement, il aurait préféré que tu m'aies révélé mon passé plus tôt. Toutefois, il comprend pourquoi tu as agi ainsi. Il sait que tu ne l'as fait que dans mon intérêt. Et puis, sans toi, j'aurais été abandonnée dans un orphelinat. Si j'étais devenue fille de ferme, ouvrière dans une usine ou servante d'auberge, crois-tu que j'aurais pu découvrir le secret de ma naissance ? Mon père est quelqu'un de bien, Nessa. Et je suis heureuse que tu m'aies rejointe ici.

Elle ajouta en riant :

— Juste à temps, il faut bien le dire. Un peu plus, tu trouvais derechef porte close. Nous nous apprêtons à partir pour Londres. Cela te plairait-il de nous accompagner ? Tu pourrais être ma dame de compagnie, qu'en penses-tu ? Il m'en faudra une, sans doute, étant donné mon soudain changement de position.

Nessa porta sa main à sa gorge.

— Partir pour Londres ! Oh ! grand Dieu, non ! Je me suis assez éloignée de la Cornouailles comme cela. J'aimerais rester au plus près de la mer si je puis.

Lowena sourit.

— Comme il te plaira. Maintenant, finis ton thé puis je vais te présenter à la gouvernante et te faire préparer une chambre. L'important, c'est d'abord de bien t'installer. Et que tu te sentes ici comme chez toi.

Ils partirent pour Londres dans l'imposant carrosse de Sir Robert, attelé de quatre magnifiques chevaux bai foncé. Cette manière de voyager n'était toutefois ni rapide ni confortable. Qui plus est, la route était hantée par des brigands de grand chemin et, pour réduire le danger autant que pour reposer les chevaux, ils s'arrêtaient dès la nuit tombée à chaque relais de poste.

Lowena avait eu beau supplier Nessa de l'accompagner, la brave Cornouaillaise ne s'était pas laissé convaincre. Elle avait tout de suite été prise dans le rythme soutenu des activités domestiques de la maisonnée et du domaine. Rapidement acceptée par les autres employés, elle assumait avec son entrain habituel toutes les tâches qu'on lui confiait sous la vigilance de Mrs Carstairs. La gouvernante était une bonne âme qui, dès qu'elle avait appris son histoire, l'avait prise sous sa protection, la traitant comme une vieille amie.

L'absence de sa marraine lui pesait. En effet, plus ils approchaient de Londres, plus Lowena appréhendait sa rencontre avec Lady Deborah. L'épouse de Sir Robert, soutenue par l'immense fortune de son époux et sa propre popularité, était en effet très impliquée dans la vie mondaine de la capitale. Le cœur de Lowena se serrait à chaque fois qu'elle imaginait leur rencontre.

Heureusement, dès leur entrée dans les faubourgs, Lowena s'emplit la vue du spectacle de la rue et des mille bruits de ce que son père lui avait dépeint comme la ville la plus excitante du monde.

Quand ils atteignirent Mayfair, élégant quartier de Londres dans lequel les Wesley possédaient leur résidence, Lowena bouillait littéralement d'impatience de découvrir la ville. Et c'est avec un ébahissement ravi qu'elle vit s'ouvrir à deux battants la porte d'une impressionnante maison de brique rouge. Un laquais en perruque poudrée, livrée vert foncé rehaussée de galons d'or et culotte blanche les salua.

— Bienvenue, Sir Robert. Puis-je vous demander si vous avez fait bon voyage ?

— Oui, merci, Williams, acquiesça le maître de maison en s'emparant du bras de Lowena pour la conduire à l'intérieur. Ma femme est-elle dans ses appartements ?

— Lady Wesley est bien chez elle, Votre Seigneurie. Elle vous attend. Dois-je vous annoncer ?

— Non, je vous remercie. Je m'annoncerai moi-même.

Sir Robert se tourna vers Lowena.

— Il vous plairait sans doute de vous rendre dans votre chambre pour vous rafraîchir, mon enfant. Cependant, Deborah ne me pardonnerait jamais si je ne vous amenais pas à elle sur-le-champ.

Lowena le suivit, à la fois abasourdie par la splendeur de la demeure et terrorisée par l'imminence de son face-à-face avec l'épouse de son père. Elle traversa le sol de marbre noir et blanc sur les talons de son père, les yeux écarquillés, se demandant si elle n'avait pas été transportée par magie dans l'un des palais des *Mille et Une Nuits* décrits dans les récits d'Antoine Galland, fort à la mode en ce moment. Elle admira au passage, la tête renversée en arrière, l'immense lustre de cristal orné de centaines de bobèches garnies de bougies.

Enfin, ils entrèrent dans une chambre. Lady Deborah était une femme de haute taille, à la beauté sculpturale. Son visage bien dessiné arborait des traits fortement charpentés mais d'une grande expressivité. Il était encadré par une chevelure noire strictement nouée en chignon et son regard brun pétillait d'intelligence et d'énergie contenue. L'âge n'avait fait que renforcer sa force de caractère et il émanait d'elle une indéniable autorité.

Drapée dans une somptueuse robe d'intérieur bleu nuit qui révélait la naissance d'une poitrine toujours belle, elle se tenait debout au milieu de la pièce, comme si elle avait été avertie de leur présence par une mystérieuse intuition. Elle embrassa spontanément son mari avant de se tourner vers sa belle-fille toute neuve, le sourire aux lèvres.

Lowena, terriblement intimidée, sut faire bonne figure. Comme elle s'attendait au pire, il lui semblait qu'elle ne pouvait être prise de court. Après tout, Lady Deborah avait été avertie par son mari de son existence mais elle ne savait certainement pas à quoi s'attendre. Lowena ne pouvait lui tenir rigueur de la considérer, du moins au premier jugement, comme une opportuniste.

Pourtant, bien loin de confirmer ses craintes, l'épouse de Sir Robert l'embrassa sur la joue et Lowena sentit qu'elle la jaugeait aussi rapidement et sûrement qu'elle-même l'avait fait. La tenant par les deux mains, Lady Wesley la soupesa d'un long regard souriant et elle soutint son regard sans ciller, le menton haut.

— Ainsi, vous êtes Lowena.

L'épouse de Sir Robert sourit, cette fois avec moins de retenue, et tout son beau visage s'éclaira.

— Eh bien, ma chère, poursuivit-elle d'une voix chaleureuse, bienvenue à Londres. Je suis très heureuse de faire enfin votre connaissance… Quelle surprise vous nous avez faite ! Robert m'a tout dit de vous dans ses lettres, aussi ai-je l'impression de vous connaître depuis longtemps. J'avais hâte de vous accueillir dans notre famille et de faire votre connaissance.

— Et moi de même, Lady Deborah, répondit Lowena en adressant à son hôtesse une courte révérence.

S'étant attendue à un accueil plutôt réservé, elle se sentait profondément émue de ce charmant discours.

— Allons nous asseoir, ma chérie, l'invita Lady Deborah en se dirigeant vers deux ravissants petits fauteuils Queen Ann, très confortables, recouverts de chintz blanc. Nous allons prendre le thé… Et, je vous en prie, appelez-moi Deborah. « Lady » est bien trop cérémonieux et « belle-maman » me vieillirait terriblement.

Lowena, qui commençait à se détendre, peinait à croire à son bonheur. L'épouse de son père ne ressemblait en rien à la belle-mère acariâtre et soupçonneuse qu'elle s'attendait à rencontrer. Le sourire de Deborah était chaleureux et sincère et ses manières d'un charme spontané. Âgée d'une quarantaine d'années, elle était séduisante et elle comprenait aisément pourquoi son père l'avait épousée.

— Robert m'a écrit dans l'une de ses nombreuses missives vous concernant que vous habitiez en Cornouailles, à Tregarrick. Je connais assez bien Lady Alice Carberry. Nous avons été présentées l'une à l'autre par un ami commun lors de son séjour dans le Devon, l'été dernier. Son fils Marcus est soldat. Il revient d'Amérique, si ma mémoire est bonne.

— Oui. Il est rentré peu après la mort de son père.

Deborah leur servit à chacun une tasse de thé.

— A-t-il l'intention de reprendre du service ?

— Non, je ne le pense pas, répondit Lowena, s'efforçant de ne pas perdre contenance alors qu'elle parlait de Marcus.

— Et son demi-frère ? Comment vous entendiez-vous avec lui ?

Elle leva un regard étonné.

— Edward Carberry ? Le connaissez-vous, lui aussi ?

Lady Deborah chassa négligemment de sa robe une miette de scone qui y était tombée.

— Oui, naturellement. Il a coutume de faire un séjour prolongé à Londres chaque année. Son épouse, Isabelle, l'a accompagné à plusieurs reprises. Elle y a obtenu un franc succès. Très jolie femme, au demeurant. Intelligente et habile. Malheureusement, son comportement en a scandalisé plus d'un.

— Ah… Je l'ignorais. Je ne travaillais pas à Tregarrick à cette époque. Je l'ai vue à quelques occasions. Avant cette horrible tragédie…

— Un accident de cheval, n'est-ce pas ?

Lowena opina du chef.

— Oui. Cela faisait à peine un an qu'ils étaient mariés. Elle aimait à suivre la chasse et son cheval l'a désarçonnée. Elle est morte sur le coup. Lord Carberry était effondré.

— Je n'en doute pas. Pourtant, il n'en montrait rien lors de son voyage à Londres peu de temps après. C'est toujours un très bon parti. La coqueluche de ces dames, il faut bien le dire. Et son frère encore davantage, si vous les entendiez parler du fringant et ténébreux Marcus ! Un beau jeune homme réservé et distant, ce qui ne fait qu'ajouter à son charme. Avant son départ pour l'Amérique, toutes les dames de la société, surtout celles qui avaient des filles à marier, se battaient pour l'avoir à leurs réceptions. La plupart du temps, il déclinait leur invitation. Tout le monde l'a bien regretté, quand il est parti.

Lowena, ravalant un petit sourire amer, s'absorba dans la contemplation des gracieux motifs qui ornaient le fond de sa tasse de thé.

— Il est question qu'il se rende bientôt à Londres avec Lady Alice, il me semble. Pour rendre visite à sa sœur Juliet.

— Vraiment ! Oh ! Mais voilà une merveilleuse nouvelle. Ce sera l'événement de la Saison. Est-il toujours célibataire ?

— Oui.

— Dans ce cas, attendons-nous à quelque agitation. Plus d'un cœur va être en émoi, et pas seulement parmi les toutes jeunes filles… Au fait, Robert m'a raconté que c'est lui qui vous a trouvée bébé, sous ce chêne… Quelle histoire émouvante ! Est-elle vraie ?

— Oui, parfaitement vraie.

— Deborah, ma chère…, intervint Sir Robert, qui devait savoir que son épouse pouvait soutenir une conversation toute une journée si cela lui chantait, Lowena serait certainement heureuse de pouvoir se retirer un moment dans son appartement. Le voyage a été long et elle doit être épuisée.

Lady Deborah bondit sur ses pieds.

— Oui, bien sûr. Pardonnez-moi, ma chère enfant. Je suis si contente de faire votre connaissance ! Je vais voir avec ma couturière pour qu'elle vous confectionne une garde-robe au plus vite. Vos vêtements sont charmants mais pas du tout appropriés à la vie londonienne. Nous fréquentons le meilleur monde, voyez-vous. Des gens très à cheval sur l'étiquette. On a beau dire, comme le proverbe français, que l'habit ne fait pas le moine…

Elle rit. Cependant, une cloche sonna l'alarme dans le cerveau de Lowena. Assumer la métamorphose de sa position de servante en celle d'une grande dame, malgré les quelques semaines passées dans le château de son père, lui paraissait aujourd'hui un obstacle insurmontable.

— C'est que… Je ne voudrais pas paraître impolie ou désagréable, néanmoins je ne souhaite pas particulièrement paraître en société.

Le sourire de Deborah se fit malicieux.

— Allons, allons, il n'est pas question de faire autrement ! Robert m'a prévenue que vous éprouviez une certaine réticence à être présentée à nos amis. Considérant votre passé, je le comprends. Vous verrez… Je vous promets que la vie londonienne peut être amusante !

Le visage de Lowena devint grave.

— Il y a bien longtemps que je n'ai fait quoi que ce soit pour mon seul amusement, milady. Et je suis une enfant illégitime, ce qui m'exclut de fait de la bonne société.

Deborah eut un rire nonchalant, comme si sa naissance illégitime n'était qu'un détail.

— Vous ne serez pas la seule, croyez-moi ! Et appelez-moi Deborah, vous dis-je ! Je vois bien que vous êtes différente de ce milieu et je ne voudrais pas que vous soyez blessée. Vous ne serez pas seule pour faire vos débuts, rassurez-vous. Je ne vous quitterai pas d'un pas et vous guiderai dans ce milieu dont vous ne connaissez pas les règles.

Lowena, touchée de la sollicitude de sa belle-mère, apaisée également par son humour et sa légèreté, lui sourit.

— D'après ce que j'ai vu à Tregarrick, ces rencontres mondaines sont surtout conçues pour les jeunes filles en mal de mari et coûtent fort cher… Or, moi, je ne suis pas venue à Londres pour me marier.

— En règle générale, oui, on peut dire que ces grands raouts sont une foire au mari, admit Lady Deborah, visiblement amusée par le franc-parler de sa belle-fille. Pour l'heure, il n'est pas question de cela. Le bruit de votre arrivée a déjà circulé dans tout Londres, et considérant le rang de Sir Robert Wesley, vous ne pouvez vous cacher indéfiniment. Il est indispensable que vous disposiez d'une garde-robe d'exception. Nous sommes invités à plusieurs soirées sans grande importance pour les deux prochaines semaines. Ce sera une occasion parfaite pour faire vos premiers pas. Dansez-vous, ma chère ?

Lowena, accablée par la somme de ses incompétences, secoua piteusement la tête.

— Je crains que non, murmura-t-elle. Je connais les danses de village, bien sûr, mais rien de plus sophistiqué. Je… J'ai conscience d'avoir encore beaucoup de choses à apprendre.

Deborah parut un instant désarçonnée par tant de franche naïveté. Elle considéra pensivement sa belle-fille, et Lowena sentit qu'elle jaugeait ses aptitudes à s'adapter à son nouvel état.

— Alors, il faudra y remédier rapidement. Il est impossible qu'une jolie fille comme vous reste dans son coin à faire tapisserie. Nous allons faire venir au plus vite un maître à danser qui vous enseignera ce que vous avez besoin de savoir. Sir Robert m'a assuré que vous étiez intelligente et que vous aviez reçu une bonne éducation, ce qui est beaucoup plus que la plupart des jeunes filles que vous rencontrerez dans notre milieu, je peux vous l'assurer. Vous serez différente de celles qui reviennent saison après saison exhiber leurs piètres avantages aux yeux de jeunes gens désabusés… Allons, assez de médisances ! Je vous laisse aller vous reposer de votre voyage. Naturellement, vous aurez votre propre femme de chambre.

— C'est que… Je n'ai jamais eu de femme de chambre.

Un sourire indulgent éclaira le visage de Deborah. Nul doute qu'elle avait pris le parti d'excuser tous les manques de sa jeune belle-fille et elle lui en était infiniment reconnaissante.

— Ne vous inquiétez pas de cela, ma chère. Vous en prendrez vite l'habitude. La fille que je vous ai choisie se prénomme Martha. Elle s'occupera de tous vos besoins personnels, prendra soin de vos vêtements, vous aidera à vous baigner, à vous habiller, à vous coiffer, préparera votre lit. Vous verrez, bientôt, vous ne pourrez plus vous en passer.

Elle lança un coup d'œil affectueux à son époux qui écoutait la conversation, les jambes étendues devant lui, en sirotant sa tasse de thé. Il avait l'air visiblement satisfait de la bonne entente qui régnait déjà entre les deux femmes.

— Je vais montrer ses appartements à Lowena, Robert. Ensuite, mon cher époux, vous aurez ma pleine et entière attention.

C'est ainsi que Lowena fut transportée encore une fois dans un autre monde. La demeure de Sir Robert était une véritable caverne d'Ali Baba, débordant de richesses, de beauté et de raffinement.

Malgré son ravissement, une question ne cessait pourtant de trotter dans sa tête : était-ce vraiment ce qu'elle désirait ? Pendant son service à Tregarrick, elle avait passé des heures et des heures à bavarder avec Kenza et Annie, imaginant ce que ce serait de participer aux fêtes et aux bals qui faisaient l'essentiel des divertissements de l'élite. Et maintenant, le rêve s'était fait réalité. Son père lui ouvrait les portes de ce monde enchanté, lui offrant une vie pleine d'excitation et d'enchantements.

Cela lui offrirait-il également le bonheur auquel elle aspirait ? Et de quel bonheur s'agissait-il, exactement ?

Elle craignait que l'ombre de Marcus ne vienne toujours assombrir son nouvel avenir.

Fidèle à sa parole, Deborah s'occupa de sa garde-robe dès le lendemain, en convoquant sa modiste attitrée. Lowena fut alors emportée dans un tourbillon de rendez-vous avec les marchands d'étoffe, le coiffeur, le maître à danser qui lui enseigna les mystères d'un nombre infini de danses toutes plus raffinées et complexes les unes que les autres, et maints autres corps de métier enseignant aux dames l'art de plaire en société.

Ainsi, elle apprit à faire la révérence avec grâce, sans trop d'humilité ni trop de hauteur, elle reçut des leçons de maintien où on lui apprit à se servir d'un éventail, à sourire avec retenue et à se tenir en toutes circonstances le dos droit et le menton haut, ce qu'elle savait par chance faire depuis longtemps, étant d'un naturel assuré et fier.

Elle se demanda plus d'une fois à quoi tout cela pouvait bien servir. Mais Deborah l'accompagnait et l'encourageait avec tant de bonne grâce qu'elle se laissa faire volontiers.

Sa chambre était vaste et luxueusement décorée, et disposait d'une salle de bains et d'un petit salon. Sa femme de chambre, aussi timide qu'elle, ne cherchait qu'à lui faire plaisir.

Que pouvait-elle souhaiter de plus ?

Sortir ! Respirer !

Là aussi, son père se mettait en quatre pour la satisfaire.

Pour alléger un peu le lourd rituel qui lui était imposé, il l'emmenait régulièrement visiter Londres. Il aimait lui faire découvrir les richesses de cette vibrante et exaltante capitale. C'est ainsi qu'elle expérimenta les odeurs, les bruits et les spectacles dont elle avait entendu parler dans les livres que lui faisait lire Izzy. Londres assaillait délicieusement chacun de ses sens et elle rentrait à chaque fois épuisée et ravie.

Elle aimait particulièrement les nombreux parcs et jardins, et notamment Hyde Park, dans les allées duquel elle participait à la parade quotidienne à cheval ou en carrosse, en compagnie de Deborah. Le parc, situé dans les beaux quartiers de Londres, était le rendez-vous des jeunes mondains et des beautés du jour, qui se croisaient, le nez haut, sur leurs magnifiques montures aux allures relevées ou dans leurs voitures toutes plus rutilantes les unes que les autres.

Lowena avait parfois bien du mal à supporter d'être constamment le point de mire. Nouvelle dans ce milieu, elle attirait tous les regards, en particulier ceux des jeunes dandys dont les yeux brillaient d'une mâle convoitise et qui, sitôt qu'ils avaient croisé son regard, se livraient à quelques prouesses, caracolant et piaffant sur leur monture.

Un jour, constatant la confusion de Lowena quand elle s'apercevait de l'attention qu'elle suscitait, Deborah s'exclama avec un rire léger :

— Vous voyez comme ces messieurs vous regardent, ma chère ? Vous êtes en train de vous métamorphoser en une jeune personne extrêmement désirable, dont le charme est d'autant plus rafraîchissant que vous n'en avez nulle conscience. Vous n'imaginez pas comme tous ces regards que vous attirez rendent hommage à nos soins, à votre père et moi. Il est grand temps que vous fassiez la connaissance de nos amis, il me semble. Il ne se passe pas de jour où l'on ne me demande quand et où on pourra vous être présenté.

Lowena n'était pas certaine de souhaiter être introduite dans les milieux mondains que fréquentaient ses parents. Encore moins souhaitait-elle parader devant ces élégants gentlemen comme une vache aux comices agricoles. Tout cela la rendait extrêmement nerveuse. Seulement, elle en était bien consciente, cette épreuve était inévitable.

Aussi fit-elle front.

Lowena se saisit de Londres et Londres se saisit d'elle.

Bientôt, toutes les têtes se retournaient sur elle partout où elle passait et, sitôt qu'elle pénétrait dans les nombreux endroits à la mode que lui faisait découvrir sa belle-mère, les jeunes hommes s'empressaient de lui faire un siège assidu. Courtisée et recherchée, elle se surprit à prendre peu à peu plaisir à cette vie qui, entre les sorties chez les marchands d'articles de mode, les thés chez les amis des Wesley, les courses hippiques à Ascot, ressemblait chaque jour un peu plus à une course d'obstacles.

Heureusement, aucun de ces fringants prétendants ne fut autorisé à s'approcher de trop près… Cela, elle ne l'aurait pas supporté.

Marcus n'avait pas reçu d'autres nouvelles de Lowena et les jours s'étiraient en une longue torture, jetant une lumière sans concession sur la nature de ses sentiments. En demandant à la jeune fille de quitter Tregarrick, il l'avait profondément meurtrie, bien sûr. Ce faisant, il s'était également blessé lui-même. Sans doute bien plus durement encore.

Le sentiment de sa perte était si intense, le remplissant d'un sentiment de désolation sans espoir, qu'il avait l'impression de ne plus être maître du cours de sa vie. Chaque jour, il s'efforçait d'accomplir sa tâche en évitant de penser à elle.

Hélas, c'était impossible alors que tout dans sa demeure lui renvoyait des images de Lowena. Il n'y avait nul moyen d'échapper au chuchotement constant de la mémoire qu'il avait d'elle. Aux images de cette nuit inoubliable qu'ils avaient partagée, à son odeur, à la douceur soyeuse de sa peau sous ses doigts, au goût de son corps sur sa langue.

Elle habitait chaque parcelle de son être, le hantait jour et nuit comme un fantôme. Comment avait-il pu faire une chose pareille ? Il aurait tué pour Lowena, il serait mort pour elle, et pourtant, il l'avait laissée partir ! Il l'avait forcée à partir !

Marcus ne savait par où commencer pour remédier aux dommages qu'il avait occasionnés. Et, quoi qu'il en soit, il ne pouvait rien faire tant qu'il ne l'avait pas retrouvée. Plus il s'écoulait de temps depuis leur séparation, plus il serait difficile d'envisager une réconciliation.

Il devait partir avec sa mère pour Londres dans deux jours, peut-être aurait-il plus de chance là-bas…

Il revenait de la mine quand il tomba sur un escadron de dragons du roi installé dans un repli de terrain à un mile à l'intérieur des terres. Ce soir-là, avant de regagner sa chambre, il se rendit à Tregarrick pour savoir si Edward était avisé de la présence des soldats. Il devait le dissuader de tenter une autre action de contrebande tant qu'ils étaient dans la région.

Il rencontra à mi-chemin Peter Grimes, l'un des hommes de confiance de son demi-frère, et lui demanda s'il était informé de la présence des soldats.

Peter hocha gravement la tête.

— Ils ont été avertis que des gens d'ici transgressent la loi et pratiquent la contrebande dans la crique. Ils sont venus procéder à une enquête.

— Savez-vous où est mon frère ?

— Lord Carberry n'est pas chez lui. Il est parti pour Guernesey il y a deux jours. Un bateau l'attend là-bas. D'ordinaire, il n'y va pas lui-même, mais cette fois il fallait négocier avec les Français. Il ne se faisait pas de souci, de toute façon. Il n'y avait qu'à charger les marchandises sur le bateau et les rapporter ici. Le vent est bon et il y a de la brume, ce qui est idéal pour ce genre de voyage.

L'homme claqua la langue et ajouta en secouant la tête :

— S'il tombe dans une embuscade en accostant, la brume et le bon vent ne lui auront pas servi à grand-chose.

Marcus regardait son interlocuteur sans mot dire. Il se refusait à envisager ce que risquait Edward en débarquant dans la crique ce soir. Il préférait la tension qui l'habitait au risque d'affronter la douloureuse vérité que ce qu'il redoutait depuis plusieurs années était sur le point de se produire.

— Sait-il, à propos des dragons ?

L'homme se gratta la tête, visiblement inquiet.

— Non. Je me demandais justement comment le faire prévenir.

— À quelle heure est-il attendu dans la crique ?

— Vers minuit, je pense, comme de coutume. J'ai aussi appris qu'il y avait une équipe de douaniers dans le coin. Pour sûr, quelqu'un les a prévenus. L'ennui, c'est que Lord Carberry ne va pas se méfier. Tout ce beau monde va faire le guet dans la crique et il va se jeter tout droit dans la gueule du loup.

— Les dragons savent-ils que mon frère est directement impliqué dans la livraison ?

— Je ne crois pas, il s'est toujours montré très prudent.

— Qui, selon vous, a bien pu les prévenir qu'il y avait une livraison cette nuit ?

De nouveau, l'homme retira son bonnet et fourragea dans son épaisse crinière.

— Je n'en sais fichtre rien.

— Quelqu'un va-t-il s'occuper du fanal ?

— Les soldats sont alignés le long de la côte. Il y en a partout. Impossible d'allumer le fanal sans être repéré et arrêté.

Marcus n'avait guère le temps de peser le pour et le contre ni de s'interroger sur la légalité de ce qu'il allait faire. Soit il intervenait, soit il laissait Edward se faire prendre par les douaniers. Ce qui équivalait à un arrêt de mort. Malgré tout ce dont son demi-frère était coupable à son égard, il n'y avait guère d'alternative. Edward était de son sang.

Il fallait donc agir.

— Il faut prévenir Edward. Pouvons-nous disposer d'un bateau ?

— Au port. Ce ne sont pas les bateaux de pêche qui manquent.

— M'accompagnerez-vous ?

Peter opina du chef.

— Pour sûr. Mais il ne faut pas tarder.

La gravité de la situation secoua Marcus d'un brusque frisson. Il lui fallait faire appel à toutes ses ressources et cesser de penser à autre chose sinon à l'urgence du moment. Plus il se rapprochait du village, plus son anxiété allait croissant. Autant que sa colère. Pourquoi diable Edward s'était-il mis dans cette posture intenable ? Des images de son frère arrêté, pendu, s'imposaient brutalement à lui.

Il était une heure après minuit quand ils arrivèrent au village dont l'atmosphère était saturée d'odeurs de poisson et de calfat. Arrivés au port, ils se frayèrent un chemin jusqu'aux barques de pêche tirées sur les galets au milieu des filets, des casiers à homard et des cordages entassés. Ils allèrent frapper à la porte d'un pêcheur qui pratiquait la contrebande avec Edward et qui accepta sans difficulté de les accompagner.

La mer ayant par chance commencé à remonter, ils tirèrent sans peine l'embarcation jusqu'à la frange des vagues. Puis, s'emparant chacun d'une rame, ils la repoussèrent et gagnèrent le large. La nuit, sombre et sans lune, était une alliée. La mer était calme, gonflée seulement d'une houle légère. Marcus et son compagnon tiraient avec une telle énergie sur les rames qu'ils perdirent bientôt de vue le port.

Ce n'est qu'une fois la pleine mer atteinte qu'ils osèrent allumer le fanal. Ils savaient que l'embarcation d'Edward ne serait pas éclairée et qu'ils ne pourraient la repérer qu'en arrivant dessus.

Tout en tirant sur sa rame, Marcus ne pouvait s'empêcher de se demander pourquoi il faisait cela. Et la seule explication qui lui venait à l'esprit remontait à son enfance, du temps où il cherchait désespérément à gagner l'amitié de son aîné. Edward était son frère. Cela ne suffisait-il pas à légitimer cette folle entreprise ?

Ce qui ne l'empêchait pas de mesurer le risque qu'il prenait. Comment pourrait-il expliquer sa présence aux douaniers si ceux-ci venaient à les surprendre ?

Les deux hommes progressaient ainsi depuis une quinzaine de minutes quand ils entendirent du bruit devant eux. Aussitôt en alerte, ils tendirent l'oreille. Le bruit se répéta. C'était celui que font les rames en pénétrant dans la vague. Ils cessèrent aussitôt de ramer, s'efforçant de percer la brume du regard. Bientôt, la silhouette fantomatique d'un cotre de petite dimension se découpa dans la pénombre. Le voilier, équipé d'une grand-voile à corne, d'une flèche et de deux focs qui lui permettaient d'avancer à grande vitesse était très maniable.

— Qui va là ? cria une voix. Qu'est-ce que vous voulez ?

Marcus mit ses mains en porte-voix.

— Edward Carberry est-il à bord ? cria-t-il. Il y a du danger.

— Qui êtes-vous ?

— Je suis son frère, Marcus Carberry.

Le cotre était tout proche, maintenant. Les voiles affalées, il avançait à la force des rames. Marcus pouvait voir un homme penché par-dessus le bastingage, une lanterne à la main.

— Dieu du ciel ! s'exclama la voix d'Edward. Que diable… ?

Il donna quelques ordres et vint à son tour se pencher par-dessus le bastingage pour mieux voir.

— Approchez-vous, intima-t-il. Nous allons vous faire monter à bord. Combien êtes-vous, dans cette coquille de noix ?

— Seulement moi et Peter Grimes.

Les hommes d'équipage leur jetèrent un cordage pour qu'ils s'en saisissent et s'alignent contre la coque. Quand ils furent montés à bord, et qu'un homme eut amarré la barque de pêche à la poupe du bateau, Edward scruta le visage de son frère à la lumière de sa lanterne.

— Que se passe-t-il ? demanda-t-il d'une voix dure.

— Tu ne peux pas gagner la crique. Les dragons du roi t'y attendent.

Marcus observa l'éventail des émotions qui se succédaient sur le visage de son frère. Après un long silence, celui-ci se fraya un chemin jusqu'à l'avant du bateau où se dressait la cabine de pilotage.

— Ainsi tu es venu m'avertir ? Tu as risqué ta réputation, et peut-être ta vie pour sauver la mienne ? Quel renversement de situation ! Que t'importe ce qui peut m'arriver ?

Marcus pénétra à la suite de son frère dans la cabine d'où émanaient des odeurs de tabac et d'alcool mêlées aux senteurs délicates des parfums français.

— À ton avis ! Qu'étais-je censé faire en apprenant la présence des douaniers et des soldats du roi sur la côte ? rétorqua Marcus d'un ton irrité. Devais-je les ignorer et les laisser te prendre ?

Edward soutint son regard sans ciller puis lui adressa un froid sourire moqueur.

— Ainsi, tu es venu jouer au gentilhomme et sauver ma peau ? Voilà qui est d'une grande noblesse et très courageux de ta part.

— La noblesse et le courage n'ont rien à faire ici. Tu es mon frère, voilà tout.

Énoncée comme un simple fait, cette déclaration ne suscita qu'un mince sourire sur les lèvres de son interlocuteur.

— Pourtant l'heure de ta revanche avait sonné, Marcus. Une revanche contre les brimades que je t'ai fait subir dans notre enfance, n'est-ce pas ? Et certainement, ce n'est que justice ! Pourquoi n'as-tu pas saisi l'occasion au vol ?

Marcus aurait voulu répéter qu'ils étaient du même sang, irrémédiablement, et que c'était cela qui lui avait commandé de venir à sa rescousse. Mais à quoi bon ? Il ne s'était pas attendu lui-même à éprouver ce sentiment, cette impulsion irrésistible à venir jusqu'en pleine mer avertir son frère du danger, au péril de sa propre vie.

Il garda le silence, observant le beau visage d'Edward. Ce dernier parut réfléchir un instant, comme Marcus l'avait fait un moment plus tôt. Puis, pour la première fois depuis qu'ils s'étaient retrouvés, il sembla prendre conscience des dangers que représentait la vie aventureuse et excitante qu'il avait choisie. Cette fois, le système judiciaire de son pays était en train de le rattraper.

— Bon… Trêve de politesses ! Il va falloir se sortir de là. Éteins ton fanal. Il pourrait nous faire repérer. Ils comprendront bien assez tôt que nous avons déjoué leur souricière.

Ils avançaient toujours dans la nuit noire et n'avaient encore aperçu aucun vaisseau quand un coup de canon retentit, les manquant de peu.

Un cri troua la nuit.

— Jetez l'ancre, immédiatement ! Au nom de Sa Majesté le Roi George, je vous somme de vous arrêter !

— Il doit s'agir de la Douane de mer, comprit Marcus. Ils ont rôdé dans le coin toute la journée, sans doute informés par les dragons. Pouvons-nous franchir le barrage ?

Edward s'était déjà ressaisi.

— Nous n'avons pas le choix. Le coup de canon a été envoyé de l'est. La bonne nouvelle, c'est qu'ils connaissent infiniment moins bien la côte que nous. Ils nous ont entendus, mais ils ne nous ont pas vus.

Se retournant vers ses hommes, Edward donna quelques ordres d'une voix brève et contenue, pour ne pas donner davantage d'indices à leurs poursuivants.

— À vos rames, les gars ! Souquez ferme, comme si vous aviez tous les diables de l'enfer à vos trousses. Nous allons revenir en arrière et nous fondre dans la brume. Ça m'étonnerait qu'ils puissent nous suivre.

Marcus sentit le cotre s'ébranler sous ses pieds puis s'élancer dans la pénombre à grande vitesse. Pendant de longues minutes, on n'entendit que le grincement des rames et les ahanements sourds des rameurs.

— Si vous lanciez vos marchandises par-dessus bord, vous iriez plus vite, suggéra Marcus. Et en cas d'arrestation, on ne pourrait pas vous condamner pour flagrant délit.

— Me prends-tu pour un idiot ? aboya Edward. Ce chargement m'a coûté une fortune. Non, j'ai une bien meilleure idée. Quand nous les aurons semés, nous irons accoster plus loin, sur la côte, à Wellan Cove. Ils ne nous attendront pas là-bas et nous pourrons cacher nos marchandises dans les grottes. Nous irons les récupérer quand le coin sera assez sûr. Plus fort, les rameurs, si vous ne tenez pas à être pendus !

C'est seulement deux heures plus tard que le bateau put enfin accoster à Wellan Cove. Edward sauta de l'embarcation dès qu'elle eut touché le sable et dirigea la manœuvre du déchargement avec des ordres brefs et efficaces. Il attendit ensuite que toute la marchandise ait été dissimulée dans les grottes naturelles creusées dans la falaise pour le rejoindre.

— Et maintenant ? s'enquit Marcus.

— Nous allons attendre l'aube et nous ramènerons le cotre à Tregarrick. Sans oublier de jeter nos filets et de ramasser autant de poissons qu'on pourra. Ainsi, si nous faisons une mauvaise rencontre, ils n'auront aucune preuve contre nous.

Il jeta un regard en biais à son frère.

— Restes-tu avec nous jusqu'au bout ?

Marcus fit un geste de dénégation.

— Non, merci. Je n'ai nulle envie de me faire apprenti pêcheur. Et si tu veux mon avis, tu ferais bien de descendre de là aussi. Les douaniers seraient bien surpris de voir le maître de Tregarrick reconverti en marin-pêcheur. Je vais aller jusqu'au village le plus proche pour emprunter un cheval. Sois prudent, Edward. Tu n'es pas encore tiré d'affaire.

Sur ces mots, il tourna le dos et commença à s'éloigner.

— Marcus !

Il se retourna.

— Tu as pris de gros risques en venant nous prévenir. Je t'en remercie. Merci de notre part à tous. Tu n'étais pas obligé de faire cela.

— Si, je le devais.

— Tu ne me dois rien.

En d'autres temps, Marcus aurait poursuivi son chemin, sans se donner la peine de s'expliquer. Toute tentative de rapprochement avec son aîné s'était toujours soldée par un échec.

Cette fois, pourtant, il ne recula pas. Il affronta son frère, le regard impérieux.

— Bien au contraire. Tu es mon frère, je te le répète. Nous portons le même nom. Pourquoi prends-tu des risques pareils, Edward ? Tu es un homme riche et puissant, tu portes un nom respecté. Que veux-tu de plus ?

La réaction d'Edward à sa question fut déconcertante. Peut-être cela avait-il quelque chose à voir avec le fait que Marcus avait risqué sa vie cette nuit pour lui venir en aide. Quoi qu'il en soit, son regard exigeait la confiance, et la vérité. Cette fois, Edward dut sentir qu'il fallait y répondre.

— L'esprit d'aventure, je suppose, commença-t-il d'une voix lente. L'excitation de l'instant. Pourtant, ajouta-t-il avec un sourire désabusé, le plaisir que m'a toujours apporté la contrebande, l'ivresse même, s'est beaucoup atténué. Je suppose que tu dois être heureux d'entendre cela. Sans doute ai-je trop longtemps flirté avec le danger.

Marcus opina du chef, enregistrant et digérant chaque mot avec satisfaction.

— Tu as raison, je suis soulagé d'entendre cela. J'espère que tu auras compris la leçon.

Alors, Marcus tourna les talons et s'éloigna.

Edward sentit son habituel rire moqueur se coincer dans sa gorge. Les dernières paroles de son frère avaient été prononcées d'un ton définitif. Comme s'il venait de sceller la dernière possibilité qu'ils puissent un jour s'entendre.

Remontant dans ses souvenirs, Edward tenta de se rappeler le garçon qui revenait de son école, avide de gagner l'amitié de son frère aîné. Seulement, Marcus n'avait plus rien à voir avec ce jeune garçon. Il n'y avait nul moyen de revenir en arrière. Nulle possibilité de faire amende honorable.

Quand lui-même était enfant, il n'avait pu affronter le remariage de son père avec celle qui allait devenir la mère de Marcus. Il avait considéré cette union comme une insulte à la mémoire de sa propre mère. Il n'avait jamais voulu tenir compte du fait que son père et sa belle-mère s'aimaient. Il était alors incapable de comprendre qu'un homme encore jeune se refuse à vivre seul jusqu'à la fin de ses jours. Comment, de toute façon, pouvait-il être concevable que son père pût aimer une autre femme ?

Du moment où sa mère était morte, Edward s'était efforcé de se montrer brave. Il avait pour cela cultivé l'indifférence, s'efforçant de faire croire au monde qu'un petit garçon de cinq ans pouvait faire face à la dévastation provoquée par la mort de l'être qui lui était le plus cher au monde sans faiblir. Aussi s'était-il très vite employé à blesser les autres. Et, en agissant ainsi, il avait cru prendre une revanche qui, au fil des années, lui avait paru compenser l'horreur de sa perte.

Maintenant, il comprenait combien sa victoire était absurde. La revanche qu'il avait voulu prendre sur Marcus simplement parce qu'il était le fils de la femme qui avait fait irruption dans sa vie, lui dérobant l'affection de son père, s'était retournée contre lui, le blessant profondément.

C'était comme s'il prenait brusquement conscience du dommage irréparable qu'il avait causé à leur relation.

Et ce, depuis des années.

Désormais, il ne pouvait revenir en arrière. Il fallait qu'il aille de l'avant. Et qu'il répare ce qu'il avait fait.

Chapitre 8

Londres, 1780

Marcus était arrivé à Londres le jour précédent avec sa mère et se promenait maintenant bras dessus bras dessous avec sa sœur Juliet le long des allées de Hyde Park. Il était encore tôt dans l'après-midi et une brise légère caressait son visage. Le printemps, tiède et lumineux, avait poussé les gens hors de leurs maisons et ils s'étaient tous rassemblés là pour une promenade à pied ou à cheval.

Tout à coup, son regard fut attiré par un élégant couple à cheval. Le gentleman, qui chevauchait au côté d'une jeune dame, saluait de part et d'autre des connaissances. Ils avaient mis leurs montures au pas et devisaient gaiement. Sans savoir pourquoi, Marcus peinait à détourner le regard du couple. Ils étaient à quelque distance de là et il lui était impossible de distinguer leurs traits mais ils jouissaient visiblement de la compagnie l'un de l'autre. La dame rit soudain de ce que venait de lui dire son compagnon et Marcus sentit son cœur faire un bond dans sa poitrine sans en comprendre la raison.

Elle montait une élégante jument bai brun et était vêtue à la dernière mode d'une tenue de cavalière de drap vert sombre ornée d'un galon doré sur le col et les poignets. Un petit chapeau de feutre coquettement incliné sur l'œil laissait voir une abondante chevelure d'un bel acajou dont les boucles dansaient au pas de sa monture. Était-ce la couleur de feu de ses cheveux qui lui avait rappelé une autre chevelure ?

La dame montait sa jument comme une déesse. Et son compagnon la dévorait littéralement du regard.

Lowena n'aurait su dire ce qui lui fit tourner la tête. Peut-être cet étrange picotement sur sa nuque ? Toujours est-il qu'elle se retourna et, avec un choc, reconnut à quelque distance l'élégante silhouette de Marcus.

Ce fut comme si une main glacée se resserrait autour de son cœur. Elle se figea, le cerveau vidé de toute pensée. Elle était devenue un objet inerte et sans vie, et elle crut un instant qu'elle resterait ainsi pour toujours, avec tous ces gens qui allaient et venaient autour d'elle comme dans un manège silencieux. Malgré les rires et le bruit des conversations de la foule qui se pressait autour d'eux, Marcus et elles étaient tous les deux enfermés dans un cercle enchanté, immobile et silencieux.

Lowena était consciente de la présence de Marcus dans chaque fibre de son être et, malgré le choc que produisait en elle le fait de le revoir après une si longue absence, une merveilleuse chaleur l'envahit doucement. Son regard ne quittait plus le visage aimé, caressant tendrement chacun de ses traits. Puis une douleur sourde s'empara d'elle, tant tout ce qui le concernait lui était à la fois si familier et maintenant si lointain. Elle aurait voulu de toute son âme pouvoir le toucher, lui parler.

Après la scène qui avait provoqué son départ de Tregarrick, elle savait néanmoins qu'ils n'avaient plus rien à se dire.

Une étrange sensation de bien-être la gagna pourtant à l'idée qu'il était si près. Elle n'avait pas oublié la nuit qu'ils avaient passée ensemble, ni aucun détail de sa personne. Les souvenirs qui concernaient Marcus étaient gravés en elle comme des lettres dans le granite. Souvenirs de ses caresses, de ses baisers, de la manière dont il l'avait aimée.

Elle savait qu'elle avait commis un terrible péché en laissant un homme prendre sa virginité en dehors des liens du mariage. Seulement, elle aimait Marcus. Sans espoir et pour toujours.

Il paraissait plus viril et plus séduisant que jamais. Sa forte présence dominait toute la scène, attirant le regard des passants. Un petit groupe s'était approché pour s'entretenir avec lui et sa compagne et il s'arrêta pour les saluer avec sa courtoisie habituelle. Malgré la distance qui les séparait, elle reconnut la jeune femme qui l'accompagnait. C'était sa sœur Juliet.

Lowena sentait son regard peser sur elle tandis que, pressant les flancs de sa monture, elle prenait le trot pour s'éloigner au plus vite.

Inconscient de la tempête qui venait de bouleverser sa fille, Robert Wesley s'empressa de la suivre. Jetant un dernier regard par-dessus son épaule, Lowena constata que Marcus la regardait toujours, vêtue comme elle était et montée sur un cheval de grand prix, il était fort probable qu'il ne l'avait pas reconnue.

Marcus vit l'homme se pencher sur sa compagne et lui caresser la joue dans un geste de tendre familiarité. Au même moment, il sortit brusquement de la torpeur qui s'était emparée de lui en reconnaissant Lowena.

Aussitôt, il s'élança vers les fugitifs, comme s'il voulait s'assurer qu'il ne s'agissait pas d'une apparition. Mais les deux cavaliers disparaissaient déjà dans la foule qui se referma sur eux.

Juliet s'empressa de rejoindre son frère.

— Marcus ? Qui étaient ces gens ? Les connais-tu ?

— J'ai cru reconnaître la jeune femme. Je me suis sans doute trompé, répondit-il, les yeux toujours fixés sur l'endroit où s'étaient évaporés Lowena et son compagnon.

Il avait dû se méprendre. Cela ne pouvait être Lowena. Comment cela aurait-il été possible, d'ailleurs ? Elle lui manquait tant qu'il croyait la voir partout. Pourtant, malgré ses efforts pour s'en persuader, au fond de lui, il souhaitait ardemment que ce fût elle. Le soulagement de la savoir en bonne santé, la joie de l'avoir enfin retrouvée le submergèrent soudain.

S'il s'agissait bien d'elle, qui diable pouvait être l'homme qui l'accompagnait ? Et que représentait-il aux yeux de la jeune fille ? Avait-elle... ? *Non !* cria une voix au fond de sa conscience. L'idée que Lowena pût être la maîtresse de cet homme d'âge mûr n'était même pas à envisager. Cela n'avait ni queue ni tête. Pour avoir de telles idées, il devait avoir perdu l'esprit.

L'émotion de joie qu'il avait éprouvée un instant plus tôt en reconnaissant Lowena s'était maintenant évanouie, laissant place à une rage violente, une jalousie féroce comme il n'en avait jamais connue auparavant. Se pouvait-il qu'elle ait laissé un autre homme que lui la toucher ?

Marcus avait consacré les dernières semaines à la chercher dans toute la Cornouailles. Il s'était même rendu jusqu'à Saltash pour interroger Nessa. Tout cela pour s'entendre dire que la marraine de Lowena avait elle aussi disparu. Il avait cru devenir fou.

Et voilà qu'il la retrouvait dans Hyde Park en train de se pavaner en brillant équipage aux côtés de son amant.

Aveuglé par la rage, il jura entre ses dents :

— Maudite petite intrigante !

Depuis sa rencontre inattendue avec Marcus, Lowena était la proie d'une vive anxiété. Elle aurait pourtant dû se concentrer sur la soirée de Lady Wychwood, le plus grand événement mondain auquel il lui ait été donné de participer depuis son arrivée à Londres, à laquelle il était temps de se rendre. Néanmoins, depuis quelque temps, l'excitation qui s'était emparée d'elle tandis qu'elle s'abandonnait au tourbillon mondain dans lequel sa belle-mère l'avait entraînée commençait à s'estomper et toutes ces sorties lui pesaient chaque jour un peu plus.

Au contraire, l'air pur du Devon, l'odeur forte des embruns et le grondement des vagues sur la plage lui manquaient désespérément. Marcus lui manquait.

Après un dernier regard critique à son miroir, elle accepta

de la main de sa femme de chambre son réticule et un éventail et, rassemblant ses jupes, partit à la recherche de son père.

L'admiration que suscita chez lui son entrée dans le hall lui redonna un peu d'entrain.

— Tu es ravissante, mon enfant ! Et fort bien mise. Quel moment de gloire pour moi que de pouvoir escorter ma fille, si belle et élégante, lors d'une des plus importantes réceptions du Tout-Londres… Et mon épouse également, s'empressa-t-il d'ajouter comme Deborah se montrait au haut de l'escalier, sculpturale dans une robe de soie jaune safran.

Celle-ci eut un rire clair et les entraîna vers leur voiture.

Les rues entourant l'élégante demeure londonienne de Lady Wychwood résonnaient du tintamarre des équipages qui cherchaient à s'en approcher, et des vociférations des cochers.

Lowena, accompagnée de son père et de Deborah, avait conscience d'offrir un spectacle à la hauteur des regards les plus critiques. Sa robe de satin vert pâle soulignait son corps à la perfection et son chignon relevé dégageait avantageusement son visage, mettant en valeur l'or pâle de ses yeux. Seule l'ampleur de son décolleté la contrariait un peu mais Deborah lui avait assuré que c'était tout à fait dans le ton et qu'il mettait en valeur la rondeur de sa poitrine et de ses épaules.

Son père lui présenta son bras avec un sourire encourageant.

— Prête ?

Elle hocha la tête et posa une main gantée sur l'appui qu'il lui offrait.

Un laquais en livrée s'écarta pour laisser Lord Robert Wesley, son épouse et sa fille pénétrer dans le vaste hall dallé de marbre noir et blanc. Quand ils entrèrent dans l'immense hall de réception rempli à craquer d'une foule joyeuse, Lowena embrassa du regard l'assemblée des invités et, les narines assaillies par un mélange de parfum, de poudre et de transpiration, elle craint un instant de défaillir.

Sa nervosité était heureusement atténuée par un étrange sentiment d'irréalité. Elle regardait autour d'elle, les yeux agrandis, consciente qu'elle devait offrir un piètre spectacle tant son manque d'aisance dans un lieu si prestigieux devait être évident.

Ce n'était pas un bal, plutôt une simple réception informelle. Néanmoins, il y avait de la musique dans la salle de bal, pour les éventuels amateurs. Plus loin, deux pièces avaient été réservées à ceux qui préféraient le calme de la conversation ou les plaisirs du jeu.

Le bourdonnement des conversations était accompagné du doux bruit des éventails qui battaient dans la salle comme autant d'ailes de papillons prisonniers des mains des femmes. Le bruissement des étoffes ajoutait sa note de fond, sèche et légère. Jamais Lowena n'avait vu autant d'élégance rassemblée dans un seul endroit, ni autant de joyaux scintiller au cou, aux bras et aux oreilles des invitées.

Les murs étaient tendus de soie ivoire travaillée d'un fin motif vert et or dont les couleurs se répétaient sur le lourd satin des rideaux ornant les fenêtres. Celles-ci s'ouvraient sur les jardins remplis de fleurs. L'air doux du soir attirait les invités qui se pressaient aussi sur la terrasse.

Lowena faisait de son mieux pour ne pas écarquiller les yeux devant ces merveilles.

Lady Wychwood, une belle femme d'âge mûr, veuve de son état et riche à millions, circulait au milieu de ses invités comme une reine. Bardée de joyaux, étalés sur sa poitrine comme une cuirasse, elle était vêtue d'une robe compliquée dont les larges jupes formaient une courte traîne, et saluait tout un chacun d'un gracieux mouvement de la tête, donnant de temps à autre sa main à baiser.

Munis d'une coupe de champagne que venait de leur offrir un valet, Lowena, son père et sa belle-mère souriaient, les yeux perdus dans la contemplation de la vaste assemblée.

— L'endroit est superbe, n'est-ce pas ? commenta Deborah tout en saluant de loin une de ses connaissances.

— Comme d'habitude, rétorqua son mari avec flegme. Le faste et la morgue des grands, c'est bien ce que nous attendons de Lady Wychwood, n'est-ce pas ?

Il jeta un coup d'œil à Lowena, visiblement fier d'elle.

— Comment te sens-tu, ma chère fille ? s'enquit-il en clignant de l'œil d'un air complice.

Lowena, qui commençait à se détendre, lui sourit gaiement.

— Très bien… Puisque vous êtes avec moi. J'aimerais beaucoup faire un tour dans les jardins avant qu'il ne fasse nuit. Cela vous ennuierait-il que je m'esquive un instant ?

— Pas le moins du monde. Il faut justement que j'aille discuter avec un vieil ami… Nous te rejoindrons un peu plus tard.

Avant de descendre l'allée qui menait à un bassin peuplé de nymphéas en boutons, Lowena fit une pause sur la terrasse. Le soleil couchant teintait le ciel d'un harmonieux dégradé du bleu foncé au rose pâle et, sitôt qu'elle se fut enfoncée dans les bosquets, elle fut assaillie par les senteurs mêlées des roses, du jasmin et des genêts. Autour d'elle, l'air chaud et humide vrombissait du bourdonnement des insectes.

Jetant un regard vers la maison par-dessus son épaule, elle vit une mince jeune femme vêtue de rose qui venait vers elle d'un pas vif. Affolée, elle reconnut la jolie brune aux yeux bleus. C'était Juliet, la sœur de Marcus.

— Lowena ! Comme c'est bon de te revoir après tout ce temps, s'exclama la jeune femme, qui paraissait sincèrement heureuse de la retrouver. Nous venons juste d'arriver. Quand je t'ai vue sur la terrasse, malgré ta métamorphose, je t'ai tout de suite reconnue. Je ne pouvais en croire mes yeux. Ainsi, Marcus avait raison. Il m'assurait qu'il t'avait aperçue cet après-midi, dans le parc.

Lowena se sentit rougir violemment. Quelle maladroite elle avait été ! N'aurait-elle pas dû se faire connaître ? Aller saluer Marcus, malgré son appréhension.

— Oui, en effet… C'était bien moi.

Juliet la parcourut de la tête aux pieds, visiblement stupéfaite de voir la petite paysanne dont elle avait gardé le souvenir vêtue maintenant de si beaux atours.

— Tu ne m'en voudras pas si je te confie mon étonnement. Jamais je ne me serais attendue à te voir dans un tel endroit.

J'en suis en tout cas très heureuse, je peux te l'assurer ! Cela fait longtemps que je ne suis pas retournée en Cornouailles et je suis si heureuse d'avoir maman et Marcus à la maison ! Ils sont arrivés hier. Les enfants adorent Marcus. Bien sûr, il va vouloir regagner très vite sa Cornouailles natale et sa fichue mine d'argent. Mais j'espère bien que maman prolongera son séjour.

— Je suis certaine qu'elle se laissera persuader. Lady Alice est si bonne… Elle parle souvent de vous et je sais combien vous lui manquez. Cela fait longtemps qu'elle attendait cette visite. Vous accompagne-t-elle ce soir ?

Juliet battit des paupières, comme gênée par le soudain vouvoiement qu'utilisait Lowena.

— Non. Après ce long voyage, elle se sentait un peu lasse. Elle a préféré rester avec les enfants pour leur lire des histoires…

Par-dessus l'épaule de Lowena, elle regarda vers la maison brillamment éclairée puis s'exclama soudain :

— Ah ! Voici mon frère. Je dois vous prévenir qu'il n'est pas de la meilleure humeur. Sans doute à cause de votre rencontre à Hyde Park et de votre fuite. Il m'a raconté que vous aviez quitté la Cornouailles sans crier gare. Cela l'a fortement déconcerté et depuis, il n'a cessé de vous chercher. Soyez prudente… Il est difficile de faire entendre raison à Marcus quand il est de cette humeur-là.

Lowena, le dos toujours tourné à l'homme qui les rejoignait, esquissa un sourire vacillant à l'adresse de Juliet. Dans sa poitrine, cependant, son cœur battait à grands coups.

— Oh ! Ne vous inquiétez pas. Je crois que je peux tenir tête au capitaine Carberry.

— Te voilà, Juliet ! Nous nous demandions où tu étais passée.

Marcus se tenait maintenant juste derrière elle. Lowena le savait. Elle le sentait dans tout son être. Elle n'avait pas besoin de se retourner pour s'en assurer. Elle sentirait toujours sa présence, où qu'ils fussent. Rien ne pourrait changer cela, l'eût-elle souhaité de toute son âme.

Elle attendit un instant de plus avant de se retourner. Quand elle inspira, la nature lui parut tout à coup plus présente, le monde plus brillant. Ses narines étaient envahies par le parfum des roses, dont les pétales brillaient comme s'ils avaient été polis.

Enfin, elle pivota lentement sur elle-même en retenant son souffle. Marcus la dévisagea, bouche bée.

— Grand Dieu ! Lowena ?

Il semblait à court de mots et son visage exprimait une stupéfaction intense. De fait, il ne l'avait jamais vue autrement que dans ses habits de tous les jours, quand ils étaient enfants, ou dans sa triste robe grise de domestique. Il était normal que cette soudaine métamorphose le prenne complètement au dépourvu.

La voix familière et tant aimée atteignit Lowena en plein cœur. Un immense sentiment de joie la submergea. Elle s'efforça de se ressaisir, de résister à l'attraction que sa seule présence exerçait sur elle.

Splendide dans son habit noir, ses cheveux sombres soigneusement coiffés et attachés sur sa nuque, il était plus séduisant que jamais. Quand elle affronta le calme regard gris, elle se mit à trembler. Elle tremblait de joie. Mais aussi de peur. Qu'allait-elle lui dire ? Quelle suite pouvait avoir cette rencontre ?

La présence de Marcus avait occulté tout ce qui était autour d'eux et elle se trouva brutalement ramenée en Cornouailles. Si elle détournait le regard de ses yeux, elle pourrait voir le bleu pervenche du ciel et sentir le goût du sel sur ses lèvres. Le vent vif venu de la mer semblait lui fouetter le visage, ranimant tous ses sens comme si elle se réveillait d'un mauvais songe. Bouleversée par les sentiments qui la portaient vers lui, elle aurait voulu se jeter dans ses bras tandis que, déjà, sa raison la dissuadait de céder à ce bref instant de bonheur.

Le visage de Marcus avait déjà perdu toute expression et ses yeux étaient froids. La joie de Lowena s'évanouit aussitôt. Se revoir n'avait aucun sens. Seul le hasard les avait fait se retrouver. Comme s'il ne pouvait supporter sa vue, il reporta son attention sur un groupe de gens qui devisaient sur la terrasse, un verre de vin à la main.

Il se défendait contre elle, Lowena en était certaine. Et, pour le moment, il y arrivait presque. Il se refermait comme une huître et dans un instant il serait devenu tout à fait inaccessible. Elle aurait tout donné pour retrouver l'homme qu'elle aimait. Elle ne parvenait pas à croire que cet étranger, froid et distant, était le même que l'amant passionné et tendre qui lui avait fait l'amour.

Elle s'efforça de chasser ces pensées importunes. À quoi bon regretter le passé ? Elle était entrée dans une nouvelle vie, maintenant. Celle que sa grand-mère lui avait volée, par méchanceté et égoïsme. Et c'était une vie pleine de promesses.

Marcus la dominait toujours de sa haute taille, le regard dur et les mâchoires contractées. Pourquoi la jaugeait-il avec cette expression sévère ? Qu'avait-elle à se faire pardonner ? Non, il n'était pas question de se laisser intimider ! Encore moins de se laisser humilier ! Elle ne céderait pas, elle ferait face sans faiblir à ce regard absurdement accusateur.

— Capitaine Carberry, je suis désolée. J'ai été un instant surprise, expliqua-t-elle avec une politesse glacée. Je pensais bien ne jamais vous revoir.

Marcus, les sourcils froncés, la parcourut tout entière d'un regard moqueur.

— Il semblerait, en effet.

Lowena avait connu plus d'un hiver froid en Cornouailles. Elle avait vu le lac du domaine des Carberry pris par les glaces. Mais rien ne l'avait jamais autant saisie que la voix de Marcus quand il prononça ces mots. Elle en fut glacée jusqu'au cœur. Entre eux, la tension était aussi palpable qu'un bloc de pierre. Le regard de son interlocuteur contenait une menace dont elle ne s'expliquait pas la raison.

C'était comme si Marcus ne parvenait qu'à grand-peine à ne pas franchir les limites de la courtoisie.

— Vous promenez-vous souvent à Hyde Park ? s'enquit-il d'un ton à peine plus courtois.

— Oui. J'aime Londres et je me suis prise de passion pour l'équitation. Il y a tant de choses à faire et à voir. Le parc est très beau.

— J'avoue que votre soudaine élégance me laisse pantois. J'ignorais en outre que vous montiez à cheval.

Lowena ne put retenir un léger mouvement hautain des épaules.

— Naturellement. Comment auriez-vous pu le savoir ? Je n'ai appris qu'une fois installée dans le Devon. J'ai eu la chance de bénéficier de l'enseignement d'un bon maître.

Marcus la gratifia d'un petit signe de tête ironique.

— C'est ce que j'ai pu constater... Au fait, vous vous souvenez de ma sœur Juliet, n'est-ce pas ?

Lowena sourit à la jeune femme.

— Oui, bien sûr. Nous venons d'échanger quelques mots.

Il ajouta en se tournant vers le mari de celle-ci qui venait de les rejoindre :

— Et voici son mari, Lord Simon Mallory. Simon, voici Miss Lowena Trevanion.

Elle ne connaissait pas Sir Mallory, en revanche, parce qu'elle ne travaillait pas encore à Tregarrick quand Juliet était partie à Londres pour se marier.

— Enchantée de faire votre connaissance, milord.

— Je disais justement à Lowena combien j'étais contente de la revoir, intervint Juliet, la voix vibrante d'une chaleur sincère.

Visiblement ravi de lui être présenté, Simon Mallory tendit la main, son visage agréable s'éclairant d'un sourire rassurant tandis que ses yeux bleus pétillaient d'humour.

— Quel plaisir de faire votre rencontre lors de cette magnifique réception, Miss Trevanion.

Lowena fut tentée fugitivement de rectifier son nom. Mais elle se ressaisit à temps car elle ne se sentait pas encore prête à divulguer sa véritable identité. Comment des gens qui l'avaient connue sous l'aspect d'une enfant trouvée et d'une domestique pourraient-ils la croire ?

— Je vous en prie... Appelez-moi Lowena, comme tout le monde. La réception est magnifique, en effet. C'est d'ailleurs la première soirée importante à laquelle j'assiste depuis mon arrivée à Londres, je l'avoue.

— Tu... Vous avez fière allure, en tout cas, déclara Juliet

en détaillant de nouveau sa toilette. N'est-ce pas, Marcus ? ajouta-t-elle en se tournant vers son frère.

— Radieuse ! renchérit celui-ci d'un ton distant. Absolument radieuse.

Il l'enveloppa d'un bref regard et elle aurait pu deviner chacune de ses pensées. Dans sa robe vert d'eau avec son corsage qui mettait en valeur la rondeur de ses seins, sa lourde chevelure arrangée en un élégant chignon, elle se savait belle en effet, et le regard de Marcus glissa sur son corps avec une insolence appuyée. Un frisson courut sur sa peau mais elle redressa la tête et soutint le regard plein de morgue sans ciller.

— Merci. Je me porte bien, en effet. Comme vous pouvez le constater, j'ai survécu à mon départ de Tregarrick.

— Cela paraît tout à fait évident.

— Londres vous plaît-il ? s'enquit Juliet, consciente de la tension qui régnait entre les deux protagonistes.

— Beaucoup, comme je vous l'ai dit tout à l'heure. Il y a tant de choses à faire et à voir ! Tant de gens originaux ! J'aime surtout les parcs. Celui de Vauxhall me plaît tout particulièrement.

— Je partage tout à fait votre avis, approuva Juliet dont l'attention fut soudain attirée par une dame qui s'efforçait de l'interpeller depuis la terrasse.

S'excusant avec grâce, elle alla la rejoindre, et son mari lui emboîta le pas, la laissant seule avec Marcus.

— Vous pouvez trouver Vauxhall agréable le jour, certes, rétorqua Marcus, les narines palpitantes mais la nuit, les jardins présentent un aspect tout à fait différent.

Lowena se raidit face à sa fureur contenue. Elle était incapable néanmoins de détacher son regard de ces yeux froids et perçants.

— Que voulez-vous dire ?

— Tout le monde sait que, dès la nuit tombée, ces jardins deviennent un lieu de luxure. Des intrigues se nouent entre libertins et gentes dames du meilleur milieu. Parfois même avec de parfaits voyous, tous sexes confondus.

Choquée qu'il aborde un sujet aussi scandaleux, Lowena ne put s'empêcher de demander :

— Pourquoi me parler de cela ?

La bouche de Marcus s'étira en un sourire cruel.

— Se promener à Vauxhall au bras d'un gentleman qui a le double de votre âge doit être une expérience tout à fait excitante. Après tout, si vous jouez bien vos cartes, Lowena, vous pourriez devenir une des demi-mondaines les plus recherchées de la capitale. Pour avoir pu vous introduire ici, vous devez avoir déjà fait preuve de beaucoup d'habileté.

Lowena sentit tout son sang quitter brusquement son visage. Comment l'homme qu'elle aimait et qui l'avait rejetée osait-il lui parler avec une telle virulence ?

— Qu'est-ce que… Qu'est-ce qu'une demi-mondaine, exactement ? demanda-t-elle d'une voix blanche.

Elle n'en avait sincèrement pas la moindre idée mais il était évident qu'il ne s'agissait pas d'un compliment.

Marcus haussa plus haut encore son sourcil.

— Faut-il vraiment que je vous mette les points sur les *i* ?

Et soudain, face à son beau visage déformé par la rage, elle comprit ses insinuations. Elle eut l'impression de recevoir un coup en plein visage. Elle s'empourpra jusqu'à la racine des cheveux.

— Non, merci. Je vous entends parfaitement.

— Je n'en doute pas une seconde.

Cette insulte délibérée fit lentement son chemin jusqu'au cerveau pétrifié de Lowena. Horrifiée et profondément blessée par ce dont il la croyait capable, elle décida pourtant de ne pas rectifier son erreur. Une insulte pareille aurait mérité une paire de gifles. Toutefois, elle se contenta de le toiser, le regard plein de flammes.

— Votre conduite est-elle donc si parfaite que vous puissiez vous autoriser à me juger ?

Comme il se contentait de soutenir son regard, sa bouche déformée en un rictus amer et méchant, elle poursuivit :

— Étant donné l'opinion que vous avez de moi, je me demande bien pourquoi vous m'adressez la parole.

Marcus claqua la langue, méprisant.

— La belle indignation que voilà ! Permettez-moi au moins de m'étonner que, ayant quitté Tregarrick dans la précipitation et sans un sou en poche, vous ayez pu retomber sur vos pieds, et avec quel éclat, aussi rapidement !

Lowena serra les poings.

— Cela ne s'est pas passé comme vous l'imaginez, en tout cas. Vous ignorez tout des événements qui ont suivi mon départ. Vous n'avez aucun droit de me juger. Quant à ma position à Tregarrick… Parlons-en ! Je n'imaginais guère en y entrant que votre frère était un prédateur sans scrupule et que ma vertu deviendrait pour lui un véritable défi. À moins que vous ne me jugiez responsable de cela aussi ?

Marcus fit un pas vers elle, la mâchoire serrée, le regard dur et pénétrant.

— Je n'ai jamais dit cela.

— Vous le pensez ! Vous êtes un odieux personnage, Marcus Carberry. Tout comme votre frère. Et je… Je ne comprends pas comment j'ai pu vous laisser me faire ce que vous m'avez fait !

Elle soutenait son regard, les yeux pleins de larmes et la gorge nouée de douloureux sanglots. Il resta un instant silencieux, visiblement troublé par son éclat, à moins que ce ne soit par le souvenir de leur nuit d'amour. Puis, se ressaisissant, il rit, d'un rire dur et sans joie.

— Vous avez raison. Je suis probablement un monstre à vos yeux, comme Edward. Mais, dites-moi… Cet homme qui vous a prise en charge, vous traite-t-il bien, au moins ?

Lowena respira un grand coup.

— Le gentleman auquel vous faites allusion et moi-même sommes devenus familiers, en effet. Il prend grand soin de moi et, en vérité, j'ai beaucoup d'affection pour lui.

Ces paroles firent à Marcus l'effet d'un coup de poignard. Comment pouvait-elle, le regard innocent et la bouche suave, lui avouer ses sentiments pour un autre que lui ? Le manque de contrition de Lowena attisa davantage encore sa fureur.

— Vous avouez donc ! Enfin !

— Je n'ai rien à avouer. Et à vous moins qu'à quiconque.

Menaçant, il se pencha sur elle, son visage presque contre le sien.

— Ainsi, contre toute attente, vous avez si peu d'estime pour vous-même que vous êtes prête à vous vendre pour quelques aunes de satin et deux ou trois bijoux.

Joignant le geste à la parole, il venait de tirer vivement sur la perle qui ornait l'oreille de Lowena. Il se montrait brutal, et même injuste puisque, après tout, elle n'avait pas à lui rendre de comptes. Mais une force mauvaise le poussait à agir ainsi.

— Tout de même, reprit-il d'une voix dure, puisque vous étiez disposée à accepter les hommages d'un homme âgé, je suis étonné que vous ayez repoussé mon frère, dont les aptitudes sont tout de même plus assurées.

Malgré l'outrage, d'une grossièreté indigne, la jeune femme parvint à lui adresse un sourire détaché.

— Un homme en vaut un autre, et la différence, c'est que je n'ai pas choisi votre frère. J'ai choisi cet homme, d'une certaine manière, et vous avouerez que mon nouveau statut vaut mieux que d'être devenue le jouet de Lord Carberry en même temps que sa servante.

Le gratifiant d'un regard en coin, lourd d'ironie, elle ajouta :

— Ne dirait-on pas que vous vous comportez comme un amant éconduit ? Ce que vous n'êtes pas, nous le savons tous les deux. Je ne comprends vraiment pas pourquoi vous faites toute une histoire de cela.

Marcus grinça des dents, furieux.

— Après que vous avez disparu pendant des mois sans donner de nouvelles, j'ai tout de même droit à une explication, il me semble ! Quand vous êtes partie sans crier gare, nous nous attendions tous, y compris ma mère, à ce que vous reveniez. Après tout le soin que Lady Alice a pris de vous, il me semble qu'elle méritait mieux qu'un court billet. Qu'avez-vous à répondre à cela ?

Lowena baissa les yeux. Ressentait-elle une sincère contrition ou feignait-elle encore ?

— Vous avez raison, sans doute. J'aurais dû faire clairement état de mes intentions. Je vous répète toutefois que je n'ai plus aucun compte à vous rendre. Vous m'avez chassée de chez vous et j'ai repris ma liberté. Il n'est pas né celui qui me dira ce que je dois faire ou ne pas faire… En revanche, je l'admets volontiers, je vous dois des remerciements. En me demandant de quitter Tregarrick, vous m'avez rendu un fier service. Grâce à vous, je ne suis plus une domestique.

— J'ai peut-être eu tort de solliciter votre départ. Mais je ne vous demandais pas de vous enfuir de la sorte ! J'espérais d'abord vous trouver une bonne place, dans une bonne famille. Nous en avions déjà parlé… Je souhaitais également qu'après ce qui… ce que…

— Oui ? Eh bien, continuez, Marcus ! Qu'après la nuit de plaisir que nous avons connue ensemble, vous ayez pu vous assurer que je n'étais pas enceinte ? Est-ce ce que vous redoutiez ?

Le sourire de Lowena était devenu ironique.

— Inutile de vous tracasser, milord, ajouta-t-elle d'une voix plate. Il n'y a pas d'enfant en perspective. Dans votre arrogance, vous pensiez savoir ce qui était bon pour moi. Et, apparemment, tout le monde à Tregarrick tenait pour acquis qu'en quittant le domaine je m'engageais sur le chemin de la perdition.

Marcus soupira. Il était clair que la jeune femme refusait de comprendre à quel point il s'était fait du souci pour elle. Et à reconnaître le mal qu'il s'était donné pour la retrouver.

— Dorénavant, conclut-elle du même ton arrogant et fier, vous n'avez plus à vous tracasser à mon sujet. Je me porte comme un charme, vous le voyez… Maintenant, si vous voulez bien m'excuser… Cette conversation ne nous mènera nulle part. Il me semble que nous nous sommes tout dit.

Ces paroles firent à Marcus l'effet d'un coup de fouet.

— Prenez garde, Lowena. Ne me provoquez pas !

Et, avant qu'elle ait pu faire un pas, il bondit sur elle et, l'emprisonnant de ses bras durs, lui prit la bouche dans un baiser dicté autant par le désir que par la colère. Sous la pression de ses lèvres, Lowena s'enflamma aussitôt. Toute la passion qu'ils avaient refoulée en eux depuis de longs mois, cette passion qu'il avait su faire naître en elle lors de leur unique nuit d'amour, les submergea. Passant ses bras autour de son cou, elle lui rendit son baiser avec la même faim et la même hâte qui l'habitaient.

Tandis qu'il serrait le corps souple et frémissant de la jeune fille contre lui, Marcus sentit une même fièvre prendre possession d'eux. Alors explosèrent en lui dans le même moment un plaisir et une joie presque intolérable. Il approfondit son baiser et Lowena trembla davantage. Il lui fallut toute son énergie pour la repousser et plonger son regard dans le beau regard doré. Sa colère était toujours en lui, froide et dure, seulement maintenant, il savait qu'il l'aimait et qu'il ne pouvait se passer d'elle.

— Dites-moi comment vous avez fait la connaissance de votre amant, Lowena. Et comment il vous a convaincue de devenir sa maîtresse ? Vous devriez pourtant savoir que les hommes de la société n'épousent jamais leur compagne de plaisir.

Ses doigts se resserrèrent sur les bras de la jeune femme tandis qu'un flot de rage l'étouffait presque.

— Dites-moi la vérité, poursuivit-il, réagissez-vous avec le même enthousiasme à ses baisers ? Avouez qu'il compte sincèrement pour vous, si vous êtes capable de me mentir.

— Je ne vous dois aucune explication.

— Vous pouvez le prendre de haut, mais la suite de l'histoire montre bien que votre fuite de Tregarrick ne vous a pas apporté l'indépendance dont vous rêviez. Pourquoi êtes-vous avec cet homme, bon sang ?

L'indignation de Lowena se lisait sur son visage. Elle répliqua cependant avec une dignité qui le rendait fou :

— Pour les raisons habituelles, il me semble.

— L'argent, le pouvoir et des conditions de vie plus que confortables, c'est cela ? résuma Marcus, un rictus méprisant sur les lèvres.

Elle le considéra un instant, la tête inclinée sur l'épaule.

— Je ne peux m'empêcher de me demander en quoi tout cela vous concerne. Ne me dites pas que vous êtes jaloux ?

Le regard sardonique de Marcus balaya son visage, s'attardant sur la jolie bouche encore gonflée de son baiser. De légères boucles de cheveux échappées de son chignon semblaient murmurer de tendres secrets contre son oreille, juste là où il rêvait de poser ses lèvres. Ses yeux s'abaissèrent jusqu'à son corsage dont le décolleté offrait ses seins ronds comme deux fruits tendres et, aussitôt, le désir se ralluma en lui comme une flamme ravivée par le vent. Elle avait un corps fait pour l'amour, un corps qui lui faisait perdre la raison.

Se ressaisissant, Marcus détourna le regard. Il avait connu cette femme aussi intimement qu'un homme pouvait le faire, il avait goûté l'odeur de sa peau jusque dans l'intimité de son être. Et pour elle, cela avait été la première fois. Pourtant, il voulait d'elle davantage encore. Savoir qu'elle accordait à un autre que lui des plaisirs dont il ne pourrait jamais être repu lui donnait l'impression qu'il n'avait plus qu'un creux immense à la place du cœur. Bon sang ! Oui, c'était vrai. Il était jaloux. C'était une émotion qu'il n'avait éprouvée que pour une seule femme. Et qui lui avait coûté bien cher ! Il se méprisait pour une telle faiblesse.

— Vous êtes belle, Lowena. Qui pourrait le contester ? Je découvre cependant que vous êtes aussi totalement dépourvue de sens moral. Je vous félicite pour vos talents de séductrice. Et pour avoir su prendre dans vos filets un beau poisson. Sincèrement, je vous croyais différente. À mes yeux, vous étiez une femme de cœur. Pas une petite courtisane avide de bijoux et de luxe tapageur.

Cette froide condamnation sembla enfin briser la carapace d'indifférence dans laquelle elle s'était enfermée. Elle s'écarta vivement, les yeux flamboyants.

— Vous en avez assez dit. Je ne vous écouterai pas une minute de plus.

— Comme vous voudrez, rétorqua-t-il d'une voix dure. Ce n'est pourtant que la vérité !

— Vous n'êtes qu'un arrogant et un prétentieux ! Je ne vous dois rien. Ma vie m'appartient et j'en fais ce que j'en veux. Personne n'a le droit de me juger. Vous moins que quiconque.

Blême de rage, Marius lui décocha un dernier regard. Puis il tourna les talons et s'éloigna d'un pas vif.

Lowena le regarda rejoindre la terrasse et disparaître dans la maison. Il était clair, désormais, qu'elle ne le reverrait plus.

D'une main lente, elle frôla ses lèvres, juste là où, un instant auparavant, celles de Marcus s'étaient posées. Ce baiser, à la fois doux et brûlant comme une flamme, insistant et sensuel, l'envahissait lentement, la troublant jusqu'au fond de l'âme. Elle aurait voulu tellement plus. Elle brûlait encore de lui rendre ce baiser avec une passion qui ne pouvait pourtant que la détruire.

À quoi bon ? Qu'aurait pu lui donner un homme qui ne l'aimait pas ? Sa propre réaction, cette soumission instinctive au désir de Marcus, la terrifiait de manière rétrospective.

Ecœurée de sa propre faiblesse, Lowena devait admettre qu'elle n'était pas plus insensible aux charmes de Marcus Carberry à Londres, au milieu des plus beaux partis d'Angleterre, qu'elle ne l'était à Tregarrick. Elle sentit la sérénité acquise au cours des semaines précédentes fondre comme neige au soleil, la laissant haletant et le cœur douloureux à cause d'un homme pour qui elle ne comptait pas.

Le seul homme qu'elle avait aimé et aimerait jamais.

Elle pouvait résister à ses insultes, à sa colère, mais pas à son sourire, ni à ses caresses et à ses baisers. Elle aurait voulu combattre l'exaltation physique qu'il savait allumer en elle, hélas, elle n'en avait tout simplement pas la force. Marcus avait fait d'elle une créature sauvage qu'elle ne reconnaissait pas.

Comment était-il possible d'aimer encore un homme qui lui avait fait tant de mal ? Rien ne pouvait-il donc la protéger de l'amour une fois qu'il s'était emparé d'elle ?

Elle qui se croyait à l'abri dans le nouveau monde qu'elle s'était construit avec son père, il suffisait de quelques minutes passées en compagnie de Marcus pour que son nouveau bonheur vole en éclats.

Ravalant ses larmes, Lowena regarda de nouveau en direction de la maison. Son père venait justement la rejoindre. Elle alla vers lui, souriante.

Robert Wesley, selon son habitude, alla droit au but. Désignant du menton la porte-fenêtre par laquelle venait de disparaître Marcus, il demanda :

— Connais-tu ce gentleman, ma fille ?

Lowena s'efforça de raffermir sa voix.

— Oui, bien sûr. Il s'agit du capitaine Carberry. Marcus Carberry.

Les yeux de Sir Wesley s'arrondirent.

— Le garçon qui t'a découverte dans les bois quand tu étais bébé ?

— Celui-là même.

Robert l'étudia un instant. Puis il claqua la langue.

— Tiens, tiens… J'aimerais faire sa connaissance. Tu sembles bouleversée. T'aurait-il dit quelque chose d'inconvenant ?

Elle détourna les yeux.

— Non. Il m'a simplement confié sa surprise de me voir. Il ne s'y attendait pas, évidemment.

— Il ne s'attendait pas à quoi ? À te revoir ou au fait que tu assistes à la soirée de Lady Wychwood ?

— Aux deux, je suppose. La dernière fois qu'il m'a vue, j'étais une domestique dans sa maison.

— Lowena… Je sais que tu as écrit à Lady Alice. Lui as-tu dit où tu vivais maintenant ? Que tu avais retrouvé ton père et que nous étions enfin réunis après tout ce temps ?

Elle baissa la tête, se sentant absurdement honteuse.

— Je crains que non, père.

— Pourquoi ? Ne t'est-il pas venu à l'esprit que tu lui devais cette explication ? Après tout, d'après ce que tu m'as dit, même de loin, elle a veillé sur toute ton enfance, n'est-ce pas ?

Lowena se sentit contrite.

— Vous avez raison, père. J'aurais dû tout lui raconter. En

fait, je… Je ne voulais pas que Marcus le sache. Quand je suis partie, j'ai pensé qu'il était dans mon intérêt non seulement de mettre un terme à mon emploi à Tregarrick, mais également de rompre toute relation avec lui.

Robert fronça les sourcils.

— Toute relation ? répéta-t-il en la regardant d'un air soupçonneux. T'a-t-il fait du tort d'une manière ou d'une autre ?

— Disons que… Que notre dernier entretien fut particulièrement déplaisant.

— S'est-il passé quelque chose entre vous, Lowena ? insista son père. T'a-t-il manqué de respect ?

Lowena, rougissante, détourna le regard. Elle ne pouvait décemment pas confier à son père comment, servant dans la demeure de Marcus Carberry, elle l'avait, de son plein gré, laissé pénétrer dans sa chambre et jusque dans son lit. Elle ne pouvait lui confier qu'elle ne pouvait depuis chasser de son esprit l'indicible douceur de l'intimité qu'ils avaient partagée. Qu'elle ne pouvait oublier les délices de leur joute amoureuse.

Aussi chercha-t-elle frénétiquement une autre réponse.

— Il m'a demandé de quitter sa demeure. Aujourd'hui, cela peut sembler sans importance. Cela m'a même porté chance, en vérité. Seulement, à cette époque, pour moi, quitter Tregarrick, c'était quitter l'univers rassurant dans lequel j'avais grandi. C'était affronter l'inconnu. Il voulait me trouver une bonne place. En tant que gouvernante, par exemple. Seulement, j'étais furieuse et bouleversée. Je lui ai rétorqué qu'il ne devait pas s'en faire pour moi. Que j'étais assez grande pour prendre ma destinée en main. Nos adieux furent plutôt… désagréables. Trop de choses ont été dites, par tous les deux. Nous ne nous sommes pas quittés en bons termes.

Robert l'écoutait avec attention, réfléchissant à ce qu'elle lui apprenait. Pourtant, il n'avait pas l'air convaincu. Heureusement, il n'insista pas.

— Tu es grande maintenant, ma chérie. Je ne me mêlerai pas de ta vie privée. J'arrive trop tard dans ta vie pour jouer les pères autoritaires. Pourtant, mon sentiment est qu'il y a dans cette affaire quelque chose que tu ne me dis pas. Je sais écouter, Lowena. Tu peux me faire confiance.

Elle secoua la tête.

— Non, vraiment, père, ce n'est rien. Ne vous tracassez pas pour moi.

— Pourtant, quand j'ai croisé le capitaine tout à l'heure, il semblait tout à fait hors de lui.

— Certes, cependant, cela n'a aucune importance, je vous assure.

— Sait-il que tu es ma fille ? Il ne peut sûrement pas l'ignorer, étant donné les rumeurs qui ont couru dans tout Londres, à peine t'avait-on vue à mon bras.

Lowena s'empourpra derechef.

— Je crains que non. En fait, il n'est arrivé que d'hier. Il semblerait que les commérages n'aient pas encore atteint ses oreilles. De toute façon, je n'ai pas eu le temps de parler de vous. Il ne m'en a pas laissé l'occasion.

— Je vois. Qui croit-il donc que je suis, dans ce cas ?

Comme elle ne répondait pas, il la saisit par le bras et la força à lui faire face.

— Eh bien ?

Lowena hésitait encore. Comment rapporter les propos de Marcus ? Ce n'était pas le genre de chose qu'on pouvait dire à son père, n'est-ce pas ? Pourtant, il fallait bien parler.

— Il… suppose que vous et moi… Vous comprenez, il nous a vus ensemble dans le parc. Alors…

Contre toute attente, comprenant soudain de quoi il retournait, Sir Wesley renversa la tête en arrière et partit d'un grand rire.

— Pour un homme dont la jeunesse n'est plus qu'un lointain souvenir, la méprise est flatteuse. Voilà le discours le plus aimable que j'ai entendu depuis longtemps. Cela me rajeunit.

Sortant un vaste mouchoir de la manche de son pourpoint, il s'en tamponna les yeux avant d'ajouter :

— Si Marcus Carberry pensait m'offenser, il s'est bien trompé ! Mon Dieu ! J'imagine la figure de Deborah quand elle va apprendre cela !

Lowena ne savait plus sur quel pied danser.

— Oui, sans doute… Tout cela est du dernier ridicule. Marcus Carberry sera sans doute furieux quand il apprendra la vérité.

— Il ne va pas tarder à être éclairé sur la question. Il suffit qu'il interroge l'un des invités de cette soirée et on s'empressera de lui éclairer la lanterne. Si tu veux, je vais aller lui parler…

— Oui, c'est une bonne idée… Pas tout de suite, néanmoins, s'interposa Lowena, qui tenait à sa vengeance. Laissez-le donc mijoter encore un peu.

Robert gloussa.

— Voici un jeu bien cruel, ma chère. Es-tu sûre qu'il l'ait bien mérité ?

— Cruel ? Sans doute, rétorqua Lowena en passant son bras sous celui de son père qui reprenait le chemin de la maison. Mais c'est diablement amusant.

— Ce n'est pourtant pas le genre de jeu que Deborah souhaitait t'enseigner quand tu es arrivée à Londres.

— Je m'en doute. Heureusement, j'apprends vite.

Le visage de Sir Robert redevint sérieux.

— Ma chère fille, tu sais que, quoi qu'il advienne, tu peux compter sur mon soutien ferme et entier, n'est-ce pas ?

La tendresse qui brillait dans son regard émut profondément la jeune femme.

— Oui, bien sûr, et je vous en remercie. Cela ne sera pas nécessaire, toutefois. Le temps que j'ai passé à Tregarrick, au sein de la famille Carberry, appartient définitivement au passé.

— Marcus, que se passe-t-il ? Tu sembles contrarié ? s'inquiéta Juliet quand son frère regagna les salons.

— Ce qu'il se passe ? répéta Marcus d'un ton âpre. Je croyais que c'était évident. Lowena a quitté notre maison pour nouer une intrigue avec un homme assez vieux pour être son père. Depuis son départ, je l'ai fait rechercher partout dans le comté… En vain. À croire qu'elle s'était littéralement évaporée.

Et voilà qu'elle réapparaît au bras d'un barbon, parée de beaux atours. La situation est claire, il me semble !

— Je trouve que tu sautes bien vite à des conclusions hasardeuses, mon cher frère. Lowena a-t-elle dit explicitement que ce gentleman avec lequel tu l'as vue était son amant ?

— Elle n'en avait pas besoin !

— Et s'il y avait une explication tout à fait innocente ?

Marcus toisa sa sœur d'un œil froid.

— Quelle explication pourrait-elle bien fournir ? Ils se promenaient côte à côte dans Hyde Park. Il lui a même caressé la joue. Devant tout le monde ! Pour l'amour du ciel, Juliet, ne trouves-tu pas cela assez clair ?

Il expira bruyamment, furibond. L'ensorcelante jeune fille qui avait toujours eu une place dans son cœur, la femme qu'il avait tenue dans ses bras, était devenue un être aussi froid et calculateur qu'Isabelle.

— Il doit y avoir une autre explication. Je suis sûre que nous allons en apprendre davantage sur cette affaire ici même.

Ils n'eurent pas longtemps à attendre.

Marcus fixait la porte-fenêtre, espérant Dieu sait quel miracle, quand Lowena fit son entrée dans la pièce au bras de l'homme avec lequel il l'avait vue dans Hyde Park.

— Grands dieux ! s'exclama le gentilhomme qui se tenait près de lui, s'arrêtant net dans sa progression vers le buffet. Quelle exquise créature ! Bien trop belle pour être de chair et de sang, comme nous, pauvres mortels. Wesley est un sacré veinard, si vous voulez mon avis.

— Wesley ? s'enquit Marcus, à qui la curiosité coupait presque le souffle.

— Lord Robert Wesley, du Devon. Pas très loin de chez vous.

— Vraiment ? murmura Marcus. Je ne connais pas ce nom.

Il observa Lowena plus attentivement. Sa colère s'étant quelque peu apaisée, il lui fallait bien admettre qu'elle était d'une beauté à couper le souffle. Rencontrant son regard d'ambre à travers la pièce, il détourna les yeux, ébloui. Il conclut qu'elle était également aussi dangereuse qu'une plante tropicale vénéneuse.

— En voilà une qui a su se faire une place au soleil, conclut-il sobrement.

— C'est le moins qu'on puisse dire. Il semblerait que cette jeune dame soit le fruit d'une union plus ou moins clandestine de Wesley avec sa mère, aujourd'hui défunte. Une fille de bonne famille, d'après ce qu'on dit. Ils n'étaient pas mariés, cependant… L'enfant aurait été abandonnée ou confiée à une servante. Bref, tout un roman. Néanmoins, avec sa beauté, il n'aura pas de mal à la marier ! Et de la meilleure façon.

L'homme soupira, hocha la tête et s'en fut, laissant Marcus hébété.

Marcus restait figé sur place, comme frappé par la foudre. Lord Wesley, le père de Lowena ? Une rage soudaine l'envahit contre sa propre stupidité et son aveuglement. Toutes les pièces du puzzle se mirent brusquement en place. Mais aussi, pourquoi Lowena n'avait-elle rien dit ? Et depuis combien de temps connaissait-elle le nom de sa famille paternelle ?

— Eh bien ! s'exclama Juliet, enchantée de ce qu'elle venait d'apprendre. Il semblerait que Lowena soit la fille de Sir Robert Wesley et non une quelconque intrigante. Quel retournement de situation, n'est-ce pas, mon frère ?

— En effet, opina Marcus en regardant l'objet de ses pensées traverser la vaste salle, ses cheveux de flamme rivalisant avec l'éclairage étincelant des lustres.

Quel idiot il avait été de sauter ainsi sur les conclusions les plus blessantes !

— Elle me le paiera, ajouta-t-il entre ses dents.

Juliet rit doucement.

— Moins que toi qui regrettes déjà amèrement tes accusations. Tu as condamné Lowena bien hâtivement, ce me semble, et son père risque de ne pas te le pardonner, si tant est qu'elle accepte de le faire. Mon cher Marcus, tu n'as pas fini de ramper à deux genoux aux pieds de ta belle, mendiant son pardon.

— Je ne me suis jamais agenouillé devant quiconque, tu le sais très bien, rétorqua Marcus sèchement. Ce n'est pas ce soir que je vais commencer. Que sais-tu de Sir Wesley ?

— Il vit dans le Devon. Vieille famille noble, au demeurant. Il est aussi immensément riche. Propriétaire d'une mine d'argent. Ce qui vous fait un point commun. Il n'a pas d'autre enfant, que je sache. Que Lowena soit reconnue ou non est une chose qui reste à voir. Quoi qu'il en soit, elle sera un jour très riche elle aussi.

— Dans ce cas, elle devrait prendre garde aux chasseurs de dot.

Le regard de Juliet pétilla de malice contenue.

— En effet. Elle est à présent l'un des meilleurs partis de Londres. Vas-tu te mettre sur les rangs, Marcus ?

— Je crains que non. De toute façon, même un pistolet sur la tempe, elle refuserait de me prendre en considération.

Juliet rit encore.

— Malgré tout, je crains que nous ne puissions éviter d'aller les saluer. Je connais assez bien Deborah Wesley qui s'étonnerait que je ne le fasse pas. Et puis, ajouta-t-elle, après le rôle que tu as joué dans la vie de Lowena, je suis certaine que Sir Robert sera heureux de faire ta connaissance.

Au fur et mesure que la soirée se déroulait, Lowena sentait peser sur elle le regard de Marcus. Elle sentait son regard sur son dos nu, qui la suivait pas à pas tandis qu'elle évoluait parmi les groupes d'invités. Il émanait de lui une assurance et une force qu'il semblait difficilement maîtriser. L'élégance de sa tenue n'était qu'un leurre destiné à dissimuler la dimension animale, presque brutale de son être profond.

Le souvenir de leur altercation dans le jardin, et du baiser qui s'en était suivi, la hantait tant qu'elle ne parvenait pas à penser à autre chose.

Elle leva fièrement la tête et, depuis l'autre extrémité de la pièce, lui fit face d'un air plein de défi. Puis, prenant le bras que lui présentait galamment un jeune homme, elle suivit celui-ci dans la salle de bal et se mit à danser au rythme de la musique.

Appuyé avec une fausse nonchalance contre une colonne, les sourcils froncés, Marcus regardait Lowena enchaîner avec aisance les figures compliquées d'une contredanse. Ses gestes étaient gracieux et elle souriait à son cavalier avec un enthousiasme innocent.

Il continua à l'épier et, quand elle revint sur la piste pour prendre part à une de ces danses de Cour qui permettaient aux danseurs, organisés en deux rangées, de changer régulièrement de partenaire, il vit combien le visage de la jeune femme rosissait de plaisir sous les compliments murmurés. Les poings serrés, il aurait voulu chasser ces importuns d'un bon coup de pied dans l'arrière-train.

Depuis la nuit où ils s'étaient aimés, il vivait dans un état de constante fureur et se demandait combien de temps encore il pourrait tenir dans cet état de tension. Le souvenir des moments que Lowena et lui avaient partagés le torturait chaque jour davantage. C'était un souvenir vibrant, presque tactile, agrémenté d'odeurs et de parfums envoûtants, du goût merveilleux de sa peau et d'une délicieuse chaleur.

Incapable de l'effacer, il en venait à penser que le seul moyen de le conjurer serait de le faire revivre. Jamais il n'avait vu Lowena d'une si ensorcelante beauté. Et il savait désormais qu'il n'aurait pas de repos tant qu'elle ne lui appartiendrait pas.

Il débattit longtemps avec lui-même, se demandant pourquoi il se comportait à son égard avec une telle brutalité et une telle possessivité. Était-ce parce qu'elle avait blessé son orgueil de mâle en quittant Tregarrick sans crier gare ? Ou bien parce qu'elle l'avait laissé croire que l'homme au bras duquel elle se pavanait était son amant ?

En tout cas, quelle que soit la raison de sa dissimulation, c'était à lui de faire amende honorable. À Tregarrick, elle lui avait dit qu'elle l'aimait. Était-ce toujours le cas ? Ou bien avait-il détruit en elle tout sentiment à son égard ?

Lentement, un sourire naquit sur ses lèvres. S'il fallait en croire l'ardeur avec laquelle, tout à l'heure, elle avait répondu à son baiser, ses sentiments n'étaient pas morts. Non, l'amour qu'elle lui portait était toujours intact. Ainsi que son orgueil et le courage qu'elle mettait à l'affronter, il n'en doutait pas. Or, cela, jamais il ne voudrait le détruire.

Se détachant de la colonne d'un coup de reins, il se redressa, combatif. Il fallait colmater la brèche qui les séparait avant qu'il ne soit trop tard.

Sinon, elle les engloutirait tous les deux.

Chapitre 9

Le souffle court, les pieds douloureux et la tête étourdie d'avoir bu trop de vin de Champagne, Lowena déclina gracieusement l'invitation d'un nouvel admirateur. Puis, s'excusant auprès de son père et de sa belle-mère, elle alla se retirer dans le salon réservé aux dames. Sans oser se l'avouer clairement, elle avait espéré que la colère de Marcus à son encontre se serait apaisée et qu'il l'inviterait à danser.

Seulement, il n'avait pas bougé de son poste de surveillance, appuyé contre l'une des colonnes de la salle de bal, et tout dans son attitude, son visage sombre, ses sourcils froncés, disait sa réprobation.

L'espoir de Lowena de finir au moins la soirée sans autre querelle s'évanouit quand, en sortant du salon, elle le trouva en face d'elle, l'air toujours aussi vindicatif.

— Enfin ! lança-t-il d'un ton impatient. Je finissais par croire que je ne pourrais jamais vous voir seule. Je dois vous parler.

Et, sans attendre sa réponse, il s'empara de son bras et l'attira dans l'embrasure d'une porte-fenêtre garnie d'épais rideaux qui les cachaient aux yeux du monde.

Lowena se dégagea aussitôt de son étreinte, agacée par ses manières cavalières.

Le visage de Marcus était tendu, son regard opaque. Obstiné comme il était, il devait avoir découvert la vérité sur son identité et l'avait suivie jusqu'au salon des dames pour lui demander des comptes. Encore une fois.

— Allez-vous en ! Je n'ai rien à vous dire. Et je n'ai pas de temps à perdre avec vous.

— Au contraire. Il y a des points sur lesquels j'aimerais revenir.

— Dans ce cas, rétorqua Lowena, j'aimerais que vous respectiez au moins les convenances. Je n'ai nulle envie de susciter les commérages.

Marcus la gratifia d'un sourire condescendant.

— Si vous craignez un nouvel assaut de ma part, je tiens à vous rassurer. Je souhaite simplement vous poser quelques questions. Tant que vous voudrez bien y répondre, vous n'avez rien à craindre.

Lowena lui jeta un regard suspicieux.

— Et ensuite ?

Il parut s'amadouer et son regard brilla malicieusement.

— Ensuite ? Nous verrons.

Elle balaya d'un regard exaspéré sa belle silhouette d'où émanait une assurance insupportable.

— Nous nous sommes dit tout ce que nous avions à nous dire. Après ce qui s'est passé entre nous, de quel droit osez-vous m'approcher ? Et si vous continuez à rôder autour des quartiers réservés aux dames, l'une d'elle pourrait bien sonner l'alarme.

Marcus sourit franchement, sans se laisser démonter.

— Le jeu en vaut la chandelle. Les moindres recoins de cette maison sont bondés… sauf ici.

Il la passa en revue d'un regard inquisiteur, presque un regard de propriétaire, et s'attardant sur ses joues, qu'elle savait rouges et brûlantes, il ajouta :

— On dirait que vous passez un bon moment…

— Un très bon moment. Bien que je commence à être un peu lasse. Qu'aviez-vous de si urgent à me dire ? Quoique je m'étonne que vous osiez encore paraître devant moi. Votre attitude et vos propos, toutes ces horribles accusations que vous m'avez lancées au visage sont tout à fait impardonnables.

Comme elle le fusillait d'un regard brûlant, le menton pointé vers lui, elle sentit qu'il faisait appel à toute sa maîtrise pour juguler un mouvement d'humeur.

— À quel jeu jouiez-vous en me laissant croire que Sir Robert Wesley était votre amant ? Bon sang, Lowena ! N'importe quelle jeune fille sensée m'aurait dit tout de suite qu'il s'agissait de son père.

Lowena retint avec peine un soupir de soulagement. Enfin, il savait. Elle soutint son regard, s'efforçant de garder contenance.

— Oui, j'aurais dû, en effet, admit-elle d'un ton réticent. Pour cela, je vous dois des excuses.

Marcus ouvrit grand les yeux, feignant la stupéfaction.

— Des excuses ? Vraiment ? Vous ne m'avez pas habitué à tant de modestie.

— Je reconnais que j'ai été trop loin. Mais vous vous étiez déjà fait votre opinion, n'est-ce pas ? Vous ne vous êtes pas donné la peine de me poser la moindre question.

Le regard de Marcus brillait maintenant d'une chaude lueur qui eut aussitôt pour effet de lui nouer le ventre.

— Petite diablesse ! Vous mériteriez que je vous étrangle.

— Je ne doute pas que vous en soyez capable… Dans des circonstances moins publiques.

— Vous vous êtes bien moquée de moi, admettez-le. J'ai eu l'air d'un parfait idiot, dans toute cette affaire. Devant ma sœur et son époux, à vos yeux, sans même parler de votre père…

— Vous n'avez pas eu besoin de ma contribution pour cela. Vous vous êtes fort bien débrouillé par vous-même pour vous donner en spectacle. Cela vous apprendra à tirer des conclusions hâtives.

— Vous n'avez rien fait pour m'aider à y voir plus clair. En fait, vous jouissiez de chaque instant de mon désarroi. Admettez qu'à Hyde Park, devant l'évidence des faits, je ne pouvais qu'en déduire que vous étiez impliquée dans une liaison peu glorieuse. Et vous en avez joué à loisir, vous amusant sans pitié de mon ridicule. Félicitations, Lowena. À défaut d'être une intrigante, vous êtes une excellente actrice.

— Je n'ai jamais eu l'intention de vous cacher qui était

l'homme avec lequel vous m'aviez rencontrée. C'est vous qui avez immédiatement sauté sur la mauvaise conclusion. Vous insistiez avec une telle mauvaise foi, un tel désir de me blesser que j'ai décidé de ne pas vous détromper tout de suite. Si vous vous étiez comporté comme un gentilhomme, j'aurais fait les présentations au plus vite. Seulement, vous étiez dans une telle rage…

— N'y avait-il pas de quoi ?

— Sans doute.

— Comment avez-vous découvert que Sir Robert Wesley était votre père ?

— C'est Nessa qui me l'a appris.

— Nessa ?

— Oui. Elle le savait depuis toujours. C'est elle qui m'a déposée au pied de ce chêne, le jour où vous m'avez trouvée, se tenant ensuite à l'écart dans les buissons pour voir ce qu'il advenait. Elle m'a révélé tout ce que, depuis ma plus tendre enfance, je voulais savoir sur mes origines.

Il la dévisagea, incrédule.

— Et vous étiez déjà informée de tout cela quand vous êtes partie ?

— Oui.

— Et cependant, vous n'avez pas jugé bon de me le dire ? À moi ou à ma mère ? Elle, au moins, méritait un meilleur traitement de votre part, ne le pensez-vous pas, Lowena ? En ne vous voyant pas revenir, la pauvre femme était malade d'inquiétude.

Lowena, sincèrement affectée, se mordait les lèvres.

— Je suis navrée. Sincèrement. Je regrette profondément d'avoir blessé Lady Alice, insista Lowena en se tordant les mains. Quand je lui ai annoncé que je partais avec Nessa, je savais seulement qui étaient mes parents et que mon père était encore en vie. Cette nouvelle était d'une telle importance pour moi ! Il a fallu que je m'y habitue. Je ne pouvais me résoudre à en parler à quiconque avant d'avoir vu l'homme qui m'avait donné la vie. Avant de savoir comment il réagirait en me voyant.

— Et Sir Robert ? Connaissait-il votre existence ?

— Pas avant que je n'apparaisse sur le seuil de sa porte. Au moment de ma naissance, il était au Mexique. Ma mère est morte peu de temps après m'avoir mise au monde. D'après Nessa, qui était sa servante, ma grand-mère était une femme dure et sans cœur. Quand mon père est revenu en Angleterre, elle ne lui a pas dit qu'il avait une fille. Seulement que la femme qu'il aimait était morte. Il aimait passionnément ma mère, et Nessa, qui connaissait le jeune homme et recevait ses confidences, avait la conviction qu'il l'aurait épousée.

— Et votre grand-mère ? Qu'est-elle devenue ? Pourquoi ne vous a-t-elle pas gardée auprès d'elle ?

— Elle ne voulait pas de moi. Elle ne supportait pas l'idée d'élever une enfant illégitime, avec tout le scandale que cela provoquerait. Si Nessa n'avait pas accepté de m'emporter avec elle, cette femme m'aurait fait déposer dans un orphelinat.

— Grands dieux !… Dire que Nessa savait la vérité depuis tout ce temps ! Pourquoi vous l'a-t-elle cachée si longtemps ? Pourquoi n'a-t-elle rien dit ?

Lowena fit à son interlocuteur un résumé de ce qui s'était passé après que Nessa eut quitté Beresford Castle et comment elle avait appris la prétendue mort de Robert Wesley.

— Quand vous m'avez découverte au pied de cet arbre, et m'avez confiée à Izzy, Nessa s'est arrangée pour trouver du travail à Tregarrick afin de garder un œil sur moi. Quand elle a vu que je grandissais heureuse et en bonne santé, elle a décidé de ne rien dire. D'après ce qu'elle avait appris, je n'avais plus personne pour s'occuper de moi, de toute façon.

— Est-ce parce que Nessa quittait Tregarrick qu'elle a décidé de tout vous raconter ?

— C'est l'une des raisons, en tout cas.

— Et les autres ?

— Elle venait de découvrir que mon père était toujours en vie.

— Et votre grand-mère ?

Lowena secoua la tête.

— Elle est morte il y a quelques années dans un incendie. Paix à son âme. Beresford Castle a brûlé de fond en comble.

— Cette nouvelle a dû vous attrister.

— Oui et non. La manière dont Lady Beresford s'est comportée à notre égard, à ma mère et à moi, a été infiniment cruelle. À ma connaissance, elle n'a jamais cherché à me retrouver. Je ne pense pas qu'elle m'aurait accueillie à bras ouverts si je m'étais présentée à sa porte.

Lowena s'interrompit un instant, pensive, puis interrogea soudain :

— Étiez-vous inquiet, quand vous avez compris que je ne reviendrais pas à Tregarrick ?

Marcus lui lança un regard dépourvu de toute amabilité et elle fut étonnée de lire un mélange de douleur et de fureur dans ses yeux sombres.

— Oui. Et surtout, j'étais furieux. Contre moi-même avant tout. Après tout, si vous vous êtes enfuie, c'est à cause de moi.

— Juliet dit que vous m'avez cherchée ?

— Évidemment ! Je me soucie de vous, Lowena. Plus que vous ne le pensez. Je regrette profondément de vous avoir demandé de quitter Tregarrick. Comme si je savais ce qui était mieux pour vous ! Je vous ai sous-estimée et vous m'avez donné une bonne leçon. Il ne m'a pas fallu longtemps pour comprendre l'erreur que j'avais faite, et pour mesurer ce que j'avais perdu. J'avais désespérément besoin de savoir que, pour vous, tout allait bien. Je suis allé voir Nessa à Saltash, pensant qu'elle savait où vous étiez allée, mais quand je suis arrivé là-bas, sa tante était morte et Nessa s'était volatilisée.

— Elle est venue me rejoindre à Castle Creek. Elle y est toujours.

Lowena lança un coup d'œil à travers le rideau en direction de la salle où était servi le buffet. Ses parents devaient se demander où elle avait disparu. Elle y aperçut justement Sir Robert et Deborah qui passaient non loin.

— Il est grand temps que je vous présente à mon père, il me semble.

— Lui avez-vous raconté ma méprise ?

— Naturellement.

Marcus roula comiquement des yeux.

— Grand Dieu, Lowena ! Vous n'avez aucune pitié. Croyez-vous que ma gêne ne soit pas assez grande ? Nul doute qu'il va me convoquer en duel à la nuit tombée sur un quai obscur de la Tamise !

Lowena eut une petite grimace amusée.

— L'idée ne manque pas de séduction ! Néanmoins, il va plus probablement vous convier dans sa maison de Londres et vous offrir un verre de son meilleur cognac. En vérité, mon père a surtout vu le côté amusant de la chose et il était flatté qu'on le croie encore capable de séduire une jeunesse. Je doute que Deborah, en revanche…

Marcus la couvait maintenant d'un regard tendre et sa voix mourut sous le coup de l'émotion.

— Je suis tellement heureux de m'être trompé, si vous saviez… Dites-moi, la vie à Londres vous plaît-elle ? Vous semblez vous être parfaitement adaptée au train de vie des gens de notre condition.

Elle sourit. D'un sourire un peu moqueur.

— Merci pour le compliment. Ma vie ici me plaît assez. Cependant, je n'y ai pas trouvé ce que j'y cherchais.

— Vraiment ?

Elle secoua la tête.

— La découverte de ma véritable identité ne constitue pas pour moi une fin en soi. C'est simplement le commencement de quelque chose… Une nouvelle étape de ma vie. Bien sûr, je suis contente de savoir enfin qui je suis. Et j'aime profondément mon père, avec qui j'ai beaucoup d'affinités et qui est un homme charmant. Mais cette vie-là…

Elle soupira en enveloppant du geste les lustres illuminés, les riches tapis, et la foule agglutinée autour des buffets.

— Il y a des jours, poursuivit-elle, où je trouve difficile de sourire et de bavarder avec des gens que je ne connais pas et que je n'apprécierais sans doute même pas si je les connaissais… Vous voyez que je ne suis pas si bonne comédienne que cela.

— Pourtant, dans les bras de vos admirateurs, vous sembliez tout à fait à l'aise.

Lowena sentit son humeur guerrière renaître et elle se prépara à un nouvel assaut de la jalousie de son compagnon.

— Et pourquoi non ? Je m'amusais, en effet, et comme vous avez pu le voir, la petite oie blanche venue du fond de sa Cornouailles a même appris à danser sans marcher sur les pieds de ses cavaliers.

Au lieu du ton vindicatif auquel elle s'attendait, Marcus laissa un sourire admiratif éclairer son visage.

— Quelle petite diablesse vous faites quand vous êtes en colère !

Il ajouta avec un petit rire taquin :

— Peut-être regrettez-vous que je n'aie pas dansé avec vous ?

Lowena sourit, heureuse de leur complicité retrouvée.

— Vous, danser avec moi ! Je vous aurais plutôt étranglé de mes mains.

— Alors, je me serais empressé de revenir vous hanter, menaça-t-il. Je vous jure que je serai mille fois plus redoutable quand mon corps sera réduit en poussière. Vous ne pourrez plus m'échapper. Jamais. Vous me verrez partout. Mon fantôme ne vous laissera pas un instant repos.

Lowena réprima avec peine l'éclat de rire qui lui montait aux lèvres.

— Vous perdez votre temps. Je ne crois pas aux fantômes.

— Au mien, si. Il sera tout à fait effrayant. Mais puisque vous êtes clairement réticente à l'idée de m'accueillir dans votre chambre à l'état de fantôme, il ne me reste plus qu'à faire en sorte de vivre assez longtemps pour venir vous harceler jour et nuit… En attendant, ne deviez-vous pas me présenter à votre père ? Je risquerais, sinon, d'oublier mes bonnes résolutions et de vous embrasser.

Lowena essaya de ne pas prêter attention au trouble que cette perspective provoquait en elle.

— Vraiment, Marcus, vous êtes incorrigible !

Il tendit la main vers elle et lui caressa tendrement la joue, son regard redevenant soudain sérieux.

— Si je me corrigeais, je suis sûr que vous le regretteriez.

Lord Wesley et son épouse devisaient devant le buffet en compagnie de quelques hôtes dont la bonne chère avait rendu le teint rubicond. Ils les attendaient, visiblement, et Marcus, sur la défensive, se présenta d'une voix brève. Les yeux de Sir Robert le jaugèrent d'un regard attentif puis il sourit et le gratifia d'un léger hochement de tête, lui donnant clairement à entendre que l'examen avait été favorable. Se tournant alors vers son épouse, il lui présenta le jeune homme dans les règles.

Marcus salua galamment Deborah Wesley et l'assura du plaisir qu'il avait à la rencontrer. Puis il sourit, de son beau sourire enjôleur et constata, ravi, que la dame battait des paupières, sensible, comme beaucoup de femmes, à son charme.

— Je suis heureuse de faire votre connaissance, dit-elle d'un ton aimable, non sans le dévisager avec une curiosité fascinée. Lowena et vous avez eu un… Disons un petit désaccord, semble-t-il ?

Elle ajouta tandis que son regard perspicace allait de l'un à l'autre des deux jeunes gens :

— Qui semble à présent résolu…

Marcus afficha un sourire faussement contrit.

— Absolument, Milady. Et j'espère que ce malentendu n'a offensé nul d'entre vous, car c'était tout à fait involontaire.

Robert émit un petit gloussement.

— Sans aucun doute. Je ne m'étais pas autant amusé depuis longtemps, je l'avoue.

— Vous m'en voyez ravi.

— Ceci dit, ajouta Sir Robert, son visage expressif redevenant sérieux, je vous dois les plus grands remerciements du monde. Si vous n'aviez pas recueilli Lowena jadis, sous ce chêne, je tremble rétrospectivement de ce qui aurait pu advenir d'elle.

Elle m'a raconté les circonstances de sa naissance et l'intention qu'avait sa grand-mère de la confier à un orphelinat.

Le brave homme poursuivit, visiblement soucieux de se justifier.

— Mon plus grand regret est d'avoir été absent du pays à cette époque. J'ai ignoré l'existence de ma fille jusqu'à ce qu'elle vienne elle-même m'en faire part chez moi, dans le Devon. J'aurais préféré que la servante soit venue m'en informer plus tôt. Lowena et moi n'aurions pas été privés de toutes ces années. Enfin, ce qui est fait est fait. Autant tirer le meilleur parti du temps qu'il nous reste !

Il ponctua ces paroles d'un tapotement affectueux sur l'avant-bras de sa fille et, après qu'ils eurent conversé encore quelques minutes, Marcus se tourna vers Lowena, les yeux brillants.

— M'accorderez-vous cette danse, mademoiselle ?

Jetant un coup d'œil à Sir Robert, il s'empressa d'ajouter :

— Avec l'autorisation de votre père, naturellement.

— Que vous avez pleine et entière, capitaine, répliqua celui-ci, heureux que toute forme de désaccord ait disparu entre eux.

Lowena n'eut pas le temps de donner son avis. Marcus l'entraînait déjà vers la salle où les couples tourbillonnaient dans une gigue endiablée.

Lowena sentit un bras ferme encercler sa taille et se retrouva serrée contre le corps de Marcus. Sa main gauche se referma sur ses doigts et la fit pirouetter sur elle-même, l'entraînant bientôt dans une danse gracieuse.

Elle se laissa faire, le cœur débordant d'une joie brûlante. Son cavalier semblait avoir passé plus de temps dans les salles de bal que sur les champs de bataille.

Elle aurait dû se sentir intimidée, d'autant plus que leur couple paraissait attirer tous les regards, cependant, l'épaule solide de Marcus sous sa main gantée, son bras qui lui enserrait fermement la taille, tout son corps dur et puissant lui donnait au contraire un agréable sentiment de sécurité.

— Vous dansez à merveille, ne put-elle s'empêcher de le complimenter.

Marcus sourit.

— C'est moi qui suis supposé vous dire cela, savez-vous ?

— Vraiment ? Il semblerait que j'aie encore beaucoup à apprendre sur les usages de la bonne société.

— Vous vous apercevrez vite, si ce n'est déjà fait, que notre société a des règles pour gouverner toute chose.

— On dirait surtout que la société en question exige des femmes qu'elles soient d'aimables figurantes. L'indépendance a du bon, finalement.

Il sourit.

— Plus d'un parmi les gens qui sont ici vous répondrait que cette notion d'indépendance, très à la mode en Angleterre depuis qu'elle nous est venue de France avec le cognac et les dentelles, est très surfaite. Et que les femmes n'en auraient guère l'utilité.

— Peut-être, mais pour moi, c'est quelque chose d'important. Et tant pis si les gens comme il faut me condamnent pour de telles idées. J'ai connu la servitude, Marcus, vous semblez l'oublier. Et je puis vous assurer que cette position d'impuissance vous marque au fer rouge, à jamais.

Penchant sur elle sa belle tête brune, Marcus murmura tout contre son oreille :

— Levez la tête et souriez, mademoiselle Wesley. Souriez comme si vous n'aviez jamais pris autant de plaisir à une danse. Flirtez, même, si le cœur vous en dit, mais, au nom du ciel, ne prenez plus jamais cet air de chien battu quand vous êtes dans mes bras. Cela ferait jaser.

Lowena, les larmes aux yeux, exhala un long soupir.

— Sourire, j'en suis capable. Mais ne me demandez pas de flirter. Souvenez-vous où cela m'a conduite.

La main de Marcus se resserra d'instinct autour de sa taille.

— Comment pourrais-je l'oublier ?

— Je connais les règles de la société et voyez comme je les ai transgressées en agissant comme une… une…

La voix lui manqua, incapable qu'elle était de prononcer les mots qui lui venaient à l'esprit.

— Et qui le sait à part vous et moi ? murmura-t-il d'une voix étonnamment douce. Ce qui s'est passé entre nous est arrivé parce que nous étions attirés l'un par l'autre. C'est arrivé parce que je vous désirais et que je savais que vous me désiriez aussi.

La séduction de son lent sourire était aussi efficace que ses paroles sans fard. Lowena rougit violemment.

— Je… Je crois que nos émotions ont pris le pas sur notre raison, ce soir-là. Comme le soir où vous m'avez embrassée. Ce n'était pas intentionnel de votre part. Après tout, vous ne vouliez que m'accompagner jusqu'au cottage. Et moi, au lieu d'en rester là, j'ai été vous avouer sottement que je vous aimais. Ce qui est arrivé ensuite était dans la nature des choses. Vous n'aviez pas l'intention de me séduire, je le sais bien, même si c'est l'impression que j'ai eue.

Elle se souvenait de la tristesse qui s'était emparée d'elle ensuite, parce qu'elle savait que rien de bien ne pouvait sortir de ce qui s'était passé.

Marcus la regardait droit dans les yeux à présent.

— Je refuse de m'excuser pour ce qui est arrivé. Nous le désirions tous les deux, je vous l'ai dit. Mais si tort il y a, je veux bien le prendre sur moi. Vous étiez innocente et sans expérience. Je me suis mal comporté et je n'en suis pas fier. Je vous ai fait du tort, Lowena, et je m'en sens pleinement responsable. Maintenant, essayez de vous détendre et profitez de la danse !

— Je suis détendue !

— Votre corps me dit le contraire.

Lowena se raidit encore un peu plus.

— Laissez mon corps là où il est, voulez-vous. Après ce que nous venons de nous dire, il me semble clair que c'est mon affaire.

Elle était bien trop consciente de la main de Marcus posée au creux de ses reins et de la sensation de brûlure délicieuse que ce contact faisait naître sur sa peau.

— Ce fut mon affaire aussi, chuchota Marcus contre son

oreille. L'espace d'une nuit. Souvenez-vous en, Lowena. Moi, je me souviens, reprit-il en la berçant doucement contre sa poitrine, le dos de la jeune fille contre son torse suivant la figure de la danse. Je me souviens de chaque courbe, de chaque creux, de chaque endroit secret et délicieux de votre adorable corps.

Lowena frissonna longuement sous les mots langoureux. Marcus sourit, sans doute parce qu'il vit le regard de sa cavalière s'obscurcir dangereusement tandis qu'elle amorçait une volte. Il la fit tourner sur elle-même avec plus d'énergie que ne le requérait la danse.

La tentative de réprimande de Lowena s'évanouit aussitôt qu'elle vit le pétillement plein d'humour de ses beaux yeux gris.

— Vous vous amusez bien, n'est-ce pas ? accusa-t-elle.

— À merveille ! Après tout, vous m'avez laissé sans nouvelle pendant des mois et vous m'avez joué un bien mauvais tour lors de nos retrouvailles. Cela mérite bien une petite vengeance.

Sa voix était d'une douceur trompeuse et Lowena éprouva une soudaine appréhension. La menace n'était pas si anodine qu'il voulait bien le lui faire croire. Il fallait interrompre cette danse au plus vite. Hélas, l'intensité du regard de son compagnon la retenait prisonnière de ses bras, consentante et heureuse.

Comme s'il lisait dans ses pensées, Marcus demanda :

— M'abandonneriez-vous si vite, Lowena ?

Elle ne répondit pas et ils continuèrent à tourbillonner sur le parquet. Elle savait qu'elle n'aurait pas dû laisser Marcus la serrer aussi fort. Comme sous l'emprise d'un sortilège, elle ne faisait rien pour prendre ses distances. La bouche de son cavalier planait juste au-dessus de la sienne, ses yeux étaient plongés dans les siens et tout au fond elle y voyait brûler une flamme provocante et tendre à la fois.

Elle trembla. Mais ce n'était pas de peur.

— Non, souffla-t-elle enfin. Comment le pourrais-je ?

Le regard de Marcus caressa son visage.

— Vous pourriez tout ce que vous voulez si vous saviez jouer de vos pouvoirs.

Elle fronça les sourcils.

— Que voulez-vous dire ?

— Avec un peu de talent, les femmes peuvent faire des hommes ce qu'elles veulent. Certaines possèdent ce savoir-là instinctivement. Pour vous, il ne s'agit pas de cela, cependant. Votre pouvoir vient de plus loin, il dépasse même votre beauté envoûtante, comme un sortilège puisé dans la nature de notre belle Cornouailles.

Le regard de Marcus ne lâchait toujours pas le sien. Elle s'efforça de paraître calme et sûre d'elle alors que tout au fond, elle se sentait fondre sous la caresse de ses belles paroles.

— Je crois que vous jouez avec moi, Marcus. Seulement, c'est un jeu dont je ne connais pas les règles.

— Vous avez raison. Je joue avec vous et je n'ai pas l'intention de vous laisser gagner. Toutefois, ajouta-t-il, ses calmes yeux gris se posant sur sa bouche, si vous le souhaitez, je peux vous apprendre à jouer selon mes règles.

— Vous oubliez que vous avez déjà essayé ce petit jeu-là.

— Pour notre plus grande satisfaction, murmura-t-il d'un air entendu.

Sachant qu'il faisait référence à la nuit où elle s'était livrée à lui, corps et âme, elle rétorqua :

— Je l'ai pourtant payé bien cher. Si vous ne voulez pas que je gagne, qu'attendez-vous de moi ?

Marcus ne souriait plus, maintenant. Son visage était grave. Et, de nouveau, Lowena fut envahie par une étrange appréhension, qui l'inquiétait autant qu'elle la rendait impatiente.

— Ce que je veux ? Que vous deveniez ma femme, Lowena. Épousez-moi.

Elle dut faire appel à toute sa maîtrise d'elle-même pour rester ferme sur ses jambes et conserver un sourire impassible. Tout ce qui l'entourait s'était perdu dans un halo de brume. Dieu sait comment, elle poursuivit sans faute l'enchaînement des pas particulièrement compliqué. La voix grave de Marcus continuait de vibrer doucement à ses oreilles, lui répétant ses dernières paroles dans un écho incessant.

— Vous êtes décidément un homme plein de surprises,

Marcus Carberry, parvint-elle néanmoins à articuler avec un détachement apparent. Pourquoi vouloir soudain m'épouser ? Vous n'en aviez pas l'intention, que je sache, quand je travaillais pour votre famille ? Alors, pourquoi maintenant ? Cela a-t-il à voir avec ma toute nouvelle parenté ? Dois-je me sentir flattée de cette demande ?

— Pas le moins du monde. Depuis que vous vous êtes enfuie de Tregarrick, vous n'avez pas quitté une seconde mon esprit. Votre souvenir me tourmentait sans répit. Dieu du ciel, Lowena, vous ne pouvez savoir combien vous m'avez mis à l'épreuve. Ne comprenez-vous pas à quel point je tiens à vous ?

Lowena, stupéfaite, s'abandonna au torrent d'émotions qui la submergeait. Les yeux voilés de larmes, un sourire dansant sur ses lèvres, son âme buvait les mots dont elle avait si souvent rêvé.

— Je vous veux, Lowena. Je veux que vous deveniez ma femme, répéta-t-il avec force.

Malgré la présence des autres danseurs et l'éclat de la musique, c'était comme si un silence assourdissant était tombé sur la vaste salle. Lowena dévisageait l'homme qu'elle aimait, se laissant lentement pénétrer par le sens de ce qu'il venait de dire.

— Je veux vous épouser, répéta-t-il en approchant son visage pour mieux l'envelopper de son regard.

Il sembla soudain inquiet, comme s'il percevait sur ses traits la confusion, le doute et la peur qui lui serraient le cœur.

— Est-ce vraiment ce que vous voulez, Marcus ? Je ne vous ai certainement pas encouragé dans ce sens. Je ne vous ai jamais rien demandé.

— Vous l'avez fait sans le savoir, à chacune de nos rencontres. Avez-vous une quelconque objection à me prendre pour mari ?

Lowena, perdue dans la contemplation du beau visage de Marcus, s'abandonnait à l'ivresse de ses sensations. L'expression de son regard, d'une infinie douceur, était pleine de sollicitude. Et il paraissait parfaitement sincère.

— Non, non bien sûr. C'est seulement que votre demande m'a prise au dépourvu. Je ne suis plus une domestique, et ma nouvelle position fait de moi un parti fort désirable. Seulement, au fond de moi, je suis toujours la même.

— À mes yeux, vous n'êtes pas une femme comme les autres, Lowena. Je ne puis vous décrire l'état de désespoir dans lequel j'étais quand j'ai compris que vous ne reviendriez pas à Tregarrick. J'ai beaucoup réfléchi à l'éventualité d'un mariage entre nous, et ce, bien avant de venir à Londres. Votre nouvelle position n'influe en rien sur mes sentiments, je vous le promets. Alors ma douce, qu'en pensez-vous ? Quelle est votre réponse ?

Comme la musique baissait, Marcus l'entraîna hors de la salle de bal et la musique s'évanouit dans le lointain.

— Me promettez-vous au moins d'y réfléchir ? insista-t-il en lui prenant le bras.

Lowena souriait, pensive. Le souvenir de tous les moments passés en compagnie de Marcus l'assaillait. Ce qu'il lui demandait, elle y avait souvent rêvé. Jamais elle n'avait cru que cela pourrait un jour se réaliser. Le ciel lui était témoin que c'était son souhait le plus cher. Et voilà qu'elle semblait sur le point de l'obtenir.

Pourtant, elle ne pouvait oublier qu'il avait voulu la mettre hors de chez lui, la laissant croire qu'il n'y avait plus de place pour elle dans son cœur ni dans sa maison. Hélas, elle était assez sotte pour l'aimer toujours et il le savait. Si seulement elle ne lui avait pas avoué son amour !

Quoi qu'il en soit, cet amour ne lui donnait pas tous les droits sur elle et elle comptait bien le lui faire comprendre. Elle jeta à Marcus un dernier regard. Il fallait qu'elle rejoigne son père, qui devait s'inquiéter. L'intensité de l'expression de son visage lui serra le cœur. Il avait de toute évidence peur de la réponse qu'elle allait lui faire.

— Je ne m'attendais pas à votre proposition, Marcus, je vous l'ai dit. Accordez-moi un peu de temps. Après tout, c'est vous qui avez engagé la partie, pas moi.

— Pourquoi ne pas jouer cette partie ensemble ? Ne voyez-vous pas le pouvoir que vous avez déjà sur moi ?

— Je ne souhaite pas avoir de pouvoir sur vous, Marcus. Le jeu que vous jouez obéit à vos propres règles, pas aux miennes.

— Bon sang, Lowena, vous êtes la femme la plus entêtée que j'ai jamais rencontrée. J'ai eu tort de vous demander de quitter Tregarrick, je le sais. C'était absolument injuste et déplacé de ma part. Et je suis prêt à faire amende honorable pour cela. Je vous demande d'être ma femme, et à ce titre, je vous offre mon nom et tout ce que je possède.

— Je vous en remercie. De tout mon cœur. Mais je vous en supplie, accordez-moi un peu de temps.

L'expression ardente du visage de Marcus se radoucit soudain. Il s'étonnait toujours qu'elle pût l'émouvoir à ce point. Jusqu'au plus profond de son être.

— Pardonnez mon impatience, ma douce. Ces derniers mois passés à votre recherche m'ont presque rendu fou de détresse. Vous ne pouvez savoir à quel point vous m'avez manqué.

— Vous aussi, Marcus, vous m'avez manqué.

Elle soutint son regard et ne revint pas sur ces paroles. Dans les yeux de Marcus, elle vit passer l'éclair sombre du doute. Il venait de comprendre que, s'il la voulait, il devrait se montrer patient.

— Maintenant, si vous voulez bien m'excuser, murmura-t-elle. Je dois rejoindre mon père, qui est là-bas à m'attendre. Bonsoir, Marcus.

Le lendemain matin, Lowena se promenait seule dans le jardin, revivant par le menu la soirée de la veille. Marcus l'avait demandée en mariage ! Pourquoi n'avait-elle pas accepté aussitôt ? Pourquoi avait-elle hésité ? Était-ce parce que, au fond de son âme, elle ne parvenait pas à lui pardonner de l'avoir renvoyée de Tregarrick ?

Elle n'avait pas parlé à son père, ni à Deborah de ce qui s'était passé dans la salle de bal. Une fois regagnée leur demeure, elle s'était empressée de leur souhaiter une bonne nuit, un sourire forcé plaqué sur le visage. Puis elle s'était réfugiée dans sa chambre, avait renvoyé sa femme de chambre, avant de passer un long moment devant la fenêtre, à contempler la nuit. L'énergie qu'elle avait mise à tenir tête à Marcus avait rapidement disparu, la laissant épuisée.

Complètement dépassée par ses émotions, elle avait enfoui son visage dans ses mains.

Alors, elle avait compris qu'elle devait faire face à la réalité. Elle n'était pas moins indifférente à Marcus aujourd'hui qu'elle ne l'était quand elle travaillait pour sa famille. Elle ne pouvait voir son sourire, sentir le contact de sa main sur son bras, accueillir ses baisers sans s'embraser aussitôt.

Ce matin, elle tentait d'analyser plus froidement les événements. Marcus était quelqu'un de réservé et, elle le soupçonnait, fort prudent dans ses amitiés. S'exposer ainsi face à elle n'avait pas dû être facile. Il y avait aussi le souvenir d'Isabelle. Une femme dont il ne parlait jamais. Tout ce que Lowena savait, c'était qu'elle l'avait blessé.

Un profond sentiment de compassion nouait sa gorge. En y repensant, il paraissait évident que Marcus avait traversé l'enfer quand la femme qu'il aimait, son premier amour, avait décidé d'épouser son frère. Et combien, de ce fait, il avait dû lui être difficile de lui demander à elle d'être sa femme.

Quelle blessure elle avait dû lui infliger, dans ses sentiments et dans sa fierté d'homme, quand elle n'avait pas accepté tout de suite sa demande !

Soudain, elle sut. La joie affluait en elle comme un torrent printanier. Elle aimait Marcus, et cette certitude emplissait son cœur et apaisait ses craintes. Ce sentiment était si fort qu'il n'y avait plus de place pour rien d'autre.

Le connaissant, elle savait que Marcus voudrait retourner au plus vite en Cornouailles. Pas plus qu'elle, il n'aimait les relations vaines qui se nouaient dans la capitale. Il fallait faire vite.

Impatiente de le voir, elle demanda qu'on fît préparer le léger tilbury dont Deborah se servait pour circuler en ville.

Quand elle frappa à la porte de Mallory House, Lowena fut heureuse d'apprendre que Juliet, sa mère et son mari avaient emmené les enfants au parc. Marcus était donc seul à la maison.

Elle gratta doucement à la porte du bureau où l'avait conduite une domestique et, comme il n'y avait pas de réponse, elle l'ouvrit. Marcus se tenait debout devant la fenêtre et ne semblait pas conscient de sa présence.

Elle s'emplit un instant les yeux de sa vue. Il avait retiré sa jaquette et, quand il leva le bras pour rejeter en arrière une mèche de cheveux, elle remarqua les muscles de ses épaules qui jouaient sous la fine cotonnade de sa chemise blanche. Elle embrassa d'un regard amoureux la beauté de cet homme qui voulait faire d'elle sa femme.

Marcus était doté de tous les dons qui, dans la vie réelle, confèrent parfois à un être humain cette perfection qu'on ne trouve que dans les romans. Il émanait de lui une calme assurance, présente dans sa voix comme dans chacun de ses gestes.

Toutes les paroles de réserve qu'elle lui avait adressées dans la salle de bal s'étaient envolées et elle brûlait du désir de le revoir.

Comme s'il avait senti sa présence, il se retourna enfin, lui offrant un visage sombre. Quand il la reconnut, son expression se métamorphosa. Impassible, il la parcourut des pieds à la tête, le regard indéchiffrable.

Prenant une longue inspiration pour se donner du courage, Lowena se décida. Elle avança vers lui, l'estomac noué. Et s'il avait changé d'avis ? Son cœur se mit à battre follement.

— Eh bien ! lança-t-il, plantant son regard dans le sien. On peut dire que vous savez faire votre entrée. Vous m'avez pris par surprise.

Haussant un de ses sourcils, il ajouta :

— À quoi dois-je l'honneur de votre visite ? Sans doute, après mûre réflexion, vous venez me faire part de votre refus ?

Lowena fut blessée par son ton volontairement désagréable. Il était cependant trop tard pour reculer.

— Si vous souhaitez que je me retire, Marcus, vous n'avez qu'un mot à dire.

Elle fut soulagée de voir ses traits s'adoucirent légèrement.

— Non, je vous en prie. Restez.

Elle avança encore de quelques pas, avec la sensation désagréable d'avoir la poitrine prise dans un étau.

— Alors ? Qu'êtes-vous venue me dire ?

Sa voix, très basse, était plus impressionnante que s'il eût crié. Il glissa ses doigts dans les poches de son gilet, gardant ses distances.

— Je suis venue vous dire que… que j'ai réfléchi à votre demande en mariage, répondit-elle dans un murmure.

— Très bien. C'était ce que vous m'aviez dit vouloir faire, n'est-ce pas ?

— Marcus… Pourquoi me rendez-vous la chose si difficile ?

— Vraiment ? Suis-je si désagréable ?

— Oui. Et c'est idiot. Même si je reconnais avoir eu tort de me montrer froide et réticente hier soir. Si je vous ai blessé, je suis prête à tout pour me faire pardonner.

La bouche de Marcus prit un pli moqueur.

— À tout, vraiment ?

— Oui, murmura-t-elle, se perdant dans la profondeur du calme regard clair.

Elle avait la gorge serrée, ses yeux brûlaient de larmes contenues, mais elle ne pleurerait pas.

— Marcus, je vous en prie, cessez de jouer avec moi. Je ne le supporterai pas un moment de plus… Oh ! je vous en prie, ne me rejetez pas.

— C'est vous qui me faites languir ! Alors ? Vous avez pris votre décision ? M'est-elle… favorable ?

La voix de son compagnon avait perdu son ton âpre. En vérité, Marcus, semblait même angoissé. Il avait peur qu'elle ne le rejette. Lowena sentit un poids se retirer de son cœur.

— Oui. J'accepte… Enfin, si vous voulez toujours de moi…

— Vous, Lowena, voulez-vous vraiment de moi ?

Sa voix rauque d'émotion la fit chavirer. Elle fouilla son visage, le cœur gonflé de tendresse comme à chaque fois qu'il la regardait de cette manière. Elle vit la lumière qui brillait dans ses yeux croître jusqu'à devenir une flamme et, au fond d'elle, elle sentit s'allumer en écho un brasier intérieur. Elle avait tant besoin de ses caresses et soif de ses baisers.

— Oui. Plus que tout au monde.

— Alors je suis un homme comblé, murmura-t-il d'une voix vibrante. Après tout ce que j'ai vécu, je n'aurais jamais cru devenir la victime d'une beauté qui ne cesse de me faire subir les pires tourments. Qui, non contente de me laisser sans nouvelles pendant des mois, commence par rejeter une demande en mariage en bonne et due forme. J'espère seulement, Lowena, que vous avez au moins souffert un peu de notre séparation, sinon autant que moi.

La tendresse du regard dont l'enveloppait maintenant Marcus la réchauffait jusqu'à l'âme.

— Oui, Marcus, soyez content. J'ai souffert, en effet, plus que je ne saurais dire. Quand je vous ai quitté, le monde m'a paru à jamais vide et froid.

Marcus lui adressa un sourire de mâle satisfaction qui la fit rire.

— Je suis désolée pour hier soir, poursuivit-elle. Je vous en voulais encore de m'avoir demandé de quitter votre demeure, je crois. De vous quitter, en fait.

— Je comprends.

Le sourire de Marcus s'était transformé, avait pris une expression gourmande. Son regard s'était obscurci et elle trembla de volupté.

— Savez-vous, je connais mille manières de me prouver que vous êtes vraiment repentante.

— Vraiment ? rétorqua Lowena, le feu aux joues. J'aimerais bien les connaître…

— Eh bien… Si vous venez dans mes bras, je vous les enseignerai. Je vous montrerai à quel point vous m'avez manqué. Je vous dirai combien à quel point je ne peux me passer de vous.

Sans chercher à retenir plus longtemps ses larmes, Lowena franchit d'un pas la courte distance qui les séparait encore. Incapable d'attendre, Marcus tendit les bras et la souleva du sol avant de la serrer contre lui. Alors, elle se serra contre sa poitrine, riant et pleurant à la fois, se souciant peu de mouiller de pleurs sa chemise. Il la serra plus fort contre lui, baisant ses cheveux, s'enivrant du parfum familier de sa peau.

— Dieu comme vous m'avez manqué ! chuchota-t-il. Vous ne pouvez savoir à quel point.

Lowena sanglotait doucement contre son torse solide.

— Je… Je suis si contente ! J'avais beau lutter, mes sentiments pour vous étaient trop forts.

— Ne pleurez pas, je vous en prie…

Quand elle leva vers lui son visage noyé de larmes, il lui caressa la joue avec une infinie tendresse.

— Ne pleurez plus, ma douce. Vous me déchirez le cœur.

Lowena sourit à travers ses larmes.

— Je… Je ne le fais pas exprès. Je ne peux pas m'en empêcher. La joie, sans doute…

Il l'enveloppa d'un regard possessif.

— Ne me quittez jamais plus, Lowena. C'est la seule solution à nos tourments… Ne partez plus, même si je vous le demande…

Il précisa avec un petit rire :

— Ce qui n'arrivera jamais plus. Je peux vous le dire, maintenant, si je vous ai demandé de quitter Tregarrick, c'était pour ne plus avoir à vous rencontrer. Je croyais stupidement qu'en ne vous ayant plus sous les yeux à longueur de journée, j'oublierais ce que j'éprouvais pour vous… Que je cesserais de vous désirer. Que vous ne me hanteriez plus jour et nuit. Je croyais pouvoir exister sans vous… J'ai été affreusement stupide ! Vous n'étiez pas partie depuis une semaine que j'ai compris à quel point je m'étais trompé.

Lowena, profondément touchée par ces paroles, lui posa un doigt en travers de la bouche.

— Je vous en prie, Marcus. Cessez de vous torturer de la sorte.

— Non, je veux que vous sachiez… Jamais je n'ai éprouvé cela. Ce terrible sentiment de manque quand vous n'étiez plus là. Cette plénitude quand je vous tiens dans mes bras. Il y a si longtemps que je me tiens à distance de toute espèce d'engagement... Et je vous retrouve, soudain grandie, avec vos cheveux de flamme et vos grands yeux dorés... Jamais je n'ai désiré davantage quiconque.

— Pourquoi ne pas me l'avoir dit, alors ? murmura Lowena, la joue collée à sa chemise sous laquelle elle entendait les lentes pulsations de son cœur.

— J'ai eu tort de ne pas le faire. J'ai eu peur, sans doute. Vous étiez si belle, si désirable et je ne savais pas ce que l'avenir me réservait.

— Et pourtant, vous m'avez renvoyée. À cause d'Isabelle, n'est-ce pas ? Je sais qu'elle vous a cruellement blessé.

— C'est vrai. J'étais très jeune, alors. Vous la connaissiez. Vous saviez comment elle était.

— Non, pas vraiment. J'habitais chez Izzy, à cette époque. Je n'avais nulle occasion d'entrer au manoir. J'apercevais Isabelle de loin en loin à cheval ou dans le carrosse mais je ne lui ai jamais parlé.

Lowena ajouta, songeuse, en revoyant la mince jeune femme aux longs cheveux couleurs de blé mûr et aux yeux bleus :

— Elle était très belle, c'est tout ce que je peux en dire.

Marcus tourna son regard vers la fenêtre, l'air songeur.

— Oui, elle était belle. J'étais assez idiot pour croire alors que cela suffisait... Sans compter qu'elle me jurait son indéfectible amour.

Lowena haïssait cette femme qu'elle ne connaissait pas parce qu'elle avait fait de Marcus, si chaleureux et attentionné dans son enfance, un homme cynique qui ne croyait plus à l'amour. Elle comprenait maintenant que, bien qu'il ait été sincèrement attiré par elle, il ne s'en était pas ouvert de peur de recevoir une nouvelle blessure. Bien sûr, il la désirait, physiquement. Il le lui avait montré, et avec quelle ardeur !

Isabelle lui avait causé plus de dommage encore qu'elle ne le pensait. Il avait construit autour de lui une véritable forteresse affective et il serait difficile pour elle de la franchir.

Certes, il lui avait demandé d'être sa femme… Mais l'aimait-il ? Lui vouait-il le même amour qu'il avait offert, dix ans plus tôt, à une femme qui ne le méritait pas ?

— Je peux comprendre votre déception et votre douleur, dit-elle simplement.

Marcus hocha la tête.

— En y repensant, je me demande encore si la peine que j'ai éprouvée était causée par la perte de cette femme ou par la trahison d'Edward qui me prenait délibérément ce qui était à moi. Ce à quoi je croyais tenir plus que tout au monde. Je ne me considérais pas comme une victime. Je n'ai pas perdu mon temps à jeter le blâme sur tel ou tel. Du reste, ils ont été heureux ensemble, même si ce bonheur fut de courte durée. Seulement, je ne voulais pas rester à Tregarrick pour être le témoin de leur bonheur. Je devais prendre mon envol, construire ma vie ailleurs. Je me suis donc engagé dans l'armée qui partait pour les Amériques, me promettant bien de ne plus jamais me laisser prendre dans les filets d'aucune femme.

— Je comprends votre méfiance, Marcus. Néanmoins, toutes les femmes ne sont pas comme Isabelle.

Comme s'il revenait soudain du passé, Marcus baissa les yeux sur elle.

— Vous avez raison, ma douce. Quand j'ai quitté l'Amérique, pour moi, la guerre était finie. Je me suis convaincu qu'il me fallait maintenant reconstruire ma vie dans mon pays, là où je suis né et où j'ai grandi. Et pourtant, les vieilles blessures n'étaient pas tout à fait refermées… Tout le vaste océan que j'avais mis entre mes souvenirs et moi ne m'avait pas permis d'oublier, Isabelle continuait, même dans le souvenir, à me nuire. Puis je suis rentré, et tout s'est envolé.

— Qu'est-ce qui a pu remédier à cela ?

Marcus la regarda, les yeux brillants.

— Toi.

— Moi ? C'est moi que vous… Que tu voulais ?

Lowena respirait à peine tant son cœur lui semblait sur le

point d'exploser. L'expression de Marcus était grave, maintenant et, quand il répondit, sa voix était à la fois tendre et vibrante.

— Comment peux-tu ne pas le savoir ? Mon attirance pour toi date de longtemps. De toujours, peut-être. Mais tu n'étais qu'une enfant, alors, et je la prenais pour l'affection qu'on doit à une sœur, à une bonne camarade. Je crois bien que le jour où je t'ai trouvée, sous ce vieux chêne, a été marqué pour moi d'un sort. Oui, ce petit être que je tenais dans mes bras m'a, d'un seul regard de ses yeux d'or, pris dans un sortilège. Du moins, à l'époque, j'en aurais juré.

Il ajouta, rêveur :

— À mon retour à Tregarrick je t'ai retrouvée devenue femme, et la force de mon attirance pour toi m'a stupéfié. Je n'ai pas compris tout de suite ce qui bouleversait la paix de mon cœur. Je n'avais pas les mots pour cela. Tout ce que je savais, c'est que je me sentais comme neuf. C'était comme si j'avais passé toutes ces années à t'attendre. Et que tu donnais enfin un sens à ma vie.

— Pourtant, j'ai toujours été là, à Tregarrick, depuis le jour où tu m'y as apportée.

— Oui, c'est vrai. Je pensais à toi déjà quand tu avais seize ans, enfant encore pleine d'innocence et la minute d'après dotée de la beauté enchanteresse d'une jeune sorcière. Et maintenant, te voilà autre encore, avec une nouvelle identité, une autre position dans le monde. Mais tu es toujours toi, cette étrange et libre petite personne, pleine d'ombre et de lumière. Je crois que je me demanderai jusqu'à la fin de mes jours qui tu es vraiment. N'est-ce pas là le gage d'une union heureuse ?

— Je suis une femme qui t'aime, Marcus. C'est là la seule vérité qui compte.

Comme attirés l'un vers l'autre par un magnétisme puissant, leurs lèvres s'approchèrent et s'unirent dans un long baiser. Tremblant de joie, Lowena s'abandonna à son étreinte, le corps collé au sien.

Le baiser de Marcus, exigeant et tendre à la fois, éveillait en elle la lente spirale du plaisir. Elle ferma les yeux, consciente seulement de la bouche de Marcus sur la sienne. Incapable de penser, elle s'abandonna à ses sensations, légère comme un nuage flottant dans le ciel de Cornouailles.

Chapitre 10

Quand ils se séparèrent enfin, Marcus la saisit par le menton et lui renversa la tête jusqu'à ce que leurs regards se joignent.

— Encore une chose, mon amour, murmura-t-il en dessinant la courbe de sa joue. Quand pouvons-nous nous marier ? Sans perdre de temps.

Elle lui sourit, les joues roses de plaisir. Il attendait, le sourcil arqué.

— Tout de suite, s'il ne tenait qu'à moi. Seulement, je doute que mon père se satisfasse d'une cérémonie conclue à la hâte. Quant à ma belle-mère, elle ne saurait se passer d'une belle et grande cérémonie. Je crains que nous devions nous montrer patients.

Elle sourit devant la mine impatiente de Marcus. Il y avait pour la première fois sur ses beaux traits virils une sérénité paisible qu'elle n'y avait jamais vue. Il l'attira une nouvelle fois contre lui.

— Ma charmante petite fée ! Je tiens pourtant à ce que tout soit fait dans les plus brefs délais. Disons… Dans les deux semaines qui viennent. Je me charge d'obtenir une date.

Lowena ne put retenir un sourire ravi.

— Comment ? Ne publierons-nous pas les bans ? Que vont dire les gens ?

— Pas de bans ! J'ai hâte de retrouver le ciel de Cornouailles. On étouffe, ici. Et pas question d'attendre que quelque grincheux déniche une objection à notre union.

Elle rit.

— Nul n'oserait ! Pourtant, je dois tenir compte des volontés de mon père. Je lui ai déjà parlé et je connais son opinion sur l'éventualité de notre mariage. Il commence tout juste à s'habituer au plaisir d'avoir une fille et voilà que vous voulez l'en priver.

Marcus lui décocha une grimace moqueuse.

— Il sera ravi d'avoir un gendre comme moi. Et puis, le Devon est la porte d'à côté, pour ainsi dire. Nous lui rendrons visite et il sera ravi de venir chasser chez nous. Sans compter que nos côtes et nos rivières sont infiniment plus poissonneuses…

— Si vous faites appel à la vieille rivalité entre le Devon et la Cornouailles, alors !

Lowena éprouvait une telle joie qu'elle avait l'impression d'avoir une provision de rire pour l'éternité.

— La perspective de revenir à Tregarrick en tant que votre épouse me fait un étrange effet, poursuivit-elle. Simple domestique j'étais acceptée par tous. Mais leur attitude risque de changer du tout au tout. Je m'attends à de la réserve, peut-être même à du ressentiment, maintenant que je ne suis plus une domestique.

— Je vais écrire à notre gouvernante. Elle expliquera à tous les serviteurs, ceux du manoir comme ceux du cottage, qui vous êtes réellement. Et, quand nous rentrerons dans nos pénates, vous serez acceptée comme ma femme.

— Je ne saurai jamais tenir une pareille demeure ! Même le cottage est trop grand pour moi.

— Ma mère vous aidera, ma douce. Vous apprendrez vite.

— Et Edward ? Comment va-t-il réagir à la nouvelle de notre mariage ?

Marcus haussa les épaules.

— À sa manière habituelle, sans doute. Cela ne nous concerne pas, de toute façon.

Ce n'est que bien plus tard, quand Lowena eut gagné le refuge de sa chambre, qu'elle prit pleinement conscience du tour qu'avaient pris les événements. Avant que le mois ne fût écoulé, elle serait l'épouse de Marcus Carberry.

Cette seule idée suffisait à la remplir de joie, à faire courir plus vite son sang dans ses veines.

Néanmoins, il y avait encore une ombre à son bonheur. En dépit de sa tendresse, jamais il n'avait été question d'amour dans les paroles de Marcus.

Tout le monde se réjouit du dénouement heureux des relations entre Marcus et Lowena. En particulier Lady Alice, soulagée que la jeune fille soit réapparue et que son père et elle aient pu se retrouver. Bien que Lowena eût insisté pour que tout se passe dans la plus grande simplicité, les deux familles se réunirent pour organiser des noces grandioses.

— À peine ai-je retrouvé une fille et voilà qu'elle me quitte, se lamenta Sir Robert en serrant Lowena contre lui. Néanmoins, si c'est ce que tu désires, mon enfant, tu as ma bénédiction.

— Nous n'habiterons pas loin les uns des autres. Nous nous verrons souvent. Maintenant que je vous ai enfin trouvé, mon cher père, je n'ai pas l'intention de vous perdre de vue.

— Fort bien mes enfants, intervint Lady Alice. Mais où va être célébré le mariage ?

— Ici même, à Londres, décréta Marcus. À St. George's Church, sur Hanover Square. Si cela vous convient, naturellement, Sir Robert.

— Pourquoi ne pas attendre que nous ayons regagné les Cornouailles ? s'étonna Lady Alice.

— Pourquoi attendre ? Sans compter que je tiens à ce que ma sœur et sa famille soient présentes à nos noces. Il n'est guère pensable de leur imposer un si long chemin, n'est-ce pas ?

Sa mère, qui aurait sans doute rêvé recevoir tout son monde dans le manoir qui avait vu grandir son fils et où elle avait vécu sa vie de femme, tenta une nouvelle objection.

— Mais… Et Edward ? Je sais bien que tous les deux, vous ne vous entendez guère, toutefois tu souhaites certainement sa présence, mon cher fils ?

Marcus affronta le regard de sa mère, les traits soudain durcis.

— Oui, bien sûr. Vous savez, mère, combien j'aurais aimé que les choses fussent différentes entre nous. Hélas, le comportement d'Edward tout au long de ces années n'a pas contribué à nous le rendre cher. Non, c'est décidé. Edward viendra s'il le veut, bien sûr. Nous nous marierons ici, à Londres. Je suis impatient de retourner en Cornouailles toutefois St. George's Church nous permettra de réunir la plupart des membres de notre famille.

— Tant de choses restent à faire ! s'exclama Deborah, toute à son affaire. Ne serait-ce que la robe de la mariée ! Il est impossible de faire tailler et coudre une robe sur mesure en deux semaines. Et les demoiselles d'honneur, y avez-vous pensé ?

— Je partage le point de vue de Deborah, approuva Lady Alice, contente d'avoir trouvé une alliée. Il nous faut davantage de temps.

Marcus, pas le moins du monde perturbé par la complicité des deux femmes, croisa ses longues jambes et sourit.

— Ma chère mère, je suis convaincu que les talents conjugués de deux femmes parmi les plus compétentes et les plus talentueuses de Londres permettront de faire des merveilles. Avec vous deux, tout, absolument tout, depuis les demoiselles d'honneur jusqu'aux bouquets en passant par les toilettes des mariés et des témoins, sans compter la liste des invités sera prêt en un claquement de doigts.

Deborah, qui entrevoyait avec horreur le risque de bâcler de si délicieux préparatifs, porta la main à sa gorge.

— C'est tout simplement impossible !

Le sourire de Marcus s'élargit encore tandis qu'il caressait du pouce la paume de sa fiancée. Lowena retint son souffle, comme à chaque fois qu'il la touchait.

— Mais si, ma chère belle-maman. Deux semaines sont plus qu'il n'en faut, décréta-t-il en décochant à Lady Wesley son sourire le plus ravageur.

Et il baisa la paume de Lowena, qui manqua défaillir de plaisir.

Les quinze jours qui suivirent ne furent qu'un tourbillon de rendez-vous, de courses échevelées, d'ordres contradictoires, tous destinés à rendre les noces des deux jeunes gens absolument mémorables.

Quand le grand jour arriva enfin, Marcus et Lowena entourés de leur famille et de ceux de leurs amis qui avaient pu les rejoindre, prononcèrent leurs vœux les yeux dans les yeux, avec le sentiment d'être seuls au monde. Devant eux, au premier rang des chaises de velours incarnat, Lady Alice, Deborah et Juliet tamponnaient leurs yeux humides de leur mouchoir de batiste tandis que Sir Robert, fier comme un paon, contemplait avec satisfaction la noble assemblée.

Ce fut pour Lowena le moment le plus émouvant de sa vie. L'expression de Marcus était si intense, si profondément heureuse, qu'elle en avait la gorge douloureusement serrée.

Quand tout fut dit, que les anneaux eurent été bénis par le pasteur puis glissés au doigt des deux épousés, Marcus prit sa femme dans ses bras et l'embrassa. Avec ses cheveux d'or rouge, ses yeux mordorés et sa robe de satin ivoire, il la trouvait pareille à une sainte de vitrail.

Debout dans l'ombre de la place se tenait un observateur silencieux. Edward était arrivé à Londres le matin même et observait de loin la sortie de l'église. La foule des invités revêtus de leurs plus beaux atours se pressait autour des nouveaux mariés pour les féliciter. Marcus exhibait fièrement à son bras sa sublime épouse.

Devant tant de bonheur, un sourire sarcastique étira les lèvres d'Edward. Il claqua la langue, mal à l'aise. Voilà que sa conscience le triturait quelque peu. Sa conscience ! Quelle ironie ! Jusque très récemment, il ne s'était pas aperçu qu'il en avait une. Il détruisait tout ce qu'il touchait. Depuis la mort d'Isabelle, il n'avait pas beaucoup réfléchi à son comportement. Non, il n'avait pas lieu d'être fier de ce qu'il était devenu.

Il avait entendu dire que Lowena avait découvert sa véritable identité. Que Sir Robert Wesley, gentilhomme résidant dans le Devon, était son père. Il connaissait de nom ce propriétaire d'une mine d'argent, et d'une vaste étendue de terres, il savait qu'il était immensément riche et jouissait d'une grande considération.

Il regarda Marcus aider sa femme à prendre place dans le carrosse dans une envolée de satin clair, de dentelles et de fleurs. La fierté de son frère et son amour pour son épouse éclataient sur son visage. C'était une scène à laquelle Edward aurait aimé prendre part. Le bonheur de son frère et de Lowena, l'amour évident qu'ils se portaient ne faisaient que rendre sa solitude plus misérable encore.

Personne n'était présent à ses côtés pour voir l'expression torturée de son regard quand il tourna le dos à la scène. Pour la première fois de sa vie, il se livrait à une réflexion sur lui-même. Et l'expérience était des plus désagréables.

Bah ! L'alcool était le remède à bien des maux. Il fila au plus vite vers son auberge.

Ils étaient enfin seuls ! Ils résidaient chez Juliet en attendant leur départ pour la Cornouailles et leur chambre, agrémentée d'une cheminée où flambait un bon feu afin de tiédir l'atmosphère encore fraîche, était intime et confortable.

À peine installé dans la méridienne placée devant la fenêtre, Marcus l'attira dans ses bras.

— Sais-tu à quel point tu es jolie, ma tendre petite épouse ? Et combien précieuse à mon cœur ? ajouta-t-il en caressant avec une ferveur dont il n'avait pas conscience la joue de cette jeune femme simple et belle qui était devenue sienne.

Ces paroles, ajoutées au contact des doigts sur sa joue, eurent un effet immédiat sur Lowena. Ronronnant comme une chatte, elle s'abandonna aux exquises sensations que le contact des doigts de Marcus éveillait sur sa peau.

Ils se contemplèrent un long moment, les yeux dans les yeux, plus réceptifs l'un à l'autre qu'ils ne l'avaient jamais été.

— J'ignorais qu'on pût être aussi heureux, murmura-t-elle

en posant ses lèvres au coin de la bouche de Marcus. Je veux que tu m'aimes. Comme tu l'as fait la première fois.

— Je t'aime chaque instant, mon amour, plus que tu ne le sauras jamais. Tu es devenue tout pour moi. Je crois que je t'ai aimée dès la première minute où je t'ai soulevée de terre, quand je t'ai trouvée sous ce chêne. Qui aurait pu dire alors que cela se terminerait par un mariage !

Lowena fut stupéfaite de constater que, finalement, ses mots d'amour sonnaient à ses oreilles comme une évidence. Il l'aimait. Enfin, il prononçait ces mots tant attendus !

— Je l'ai toujours espéré, répondit-elle simplement. Je suis si heureuse que tu m'aimes.

Les lèvres de Marcus cherchèrent les siennes, embrasant soudain ses sens. Elle avait déjà goûté à ses baisers, pourtant, cette fois, c'était différent. Il n'y avait plus de faute, ni de sentiment de culpabilité.

Son baiser, d'une exquise tendresse, devint très vite plus audacieux. Enfouissant le visage dans son corsage, Marcus goûta du bout de la langue la pointe de ses seins durcis. Puis sa main glissa sous ses jupes, dégageant la chair tendre de ses cuisses qu'il commença à explorer d'une main savante.

Lowena aimait éveiller le désir de son mari et lui apporter du plaisir. Elle éprouvait un étonnement ravi en constatant à quel point leurs deux corps étaient à l'unisson. Cet émerveillement la gagna tout entière tandis qu'il la pénétrait doucement en murmurant son nom. Ils bougèrent en rythme dans un voyage dont elle espérait ne jamais voir la fin.

Ils s'aimèrent jusqu'à l'aube et quand le jour se glissa entre les rideaux, Lowena vit briller dans les profondeurs grises des yeux de Marcus une joie intense et tout l'amour du monde. Elle y lut aussi la promesse d'un bonheur parfait, de beaux enfants à naître, et d'une vie riche et pleine.

À leur retour, ils s'installèrent dans le cottage de Tregarrick. Pour préserver l'intimité du jeune couple, Lady Alice avait décidé de résider à Londres, chez sa fille, pour une durée indéterminée. Ils étaient donc parfaitement seuls.

Marcus consacrait une bonne partie de la journée à la mine, puis rentrait à la maison plus tôt qu'il ne l'avait jamais fait, pour le seul plaisir de passer du temps avec sa femme. Le soir, quand ils n'étaient pas invités dans le voisinage, ils jouaient tous les deux à des jeux de société devant la cheminée du petit salon. Ou bien, quand il ne pouvait reculer davantage l'échéance, il s'enfermait dans la bibliothèque pour se pencher sur les livres de compte.

Longtemps, ils n'eurent aucune nouvelle d'Edward. Puis un soir, Marcus informa sa femme que son frère avait fait un séjour à Londres et n'était revenu qu'assez récemment à Tregarrick. Il l'avait rencontré en rentrant de la mine et avait été surpris quand, arrêtant son cheval, Edward lui avait posé quelques questions sur Wheal Rozen puis l'avait félicité pour son mariage. Il avait ensuite repris son chemin.

Bien que surpris du changement d'attitude de son frère, Marcus était toujours prêt à accueillir favorablement une amélioration dans leur relation.

— Il n'est plus le même, assura-t-il à Lowena.

— Plus le même ? s'étonna-t-elle, levant la tête de l'aquarelle qu'elle venait d'entreprendre. Dans quel sens ?

Marcus repassait dans sa tête la conversation qu'il avait eue avec Edward et sa question resta un instant sans réponse.

Edward avançait dans la direction opposée à la sienne et avait volontairement arrêté son cheval et attendu que son frère parvienne à sa hauteur. Puis ils avaient échangé un long regard. C'est Edward qui avait le premier rompu le silence.

— Comment vas-tu, Marcus ? avait-il demandé.

Marcus avait tout de suite noté son air las et absent. Si misérable, même, qu'il avait éprouvé un fugitif sentiment de compassion.

— Je croyais que tu étais encore à Londres. Tout va bien ?

Il y avait dans son regard un tourment, une fragilité qu'il n'y avait jamais vu auparavant.

— Oui, je vais bien, assura Edward en hochant la tête. Il paraît que tu t'es marié ?

Voyant le regard soudain noir de Marcus, il avait souri malicieusement.

— Il paraît que l'heureuse élue est Lowena, qui, telle Cendrillon, a fini par retrouver sa famille et s'est métamorphosée en princesse. Quel coup de théâtre, n'est-ce pas ? Tu es un homme chanceux, Marcus. Je t'envie. Sois bien assuré qu'elle n'a plus rien à craindre de moi.

Marcus l'avait considéré un long moment sans rien dire, songeant qu'il avait bien tort de se faire du souci pour un homme qui lui avait fait tant de mal.

Pourtant, il avait souri.

— Je suis heureux de te l'entendre dire. Et toi ? Y a-t-il quelqu'un qui… ?

Edward avait détourné vivement le regard.

— Je suis comme toi, mon vieux. Je suis un homme fidèle… à ma manière. Une femme comme Isabelle ne se remplace pas comme cela.

Il regarda de nouveau son frère.

— J'ai beaucoup réfléchi, ces derniers temps. Sur la manière dont je me suis comporté à ton égard. Mais aussi, sur la mort d'Isabelle. Je n'aurais pas dû la laisser monter à cheval ce jour-là. Je… Je me sens coupable de sa mort, Marcus. Je m'en voudrai pour cela jusqu'à la fin de mes jours. Et je regrette le mal que je vous ai fait, à Lowena et à toi. Il est important pour moi que tu le saches.

Marcus s'attendait à rencontrer le frère qu'il avait toujours connu, cynique et sûr de lui. Souvent cruel. Il n'était pas préparé à de telles confidences. Ni à le voir si abattu, comme enfoncé dans un grave mal-être.

— Vraiment, Edward ? Après tout ce temps ?

Son frère avait haussé les épaules.

— Je ne veux pas vivre le reste de mes jours en pensant à l'image que tu as de moi. Je regrette beaucoup de choses…

— J'ai toujours cru que tu me haïssais.

Il avait secoué la tête.

— Moi aussi. Mais ce n'est pas ce que je ressens pour toi. J'éprouve bien de la haine, en effet. Mais la personne que je hais le plus au monde, la seule personne que je hais vraiment, en fait, c'est moi-même.

Edward avait ponctué ces propos d'un long regard puis, pressant les flancs de son cheval, il avait repris son chemin.

Marcus fut ramené à l'instant présent par la voix douce de son épouse.

— Et toi, Marcus ? Te sens-tu capable de lui pardonner la manière dont il vous a traités, ta mère et toi, pendant toutes ces années ?

Il poussa un long soupir.

— Notre inimitié remonte à notre enfance. Elle n'a fait qu'empirer au fil du temps, pourtant je n'ai jamais considéré Edward comme un ennemi. Notre mésentente vient de lui, et de lui seul.

— Trouveras-tu en toi la force de lui pardonner pour le mal qu'il t'a fait en te prenant Isabelle ?

Il réfléchit un moment avant de répondre.

— À l'époque, j'ai été profondément blessé et très en colère. J'ai cru au début qu'il avait surtout voulu s'amuser à me montrer ce dont il était capable. Me prouver combien lui, l'aîné, était supérieur et infiniment plus puissant que le fils d'une femme qu'il haïssait parce qu'elle avait pris la place de sa mère. Puis j'ai fini par comprendre qu'il aimait sincèrement Isabelle. Quand je suis rentré d'Amérique, que je t'ai vue, et qu'Edward a insinué que tu avais cédé à ses avances, j'ai cru que tout recommençait.

— Alors, lui pardonner ? insista Lowena. T'en sens-tu capable ?

— Peut-être. Maintenant, après tout ce temps, je pourrais sans doute lui pardonner. Je crois qu'à sa manière, lui aussi a beaucoup souffert. Après tout, il a subi des deuils douloureux. Sa mère d'abord, à un âge où l'on a encore tellement besoin d'une présence aimante, sa femme ensuite, qui portait son enfant. Il en a certainement éprouvé un profond sentiment d'amertume et doit se sentir très seul. J'aimerais croire que nous pourrons un jour nous réconcilier.

Lowena lui adressa un sourire plein de tendresse.

— Le pardon et la rédemption sont plus forts que tout, Marcus. Tu ne lui as pas tourné le dos, aujourd'hui, quand il est venu te parler. C'est déjà le premier pas. Il est facile de condamner et bien plus difficile d'essayer de comprendre et de compatir. Tu viens de faire preuve de compassion à l'égard de ton frère, même si tu as du mal à accepter les raisons de ses méfaits. Et cela, c'est essentiel.

— Tu parles d'or, ma chère épouse. Voilà une jolie tête bien installée sur de gracieuses mais solides épaules. Pourtant, je n'ai pas l'intention de jouer le bon Samaritain du jour au lendemain. Je te promets simplement de ne pas refuser sa main s'il se décide à me la tendre.

Toute la journée, Lowena écouta avec inquiétude le vent forcir. Au début de la soirée, il soufflait avec une telle violence qu'il devint impossible de sortir. Quand un domestique vint du manoir leur annoncer qu'il y avait un bateau en difficulté dans la crique et que Lord Carberry demandait du secours, Lowena saisit sans hésitation sa houppelande. Si le pire survenait, il fallait être là pour venir en aide aux survivants.

— Mrs Seagrove, veuillez envoyer quelqu'un prévenir mon mari, intima-t-elle à la gouvernante. Faites-lui savoir ce qui est arrivé et dites-lui que je suis allée sur place avec nos domestiques. Tâchez de trouver le plus de couvertures possible.

Et sur ces mots, elle s'élança sous la pluie.

Mrs Seagrove obtempéra aussitôt. Elle s'apprêtait à envoyer deux garçons d'écurie avec les couvertures quand la porte s'ouvrit avec fracas.

— Lowena ?

La voix de Marcus, forte et rude, couvrait le bruit de la tempête.

Mrs Seagrove sortit précipitamment de la cuisine.

— Oh ! sir… Notre maîtresse n'est pas ici. J'ai envoyé quelqu'un à la mine pour vous prévenir. Un bateau est en difficulté dans la tempête. Vous avez dû l'apercevoir si vous êtes rentré par le sentier côtier. Il est pris par les écueils, dans la Crique Maudite.

— Je ne suis pas passé par là, rétorqua Marcus, aussitôt alarmé. Trop de vent. Je suis rentré par les bois.

— Sans doute les gens du village sont-ils déjà sur place pour porter secours aux marins.

— Et Lowena ?

— Elle est partie rejoindre Lord Carberry là-bas.

Comme Marcus la dévisageait, avec dans le regard une expression d'incrédulité et quelque chose d'autre qui ne lui disait rien qui vaille, Mrs Seagrove ajouta précipitamment :

— Le maître demandait toute l'aide possible, vous comprenez…

— Et elle y a été ! s'emporta Marcus, fou d'inquiétude. Elle sait pourtant pertinemment que…

— C'est que le danger est bien réel. Si l'embarcation est rabattue sur les écueils, expliqua la brave femme en se tordant les mains, il risque bien de ne pas y avoir de survivants. Ce sera miracle si nous pouvons sauver quelques-uns de ces pauvres marins !

Marcus se détourna. Depuis quand Edward prenait-il en considération la vie des pauvres gens ? Depuis quand leur montrait-il ne serait-ce qu'une once de pitié ? Malgré la conversation amicale qu'il avait eue avec lui quelques jours plus tôt, il n'était pas loin de soupçonner qu'Edward avait pu mettre lui-même le bateau en difficulté pour voler sa cargaison, comme les naufrageurs des temps jadis.

Que Dieu garde les pauvres diables en perdition sur cet océan déchaîné ! Surtout, que Dieu garde Lowena à l'abri du danger !

Tournant les talons, il quitta la maison, son esprit tendu vers la crique et le drame qui s'y jouait. Il faisait encore jour mais la lumière baissait et les nuages bas rendaient la visibilité de plus en plus difficile. Dès qu'il parvint au sentier côtier, des écharpes de brume aussitôt balayées par le vent s'enroulèrent autour de lui, telles de pâles fantômes.

Quand il arriva au-dessus de la crique, il attacha son cheval à un arbre à l'abri d'un surplomb rocheux et se fraya un chemin dans la descente au travers des buissons de genêts rabattus par les bourrasques mêlées de pluie. En bas, sur la plage, c'était une véritable apocalypse. Bien pire que tout ce qu'il avait imaginé.

Le grain s'était transformé en tempête. Des vagues gigantesques s'écrasaient sur les rochers, envoyant dans les airs des panaches d'écume. La marée était haute et la houle s'abattait sur la plage avec un bruit assourdissant, ramenant les galets sous elle dans un roulement de tonnerre.

Marcus repéra Edward aussitôt. Muni d'une longue-vue, son frère observait le vaisseau en difficulté. Il s'agissait d'un cotre de bonne taille destiné au transport des marchandises. Les gens du village, hommes et femmes mêlés, s'étaient rassemblés sur le rivage, témoins impuissants, s'attendant au pire. Fouillant frénétiquement du regard le petit groupe, Marcus aperçut enfin sa femme non loin d'Edward, son manteau tourbillonnant autour d'elle comme un cerf-volant géant.

Le bateau, incapable de diriger sa course, était violemment propulsé vers le piège mortel du banc de récifs qui s'étendait au pied de la falaise. Il tanguait sur les vagues comme un bouchon, à la merci des éléments.

Se précipitant vers Lowena, Marcus entoura sa taille d'un bras protecteur et, enfin, s'autorisa à respirer. Elle tourna vers lui un regard plein de l'horreur qu'elle éprouvait pour le drame qui se jouait. Ils regardèrent, les mains nouées l'une à l'autre, la proue du vaisseau s'élever dans les airs puis retomber avec fracas sur les rochers aux arêtes tranchantes. Le mât se rompit, tombant avec fracas sur les rochers, la voile s'effondra tandis que la coque commençait à sombrer lentement.

Lowena ferma les yeux pour ne plus voir cette scène de désastre, ses lèvres glacées murmurant une prière muette pour les âmes des infortunés marins que l'on voyait se débattre dans la houle, s'agrippant à tout ce qui leur tombait sous la main.

— Mon Dieu, Marcus ! Que pouvons-nous faire pour les aider ? hurla-t-elle, s'efforçant de dominer le vacarme de la tempête.

Mais le vent emporta aussitôt sa voix. Ce fut Edward, venu rejoindre son frère, qui lui répondit.

— Pas grand-chose, hélas. Ils sont trop loin pour que nous puissions intervenir.

Il avait les traits tirés et manifestait une inquiétude qui ne lui était pas habituelle.

Tandis qu'il prononçait ces mots, un des membres de l'équipage tomba dans la mer. Puis un autre. Leurs bras s'agitèrent un moment au-dessus des vagues puis ils furent bientôt emportés vers le large.

Seigneur ! Personne n'aurait assez de force pour nager jusqu'au lieu du naufrage. Et pour quoi faire, mon Dieu !

Soudain galvanisé par ce qu'il voyait, Marcus entra en action. Se tournant vers les hommes du village, il leur hurla ses ordres. Il s'agissait d'aller tirer jusqu'à l'eau l'une des barques qu'on avait mises à l'abri sur le sable. Comme s'ils venaient de recevoir un coup de fouet, plusieurs pêcheurs, habitués à la manœuvre, obéirent aussitôt et bientôt une barque munie de rames fut tirée jusqu'à la frange des vagues. Sautant à bord, Marcus installa les rames et, repoussant Lowena qui, de l'eau jusqu'aux genoux, s'accrochait désespérément à lui, il se mit à ramer.

— Non, Marcus, tu ne peux pas faire ça ! C'est trop dangereux ! Je t'en supplie ! Non !

— Elle a raison, cria Edward. Ne sois pas stupide, Marcus. C'est de la folie !

— On ne peut pas rester là, à les regarder mourir sans rien faire, cria Marcus à son tour, tout en luttant désespérément contre la houle qui le ramenait sur l'estran. Il est peut-être possible d'en sauver quelques-uns. Il n'y a pas de temps à perdre. Bientôt, il fera nuit et la marée sera trop haute. Ils vont tous être engloutis !

— Et toi avec ! hurla encore Lowena, le visage trempé de pluie et de larmes mêlées. Je t'en supplie, Marcus. S'il t'arrive quelque chose, je jure que je ne te survivrai pas.

Marcus s'immobilisa brusquement et regarda sa femme dans les yeux. Comme elle était belle, se débattant pour rester debout dans les vagues, les cheveux défaits, le visage suppliant, telle une figure de proue du temps des vieux galions.

C'était peut-être la dernière image qu'il emporterait d'elle et il s'en emplit.

— Il faut que j'essaie, Lowena, sinon je m'en voudrai toute ma vie. Si je parviens à sauver ne serait-ce qu'une âme…

Se tournant vers les hommes qui le regardaient, médusés, il lança d'une voix forte :

— Je ne demande qu'un homme. Un seul. À deux, nous pourrons avancer.

Ils reculèrent tous d'un bloc, la tête basse. Ils avaient femme et enfants à nourrir et nul d'entre eux ne voulait risquer sa vie pour une cause perdue d'avance.

Edward regardait la scène, perplexe. Dans ce moment d'extrême danger, son frère était prêt à risquer sa vie pour venir au secours de son prochain et personne ne voulait ou ne pouvait l'aider. Face à la détermination de Marcus, il ne put refouler un vif sentiment d'admiration.

Il ne serait pas dit que son frère serait le seul à honorer le nom des Carberry.

D'un bond, il sauta dans la barque et arracha des mains de Marcus la deuxième rame.

Marcus le regarda, étonné.

— Tu n'es pas obligé de faire ça, Edward.

— Toi non plus. Seulement, si nous ne le faisons pas, personne d'autre ne le fera à notre place. Et je ne peux pas te laisser y aller seul. Allons-y. Il y a peut-être encore quelque chose à tenter.

Lowena, au comble de la détresse, regarda le frêle esquif s'éloigner tant bien que mal, luttant contre les éléments déchaînés. Malade d'inquiétude, le visage blême, elle n'avait pas conscience que ses pieds s'enfonçaient lentement dans le sable mouvant.

Elle se sentait si petite, si insignifiante, debout devant cette immense étendue d'eau en folie. Comment Marcus pourrait-il survivre à une telle démesure ?

À chaque fois que l'embarcation disparaissait dans un creux, son cœur cessait de battre. Terrifiée, elle aurait voulu crier le nom de son époux, le supplier encore de revenir, mais elle restait sans voix, terrorisée. Elle se tenait droite et immobile, les yeux grands ouverts, l'esprit en déroute.

Elle attendit ainsi pendant ce qui lui parut des heures tandis que la tempête forcissait encore. Personne ne bougeait et tous les yeux restaient fixés sur la barque, si petite et fragile, qui progressait lentement vers le vaisseau éventré.

La scène paraissait irréelle à l'esprit ahuri et choqué de Lowena, comme si elle faisait face à un immense tableau vivant dont seul un peintre de génie aurait pu rendre l'intensité.

Marcus et Edward étaient tous les deux en parfaite condition physique. Habitués depuis qu'ils étaient gamins à circuler en barque, ils maniaient les rames avec puissance et précision.

Pour la première fois de leur vie, ils se battaient ensemble et dans le même but. Leur isolement paraissait resserrer leurs liens, autrefois si ténus. Marcus songea un instant que la situation était absurde, presque irréelle. Étrangement, la présence de son frère à ses côtés lui inspirait une confiance inattendue.

Quand ils arrivèrent à proximité du lieu du naufrage, un véritable maelström tourbillonnait autour des récifs dont les pointes acérées émergeaient de toutes parts. Aveuglés par les embruns, suffoqués par la puissance des rafales de vent qui leur frappaient le visage, ils s'efforçaient de garder en ligne de mire le bateau qui se débattait contre les éléments.

Déjà, ils étaient trempés jusqu'aux os par l'écume qui jaillissait autour d'eux en panaches livides. L'eau était glacée, mais, les dents serrées, les articulations blanchies de leurs doigts serrant les rames, ils avançaient toujours. Le mouvement leur permettait de maintenir en activité la circulation de leur sang dans les veines, seulement, s'ils n'arrivaient pas bientôt, le vent et le froid allaient les rendre fous.

Il n'y avait aucun répit. Que leur coque de noix n'ait pas encore été retournée tenait du miracle. Les deux hommes faisaient appel à toute leur détermination, à toute leur habileté pour tenir leur cap.

Tandis qu'ils approchaient du vaisseau, un craquement sinistre retentit et la vaste coque du navire naufragé se rompit par la moitié. Les survivants, ceux de l'équipage qui n'avaient pas été projetés en mer et emportés par les vagues, les regardaient progresser les yeux brillant d'espoir, accrochés tant bien que mal aux cordages et à tout ce qui pouvait supporter leur poids.

Les chances de parvenir jusqu'à eux étaient compromises. La barque risquait à tout moment de se prendre dans les débris du navire ou d'être percée par un écueil.

— Combien d'hommes ? cria Marcus au marin le plus proche.

— Plus que huit. Les autres n'ont pas eu notre chance…

Miraculeusement, la barque parvint à atteindre le bateau sans se briser. Alors, commença une nouvelle épreuve. Faire monter les naufragés dans la barque, un par un, ne fut pas une mince affaire. Mais ils s'aidaient les uns les autres, avec la solidarité ancestrale qui était de mise entre les gens de la mer. À chaque fois, la charge supplémentaire mettait en danger le fragile équilibre de l'embarcation. Marcus veillait à la bonne répartition du poids tandis qu'Edward aidait les marins à monter un par un, alors qu'ils étaient engourdis par le froid et la terreur que tout homme éprouve à voir la mort d'aussi près.

Ils venaient juste de hisser le dernier homme quand une

vague gigantesque les frappa de plein fouet. La coque du cotre tangua violemment, heurtant la tête d'Edward qui se tenait juste en dessous.

Il bascula en arrière et tomba dans l'eau noire sans un cri.

Aveuglé par la pluie et le vent, Marcus resta un instant figé par l'horreur. Puis, poussé par une force instinctive, il poussa désespérément la barque en direction de l'endroit où il avait vu sombrer son frère.

— Edward ! Pour l'amour du ciel ! Donne-moi la main !

Il était trop tard. Désespéré, Marcus se pencha par-dessus bord, manquant perdre lui-même l'équilibre. Il vit Edward inconscient dériver rapidement, entraîné par le courant. Sa silhouette disparut bientôt dans les puissants remous qui battaient les rochers.

Plus tard, Marcus ne parvint pas à se rappeler comment ils avaient regagné le rivage. Quand ils l'atteignirent, des hommes coururent vers eux pour les aider à tirer la barque sur le sable. Lowena, soudain rendue à la vie, s'élança vers eux, éperdue.

On aida les rescapés à mettre pied à terre, des couvertures furent enroulées autour de leurs corps glacés. Marcus descendit de l'embarcation le dernier. Se jetant sur lui, Lowena l'entoura de ses bras, incapable de parler, de lui dire la joie qu'elle éprouvait de le revoir vivant.

— Dieu merci tu es sauf, chuchota-t-elle enfin dans le creux de son cou. J'ai craint le pire.

— Nous avons sauvé… tous ceux qui ont pu l'être, marmonna Marcus, les yeux hagards. On va les emmener au village et prendre soin d'eux.

Lowena le relâcha enfin et, le visage fouetté par ses cheveux, elle chercha Edward du regard. En vain.

— Ton frère ?

Elle dévisageait son mari, les yeux soudain dilatés par l'angoisse. Il secoua la tête, le regard encore empli de la vision du corps de son frère emporté dans les vagues.

— Il est… Il a disparu ? balbutia Lowena, affolée.

Marcus hocha lentement la tête, le regard tourné sur ce qui

restait du bateau échoué dont la silhouette brisée commençait à disparaître dans la pénombre.

— Il a été frappé par la coque du cotre. Tombé par-dessus bord, assommé. Je n'ai pu empêcher la mer de l'emporter… Malgré tous mes efforts…

Lowena secoua la tête, les yeux remplis d'épouvante.

— Mon Dieu ! Oh ! Marcus. Je suis sûre que tu as fait ce que tu as pu.

Il écarta des bras impuissants, le regard malgré lui toujours attiré vers le lieu du naufrage.

— Il est arrivé une chose étrange, Lowena… Le temps d'arriver vers ce fichu bateau, je me suis senti plus proche d'Edward que nous ne l'avons été de notre vie entière.

Lowena, les larmes aux yeux, s'empara de sa main glacée.

— Rentrons. Tu es trempé jusqu'aux os et tu vas prendre froid. Il faut retirer ces vêtements et te réchauffer. Le feu est allumé dans la cuisine… Ici, nous ne pouvons plus rien.

Lowena parlait comme on parle à un petit enfant, disant les mots du quotidien, comme s'ils pouvaient suffire à l'apaiser. Mais son cœur était affreusement serré car elle souffrait pour Marcus. Se remet-on jamais de la mort d'un frère, fût-il un frère ennemi ?

Enlacés, ils quittèrent enfin la crique, qui, hélas, méritait une fois encore son triste nom.

On retrouva le corps d'Edward et celui de quinze autres hommes, le lendemain matin, échoués sur le sable. Marcus fut profondément affecté par la mort tragique de son frère et Lowena tenta de faire de son mieux pour le rasséréner et apaiser ses regrets.

Dernier survivant mâle de la famille, il héritait du titre et devenait le seigneur de Tregarrick. Elle savait que ce nouveau statut changerait également beaucoup de choses pour elle. Quand ils s'installeraient au manoir, elle devrait faire face à la bonne marche d'une vaste maisonnée et veiller au bien-être de tous ceux qui en dépendaient. C'était une tâche dont elle ignorait tout mais qu'elle était décidée à mener à bien. Elle apprendrait de Marcus et de Lady Alice tout ce qu'il fallait savoir et ne reculerait pas devant l'ampleur de sa mission.

Marcus, devant le tour inattendu qu'avaient pris les événements, se sentait pour la première fois de sa vie désorienté. En dépit de la haine qui les avait opposés depuis toujours, il souffrait cruellement d'avoir découvert la dimension humaine et attachante de son frère juste avant qu'il ne disparaisse de sa vie.

Étrangement, il trouvait un certain réconfort dans la dernière discussion qu'ils avaient eue sur la falaise. Dans la découverte surprenante que, finalement, Edward le cynique avait un cœur. Et il était heureux de savoir qu'entre le bref espace de temps où Edward était monté dans la barque et la fraction de seconde où il avait sombré dans la mer, ils avaient pu s'apprécier mutuellement à leur juste valeur.

Et découvrir qu'ils s'aimaient. D'un amour fraternel et indestructible.

Épilogue

Un jour, enfin, Lowena retourna à Beresford. Heureusement, elle n'était pas seule. Il y avait à ses côtés son époux chéri, ainsi que son père et aussi, bien sûr, la chère Nessa.

La superbe demeure dans laquelle elle avait vu le jour n'était plus qu'un amas de ruines. Un silence étrange régnait maintenant là où sa mère avait grandi. Lowena était émue aux larmes en songeant que c'était là aussi que Meredith était morte, jeune accouchée d'à peine vingt ans. Et que c'était de cette maison que Nessa et elle s'étaient enfuies, chassées par la malédiction d'une aïeule au cœur plein de haine.

La plupart des bâtiments avaient été détruits. Quelques murs étaient encore debout, lézardés de brèches béantes, et la cheminée principale dressait toujours sa silhouette fantomatique sur le ciel bleu.

Du lierre mêlé de clématite en fleur grimpait le long des ruines de ce qui avait été autrefois l'une des plus belles demeures du comté, rappelant que la beauté de la nature venait à bout de tout. Y compris de la mort.

Un vent léger venu de la mer errait entre les ruines, chuchotant doucement comme la voix des disparus.

Sur la suggestion de Lord Wesley, ils quittèrent le site dévasté pour se rendre dans le cimetière du village, où la mère de Lowena avait trouvé son dernier repos. Là, elle put voir le mausolée de granite consacré à sa famille et les effigies en albâtre de quelques-uns des Beresford. Meredith était enterrée juste à côté, sous une simple pierre tombale, avec une inscription mentionnant son nom et les dates de sa naissance et de son décès.

Les yeux pleins de larmes, Lowena posa doucement sur la tombe le bouquet de genêts et de fleurs de lilas qu'elle avait cueillis dans le parc du château disparu. Son imagination courait librement, tâchant de concevoir ce qu'aurait pu être leur destin à tous si son père était revenu de Mexico, si sa mère avait survécu et s'ils avaient pu se marier.

Détachant une grappe de lilas blanc, elle la porta à ses narines et en huma l'odeur délicate.

Quand elle rejoignit Marcus, elle se sentait le cœur léger et un sourire jouait sur ses lèvres. Oui, la vie reprenait toujours ses droits. Elle seule savait qu'elle attendait un enfant. Grâce à Marcus, à Nessa et à tous ceux qui avaient eu pitié de l'enfant trouvée qu'elle avait été un jour, l'histoire n'était pas finie.

Au contraire, elle ne faisait que commencer.

Marcus la regarda venir à lui. En voyant son sourire, il quitta son air soucieux et lui ouvrit les bras.

Comme la première fois, quand il l'avait découverte sous ce chêne, l'envie irrésistible de protéger Lowena, aussi forte que l'amour qu'il éprouvait pour elle, le submergea.

L'attraction que sa femme exerçait sur lui était aussi naturelle que celle de la lune sur la marée. C'était quelque chose qui dépassait l'entendement. Quand Lowena riait, son rire paraissait se communiquer à la terre entière et, aux yeux de Marcus, son sourire illuminait cette partie du monde qui les entourait comme le soleil émergeant lentement de la brume à l'aurore.

Elle était changeante comme le temps au bord de la mer de Cornouailles, un moment présente, le moment d'après envolée dans ses songes.

Mais son amour pour lui était là, toujours présent.

À ses côtés, il savait qu'il ne s'ennuierait jamais.

Il referma les bras sur le corps frémissant de la jeune femme qui, renversant la tête, lui offrit ses lèvres.

Quand il l'embrassa, il sentit sa bouche sourire.

Un sourire qui était comme la promesse d'un bonheur toujours renouvelé.

Les Historiques

HARLEQUIN

Retrouvez prochainement,
dans votre collection

Les Historiques

Dans les bras du Viking, de Lucy Morris - N°942

Royaume de Northumbrie, Angleterre, Xe siècle

Le mariage. Une vie cousue de servitude et de misère, aux côtés d'un homme qu'elle n'aurait pas choisi. Cette perspective terrifiante tourmente sans relâche Amée. Et pour cause : après des années de souffrance et de soumission sous le joug de son père, elle croyait être enfin libre de vouer sa vie à Dieu, le seul à qui elle puisse offrir son âme et son cœur. Or la voici face à une nouvelle injonction : celle de s'unir à Jorund Jötunnson, dont le seul nom lui glace le sang… Assez, de la tyrannie des hommes ! Amée en fait le serment : ce barbare venu des lointaines provinces du Nord ne sera jamais son époux…

Sous la protection du guerrier, d'Ella Matthews - N°943

SÉRIE : LE CLAN LEOFRIC - TOME 1

Angleterre, XIVe siècle

Lady Katherine Leofric est aux abois. Depuis que son père a été accusé de trahison envers la Couronne, leur nom est traîné dans la boue. Pressée de fuir le déshonneur qu'elle subit, elle accepte d'aller s'installer chez son frère, dans la cité d'Abbotston, avec leur sœur, Linota. Mais cet espoir de vie nouvelle est bientôt terni par un cruel détail. Parmi les soldats chargés de leur protection, Jarin Ashdown, comte de Borwyn, lui manifeste d'emblée une franche hostilité. Hélas, lorsque Linota est enlevée, Katherine n'a d'autre choix que de s'en remettre à lui. Or, dans leur course effrénée pour retrouver la jeune fille, Katherine se surprend à éprouver un désir grandissant pour celui qu'elle pensait haïr de toutes ses forces…

Une passion clandestine, de Jenni Fletcher - N°944

Manoir de Vincennes, France, été 1325

Envoyée à la cour pour servir la reine Isabelle, dite « la Louve de France », la douce et modeste Mathilde Gosselin se retrouve propulsée dans une toile d'intrigues politiques et de mystères. Bien que jeune et inexpérimentée, elle tisse au fil des ans avec sa puissante souveraine un lien intense, mêlé d'admiration… Mais sa loyauté envers la Couronne est mise à l'épreuve quand elle rencontre le beau Henry Wright, qui se révèle être un espion ! Alors qu'elle devrait fuir cet homme qui lui est interdit, Mathilde cède au désir qu'il lui inspire. Et bientôt, déchirée entre sa fidélité pour la reine et son amour naissant pour Henry, elle n'a pas d'autre choix que celui du secret…

Les Historiques

Sous le charme du capitaine, de Virginia Heath - N°945

SÉRIE : SCANDALEUSES LIAISONS - TOME 2

Manoir de Markham, Angleterre, 1814

Alors qu'il se promène près du verger familial, le capitaine James Warriner est alerté par les cris d'une femme affolée. Et quelle femme ! Miss Cassandra Reeves est une véritable beauté aux courbes voluptueuses, et la voilà coincée sur la plus haute branche d'un pommier ! James lui porte secours et tombe immédiatement sous son charme. Mais comment pourrait-il prétendre gagner son cœur, lui, le capitaine blessé, et membre de la très controversée famille Warriner ? Surtout, parce que la guerre fait resurgir son côté le plus sombre, il craint de ne représenter qu'un danger pour sa belle…

L'Esclave du harem, d'Anne Herries - N°946

Istanbul, 1530

Traqués par les espions de la reine Marie Stuart, Eleanor et les siens fuient l'Angleterre pour se réfugier à Chypre. Mais, lors de leur folle échappée, leur caravelle est abordée par des pirates ottomans qui les font prisonniers. Séparée des siens, désespérée, Eleanor est vendue sur le marché aux esclaves d'Istanbul et se retrouve enrôlée dans le harem de Soliman Bakhar, le fils préféré et omnipotent du calife…

L'Otage du Viking, de Michelle Styles - N°947

Liddy tremble de colère. Comment son père et son frère osent-ils la livrer aux Vikings en guise de tribut ? La voilà condamnée à devenir l'esclave du chef des envahisseurs. Pourtant, ce Sigurd la trouble plus qu'elle ne saurait le dire, car il n'a rien à voir avec le seigneur sanguinaire qui l'a précédé sur le trône du royaume d'Alba. Bien que Viking, il semble sincèrement guidé par l'honneur et lui témoigne plus d'égards que les hommes de sa propre famille. Mais prudence… Sigurd reste avant tout un ennemi et, si Liddy veut un jour se soustraire à son joug, elle ne doit pas se laisser amadouer !